芥川賞
候補

1935-1944
傑作選
戦前・戦中編

鵜飼哲夫＝編
春陽堂書店

はじめに

ほんとうに面白い話を選び抜いた短編アンソロジーはありがたい存在です。ちょっとした時間に人生の断片を鮮やかに切り取った作品を読みふけり、こんなふうに世界をみる作家がいたのかと、ときめく。あの作家にはこんな作品があったのかと発見し、おののく。それは日々の暮らしに追われる人々にとって、また、これから文学の森に分け入ろうという少年少女にとってもうれしい道案内となります。

昭和十年、文藝春秋社の菊池寛が創設した芥川賞は、純文学の新人による優れた短編アンソロジーと言えます。受賞作に限りません。とりわけ戦前、戦中の芥川賞は、眼力のある人々によって選び抜かれた候補作が並んでいるからです。

新人進出の途《みち》が狭く、無名の若者たちが同人雑誌に作品を発表してしのぎを削っていた時代、彼らの小説を読み、候補作を選んだのは作家の瀧井孝作でした。その私小説「無限抱擁」が、川端康成から「稀有の恋愛小説」と激賞された瀧井は当時四十一歳。その後は昭和五十六年下半期の第八十六回まで、史上最長の選考委員を務めました。戦後生まれでは初の芥川賞作家になった中上健次や村上龍の登場にも立ちあい、昭和の芥川賞の生き字引のような存在です。

この瀧井が、「あとでは、川端康成と宇野浩二が加わって、三人で手分けをして選ぶことになって、終戦前、芥川賞が中断するまで続いたんです」と回想するように、第三回からは川端、第六回からは宇野の両選考委員も候補作選びの予備選考に加わりました。

昭和十一年、川端が記した第三回の「芥川賞予選記」によると、候補作選びはまず、半期ごとの対象期間に発表されたすぐれた作品の推薦を文壇関係者から集めることから始まります。そこで二票以上の票を集めた十八作家の二十三作を、川端は相当の時間を費やして悉く読み、疑問を感じたものは二度読んだといいます。そのうえで瀧井と合議して八つの候補作を選び、選考委員会にかけたのです。

第三回で受賞したのは鶴田知也「コシャマイン記」と小田嶽夫「城外」の二作でしたが、ハンセン病の隔離病棟に入所した日の葛藤を刻明につづり、川端からその〈魂の才〉を評価された北條民雄「いのちの初夜」、日陰で生きる女性の哀しみを描き、〈最も上手〉とされた矢田津世子「神楽坂」は、落選しながらも読み継がれている名作です。

戦前・戦中の芥川賞候補作は、日本最初のノーベル文学賞作家である川端や、「文学の鬼」と呼ばれた宇野らが厳選した新人文学のアンソロジーだったのです。

それ以前にも新聞や『改造』『中央公論』など雑誌が主催した新人文学賞はありましたが、これらは作品を公募して授賞作に賞金を与える懸賞小説でした。このため作品が活字化され、日の目を見るのは受賞作だけで、最終候補に残っても落ちた作品の大半は闇に埋もれてしまいました。黙々と同人誌に発表された無名の作家の小説を対象にし、候補作まで選考委員の作家が選ぶ芥川賞が、いかに画期的だったかは明らかです。

実は芥川賞も当初は懸賞小説として構想されていました。それが今日のような形になったのは、ひょんなきっかけからでした。第一回から芥川賞の選考委員をした「文藝春秋」幹部で作家の佐佐木茂索の回想によると、芥川賞を始めるにあたり、新聞各社の学芸部、文化部の記者に料理屋に集まってもらったところ、「原案（懸賞小説）のままじゃ面白くないじゃないか、印刷されたものでも、新人であればいいじゃないか」という意見があったそうです。そこで翌日、菊池寛と相談して、「広く各新聞雑誌（同人誌を含む）に発表されたる無名若しくは新進作家の創作中最も優秀なるものに呈す」との芥川龍之介賞規定をつくりました。

選考委員の若手が、文壇からの推薦作をもとに候補作を選ぶというのも、突然の決定でした。それは芥川忌である昭和十年七月二十四日、選考委員の久米正雄、菊池寛、瀧井孝作、小島政二郎、横光利一、佐佐木茂索が集まった席上（最年少の選考委員の川端は欠席）のこと。三十作ほどもある文壇からの推薦作をすべて各委員が読むのは時間的にもたいへんだ、「絵画展覧会の絵の鑑別のように一目で判断するわけには行かん」という意見が出る中、久米委員が、「見渡したところ瀧井が一番閑がありそうだから一応瀧井が読んでみた上で芥川賞の候補者を何人か選出してもらって、その選出した作を委員が皆んなで読んできめることにしようじゃないか」と発言し、作家が候補作を選ぶという方式が誕生しました。

戦中の昭和十九年を最後に中断し、戦後の昭和二十四年に復活してからは、日本文学振興会から委嘱された文藝春秋の編集者が候補作を選ぶようになりましたが、候補作が新人作品のアンソロジーになるという側面は残りました。それは選考会で議論した選考委員の選評を発表するというこれまた画期的なシステムを芥川賞は採用したからです。

第三の新人を代表する作家、吉行淳之介が「驟雨」で芥川賞に決まった第三十一回では、曽野綾子さんの「遠来の客たち」を二人の委員が推し、丹羽文雄は「断然光っている」と絶賛、石川達三にいたっては、これに消極的だった二委員を名指しし、「これこそは戦後のものであって、私には舟橋君にも宇野浩二さんにも書けない新しい性格の文学だと思う」という選評を残しました。

この意見が通らなかった二人の落胆はかなりのもので、舟橋聖一は、作家らしい観察眼でその様子を選評に記しています。

曽野を一緒に一所けんめいに推していた丹羽と石川が、曽野が落ちたので大層口惜しがり、

「あとは棄権じゃ」

と云って二人共、席を立ってトイレットへ入ってしまったのは、ユーモラスな風景であった。

作家は、自分の書いているものが一番面白い、少なくとも自分の書く小説世界は、他の誰にも書けないと考えている孤高で孤独な存在です。これは三十年以上、文学の現場で取材してきた私の実感でもあります。

そうした作家が十人前後集まり、文学観と読みの力をぶつけ合って議論するのですから、受賞作がすんなり決まるのは稀です。ベテランであろうが、新米であろうが、選考委員は平等に一人一票です。一橋大在学中の昭和三十一年、激しい賛否両論の末、「太陽の季節」で芥川賞を取り、賞を飛躍的に有名にした石原慎太郎さんも例外ではありません。平成八年から選考委員に加わり、在任中に都知事となり大いなるリーダーシップを発揮しましたが、選考会ではあくまで一委員、意見が通らず、選ばれた作品を「私には全く評価出来なかった」と何度も書く一方で、落ちた作品について詳述しつつ、「強く推したが、少数意見でしかなかった」と選評でしばしば慨嘆しています。

このように文学観の違いから賞に落ちた作品にも、各選考委員の文学観を賭した選評で公正に評価の光が当たるのが芥川賞です。歴代の選考委員を務めた川端康成、宇野浩二、三島由紀夫、大岡昇平、吉行淳之介、丸谷才一……彼らの全集にも収録されている文学作品としての選評を読めば、私たちは、受賞の一歩手前までいきながら惜しくも落ちた名作の存在を知ることもできます。

受賞作については『芥川賞全集』（文藝春秋）がありますが、落ちた作品の多くは、今日では入手困難なものが大半です。そこで本選集では、芥川賞を取らなかったけれど、受賞作にも負けない傑作を再録、紹介します。全選評を参考にしながら、とりわけ今日読んでも面白いと感じた作品を三十代の編集者とともに選びました。

さて、ここまで読んで、芥川賞は所詮新人賞ではないか、その候補作の選集をつくる意味などあるのか、と疑念を持った方もいると思います。その疑いはもっともで、芥川賞は、あくまで作家のスタートの賞で、ゴールの賞ではありません。賞を取るよりも、書き続け、読まれ続ける方がはるかに大変です。ですから、芥川賞ばかりにジャーナリズムがスポットを当てることには、以前から根強い批判があり、遠藤周作は、選評に「年一回で充分なのでないだろうか」と明記しています。

村上春樹さんは平成二十七年刊行の『職業としての小説家』で、「二年前の芥川賞の受賞作を覚えている人も、三年前のノーベル文学賞の受賞者を覚えている人も、世間にはおそらくそれほど多くはいないはずです」としたうえで、はっきりと書いています。

いずれにせよ、長く小説家をやっている人間として、実感で言わせてもらえば、新人レベルの作家の書いたものの中から真に刮目《かつもく》すべき作品が出ることは、だいたい五年に一度くらいのものじゃないでしょうか。少し甘めに水準を設定して二、三年に一度というところでしょう。なのにそれを年に二度も選出しようとするわけだから、どうしても水増し気味になります。

受賞作品ですら水増し気味ならば、選ばれなかった作品の紹介は上げ底と言われそうですが、春樹さんはこうつづけています。「あらためて言うまでもありませんが、後世に残るのは作品であり、賞ではありません」。これは裏を返せば、芥川賞を取らなくても読み継がれている、または読み継がれるべき作品があるということです。

春樹さん自身、芥川賞には二度候補になり、いずれも選外でしたが、選考委員の丸谷才一から「アメリカ小説の影響を受けながら自分の個性を示さうとしてゐます。(略)それに、作品の柄がわりあひ大きいやうに思ふ」と評価されたデビュー作「風の歌を聴け」は、今日でもロングセラーとして読み継がれています。こうした選ばれなかった名作を含めれば、芥川賞は、すぐれた新人発掘の役割を果たしてきたように思われます。

スポーツ界で有望な新人の登場が旋風を巻き起こすように、文学の世界でも新しいスタイルの作家たちが、常に新しい潮流をつくってきました。なぜ、すぐれた新人の作品には独自の力があるのでしょうか。それはデビュー作をはじめとした作家の初期作品には、時の一流文学に反逆して、仮に異端視されたとしても、新しい文学の道を拓こうとする熱情があるからです。昭和六十二年に河野多恵子とともに女性初の選考委員となった大庭みな子は「ひどい悪口を言われたとすれば、それはある意味で作品の力である」(第九十九回選評)と書いています。

芥川賞に落ちたとはいえ、大半の芥川賞作家よりも愛されている織田作之助は戦後の昭和二十一年に発表した「二流文楽論」で、二十世紀の世界文学を代表するジョイスの「ユリシーズ」やサルトルの「水いらず」「嘔吐」など「新しい文学は、明らかにいわゆる一流文学としての文学の観念への反逆であり、彼等が二流文学の選手たらんとしたからこそ、新しいスタイルが生まれた」と分析しています。

時の一流に迎合し、そのエピゴーネンであるかぎり、ついには一流の模倣者、にせの一流にしかならない。そう考えたオダサクは、次のように宣言しました。

太宰治、坂口安吾に私が誰よりも期待するのは、この点である。彼等の新しさはすくなくとも二流に徹した新しさである。

無頼派を代表する三人は、生活も無頼でしたが、時の権威に頼らないという点で名実ともに無頼な文学人生を駆け抜けました。そして、太宰、オダサクの芥川賞候補作には、たとえ未熟ではあっても作家の核となるものが、清新な文体で表現されています。文芸評論家、亀井勝一郎の言葉にあるように「作家は処女作に向って成熟して行く」（倉田百三「出家とその弟子」新潮文庫の解説）のです。

長い作家人生を考えれば、たかが新人ですが、これまでにない小説世界を、文章だけを武器にしてつくろうと野心満々に、しかし原稿用紙に無心で向かった彼らは、されど新人でもあったのです。

「芥川賞候補傑作選」の編集方針を述べておきます。本来なら芥川賞の候補になった秀作をすべて掲載したいのですが、頁数の関係もあり、後に芥川賞や直木賞を受けた作家の作品、村上春樹さんや北條民雄の候補作のように今日でも文庫などで容易に読める作品や長編は原則、載せません。基本は今日では入手が難しい候補作の中から、未知の世界へ冒険に飛び出した新人の清新な短編を中心に選んでいきます。また、候補作を選考委員たちがどのように読んだのかがわかる芥川賞の選評も、一部抜粋して掲載しました。すぐれた小説は、時代を映す鏡でもあります。時代ごとに並べることで、日本の変わりゆく姿も感じてもらえたら幸いです。

あなたにとっての「これぞ、もう一つの芥川賞作品」。それは何でしょうか。新しい文学をつくるのは作家だけではありません。作品を読み、「なんだ、これは!」と言葉にならない感動を覚える。そんな読み手もまた、新しい文学史の担い手になると信じています。メールや手紙、SNSなどで知られざる名作をお知らせください。

二〇二〇年二月二日

編　者

凡例

一、掲載作品の初出・底本は作品末に記載した。

一、掲載作品の底本については、最新のものを優先しつつ、適宜選択した。

一、本文は、原則として

旧仮名づかいで書かれたものは現代仮名づかいに、旧字は新字に改めた。

ただし、踊り字など、一部底本のままとした箇所もある。

一、本文の校訂にあたっては、明らかな誤記・誤植は訂正し、脱字は補った。

一、ルビは底本に従いつつ、読みにくいと思われる漢字には補足した。

一、今日からみて不適切な表現もあるが、

時代背景と作品の価値を鑑み、そのままとした。

一、各作品末に、該当作品に関する芥川賞選考委員の選評を抜粋の上掲載した。

なお、選評は『芥川賞全集』(文藝春秋)より引用した。

編集部

逆行

太宰治

蝶蝶

　老人ではなかった。二十五歳を越しただけであった。けれどもやはり老人であった。ふつうの人の一年一年を、この老人はたっぷり三倍三倍にして暮したのである。二度、自殺をし損った。そのうちの一度は情死であった。三度、留置場にぶちこまれた。思想の罪人としてであった。ついに一篇も売れなかったけれど、百篇にあまる小説を書いた。しかし、それはいずれもこの老人の本気でした仕業ではなかった。謂《い》わば道楽であった。いまだにこの老人のひしがれた胸をとくとくと打ち鳴らし、そのこけた頬をあからめさせるのは、酔いどれることと、ちがった女を眺めながらあくなき空想をめぐらすことと、二つであった。いや、その二つの思い出である。ひしがれた胸、こけた頬、それは嘘《うそ》でなかった。老人は、この日に死んだのである。老人の永い生涯に於いて、嘘でなかったのは、生れたことと、死んだことと、二つであった。死ぬる間際まで嘘を吐《つ》いていた。

老人は今病床にある。遊びから受けた病気であった。老人には暮しに困らぬほどの財産があった。けれどもそれは、遊びあるくのには足りない財産であった。老人は、いま死ぬることを残念であるとは思わなかった。ほそぼそとした暮しは、老人には理解できないのである。

ふつうの人間は臨終ちかくなると、おのれの両のてのひらをまじまじと眺めたり、近親の瞳《ひとみ》をぼんやり見あげているものであるが、この老人は、たいてい眼をつぶっていた。ぎゅっと固くつぶってみたり、ゆるくあけて瞼《まぶた》をぷるぷるそよがせてみたり、おとなしくそんなことをしているだけなのである。蝶蝶《ちようちよう》が見えるというのであった。青い蝶や、黒い蝶や、白い蝶や、黄色い蝶や、むらさきの蝶や、水色の蝶や、数千数万の蝶蝶がすぐ額のうえをいっぱいにむれ飛んでいるというのであった。わざとそういうのであった。十里とおくは蝶の霞《かすみ》。百万の羽ばたきの音は、真昼のあぶの唸《うな》りに似ていた。これは合戦をしているのであろう。翼の粉末が、折れた脚が、眼玉が、触角が、長い舌が、降るように落ちる。

食べたいものは、なんでも、と言われて、あずきかゆ、と答えた。老人が十八歳で始めて小説というものを書いたとき、臨終の老人があずきかゆを食べたいと呟《つぶや》くところの描写をなしたことがある。

あずきかゆは作られた。それは、お粥《かゆ》にゆで小豆を散らして、塩で風味をつけたものであった。老人の田舎のごちそうであった。眼をつぶって仰向のまま、二匙《さじ》すると、もういい、と言った。ほかになにか、と問われ、うす笑いして、遊びたい、と答えた。老人の、ひとのよい無学ではあるが利巧な、若く美しい妻は、居並ぶ近親たちの手前、嫉妬《しっと》でなく頬をあからめ、それから匙を握ったまま声しのばせて泣いたという。

決闘

それは外国の真似ではなかった。誇張でなしに、相手を殺したいと願望したからである。けれどもその動機は深遠でなかった。私とそっくりおなじ男がいて、この世にひとつものがふたつ要らぬという心から憎しみ合ったわけでもなければ、その男が私の妻の以前のいろであって、いつもいつもその二度三度の事実をこまかく自然主義ふうに隣人どもへ言いふらして歩いているというわけでもなかった。相手は、私とその夜はじめてカフェで落ち合ったばかりの、犬の毛皮の胴着をつけた若い百姓であった。私はその男の酒を盗んだのである。それが動機であった。

私は北方の城下まちの高等学校の生徒である。遊ぶことが好きなのである。けれども金銭には割にけちであった。ふだん友人の煙草ばかりをふかし、散髪をせず、辛抱して五円の金がたまれば、ひとりでこっそりまちへ出てそれを一銭のこさず使った。一夜に、五円以上の金も使えなかったし、五円以下の金も使えなかった。しかも私はその五円でもって、つねに最大の効果を収めていたようである。私の貯めた粒粒の小銭を、まず友人の五円紙幣と交換するのである。手の切れるほどあたらしい紙幣であれば、私の心はいっそう跳《おど》った。私はそれを無雑作らしくポケットにねじこみ、まちへ出掛けるのだ。月に一度か二度のこの外出のために、私は生きていたのである。当時、私は、わけの判らぬ憂愁にいじめられていた。絶対の孤独と一切の懐疑。口に出して言っては汚い！　ニイチェやビロンや春夫よりも、モオパスサンやメリメや鷗外のほうがほんものらしく思えた。私は、五円の遊びに命を打ち込む。

私がカフェにはいっても、決して意気込んだ様子を見せなかった。遊び疲れたふうをした。夏ならば、冷いビールを、と言った。冬ならば、熱い酒を、と言った。私が酒を呑むのも、単に季節のせいだと思わせたかった。いやいやそうに酒を嚙《か》みくだしつつ、私は美人の女給には眼もくれなかった。どこのカフェにも、色気に乏しい慾気ばかりの中年の女給がひとりばかりいるものであるが、私はそのような女給にだけ言葉をかけてやった。おもにその日の天候や物価について話し合った。私は、神も気づかぬ素早さで、呑みほした酒瓶《さかびん》の数を勘定するのが上手であった。テエブルに並べられたビイル瓶が六本になれば、日本酒の徳利が十本になれば、私は思い出したようにふらっと立ちあがり、お会計、とひくく呟くのである。五円を越えることはなかった。私は、わざとほうぼうのポケットに手をつっこんでみるのだ。金の仕舞いどころを忘れたつもりなのである。いよいよおしまいにかのズボンのポケットに気がつくのであった。私はポケットの中の右手をしばらくもじもじさせる。五六枚の紙幣をえらんでいるかたちである。ようやく、私はいちまいの紙幣をポケットから抜きとり、それを十円紙幣であるか五円紙幣であるか確かめてから、女給に手渡すのである。釣銭は、少いけれど、と言って見むきもせず全部くれてやった。肩をすぼめ、大股をつかってカフェを出てしまって、学校の寮につくまで私はいちども振りかえらぬのである。翌《あく》る日から、また粒粒の小銭を貯めにとりかかるのであった。

決闘の夜、私は「ひまわり」というカフェにはいった。私は紺色の長いマントをひっかけ、純白の革手袋をはめていた。私はひとつカフェにつづけて二度行かなかった。きまって五円紙幣を出すということに不審を持たれるのを怖れたのである。「ひまわり」への訪問は、私にとって二月ぶりであった。

そのころ私のすがたにどこやら似たところのある異国の一青年が、活動役者として出世しかけていたので、私も少しずつ女の眼をひきはじめた。私がそのカフェの隅の倚子《いす》に坐ると、そこの女給四人すべてが、様様の着物を着て私のテエブルのまえに立ち並んだ。冬であった。私は、熱い酒を、と言った。そうしてさもさも寒そうに首筋をすくめた。活動役者との相似が、直接私に利益をもたらした。年若いひとりの女給が、私が黙っていても、煙草をいっぽんめぐんでくれたのである。

「ひまわり」は小さくてしかも汚い。束髪を結った一尺に二尺くらいの顔の女のぐったりと頬杖をつき、くるみの実ほどの大きな歯をむきだして微笑《ほほえ》んでいるポスタアが、東側の壁にいちまい貼られていた。ポスタアの裾《すそ》にはカブトビイルと横に黒く印刷されてある。それと向い合った西側の壁には一坪ばかりの鏡がかけられていた。鏡は金粉を塗った額縁に収められているのである。北側の入口には赤と黒との縞《しま》のよごれたモスリンのカアテンがかけられ、そのうえの壁に、沼のほとりの草原に裸で寝ころんで大笑いをしている西洋の女の写真がピンでとめつけられていた。南側の壁には、紙の風船玉がひとつ、くっついていた。それがすぐ私の頭のうえにあるのである。腹の立つほど、調和がなかった。三つのテエブルと十脚の椅子。中央にストオヴ。土間は板張りであった。私はこのカフェでは、とうてい落ちつけないことを知っていた。電気が暗いので、まだしも幸いである。

その夜、私は異様な歓待を受けた。私がその中年の女給に酌をされて熱い日本酒の最初の徳利をからにしたころ、さきに私に煙草をいっぽんめぐんで呉れたわかい女給が、突然、私の鼻先へ右のてのひらを差し出したのである。私はおどろかずに、ゆっくり顔をあげて、その女給の小さい瞳の奥をのぞいた。運命をうらなって呉れ、と言うのである。私はとっさのうちに了解した。たとえ私が黙っていても、私のからだから預言者らしい高い匂いが発するのだ。私は女の手に触れず、ちらと眼をくれ、きのう愛人を失った、と呟いた。当ったのである。そこで異様な歓待がはじまった。ひとりのふとった女給は、私を先生とさえ呼んだ。私は、みんなの手相を見てやった。十九歳だ。寅《とら》のとし生れだ。よすぎる男を思って苦労している。薔薇《ばら》の花が好きだ。君の家の犬は、仔犬《こいぬ》を産んだ。仔犬の数が六。ことごとく当ったのである。かの痩《や》せた、眼のすずしい中年の女給は、ふたりの亭主を失ったと言われて、みるみる頸《くび》をうなだれた。この不思議の的中は、みんなのうちで、私をいちばん興奮させた。すでに六本の徳利をからにしていたのである。このとき、犬の毛皮の胴着をつけた若い百姓が入口に現われた。

百姓は私のテエブルのすぐ隣りのテエブルに、こっちへ毛皮の背をむけて坐り、ウイスキイと言った。犬の毛皮の模様は、ぶちであった。この百姓の出現のために、私のテエブルの有頂天は一時さめた。私はすでに六本の徳利をからにしたことを、ちくちく悔いはじめたのである。もっともっと酔いたかった。このよいの歓喜をさらにさらに誇張してみたかったのである。あと四本しか呑めぬ。それでは足りない。足りないのだ。盗もう。このウイスキイを盗もう。女給たちは、私が金銭のために盗むのでなく、預言者らしい突飛な冗談と見てとって、かえって喝采《かっさい》を送るだろう。この百姓もまた、酔いどれの悪ふざけとして苦笑をもらすくらいのところであろう。盗め！　私は手をのばし、隣りのテエブルのそのウイスキイのコップをとりあげ、おちついて呑みほした。喝采は起らなかった。しずかになった。百姓は私のほうをむいて立ちあがった。外へ出ろ。そう言って、入口のほうへ歩きはじめた。私も、にやにや笑いながら百姓のあとについて歩いた。金色の額縁におさめられてある鏡を通りすがりにちらと覗《のぞ》いた。私は、ゆったりした美丈夫であった。鏡の奥底には、一尺に二尺の笑い顔が沈んでいた。私は心の平静をとりもどした。自信ありげに、モスリンのカアテンをぱっとはじいた。

THE HIMAWARI と黄色いロオマ字が書かれてある四角の軒燈の下で、私たちは立ちどまった。女給四人は、薄暗い門口に白い頰を四つ浮かせていた。

私たちは次のような争論をはじめたのである。

——あまり馬鹿にするなよ。

——馬鹿にしたのじゃない。甘えたのさ。いいじゃないか。

——おれは百姓だ。甘えられて、腹がたつ。

私は百姓の顔を見直した。短い角刈にした小さい頭と、うすい眉と、一重瞼《ひとえまぶた》の三白眼《さんぱくがん》と、蒼黒《あおぐろ》い皮膚であった。身丈は私より確かに五寸はひくかった。私は、あくまでも茶化してしまおうと思った。

——ウイスキイが呑みたかったのさ。おいしそうだったからな。

——おれだって呑みたかった。ウイスキイが惜しいのだ。それだけだ。

——君は正直だ。可愛い。

——生意気いうな。たかが学生じゃないか。つらにおしろいをぬたくりやがって。

――ところが僕は、易者だということになっている。預言者だよ。驚いたろう。

――酔ったふりなんかするな。手をついてあやまれ。

――僕を理解するには何よりも勇気が要る。いい言葉じゃないか。僕はフリイドリッヒ・ニイチェだ。


私は女給たちのとめて呉れるのを、いまかいまかと待っていた。女給たちはしかし、そろって冷い顔して私の殴られるのを待っていた。そのうちに私は殴られた。右のこぶしが横からぐんと飛んで来たので、私は首筋を素早くすくめた。十間ほどふっとんだ。私の白線の帽子が身がわりになって呉れたのである。私は微笑みつつ、わざとゆっくりその帽子を拾いに歩きはじめた。毎日毎日のみぞれのために、道はとろとろ溶けていた。しゃがんで、泥にまみれた帽子を拾ったとたんに、私は逃げようと考えた。五円たすかる。別のところで、もいちど呑むのだ。私は二あし三あし走った。滑った。仰向にひっくりかえった。踏みつぶされた雨蛙《あまがえる》の姿に似ていたようであった。自身のぶざまが、私を少し立腹させたのである。手袋も上衣もズボンもそれからマントも、泥まみれになっている。やがて、私は起きあがり、頭をあげて百姓のもとへ引返した。百姓は、女給たちに取りまかれ、まもられていた。誰ひとり味方がない。その確信が私の兇暴《きようぼう》さを呼びさましたのである。

――お礼をしたいのだ。

せせら笑ってそう言ってから、私は手袋を脱ぎ捨て、もっと高価なマントをさえ泥のなかへかなぐり捨てた。私は自身の大時代なせりふとみぶりにやや満足していた。誰かとめて呉れ。

百姓は、もそもそと犬の毛皮の胴着を脱ぎ、それを私に煙草をめぐんで呉れた美人の女給に手渡して、それから懐のなかへ片手をいれた。

――汚い真似をするな。

私は身構えて、そう注意してやった。

懐から一本の銀笛が出た。銀笛は軒燈の灯にきらきら反射した。銀笛はふたりの亭主を失った中年の女給に手渡された。

百姓のこのよさが、私を夢中にさせたのだ。それは小説のうえでなく、真実、私はこの百姓を殺そうと思った。

――出ろ。

そう叫んで、私は百姓の向う臑《ずね》を泥靴で力いっぱいに蹴《け》あげた。蹴たおして、それから澄んだ三白眼をくり抜く。泥靴はむなしく空を蹴ったのである。私は自身の不恰好《ぶかっこう》に気づいた。悲しく思った。ほのあたたかいこぶしが、私の左の眼から大きい鼻にかけて命中した。眼からまっかな焔《ほのお》が噴き出た。私はそれを見た。私はよろめいたふりをした。右の耳《みみ》朶《たぶ》から頬にかけてぴしゃっと平手が命中した。私は泥のなかに両手をついた。とっさのうちに百姓の片脚をがぶと嚙んだ。脚は固かった。路傍の白楊《はこやなぎ》の材であった。私は泥にうつぶして、いまこそおいおい声をたてて泣こう泣こうとあせったけれど、あわれ、一滴の涙も出なかった。

くろんぼ

くろんぼは檻《おり》の中にはいっていた。檻の中は一坪ほどのひろさであって、まっくらい奥隅に、丸太でつくられた腰掛がひとつ置かれていた。くろんぼはそこに坐って、刺繍《ししゅう》をしていた。このような暗闇のなかでどんな刺繍ができるものかと、少年は抜けめのない紳士のように、鼻の両わきへ深い皺をきざみこませ口まげてせせら笑ったものである。

日本チャリネがくろんぼを一匹つれて来た。村は、どよめいた。ひとを食うそうである。まっかな角が生えている。全身に花のかたちのむらがある。少年は、まったくそれを信じないのであった。少年は思うのだ。村のひとたちも心から信じてそんな噂《うわさ》をしているのではあるまい。ふだんから夢のない生活をしているゆえ、こんなときにこそ勝手な伝説を作りあげ、信じたふりして酔っているのにちがいない。少年は村のひとたちのそんな安易な嘘を聞くたびごとに、歯ぎしりをし耳を覆い、飛んで彼の家へ帰るのであった。少年は村のひとたちの噂話を間抜けていると思うのだ。なぜこのひとたちは、もっとだいじなことがらを話し合わないのであろう。くろんぼは、雌だそうではないか。

チャリネの音楽隊は、村のせまい道をねりあるき、六十秒とたたぬうちに村の隅から隅まで宣伝しつくすことができた。一本道の両側に三丁ほど茅葺《かやぶき》の家が立ちならんでいるだけであったのである。音楽隊は、村のはずれに出てしまってもあゆみをとめないで、蛍の光の曲をくりかえしくりかえし奏しながら菜の花畠のあいだをねってあるいて、それから田植まっさいちゅうの田圃《たんぼ》へ出て、せまい畦道《あぜみち》を一列にならんで進み、村のひとたちをひとりも見のがすことなく浮かれさせ橋を渡って森を通り抜けて、半里はなれた隣村にまで行きついてしまった。

村の東端に小学校があり、その小学校のさらに東隣が牧場であった。牧場は百坪ほどのひろさであってオランダげんげが敷きつめられ、二匹の牛と半ダアスの豚とが遊んでいた。チャリネはこの牧場に鼠色したテントの小屋をかけた。牛と豚とは、飼主の納屋に移転したのである。

夜、村のひとたちは頰被《ほおかむ》りして二人三人ずつかたまってテントのなかにはいっていった。六、七十人のお客であった。少年は大人たちを殴りつけては押しのけ押しのけ、最前列へ出た。まるい舞台のぐるりに張りめぐらされた太いロオプに顎《あご》をのせかけて、じっとしていた。ときどき眼を軽くつぶって、うっとりしたふりをしていた。

かるわざの曲目は進行した。樽《たる》。メリヤス。むちの音。それから金襴《きんらん》。痩せた老馬。まのびた喝采。カアバイド。二十箇ほどのガス燈が小屋のあちこちにでたらめの間隔をおいて吊され、夜の昆虫どもがそれにひらひらからかっていたのであろう、小屋の天井に十坪ほどのおおきな穴があけっぱなしにされていて、そこから星空が見えるのだ。

くろんぼの檻が、ふたりの男に押されて舞台へ出た。檻の底に車輪の脚がついているらしくからからと音たてて舞台へ滑り出たのである。頬被りしたお客たちの怒号と拍手。少年は、ものうげに眉をあげて檻の中をしずかに観察しはじめた。

少年は、せせら笑いの影を顔から消した。刺繡は日の丸の旗であったのだ。少年の心臓は、とくとくと幽かな音たてて鳴りはじめた。兵隊やそのほか兵隊に似かよったような概念のためではない。くろんぼが少年をあざむかなかったからである。ほんとうに刺繡をしていたのだ。日の丸の刺繡は簡単であるから、闇のなかで手さぐりしながらでもできるのだ。ありがたい。このくろんぼは正直者だ。

やがて、燕尾服を着た仁丹の鬚のある太夫が、お客に彼女のあらましの来歴を告げて、それから、ケルリ、ケルリ、と檻に向って二声叫び、右手のむちを小粋に振った。むちの音が少年の胸を鋭くつき刺した。太夫に嫉妬を感じたのである。くろんぼは、立ちあがった。

むちの音におびやかされつつ、くろんぼはのろくさと二つ三つの芸をした。それは卑猥の芸であった。少年を置いてほかのお客たちはそれを知らぬのだ。ひとを食うか食われるか。まっかな角があるかないか。そんなことだけが問題であったのである。

くろんぼのからだには、青い藺《い》の腰蓑《こしみの》がひとつ、つけられていた。油を塗りこくってあるらしく、すみずみまでつよく光っていた。おわりに、くろんぼは謡《うた》をひとくさり唄った。伴奏は太夫のむちの音であった。シャアボン、シャアボンという簡単な言葉である。少年は、その謡のひびきを愛した。どのようにぶざまな言葉でも、せつない心がこもっておれば、きっとひとを打つひびきが出るものだ。そう考えて、またぐっと眼をつぶった。

その夜、くろんぼを思い、少年はみずからを汚した。

翌朝、少年は登校した。教室の窓を乗り越え、背戸の小川を飛び越え、チャリネのテントめがけて走った。テントのすきまから、ほの暗い内部を覗いたのである。チャリネのひとたちは舞台にいっぱい蒲団《ふとん》を敷きちらし、ごろごろと芋虫《いもむし》のように寝ていた。学校の鐘が鳴りひびいた。授業がはじまるのだ。少年は、うごかなかった。くろんぼは寝ていないのである。さがしてもさがしても見つからぬのである。学校は、しんとなった。授業がはじまったのであろう。第二課、アレキサンドル大王と医師フィリップ。むかしヨーロッパにアレキサンドル大王という英雄があった。少女の朗朗と読みあげる声をはっきり聞いた。少年は、うごかなかった。少年は信じていた。あのくろんぼは、ただの女だ。ふだんは檻から出て、みんなと遊んでいるのにちがいない。水仕事をしたり、煙草をふかしたり、日本語で怒ったり、そんな女だ。少女の朗読がおわり、教師のだみ声が聞えはじめた。信頼は美徳であると思う。アレキサンドル大王はこの美徳をもっていたがために、一命をまっとうしたようであります。みなさん。少年は、まだうごかずにいた。ここにいないわけはない。檻は、きっとからっぽの筈《はず》だ。少年は肩を固くした。こうして覗いているうちに、くろんぼは、こっそりおれのうしろにやって来て、ぎゅっと肩を抱きしめる。それゆえ背後にも油断をせず、抱きしめられるに恰好のいいように肩を小さく固くしたのであった。くろんぼは、きっと刺繍した日の丸の旗をくれるにちがいない。そのときおれは、弱味を見せずこう言ってやる。僕で幾人目だ。

くろんぼは現れなかった。テントから離れ、少年は着物の袖でせまい額の汗を拭って、のろのろと学校へ引き返した。熱が出たのです。肺がわるいそうです。袴《はかま》に編みあげの靴をはいている男の老教師を、まんまとだました。自分の席についてからも、少年はごほごほと贋《にせ》の咳《せき》ばらいにむせかえった。

村のひとたちの話に依れば、くろんぼは、やはり檻につめられたまま、幌馬車《ほろばしゃ》に積みこまれ、この村を去ったのである。太夫は、おのが身をまもるため、ピストルをポケットに忍ばせていた。

初出・底本：『文藝』一九三五年二月号［発表時作者二五歳］

第一回芥川賞選評より〔一九三五（昭和一〇）年上半期〕

佐藤春夫　僕は本来太宰の支持者であるが予選が「逆行」で「道化の華」でないのは他の諸氏の諸力作が予選に入っているのに対して大へんそんな立場にあると思う。「逆行」は太宰君の今までの諸作のうちではむしろ失敗作の方だろうと思う、支持者の僕でさえ予選五篇のなかでは遜色があると思う（略）当選作の「蒼氓」は素材の面白さの上に作者の構成的な手腕のうまさも認めなければなるまい。

川端康成　瀧井氏の本予選に通った五作のうち、例えば佐藤春夫氏は、「逆行」よりも「道化の華」によって、作者太宰治氏を代表したき意見であった。（略）一見別人の作の如く、そこに才華も見られ、なるほど「道化の華」の方が作者の生活や文学観を一杯に盛っているが、私見によれば作者目下の生活に厭な雲ありて、才能の素直に発せざる憾みあった。

山本有三　今度予選に入った太宰、高見、衣巻、外村、石川等の諸君の作が何れも相当に書けており、態度の真面目なのが嬉しかった。／中でも、石川君の作品は構想も立派だし、しっかりもしている。

瀧井孝作　ガッチリした短篇。芥川式の作風だ。佐藤春夫さんは太宰氏の「道化の華」を推称されていたが、この作は川端康成君が少々もの足りないと云っていてぼくも逆行の方のガッチリした所を採った。（略）こんどの候補者選出の責任はぼくにある。

［附録］

盗賊

※『晩年』刊行の際、「逆行」には、別雑誌に掲載された「盗賊」が組み込まれた。附録として、「盗賊」も掲載した。

ことし落第ときまった。それでも試験は受けるのである。甲斐《かい》ない努力の美しさ。われはその美に心をひかれた。今朝こそわれは早く起き、まったく一年ぶりで学生服に腕をとおし、菊花の御紋章かがやく高い大きい鉄の門をくぐった。おそるおそるくぐったのである。すぐに銀杏《いちょう》の並木がある。右側に十本、左側にも十本、いずれも巨木である。葉の繁るころ、この路はうすぐらく、地下道のようである。いまは一枚の葉もない。並木路のつきるところ、正面に赤い化粧煉瓦《れんが》の大建築物。これは講堂である。われはこの内部を入学式のとき、ただいちど見た。寺院の如き印象を受けた。いまわれは、この講堂の塔の電気時計を振り仰ぐ。試験には、まだ十五分の間があった。探偵小説家の父親の銅像に、いつくしみの瞳をそそぎつつ、右手のだらだら坂を下り、庭園に出たのである。これは、むかし、さるお大名のお庭であった。池には鯉《こい》と緋鯉《ひごい》とすっぽんがいる。五六年まえまでには、ひとつがいの鶴が遊んでいた。いまでも、この草むらには蛇がいる。雁や野鴨《のがも》の渡り鳥も、この池でその羽を休める。庭園は、ほんとうは二百坪にも足りないひろさなのであるが、見たところ千坪ほどのひろさなのだ。すぐれた造園術のしかけである。われは池畔の熊笹のうえに腰をおろし、背を樫《かし》の古木の根株にもたせ、両脚をながながと前方になげだした。小径《こみち》をへだてて大小凸凹の岩がならび、そのかげからひろびろと池がひろがっている。曇天の下の池の面は白く光り、小波《さざなみ》の皺《しわ》をくすぐったげに畳んでいた。右足を左足のうえに軽くのせてから、われは呟く。

——われは盗賊。

まえの小径を大学生たちが一列に並んで通る。ひきもきらず、ぞろぞろと流れるように通るのである。いずれは、ふるさとの自慢の子。えらばれた秀才たち。ノオトのおなじ文章を読み、それをみんなみんなの大学生が、一律に暗記しようと努めていた。われは、ポケットから煙草を取りだし、一本、口にくわえた。マッチがないのである。

——火を借して呉れ。

ひとりの美男の大学生をえらんで声をかけてやった。うすみどり色の外套《がいとう》にくるまった、その大学生は立ちどまり、ノオトから眼をはなさず、くわえていた金口の煙草をわれに与えた。与えてそのままのろのろと歩み去った。大学にもわれに匹敵する男がある。われはその金口の外国煙草からおのが安煙草に火をうつして、おもむろに立ちあがり、金口の煙草を力こめて地べたへ投げ捨て靴の裏でにくしみにくしみ踏みにじった。それから、ゆったり試験場へ現れたのである。

試験場では、百人にあまる大学生たちが、すべてうしろへうしろへと尻込みしていた。

前方の席に坐るならば、思うがままに答案を書けまいと懸念しているのだ。われは秀才らしく最前列の席に腰をおろし、少し指先をふるわせつつ煙草をふかした。われには机のしたで調べるノオトもなければ、互いに小声で相談し合うひとりの友人もないのである。

やがて、あから顔の教授が、ふくらんだ鞄《かばん》をぶらさげてあたふたと試験場へ駈け込んで来た。この男は、日本一のフランス文学者である。われは、きょうはじめて、この男を見た。なかなかの柄であって、われは彼の眉間《みけん》の皺に不覚ながら威圧を感じた。この男の弟子には、日本一の詩人と日本一の評論家がいるそうな。日本一の小説家、われはそれを思い、ひそかに頬をほてらせた。教授がボオルドに問題を書きなぐっている間に、われの背後の大学生たちは、学問の話でなく、たいてい満洲の景気の話を囁《ささや》き合っているのである。ボオルドには、フランス語が五六行。教授は教壇の肘掛《ひじかけ》椅子にだらしなく坐り、さもさも不気嫌そうに言い放った。

——こんな問題じゃ落第したくてもできめえ。

大学生たちは、ひくく力なく笑った。われも笑った。教授はそれから訳のわからぬフランス語を二言三言つぶやき、教壇の机のうえでなにやら書きものを始めたのである。

われはフランス語を知らぬ。どのような問題が出ても、フロオベエルはお坊ちゃんである、と書くつもりでいた。われはしばらく思索にふけったふりをして眼を軽くつぶったり短い頭髪のふけを払い落したり、爪の色あいを眺めたりするのである。やがて、ペンを取りあげて書きはじめた。

　――フロオベエルはお坊ちゃんである。弟子のモオパスサンは大人である。芸術の美は所詮《しょせん》、市民への奉仕の美である。このかなしいあきらめを、フロオベエルは知らなかったしモオパスサンは知っていた。フロオベエルはおのれの処女作、聖アントワンヌの誘惑に対する不評判の屈辱をそそごうとして、一生を棒にふった。所謂《いわゆる》刳礫《こたく》の苦労をして、一作、一作を書き終えるごとに、世評はともあれ、彼の屈辱の傷はいよいよ激烈にうずき、痛み、彼の心の満たされぬ空洞が、いよいよひろがり、深まり、そうして死んだのである。傑作の幻影にだまくらかされ、永遠の美に魅せられ、浮かされ、とうとうひとりの近親はおろか、自分自身をさえ救うことができなんだ。ボオドレエルこそは、お坊ちゃん。以上。

　先生、及第させて、などとは書かないのである。二度くりかえして読み、書き誤りを見出さず、それから、左手に外套と帽子を持ち右手にそのいちまいの答案を持って、立ちあがった。われのうしろの秀才は、われの立ったために、あわてふためいていた。われの背こそは、この男の防風林になっていたのだ。ああ。その兎に似た愛らしい秀才の答案には、新進作家の名前が記されていたのである。われはこの有名な新進作家の狼狽《ろうばい》を不憫《ふびん》に思いつつ、かのじじむさげな教授に意味ありげに一礼して、おのが答案を提出した。われはしずしずと試験場を、出るが早いかころげ落ちるように階段を駈け降りた。

　戸外へ出て、わかい盗賊は、うら悲しき思いをした。この憂愁は何者だ。どこからやって来やがった。それでも、外套の肩を張りぐんぐんと大股つかって銀杏の並木にはさまれたひろい砂利道を歩きながら、空腹のためだ、と答えたのである。二十九番教室の地下に、大食堂がある。われは、そこへと歩をすすめた。

空腹の大学生たちは、地下室の大食堂からあふれ、入口よりして長蛇の如き列をつくり、地上にはみ出て、列の尾の部分は、銀杏の並木のあたりにまで達していた。ここでは、十五銭でかなりの昼食が得られるのである。一丁ほどの長さであった。

――われは盗賊。希代《きたい》のすね者。かつて芸術家は人を殺さぬ。かつて芸術家はものを盗まぬ。おのれ。ちゃちな小利巧の仲間。

大学生たちをどんどん押しのけ、ようやく食堂の入口にたどりつく。入口には小さい貼《はり》紙《がみ》があって、それにはこう書きしたためられていた。

――きょう、みなさまの食堂も、はばかりながら創業満三箇年の日をむかえました。それを祝福する内意もあり、わずかではございますが、奉仕させていただきたく存じます。

その奉仕の品品が、入口の傍の硝子棚のなかに飾られている。赤い車海老《くるまえび》はパセリの葉の蔭に憩《いこ》い、ゆで卵を半分に切った断面には、青い寒天の「壽」という文字がハイカラにくずされて画かれていた。試みに、食堂のなかを覗くと、奉仕の品品の饗応《きょうおう》にあずかっている大学生たちの黒い密林のなかを白いエプロンかけた給仕の少女たちが、くぐりぬけすりぬけしてひらひら舞い飛んでいるのである。ああ、天井には万国旗。

大学の地下に匂う青い花、こそばゆい毒消しだ。よき日に来合せたるもの哉《かな》。ともに祝わむ。ともに祝わむ。

盗賊は落葉の如くはらはらと退却し、地上に舞いあがり、長蛇のしっぽにからだをいれ、みるみるすがたをかき消した。

初出：「帝國大学新聞」一九三五年一〇月七日／底本：『太宰治全集1』ちくま文庫、一九八八年

太宰治　だざい・おさむ

一九〇九（明治四二）～一九四八（昭和二三）年。青森県生まれ。本名は津島修治。東京帝国大学仏文科中退。在学中、酒場の女性と心中をはかり、一人助かる。非合法運動からの転向後、本格的に執筆。同人誌『海豹』に発表した「魚服記」「思い出」で注目を集める。一九三五年、『文藝』に「逆行」、『日本浪曼派』に「道化の華」を発表、八月、「逆行」が第一回芥川賞の候補となる。翌年、第一創作集『晩年』を刊行。この頃からパビナール中毒に悩み、三六年には中毒治療のため東京武蔵野病院の閉鎖病棟に入院した。三九年、井伏鱒二の媒酌で石原美知子と結婚。平穏な生活となり、「富嶽百景」「女生徒」「走れメロス」「津軽」「お伽草紙」など佳作を執筆。戦後、『斜陽』で流行作家となるが、「人間失格」を発表した四八年、山崎富栄と玉川上水で入水自殺。

中央高地

宮内寒彌

第一章

　この緑の高地にひと時、海面から霧が昇り始め、高地を包み、谷間に降り、また次の高地の方へ進む、やがて、どこからともなく線のない光が訪れて霧の中へ溶け込む、草原の緑も地上からこれに溶け込む、太陽は未だ昇らないがどこからか光は増して来る、こうして、この地の白夜のような午前三時の夜明が始まるのである。霧は光を吸うにつれて、凡《すべ》てのものを黒いかすかな影にして来る。高地に現われた黒い影は、荒れ果てた石塀と鋭角の屋根をした露西亜《ロシア》の住家《すみか》のようであった。やがて、光が増すにつれて高地の背をなす緑の草原が現われ、彼方《かなた》の蝦夷松《えぞまつ》の林の方に、まるで廃墟の村落の姿が見えて来るのであった。

　この村落のような廃家の集りは、かつての、コルサーコフスク監獄なのである。石の塀はあの灰色の塀の跡なのだ。今では早朝を労役に叩き起された流刑囚達の悲痛な点呼のうなりも聞えない。静かに光が増して行くのみである。しばらくして太陽が昇ると高地からは直《す》ぐ前に海が見え、この高地とそれへ向って集る不規則ないくつかの低い丘陵との間には、もとコルサーコフスク官衙地《かんがち》だった旧市街と、それに沿って高地の背部を廻ってまた海に出る細長い新しい港町が見えるのだった。

もう、朝霧はすっかり無くなり弱々しいながら初夏の陽が照り注ぎ始めた。それでも、荒廃の高地は勿論、凪《なぎ》の海も、細長い町の家々も静かに眠りを続けていた。夜明の早い北国の夏では、今は未だ早朝なのである。

「ズナ！　ズナ！　ズナ――！……」

石垣に程近い丸太造りの露助屋から、このような女の金切声が聞えた。ズナと呼ばれた少女は、びっくりして眼を開けた。小さい二重窓から薄暗い部屋に光の射し込んでいる中で、母が恐しい顔をし汗を一ぱいかいてうなっているのだ。

「ズナ！　水を持ってけ、水を、おっかの顔さぶっかけれ、……わらしこ出るんだ。わらしっこ……」

少女は、母親がどうして、こんな無茶な事を云い出すのかと思うより、そんな事をしたらどんなに怒られるのかと思いながらも、たどたどしい手つきで水を汲んだ。

「顔さかけれ――ってば……」

少女はとうとう脂汗の滲み出た恐しい母親の顔へ水を掛け始めた。その度に、母親はまるで水から上った犬のように首をぶるぶる振るのであった。…………母親の苦悶《くもん》と少女の驚愕《きようがく》の中に、嬰児《えいじ》の産声《うぶごえ》が聞える。

――おっ母は赤ちゃんを産んだ。――

こうして或る夏の事ズナは一人の弟林一《りんいち》を持ったのである。

林一の生れた頃は、中央高地は静かな朝に始まり、昼間ですら、下方の町からのさした息吹も聞えなかった。夕方も勿論の事、高地から見える亜庭湾の彼方の能登呂半島に太陽が入ると、それから永い間あの北国の薄明が透明な霧のように訪れ、丁度朝が僅《わず》かずつ吸う霧の光に明けて行くように薄明は全く徐々に光を消して行った。

静かだと云っても、それは、決して萎縮《いしゆく》からのものではなく、この新しい領土があわただしい過渡期を経て次へ動こうとする瞬間の落着なのであった。時代から云えば丁度一九一〇年代の初めであって、この島は占領後未だ十年も経《た》っていなかった。戦時、露西亜はこのコルサーコフスクの街を焼き払って北へ逃走した。その焼跡の街へやって来た日本人達が、やっと個人的な野心と生活のために移民小屋の建設をして、新しい投資を手を合わす蠅《はえ》のようにじっと待っている瞬間なのであった。逃走か野望かいずれにせよ、最初に命がけで渡島した人々が、ようやく小さな巣を作って、今に海を渡って来る資本の響を静かに待っているその瞬間なのであった。

ズナイダ（父称は既になく、ジナイーダと云うのを東北訛《なま》りに、こう呼ばれていた）と林一の母親も内地を追い立てられた一匹の蠅のような女だった。

彼女は他の者達のように、鞭《むち》に追われ餌《えさ》に釣られた者でも、また開拓者でもなかった。怠惰と安逸を求めるため開拓者達にとまって来た蠅であったが、こうして開拓地では女は最も必要であり不足していながら価格は上らなかった。そのため焼跡やバラックの建設場やこの高地で、開拓者の臭い手が若干の小銭を彼女の首筋に落し、その度に彼女が背中に感ずる冷たい金が数年の間彼女の命をつないでいた。

或る夜、彼女は中央高地監獄構内の露助屋の寝台に泊った。ジナイーダの生れたのはその寝台の上の出来事であった。戦乱の折一時逃げのびたジナイーダの父は監獄の小役人であったが、間もなくその家へ帰って来て、いわゆる残留露人になったのである。戦乱の折、官衙地の商人達は祖国や北満洲へ渡って行き、サガレン各地に散在した獄の囚人達も、どさくさの中の解放から「生ける死刑」を脱走して行った。こうした囚人や流刑徒はロシア世紀末の反動の灰色から生れた人達だった。誰だって政治的なものに向わない限り、頽廃《たいはい》たらざるを得ぬような不健康な時代であり、そうした時代の選手の送られたのが、このサガレン島であり、その監獄であった。

この戦乱に進歩主義者達は再び希望に燃えて本国へ逃げ帰り、祖国の重苦しい反動の重圧を恐れた虚無主義の露西亜知識階級や悖徳《はいとく》者の商人達はもう第二のサガレンを求めて、北満洲方面へ去った。ただ無銭の人々や精神のない人達が残留露人となったのである。ジナイーダの父は、この島の監獄に送られて間もなく虚無主義に転向した青年国事犯であった。そのうちに彼は海の彼方を拝みツアーの祝福を狂祀するようになり、やがて、コルサーコフスク監獄吏へ栄転した男だった。こうした気の弱い彼は、戦争が済み、島の持主が変っても過渡期の祖国を恐怖し、そのためこの島を愛した男であった。

ジナイーダが生れて、めっきり善良な嬰児《えいじ》になった彼は、或る冬、氷上漁猟に出かけると、その氷が彼を乗せたまま沖へ流れ出てしまった。翌春の解氷期、彼の首が凍りついた氷塊がこの海岸へ流れつき、一時開拓者達の間に「露助の執念」と云う怪談が生れたほどであった。

――中央高地さ行くでねえぞ、あしこの露助の獄にだば、露助の魂ぶよぶよ迷ってるぞ、おら大っきな露助の女《めっけ》に袖《そで》ばふっぱれた、よっく見れば何も居ねんだもな、おっかねえぞ。

――おら、港さ飲みに行って、帰りに高地を通った、何んとギィーギィーって、これだらほんとだ、ほんとに土の中から聞えるんだ……うんと稼いで、その銭ば樽《たる》さ釘《くぎ》づけして土さ埋めた、だども戦争で殺されたべ、んで釘ば抜きに来るんだとよ。

――夜高地の下さ船着けるでねえ、国さ残したおっか恋し恋し思ってら露助が手枷《てかせ》ばはめてぼっと乗って来る。

こうして、本国を後にした日本人達もいつの間にか、この悲痛の地獄たる高地に追放された露西亜人達の姿を感じるのであった。

母親は子供を二人かかえても、身を動かせて働こうとはせずにずるずると、ズナの父が残した家畜や家財がだんだんと売払われて行った。ズナはとうとう小学校へ上った。けれどもその頃母親はしげしげと家を明けて泊り歩くようになった。

初めのうちズナは母親が幾日も帰らないと、物置へ行って黴《かび》の生えたみがき鰊《にしん》を持ち出して林一と一緒に食べた。林一は、母親が、ズナ！　露助！　おら何だってお前ば家さおくか知ってるけえ、お前おら達に負けた露助だぞ、と云うのを聞いて、この姉を露助露助と呼んだ。露助！　何か喰《く》わせれ、喰わせねとお母さ云いつけっぞ。鰊に飽き何も喰《た》べるものがなくなると林一は青い顔をしてズナに訴えた。弟のそういう顔を見ていると、自分も何か白い飯か麵麭《パン》が無性に喰べたくなり、急に狭い部屋に立てこめた生臭い魚の臭《におい》にぐっともどしたくなった。林、我慢せ、朝になったら、牛の乳をうんと搾《しぼ》ってけるからな、林、乳好きだっけな。魚臭い糞の悪臭がますます鼻について来るとズナはたまらなくなって、小さな二重窓を開けた。草原の先の荒れている海の上に夕陽が光なく赤味を帯びていた。ジナイーダはその海を見ていると死んだ父親の恐しい生首の事が思い出された。初めて小学校へ上った頃、やはりこの海の見える教室で、お前のお父《とう》の露助の首がおっ母と寝たくなって泳いで来たのでその年から魚がとれなくなったってお父達のお父怒ってる、と云って漁夫の子供達に虐《いじ》められた事があった。じっと海を見ていると開いた硝子《ガラス》窓に夕陽のため自分の顔が映っていた。深く彫り込まれた大きな眼、生毛《うぶげ》のある白い頬などの自分の顔を見ると、黒い髪、黒い顔色、小さな眼などが顔の概念になっているジナイーダは、我ながら、その顔に奇異と嫌悪を覚えるのであった。窓に映った顔とダブって、波立つ海が見知らぬ父を思い出させ、露助と呼ばれる事によって意識出来る周囲の者達と異るという事実がその自分の顔によって、何か家の外に出たくないような恥らいを感じさせた。じっといつまでも入っていたい家の中では弟が自分の父親の着ていた足までかくすルパシカを着て、何か食わせろと云う、母親は今日もまた帰って来そうもなかった。暗くなると共に高地の下から波の音が響いて来、その音に混って、実際首が漂着したり、ギーギーという音がしたり、死んだ露人達が外を歩いているように思われた。もう鼾《いびき》をかいている林一の傍へ入ると、ジナイーダは未だ他の少女のように泣く事が出来た。

　高地から見える海が曇天の下で、遥か沖合まで白濁し、沢山の川崎舟が動き廻り、その舟や高地の下の浜辺から多くの人達の異様な叫び声が聞えて来た。あちこちの丘へ荷馬車が駈け上っては銀色の魚を運んでいた。五月の鰊漁期であった。ズナは、その頃もう一家を支えていた。母親はどこかの男に入知恵《いれぢえ》されたのか、露人と一緒に居た時分覚えたパン焼をズナに教え込み、それを旧市街の停車場で売らせるようになったのである。平たい大きな箱に樺太名物露助パンと書いて、その頃未だ軍政治時代で二時間毎《ごと》に奥地へ上下する汽車の駅売りに出した。赤いウクライナ風の頭巾《ずきん》をして、長い露西亜服を着たズナは腹におしつけた箱と首に切れ込む掛け紐《ひも》に苦しみながら、露助パン！　露助パン！　と叫んだ。移民達は物珍しそうにあちこちの窓から首を突き出してじろじろ眺め、発車間際になると思いきったように、露助！　パンば買ってける、と云い出した。彼等はパンを受け取ると銭をその大きな箱の中へ投げ与えるのだった。汽車が出て行くと彼女は一度その箱を高地の家まで息を切らして運んでから、学校へ行き、また間もなく次の汽車へ出るために家へ戻らなければならなかった。母親は、学校さなんど行くでねえと云い、教師は何だって学校ば馬鹿にす？　と云って、叱りつけ、ズナはこうした無理を云う二人の大人の間に悲しんでいたが、だんだんこうした事にはただ無頓着《むとんじゃく》に黙って、刻みの深い眼をうつむけるあのスラヴ的な性質が芽ばえて来た。実際ズナがちょっとでも急いで歩いたり、性急に動作するのを見た者はないくらい、丁度この地の夜明や日暮のように鈍重なものだった。初めのうち露助パンを買う者はただ物珍しさからだったので、時にはちっとも売れない事があった。しかし、高地から静かに街の方へ降りて来るジナイーダを見かけるとまた汽車が通ると人々が思うくらい一度だって駅に立たない事はなかった。そのうちにこの駅のズナの姿がだんだん知られて来ると露助パンもだんだん有名になって来た。異った血のため受ける冷たさを小学校で知っていたズナは、パン箱を掛けて停車場に立った時、沢山の日本人の顔ののぞいている窓の硝子に丁度並んで自分の違った顔が映るのでどんなに自分の顔を呪《のろ》ったか判らなかった。そうした少女が、血の出るようにして築き上げた名物というレッテルが今でも樺太鉄道の各地で日本人や露人に露助パンを売らせていても誰一人ジナイーダの事を知るものはないのだ。

鰊漁場が始まるとズナは駅売りの帰り、林一が拾い集めた鰊を家へ運んでやらなければならなかった。ところが林一は二時間くらい経つと姉が運んでくれるのを楽しみに、馬車から落ちる鰊を拾い集めていたのだが、ジナイーダが林一の所へやって来るのを出稼ぎの鰊殺しが見つけて、わらし、あの露助あま何だ？　と云い出した。すると林一と一緒に鰊拾いをしていた童子達が、こいつの姉っこだ。おっ母が露助の嫁になったんでこいつ露助の姉っこば持つんだ、と漁師にへつらって騒いだ。わらしの姉っこか、ええ、姉っこば持ったな、わらし晩に姉っこと寝んだべ、露助の姉っこ優しいべ、温くてストーヴもいらねえべ、露助の姉っこ羨《うらやま》しいな、……わらし達の群も、林、ええ姉っこば持ったな、羨し、羨し、と騒ぎ立てた。林一はこれまで、ジナイーダを姉に持ったために世間によくある揶《や》揄《ゆ》を受けて来たが、それは子供の世界としてであったのだが、今大人から、こうしたセンジュアルな眼で見られると異様なショックを受けてしまった。ズナがまた鰊を運ぼうとすると、あたりに先ほどの漁師の恥しい眼を感じて、「いらねえ、俺やるってば」、「いいからわし運ぶって」、「いらねえってば、露助！」と興奮して無我夢中で、鰊を車からかっぱらう鉤棒《かぎぼう》でズナを打ちつけた。これで俺とズナ仲悪いと思ってくれるべと思うのだった。この時はズナは全く恐しいほど素早く高地の下まで走り去った。びっこ引きながら坂を登って行く姉を見ると林は涙が出たので、うつむいて何度も魚を数えてみた。

この時から二人は当分は話もしなかった。けれどもこれ以来、林一には姉が毎日の大きな対象になって来た。誰も居ない高地の一本道で姉に出逢うと、姉が仲直りして、話しかけるぞ笑うぞと思われて胸がどきついた。しかし姉はうつむいて悠《はる》かに歩交《すれちが》うだけだった。また夜寝た振りをした床へ黙ってズナが入って来ると、寝込んだ振りをして自分のふとんをはねて、それを姉がそっとかけてくれるのを、子供らしく喜んだりした。しかしそんな気持を持ちながら一度他の者達に露助の弟だとか姉っことねるんだべとか云われると、またズナの自分達と違った白い顔を掻《か》きむしってやりたくなったり、しまいには何とか死んでしまえばいいにというような憎悪にかられるのだった。

高地の下で、ぱーんとはっぱの音がし、その震動がぶるぶると彼等の家へつたわって来た。すると、海の上へばらばらと石塊が雨のように立ち騒いだ。先頃から高地の下にバラックが立ち、向い側の丘の麓《ふもと》に真新しい監獄部屋が建ってどこからか沢山のたこ達がやって来た。

築港が始まったぞ、おら達の町もうんと、大きくなるぞ、と町の人達は嬉しそうに話し合った。しかしそれが人々が喜ぶようなものであったかどうかは判らない。当時、わが国はアリュシャン群島及びアラスカ、北樺太北龍江沿岸地に緊急なものを感じなかっただろうか、もしそうだとすれば、南樺太は絶好の足場でなければならぬ。こうして、今この地に多く生命と黄金が注がれようとしていた。朝から晩まで町中へ響く鈍いはっぱの音は人々を何か祭気分のようなうきうきしたものにした。

人々は、物珍しそうに、たこ人夫達が早朝監獄部屋から飯場へやって行くのを見守った。君達こそ、われわれの第二の故郷をうんと発展させてくれるんだ。そんな、自分でも不思議な何かわくわくする気持で彼等はたこを見に行った。けれども、たこ達はただ黙々とまるで機械のように彼等の前を通り過ぎるだけであった。一列縦隊になって、その前後には棒頭がくっつきそうした列が何列も何列も工事場の方へ歩いて行った。それを見ると人々は、自分達がいくら働いても出す事の出来ない何か大きな力がこの地に動いているのを感じるのだった。

ジナイーダは一番列車へパン売りに出て行く途中でよくこの異様な行列に出合った。その折、彼女は他の日本人達と異って、彼等が黙って歩くのや、動かさない落込んだ眼に自分に似たものを感じた。実際いつの間にか環境とそれに父から受けた永い流れからうつむきかげんに何も見ないで歩く自分であったが、この人達も泣きごえこそたてなかったがまるで牛《べこ》のように歩くのが、痛切に感ぜられた。

彼女はもう駅売に慣れていた。永い間の事から、自分でも初めのような恥しさや異った顔を意識するせつなさが薄れたと共に、いつの間にかジナイーダはその停車場になくてはならぬものになっていた。その停車場は古い露西亜ものだったので、そこにいるジナイーダは港に上ってここを通る人達にはエキゾチックなものを与えた。そのため再び内地へ帰る人達の中にはこの停車場で島への別れを告げる人達すらあった。露助パン、露助パンと口から口へ伝わったがそれはあの黒味がかったパンよりも、古い停車場の露西亜娘の顔と体の代名詞として知られて行ったのである。露助パン露助パン、そう云って人々はジナイーダが大きくなるのを見守った。彼女自身でももうお得意の顔を見覚えたくらいだ、彼女は名物になろうとしているのだ。毎度有難うございます。そう云って顔見知りの客にパンを差出す。その時、にこり、と歯の出た自分の顔がまた硝子窓に映る、しかしもうその顔を見るとジナイーダは満足した。異っている、だが懐しい顔だ、誰のとも変えたくない顔だ、自分のより美しい顔は未だ一度も通らない、と思った。あちこちの窓にあわただしくパンを売ると汽車は出て行った。するとホームの先はすぐ海であった。汗ばんだ体、空の箱、浜風がさっとやって来る。ジナイーダは父も母も何もかも忘れた。また次の汽車が来る、それが待遠しかった。

まだまだジナイーダ達の家までは遠かったが中央高地はだんだん壊されて海へ埋められて行った。そうして、町の人々に築港という言葉が覚えられ、奥地の油田へ鉄道が敷設されるのだと云って、時々人夫や鮮人を積んだぼろ船がやって来た。島の各地で鶴嘴《つるはし》の音がし始めた。それが人々に伝わるのだった。ところが丁度その鶴嘴の音と共に、ベーリング海峡の軍用地下鉄道や沿海州の砲台が真黒な脅威として起り、そうした投げ与えられた待戦気分は以前まるで貪欲《どんよく》と野望を夢みて、貧困と圧迫の故郷を脱走して以来、故国を忘れないまでもそれよりも我々の楽土を建設しようとしていたこの島の住民達に新しく祖国を意識させようとした。俺達は日本帝国の領土開拓者なのだ。植民地は再び祖国を意識しようとしていた。そして、人々は何か荒々しい気分にとりつかれていた。

ジナイーダはホームに腰かけて工事場の方を眺めていた。一瞬、からんからんと鐘の音が海岸沿いに響いて来た。たこ達が大急ぎで鉄道を交錯したトロのレールをはずした。何台も続いていたトロが静止した。すると、高地の崖に汽車の音が轟《とどろ》き渡り港町の方から汽車が現われた。今日は船が入ったのだ、彼女は大きなパン箱をぐっと骨盤に受けて立ち上った。窓、顔々、手々、アリガトー、露助パン、……あわただしい一瞬の後汽笛が鳴り、連結機ががちゃがちゃんとのびた。その時一つの窓から、一人の男が、露助！　と半身のり出して呼んだ。ジナイーダは汽車を追って走り寄った。ぱんを五十銭くれ！　男は彼女がやっと近づくと、そう云って大きなパン箱の中へ銀貨を投げ込んだ。しかし汽車はもう滑り出して、いくら走ってもだんだん男の手は遠ざかった。男は間もなく顔をひっこめてしまった。…………彼女に小さな道徳がないわけではなかった。しかし当時のこの植民地では、仮に札束を拾っても、届ける奴は馬鹿野郎と嘲笑される時だったのだ。あのお客はまた必ずここを通る、その時にと思って彼女は別に気に留めなかった。

学校帰りの子供達ががやがやと集っていた。路傍に積まれた薪の上に、この町のおやじが腰かけていた。おい、あんちゃん達、先生っこ修身の時間に、何教えた、正直って事ば知ってるべ、知ってんだな、あんちゃん達、正直。だら、云う、俺達いつ戦争しっかけられるかわかんねえだぞ、んだから俺達仲良くしてねばなんねえ、判ったか……見れ、はっぱぼんぼんてなってるべ、内地の人達おら達の町さ築港ば拵《こしら》えてけるちってんだぞ、だのに、おら達内地の人ばだましてええか、そんで戦争出来っか。彼はそれから子供達を睨《にら》みつけて、この間ジナイーダが内地から来た人から金だけとって、麵麭をやらなかったと話した。俺はズナが露助だから云うでねえ、ズナだって日本人だ、だが、そんな盗人を名物だなんだちって、戦争出来るか、悪いと思ったら喋《しゃべ》れ、林、そんな姉っこでええか、……林一はおびえ上ってしまった。行くべや、不良さ行くべ、子供達は停車場の方へ走った。

高地の草原でジナイーダは歯をむき出して怒った。しかし子供達は大勢でせめ立てた。ズナ今度駅さ出たらしでえめにするぞ。林一は初め姉を嫌悪し逆上したが、眼の前に、いつかの鰊時以来の感情を持った姉が、しかもこの場面であの時よりもずっと女らしくなったのが判る姉を危機の中に見ると、子供等の不当な力を恐れ、おまけにその恐しい力が片方ではただの遊びから出てるのが判るので息づまりそうになり、姉を守って戦おうと思う感情がびりびりしたが、そう思えば思うほど、それ以上に狂乱し、じっと身構えた姉の肉体への愛着を感じ、その感情と意識がびりびりと激烈に乱れ戦った。しかし、永い間燻《くすぶ》った姉に対する極度なる愛情がせきを切って、常識的な感情を圧倒すると、その刹那《せつな》には、姉と自分との間が愛情と遠近の究極な両極端だけを走ってその中間を失い、最も愛するものを最も憎まねばならない、異常なサジスト的な心理に来てしまった。そうした心理がまき起ったため、血ばしった彼の眼には、緊張し汗ばんで全身をもって身構えた姉がやっと視覚出来たのだ。林一の気持がジナイーダにも子供達にも伝わったように、殺気が漲《みなぎ》った。と同時に林一は姉に躍りかかった。パンが飛び、着物が裂け、手と手が争い、足がもつれ、汗ばんだ顔が睨み合い、白い豊かな体と小さな硬い体が一つになろうとするように青草の上でもつれ合った。林一にはそれが最も姉を愛する手段であり、姉には林一に攻められ攻め返す事が、あたりの子供達、ひいては今まで自分をおさえつけたものへの反抗を示す快感だった。汗と血と荒い息づかい、体と体のぶつかる鈍い音……二人の争いは恋人達の最愛の行為よりも緊張した幾分間だった。子供の一人が逃げ出すと誰もがいっせいに走り去るほど恐しいたたかいだった。自失して倒れたジナイーダのうつろな眼には、草の上に嗚《お》咽《えつ》する林一と散乱したパンの次に、下方の停車場を出て行く下り列車が見えた。

その時から、もうジナイーダの姿はその停車場に見当らなくなってしまった。いつか彼女に五十銭を投げた男、子供達を煽動《せんどう》した男、その男は露西亜女や日本人を傭《やと》って、沿線各駅に名物露助パンを叫ばせるようになった。

秋の初めだったので、海は毎日シベリア颪《おろし》に荒れた。

時折高地の下を通る汽車の煙が風に煽《あお》られて高く舞い上るのが見えた。その度にジナイーダには乗客の多寡《たか》まで眼に浮かんで来て、職場を奪われた口惜しさよりも何か気の抜けたような毎日になった。もう学校へも行かなかったし、母親がここ二ヶ月ばかりまた居ないので、毎日何もしなかった。林一はその気の抜けたような姉を見ると、痛烈にこの間の出来事が思い出されて、どうしたらこの姉を慰められるかと思った。そうして弱気に出て、姉の顔をうかがいながら、あの思い切り姉の体にぶつかって行った事を思っては興奮するのだった。この広い、子供ながらに、先住者が地獄のように泣いて暮した事の感ぜられる高地に姉とたった二人で毎日暮しているという事がもう秘密の喜びとなった。或る日、二人は越年用のジャムを作ろうとフレップ採りに出かけた。ところがその時牧場の番犬の交尾を見てしまった。ジナイーダは犬の苦しそうな顔を見ると、林、あんな顔してわしに掛って来たっけよと云って微笑した。その姉の顔を林一は一生忘れることが出来なくなるのだ。

第二章

実際今ここでは、他人事のように書いている事が出来なくなった。時々考えてみても不思議でたまらなくなる事があるのだが、ジナイーダこそ、私がこの世で持ったただ一人の肉親の姉だった。初め私は二つの民族と異った時代にまたがるこの中央高地の正しい履歴の中に、姉ジナイーダの生活記録を書きつらね、それと共に自分の少年期の事どもの覚え書きにしようと思ったのだがここまで書くうちその頃の事が新しく思い出されて来、事実またこの姉が悪どい日本人に職場を奪われた時分からは私も相当物心がついていて、大抵の事を記憶しているので、今では、私の中にそれらの過去がも一度の真実のように動き始めた。そんなわけで小説家でない私には、ジナイーダが再び私の前に現われ私自身が中央高地の家に居ると思われるほど切実に生々しく過去が動いて来ると、もう、それを第三者として、書きつづる余裕や冷たさや構成力がなくなって、ただ、現に心の中で動いて来たことをそのままに書くより他なくなったことを告白しなければならない。

丁度、物語にして云えば一章の終りに来た時分、私は今までと違って、どこからか母親が高地を登って帰って来はしないかと気になっていた。実際何もする気がしなくなった姉は、その頃の私には大人のように強い体を部屋中へぶちつけて暴れたり、また静かになって、汚い寝床に腰かけて考え込んだ。家の造りで小さい窓からの光で、姉の顔の刻みはますます深く見えた。その姉に私は、もうどんな甘え方も許されていたのだ。ジナイーダはたとい、気の向かない時でも黙って、私の甘えるに任せるのだった。そんな訳で私は、今母親がこの家へ帰って来ることを望まなかった。私は姉を深く愛し、その愛情にどれほど勇気づけられたことか。

しばらくするとまたジナイーダはパン箱を首に掛けて高地を降りて行くようになった。私は彼女が気の抜けたように打倒れて、じっと眼をつぶっていたような時も、きっと働き方を考えていたのかと思うと、また自分から遠ざかったと、思い悩んだ。もう学校をよしてしまっていた彼女は、或る時、伝え来るはっぱの音に誘われて工事場の方へ行ってみた。赤い旗が上ると働いていた人々がいっせいに駈け出し、しばらくすると崖が爆発して崩れ落ちるのを見ていた。鐘が鳴って汽車が通ると急にまたパン売り、あのように面白く売れていたパン売りの事が思い出された。すると、工事場の昼と見えて、崖の近くにいた、たこが一列に並んで、番号を云いながら小屋の中へ入って行った。ところが同じ働いていた人達で小屋へ入らない人達（出めんとり）がいて、弁当を展《ひろ》げたが、それらが、露助！パンを持って来い、と云ったそうである。ちょっとしたそんな事から、昼になるとそこへパン売りに行くようになると、またそこを通り合わす人達にも買う者があった。そんな事で駅売りのように客が動くのではなく、自分から動く行商という事を悟って行ったらしかった。ひまを見て、船着場の方へも行った。すると、そこへ行く途中の町の中で、やはり、おい露助パン、と云うものがあった。ああ、町中が売場だと思ったらしい。そうは云うもののあのパン箱を空にして帰ることは極く稀《まれ》で売り上げはしれたものだった。

私達の高地は、旧市街と細長く連なる新市街とその端にある船着場とそこからまた旧市街までの工事場のある海岸線にとりまかれていたので、彼女は昼間海岸の工事場へ出て、船着場、新市街と一周りして帰って来るのだった。夕方帰って来るとまた明日のかまで忙しくて、だんだん私も遠慮させられ、彼女も無関心になった。そうした態度に、半日も出歩く彼女に嫉妬を抱くのだが、今考えてみると、私にこそ一人前の女のような水々しい秘密を持った体に感ぜられたが、世間から見ると未だほんの子供だったものと見えて、よく行商女の受けるような卑猥《ひわい》な言葉や行為は受けず、また自分でも、ただ自分が苦労して育て上げたとも云うべき露助パンが売れることだけに一生懸命のようだった。

　冬になって、凡てが真白になってしまい、町中の人々が大概冬籠《ごも》りの生活を始めても、はっぱの音はやまなかった。これにはさすがの開拓者達もおどろいた。別にたこ達は防寒具をつけた訳ではない。それで、寒帯の浜風の吹きつける崖で働くのは人間には到底出来ることではなかった。彼等はたこだったのだ。人々はやはりお上の仕事だと有難がったり、何か重大なものを感じたりした。寒さは人を凍死の前の睡魔に襲わすので、崖を伝って、はっぱの穴を掘っているたこが時々崖を墜落した。また寒気で岩に思わぬ亀裂が出来るので、落岩が真白な雪の上に、漬物のように人間の血を絞った。また汽車が来たので慌ててトロをはずそうとして、氷に滑って一時に四人も殺された。こうした次々の惨事の中に徐々に高地は海へ埋められて行った。

　ジナイーダは港町への近路にこの海岸を通るのでその惨事を身震いして私に話した。私が昼過ぎ学校から帰ると、ちょっと前に出かけた姉の足跡が私のとは反対に雪の上についているので、それをつたって歩いたが、雪が降ったり、風が吹いたりして何も足跡もないのに家に姉がいない時は、どんなに心配だった事か。――林、かえったよ、おおひゃっこい、ひゃっこい、――そう云って半分も残った重い箱を持って、彼女は、ペチカに暖められたこの部屋へ、入って来るのだ。

いくら私にとって、血のあふれていると思われる彼女の体もやはり女の体だから随分冷えていたらしい。それから私達が売残りのパンや夏に集めた昆布の熱汁などを啜《すす》って寝床に入っても、未だ彼女の体は冷たかった、林、露助の体ひゃっこいべ。そう云って、冷たい体をおしつけると、私はその自分の倍もある体を前後左右に代る代るに温めた。そんなにして彼女が寝つかれるくらい温まるには大分かかった。その間私達はお互の血脈をきく以外何も話さなかった。焚《た》くべき薪のある時はそれでよかった。だが、焚物はなく、零下数十度の外から冷え切って帰った姉を温めるには私の体は余り小さかった。二人は物も云わずがたがた震えながら凍死を免れようと必死で抱き合った。人知れず餓死と凍死と闘う私達は、姉弟と云うよりも、至高の愛に結ばれた生活の同志であった。その熾烈《しれつ》さが、現実の寒冷を克服したものと思われる。

私達の住んでいる高地は私達よりずっと不幸な人達の血を吸っては海に入って行こうとしている。そうした悲痛の丘の、しかもかつての露西亜の地獄の街の荒廃の中に私達は住んでいたのだ。また私達の共有する血の四分の一がスラヴだという事で私達はどんなに苦しんだことか。現に生活まで奪われた。そして、貧乏という言葉のなかったこの地で、私達はあんなどん底までつきおとされる。親という肉親は家を空けて渡鳥の後を追う、(現にこの冬もとうとう帰らなかった)こうしたことは子供の魂に理窟は判らなくとも感じられないはずはない。まるでこの地の地形のような荒涼さと、この地の冬のような冷酷さの中で私達は親近して行く相寄る魂なのだった。しかも親近した私達をおしつけている貧乏という現実に刃向うために、私達は接近の中で、貧窮に抗して行くための力を掘り当てなければならなかった。単なるきょうだいという同型の肉親では、お互の体に力を掘り合う事は出来ない。その熱はあの暖い人間の結合からのみ出る。そこで私達は肉親でも子供でもなく、無理にも渡世苦を自覚せる男と女でなければ生きることが出来なかったのだ。私は今でもジナイーダを姉と云えば何かくすぐったくなる。彼女はただジナイーダなのだ。

実際ジナイーダもこの時期を生きぬけるために、私から何か吸っていたようだった。こんな訳で彼女の数年の行商時代に出たり帰ったりした母親に対して、私は何の関心も持たなかった。云わば生活の外の人だったので、この頃の母の記憶はほとんど消え去ったようである。

行商のこつは顔見知りを作ることだから、三年近くも町を廻っているズナには随分顔見知りも出来たので繁昌すべきだったが、そうは行かなかった。露助パンというのは、細長いパンが五切連なったもので、その形が一番の特徴だった。勿論、ズナの停車場の売場を奪った男もズナと同じ形のパンで売り出していた。この町は築港工事の進展と共に眼に見えて動いて来、また島内にパルプ、採鉱等の民間投資と官営施設が始ったので、島の玄関として、急速に発展した。それと共に抜け目のない商人が入り込んで、また私達の生活をおびやかした。

或る日、姉が日に日に新しくなって行く町を歩いていると或る菓子屋に名物露助パンと書いて、現に自分が売って歩ってるのと全く同形のパンが積まれているのを見た。育ての親と云えば、それまでだが、未だほんの子供の頃生活の具としてそれを生み、人に嘲笑される自分のあだ名露助まで冠したパン、しかも旧市街の駅では自分の体を宣伝に供してまで育てたパン、それが一度は人に奪われ、次にはもう他人のように立派な店の中に売られているのだ。その時の姉の気持を想像してやってもらいたい。私達の汚い家で作ったものと、専門の菓子屋のものと、どっちが優れてるかは判り切っている。町中の菓子屋は露助パンを作らないと菓子屋らしくなくなり、露助パンはもうその町の平凡な名物になってしまった。余程物好きでない限り露助から露助パンを買うという事はなくなって行った。

こうして、私が五年生の時はちょっと記憶すべき年だった。その年から、母親はもうずっと家に居るようになり、一つには母親が家にいるためと、ジナイーダも確か十六になっていたので、私達はまた、世間から見ればともかくも、普通の姉、弟、母として暮すようになった。またその年は彼女が永い間、首に紐の跡をつけ、骨盤に支えて来たパン箱を永遠に捨てた年であった。何度もくどいようではあるが、今大きく云えばこの島の名物として、多くの人々に生活を与えていた露助パンというものの最初の一片は当時未だ幼なかった姉ジナイーダが新しい服を着せられて、大きな箱によちよちしながら、泣き出しそうな顔で売ったものであることを記録しておきたい。

十六と云えば世間並には、もう女。どうしたものか帰って来た母親はジナイーダに着物を着せた。すると今まで彼女は、他の残留露人に聞いて、ペトログラードと呼んだキリスト教の坊さんのような服を着て来たが、それはぶくぶくと寛《ひろ》い、地までとどくくらい長いあっぱっぱのようなもので、服が紐できつく絞められるので見られるといったものだったが、そんな女の肉体の感ぜられない服の中でジナイーダの体は恥かしいくらい奔放に完成されていた。着物を着ると胴が細いので、腰から下と顔のある胸部とがまるで別の生物に思われるほど発達していた。混血児と云っても日本的でない全くの露西亜女であった。

母親の意図は詮索したくないが、町の企業家は、ジナイーダに眼をつけてしまった。中央高地の小屋の娘と云えば彼等には店棚に出ている商品も同然だったのであろう。

原因を知らずに町の発展につけ上ってか、この端から端まで歩行僅《わず》か三十分足らずの町にバスが通り始め、皮肉にも初め私達の旧市街に車庫を持つ赤バスだけだったのが、港町の方から青が出て来ると二つはこの町の細長い一本路の上で戦い始めた。しかし赤は車体の老朽と少数のため青におされていた。そんな時ジナイーダはその赤バスの車掌に要望されたのだった。

――「助平バスが通る」――町の人々はそう云い出した。ジナイーダは他の車掌のように小倉の制服を着せられなかった。薄いぴったりした絹の服だった。おやじはジナイーダをまる裸にして乗せておきたかったのだ。それを割引しての洋服だったので、初め彼女がそれを着た時私をいらいらさすほど彼女を引き立たせたが、それを着せてあの荒地のような路を走らせたのだ。車が動き出すと両側に腰かけた人達の間で彼女は体を変な恰好《かっこう》に振られ、その上、うす物の下で女の肉が波打ったのだった。乗客は運んでもらいながら異国の女のレヴューを見せてもらえるようなものだ。誰も乗物の震動が性神経を昂《たか》ぶらす事は知らずに、凡てをジナイーダのせいと思った。乗るための車か、見るための車か判らなくなってしまった。そうして人々が助平バスだ、などと云い出すと気の弱い人は次の車を待つようになった。私はまた満員の赤バスを見て苦しまなければならなかった。その頃のジナイーダの外での生活については私は何も知ることは出来ない。ただ彼女が終車をしまって帰る頃高地に男の声が聞えた。また時々母親を訪ねて来る人達が出来たのは知っている。

……

高地から一面海だったのに、そこへ埋立地が見えて来た。私達の家の方までは崩されなかったが、コルサーコフスク時代海にその緑をうつしていた崖は、海の方から見ると不規則に新しい地層を腸のように露《あら》わし、崖には木々が今にも落ちそうになって悲痛な姿になっていた。そして、私は六年になり、その春の雪解け期、ジナイーダは居なくなってしまった。ちょっと出かけるのだと私は思っていた。行くすぐ前の日、林、人来てね、富内《トンナイ》（東海岸の部落）さ、わしのお父の妹いて病んでると、でわしに来てくれってね、おっ母も行って上げれって云うんだ。行くけどもさ、ほんとにお父に、妹居たんだべかね……と云って、うっとり海を見る、――お父の首の居た海も土の下さなっちゃった……と云った。それが、最後の訣《わか》れになってしまったのだ。

私は無理に中学へ入れられ、高地を降りて下の町へ住むようになった。そしてどうして帰らないのかと思っていた姉が富内の朝鮮女郎屋にいるのを知った。女々しいから私の感情は書くまい。けれども、間もなく私は家を飛び出して、今日までの悪夢の反抗の毎日が始った。

……コロコロテ、イツコロノ？　アカンナサイ、青い軒燈の下で朝鮮女が客を引いていた。ジナイーダのいる家だった。私は露助！　と名指して登った。廊下を通る時、ちらとたまり場に居る鮮女の間に姉を見た。部屋へはみにくい鮮女が来た。何だ、ロスケどうした。鮮女は隣室を指す。物好きの馬鹿、ロスケのからだ国と同じ一番大きい、日本、朝鮮小さい、朝鮮なお小さい。国小さい楽し。何をぬかす。このよぼの馬鹿、くたばれ！　しかし私はジナイーダの気持に似せて、みにくい鮮女に惚《ほ》れたと云って泣いて、醒《さめ》る……こんな悪夢が続くのだ。

この島では山火事が名物で、焼けるに任せた原始林の煙が入道雲のように空にうずまき、夜には天に沖して八方に燃え上がる悪魔のごとき焔《ほのお》が見えた。私はその山火事を見るとやはりどこかでそれを見ているジナイーダを想った。そうした悪夢に女の受けた迫害を見ると山火事はまた反抗の焔に見えるのだった。島を出て本土に暮した私の悲しみの履歴も一九三〇年、三二年のあの時代を経て今日へやって来ている。今日の時代それは未だ記録すべきではない……

第三章

御無沙汰しました。お変りありませんか。未だ御地は残暑のきびしいことでしょう。こちらはもうすっかり秋です。秋はただ、冬の前の寒さとおとり下さい。全く荒涼そのものです。さて、今日は、最近私の帰り住んでいる大泊の町で起った事件、それから受けた私のショックをお伝えしようと思います。久振りにこの地へ帰った私はこの地がおだてられて有頂天から投げ捨てられて、べそもかけないで、怒ろうか諦《あきら》めようかと歯を喰いしばって迷っている子供のように思われました。それでも、実際におだてられていないだけに淋しいながら懐しいものです。植民地だからとちょっとは期待していたが私がここを出帆した頃の騒がしさがなくなっています。だだっぴろい埋立地はそのままになっており、パルプ工場も奥地へ移転されていて、そのため小さい町のことだから商売は全く悲惨なものです。それに、も一つの景気を煽っていた魚がちっともとれない。魚のとれるとれないは世の中と関係なさそうだが、産卵する岸辺が埋められたので魚は沖を素通りするのだそうです。こんな事で、人々は困ってしまい、「満洲へ行く」という事がはやっています。夜逃げのようなものだが偉い事だと思う。

私達の住んでいた中央高地は今公園になっていて、その丘がまた好きになってしまいました。昔かわらぬ美しい緑の高地ですが、幼い日のこと、姉のことばかり想って、逍遥《しょうよう》致しております。私達の住んでいた露助はすっかり取り払われておりますが、鉄道だって、海だって、その頃と同じです。君によく話していた姉のジナイーダは西海岸で死んだという話がありますが、それよりも東京で見たという話を信じたくなります。死んだなどと考えることは到底出来ません。この頃は、東京をうつむいて歩いている姉の姿を想い浮べます。どうせどこかに隠されているのでしょうが、どうかそれらしいものに気をつけて下さい。満洲方面へ逆輸入でもされたら再会の希望ももう駄目になってしまいます。

さて、事件というのは、私の眼の前で戦争が起ろうとした事です。この間の事ですが、町中が戦争だ戦争だと云うのです。全く突然で信じられませんでしたが、群衆に従って丘へ上りました。すると夕方の海の中央高地の直ぐ前に見なれない船が五隻かたまっており、沖の方の湾の出口の方に日本の駆逐艦が二隻来ているのです。

かたまっているのはレッド・フラグがよく見えましたがソヴェトの商船隊なのです。どっちも煙を吐いているので、恐しくなります。このしばらく前この商船の一つが動き出すと軍艦が直ぐ戦闘旗を掲げて沖の方からやって来たそうです。私は××戦争が始まったのかと思いましたが。暗くなって行く海にこの艦船が対峙《たいじ》してるのは全く恐怖でした。その晩は海戦が今か今かと思われて眠れませんでした。翌日は、武装水兵が上陸して今度動いたら撃つんだと云うのです。事はこの商船隊が時化《しけ》で一隻西海岸に坐礁《ざしょう》したので、庁の外事課が臨検に行くと、ゲー・ペー・ウーがピストルで乗船を拒んだ。それは、彼等がカムチャツカへ砲台建設の大砲を積んでるからだ。離礁すれば逃げてしまうので、軍艦の出動になったのだそうです。二隻で大砲を向けて五船の周囲を廻りながらこの湾へ連れて来たというわけです。一方的な話ですが海戦の可能性はあります。夜になると駆逐艦はずっと沖へ出て探海燈を浴びせました。私は高地からそれを見ていると戦いというものの戦慄《せんりつ》を感じたのです。この対立は十日ばかりつづきました。その間中商船の連中はどんな気持だったでしょうか、自分達の父の時代の有名なコルサーコフスク監獄を眼の前に見ている気持がです。また彼等の停泊点の下には、日露戦争の時のツアーの巡洋艦が沈んでるのです。彼等はその事をよく知ってるでしょう。今、北国の灰色の空の下で、革命と戦争という人類にとって二つの大きな事が痛切に感ぜられました。とうとう戦いにはなりませんでしたけれど、こんな重大な瞬間にも中央高地は超然としているようでした。自分の昔の来歴を思えば、ちょっとは感動出来る時ではありませんか。

夕方駆逐艦からのラッパの音がかすかにこの高地へひびいて来、また近くに居る商船隊からは甲板に集まって、赤旗を下ろす乗組員のインターの歌声が手にとるように聞えて来ました。また山火事だと見えて、対岸の空が赤らんでおりました。私はジナイーダや私の小さな来歴に、悲しみの丘であったこの中央高地で、じっとこの夕方の光景に見入っておりました。その時私は初めて、この中央高地が「恥辱の丘」だという事を実感出来たのでした。

ですが、それに致しましてもこの高地の懐しさにはなんら変りないようであります。私は人知れぬ緑の樹蔭に茫然《ぼうぜん》と時を過したりしておりますと、身近かに姉の生きてある想いにわれを忘れているようなことがよくあるのです。殊に夜深くこの丘をさまよっておりますと、林！　と云う懐しい姉の声をふと聞いたり致します。昔、開拓者達がこの高地に生きている先住露人の魂を感じたそうでありますが、私にとりましても、全く不思議な高地だと思います。

ジナイーダは死んだ、東京へ連れて行かれた、と云われるのですが、私にはどちらも信じたくありません。いや、もはや、そのようなことはどうでも構わなくなりました。

彼女はこの高地に生きております。私は、いつでもこの美しい緑の高地の中に彼女を感ずることが出来るようになりました。ですから、私はこの不可思議な感情に奉仕して、この下方の町に永住しようと心秘《ひそ》かに決心致しております。

東京では、ほんとにお世話様でした。御健康のほど切に祈り上げます。

さようなら

九月二十三日

初出：『早稲田文學』一九三五年八月号［発表時作者二三歳］

底本：黒川創編『〈外地〉の日本語文学選2　満洲・内蒙古／樺太』新宿書房、一九九六年

第二回芥川賞選評より〔一九三五（昭和一〇年）下半期〕

久米正雄　この人の殖民地文学は決して前回の石川達三氏と比べて、遜色の無いものだが、どうもちょっと題材の殖民地性が、この際気に成る。

室生犀星　甚だ佳しとした所以はやはり処女作めいたごついところと、内容が眼に珍しかったからであった。（略）「中央高地」は傑作でも何でもないが、人々はこういう作品を見過すことのできない、微妙な、小説的宿縁を感じるのである。

佐佐木茂索　宮内寒彌「中央高地」これは力作。だがもう少し待とう。もう一二作。

宮内寒彌　みやうち・かんや

一九一二年（明治四五）〜一九八三（昭和五八）年。岡山県生まれ。少年時代は、中学教師だった父の任地の樺太（サハリン）で過ごす。早稲田大学英文科卒業。一九三五年に「中央高地」が第二回芥川賞候補となる。戦争末期に一水兵として応召、その体験を描いた『憂鬱なる水兵』を四六年に刊行した。戦後は少女小説、児童小説の翻訳も行っていた。七八年、逗子開成中学のボート遭難事件を扱った『七里ヶ浜』で平林たい子文学賞を受賞。

神楽坂

矢田津世子

一

　夕飯をすませておいて、馬淵の爺さんは家を出た。いつもの用ありげなせかせかした足どりが通寺町の露路をぬけ出て神楽坂通りへかかる頃には大部のろくなっている。どうやらここいらへんまでくれば寛いだ気分が出てきて、これが家を出る時からの妙に気づまりな思いを少しずつ払いのけてくれる。爺さんは帯にさしこんであった扇子をとって片手で単衣の衿をちょいとつまんで歩きながら懐へ大きく風をいれている。こうすると衿元のゆるみで猫背のつん出た頸のあたりが全で抜きえもんでもしているようにみえる。肴町《さかなまち》の電車通りを突っきって真っすぐに歩いて行く。爺さんの頭からはもう、こだわりが影をひそめている。何かしらゆったりとした余裕のある心もちである。灯がはいったばかりの明るい店並へ眼をやったり、顔馴染の尾沢の番頭へ会釈をくれたりする。それから行きあう人の顔を眺めて何んの気もなしにそのうしろ姿を振りかえってみたりする。毘沙門の前を通る時、爺さんは扇子の手を停めてちょっと頭をこごめた。そして袂へいれた手で懐中をさぐって財布をたしかめながら若宮町の横丁へと折れて行く。軒を並べた待合の中には今時小女が門口へ持ち出した火鉢の灰を篩《ふる》うているのがある。喫い残しの莨《たばこ》が灰の固りといっしょに惜気もなく打遣られるのをみて爺さんは心底から勿体ないなあ、という顔をしている。そんなことに気をとられていると、すれちがいになった雛妓《すうぎ》に危くぶつかりそうになった。笑いながら木履《ぽっくり》の鈴を鳴らして小走り出して行くうしろ姿を振りかえってみていた爺さんは思い出したように扇子を動かして、何んとなくいい気分で煙草屋の角から袋町の方へのぼって行く。閑かな家並に挟まれた坂をのぼりつめて袋町の通りへ出たところに最近改築になった鶴の湯というのがある。その向う隣りの「美登利屋」と小さな看板の出た小間物屋へ爺さんは、

「ごめんよ」と声をかけて入って行った。

店で女客相手の立ち話をしていた五十恰好の小肥りのお上さんが元結を持ったなりで飛んで出て、

「おや、まあ、旦那、お久しうございます」

と鼠鹿の子の手柄をかけた髷の頭を下げた。「お初はちょいとお湯《ぶ》へ行ってますんで、直きに戻りますから」

お上さんは爺さんがずっと面倒をみているお初のおっ母さんである。梯子段のところまで爺さんを送っておいて店へひきかえした。

六畳ふた間のつづきになっている二階のしきりには簾屏風《すだれびょうぶ》が立ててある。それへ撫子模様の唐縮緬《とうちりめん》の蹴出しがかけてあった。爺さんは脱いだ絽《ろ》羽織を袖だたみにしてこの蹴出しの上へかけてから窓枠へ腰を下してゆっくりと白足袋をぬぎにかかった。そこへおっ母さんがお絞りを持って上ってきた。

「さっきもね、お初と話していましたよ。今日でまる六日もおいでがないのだから、これあ、何か変ったことでもあるのかしら、あしたにでも魚辰さんへ頼んで様子をきいて貰いましょう、なんてね、お案じ申していたところでしたよ」

魚辰というのは馬淵の家へも時たま御用をききにいく北町の肴屋である。

「なにね、この二、三日ちょいと忙しかったもんで、それに、家の内儀さんがね、どうも思わしくないのでねえ」

爺さんはお絞りをひろげて気のすむまで顔から頸のあたりを撫でまわすとそれを手綱にしぼって一本にひきのばしたのをはすかいに背中へ渡して銭湯の流し場にでもいる時のように歯の間からしいしいと云いながら擦っている。

「お内儀さんがねえ、まあ、そんなにお悪いんですか」

隣りの箪笥《たんす》から糊のついた湯帷子《ゆかたびら》を出してきたおっ母さんはいつまでも裸でいる爺さん

の背中へそれを着せかけた。

「何んしろ永いからなあ。随分弱っているのさ。倉地さんの診察《みたて》じゃあこの冬までは保つまい、って話だ」

「それあ、旦那も御心配なこってすねえ」

おっ母さんは爺さんの脱ぎすてた結城の単衣をたたみ止めて、いかにも気の毒そうな面をあげた。けれど、その表情には何んとなく今の言葉とはちぐはぐな、とりつくろった感じがある。

茶卓の前へ胡坐《あぐら》で寛いだ爺さんをみて、

「旦那、お夕飯は？」と、おっ母さんがきいた。

爺さんは大がい家で飯をすますことにしている。すんでいないといえば小鉢もののようなつきだしでさえ仕出し屋から取りつけているここの家では月末にそれだけを別口のつけにして請求してくる。目ざしに茶漬で結構間にあうところを何も刺し身で馬鹿肥りをするにもあたるまい、と爺さんは独りで勝手な理窟をつけて、その実はつけの嵩んでくるのが怖さにめったに妾宅では御膳を食べることをしない。

「いや、茶の熱いやつを貰いましょう」

「はいね」

と気軽にうけておっ母さんが梯子段を降りかけたところへお初のらしい小刻みな日和の

音が店の三和土《たたき》へ入ってきた。

「お帰りかい。旦那がお待ちなんだよ」

それだけを地声で云うて、あとは梯子段の下でおっ母さんが何やら内証話をきかせているらしい。「まあ」だの「そうお」だのと声を殺したお初の合槌が二階まできこえてくる。

やがて、湯道具の入った小籠を左手に抱え、右手に円い金魚鉢を持ったお初が、

「あら、父うさん、しばらく」

と、のぼりきらないうちから声をかけてきた。

「莫迦《ばか》にゆっくりだったじゃあないか」

腕をまくりあげて爺さんは鷹揚に団扇を使っている。

「いえね、お湯は疾《ぶ》っくにすんだのですけど、丁度おもてを金魚屋が通ったものですからぐずぐずしてしまって。どお、父うさん、奇麗でしょう」

お初は立ったなり金魚鉢を爺さんの眼の高さにつるした。

「つまらんものを買うてきて。無駄づかいをしちゃあいかんぜ」

爺さんはお初の手から金魚鉢を取って窓枠へ置いた。緋色の長い尾鰭《おびれ》をゆさゆさ動かして二匹の金魚が狭い鉢の中を硝子にぶつかってはあともどりをする泳ぎをくりかえしている。

「無駄づかいどころか、この頃は髪結いさんへ行くのだって四日に一度の倹約ぶりよ。ねえ、父うさん、こないだからおいでを待っていたんですけど、博多を一本買うて頂きたいわ」

金魚をみていた爺さんの眼が鏡台をひき寄せて派手な藍絞りの湯帷子の衿元を寛げて牡丹刷毛をつかっているお初の方へと移っていった。

「また、おねだりかい」

こう口先きだけは窘《たしな》めるように云うても眼は笑ってお初のぼってりとして胸もとの汗ばんだ膚《はだえ》をこっそりと愉しんでいる。

「ねえ、父うさん、いいでしょう。お宝頂かせてよ」

お初は鬢《びん》へ櫛をいれながら鏡の中の爺さんをのぞきこんでいる。

「何んだ、銭かい？　まあ、帰りしなでもいいやな」

「いいえ、父うさんは忘れっぽいから今すぐでなければ厭《いや》よ」

髪を直し了ったお初はちり紙で櫛を拭きながら爺さんをみてこう急きたてた。

お初がこんなにせっつく金をせびるには、子供の頃おっ母さんに欲しいものをおねだりした時の癖が出てきているのである。

その頃、おっ母さんは向島の待合大むらというのに仲居をつとめていてお初を花川戸の親類の家にあずけておいた。観音様へ月詣りをしていたので、そのたびに花川戸へ寄ってお初をつれ出してはお詣りをすませて仲見世をぶらつくのが慣しになっている。仲見世にはお初の欲しいものが沢山ある。絵草紙屋の前にしゃがんで動かないこともある。大正琴にきき惚れている人だかりへまぎれこんで、おっ母さんを見失ったこともある。「何んか買うてよう」とねだれば、決り文句のように「また、あとでねえ」と宥められる。その「あとで」をあてにして次のお詣りに早速ねだると約束をけろりと忘れたおっ母さんは「また、あとでねえ」と宥めるように言うのである。そこでお初はしつっこくねだるようになる。人形屋の前でおっ母さんの袂へしがみついて離れないようになる。これにはおっ母さんも呆れたように笑って、渋りながらも帯の間から青皮の小さなガマ口を出して人形を買うてくれるのである。——

初めのうちは云い出し難かった爺さんへの無心も、いつの間にか子供の頃の慣しで容易になり、爺さんの方でも、つい負けて出してしまうという具合である。

爺さんに貰った幣《さつ》を帯の間へ挟んで鏡台の前を立ったお初は梯子段のところまで行って、「おっ母さん、お茶はまだですか」と呼ばわった。その声に釣られたようにおっ母さんが茶盆へ玉子煎餅の入った鉢と茶道具をのせて上ってきた。

「どうぞ、御ゆるりと」

敷居のところへ片手をついてこう辞儀をすると梯子段の降り口の唐紙をぴたりと閉めて下った。

おっ母さんの物腰には大むらの仲居をしていた頃の仕来りがぬけない。お初たちが茶のみ話をしているうちに、よく隣りの間へ夜のものをのべることがある。それをお初がむきになって停めたりすれば、解《げ》せない顔付きで「どうせ、遊んでいるんだのに……」と云うて、手持ち無沙汰げに渋々と下っていく。母のそつのなさをみせられるたびにお初は自分を恥じて顔を赧《あから》める。おっ母さんは自分を何んだと思っているのだろう。——恥じの中でこんな肚立たしい気もちにもなる。母のとり扱いをみていると自分は全で安待合へ招ばれたみずてん芸者という按配である。お初には母のそつのなさがどうにも我慢がならない。そのくせ面と向っては愚痴ひとつ云えぬお初なのだ。六つの年から母の手ひとつで育てあげられた、その恩義というのを母自身の口から喧ましくきかされてきたお初にとっては何かにつけてこの恩義が笧《しがらみ》になっている。これを、つくづくと邪魔だなあ、と思う時があっても、お初には自分から取りのけるということが出来ない。そこで仕方なく我慢して、大ていのことはおっ母さんのなすがままにまかせている。しかし、夜のものの世話までされるのは、お初には何んとしても承知が出来ないのだ。子供の頃、何かの用事で大むらへおっ母さんを訪ねていくと勝手口へ出てくるお倉婆さんというのが、

「お金《きん》さん、お前さんとこのジャベコが来たよ」と奥へ声をかける。妙なことを云う婆さんだと別に気にもかけずにいたが、ある時、その訳をおっ母さんにきかされてからは婆さんを見るのが厭でならない。東北生れの婆さんは女の子をこんな風に呼び慣れているそうである。呼ばれるたびにお初は身内がむず痒いような熱っぽいいらいらした気分になる。——丁度それによく似た厭な気分をお初はおっ母さんに感じるのである。そうとも知らないおっ母さんは「お初は、まあ、気がねなどをしてさ」などと独り言を云うて揉み手をし

ながら降りていく。そして、梯子段の下で癖の二階の気配に耳をすますような恰好をしてから、店つづきになっている四畳半の火の気のない長火鉢の前へつくねんと坐って通りの方を眺めているのが例になっている。

今もそんな風に通りをみていたおっ母さんは、欠伸をしながら柱にかかっていた孫ゝ手をはずして円めた背中へさしこんで、心地よさそうに眼をつむって掻いている。

二

馬淵の爺さんが妾宅を出たのは十一時が打ってからであった。毘沙門前の屋台鮨でとろゝを二つ三つつまんで、それで結構散財した気もちになって夜店をひやかしながら帰って行く。電車通りを越えてすぐの左手の家具屋の露地を曲ると虎丸撞球場というのがある。この前まで来ると爺さんは何とはなしに心の緊張を覚えるのが常である。手に持った扇子を帯へさしこみ、衿元のゆるんだのを直したりする。それから懐へたたんで入れておいた手拭いで顔をひと撫ですることを忘れない、つまり、爺さんがためには虎丸撞球場のこの明い軒燈は脱いでおいたいつものお面をかぶる合図ともなっているのだ。小半丁ばかり歩いたところに家がある。格子を開けると、足の悪い女中の種が出迎えた。跛《びっこ》をひきひき爺さんのあとから跟《つ》いてきて、脱ぎすてた羽織や足袋の類を片付ける。爺さんはちょっとの間気嫌の悪い顔付きでむっつりと黙りこんでいる。よく仕事の上での訪問づかれで戻った時など爺さんはこんな顔をするのである。

「どうも、莫迦に蒸すねえ」

湯帷子に着換えた爺さんは団扇を使いながら内儀さんの病室にあてた奥の六畳へ入っていく。やすんでいるとばかり思った病人は床の上へ坐って薄暗い電球を低く下して針仕事をしている。

「お疲れさまでした」

針の手を休めて内儀さんが徐かに顔をあげた。爺さんが外から戻った時のいつもの挨拶である。ものを云うた拍子に咳こんで、袖口を口へあてたままでいる。明りの加減か、永年の病床生活の衰えが今夜はきわ立ってみえる。下瞼のたるみが増して、なすび色の斑点《しみ》が骨高い頬のあたりに目立っている。咳をするたびにこれが赤ばむ。

「仕事なぞをせんでもいいに……」

爺さんは優しい窘《たしな》めるような調子で云った。

「それがね、あなた、遊んでばかりいると、この指さきが痛んでしようがないんですよ。こうやって、まあ、お針を動かしていると、どうやら痛みも止ったようです」

咳の納ったところで内儀さんはこう云った。そして、脂っ気のないかさかさした指から徐かに指ぬきをはずしながら、「わたしの手は、もう、根っからの働きもんとみえますねえ」と云うて、力のない笑いようをした。

「そうさなあ。俺だって半日も算盤を使わないでいれば妙にこの手が退屈するものなあ。稼ぐに追い付く貧乏なし、ってな、昔の人はうまいことを云うたものさ」

爺さんはこの諺が今の場合あてはまっているとは思わないが、どうもほかにうまいことも思い付かないので、これをちょっとの間に合せにした。爺さんが渡仙《わたせん》（羽後の名立たる高利貸の渡辺仙蔵）の手代をしていた頃、大番頭の丸尾さんというのが大そう主人の気にいりで、下《しも》の者にも受けがよい。下《しも》の者が何かの粗忽をした時などは頭ごなしに呶鳴りつけるようなことをせず、一同揃うて御膳を頂いている折りなどに諺を混えたりしてそれとなく意見をされる。こまごまと云われたことは忘れてもその折り折りの諺だけが妙に残る。馬淵はいつもこれに感心していた。そして丸尾さんを倣う心がいつの間にか爺さんの内には根になっていて、その頃から頭に残っている二つ三つを何かというて使ってみたいのである。

爺さんは内儀さんに問うた。

「何を縫うているのだい？」

「小村さんから届いていた袷が余りおくれていますのでねえ」

「なあに、袷には当分間があるんだし、そんなにつめてしちゃあ軀《からだ》にさわらあな」

団扇の風を爺さんは優しく内儀さんの方へ送った。小村さんというのはすぐ裏手の、馬淵の持家に入っている後家さんで、これがお針の師匠をするかたわら御近所の賃仕事をひきうけている。そのうちの二三枚を馬淵の内儀さんが分けてもらって小遣い銭の足し前にしていた。若い頃、賃仕事に追われがちだった内儀さんの指さきが今もその仕来りからお針が離せないのである。「何もよそのお仕事までなさらずともよい御身分ですのに」と、時たま裏の後家さんが探ぐるように云うたりすれば、内儀さんは愛想笑いをみせながら、「ほんの退屈しのぎでございますよ」と云うのがおきまりになっている。しかし、心の中では、「こんな手だって、あなた、動かしていさえすればお宝になりますもの。遊ばせておいたのでは、つまりませんからねえ」と、こんなことを云うている。

根がしまつ屋の爺さんには内儀さんのここんところが大いに気にいっている。お初などには真似の出来るこっちゃない。何んというても、うちの内儀さんだわい。——こう満足した爺さんの心が今も団扇持つ手へ働いて、つい内儀さんを煽いでやることになったのである。

枕元に置いてある猪を型どった蚊遣の土器《かわらけ》から青い烟《けむ》りの断え断えになっているのをみて内儀さんが種を呼んだ。

「いやあ、もう、遅いからやすむとしよう」

爺さんはこう云って蚊遣の土器をひき寄せて渦のまま灰になっている分を払い落して、残った小さいのに蛍のような火の付いているのを「あっちちち」と云いながら指の腹で揉み消している。無駄事の嫌いな爺さんは、こうしておけば気がせいせいするのだ。

「それでは、おやすみといたしましょう」

と、内儀さんはそこへきた種の手をかりて手水へ立った。廊下を軽く咳こみながらゆるゆると歩んでいくうしろ姿がどこやら影が薄い。爺さんはそれを見送りながら「内儀さんも永いことはないなあ」と不憫になってきた。一生一度の思い出に、紋付の羽織を着て上方見物に行ってみたい、と口癖のように云うていたが、それをはたしてやらなかった自分が少々うしろめたい気もする。だがまあ、おとむらいにいくらか金をかけてやれば、それで気がすむというものだ。爺さんは背中へ団扇の手をまわしてぱたぱたと喧しく蚊を追い払った。

手水から戻ってきた内儀さんが思い出したように爺さんをみて云った。

「そうそう、あなたのお出かけのあとへ安さんがおみえんなりましてね」

山吹町通りへ唐物店を出している爺さんの弟の安三郎のことである。

「ふむ、何んで安がまた来たんだい」

爺さんは気のなさそうな顔で問うた。安さんの来たのを余り悦ばないようである。

「太七さんのことをお話なさってでした」

枕のところの小さい黄楊《つげ》の櫛を取って内儀さんは薄い髪を梳している。その眼が窺うようにちら、と爺さんをみた。

安さんの次男坊で商業の二年生になる太七を馬淵家の養子にしてはくれまいか、とこの頃では当の安さんがそれを頼みに何辺か足をはこんでいる。あと取りがいないでは寂しかろう、と内儀さんを唆かし、どうせ養子を取るなら血のつながっているものの方が親身になれるから、と爺さんを口説いているのだった。それを爺さんはいつもよい加減に聞き流しにしている。自分の不遇時代にせっぱつまった揚句の三十両の無心を安がどんなそっけなさで断ったか。——爺さんはその時のことを思うと肚が煮え立つのである。当時、京橋の方で手広く唐物の卸し問屋をしていた安さんは、生憎遊んでいる金が無いから、と云うてこの無心を突っぱねたのだった。それが今おちぶれて、身上をあげた爺さんへ縋りついてくる。爺さんの面白くないのも無理がない。

「何んぼ、安が来たって、太七の話は駄目だ」

爺さんはそっけなく云い放った。それを聞いて内儀さんは「爺さんは、まあ何んて頑固なのだろう」と思うのだが、ほんとうはそれ程爺さんを批難する気もちも起らない。息子を養子にしたい安さんの下心が内儀さんにもうすうす分っていて、これを爺さん同様うとましく思っているからである。

爺さんに子供を貰ってはくれまいか、という親類はこのほかにもある。爺さんの兄《あに》さんにあたる郷里の小学校長と内儀さんの従弟の代書屋である。この校長さんの方などは、爺さんが渡仙の手代をしていた頃は、高利貸しの弟はもたれぬ、などというて家へも寄せつけず、その扱いようは蛇蝎《だかつ》をみるが如しであった。それがいつの間に心がほぐれたのか季節の見舞いは欠かさぬようになり、盆暮には心をこめた郷里の名物が送られるのである。

爺さん夫婦は養子の話が出るたびに顔を見合せて苦が笑いをする。どうも素直には話にのれぬ気がするのだ。安さんは兄さんや代書屋を貶して、あれたちは財産めあてなのだから、と暗に警戒を強いるし、兄さんの方ではまた安さんや代書屋に兎角難くせをつけたがる。それへ代書屋が内儀さんを突っついて何んとか色をつけて貰おうと焦せる。爺さん夫婦にすれば、どの親類も下心があって近づいてくるように思われるので、どの親類をも易々と信用することが出来ない。それに爺さんには、自分の不遇時代にとった親類のいかにも冷淡なあしらいようが心にこたえているので、今更お義理にも親類のためを思うなどいう気もちにはなれないのだ。それどころか、親類のものたちがつめ寄れば寄る程、爺さんの心は金をしっかと抱いて孤独の穴倉へとのがれていく。ここまで貯めるには若い時から並大抵の苦労ではなかった、と爺さんは今更のように懐古して、心に抱いたお宝をしんみりと愛《いと》おしむのだ。

爺さんは渡仙の店で働いていた頃は猪之さんと呼ばれて、しっかり者の主人にみっちりと仕こまれた。渡仙は高利と抵当流れで儲けて、一代で身上をあげた男であった。その儲けっぷりを世間では悪辣だなどと評するのだが、誰ひとり彼の仕事に勝つものが出てこない。どんな悪評があろうとも彼は結局羽後で随一の高利貸し渡仙であった。

「どうも、世間の者あこの俺を高利で食っとる云うて白眼視するがな、三井三菱とこの俺と較べてどれだけやり口が違うというのだ。奴らは背広を着とるが、この俺あ前垂れをかけとる、というだけの違いじゃあないか」

渡仙は店の者のいる前でよくこう云うて嗤《わら》った。また、「義理、人情で算盤玉ははじかれない」と云うて貸し金の取り立ては一歩も譲ろうとはしない。世にいう渡仙は梟雄《きょうゆう》のたぐいであった。その度胸のよさと商売上のこつと節約ぶりを猪之さんはそっくりそのまま頂戴している。尤も、その節約に実がいりすぎて爺さんのはちと嗇《しわ》くなっている。

三

渡仙の手代をしていた頃から猪之さんは近所のものへ小金を貸しつけ、そのうち持ち金が利子で肥ってくると少しばかり商売気を出して玄関脇へ「小口金融取扱います」と小さい看板を出した。それまで仕立物の賃仕事で暮しむきの不如意を補うていた内儀さんもこの頃になってやっとひと息ついたところであった。それだからといって手を休めて安閑と遊んでいた訳ではない。却って内儀さんの手は前よりも稼ぎ出したのである。ただ、そこには金に追われていたこれまでの苦労に代って、こんどは金を追いかける心愉しさが手伝っているので、これが内儀さんの気を安くしていた。猪之さんには内儀さんのこんな稼ぎっぷりが意に叶っている。石女なのが珠に瑕だが、稼ぎっぷりといい、暮しの仕末ぶりといい、こんな女房は滅多にいるものじゃあない。諺にも、「賢妻は家の鍵なり」というが、どうして、うちの内儀さんときては大切な金庫《かなぐら》のかけがえのない錠前だわい、と猪之さんには内儀さんを誇りにする気もちがある。これが内儀さんにもうすら分っていて、御亭主の信用を地に堕すまいとする気から余計に賃仕事の稼ぎ高をあげようと努める風がみえる。纏った金を持って上京してからは、猪之さんも亦渡仙のように抵当流れで儲け初めた。抵当ものは土地を主としてその鑑定のかけひきは渡仙の手を用いる。彼処が悪い、此処が気にいらぬ、と文句をつけて、先方が評価をぐっとひき下げても、なお意に叶うまでぐずぐずと苦情を云う。この土地の鑑定に猪之さんはよく出張した。北海道や九州辺りへも行くことがある。最初からものにならぬ、と決めてかかっている抵当物でも鑑定だけは是非ひきうけるという風である。これには猪之さん独特の手があるからだ。二等の汽車を三等に、それに滞在費を加えると相当の旅費が手に入る。先方へつくと何分不案内な土地でしてな、と迎いの人に案内をさせ、あわよくばその案内人の家へ泊りこんだりして宿賃を浮かせる算段をする。汽車旅をする人たちはどういうものか気が大まかになって新聞や雑誌の類を読み捨てにしていくことがある。猪之さんはこれを勿体ながって、足元に転っているサイダアや正宗の空瓶と一緒に信玄袋へおしこんで土産に持って帰るのを慣しとしている。普段もこんな調子で、爪楊枝一本無駄にはしない。使い古してささくれたのは削ってまた共衿の縫目へ差しておく。一枚の紙も使いようだというて、字を書いて湊（はな）をかんで、それを火鉢で乾してから不浄へ用いる。こんな仕来りが老いるにつれて嵩じてくる。そして、人はよく爺さんの家に女中のいるのを奇異の眼でみるのである。

種のきたのは内儀さんが床の上の暮しを初めるようになってからであった。一昨年の秋口のことである。永い間の栄養不足と過労が祟って内儀さんの肺疾が今ではずい分と悪い方である。医者は病人を起してくれるな、という。賄の方をみてくれるものがいないので不自由をする。桂庵から女中を雇ったのでは高くつくと思った爺さんはつてを頼って孤児院から種をつれてきた。はなのうちはそれでも僅かばかりの給金をやっていたが、そのうち種の方でこれを辞退するようになった。生れつき足の悪い種はこれをひけ目に思う気もちがあって、存分に立ち働きの出来ぬ身を主人夫婦にすまないと思うている。この気心が爺さんには呑みこめている。そして、急ぎの用事などで種が不自由な足をひきずり出すと

「そうそう、お前は足が悪かったっけな、どれ、俺がひとっぱしり行ってこう！」

と云うて、用事を自分で足してしまうことが度々である。種はこう云われることで自分のひけ目さを一そう強く感じる。このすまなさを何かで償いたいとの心がけから内儀さんの賃仕事を手伝ったり、内職の袋貼りなどで得た稼ぎ高を自分の食い扶持の足し前にしてくれるように、と爺さんの手へそっくり渡しているのだった。

時折り、竹鋏を持ち出した爺さんに塵芥《ごみ》箱の中をかきまわされて大根の尻っぽだの出しい

昆布の出殻をつまみあげられては、

「勿体ないことをしくさる。煮付けておけば立派なお菜になるぜ」などと叱言《こごと》を云われる
位がつらいだけで、常は、孤児院の世話になっていた頃にくらべれば、種がためにはお大尽のおひい様の気らくさにも思われる。こんな仕合せな気もちでいられるのも元をただせば内儀さんの劬《いたわ》りに負うところが多かった。内儀さんとすれば、種が自分を生みの母親とでも思いこんでいるのか骨身を惜しまず、下《しも》の方の世話までしてくれるその心根がいじらしい上に永い間、お初のことやら病気やらで思いやつれた孤独の身が今では種を唯ひとりの頼りに生き永らえているようなものである。これが種にもうっすら分ってくる。不仕合せな内儀さんに寄り添う心が強まってきて、一そうまめに仕える。十四の年齢《とし》まで孤児院にいて、水汲みや拭き掃除を一人で受けもっていた種にとっては病人の世話ぐらい易いのである。

床の上に坐った内儀さんは種に髪を梳してもらいながら「ああ、わたしにもこんな女の子があったらなあ」と思うことがよくある。それがつい溜息になって出ると内儀さんはてれかくしのつもりか「種が優しくしてくれるので、わたしは全で自分の娘のような気がするよ」

などと云うたりする。櫛を持った種はそれを聞きながら何やらぞくっとする程嬉しくて、一そう努めようとする気もちから内儀さんの髪がひっぱられて釣り目になるのもかまわず

脚をふんばってはせっせと梳してやるのだった。

　母を知らぬ種が内儀さんを慕い、内儀さんが種を頼りにする気もちが次第に結ばれていって、いつとはなしにそれが母娘のような間柄になっている。爺さんに隠れて甘《うま》いものを食べることもある。家計を少しばかりごまかして内儀さんが種へ染絣《そめがすり》を買うてやることもある。種が内職の稼ぎ高のいくらかを別にしておいて、それでこっそり内儀さんの好きな豆餅を奢ることもある。こんな隠し事が度重なるにつれて内儀さんと種の仲は一そう親密に結ばれていく。

　夜分は爺さんが留守がちなので内儀さんも種も賃仕事の針を動かしていることが多い。内儀さんがこんな風に話し出す。

「どうもねえ、山吹町の人たちは底に何かたくらみがあって此方の気嫌をとりに来るようで、わたしは厭なのだよ。種はどう思うかえ?」

「左様でございますねえ。あちらの旦那様もお坊ちゃんも金壺眼できょろきょろ御らんになる様子ったら、ほんとうにもの欲しそうですよ。金壺眼のお人は慾ばりの性わるですってね。院長さんがそう仰言ってでした。孤児院にも勘坊っていう金壺眼の子がいましてね、それあ慾ばりだった。どんなに私御膳を盗まれたかしれないもの」

「御膳を盗むのかえ?」

「はあ、ひとりずつお茶碗へ貰ってきて、それをテーブルの上へ置いてこんどお汁を貰いにいって帰ってくると、もう勘坊が食べてしまって無いんです。金壺眼の子ってほんとうに性わるですねえ。でも、こちらの旦那様がお身内なんですもの、御養子にお貰いになるのでしょう？」

「それがねえ、うちは口でばかり山吹町は御免だ、って云うてなさるけど、肚ではもう決めていなさるかもしれないのだよ。山吹町のを貰うくらいなら種を養女にしたいのだがねえ」

こう云うて内儀さんは思案にくれる。種を養女にしたい、などと口では云うても内儀さんの心はこのことにてんで無頓着である。内儀さんが思い悩んでいるのは、安さんの次男坊か従弟の倅かである。種に云われてみれば、どうも金壺眼の太七を貰う気もしないので、やはり思いは代書屋の倅の方へ走るのである。早く養子を決めておかないことには自分の死んだあとへお初にでも乗りこまれて、この家を我がもの顔にされたのでは間尺にあわない。内儀さんの思案はこれにかかっている。そうとも知らない種は内儀さんの口を信じこんでいる。その内、旦那から更めてこの話が切り出されるだろう。種は待つ気もちでいる。養女になれば、やがてこの家のものを受け継ぐことになる。――こんな思惑が日毎に募ってくるにつれて、種はこの家の娘になった気もちになってくる。そして、馬淵の家のお宝へ執着する心からだんだん爺さんに倣って嗇くなり、内職の稼ぎ高を一銭でも余計にあげようとはげんだ。

内儀さんからお初の話を滅多に聞くことのない種は、何かの急用で袋町へ爺さんを呼びにやらされる時はへんにお初へこだわって、内儀さんへ気兼ねをすることがある。使いから戻っても内儀さんは何んにもきかない。いつもの穏やかな顔でやすんでいることもあれば、床へ坐って針を動かしていることもある。ただ、そんな時の内儀さんは妙に気力のぬけた鈍った表情をしていて、種が何か話しかけても億劫そうに頷く位である。

種の前でもお初へは触れることのすくない内儀さんは、爺さんの前では余計に口を噤《つぐ》もうとするところがみえる。時たま、爺さんが何かのはずみでお初の名を口に出すことがあっても内儀さんは素直な顔で頷いているだけだ。これまで、さんざお初のことで思い悩んできた内儀さんにとっては、お初は、もう今では諦めの淵の遠い石ころになっている。

春の終りに近い或る日暮れ時にこんなことがあった。

晩御飯をすませた爺さんはもう袋町へ出かけている。うす陽の残っている縁の障子に向って床の上の内儀さんは針を動かしている。後かたづけのすんだ種がその傍に小さい茶ぶ台をすえて、竹べらでせっせと内職のかん袋を貼っている。ふと、内儀さんが針の手を停めて、じっと何かに視入っているような気配を感じて種は目をあげた。障子の裏側を一匹の毛虫が匍《は》いのぼっていく。内儀さんの眼はそれに吸い寄せられている。小指程の大きさの黒い体をうねうねさせて、みている間に二つの桟をのぼった。黒い硬い毛が障子にふれてカサカサというような微かな音をたてる。内儀さんは眸《ひとみ》を凝らして視ている。毛虫が四つ目の桟を越えた時、内儀さんは障子へ手をのばした。毛虫はひとうねのぼった。内儀さんは持っていた針を突き刺した。毛虫は激しくうねった。うねりながら針に刺された体が反りかえった。緑色の汁が障子を伝って糸のように垂れた。内儀さんの眼は毛虫を離れないでいる。やがて、うねりが止んで、針に刺されたままの黒い体が高く頭をもたげて反りかえった。

四

秋風が肌に沁みるようになってきた。

袋町のお初の家へ馬淵の爺さんはここ数日姿をみせない。内儀さんが余程悪いのだろう、と母娘のものは話しあっている。早くまあ仏様のお仲間いりをしてくれればいいに、とおっ母さんはこっそりと独り言を云うて仏壇へお燈明をあげる時も内儀さんがもう仏様にでもなったつもりでお念仏を唱えている。

お初は内儀さんが悪いときいてからは妙に気が落付かない。その寿命を縮めているのが自分のような気がしてならないのだ。あとで報いがこなければいいが、と今から怖気《おじけ》ている。内儀さんの片付くのを待つ気もちのおっ母さんは、母娘のものが馬淵の家へ乗りこむその日を嬉しそうに話しているけれど、これがお初には一向に面白くない。あんな爺さんは旦那だから我慢をしているものの御亭主にしたいなどとは爪の垢程も思っちゃいない。——お初は爺さんの内儀さんになった自分を考えるだけでもみじめな気がする。ただ、おっ母さんのいかにも嬉しそうな落付きのない様子をみていると、お初は自分も嬉しそうにしていなければ済まないと思うて笑顔になる。

二、三日前のことである。

髪結いの帰り、今日は寅の日なのを思い出して毘沙門へお詣りに廻ったお初が戻ってくると妙に浮かない顔で何か思案事に心を奪われているという様子である。店で洗粉の卸し屋と話しこんでいたおっ母さんが声をかけても聞えないような風で梯子段をのぼっていく。

「どうしたのさ」

あとからおっ母さんが案じ顔で二階をのぞきこむと、窓枠へ凭《よ》りかかって呆んやりと金魚の鉢を眺めていたお初は気がついたように笑って、

「何んでもないのよ、おっ母さん、さっきね、坂で昔のお友だちに会ったの。嬉しかったわ」と、何気ないように云った。何んだ、そんなことかい、とでもいうような顔でおっ母さんは店が気になるのかさっさと降りていった。母への気兼ねからお初は剝き出しには話をしなかったが、実は、さっき会った友だちに妙に心を惹かれていたのである。

お詣りをすませて毘沙門を出てきたところを、「あら、お初っちゃんじゃないの」と声をかけられた。小学校の時仲好しだった遠藤琴子だとすぐに気が付いた。小石川の水道端

に世帯をもってからまだ間がなく、今日は買物でこちらへ出てきたのだ、という。紅谷の二階へ上って汁粉を食べながら昔話がひと区切りつくと、琴子は仕合せな身上話を初めた。婿さんの新吉さんは五ツちがいの今年二十八で申分のない温厚な銀行員。毎日の帰宅が判で押したように五時きっかりなの。ひとりでは喫茶店へもよう入れないような内気なたちなので、まして悪あそびをされる気苦労もなし、何処へ行くのにも「さあ、琴ちゃん」何をするのにも「さあ、琴ちゃん」で、あたしがいないではからきし意気地がないの。まるで、あんた、赤ん坊よ。——と、いかにも、愉しそうな話しぶりである。それに惹きいれられて、お初が琴子の新世帯をああもこうも想像していると、

「お初ちゃんはどうなの？」

　ときかれた。

「ええ、あたし……」

と云うたなり、うまく返事が出てこない。それなり俯向いて黙りこんでいると、お初の髪《あたま》から履物まで素ばしこく眼を通していた琴子は、ふっと気が付いたように時計をみて、

「もう、そろそろ宅の戻る時間ですから……」

　と、別れを告げた。

　紅谷の前に立って琴子のうしろ姿を見送っていたお初は何やら暗い寂しい気もちになって今にも泣きたいようである。仕合せな琴子にくらべてわが身のやるせなさが思われる。

どんな気苦労をしてもいいから、自分もまた琴子のように似合いの男と愉しい世帯をもってみたいものだ、とつくづく思った。

もの心のつく頃から母の手を離れて花川戸の親類の家で育ったお初は近所の人の世話で新橋の相模屋という肉屋の女中になったのが十六の年であった。お初がまだ赤坊の頃、お父つぁんは流行病《はやり》いで亡くなった、と母にはきかされていたが、親類のものたちの話し合うているのをきけば、朝鮮あたりへ出稼ぎに行っている様子であった。どちらにしても、お初には大して父親への執着がなく、まあ、生きていてくれたらいつかは会えるだろう、と思う位である。お初の働いていた相模屋は前々から借財がかさんでいて、その債権者の一人が馬淵猪之助であった。当時五十二歳の猪之さんは貸し金の取り立てで相模屋へ足をはこぶうちお初をみかけて、そのぼってりとした、どことなく愛嬌のある顔つきが可愛くなってきた。そこで何かのはずみに主人へこのことを話してみると大そう乗気になって、「ひとつ、面倒をみてやって下さらんか」という。主人の肚では、このお初の取りひきの成功が馬淵との貸借関係の上に何分の御利益をもたらすもの、と北叟笑《ほくそえ》んでいる。この肚を疾っくに見すかした馬淵の方では「義理人情で算盤玉ははじかれぬ」とはなから決めかかっているので顔でにやにやしていても利子の胸算用は忘れないでいる。

主人からこの話を大むらのおっ母さんへ橋渡しをすると、願ったり叶ったりの仕合せだというので、おっ母さんが何遍か相模屋へ出かけてきては馬淵と会見する。そのうち、神楽坂裏へその頃流行りの麻雀屋を持たせてもらって、大むらをやめたおっ母さんがお初と暮すようになった。

おっ母さんのかねがねの念願はお初に金持ちの旦那をとらせて小料理屋か待合でも出してもらって、ひとつ人を使う身分になって安気に暮してみたい、というのだったが、馬淵は一向にこちらの気もちを汲まず、水商売はとかく金が流され易いから、と云うて麻雀も下火にならぬうちによい値で店を譲り、今の小間物店を出してくれたのだった。おっ母さんにはこれが不服でならないけれど、面と向って文句を云う訳にもいかない。しょうことなしに蔭で、お初へ爺さんの悪口をきかせるのがせめてもの腹いせであった。

金魚の鉢を眺めているお初の眼にはしらずしらずに涙のわいてくることがある。狭い鉢の中を窮屈そうに泳いでいる金魚が何やら自分のように思えてくるのだ。秋風が立ち初める頃尾鰭の長い方が死んでから残った一匹もめっきり元気がなくなって、この節では硝子に円い口をつけたままじっとしていることが多い。

広い世間を肩身狭く、窮屈に渡らなければならない自分が、お初はみじめでならない。馬淵の内儀さんが亡くなって、そのあとへ自分がなおったとしても世間の人たちは妾の成り上りとしか思わないだろう。爺さんの内儀さんになってもそんな思いをする位なのだから、まして今の暮しが肩身の狭いのも無理がない。お初はどっちへ向いても窮屈な自分を考える。どうせ、この世を狭く窮屈に渡らなければならないのなら、呑気な今の妾ぐらしの方が気が安い、と思ったりした。

今日は魚辰へたのんで様子をきかせてみよう、と母娘のものが話しているところへ、

「ごめんよ」

と三和土を入ってくる爺さんの下駄の音である。さきになってとっとと二階へ上って、

「どうもねえ、うちの内儀さんもいよいよ駄目だよ。ゆうべっから、もう、ろくすっぽ口もきけない仕末だ」

と、腕ぐみをしたまま暗い顔で考えこんでいる。お初が何か問うても「うん」とか、「いや」とか頷くだけで、そんなちょっとの間も心は内儀さんへ奪われているという様子である。

「ひとつ、元気をつけて下さいましよ」

おっ母さんがお銚子を持って上ってきた。

「そうだなあ」

と爺さんは苦が笑いをして猪口をうけている。そこへ、店で誰れかが呼んでいるようなのでおっ母さんが降りていってみると、種が息を切らしながら立っていて、

「旦那様にすぐお帰りなさるよう云って下さい！」

と、突っかかるような調子で云った。

五

馬淵の内儀さんが亡くなってからふた七日が過ぎている。

この頃、爺さんは袋町へも行かないで、終日家にこもってお位牌のお守《も》りをしていることが多い。花の水をかえたり、線香の断えないように気を配ったり、内儀さんの好物だった豆餅を自分から買うてきてお位牌へ供えたりする。夜分もお位牌が寂しかろうとその前へ種と並んでやすんでいる。内儀さんが亡くなる前まで着ていたとんぼ絣の湯帷子が、壁のところのえもん竹にかけてある。爺さんのやすんでいるところからそれがまっすぐに眺められる。爺さんには、そこに内儀さんがつつましやかに立っていて何やら話しかけているような気がしてくる。内儀さんの声は低く徐かで、何か意味のとれぬ愚痴のようなことを云うている。爺さんはそれをききながら「ああ、いいよいいよ」と胸の内で慰めている。「お前さんもなあ、不憫な人だったさ。新らしい着物一枚着るじゃあなしよ」爺さんはこう話しかけてほろりとする。欲しいと云うていた紋付羽織もとうとう買うてやらなかった。箪笥の底に納いこんであった双子の袷も質流れを格安に手にいれたもので、三十何年の間つれ添うて内儀さんに奢ってやった目ぼしいものといえばまあこの袷ぐらいなもの。これに較べてお初は欲しいというものは何んでも身につけている。——爺さんは亡くなった内儀さんが不憫でしようがない。それにひきかえ、「贅沢三昧」のお初が妙に忌々しかった。爺さんが袋町へ無沙汰がちになっているのは何もお初が急に忌々しくなって、これにこだわっているというのではなく、亡くなった内儀さんへの一種の狷介な心からである。爺さんが裡には若い時から苦労を共にしてきた内儀さんへの感謝に似た気もちが始終ぬくもっていて、これが死なれたあとには余計に思われるのである。それで、内儀さんへ義理を立てるような気もちから四十九日がすむまでは袋町へ足を向けない覚悟でいる。

お位牌のある部屋で夜分など爺さんが書きものをしている傍でお針を動かしながら種は独り言のように内儀さんの思出話を初めることがある。

「お内儀さんはまあ、どうしたことか山吹町の旦那様やお坊ちゃんのことをよくは云いなさいませんでしたが、俗にいう虫が好かない、というのでございましょうねえ。山吹町の旦那様のお帰りになったあとで、よく熱をお出しになりましてねえ……」

爺さんは筆を動かしながら聞いている。その徐かなものの云いぶりがどこやら内儀さんに似ているように思うている。内儀さんは生前山吹町の人たちをとやかく云うたことがなかったが、それも自分への気兼ねからで、種へは肚の中をかくさず話していたものとみえる。安が帰ったあとで熱を出したという程なのだから余程毛嫌いしていたのだろう。それ程内儀さんが厭がる家から何も養子をとろうというのではないし……。爺さんは筆を動かしながら独りでこう得心している。その実、内儀さんが亡くなってからこのかた、しげしげと訪ねてくる安さんの根気にまかされて爺さんは、どうせ養子を貰うなら安のところからでもいい、というような気になっていた。それが種に云われてみると、どうも、この気もちがはぐらかされてしまうのである。亡くなった人の言葉というのに何やら冒すべからざる値うちがあるように思われて、これに気圧される気もちがある。

種はまたこんなことも云う。

「お内儀さんはよく頭が痛いといっておやすみになった時に寝言のようなことを仰言ってでしたが、それがまあ、袋町のことばかりで、つらいつらいと云いなさっては夢の中で涙をぽろぽろこぼしていなさいました」

聞いている爺さんは内儀さんのそのつらさが汲まれて、何んとも云いようなく胸がふさがってくる。苦労をさせて可哀そうなことをした、と思う気もちの裏で、それが何かお初の所為《せい》のように思われてくる。

これまでは影のようにひっそりとしていた種の存在が、内儀さんが亡くなってからというもの急に馬淵の家では目立ってきた。客の応対から賄の世話、時には爺さんの算盤の手伝いまでするという風である。内儀さんからみっちりお針を仕こまれているので今では一人前の仕事が出来る。裏の後家さんから内儀さん同様賃仕事を分けてもらっては暇ある毎に精を出している。糸屑一本無駄にはせぬその仕末ぶりが大そう爺さんの気にいっている。内儀さんが生前目をかけていたのも尤もなことだと思う。爺さんには種がだんだん意に叶ってくる。

　四十九日があけると爺さんは袋町へ行った。二、三日遠のいていると、もう魚辰の若いもんが言伝てを頼まれてくる。そのうちおっ母さんが何やかやと用事にかこつけては馬淵の家を訪ねてくる。爺さんは内々これを快としていない。どうもおっ母さんのやってくるのは魂胆があってのことで、それがこんどは見えすいているようである。爺さんがひと晩泊りの出張で留守をしている時など、主人顔で上りこんで、金庫をいじくったり、簞笥の中をのぞきこんだりして、「へえ、お形見がこないと思ったら空っぽなんだものねえ」と下唇を突き出して厭味な笑いようをしたという。爺さんは種からそれを聞いて肚を立てた。とりあえず、客間の金庫の前へ種をつれていっておっ母さんが触ったという錠前のところを眼鏡をかけて検べてみたが何んともなかった。尤も、種の告げ口というのが、いく分事実に衣を着せる傾きがあって、こんどもおっ母さんはもの珍らしさから、ただ手のひらで金庫のすべっこい肌を撫でてみただけなのである。

　お初は、おっ母さんに口喧ましく云われるのがうるささに、今ではどうせのことに一日も早く馬淵の内儀さんになってしまいたい気もちに駆られている。これを爺さんに切り出すきっかけを待っているのだが、仲々その折りがない。相変らず爺さんは夕飯をすませてから出かけてきて十一時が打つと帰っていってしまう。爺さんがいつまでものんべんだらりとしていて話をはこぼうとはしないので、お初は階下《した》で気をもんでいるおっ母さんの姿に急かれるような気がしていらいらしてくる。そのくせ、爺さんの顔をみていると妙に言い出せない。こんな日がくりかえされて、おっ母さんの気嫌が悪くなる。

「何んて口下手な娘だろう」

と、愛想をつかして「その内、爺さんがどっかから内儀さんに向きなのを探してくることったろうよ」

などと厭味を云うのである。

「そんなにお爺ちゃんのことが気になるならおっ母さんがお内儀さんになればいいじゃないの」

こう云ってお初は耳根を真っ赤にして、袂を絞りながら二階へ駆け上っていく。

「まあ、何んてことをいうの。この娘《こ》は……」

おっ母さんは銅壺の廻りを拭き止めて、呆れたように梯子段を見あげている。やがく俯向いて銅壺のあたりをゆるゆると拭いていたが、人差指に巻きつけていた浅黄の茶布巾を猫板の上へおいて、襦袢の袖口をひき出して徐かに眼を拭いた。

お初ひとりを楽しみにこれまで苦労をしのんできたおっ母さんには、これからの好い目が当然のことのように思われているのに、お初は一向にこの心を汲まずおっ母さんの仕合せなぞどうでもいい、と思うている。女親の手ひとつで育てあげられたその恩を、あの娘は全で古元結か何んぞのように捨てている。――おっ母さんにはお初の今の言い草が恨めしくてならない。赤い眼をあげて梯子段を眺めては、また袖口をあてて泣いている。

亡くなった内儀さんの百ヶ日がきた。

朝、爺さんは袋町へ寄って墓詣りにお初をもつれ出した。郷里にある本家の墓の世話になるのを嫌って、爺さんはこんど雑司ヶ谷へ新らしく墓をたてたのだ。雪もよいの寒む風が頬に痛いようである。森閑とした墓地径を二人は黙って歩いている。爺さんは時折り咳をする。マスクを口の方へ下して洟をかむ。ラッコの衿を立てて、白足袋の足を小刻みにせかせかと歩いている。お初は藤紫のショールの端で軽く鼻のあたりを覆うて、小菊の束を抱えて爺さんに跟いていく。枯枝に停っていた一羽の雀が白いふんをたれながら高く右手の卒塔婆の上へ飛んだ。

墓の前へ出た。爺さんは二重廻しと帽子をお初へ持たせておいて紋付の羽織を背中の方まで端しょって墓の前へしゃがんだ。この前供えておいたお花が霜枯れして花活けの竹筒に凍てついてしまって仲々とれない。ようやくのことで爺さんはお初の持ってきた小菊を活け終わると、マスクを鼻の方へあげてお念仏を唱えながら永い間手を合せている。爺さんが拝んでいる間、お初はさっきの雀がどうなったかしら、と頸をかしげて卒塔婆の方をみている。風に胸毛を白く割られた雀は卒塔婆のてっぺんに停って、きょとんとしている。

お詣りがすんで、墓地の小径をひきかえしながらお初が、

「ねえ、父うさん」と話しかけた。

「何んだい」とマスクの顔が振りかえった。お初は何やらためらっていたが、

「いいえ、何んでもないの。きょうはとてもお寒いのね」と云った。

「そうだなあ。どこかで熱いものでも食べていこう」

「あら、御馳走して下さるの。そんならね、川鉄の鳥鍋がいいわ」

マスクの顔が振りかえった。

「莫迦が！　きょうでやっと百ヶ日だというに、何んで俺が鳥を食う……」

こう呶鳴っておいて爺さんはとっとと歩いていった。爺さんが呶鳴ったのには、自分の精進が忘れられている、ということよりもお初の贅沢心に急に肚が立ったからである。だから、あんな女は家へはいれられないというのだ。爺さんの白足袋はせかせかと歩いていく。亡くなった内儀さんのことが思い出される。種がいとしまれる。ふと、爺さんは、種を養女にしたらどんなものだろう、と思いついて、

「これあ、存外莫迦にならない話だわい」

と独り言を云うた。

初出：『人民文庫』一九三六年三月創刊号［発表時作者二八歳］
底本：『神楽坂・茶粥の記　矢田津世子作品集』講談社文芸文庫ワイド、二〇一六年

第三回芥川賞選評より〔一九三六（昭和一一）年上半期〕

菊池寛　矢田津世子さんも、なかなか巧くなっている。ただ、書いている世界に、新味がないのが欠点である。

川端康成　二篇入賞ならば、鶴田氏の「コシャマイン記」（註・受賞作）は、私も先ず選びたい。／小田獄夫氏の「城外」（註・受賞作）北條民雄氏の「いのちの初夜」いずれが入選しても異存はない。（略）矢田氏、打木氏などは既に手腕確かな人であり、横田氏と緒方氏は興味ある作家として発展が期待される。

佐佐木茂索　矢田津世子氏の「神楽坂」はうまいものだ。こんなにうまいとは思っていなかった。しかし、やや陳い、それに登場人物がやや死んでいる。

矢田津世子　やだ・つせこ

一九〇七（明治四〇）～一九四四（昭和一九）年。秋田県生まれ。東京の麹町高等女学校を卒業後、坂口安吾、田村泰次郎らの同人雑誌『桜』に参加。一九三六年、『人民文庫』創刊号に発表した「神楽坂」で第三回芥川賞候補となる。文章力と美貌を兼ね備えた女流作家として人気を集め、その生涯を近藤富枝が『花蔭の人　矢田津世子の生涯』にまとめた。著書に『花蔭』『茶粥の記』など。結核のため三六歳で亡くなった。

梟

伊藤永之介

　その朝真っ先に酒役人の姿を見つけたのは、川向うの小高い草刈場にいた茂助であった。村は出羽山脈の西へ傾く余波が平野に尽きようとるす屋根の間に抱きこまれていたが、その間を遥か彼方に流れ下っている川の流域は平坦な田圃《たんぼ》が続き、殆んど眼をさえぎるものがなかった。したがって仮令《たとえ》酒役人が検挙に来ても、その姿が一里も先からわかってしまい、その間にすっかり犯跡をくらましてしまうので、ここだけは酒役人も手を焼いていた。部落のものは洋服姿とさえ見れば酒役人ときめてしまうほど誰でも神経をたてていたが、そのとき、はるか川沿の街道を自転車の一隊がやって来るのに、茂助はふと気がついてぎょっとして眼をすえると、それはまぎれもない酒役人であった。茂助は一目散に草刈場をかけ降り、鬼こ来たぁ、鬼こ来たぁ、と叫びながら、畔道《あぜみち》づたいに川向うの部落の方に走っていった。間近に田植を控えて土ならしに田圃へ出ていた男たちは腰をのばして、鬼こ来たって、本当か、と銅鑼声《どらごえ》をはりあげて聞き返したが、茂助が走りながら指す方をふり返ると、たちまち土ならしを投げ出したまま走り出した。それを見ると野良に出ていたものはいっせいに蛙のようにぴょんぴょんと道路に跳ね出し、われ先きにとわが家の方に走った。

近年はとくに濁酒《どぶろく》密造の検挙が手きびしくなり、毎年五軒も六軒も検挙される部落などもあってその度に五十円、六十円という箆棒《べらぼう》な罰金をかけられては、どんなに上作をとったって追いつかないというので、みんな用心深くなり匿《かく》し方もうまくなって、濁酒甕《がめ》は決して家のなかに置かない。置いても土間に穴を掘って埋めた上をわからないように丁寧にならして置くとか、便所のなかにしのばせて置くとかする。更に用心深いものは山のなかに埋めて枯葉や柴をかけたり、木のほら穴にかくしたり、川原の藪のなかにひそめたり、お堂の床下に置いたりするので、たとえ役人が発見しても、犯人をつかまえることは六つかしかった。そうして置いて日暮がたに当座の分だけ山へ掬《く》み出しにゆくので、冬ならば足跡をたどれば検挙出来ないことはなかったが、丈余の雪を冒《おか》しての冬季の検挙は酒役人の手に合わない難儀な仕事であった。しかし、ここはそういう地理的関係から、検挙が六つかしいというので、酒役人も匙《さじ》を投げた形であったところから、自然用心をおこたりがちで、戸外に持ち出して造っているものもすくなくなかっただけに、いざとなるとそのあわて方は格別であった。

子供たちは、鬼こ来たぁ、と叫びながら面白半分にそこいら中を煎《い》り豆のようにかけ廻るし、女房たちは裏口から飛び出して、そっと隣触れに順々に触れ廻した。鍬をふり上げ畑を掘り返して甕を埋めにかかっているもの、お堂のなかにかくして走り去るものもあれば、大きな甕を抱いて川原の方に駈け出してゆくものもあった。二人がかりで桶をさげて山へかけ出した夫婦が、よちよち歩き出したばかりの子供がしつこくあとをついて来るのに気がついて、家さ行け、家さ、と女房は叫び、犬を追うような手つきで追いたてたが、それでも帰ろうとしないので、しまいにその子供を背負って行った。かけつけるのが遅れて急場の間に合わないと見た亭主は、勿体ないな、罰あたって眼玉つぶれるべ、と言いながら甕のどぶろくを流れに棄てた。それさえ間に合わないと見てとったものは、あわてて外へ飛び出したり、また家へかけこんで見たり、そこいらをただうろつき廻った揚句に、すっかり戸締りをしてどこかへ逃げ出してしまった。

こんなとき、子供は手足まといにもなったが、便利なこともあった。子供等は見晴しのきくところまで夢中でかけ出していって、やれ橋のところまで来たとか、役場に寄ったとか、どこそこの部落に入ったとか、誰それの家に踏みこんだとか、酒役人の動きをいちいち我が家に報《しら》せにかけ戻り、親戚や隣近所にも触れ廻った。酒甕をかくしただけで済めばなんでもなかったが、酒糟《かす》の残りを見つけたり匂いをかぎつけたりすると、それだけで密造しているものとしてしつこく追求する酒役人に対して、平気で突っぱるだけの勇気がなかったので、どの家でも女房や娘や婆さんたちは血眼になって、口鍋とか土瓶とか徳利とか盃とか、一切合財の酒の匂いのするものを洗ったり拭いたりすることでごった返していた。女房たちは、今偵察して戻って来たばかりの息子に、お前もう一走りしてどこまで来たか見て来いと叫びながら、用器はすっかり洗ってしまったのにまだ安心出来ないらしく、今度は濁り酒の雫でもこぼれていないかというので、戸棚や板の間を顔を充血させて嗅ぎ廻った。

役人の自転車がすべりこんで来るとさすがに部落は、ひっそりとしずまり返った。子供たちはまだ走り廻っていたが、大人はそっと戸のかげから役人たちの方をのぞいてすぐに顔をひっこめた。杖のように痩せたのっぽの男の方が上役らしく、もう一人は役人にしては珍らしくがっちりした体つきの若い男であった。震えたりすれば却ってあやしまれると言われていたが、もし自分の家に踏みこまれたらという心配で膝頭は自然にふるえて来た。二人の役人は路ばたに自転車をとめて何事かしめし合わせていたが、間もなくお作婆さんのところへ飛びこんだ。

夫婦は遠方の田へ出ていたので婆さん一人だった。息子の専之助は酒好きの方でなかったので、婆さんのところでは濁り酒をつくっていないことは誰でも知っていた。そこで婆さんは別段あわてるところなくありのままを答えただけで、一向取合おうとしないので、年寄の図々しさで、白っぱくれていると思いこんだ役人は、一層腹を立てて土足のまま上りこんでさがしはじめた。上役の役人は如何にも事務的に、先づ戸棚をあけてその長い首をすっかり突っこんだり仏壇をゆすって見たり、流しもとの匂いを嗅いで見たり、板の間をすかして見たりしていたが、若い方はたけり立った闘犬のような勢いでどかどかと納戸《なんど》におどりこんで万年床を蹴っとばし、やがて床下にもぐりこんで這い出して来たかと思うと、今度は便所へ廻って見たり馬の寝藁を棒で掻き廻したりしていたが、終いに土間に伏せてある臼をひっくり返して見た。それは一度そのなかから思いがけなく酒甕を発見したことがある経験にもとづくものであった。上役はがっかりして婆さんのところに戻って来たが、見ろ、この通りぷんぷん酒の匂いするじゃないか、今のうち白状すれば罰金負けてやるが、強情っぱれば高くなるぞ、といつものきまり文句をきまりきった調子で言い出した。酒造らなくても、匂いはするもんだすかな、と婆さんは腹立ちまぎれに皮肉った。若い役人はそれを聞くと、ますますいきり立って詰め寄りながら、この野郎、役人を何だと思う、ただ置かねえぞ、と怒鳴りつけ上役のところにひき返して何やら打ち合わせながら紙片に万年筆を走らせていたが、やがてそれに判を押すことを求めた。旦那さん、そりゃあんまりだすべ、悪いことしねいもの、何んで判など押すって、と婆さんは畳に両手をついて尻込みするのに、なんでもいいからお前は黙って判押せばいい、と役人はたたみかけた。すると婆さんは事の重大さに気も転倒せんばかりになって、判押すごったば、倅《せがれ》さ相談しねばならねえから、何んとか、帰ってくるまで待って下されと言った。それじゃなあ、判でなくてもいい、指判でいいからなと上役が言うと、若い役人は腕をのばして婆さんの手を取った。旦那さんなんということすると婆さんは身をもがいたが、もう婆さんの皺だらけの指先は朱にそまっていた。

ちょうどそのころ役人の他の一隊は、六兵衛のところに飛込んで引き上げるところであった。どぶろくをつくっているものが、千刈百姓にかぎっていないのに、土蔵の一つもある家には滅多に飛び込むことがない酒役人が、まっすぐ六兵衛の家をめざしたのには、憎まれものの六兵衛のこと故密告者があったに違いなかった。酒役人と見て六兵衛は一寸驚ろいたが、すぐ相手が学校を出て間もない若い役人と見てとると、おや、町から何用で御座ったす、さあ先ず先ず、と高飛車に出ながら、万一の用心にどぶろくの一升瓶が這入っている戸棚を背にして爐傍に胡坐《あぐら》をかき、ゆっくりと煙管を吸いつけ、どぶろくの検査に来たと言い出した役人に向って、どぶろくの検査って、密造のことだすか、俺もう何十年来どぶろく見たことも無いども、今でも貧乏百姓はつくってるすかなあ、と言ってから、先刻のみこんだ煙をやっとそのときになってぷうと吐きだした。這入って来るときからその裕福らしい家構えに気がひけていた役人は、もじもじしながら、いやこのごろは大分減ったようですが、一応検査する必要があるもんで、と言い傍らの役人に退散の眼くばせをした。

その様子でもうすっかり安心した六兵衛が、家さがしされたとなれば世間体はよくないども、調べるならなんぼでも調べなされ、少し家の中が広いから手間がかって大変だべどもなと空うそぶいたときには、いやもう急ぎますから、失礼しました、と役人はもうこそこそと戸外に飛び出していた。

そのとき、すぐ向うを酒甕を抱いて雑木山の方に走って行く女の姿が眼についた。追いかけろ、と一人が叫ぶなり、自転車をすてて走り出したが、必死に逃げのびようとする女の足はなかなか馬鹿に出来なかった。わけなくふんづかまえられると多寡《たか》をくっていたのが、意外に手間がかかるのに役人はすっかり向っ腹を立てて、躍起になって山にかけ上っていった。地理にくわしい女は、杉林のかげに姿を消したかと思うと、忽ちひょっこり反対側にぬけ出して、がさがさと音をさせて野犬のように素早く熊笹をわけて、今度は部落の向う側の楢林《ならばやし》に姿を消した。

一人の役人は間もなく楢林から駈け出して転げるように傾斜を走り去った女が、さっき抱きかかえていた酒甕を抱いていないことに気がついた。役人はほくそ笑みながら、ゆっくり今女が出ていったばかりの楢の茂みのなかに這入っていったが、若い方の役人は笹っ葉のかげから獲物を拾い上げようとして屈んだ瞬間、あッと叫んで顔色を変えた。思わず窪地からぽんと跳上って上役に指したのは、ぼろ布に包まれた梅干のように皺寄った顔の死児であった。役人は暫らく何か話し合っていたが、すぐ眼の下の苗代で一人せっせとはたらいている男には別段気にもとめずに、間もなく引き返していった。

そこは部落とは反対側の山かげになっていたので与吉は酒役人の襲来をそのときまで知らずにいたが、お峰のあわてた様子を背のびをして見ていると、間もなくあらわれたのが、まぎれもない酒役人であったので、役人がそのままにしていったものを見にのこのこと這い上っていった。亭主の新治郎はお峰が三人目の子を生み落すのも待たずにあの世に行ってしまったが、間もなく生れた子も二十日足らずで死んだことは与吉もうすうす知っていた。亭主のときでさえ仏のためにお経一つ読んでもらえなかったお峰は、重なる不幸に医者も招べないところから、死んだ子の始末に困じ果ててボロに包んで縁の下にかくして置いた。そこへ酒役人が来たのでお峰はあわて出したのであった。窪地のなかに嬰児のむくろを見つけると与吉は流石にぎょっとして、しばらくぼんやり立ちすくんでいたが、しかし間もなく巡査や酒役人にひっぱられてやって来るに違いないお峰の首垂れた姿が眼に浮んで来るとともに、その鬼をもひしぐような大きな身体は、弾かれたようにボロ布の包みを小脇にかかえたまま、がさもさと荒っぽく笹の根を踏みくだいて熊のように走り出した。

　ちょっと走ったかと思うと、与吉は太い首根をぐるっと廻してうしろを振り向き、白眼の全く無いような眼をきょろきょろしていたが、こんな種類のあわて方は日頃どっしりとかまえている与吉にはまったく見受けないところで、与吉は間もなく、ある屈竟な木立のなかに身をひそめ、篩《めつかい》のような大きな手でわりわりと枯柴や木の葉をかき集めてボロ包みをかくしたが、すぐこんなことでは一向安心が出来ないことに気がつき、今度は欅《けやき》の老木の洞穴を見つけてそこへも入れてみた。しかしそれは一層あてにならないと思われたので、やがてお宮のお堂の縁の下にかくした。しかしこんなところは誰でも眼をつけるにきまっていると気がつくと、与吉はいよいよあわてるばかりであった。まるで手負いながら追いかけられている野獣のように、めりめりと体にふれる樹木の枝を折り、どどどどッと地響きを立てながら、木立のまわりをぐるぐるとかけ廻ったり、藪を突きぬけ斜面をかけ上ったり、滅茶苦茶に狂い廻った。やがてその物音が消えてもとのようにしずまり返った雑木山に、背の低い駐在巡査とさっきの酒役人が別段急ぐでもなくやって来たが、さっきの笹藪から目差すものが姿を消していることがわかると、そのまま今度は少しせかせかと部落の方に降りていった。

山に手頃なかくし場所がないことに気がついた与吉は、やがて隣り部落の方に降りていったが、ここにも白昼どこにもそんな場所があるわけがなく、お峰よりも自分の方が重大な立場にはまり込み、ずるずると深みにはまりはじめていることに、かかえ込んでいる死児をゆすり上げて見るまでもなく冷水を浴《あ》びせかけられた思いがした。泉蔵の家裏の桐の木のもとに群がっていた洟《はな》ッ垂れたちが、何やら手をあげて叫んでいるのは、酒甕をいだいて、いつまでもうろついていることの危険を警告するらしかったが、その我鬼どもに寄りたかられては一大事とばかりに、与吉は藪かげに飛びこんで暫らく考えこんだ。しかし咄嗟のこと故うまい智慧がうかぶはずもなく、屈んで走る与吉の大きなからだは、かくれようとすれば、いよいよあらわれるていに、足は次第にお峰の小屋を目ざしているのを、与吉自身は殆んど意識していなかった。すべての判断はこの際与吉のような考え下手な男には要するに無駄であったので、水の低きに著《つ》くの理を自然に辿っていたに過ぎなかった証拠には、お峰の小屋に飛びこむなり煤けた屛風《びょうぶ》のかげに這いずり込んで、ボロ布の包みを抱いたままただぼんやり坐っていた。死児をそこに置いて逃げ出すべきであるという判断さえもなかなか与吉の頭には浮んで来なかった。

そこへお峰の上の子の竹治が、お母と呼んでかけこんで来たが、低い屛風のかげからぬっと与吉の重箱頭が突出ているのを見ると、泥棒だあ泥棒だあと叫びながら馳出した。それに応じて、馬鹿け、何しに泥棒来るって、という声は、あきらかにお峰で、そうわざと大きな声を出したのは、さっきの酒役人がさき廻りに来ていることを予想して来たのが、すっかりその通りになったと観念して、子供の暴言を役人の手前打消す調子がこもっていた。それが意外にも込み入った言葉も交わしたこともない与吉と知ってお峰は咄嗟に顔を赤くしたが、あんなとこさ我鬼投げて、見つかったら牢さ入らねばならねよお前、と依然として死児を胡坐に抱き上げたまま、ぶっきら棒な与吉の調子に、お峰は返す言葉もなく俯向いたきりであった。

与吉が立ち去ったあとに、駐在巡査と酒役人は来て、お峰は駐在所にひっぱられ更に町の警察署にひかれていったが、与吉が死体をもち帰ったことが、そのままお峰の行為とされたばかりではなく、医者も坊主も呼べなかった前後の事情があきらかになったために、お峰は幸に牢入りをしないですんだ上に、この事が世間に知れわたるに従って五合、一升の同情があつまって、お峰はこの浮ばれない不幸な死児を弔うことが出来た。しかし、お峰が濁酒を売りにあるくときの一升瓶が縁の下に転がっているのを発見されたので、それだけは罰金をまぬがれることが出来なかった。

今度こそはやられると思っていた六兵衛があっさり検挙をまぬがれて、その六兵衛にいじめぬかれて来た上に、不幸続きのお峰が挙げられるとは、世は逆《さか》さまだと人々はなげいた。五年前、新治郎一家が上京したのも、六兵衛に村をたたき出されたようなものであった。

遠い親戚関係があったので、新治郎は親の代から一町歩近い六兵衛の田を小作していたが、その年は何十年来の凶作でどこでも田徳を半分も納めなかったので新治郎も御多分にもれず未納した。それでも夏まで食う米を残したわけではなかったが、春とはいえまだ雪も消えない時分、自分の田に隣りの部落の作太郎が堆肥を運んでいるのを見つけた。驚いて六兵衛にかけ合いに行って見ると、もうとっくに作太郎に小作させることに契約したとの、にべもない返事だった。永小作のつもりでいたが父親の手落から契約書もとりかわしていない以上、どうにもならなかった。

茶屋酒などを喰って借金に苦しんでいる新治郎はたとえ上作でも満足に田徳を入れられないものと六兵衛は都合をよく見かぎりをつけ、耕作地がないために出稼ぎにばかりあるいている作太郎を見込んで、前の年北海道へ渡って小金を胴巻に入れて来たほとぼりのさめないうちに、水呑百姓にして見れば眼玉の飛び出るほどの契約金をとって耕作させることにした。このことあって新治郎は八方奔走して見たが、男手のふんだんに余っているこのあたりは、どこにも猫の額ほどの田畑もなく、小作だけでは明日の飯米にも差支えるのでわれもわれもと人夫仕事に出るこのごろでは、町の日雇仕事も五日に一度もないので、十年前新治郎と同じような理由で上京している親戚の忠蔵から何年ぶりかで蚯蚓《みみず》が這ったような文字の便りが来たのに追いすがるように、家をたたんで上京した。さて行って見ると、このごろはどうにか三度の飯を満足に食っているという忠蔵の家も、棟割長屋の三畳と六畳に、忠蔵夫婦を加えて中風で動けない婆さんに子供が六人もいるという蛆《うじ》が湧いたような有様に、家賃はどの位のものと訊ねると、十六円と聞かされ、うえッ、まるで金の上さ坐っているようなものだな、と新治郎はびっくり仰天して、これはいつまでも食客もしていられないと匆々《そうそう》に尻をあげることになって、その日から屋根にこまる始末であった。手に職のないものに都合のいい仕事の落こぼれもなく、とどのつまりは登録労働者になったが、これも一日働けば三日あぶれ、一日三合の給食米にしがみついているうちに、なんでもない熱と考えていたのが、気管支から肺炎に進み、お峰も乳呑児をかかえては手のつけようがなく、二度目の秋には、こっそり人眼をはばかるていに村に舞い戻って来た。

住家だけは六兵衛の畑にある納屋に手入してどうにか雨露をしのぐことが出来たが、女手に病夫を抱えてはどうにもならず、とどのつまりは、お峰はどぶろくをつくって売りにあるいた。専ら自家用であったどぶろくを、このごろ売りにあるくものがめっきりふえ、白昼は危険なので夜のあけないうちに村から村へ飛びあるくのでそれは梟《ふくろう》といわれ、兎角朝寝坊な町者である酒役人は手を焼いていたが、密造検挙がはげしくなると多少でも余裕のあるものは、五十円も百円も罰金をかけられる危険を敢てするよりも、梟から買って飲むことを得策としたし、それやこれやで梟の数はめきめきとふえていった。

以前は税務署だけでしたものがこのごろではところによって税務署と役場と警察とが協力して検挙と矯正にあたり、手きびしい検挙に加えるに矯正組合をつくったり、講演をしたり、ビラを刷って配ったり、あらゆる手をつくしていたが、それでも百姓たちは自分の米で自分の手で造って自分で飲むことが何故悪いのか、一向腑に落ちないこととしているのは、旧藩当時には水呑百姓の慰めはそれより外にないものとしてどぶろくを奨励した時代があったほどだし、一年二円の税金で許されていた明治の中頃までは、茶道具が無い家はあっても濁酒の口鍋と徳利と盃のない家は一軒も無かったほどで、それは百姓が米をつくるとともに、その米のしかも屑米や青米でどぶろくをつくることは当り前のこととされていた。米の値が天井知らずにはね上った欧州戦争時分には百姓でも羽織を着て茶屋酒を飲み白首を買ったものだが、そんな景気のどこをさがしてもないこのごろ、密造が逆にふえ出したからって敢て不思議とするには足りなかった。一升につき四十銭も税金を呑んで腹の痛まないものは洋服階級や旦那衆に限ったことで、百姓がどぶろくがのめないとなれば、飲めるものは水ばかりであった。あるとき福清水という一升五十銭の清酒が評判になり、村では大分無理をしたものがあったが、誰もこれを呑んで酔ったものがないということが判るとともに、またどぶろくを呑みはじめた。莫大な罰金を馬を売って払い、やっと労役場行きだけはのがれたものや、出稼ぎから戻ったばかりでほとぼりのあるもの、苦しいといっても百姓ほどでない町のものは、一升二十銭位で飲めるなら、検挙のきびしくなったこのごろ密造の危険を冒すよりましであるとするようになり、梟はふえる一方であった。お峰は梟に出かけての戻り路、肴町に立ち廻って縞木綿の長い財布の底にちゃらちゃらと白銅の音をたのしく聞き、何年ぶりで鰈《かれい》の二、三枚も買い、病夫へと下げて帰えるのであったが、こんなうまい商売になるものなら何故もっと早くはじめなかったかと、今更にくやむ次第であった。

新治郎が息をひきとったときにも、六兵衛はお峰が葬式を出せない始末なのに、医者を呼ぶ僅か三円の車賃も貸してはくれず、香奠《こうでん》がわりに蠟燭をもって来たきりで何の手助けもしなかったので、人々はいよいよ六兵衛を悪く言った。村では誰でも六兵衛と呼ぶものがなく、いもんだの爺とばかりいうのは、六兵衛は寄るとさわると、あれも俺のもんだ、これも俺のもんだと、うるさく言うところに由来していたが、実際野良や山林で六兵衛の姿を見受けたとなると、俺のもんだといういつものきまり文句を二言三言聞き出すことに不自由はしなかった。いもんだの爺が来たというので行って見ると、六兵衛はきっと、この楢《なら》の木は俺のもんだとか、こっからここまでは俺のもんだと、誰もききもしないのに野良にひびきわたる声で何べんもくり返すかと思うと、路ばたの縄や草むらのなかに転がっている稲がけの丸太を見つけて、ああ、これは俺のもんだと素早く拾ってゆくので、あッもんだの爺来た、とたちまち子供等は馳集まり、俺のもんだ俺のもんだと口真似しながら耳の遠い六兵衛のあとにぞろぞろついてあるいた。

人の思惑《おもわく》などは六兵衛にとってどうでもいいことだったので、客が来ても滅多にお茶も出さず、学校の寄附や催事の祝儀なども、世話役が二度や三度かけ合いにいっただけでは決して出さず、あちこち有力者の間を全部聞き廻った揚句に最低の金額しか出さなかったので、後ろ指さされていることは自分でも知りながら、絶えず有力者や知合を廻りあるいて、俺のとこではどんな人間が来ても酒を出さないということはないが、お前のとこでは客が来てもどぶろくも出さないで平気だべものな、とおめずおくせず大声で叫ぶのであった。婆さんの房との間に子供のない六兵衛は、たびたび養子を入れたが、一人も三年と腰をすえていたものは無かった。町の挽材会社や畳表工場に稼ぎに出して、賃銀はそっくりそのまま取り上げ、朝は塩鮭に湯をかけて、その塩味の出た湯をのませるだけで、かんじんの塩鮭は、夜食に食わせるといわれた。それで大抵のものはいい加減汗と脂をしぼられた揚句、われから飛び出してしまうのであったが、それさえ辛棒しているものは、やがて嫁を貰って一年か二年すると追い出される結果になった。もんだの爺の養子に嫁が来たというと、人々はまたじきに生木を裂かれると予言したが、それはきっと的中した。

世間は六兵衛が嫁に手を出すのを房が年甲斐なく悋気《りんき》する結果だと言いふらしたりしたが、その際いつも養子の方が先に追い出される事実は、そういう臆測を信じさせなかった。あれも俺のもんだこれも俺のもんだと言い張って、しばしば悶着を起す六兵衛は、そういうときに養子を手先につかうことを忘れなかった。あるとき、部落はずれの道路に転がっていた丸太を六兵衛は養子に取り込ませたが、翌る日木材運搬の荷馬車曳きが押しかけて来て泥棒呼ばわりした。六兵衛の家から三丁も離れている路傍に転がっていたその丸太が六兵衛のものであるということは信じられなかったが、六兵衛はそれは自分の山の杉を伐り出した際運搬にあたってそこに取り落したものであるということを確信をもって言い張った。六兵衛が杉を伐り出したのはもう六年も前のことであったので、その自信たっぷりな態度は、いよいよ不思議きわまるものに見えて来たが、しかも六兵衛は自分は丸太が一本足りないのを六年前のそのときから気がついていたのだと主張した。それは事実であったろう。しかしその六年前の丸太と昨日道路に転がっていた丸太とどうしてどんな関係があるかということについては六兵衛は一言も説明を加えなかったし、却って相手の運搬夫に対して、役場の敷地に積んだ丸太のうち一本だけが、そんなところに転がって来るわけがないではないかと逆襲してはばからなかった。事実は珍らしく町からやって来たトラックが路傍に尻をおとして動かなくなったために、人夫たちが丸太を持ち出して来てそのまま棄てていったのであったが、六兵衛はそんな造り話は信じられないと突っぱった。とどのつまり運搬夫は役場員をつれ出して来たりして、この悶着は六兵衛の負けになったが、取込み犯人は六兵衛ではなく、その養子ということになり、六兵衛は世間に面目がないといって間もなく養子を追い出してしまった。

こんなわけで、養子を追い出すときはきまって他人のものをかたり取ったとか泥棒したとかいう口実が用いられた。人の好いあわれな養子たちは、六兵衛の山林がどこからどこまでなのか正確に知らなかったので、六兵衛や房婆さんから指定された場所から、夢々他家のものとは知らずに杉皮を剝いで来たり、立木を伐り出して来たりするという罠にまんまと嵌《はま》りこむのであった。幸いそれが問題にならないときには、六兵衛はひそかにその不当な利得にほくそ笑みながら、離縁は次の機会まで延ばされるのであったが、それだけに養子はますます深みにはまり込むことになった。この揚句素直に出て行けばよし、出てゆかなければ締め出しを食わせるのであった。町の工場から戻って来ると、まだ宵のうちというのにかたく戸をおろして、いくら呼んでも開けなかった。嫁も亭主に情婦が出来たものと吹きこませられているところから、どうにも手がつけられないという始末であった。養子が代る度に六兵衛の身代はふえるのだといわれ、これまで、五人も六人も入れ代った養子の血の出る様な働きで、六兵衛は懐手で資産をふとらしたことは言うまでもなく、そのために養子を入れてしぼり糟《かす》にして追い出すのだといわれるのには、また外に見逃せない理由があった。

岩手の鉱山に十年以上も坑夫をしていた甥の清太が落盤の怪我がもとで死んだとき、山から再三返信料つきの電報が来たのに、六兵衛は行きもしなければ弔電一本打ちもしなかった。清太の従弟の富治は汽車賃をかけてわざわざ清太の妻子の引きとり方を交渉にやって来たが、六兵衛はそれをもすげなく断った。やむなく富治は一人で葬式万端を片づけ清太の女房の梅野と二人の子供を自分の坑夫長屋に引きとったが、まもなく清太の不慮の死に対して会社から三百円の金が降りたときいた六兵衛は、あわてて、富治のもとにかけつけてゆき、富治に向って、芋掘坑夫のお前などに扶養の資格はないと毒づいて梅野たちを引きつれて来た。その際富治から追悼金をとり上げたことは勿論であったが、扶養すると称して連れて来た子供たちは、春の陽がかがやきはじめそろそろぼろが眼立って来ても、向うから着て来た垢光りのする着物のままであった。梅野だけは頭に椿油の臭いをさせ頬にも薄赤みがさして、そのためもんだの爺も若返ったと取沙汰されたが、林檎売りに町に通っている間に情夫が出来て、子供を置いたまま行方がわからなくなったあと、上の子の清一はその年の春、小学校の卒業も俟《ま》たずに町の唐傘屋に奉公に出され、間もなく下の子も町へやられた。

　こんな六兵衛が急にお峰に目をかけるようになったということは、誰しも不思議とするところであった。それは房婆さんに先立たれたさびしさからに違いなかったが、実際房がぽっくりあの世にいってからの六兵衛の変り方は眼をみはらせるものがあった。葬式に手伝いにいった後家のお峰は、遠方から弔いに来た泊り客が去ったあとも引き続いて女手のない六兵衛のもとに手伝いにいっていたが、そのうちに六兵衛には町の手伝い女にあるいている四十後家を貰うという話が持ちあがった。ところが見合のときにその女が跛《ちんば》であることに気がついたので、六兵衛は仲人の源兵衛の耳にそっと口を寄せて女がどんな恰好で歩くか庭を歩かせて見ることを提議したことが、その女をすっかり怒らせてしまい、その後六兵衛はちょいちょい町へ出かけていって話をむし返そうとしたがうまくゆかなかった。そうこうするうちにぷっつりその縁談が沙汰やみになったのも、お峰という新しい相手が出来たためであった。しかしお峰を家にひき入れはしなかったし、事はきわめて用心深く内証に行われたので、作男の源治でさえ、ある日野良からひょっこり鎌をとりに戻って来たとき上りがまちで行われているただならぬ様子を見、はじめて事の意外におどろいたほどで、そのとき源治は腰の曲った六兵衛のどこにそんな元気がひそんでいるのか、張りとばされた様な幻惑を感じた。上気した横顔をちらと見せて、お峰が泥棒猫のように自家にかけ去ったあと、六兵衛は臆面もなくずかずかと源治の方へ立ちあらわれて、このことを絶対に言いふらさないこと、若し口外すれば源治の兄の田地をとりあげるとおどしながら、腰の手拭をはずして矢鱈に乾物じみた顔を小摺《こす》った。

それ以来、日が暮れれば寝てしまう習慣の源治は、寝床に入ると間もなく、六兵衛が出てゆくけはいがするあとを追いかけて見届けたが、ある夜など、お峰の小屋に先客があるらしく、六兵衛は帰りおくれた猫のように小屋のまわりをうろつき廻り、羽目板に耳を寄せたり、のび上ったりしているのを見て、年寄りのしつこい妄念にぞっと背筋が寒気立った。米箱は房婆さんの在世中もそうであったように南京錠がかけてあり、それ以来お峰に食う米の心配だけはさせなかったといっても、自分の飯を炊かせるときもお峰に米をやるときも、自身錠をはずして枡代りの朱塗りの椀で一つ二つとかぞえ、お峰自身には手も触れさせなかった。当分の間お峰が六兵衛の扶養をうけていたことは争われぬところであったが、それかといって六兵衛は金となるとたとえ白銅一枚でも容易に財布の紐をゆるめることをしなかった。ところでお峰はランプの石油を買う金にもこまって、六兵衛が山の見廻りに出かけたあと、仏壇の房婆さんの位牌のかげにかくしてある銭箱のなかから、銀貨を一枚掠めとったことを知った六兵衛は、蔵に火がついたようにあわててお峰の小屋にかけつけ、毛を毟《むし》った鶏の首そっくりの首をのばしながら、泥棒泥棒と叫び立て、金盗んだものは警察へ行かねばならねえ、とお峰の腕をひっぱるという騒ぎ方をした。その夜、源治は若勢仲間から借りて来た娯楽雑誌を読んでいるうち、いつの間にか豆ランプをつけたまま眠りこけているのを、六兵衛の怒鳴り声に呼びさまされたが、この油の高い時節に、油をただ燃やす気か、この穀つぶし、と六兵衛はぷりぷりして喚《わ》めき散らしながら、豆ランプの灯を吹きけすのであった。その様子ではどうやら昼間の六兵衛の仕打ちをうらんでお峰が締出しを食わせたらしかった。

こんな次第であるからお峰が六兵衛を避けるようになり与吉とねんごろになったとしても別段とがめるわけにはいかない。お峰がお産をする前からねんごろになっていた六兵衛が、産月に近づいて一時お峰を避けるようになったのは、要するに産婆の費用を出したくないためであるらしかった。取り上げ婆さんを傭《やと》う余裕もないお峰は天井につるした縄に取りすがって子を生み落すという始末であったが、やがてお峰が死児の葬いをすませ南瓜の尻のような黄青い頬が生気をとりもどすころになると、六兵衛は早速呼びつけて煮炊きをさせるという現金さであった。その上その場であらぬ振舞に及んだので、お峰はかっとなって米俵でもかつぎ上げるような勢いで枯れ切った六兵衛のからだを軽々とかかえ込んで置いて、思いきり突きとばしたので、六兵衛は一とたまりもなく土間に転げ落ちて尻餅をついた。

その前から腰が痛むといっていた六兵衛が一層苦痛をうったえ出したのは、実はそのときからのことであった。しかし痴情にのぼせ上った六兵衛にはお峰のそういう肱鉄砲も単なるいやがらせ以上には考えられず、その夜も次の夜も六兵衛は通いつづけたが、お峰の小屋の戸はいつもかたくとざされていた。六兵衛は夜半まで聞くにたえないような譫言《うわごと》をつぶやきながら痛い腰をのばしのばし小屋の廻りを這いずり廻っていたが、そのうち、やかましいこの野郎、いつまでもそのあたりに居たらただ置かねえぞ、と中から怒鳴る声に、六兵衛ははじめてお峰に男が出来たことに気がつき、高みから突き落されたようにはっとして尻込みしたが、それまで骨ばったからだの精根をかたむけていた女の脂肪の乗った生あたたかい肉体を他人に奪われたと思うと、腹の底をかきむしるようないらだたしさに突きのめされ、闇の中で身もがきながら、にわかに泥棒々々と叫び立てた。だがそれはとんでもない失敗を仕出かしたもので、なかからも同じように泥棒々々と繰り返され、その心臓の強い哮《ほ》えるような声が野面の闇に大きい波紋を描いてひろがってゆくのに気がついた六兵衛は、唐蜀黍《とうもろこし》を押し倒し、茄子を踏んづけながら、がさがさと音させてその場を逃げ出さざるを得なかった。

六兵衛のところから二、三枚の畑をへだてたお峰の小屋は部落から少し離れた山際にあったので、三日にあげず繰返されるそういう痴情沙汰も殆んど世間に知れなかったが、それ以来お峰は無論六兵衛のもとに手伝いに来なくなったのに対して、六兵衛の方は殆んど毎夜のようにどぶろくで勢いをつけて押しかけていって、与吉といがみ合いをくり返していた。別段筋の立った文句のつけようがないので、六兵衛の楯にとるのは、お峰は亡夫の新治郎から自分があずかったからだ故、他人が立ち入るべきではない、そんなことになっては地下の新治郎に対し顔向けがならないという決り文句であった。これだけのことを毎夜のように七くどくくり返し、振られた猫のようにいがみかかり、ときに与吉に突きとばされ闘《たたか》いに負けた軍鶏《しやも》のようにもんどり打ってひっくり返ったが、すぐに骨ばった頸をのばして起上りざま、狂気のように眼玉をぎろつかせ担棒をとって打ってかかるのを、日頃になくいきり立った与吉は狂ったように飛びかかり相手の首っ玉をつかんで土間の水たまりにこずき廻した。担棒をふんだくるはずみを喰ってランプが宙でもんどり打ってぽっと油煙をあげ舌のように伸びちぢみするのを眺めていた子供はわッと泣き出した。顔半分泥だらけにした六兵衛が、お前俺とこ殺す気だな、人の嬶横《かかあ》どりしてそれで足りなくて殺す気だな、殺すなら殺せばええ、と哮《ほ》え立てながら戸外に尻込みしてゆくのに、煮湯をのまされたような顔でうろうろしていたお峰は、お前怪我しなかったか、怪我なかったかと摺り寄ってゆくのを、与吉は一刻もそんなお峰を見ていられないといういらだたしさで、お前どこさ行く気だ、と怒鳴りつけて呼び戻した。こんなことは、この夜にかぎったことではなかったが、お峰に突き離された六兵衛は昼間からどぶろくをのんでうろつき廻るので、いいいもんだの爺もあんまり慾張りすぎて気がちがったといわれ、夜更けにお峰の小屋の造作に蛭《ひる》のようにへばりついていたり、そこらの畑に倒れてぶつぶつわけのわからないことを喚き散らしていることもめずらしくなかった。

与吉との間のことが人々の口の端にのぼり、お峰の腹が目立つころになると、女房の菊代は納まらず、与吉の家では三日にあげず夫婦喧嘩が繰り返されて、風波は絶えなかった。乳呑児を背負って畑のものをつけた車をひき、町へ商《あきな》いに行って戻って来ると、その足で鍬をもって畑に行く、その間田の草もとれば、二人の子供の面倒も見るという男まさりの菊代は、口数こそ少ないが、一たん怒り出すと手がつけられない暴れ方で、薪でも鍋の蓋でも手あたり次第投げつけるのには、からだこそ鬼をもひしぐようでも、気の弱い与吉はすっかりけおされ、ただあきれてぽかんとして見ているという風で、時には広い背中に首を埋めるように縮めて跣足《はだし》で戸外に逃げ出してしまうことさえあった。そんなときには、いやそんなときにかぎって、与吉の足は自然に溺れるように優しい気性のお峰の方に向いてしまうので、翌る日は夫婦の間の空気がいよいよたえがたいものになり、けわしい睨み合いに与吉の気持はますます菊代をはなれがちであった。ついに菊代はすっかり亭主に愛想をつかしたごとく、上の二人の子供を置いたまま実家に去って行ったが、間もなく与吉には去年から執行を延期されていた労役場送りの通知が来た。

五十日ばかり出稼ぎに行ったつもりで労役場で働いて来ればいいのだという気持ちであったが、二人のもの心づかない子供を置き去りにして行くわけにはいかないので、与吉はすごすごと菊代の実家に出向いて行った。我鬼の四人もある分別盛りが女狂いしてよくも敷居がまたげたと頭ごなしに義父の作左衛門にいわれ、与吉は悪さをした子供のように首をちぢめ、やがて小さな声で子供のためと思って帰って呉れと菊代に哀願したが、菊代は強情に梃子《てこ》でも帰らないと突っぱなした。それでは労役場に行って来る間だけ子供をあずかって貰いたいと、与吉は今度は義母の方に顔を向けたが、継母である義母は菊代の方をじろりと見てから、この上猫一匹でもあずかる隙間がどこにあると木で鼻をこくるような挨拶であった。

与吉が密造を検挙されたのは去年の刈入時で、そのときは前後二回の検挙で村から四軒ばかりあげられ、大抵はその年の暮に労役場送りとなったが、与吉は罰金の一部分を納めたのでせち辛い年の暮の労役場送りだけは免れた。で春に検挙されたものと一緒に処分されることになったが、相手が百姓なので、当局は田植がすんでから労役場送りの逮捕状を執行するのであった。年寄のある家は、爺さん婆さんが密造したことにして労役場にいって貰えば、それだけ食う口が減るから寧《むし》ろ助かると苦笑いして、自らなぐさめることも出来たが、一家の柱とたのむ働手をとられたのでは、それこそ笑い事ではなかった。そこで与吉も八方かけ廻って見たが、やっと親方（地主）から今年の収穫から余分に二俵入れることにして十五円だけ借りられただけで、米を売るにも、春までの飯米もあやしい状態では、あとの五十円はどうにもならず、矢鱈に煙管で爐縁をたたきつけて思案投首しているところへ、女工募集人が村に来ているという話を聞きこみ、渡りに舟とばかりに、小学校を卒えたばかりのキミエを愛知県の機業地にやることになった。盆暮には綺麗な着物を着せられうまいものを食って針仕事や行儀作法生花まで教えて貰って、僅か三年間で手取り百円という結構ずくめの話に、与吉は罰金を納めた上に借金も埋められるし無尽の掛金の心配もまずこれで無いと皮算用して、俺もやっと浮びあがるときが来たと、こそばゆい思いがうずうずと突きあげて来るのをおさえる事が出来なかった。

菊代が夜も眠らずに縫った着物に、どこやら娘らしくなったキミエを町の停車場まで送る途中、キミエと一緒に行く娘たちを見送る親たちに、警察がうるさいから若し停車場で何か云われたらこれは親戚の娘で東京見物にやるのだとそこはうまく言え、と金縁眼鏡の男は嚙んでふくめるように言い、どうもお上はものがわからなくてな、百姓衆が折角いいところに娘さんを奉公に出そうとするのにねえと笑ったが、与吉はそのときになって急に自分の行為が空恐ろしくなり、怯気《おじけ》づいたような様子のキミエがしみじみ可哀そうになって来た。はじめ停車場には幸に巡査の姿は見えなかったが、発車間際においと声をかけるものがあるので振返るとそれは巡査で、有無《うむ》をいわさず停車場から突き出されてしまった。近年娘を売ることについて急に世間がやかましくなり、身売防止会などという村長を会長にした会まで出来て、青年団の有志が停車場にがんばっていたもので、榊村のある孝行娘などは、親父が肺炎で倒れ医者も呼べないところから洲崎に身売りすることになったが、その青年団に出発間際に押えられ、それ以来というもの学校や役場や警察などの監視がきびしく、身売どころか一歩も外へ出られないので、とうとう毒を嚥《の》んだという騒ぎも耳にしていたが、そういう世間の騒ぎ方も僅か一年ばかり続いただけでもう熱がさめているところであった。

翌朝まだ薄暗いうちに金縁眼鏡の男はやって来て、与吉も用心のため奉公先まで行くことになりキミエとの三人はぬき足さし足の思いで部落をぬけ、雪のなかを山越えして七里も先きの次の駅に外の娘たちと落合って出発した。それほど辛い思いをして愛知県から帰って来たときには、罰金どころか与吉の懐中にはただ一枚の猪《いのしし》と二、三枚の銀貨しか残っていなかった。五年間の年期に対する二百円の前借のうちから着物代、旅費、口銭、仕度金と一々いくらいくらと差引くのに、一言の抗弁も出来なかったというのは、気が弱く口重いだけではなく、一枚の猪さえ拝みたいほど有難い与吉だからであった。それと親方から借りたものを合わせて税務署の窓口に行き、それればかりでは猶予出来んという役人に年内にはまたいくらでも入れるからと頬かむりの頭を、何度もぺこぺことさげて、せち辛い暮の労役場入りだけはまぬがれたが、さてたのしみにしていたキミエからは、仕送りどころか、切手代もないのだという手紙が一度来たきりで音信も途絶え、いよいよ農閑期の労役場送りの季節が近づいたころになって、僅か五円送って来ただけであった。

世間の手前まさかお峰の許へ子供をあずけても行けないし、こうなればもう心を鬼にして子供を置き去りにし労役場入りするより外なかった。いよいよ駐在所員が連れに来る日の朝、与吉は隣り近所にあとを頼み廻り、お峰のところにそれとなく子供を見てくれるよう話しにいって見ると、お峰は留守だったのでそのまま戻って来ると、そこに赤児をおぶった菊代が血の気のない顔で突っ立っていた。また我鬼ども投げ飛ばして、あの夜鷹のとこさ嵌まりこんでいたべ、この人でなしと、与吉を見るなり変に白み返った顔を硬ばらせて叫んだ。菊代が戻って来たと見ると、それまで張りつめていた五体の疲れが一ぺんにすっと抜け落ちてゆくような思いに、あわてて優しい言葉をさがしていた与吉であったが、昔のやさしみと柔かさのどこにも残っていない逆目立ったその顔を見ると、手のつけようもなく気持は重苦しくなっていき、むかむかと突き上げて来るものをどうすることも出来なかった。

その日与吉がすごすご引上げたのち、菊代と継母のタカとの間の空気は一層冷いものになり、かねていやがらせをしかねまじかったタカは、露骨に米の高いことまで口に出しはじめた。そろそろ腰の曲りかけたからだで日雇仕事をしてやっとその日の口を濡らしている父の所に、娘時代なら兎も角、四人の子供のあるからだで何時までべんべんとしていられないことはわかっていても、この飯炊女をしていたという底意地わるい継母が歯ぎしりするほど小面憎く、なにか思いきり仕返しをしないことには、このままおめおめと冷くなった与吉のもとに帰る気にはなれなかった。タカはそれと見てとってますます業《ごう》を煮やし、与吉も与吉だが、お前も女の身で子供を投げ飛ばして置いてよくも平気でいられるもんだとあてこすったが、菊代は進退谷《きわま》った焼糞からいよいよ梃子《てこ》でも動くものかと腹を据えた。しかしいよいよ与吉が労役場に行く日になると、ふと誰もいない家のなかにとり残される子供らの上に気持ちはもろくも崩れかかって、そのまま底知れぬ深みに溺れる気持ちで実家を立ち去ったのであった。

十日も母の顔を見なかった真太と真次は飢えた顔つきですぐに足にからんで来て、菊代は瞼が熱くなるのを覚えたが、与吉はまだ性懲りもなくお峰のところに嵌りこんでいると考えると忽ち眼の先は真ッ暗になってしまった。お前は喧嘩を吹っかけるに帰って来たのかと与吉は叫んだが、菊代はもう前後不覚な白み返った顔つきで、俺のいない間何していやがったと、足にからむ真次がひきずり倒されて泣き出したことにも気づかない様子で、藁打槌を投げつけ、さらに手あたり次第にそこいらのものをつかんでは投げとばした。この気狂いめ、何しに帰って来たと一言いったきり、与吉はあっけにとられて仁王立ちになっていたが、ちょうどそこへのっそり這入って来たのは駐在巡査であった。

何だ、やめれやめれ、今更喧嘩したってどうもなるもんじゃなし、と巡査は菊代をおさえ、な、お前行く仕度出来たか、と与吉の方へからだを向け直した。与吉はやおら身仕度して、梅雨あがりのまばゆく明るい外へ出ていったが、すぐ戻って来て、菊代のそばに立っている真太の上にかがみ込み、な、お父が土産買って来てやるからな、おとなしく待ってれと言い、お前にも買ってやるぞと真次の頭を撫で、大きなからだをゆすって立ち去った。

十日ばかりすると与吉はしかし家にもどって来た。菊代が絶望のあまり首を縊《くく》ったからであった。税務署や検事局では百姓の暮し向を考慮に入れて農閑期を撰んで密造犯の逮捕状を執行したのであったが、その時分になれば飯米が一粒もない百姓たちは、田植がすんだからといって骨休めはしておれず、日雇稼ぎにでも出なければ麦飯も口へ這入らなかった。与吉のところにも与吉が去るときに幾らか残っていた飯米と、菊代が実家から貰って来た分とを合せて四五日分しかなかった。亭主が日雇にでも出ればどうにか切りぬけられたのであるが、足にからむ二人の子供にお負けに乳呑児をかかえた身にはどうにもならなかった。あと二、三日すれば役場から政府米を貸して貰えると与吉が言いのこして行ったし、菊代もそればかりをあてにしていたが、当日出かけて行って見ると、役場の前は一杯の人だかりで、いつまでたっても埒があかなかった。県からの輸送が遅れ、あと半月もかかるらしいとの話であったが、それは言いのがれだ、豊川などでは田植前に配給したし、役場ではサヤを儲けるために駅渡しの米をそのまま売ってしまったのだと言うものがあった。

あと二ヶ月近くも与吉は帰らない、帰って来てもお峰というものがいる。菊代はふらふらと倒れそうになる空腹をおさえて田の草とりをしていると、爪が摺り減って空手《そらで》になった指先はむしるように疼《うず》き、稲の葉が引っ搔く顔にとめどなくだらだらとあふれる油汗が拭っても拭っても流れ込む眼に、ふと映る空は気のせいか燃えるように赤く、かーッと狂おしい思いが全身をかけ巡った。与吉はいいことをしている、あそこは食う心配がないのだと思うと、一途にそこに行きたくなり、子供をつれて這入るものもあるときいているし、絶体絶命の窮状をうったえたらどうにかして呉れるだろうという空頼みに、翌る日子供をつれてふらふらと町の警察署に出かけて行った。署員はてんで相手にしなかったが、居坐ったらどうにかなるだろうと何時間も入口の長椅子にがんばっていたが、しまいにはにべもなく追い出されてしまった。

もう歩けなくなって泣き出してしまった下の子の真次をだましだましして、からだが石のようになった菊代がようやく部落に辿りついたのは、日が暮れて蛙の声がすっかりあたりを包んでしまう頃であった。乳が出なくなっていたので赤子は火がついたように菊代の背中でふんぞり返って泣きつづけ、真太たちも、お母、飯食わせれ、飯食わせれ、と叫んでそこいらを転げ廻り、しまいに歩きづかれと泣きづかれでそのまま板の間に突っ伏して蚊に食われ放題で眠ってしまっていた。その間菊代は米を借りに廻ったが、おや、お前とこもか、俺あ今お前とこさ借りに行くところであった、とあべこべに言われ、この季節になるともう飯米はどこでも切れていたし、いくらでも残しているものは刈入れまで一粒でも惜しんでいたので、それも徒労であった。

実家の敷居を跨ぎタカの顔を見ることは死んでも出来ないことだった。親方にも相手にされないことはわかっている。死んだようにころりと泣きづかれに寝入った乳呑児を降ろそうとしてしゃがんだ眼に、上りがまちに泣き寝入りに倒れている真太と真次の寝顔が眼に滲み込んだ。菊代は食い入るようにそのまま眼を据えていたが、まだ夜更けでもないのに十重二十重に闇を押し包む蛙の声の外にはことりとも物音のしない夜であった。

やがて菊代はなにか期するところあるらしく立ち上るとあわただしく外にとび出していった。親方の邸の板倉の一つはいつもどうしたわけか戸締りが厳重でないのを菊代は知っていたが、自分が今どこをどうしているかということにはまるで気がつかなかった。戸は造作なく開いたが、懐にしのばせて行った庖丁でさんだらを切り、いざ米を掬《すく》い出そうとするときになって、それまで無我夢中だった菊代は急にあわて出した。自分のしようとしていることの恐ろしい意味がはっきりと頭に描かれて来たからであった。あわてて外へ飛び出したが、すぐに泣き寝入りに倒れている子供らの顔が焼きつくように眼にうかんで来て、菊代の頭は再びしびれるように前後不覚に陥った。星明りもない真っ暗な夜で、人のけはいもないのを見定めると、再び倉のなかに戻って米俵の上に仰向けに倒れかかってぐいと担ぎ上げた。ふだんなら人夫仕事にも馴れている菊代にとって四斗俵を担ぐ位何でもなかったが、そのときは流石にくたくたと膝をつきそうになるのを、歯を食いしばってふらふらと板倉を出たが、ものの一丁とゆかないうちに、何かに蹴つまずいて弾かれたように俵を二、三間向うまで転がしてしまった。それと一緒に誰かこっちにやって来るけはいがしたので、菊代はそのまま逃げ出そうとしたが、すでに遅く、誰だお前はという声が耳もとでがんと恐ろしい響きで鳴り響いた。顔を寄せて、なんだお前は寺田のお母だな、困ったことをしたもんだな、と言ったのは親方の屋敷の下男の千代治だった。なんとも申訳ないことをしてしまって、どうか親方さだけは黙っていて呉《け》れせれ、二度とこんなことしねえから助けると思って、と菊代は平謝りに謝ってから逃げるように立ち去った。

　与吉が労役場送りになったことを知っている千代治は、菊代の立場に同情して親方には知らせず、その足で隣り部落の菊代の父の作左衛門の家にかけつけて戸をたたいた。もう寝ていた作左衛門はしぶしぶ起きて来て、菊代がそんな大それたことをしたとは中々信じようとしなかったが、しまいに、どら、俺行って意見して来る、俺もはあ、世間さ顔向けならなくなるから、何とかお前と俺の間だけのことにして内証にして置いて呉れや、よくよく意見して来るからと出ていった。与吉の家はかたく戸がしまっていて、菊、菊と何度も声をかけたが返事がなかった。戸の隙間からのぞいて見たが中は真っ暗であった。不吉な予感がぞっと作左衛門の背筋を走った。もしや毒でも呑んで死んだのではないか、流石に作左衛門は薄気味わるくなり、そのままとってかえし伜《せがれ》を揺り起し提灯をつけてまた出かけた。矢張り菊代の返事はないので、今度はどんどん戸をたたきながら真太を呼びはじめたが、間もなくごとりと音がして心張棒がはずされ真太がむっつりとした顔つきで出て来た。真坊、お母帰って来たかと言いながら、作左衛門が提灯を差上げるようにして土間に這入ったとき、真太は、あっ、お母、と叫んでうしろにとびのいた。提灯の灯かげの動きにつれて、だらりと洗濯物のように吊下った菊代の陰影が煤けた障子の上を揺れうごいた。

労役場を出て来た与吉は野辺送りをすませると直ぐまた労役場に送られて行った。菊代の死因が、親方（地主）のところから米を泥棒しようとした結果だというので、人々は親方の思惑を気にして、誰も進んで子供等の面倒を見ることを申出るものもなく、乳吞児だけは実家で一時ひきとったが、二人の子供は家にのこしたままであった。労役場に帰って三日目に、与吉は五、六人の服役者と一緒に砂利運びに出ていたが、飢えた顔つきでうろうろしている子供らのことを思うと、矢も楯もたまらず、看守が便所に行っている間に一目散に逃げ出した。十里以上の山路を与吉は暴れ馬のように無我夢中で走りつづけやっと我が家にたどりついたときはもう日暮に近かった。お父来た、お父帰って来たと小さい方の真次は顔を赤くして畑の方からひょいひょいと浮上る調子でかけ寄って来たが、真太の方はまるで大人のように上り框《がまち》のところに横になって父親の姿にちらりと冷い眼を投げただけでじっと何か考えこんでいるところであった。与吉はその大人びたひねこびれた心にふれてひやりとし、子の行末を思う心にうなだれた頭を、しばらくもち上げることができなかった。お前飯食ったかというと真太はうん、山下のお母来て飯炊いて始末して呉れたと言った。それはお峰のことで、葬いのときは世間ていもあってお峰には会わずじまいであったが、お峰の方ではそこにぬかりはなかった。早速戸棚からお峰の炊いた飯をとり出してつめこみ、すっかり暗くなるまで、田圃に出ていた。田の草はそのままにして置いたら稲を滅茶苦茶にしてしまうほど伸び放題に伸びていた。

お峰に会わないうちに追手がかかるかも知れないと思うと、気が気でなかったが、いい加減草をとってしまうと、また自分の家に帰っていった。もう夜になっていたので、さあ、寝れ、夜鷹に掠われれば大変だからな、と与吉は菊代がそうしていたように小さい真次に添寝していたが、一寸身動きすると真次は眼をあけて父親の顔をちらと見守った。また父親に逃げられはしないかという意識がそこには働いているように思われてぎくりとしたが、焼きつく思いはお峰の方に走っていた。やがてこくりと真次が眠りこけたのを見ると、大きな体を起して、先刻から突きはなされたような飢えた顔つきでじっと宙を睨んでいる真太に、真、お前隣りのお父さ訊いてな、田圃見て呉れや、草のびたら草除ってな、学校から帰ったら真次とこよく見てやれ、土産買って来てやるからな、すぐ帰って来るから、と言いのこしてあわただしく出ていった。

しかるにそのときお峰のところには六兵衛が来ていた。与吉が労役場送りになった事は六兵衛にとってはもっけの幸で、再びしつこくお峰に言い寄る機会をあたえたことはいうまでもなかった。それに菊代が首をくくったことは六兵衛にとっては、願ってもない口実となって、菊代の怨霊《おんりょう》をひたすら恐れて商いに出るときの外は戸の口三寸出るのも、世間の人々に顔むけがならないこととしていたお峰に向って、世間はお前がとり殺したといって専ら評判していること、若しこの上お前が与吉との関係をつづけるなら、亡霊のたたりはきっとお前を狂い死させるに違いないとしつこく繰返して、因果応報を恐れ宿命のおそろしさに脅やかされがちなお峰をなやましつづけた。その手でじりじりと相手の手元にとびこんで行き、なんでも素直にうけ入れてしまうことで、いつも自分を不幸にしている可哀そうなお峰を再びとりこにしていた。

それにはまた密造を検挙されて以来、いくらなんでも挙げられた尻から梟《ふくろう》に出てどぶろくを売りあるくわけにはいかなかったし、こう腹が大きくなって来ては日雇仕事にも出られず、畑のものを町に売りにいく位では、親子三人の口はすすげぬのに対して、六兵衛は金以外のものなら米味噌とか野菜とか何でも持ち運んだことも手伝っていた。それでもお峰は毎朝夜のあけないうちに、世間の眼をぬすんで、与吉の子供たちを見にいくことだけは忘れなかったが、菊代の怨霊の恐ろしさにふるえる心に、ふと自分のからだのなかで日にまし大きくなってゆく与吉の子に気がつき、弾き飛ばされたように、殆んど与吉をあきらめかけている自分を空恐ろしく思い返すほど、ずるずると六兵衛の親切ごかしにほだされる人のよさを露《む》き出していた。

そういうわけであったから、突然お峰お峰と戸口にすり寄って呼ぶ声がしたとき、お峰はぎくりとしてからだがとめどなくふるえ出したほどであった。はじめそれは、まだ当分労役場から出て来るはずがない与吉の声とは信じられなかった。お峰は硬ばった顔でしばらくじっと闇を見つめていたが、やがてはっきり与吉であることがわかっても、重くのしかかる恐れを払いのけることが出来ず、何か警戒する気持ちがかたくなにお峰を沈黙させた。与吉の頭にはすぐに六兵衛が浮んで来ていたが、お峰、俺だ、俺だと呼びつづけているうち、かつてそれほどまでに感じたことのない烈しいお峰に対する執着が全身を熱くかけ廻り、六兵衛に対する怒りが腹の底から滅茶苦茶にあばれ出して来るのを感じた。そういう自分に吾れから驚きながら、お峰俺を忘れたか、忘れられる義理だか、と荒っぽく戸をたたき小屋の廻りをぐるぐる狂い廻っていたが、それでもお峰はかたくなに黙っていた。

なんということなくただ恐ろしく、のしかかって来る運命に身体を縮めてしたがってい るより外ないというかたくなさをどうすることも出来ず、ときどき突き上げて来る与吉への執着はすぐ姿を消して、恐れとあきらめがかたくその肉体をとりおさえた。だが事態はそれだけではすまなかった。なかからは六兵衛が何かお峰の耳に呟く声がきこえて来た。もうこうなってはお峰に声をかけても無駄だと知り、本能的に六兵衛を怒らせておびき出すことに思いついた与吉は、こら、もんだの爺、お前の家火事だや、いい年して女子《おなご》狂いしている間にお前の家全《まる》焼けだぞと怒鳴った。なんだ、お前は監獄ぬけて人の家さ火つけに来たか、と六兵衛はやり返したが、そうなると与吉の戦術は半ば成功したというべきであった。

人の留守に夜這いに這入りやがって何を大きな口きく、このくたばりぞくないめ、言うことあったら出て来い、と与吉はわめき立てた。お峰は早くも与吉の罠《わな》に気がついて、はらはらして六兵衛の口返答を制するらしかった。六兵衛は出ようが出まいが牢破りの差図など受けねえとやり返した。と与吉は得たりとばかり俺牢破りしてもお前のような人非人でねえ、新治郎の生きてる間お前はどんなことした、田畑はとり上げるし、病気になっても振り向きもしなかったべ、この人でなしの癩病《どし》の性、よしッ、出て来なかったら俺あ引きずり出してやる、いいかこの野郎と、わめきながら戸板にからだをぶっつけはじめた。六兵衛も痩頸をもたげて、この牢破り警察さ知らせてやるぞ、と起き上るのをお峰はすがりついて押えたが、与吉がどしどしとからだを打っつける度に戸板は今にも折れてしまいそうに内側にめりめりと撓《しな》った。それと同時に、それまで圧えつけられていた与吉への執着が、突然熱湯のように吹き上げて来た。お峰ははっと我に帰って、急に泣き出しそうな顔になり、跣足のまま土間に飛び下り、今開けるんて、お前もなんとか騒がねえで、と必死に叫びながら戸締りをはずした。

腰の曲りかけた六兵衛は今にも喰いつきそうな顔つきで身構えていたが、大きな体の与吉が入口狭しとのっそり這入って来ると、犬にねらわれた鶏のように素早くその傍をすりぬけて、この牢破り覚えて居れ、駐在所さ知らせて来らあ、と叫んで走り去った。脱走して来た与吉をその場で巡査の手で首っ玉を押えてしまうことは、いつばったりと往生するかも知れぬ自分の年を忘れて前後不覚にお峰におぼれている六兵衛に野良犬をたたき殺すような種類の快感を与えるのであった。しかし当の与吉はこのまま追手をのがれられるとも思っていなかったし、少しもそれを恐れてはいなかった。うなだれて黙っているお峰の顔には明らかに何十日ぶりで与吉に会った昂奮がうごいていた。事実、もう先刻までの不安とわけのわからない恐怖はどこかへ吹っ飛んで、お峰の眼の前には肩巾の広いねっちりとした与吉があるだけであった。俺あ行ってしまったらまたも、ん、だ、の爺とこつ引ぱりこむべな、お前は……としばらくしていうのに、お峰は無言のまま首をふると同時に、闇の中で与吉の強い腕がのびて来たのを感じた。

　与吉はその夜のうちにお峰のところで逮捕されたが、事情が事情だけにそれにあたった署員や看守からも同情され丁寧な取り扱いをされたばかりでなく、格別懲罰も受けずにすんだ。ただ砂利運びの労役に出ているとき脱走したというので、構内の草取り仕事や営繕の石運びや道路修繕などがあっても与吉は除外されて、明けるから暮れるまで工場に坐りっきりで実子《みご》縄綯《なわな》いの居職仕事は、力仕事の得手な与吉にとってはかなり辛いものであった。賭博や一寸した事件で来ているものもあったが、大部分は濁密犯人であったから、同《へ》房《や》の連中はみんなお互によく気が合ってなぐさめ合うという風で、受持看守も彼等がこんなところに来るのは食われないからであり、農村の窮迫にしたがってますます濁密はふえるばかりで、殊に凶作地のものにそれが多いということを知り過ぎるほど知っていたから、大抵のことは大眼に見るという風で、禁じられている話声などにもそっぽを向いていることがあった。

　そんなわけで彼等はいろんなことをそれとなく知ることが出来たし、今日女囚の方にどこそこの阿母が来たとか、どこの婆さんが来たとか、誰いうとなく知らされたが、労役囚は殆んど毎日のように三人、四人とふえて行った。山内の方は田植するだけの雨があったべかと、その山内村から来ている太一郎という四十男は、同じ郡内から来た丑之助に仕事の手をやめて真剣な顔をふりむけていた。ああ、済んだもなも、この月に這入ってから三日も続けて大雨あってな、俺あ植えてしまったから、ゆっくりここでいつまでもお上の飯食わせて貰わあと、眉毛が下駄の鼻緒のように太い丑之助は、肩をゆすりながら言った。六月も末になって、毎日のように五人も十人もかたまって新手がやって来て、労役囚が馬鈴薯《じゃがいも》の子のようにふえてゆくことは、ずっと前から這入っていて、もう放免の日が近づいているような連中に、娑婆は田植がすんだことを知らせるのであった。

それになんとなく明るい気分をあたえられた彼等は、ときたま色話などやらかして割れるような笑声をあげて当番看守にたしなめられた。新しくやって来る連中は、はじめ重苦しい顔で青法被に腕を通しおずおずした様子で工場に這入って来るが、その日のうちに馴れてしまって、田植時の不眠不休のうずくような疲れが溶けるように快く体のすみずみからぬけてゆくのを感じ、腹の底から植付をすませた安堵がこみあげて来るとともに、思いがけないいいところへ来たような気がして、あらためてあたりを見廻すのであった。新手はあとからあとからやって来るので、看守たちは仕事の割り振りをするのに戸惑いするほどで、労役場内は当分ごった返していたが、ある日、多吉という日雇が三年振りで父親に会ったという事件では、みんな妙に沈んだ気分になってしまった。

明日の朝、五十日目で出るというその前日の夕方、多吉がみんなと一緒に工場から還戻《かえ》って来ると、ちょうど父親の多助が四、五人の新しい労役囚と一緒に看守につれられて這入って来たところであった。もう六十に近い胡麻塩頭の多助は、多分、処もあろうにこんなところで息子に会うことが余程辛かったのであろう。腰の曲りかけた痩せた体を一層前屈みにして妙に悪びれた眼をきょろきょろさせて人蔭にかくれるようにして這入って来たのであったが、多吉はそれが三年前に別れたままの父親であることを知ると、おお、お父《と》、と短かく声を呑み、おやお前どうして此処さ来たけなと、せぐり上げるような声で父親の前ににじり寄っていった。うん、四、五日前に帰って来た、お前さ苦労かけて本当に顔向けならねえ、今度あ俺の番だから先ず何かと勘弁して呉れ、と親父は伜の前にぺこりと頭を下げた。てっぺんはつるつるに禿げて、古い瓢簞《ひょうたん》のように日に焼け両側にだけ白髪のある頭には、三年間の漂泊の生活がまざまざときざみこまれている気がして、多吉は思わず眼をそむけたほどであった。密造の常習犯である多助は累犯というので二百円の罰金をかけられ、百方金策に奔走したがまとまった金が出来るはずがなく、逮捕状が執行される数日前に逃亡してしまった。このことが酒役人の感情を害して、多吉の家は始終睨まれつづけて来たが、とうとうこの春甘酒をつくっているのを発見された。

多吉はそれはどぶろくではなく甘酒にすぎないことを百方弁明につとめたが、多助の心証がわるいばかりに、八十円という眼の玉の飛び出るような罰金を免がれることが出来なかった。まだ今日ほど窮屈なことがなく、自分でつくった米で自分で仕込んだどぶろくを、自分の腹に入れることに、何の不思議もないとされている時分からの習慣で、田圃から上って来て戸口に近づくとともに、自在鈎に鍋をかけて湧かしているどぶろくの匂いが、ぷーんと鼻を衝いて来なかったら最後、急に世の中が真暗になってしまったように思われ、ぷりぷり怒ってしまう多助にとっては、たとえどんな制裁があったにしろ、どぶろくをやめることなどは思いもよらなかった。ある日野良から帰って来た多助は、まだ一升近く残っていたどぶろくを、留守中に客に出してしまったと聞いて、大あばれに暴れ出し、膳をひっくりかえし母親を殴りつけた揚句、しまいに母親が近所から徳利に少しばかり分けて貰って来たので、やっと梟《けり》がついた事件は、多吉の子供のころの記憶のなかに強く焼きつけられていた。検挙がきびしいからといって、一升の清酒のために白米四升も出すわけにはいかなかったし、屑米でつくるどぶろくは、その粕を味噌汁へ入れて味をつけたり、粕漬をつくったりする余徳さえあった。清酒とちがって粕がながく腹にたまっているところから、一杯ひっかけさえすれば雪の中でも平気で何時間でも仕事が出来た。多吉は父親が昼間どぶろくがのめないので、苗代仕事も水が冷く足腰が冷えてたまらないとこぼすのを、以前よく耳にしたものであった。何度検挙されても多助は、景気よく柴の燃える爐傍に大胡坐をかいて、鍋にぶつぶつと泡立つどぶろくを、味噌漬を噛り噛りぐいぐいやる味が忘れられず、しまいには悔悛の情の無い累犯として二百円という罰金をあてがわれたのであった。

僅か四反の田は減るともふえはしないのに、孫と借金はふえる一方の暮しむきの重みに、せめてどぶろくを呑んでまだしもゆとりのあった昔をなつかしんでいた多助は、はじめは罰金を拵えることに奔走していたが、どうしても見込みがないとわかると、よくよく世間に愛想をつかしたらしく、突然行方をくらましてしまい、盆が来ても正月になっても葉書一本来なかった。松前さでも行って野垂死《のたれじに》したべやと、焼糞に吐き出すことは度々であったが、病身の女房を相手に婆さんと子供四人をかかえて働手は自分一人になった多吉は、まだ若い者に負けない気の働手である父親を全然あきらめ切ってはいなかった。自分が労役場にいくことになると、一家を干乾しにしなければならない立場にある多吉は、八十円の罰金に対し、五円十円と血の出るような金を分納し、一寸のばしに田植までのばして来たが、とうとうあとの二十円がどうにもならず労役場に送られる身になった。

夜半、多吉は父親の三年間の積る話を聞きたがったが、多助はぷいと眼をそらし、聞いたって何にもならね、どこ歩いていたってこの世の中は変りねえよ、と言ったきりであった。翌朝仕事の時間になると看守は罰金の全部を稼ぎ上げた多吉を連れ出しに来たが、んだら、お前、達者でいて呉れや、なんぼでも都合つき次第、罰金納めて早く出られるようにするでな、と多吉は父親の方に屈みかかってその痩せさらばえた姿に咽喉をつまらしたが、多助は手を振ってそれをも遮った。うんにゃ、余計なことやめれ、俺などこの年してどこで死んだって同じこった、余計なことをするな、と息子の思いやりを払いのけるように腕を泳がせ、それよりお前こそ達者ですごせやと、顔色一つ動かさず言った。これにはみんな息を呑み胸の底に暗いものをこびりつかせて、不安な予感にかりたてられたが、案の定それから二、三日のうちに思いがけない出来事が起った。

その朝多助はもっそう飯を振り向きもしないので人々の注意を集めたが、八時四十分から十五分間の休憩時間が切れて皆が仕事に就いても、多助だけは床板にのびたまま動こうとしなかったので、工場受持の看守が近づいて来て、どうしたんだ、早く仕事をしろよ、と低い声でうながした。多助はしかし一寸看守の方をふり返っただけで、すぐまた俯伏してしまい、俺あ持病でしてな、この通りからだが言うことをきかねえですよ、いいからこのまま抛《ほ》って置いてけれやと言ってのけた。気の小さい百姓たちはお上を恐れぬその不貞《ふて》くされた肝っ玉にあきれると同時に、その言葉つきが何処やら渡りものの匂いがするのを感じて、一せいに多助の方を見ていた。何を寝言を言ってるんだ、ここを一体どこだと思っているんだ、早く仕事をしろ、と看守は再び今度は少し声を荒らげたが、多助はがばと跳ね起きると、追いつめられた猫のように眼を据え、お前さんに言われるまでもなく、その位のことは知っているが、年には勝てねえ、お前さんみたいに若ければ別だがな、年寄りは可哀そうだと思って見ない振りしていてけれ、と言いつづける舌はもつれ、その眼は変にふてぶてしく据っていて赤みがさしていた。のみならずやがて不承不承に起き上って鼻緒をつくる仕事台の方にふらふら泳いでいった多助は、よろよろと一人の男に倒れかかったが、間もなく突きとばされでもしたようにばったりと倒れた。おっ、この通りなあ、年寄をあんまり追いつかうと碌なことねえ、といって再び立ち上ったときであった。

貴様酔ってるんだな、と工場受持は突然叫んだ。はじめは看守が冗談を言ってると思ったが、看守が再び、おいこらどこで飲んだんだ、酔ってるじゃないか、とたたみかけたときには、本当にみんなびっくりしてしまった。ふらふらと起き上った多助は、てれ臭そうな眼つきで急に調子をかえて旦那冗談でしょう、監獄でどうして酒が飲めますか、と及び腰をふらつかせてまぜっかえしたが、そのあとにへへへへと続けた正体のない底のぬけた笑い方が、看守の観察が間違っていないことを証拠立てた。けしからん、こっちへこい、と工場受持は多助の腕をつかんでぐいぐいひき立てて行ったが、それから約一時間ばかりして焼酎の瓶が工場の一隅から発見された。多助がどういう手段でそんなものを持ち込んだかということは、無論労役囚たちにはわからず仕舞であった。

しかし、数日後多助が突然労役場から姿を消してしまったことはさらに人々をびっくりさせた。与吉の例があるので、人々はまた脱走したのかと思ったが、他の連中はいや多助は青法被から赤法被になったのだといった。それ以来多助の姿を一度も労役場に見なかった事から考えて、それは本当らしく、人々は多助の変に上方《かみがた》訛りのある台詞《せりふ》や七分三分に人を見る眼つきや、胸をどきっとさせるふてぶてしいもののいい方などを思い出し、工場への往き還りなど、彼等が俗に監獄と呼んでいる懲役監や禁錮監の建物の方をおずおずと見やり、自分も一歩過まれば多助と同様あそこだと考えると、急に空恐ろしくなるのであった。あるものは多助は放浪している間に窃盗や詐欺の味をおぼえていたのだといったが、誰も進んで打消すものもなく、またそれ以上多助のことを知っているものもなかった。

与吉が同じ労役場のなかにお峰の姿を見つけたのは、それから数日後のことであった。普通なら与吉と時期を同じくして収容されるのであったが、子供を見るものがいないことに対する同情から執行を控えられ、多分収容は暮のことになるだろうとお峰自身はいっていた。それがその後お峰が罰金を少しばかり分納するために税務署にいったとき、お峰のからだに気がついた間税課では、年内の執行がちょうど出産にあたって不可能になるのを恐れて遽《にわ》かに執行する運びにしたのであった。ここでは男女間の接触は全然禁じられているので、同じ労役場のなかとは言え、彼等は女たちの姿を見かけることさえ滅多になかったが、ちょうどその朝は、交代看守の到着が何かの都合で遅れたらしく、与吉たちが房《へや》を出たとき、女の連中もどやどやと廊下にあふれ出して来た。

大抵、四十日か永くて五十日の収容期間にすぎなかったが、一度び女となると流石《さすが》に彼等の昂奮はおさえきれず、看守があわてて叱責したほどざわめき立って、あるものはお前ら早く家さ帰ったらえかべ、亭主気が気でねえどよと叫び、あるものはお前ら一人で寝られるがやと怒鳴《おど》ったが、女たちも負けてはいず、お前らの女房今頃いい男こさえてるかも知れねえよとやり返すという有様で、しばらくはごった返す昂奮に眼《おが》のさきがぽっとなってものの形もはっきり見えないほどであった。

やがて与吉は女たちの方が殆んど男の二倍位おびただしい人数であることや、それも年寄が多く、若い女のなかには乳呑児を抱いたりおぶったりしたものが何人もいることに気がついたが、ふとお峰の顔を見つけ出し、はじめは自分の眼を疑った。しかしお峰の方では先に与吉を見つけ出していたらしく、静かな感情をこめた眼でじっと与吉の方を見ていた。気のせいか顔色がいやに黄色っぽく血の気がなかったが、それもそのはずでお峰のからだはもう六ヶ月になっているはずであった。

いよいよ執行ときまるとお峰は町の警察にいって、暮まで執行を延して貰いたいこと、もしそれが出来なければ子供を連れて行かれるように取りはからって貰いたいと歎願した。

しかるに、お峰より一足先に、そこには乳呑児を背負い、さらに三、四歳の女の子を連れた女が来ていて、眼を泣き腫《は》らし鼻《おど》をぐすぐすいわせながら、どうでもこの子を連れてゆかねばとがんばっていた。家の亭主ったらなあ、この子の顔も見に戻って来ないのだすもの、俺らどぶろくでも売らねば何としも生きて行かれるす、とその赭《あか》ら顔の女は涙で一層顔を赤くしながら肩をせり上げた。去年の春北海道に出かせぎに行ったまま多分帰って来る旅費にも窮したのであろう、暮になって子供が生れても手紙一本来なかった。僅かばかりの畑作位でどうして食って行かれよう、仕方なくどぶろくを造って売りにあるいたのを検挙されて六十円という罰金であった。

警官は始末にこまってにやにや笑い出したが、間もなく、分らねえなお前も、乳呑児は別として、そんな大きな子供など入れられないてば、ものがわからねえにもほどがあると吐き出すようにいった。ああその通りだす、俺わけのわからぬ女だす、文字も読めねえ、なんにもものわからぬ女だす、んだからこの子供の始末どうしていいか分らねえのだす、せば旦那さん何としたらええすべ、と女は突っかかるような調子でいった。なんとしたらいいか、俺にもわからねな、とこの面長の人のよさそうな巡査は、細い眼を眼鏡の奥でしばたたきながら、自分の身のふりかたの心配よりも、母が巡査に不当にいじめられているように感じて、瞬きもせず、この有様をじっと見守っている疳のつよそうな顔つきの女の子の方を見ていたが、やがて傍らの警官をふり向いて、なあ、どうしたらいいもんだろうと片棒をあずけた。さあ、俺にもわからねえな、とその円顔の額のせまい眼のくりくりした巡査はいい、一寸考えてから、なあ、お前には一軒も親類ないのか、と女の方に顔を向けた。

それはその巡査が聞いていなかっただけのことで、すでに先刻から女が委《くわ》しく述べたところで、亭主の方のただ一人の伯父は村から村と廻り歩く蝙蝠《こうもり》直しのこととて居所が知れなかったし、女の実家は去年の夏に一家をあげてブラジルへ行ってしまっていた。移民といえば聞えはいいが実は離村であって、耕作反別がすくない上に凶作にたたられて、全く立ち行かなくなった山間部のその部落では、十八戸のうち十五家族までがいっしょに飢餓の村をすてててブラジルへ逃亡してしまった。今も旦那さんに話した通り親類も何もないし、誰もこの子の面倒を見るものいねえから、もし一緒に這入れなかったら、亭主《おど》どこ捜索して給《たも》らねすべか、おどさえ帰って来たら、なんぼでも労役場さ行くす、と女はいった。はッはッは、お前とこ労役場さやるために、お前の亭主とこ今から草の根分けて捜すってか、と巡査は円い顔を一層丸くして笑った。その陽気な笑い声でいくらか窮屈なやりきれない思いを救われたらしい眼の細い巡査は、今から捜索などしたって間に合うもんでねえ、よし、それじゃ俺が役場さ行って相談して見てやるといった。

それまでぼんやりそこに突っ立っていたお峰は、そのときになってやっとおずおずと前に進み出てゆき、俺もはあ、この子ら連れて行かせて貰われねえべか、とその眼鏡をかけた巡査にお辞儀してから述べたてた。なんだ、お前もか、と巡査はあきれ顔でしばらく息を呑んでいたが、お峰の事情をききとると、満一歳未満の乳呑児なら別だが、なんともならないな、と今度はそっけない調子でおだやかにいった。親戚の有無をきかれたときお峰は六兵衛のことはおくびにも出さなかった。与吉が脱走して来た夜からこっち、お峰は死んでも六兵衛の厄介にならない肚をきめていたが、そういう事情をここでうまく説明することはお峰には一寸出来ないことであった。与吉の例によってもお峰は労役場に子供を連れてゆくことは出来ない相談であることを充分知っていたが、それでも尚警察に行って泣きついたらどうにかなるだろうという藁をつかむ気持ちであった。

規則はそうだべども、何とかして、せめて産してからでも入れて貰われねえすべか。お峰はやっとそれだけいったが、巡査ははじめてお峰の突き出した腹に気がついたように、うんと唸るように息を呑んだ。思いがけなく次から次と鼻面につきつけられる難問題に、巡査はぱちぱちと瞬《まばた》きしてのち、生れた子おぶって行くより今行って来た方えかせべといった。そだすべかとお峰は考え込んだが、円顔の巡査はじろじろとお峰の方を見やり、お前、亭主居ないのに何として腹高くなったのか、うん、といったので、すっかり顔を赤くして俯向いてしまった。すると、そのときまでこの有様を振向きもしなかった年輩の巡査が立ち上って来て、なんぼ貧乏してもな、この道ばかりは別だべ、なあお前、亭主居ようが居まいが我鬼《がき》こさえるのに何の苦労いるもんだてか、なあ、そうだろうと、にこりともせずにいった。それで警察署特有のそっけないいかたくるしい空気はどこかへ消え去って、急に巡査たちの開けっぱなしな話声と陽気な笑声が湧き出した。その空気は背の低い横肥りの婆さんが飛びこんで来てがらがら声で歎願しはじめるときまでつづいた。

婆さんはずかずかと先刻の眼の細い巡査のところにやって来て、旦那さん、私は明日にも労役場送りになるてことだども、何とか伜徴兵から帰って来るまで待って貰えないすべかと、そこら一杯響きわたる声で叫んだ。若い巡査は短兵急な婆さんの調子に、わざと威厳をつくり、円顔の巡査をふり向いて、今日はまたなんと悪い日だべ、あきれたもんだな、と言ったが、やがて婆さんに、そういうことはここへ来てもわからねえ、検事局か税務署へ行って見なと答えた。その言葉が終るか終らないうちに、婆さんは、はあ、税務署さも裁判所さも百遍も足運んでお願いしたす、何度行ったたって埒《らち》明かねから旦那さんさ頼みに来たのだすと勝ち誇ったように叫んで、そこいらをじろじろと見廻した。検事局で駄目なら警察は無論なんともならないよ、と巡査が言いも終らないうちに、んでも裁判所じゃ警察さ行って見ろってことだったすて、とあくまで逃がしてなるものかという調子でいった。

実際この署では毎日のように押しかけて来るこの種の歎願者に手を焼いていた。ことに盆休みや年の暮の罰金整理の時期になると大勢の不幸な家族を抱えて労役場入りも出来ないものが毎日のようにやって来た。なかでも子供を置き去りにして行かなければならない不幸な女たちが、日に二人も三人も押しかけて警官たちをなやました。検挙が手きびしくなればなるほど、密造が一層逆にふえて来るのは、百姓がますます暮らし向きにこまって来て、清酒などには手も足も出ないことを物語っていたが、危険を冒して梟に歩くものなどは、亭主に先立たれ大勢の家族をかかえて途方に暮れている女房とか、一家をささえる働手がないとか、働らきたくとも田地も仕事もないとかいう連中にきまっていたので、そういう連中は自分が労役場入をしたのち老人や子供をどうしたらいいかという、こんがらかった糸のように解決のしようない難問題を持ちこんで来るのであった。去年の暮のある日などは、そういう老若の男女が七、八人も一度に押しかけて来て尻に根が生えたように動かないので、しまいには署長さえ気を腐らして、そんな事情を無視した杓子定規の逮捕状の執行の不穏当であることを抗議しようと勢いこんで検事局へ出かけていったほどであった。

伜さえ帰って来いば、労役さも行くす、罰金もおさめるども、と婆さんはまたやりはじめた。なにしろ、あとの伜や娘はみんな世話のやける我鬼どもばかりで、ただなんぼでも食いつぶすばかりのところさ、爺様は寝たきり動けねえ始末だものなんす、なんとか春まで待って貰うように、旦那さん、この通りお願申すであんすよ、と鉋殼《かんなくず》へ火がついたようにべらべらとまくし立てて、ぺこんと一つ頭を下げた。

なんとお前はよく喋るなあと若い巡査はにやにやしたが、余計喋りは生れつきだすものな、この上口さ戸でも立てられたら息詰って死ぬばかりだす、先ず旦那さん、これ見て下されといいながら、あわただしく懐から一枚の紙片をとり出して巡査の方へ差出し、濁酒《どぶろく》の罰金さお負けにこれだものな、罰金かけられるようじゃ末の見込みがねえというんだすべ、爺様の代からつくって来た田取り上げるって事だすものな、旦那さん申訳ねえども親方さ掛合ってもとの通りにして貰われねえすべか、慈悲だと思って一つお願申すであんすと、喋っているうちに婆さんの肥った顔は昂奮で赤くなって来ていた。見るとそれは小作契約の書面で、婆さんの説明によると、亭主が亡くなったのにつづいて、昨年の春たのみにする息子が入営したあと、婆さんは七人も子供をかかえて、いや婆さんと一口にいっても彼女はまだ五十の坂にさしかかったばかりで、徴兵にいっている長男と県庁所在地の小都会に奉公にいっているの次男とあわせてその八人の子供は、みな彼女の産み落した子供に違いなかったが、どうにも遣り繰りつかない結果は田徳を二俵未納したのと、間もなく梟になって検挙されたのを口実にして、同じ村の眼と鼻の先にいながら、地主は内容証明で解約の書面を送りつけたのであった。

旦那さん、なんと在ることだすか、二俵だすよ、たった二俵で田地取り上げるって話、どこにあるすか、なんとか旦那さん慈悲だと思って、もと通りになるようにかけ合って下さらねすべかと婆さんは、必死に詰め寄ったが、巡査は再びぐっと息をのみ、細い眼をしばたたきながら、えッ、お前は、執行延期を頼みに来たのか、それとも田地のかけ合いたのみに来たのか、うん、と笑いもせずに言った。恐らくこの好人物の巡査は、婆さんの矛盾した態度よりも、二重にも三重にも重なり合った事件の思いがけない展開と、解決しがたい複雑さに面喰ったらしかった。

なんと旦那さん、と婆さんは一寸ぽかんとしていたが、どっちでもいいです、伜さえ帰って来いば俺いつでも労役場さ行くし、なんとか田地もと通りになるようにはあ、お願申すであんすよとくり返した。わかったわかったと巡査はあきれ返りとうとう少し腹を立てて、それでお前はどっちのこと頼みに来たのだと冷い調子で訊いた。しかし、お婆さんはそれでもまだ、警察というところはそんな問題は取扱いかねるという相手の言葉の意味は理解するに至らなかった。どっちもこっちも無いす、伜帰って来ねえば、なんともかんともならねえす、留守に田地とりあげられたとなっては、伜さ会わせる顔が無いすもの、なんとか旦那さん一世一代のお願いだから、頼むすてばあ。婆さんは一息にそう言って、腰の手拭をはずして、あまり夢中になってしゃべったために、ぺっとりとふかし芋みたいに汗ばんだ顔を拭いた。

理窟を言っても無駄だとさとった巡査は、いつも毎日のように押しかけて来るこうした連中を冷く突っぱなすことの出来ない自分にまたしても腹を立てて眉をしかめながら、ゆっくり小作契約の書面を眺めていたが、それじゃなあ、農会さでも頼んで見ればいいと言いながら、書面を婆さんに返した。しかし婆さんは、それだば早速農会さ駈け込んで頼んであるども、一向に埒明かねえす、それもその筈で親方（地主）は農会の議員だすものなと言った。ここで巡査は急に調子をかえる必要を感じたらしく、固苦しい顔になって、そんな罰金かけられたり、田とりあげられたりする位なら、梟などしねえばいいだろう、と叱るように言った。

そだって旦那さん、頼みにする伜徴兵にとられたら、七人もいる我鬼さ誰食わせて呉れるす、梟にでもなるより外無いすべや、なんす旦那さん、と婆さんは今度は丸顔の巡査に言いかけた。んじゃ、お前らみんな梟か、あきれた世の中になったもんだなと巡査は言ったが、そのとき向う側にいる髭のある警部補が一寸卓子から顔をあげて、昨日俺のところさも梟飛んで来たよと言った。

警部補の妻君が台所で洗濯しているところへ、物売りが来てフクロ入用《い》らねえすかと言うので、梟という意味をそのときまで知らなかった妻君はフクロって何のことだすと訊き返した。すると肴売りらしい風態の女は、おやお前さんフクロ知らねえてがあ、濁り酒のことだす、一升二十銭にして置くから塩梅《あんばい》見て下されであと言い乍《なが》ら台所口から顔を突き入れた。おや濁り酒のことフクロって言うて、私の家巡査だすてと細君は言ったので、百姓女はびっくり仰天して、まんず、旦那さんの家だってと叫びながら、鶏が火にくたばったようにあわてて逃げ出して行ったというのであった。その話が終るやいなや丸顔の巡査は、その梟お前でなかったか、うん、どうもお前らしいぞと真面目な顔を婆さんの方に向けた。旦那さんがた、笑い事でねすてと婆さんはまたもや口説《くど》きはじめたが、結局税務署や検事局でもどうにもならぬものは、警察でも手の下しようがないことはわかりきったことであったので、お峰たちは何時間もがんばっていたが徒労であった。ただ眼の細い好人物の巡査がいずれ逮捕状が廻って来たら、それぞれ村役場にかけ合って救助米を貰えるようにしようし、それ以上の世話も出来るだけつとめようということで、お峰たちは引き上げるより外なかった。

帰り道、お峰は万ケ一をねがって村の駐在巡査に泣きついて見たところが、留守中は与吉の子供等も見てくれるという案外の親切に、お峰は暗くなった道をいそぎながら、背中の子供に気どられまいとする心の張りも失くして手ばなしで泣いていた。その日になってその駐在巡査になぐさめられながら町の刑務支所にいって見ると、もうそこには五、六人来ていたが、そのなかには例の婆さんだけは金でも都合して労役場送りをまぬがれたものか見えなかったが、亭主が出稼ぎに行ったまま便りがないというその日警察で顔を合せた女の顔も見えた。赤子に乳房をふくませながら、泣き腫らした眼でぼんやり宙を睨んでいる女房や、見送り人に贈られたらしい真新らしい手拭を丁寧に折りたたんで風呂敷包みにしまい込み、わざわざ煮締めたように黒いのを取出して汗を拭いている婆さんもあった。間もなく背の低い怖い顔つきの巡査が婆さんを二人連れてやって来たが、この斎藤イクだがなあ、途中でひっくり返ってしまってな、戸板で運ぶ騒ぎをしたが、或は死んだかも知れんな、と看守に報告している声が窓越しに聞えた。

労役場入りをするものはその日の米にもこまるものにきまっているので、老人のある家では大抵爺さんか婆さんが、働手の身代りになって罪を引き受け労役場入りをするのであったが、その部落などはそのとき逮捕状を執行された三人が三人とも老人であった。若いもののかわりに年寄が行くということはよくよくのことだったから、息子や孫たちは村はずれの庚申塚《こうしんづか》まで送って来た。んだら婆様からだに気をつけてなあ、早く戻って来て呉れせやとイク婆さんの伜は言い、孫たちは、婆様早く戻って昔話《むかしこ》聞かせれなと繰返した。うん、おとなしく待ってれや、腰曲っても大丈夫だ、一日一両の賃銀《てま》稼いで来るからなあ、とイク婆さんは曲った腰をのばして見せ、まだ頭髪の黒い二人の年寄の間にはさまったその姿は次第に小さく遠のいていったが、一時間もすると戸板にのせられて帰って来たのであった。隣り村まで行きつかないうちに、突然卒中を起してひっくり返ったのであったが、六十八という寄る年波では若いものと一緒に一日一円の罰金をかせぐことは無理であったらしく、間もなく息をひきとってしまった。次の日また五、六人の新手がやって来て、手狭な刑務支所は満員になったので、お峰たち女八人は小一時間汽車にゆられ県庁所在地の刑務所に送られることになった。半分は老人で、若い女のうちの三人までは乳呑児を抱いていた。二十五日を経過しない者は産後の肥立を待って収容されるのであったが、それ以上たっているものは青い顔をして梅干のような乳呑児を抱いて送られて来た。市の停車場に着くと警官につき添われた頰冠りの女達の一隊は街の明るい空気の中に暗い汚点となって、こそこそと乗合自動車や荷馬車のわきを通りすぎるのであった。

乳呑児を抱いているのは、しかしこの一組にかぎらなかった。労役場のなかは、赤児の泣き声がこんぐらがって宵の銭湯のようにごった返していた。同じ境遇のものを見出すことは何時でも人間をなぐさめるのであったが、ここでも古参は新入者をあふれる喜びの眼で迎え、新入者は思いがけぬほどの大勢の百姓仲間がひしめいている有様を見た瞬間に、労役場という冷いかたくるしさがからだの隅々からするすると ぬけおちてしまい、ほっと肩の荷を降ろした気持になるのであった。工場では女たちは赤子をおぶって実子《みご》縄《なわ》を綯《な》っていたが、母親が日がな一日仕事場から動かないので、顔を真っ赤にしてふんぞり返って泣きわめいた。その度に女たちは胸をはだけて乳房をあてがい、出来るだけ永い時間そうしていたが、労役場入りの悲しみで、母乳があまってしまうなどいう女は殆んどなく、来る前から乳が出ないためにそればかりを気に病んで来た女なども貰い乳に差支えるようなことはなかった。赤子は自家に子供等を残して来た女たちにとってただ一つの慰めで、工場から帰って来てから就寝時間まで、乳呑児は女房から女房の手に渡されて引っ張凧になった。

なかでも人気者は、敬治という日雇女の子供で、これはもうとうに誕生すぎていたので、仕事台についている女たちの背中に抱きついたり肩につかまったりして、よちよちあるき廻った。母親のサキは春に五十円の罰金代りに入って来たが、十日もたたないうちに敬治は高熱を出したのでサキは保釈になって出て行った。田植がすぎてサキが再び入ってきたときには、敬治はものにつかまって立ち上るほどに成長していて、間もなく労役場で誕生を迎えたが、もうサキの留置期間もいくらも残っていないというので母と子は生木を割《さ》かれずにすんだ。敬治は一日工場の中を歩き廻り、みんな同じに見える青法被姿なのでときどき母親を見失ってべそをかいたが、しまいにはサキの仕事台を覚えてしまい、ほら、お母《が》がいなくなったぞとおどかしても、平気な顔で間もなくサキの方へ間違いなく帰って行った。それを見ていると、下腹の次第にせり上って来るお峰は、矢張りそんな風に突きくられたような飢えた顔つきで、跣足《はだし》でぴしゃぴしゃ歩き廻っている下の子の松男が思われ、ぽたぽたと重い涙の玉がこぼれ落ちるのであった。しかし子供は駐在巡査が見て呉れているはずだし、その上隣りの工場には与吉がいると思うと、おさえきれない喜びさえ湧き上って来て、ほら敬坊、と叫びながら藁屑を輪に結えたのを敬治の方へ投げてやったりした。

賭博であげられた白粉《おしろい》臭い女も二、三人いたが、それは工場の仕事には向かないので草とりや掃除に廻されて、工場に働いている三十人近い女はことごとく全県から集って来た濁酒違反であったが、不思議にどの女もお互に旧知の間柄のように思われ、どの顔もどこかで見たことがあるような気がした。

お峰はとり分け柔和な眼つきの色白な肉づきのいい五十女の顔がどこかで見たような気がして、絶えず眼をひかれていたが、間もなく思い出した。お峰が税務署にわずかの分納金を収めに行ったときその女は先に来ていて、来年の春まで執行を延期して貰いたいとくどくどと嘆願していたのであったが、矢張り駄目だったのかとお峰は自分のこともわすれて気の毒がった。女はいつでも間税課の窓口にへばりついて離れないので、その間お峰はぽかんとして待っていたが、その時の話はこうであった。

罰金額百三十円のうち八十円だけはここに耳をそろえて持って来たから、あとは来年の春まで待って貰いたい。実は田でも馬でも売るものがあれば何でも売るが、そんなものはないので、小学校を出て間もない長女を東京に売った。三百円という約束が周旋屋にごまかされて手に這入ったのは百五十円、あちこち借金の穴を五円、十円と埋めているうちに、これだけしか無くなった。来年の春になれば次女が一人前になるからまた売って残りを納めるからというのであった。亭主に先だたれて女手に四人子供をかかえ一斗のどぶろくを仕込んでいたのを検挙され、よくよくの累犯でない限り滅多にない高額の罰金を課された。旦那さん、それでも足りねばはあ娘はあと三人いるから、なんぼでも売って納めるから何とか春まで待って下されであ、としまいに引きつったような疳高い声で叫んだので、ぼんやりしていた役人たちは、びっくりして卓子から顔をあげたほどであった。鰹節のようにくろぐろと陽に焼けた痩顔の役人は、うん、わかったわかった、んだども、役所というものは、俺が仮令《たとえ》どう思っても、四つも五つも判こ入るもんだからなと、あっさり受け流して顔をひっこめた。この窓口にはいつでも、打ちのめされた百姓たちがよろめく態《てい》に何人も詰めかけて、首が廻らない事情をいつはてるとも知れず口説き立てていたが、お峰が要談しているところへ、今度は頬冠りした五十男がやって来て、僅か十円の金を差出して執行の猶予を願っていた。その十円というのは、その男の説明するところによると半分は出稼ぎにいっている伜から、他の半分は、静岡の工場にいる娘からそれぞれやっと送金して貰った血の出るような金であった。

　ところが、ある日還房のどさくさにまぎれて、その女の方からお峰に近づいて来てお前さん、いつか税務署で見た人でねえすか、と声をかけた、おや、やっぱりお前さんであったすか、と女は色白な顔にお峰には思いがけないほどの喜びをあふれさせたが、お前さん、どんなに困っても娘など奉公させるものでねえす、とお峰がききもしないうちから言い出した。東京さやった娘は逃げて来てなんす、芸妓屋だという話であったども、とんでもないとこささ連れて行かれて、そんなとこあ嫌だって逃げて来たす、なんとあきれた娘だすべ、警察の厄介になったりなどしてやっともとの鞘さ納まったから、俺ももう娘を奉公に出すことは懲りたす。なんでも、その周旋屋はここさ赤法被着て来ているって話だす、とお峰の耳に口を寄せながらつぶやいた。

その後お峰は度々同じ郡内から来ているこの女と口をきいたが、女はなまじ無理をしてそれ以上延期など願わずに働きに来たことに満足しているらしかった。そればかりか娘が無事に逃げ帰って来たことの感動は、その小太りのからだ一杯にしみこんで、いまだに抜け去らないらしく、十六にもなってまるっきり子供だもんだすな、あぶなく傷物になるところを逃げて来たすものな、と眼尻を下げてお峰と顔を合せる度にくり返した。その後も新しく入って来るもの、一日一円の割で罰金額を稼ぎあげてゆくものは毎日二人三人とあったが、ある日猿倉のお母《が》と呼ばれている男のように体のがっちりした恐い顔つきのクラが、眼を泣き腫らして出ていったのがみんなの注意をあつめた。

はじめは女の亭主が気が狂って子供二人を鉈《なた》で打ち殺し自分も自殺したということだけしかわからなかったが、そのうちにその猿倉の近くの村から来ている米婆さんの口からその家族の事情がつたえられた。猿倉というところは県境に近い山の中の部落で、耕作地はすくなかったが、その孫司は十五、六年前に自分の生れた赤倉からそこに移住して田畑を開墾し、田地一町二反と畑二反の自作農になったはよかったが、開墾費用その他のその間の借金はその開墾地を売り払っても足りないほどであった。若い時分から酒癖がわるいといわれた孫司は、そうなると一層酒浸りが嵩じて、昭和九年の凶作には折角骨身をくだいた開墾地はあらかた人手に渡ってしまっていた。もう清酒など拝んでも咽喉を通せなくなった孫司は、山の中に埋めた一斗甕からどぶろくを掬み出して、とうからアル中でよいよいになっているからだを泳がせていたが、アル中のたたりだといわれてる三男と四男の二人の白痴の子は、学校からも通学を断わられ、いよいよ苦労の種になるばかりであった。

隣村の永善寺に日雇にやとわれている次男の京次は、その夜不吉な夢にうなされ、翌朝親父の身代りに母が労役場に行っているのを思い出すと、以前はよくがらがら声を張りあげて冗談をいって人を笑わせていた人柄であったのが、このごろでは酒気のないときは一言ものをいわないし、どぶろくをひっかけると、なんか口のなかでわけのわからないことをぶつぶついいながら無暗に誰彼の見さかいなく突っかかる父親が眼に浮んで来た。それとともに、これはてっきり何かあったに違いないという恐怖が京次の胸にぎりぎりと食いこんで来た。寺の仕事がすむと京次はすぐに家にかけつけたが、まだ宵の口というのに戸を締めた家のなかから微かな呻めき声がきこえて来た。畑向うの隣家の親父に来て貰い提灯をつけて這入って見ると、黒々とした血しぶきのなかに二人の弟は滅茶苦茶に頭を斬られて倒れ、その上に折り重なった親父はこれも咽喉をかき切って虫の息になっていた。
猿倉のお母から見れば俺がたはまだ幸せだなやと女たちは慰め合っていたが、葬式をすまして再びクラがやって来たときには、みんなそのまわりに集ってしみじみとその不幸を弔った。乳呑児をおぶった一人の女房が、おや、またやって来たか、なんと大変であったなす、葬式出して来たかいと、吾が身にふりかかった災難のように言ったが、女らしさのどこにも無いような眉の釣り上った怖い顔つきのクラは、一寸滑稽に見えるほど、他愛なくぽろぽろと涙の玉をこぼしながら、これではあ、田畑も無くしたし、親父も我鬼もあの世さ行ってしまったから、あと死ぬまで、ここに居ても差支ないのだす、何とかお前がた可哀そうだと思って、俺どこ面倒見てやって呉れせ、頼むしてはあ、と髪の毛が薄くなって日焼けした地肌の見える頭を下げた。

十月になるとめっきり夜が冷くなり、みんな急に家族のことが心配になり、よく眠られなかった。お峰もあと労役期間はいくらも残っていなかったが、与吉はもうとっくに村に帰っていたので、臨月に間もない体の異常も手伝って、どうかすると急に真っ暗な淵の底に引きずりこまれるように心細くなり、ふと子供等の顔が眼にうかんで来ると、矢も楯もたまらず、ぶるぶるとからだがふるえ出して来るのであった。そんな夜にはきっと容易ならぬ事件がもち上った。

寒くなるにしたがって、風邪をひいたり、わけのわからぬ熱を出したりする乳呑児があったが、ある夜お峰がふとうなされたように眼をさましたとき、ただならぬ叫び声をきいた。お峰から二、三人向ぅに寝ていたカネヨという女が、お前がた、助けて呉れ、我鬼死んとこだ、死んとこだ、と叫びながらむっくり起き上ったのである。こら、ミチヨ、どしたどしたと、引き裂くように叫んで、赤子をゆすっている気が違ったような顔が、にぶい電燈の光りのなかに浮んでいた。その日、工場で働いているときから、医者に子供を診せることを工場受持に訴えていたが、風邪位は何でもないというので取り合われなかった。カネヨは二十八であったが、それでも、ここにいる女たちのなかでは一番若かった。十七で嫁になってその年まで子供が出来なかったので、孫の顔を見なければ死なれないという婆さんが兎角カネヨを邪慳《じゃけん》にしてしばしば離縁話がもち上ったが、一昨年の盆休みに湯治に行って来たのが利いたかどうかしてひょっこり生れたのがその子であった。

この子でも殺して見れ、俺あ追い出されるばかりだ、とカネヨは幾度もくり返して言い、一夜まんじりともせず子供の顔をのぞき込んでいたが、そのときになってとうとう痙攣が来たのであった。そばに寝ていた子供のようにからだの小さい婆さんが、カネヨどした、どうしたと叫んですぐ起き上ったが、それにつれて二三人の女たちも起き上った。細眼をあけて凝《じっ》と宙を見ている子供の顔は醤油で煮つめたように赤く、小さい手足がかすかにふるえ、ときどき脅えたようにぎくりとからだを縮めた。カネヨは夢中でその子を懐に押し込むように抱き、お前がた、わらしい死んとこだ、死んとこだ、とくり返しながらただ地団太を踏みつづけたが、先刻の婆さんは、家鴨《あひる》のようにひょこんひょこんと寝ている女たちを跨《また》いで扉に近づき、まだなにも知らずに眠りこけていた女たちがびっくりして眼をさましたほどの大声で、看守さん我鬼死んとこだから助けて呉れせであと叫んだ。

やがて看守はやって来たが、肝心の医師はなかなかやって来なかった。ごたごたと道具を積みこんだ土蔵のなかを見るような房《へや》のなかに、にぶい暁の光りがしのびこむころになって、やっと医者が来て注射を一本していったが、それはしかし大して効果がないらしかった。すっかり明るくなってから、この母子は保釈になって出ていったが、のちにお峰はその子が間もなく死んでしまったということを聞いた。

こんな事情で保釈になるものは、しかしカネヨにかぎったことではなく、セキという六十婆さんなどは、ここの女たちの言葉にしたがうと腰がぬけて保釈になった。実はもともと中気の気味があったのが、寒くなるにしたがって足腰がたたなくなってしまったのである。窓の外にぽかぽか小春の日の照っている日中はどうにかからだが動くらしく、一羽鳥のようにみんなのあとから、よちよち工場にもついていったが、しんしんと冷えこんでくる真夜半《まよなか》になると足腰がたたなくなってしまい、その上小便が近くなったらしく、夜半人が寝しずまった時刻に小便が出るといって苦痛をうったえた。看守がぷりぷり怒りながら出て来て、婆さんを抱いていって赤子にしっこをさせるように用便させたが、看守が来ないときはしばしば小便を垂れ流した。これには女たちも参ってしまって、絶えず婆様、お前小便出るでねえかと訊いたが、しかしそれを相手が肯《うなず》けば、訊いた当人が、婆さんを赤児のように抱きかかえていって小便させなければならなかったので、婆さんが本当にその必要を感じているときには誰もだまっていた。

そこで婆さんは、お前がた、気の毒だども頼むすて、年寄り可哀そうと思ってなあ、とあたり憚らず叫びつづけ、年が若くて人のいいお峰が、大きな腹をもてあつかうような恰好で起き出す結果になるのであった。婆さんは間もなく出されたが、しまいにはお峰だけを頼りにしていたので、なんとお前さばかり心配かけたなあ、お前もわらし生れぬ前に早く出して貰うように頼んで見たらなんとだ、とお峰に別れを惜んでいるとき、そばで聴耳を立てていた種田の婆様と呼ばれる盲目のフユ婆さんは、俺は眼見えなくて腰抜けたよりも悪いどもな、俺とこだば出して呉れねべものなと溜息をもらした。いつも工場から帰って来ると女たちは、婆様お前何もする用ないもの、俺の肩でも揉んで呉れねえかと冗談を言ったが、事実フユ婆さんは、一日一円の割で罰金を稼ぎ出すためにやって来ながら、工場へいってもただ仕事台の前にすわっているだけであった。フユ婆さんは密造を発見されたとき、ただ坐っている分にはどこでも同じことだし、自分の口だけでも減れば家族も助かるだろうというので、違反を一身に引きうけて労役志願をしたのであったが、これから百日近くも可愛い孫たちの顔が見られないと思うと、首を締められるように辛かった。とうとう、ある朝交代看守の声をききつけて、旦那さん、俺とこも出して下されでや、ただ穀つぶしにお上《かみ》の飯いただくのも勿体なくてなんす、と言い出したが、たとえ婆さんの罰金額が千円であって、したがって千日労役場にただ寝転んでいるのであっても、法律はあくまで婆さんに飯を食わして置いたに違いなかった。

フユ婆さんとかぎらず、男女を通じて半分以上は年寄りで、それも一家の柱とたのむ働手の身代りに来ている年寄りなので、とても一日一円を稼ぎ出すことなどは覚束なかったが、盲目のフユ婆さんでも九十五日目には九十五円の罰金を稼いだものとして、ところてんのように間違なく娑婆《しゃば》へ押し出されることになるのであった。日にまし寒くなるにしたがって、卒中で倒れる爺さんもあれば、来るときには人一倍丈夫そうに見えながら、突然夜半に喀血して虫の息になってしまった年寄りもあった。

受持看守にとっては、こういうのは病監に押しこむか、間もなく引き取りに来た家族のものに渡してやりさえすればいいのであったが、手数のかかるのは例の中気のセキ婆さんだけではなく、夜明け近くになると七転八倒の苦しみを起す喘息婆さんであった。この婆さんのことはみんな名前をいわず一口に喘息婆さんと呼んでいたが、日中は人一倍元気に働いている婆さんは、夜半になるときっと苦しみ出して、しまいには看守を頓服薬をとりに走らせるのであった。年寄りが多いので、冷い夜気が迫って来るにしたがって、赤子の脅えたような泣声にまじって、ぜいぜいいう咳の響きは次第にやかましくなっていったが、そのなかで一ときわ高い喘息婆さんの咳きこみは、殆んどいつ絶えるともなくつづき、夜明前にはそれが絶頂に達するのであった。腸《はらわた》を引きずり出そうとでもするように際限なくつづくその咳に眼をさまされると、きいている方が胸苦しくなって、しまいに起き出してしまったが、もうそのころには力むための充血も去って婆さんの顔は晒木綿《さらしもめん》のように白っぽくなり、絶間なく込み上げて来る咽喉をえぐるような苦しみで、婆さんのからだはそこいら中を毛虫のようによじれ廻った。

起き出したものは婆様々々と呼びつづけながら、骨張った婆さんの背中を男のように厚い掌で叩いたり撫でたりしたが、婆さんは間断のないせきこみの間に、死んとこだ、死んとこだという言葉を無理に押しこみながら、俯伏《うつぶせ》になったり仰向になったりして転げまわった。ほんとに死ぬでねえべか、と人々は薄闇のなかに不安な額を寄せ集めたが、この苦しみは看守が病監に走って頓服薬をもって来るときまで決してやまないのであった。しかもこれは、夜明前の時刻にきまっていたので、三度も四度も病監に走らされた看守はしまいにすっかり気を腐らして、一ぺんに四五回分の頓服を持って来て婆さんにあてがって置いた程であった。

しかしもっと厄介なことがもちあがった。お峰が夜半にわかに産気づいたからである。それには次のような事件に対する驚愕が手伝っていたかも知れなかった。その日お峰とは梟仲間で顔見知りの隣り村のリヱが送りこまれて来たが、リヱは与吉が労役場を出て間もなく殺人の嫌疑でひっぱられたことを知らせた。しかも殺されたのは与吉の義父の作左衛門であった。その日与吉をたずねた作左衛門は、与吉が山から掬んで来たどぶろくを飲むと間もなく苦悶しはじめその日のうちに死んでしまったが、当の与吉は一滴もそのどぶろくを口にしなかったとあっては、自分が労役場に送られるとき子供をあずかっても呉れず、菊代が首をくくるほど窮迫しているのにも何の助力もして呉れなかった義父の無情をうらみ、女房に死なれ男手に子供をかかえての自棄も手伝って、どぶろくにかぶと菊を投げ入れて毒殺したものとして与吉が嫌疑をうけたのもやむを得なかった。

あとでわかったのであるが、その日作左衛門は、死んだ菊代の弔いかたがた、また与吉には話してなかった菊代が親方（地主）のところから米を盗もうとした事件について、それが親方の耳に這入った結果、忘恩の行為として小作をとりあげかねまじく怒っていること、それについて何とか親方に謝罪することをすすめにやって来たのであったが、そのとき与吉は義父をもてなすために山へいってどぶろくを掬み出して来た。一寸手足洗って来るから、先に一杯やっていて呉れせと、与吉は戸棚から味噌漬の皿と茶呑茶碗をとり出して来て徳利に添えて置いて、裏の小川の方へ出ていった。

戻って来るまでにかなりの時間があったというのは、一たん手を洗って戻って来る途中、まだそこまで手が廻らず草がのびている西瓜畑の方に廻ったからであった。しばらくして戻って来ると、作左衛門は腹に手をあてて仰向けにひっくり返っていた。爺様どした爺様、と与吉は叫んだが、作左衛門はうん、腹痛《や》めるどもすぐなおるべと言い、なんでもないように起きあがったが、またすぐ横倒れになって苦しみはじめた。作左衛門には胃弱の持病があったので、いつもの腹痛み位に考えたのも無理ではなかった。もし与吉がすぐ戻って来ていたら、酒飲みの与吉のことだから、同じ運命におちていたに違いなかったが、そのとき与吉の頭に浮んで来たのは、かぶと菊の根をしぼった毒汁をどぶろくに入れて毒殺したという数年前に起ったある事件の記憶であった。やがて与吉は仏壇から富山の薬袋をとり出して来て熊の胆《い》をのませて見たが、それは何のききめもなかった。しまいには呻き声さえ微かになり、血の気のなくなった額に冷汗が浮かび、眼が恐ろしく据って来ていた。兎も角与吉はしまいに、作左衛門を家まで背負っていったが、その夜のうちに事切れてしまった。そのとき作左衛門が飲んだどぶろくを鑑定した結果は、やっぱり多量のかぶと菊の毒液が混入していることが判明した。

これを聞いたとき、肩で息をしながら連日の労働のつかれで参っていたお峰は、眼の先が真暗になって、ふらふらとそこに這いつくばってしまいそうになったが、夕方になると急に腹が痛み出した。お産には馴れているお峰は、歯を食いしばって呻き声を呑みこんでいたが、若しやとあやぶんでいた出産が、二タ月も早く事実として目の前に迫って来たことを知ると流石にあわて出した。夜が更けるにしたがって、お峰はもう唸り声を漏らさないわけにはゆかなかった。それと知って女たちはみんな眼をさまし、近くのものは心配顔を寄せ集めた。腰が曲った婆さんが長い首を突き出して、お前、早く出して貰って家さ帰った方ええや、取り上げ婆だば俺なんぼでもしてやるども、出て来る子あ畳の上で生れねば可哀そうだものな、といってまるで自分の孫の一大事のようにあわてて、その辺をまごまご歩き廻り、犬が人垣の間から首を出すように、今度は向う側の女たちの間からきょろきょろした眼つきでのぞき込んだ。お峰はしかし、恐ろしい痛みのなかにすぐにぼっと眼の先がかすんでしまうのであった。やがて二、三人の看守が眼の前に立っているのをぼんやり認めた。その一人をつかまえて先刻の婆さんが、早く湯湧かしてくれ、俺が取り上げてやるからと、しつこくくり返していた。ここでは子供が生れるなどという事件ははじめてであったので、看守たちはすっかりまごついてしまい、看守長が大急ぎでやって来たり、看守が所長のところへかけつけたり、ごった返した末に、お峰は間もなく市立病院の産院に自動車で運ばれた。

村の街道を走る乗合の外は自動車というものがはじめてであるお峰の眼に、娑婆の燈火は燈籠流しのように美しくちろちろと流れ、やがてお峰は、こんな結構なところはないと思われるほど電燈に明るくかがやいた広い部屋の眼が痛くなるほど白いベッドの上に横たわっている自分に気がついた。陣痛はいよいよはげしくなり、お峰が再びあたりの光景に気がついたときには、握り拳位の赤児が自分の頭のわきに置かれていた。赤児は小田原提燈のように細長い顔に横皺を一杯にため、張りさけるように口をあけて、からだ全体で泣いていた。その泣声はお峰の耳には小さく小さく遠いところから聞えて来るような気がしたが、生れたのだ、こんななにもかも結構ずくめの明るいところで子供は無事に生れたのだと思うと、喜びは堰《せき》を切った田の水のように溢れ、温い涙がこそばゆく眼尻をつたい落ちた。

お峰はこの産院に十日近くいたが、刑務所ではそのためにお峰が九十日間労役場で稼いだ分をすっかり吐き出してもまだ足りなかった。罰金を稼がせるために、手足の利かない年寄りや病人などを収容しても算盤《そろばん》に合うはずがなかったが、お峰の場合などはその最もいい例であった。お上に対して申訳ないとお峰は心に呟いたが、三日目になっても四日目になっても、誰もお峰に対して出て行けとはいわないし、看護婦はきまった時間にそっとお峰の手首をとりあげるのであった。室のはずれの方のベッドに逆子で苦しんでいる若い女がいて、伯母さんらしい女が米を研《と》ぐように一生懸命に腹を揉んでいるのが眼についたが、ほかはみんな産んでしまったあとで、この世に生れ出たばかりの赤児たちは一人が泣きはじめると、われもわれもと揃って自分の新なる生存を力一杯朗らかに叫びあげた。

枕を並べている自分の子をしずかに頭をうごかして横目で見守っている一人々々の女たちの血の気のない顔には、しかし新しい生命を生み出したしずかな深い喜びがたたえられ、それが室の空気を満ちあふれたものにしていた。田舎の小都会の病院で出産をするものは、大地主とか役人とか金貸兼業の商家の女に限っていたが、出産という女としての使命の重大さはここにいるだけの女の水準を同じ高さに押し上げていたので、お峰は別段ひけ目を感じないで済んだが、お峰が看守につき添われて来たということが、女たちのさげすむような視線を集めた上に、自分を貧乏な女たちの上に少しでも高く置いて安価な満足に酔いたい奥さんたちの間に、あれは万引女に違いないとか、いや百姓女だから米でも盗んだのだろうとか、いろんなひそひそ話を生み出して彼女たちの退屈をまぎらわせた。そればかりではなく、自分の子にくらべて少しでも眼鼻立ちのわるいところを、他人の子に見つけ出して自らなぐさめようとあせっている女たちは、お峰の子が二タ目と見られない片輪であるかそれとも顔をそむけるほどみっともない子であることを秘かに期待しながら焼きつくような興味で、通りがかりには、忘れずにのぞき込み、わざわざ用もないのに傍を通ってぬすみ見するのであったが、残念ながらお峰の子は一ト廻り小さいというだけで尻尾も生えていなければ三ツ口でもなかったばかりか、与吉に似て眼鼻だちが至ってはっきりしていた。眼も眉もつり上っているところが男顔で、女の子らしい優しさがないのが気になったが、それもがっしりした線の太い顔つきの与吉に似ているためであった。

お峰はなおも与吉の特徴を見つけ出そうとして一心に吾が子の顔を見守っていたが、ふと眼をあげたとき、あっと心に叫んで嘘ではないかと眼をしばたたいた。入口の衝立《ついたて》のかげから与吉が顔を出して、きょろきょろ室内を見廻しているのに気がついたからであった。からだを起したお峰に気がついて、与吉は真直ぐにベッドの間を進んで来たが、丈夫な子だか、どれと言って大きな角額を赤児の方につき出した。お前また、どうしてここへ来たがいとお峰は、つき上げて来る感動を無理矢理に胸の底におしこんで静かに言い、その調子に例の事件に対する疑惑をふくませたが、与吉はただ一言、なあにお前、もんだの爺、俺さ毒盛ったのだ、俺あ今警察から放免されて来たとこだと言って、だだっ広い掌の上に雛っこでも摘み上げるようにひょいと赤児をとり上げた。言うまでもなく、お峰に対する執着から気が変になった六兵衛は、与吉のどぶろく甕のなかにかぶと菊の毒汁を投げ入れて与吉を無きものにしようとした結果は、縁もゆかりもない作左衛門を殺してしまったのであった。ほんとが、よかったなお前と、お峰は喜びにうつろな眼つきで暫くぼんやりしていたが、やがて肩がせり上って来て少女のように他愛なく泣きはじめると、いつまでも顔をあげなかった。それにつれて赤児も顔一杯皺だらけにして朗らかな泣声をあげはじめたので、与吉は雷でも落ちて来たようにびっくりした顔つきで二つの掌のなかで赤児を揺りうごかしながら、もんだの爺、今頃監獄にいるべよ、俺もあぶないところで命拾いした、お前も産後は大丈夫だべなと言った。うん、なんともないとお峰は起き上ったが、喜びにかがやいた眼をきょろつかせ、そわそわと落ちつかない様子で、もうそこを出て行く身仕度をはじめていた。

初出：『小説』七号、一九三六年九月〔発表時作者三二歳〕／底本：『伊藤永之介作品集I』ニトリア書房、一九七一年

第四回芥川賞選評より〔一九三六（昭和一一）年下半期〕

佐藤春夫　石川淳氏の「普賢」と伊藤永之介氏の「梟」冨澤有爲男の「地中海」との三篇を自分は第一流の作品と認めた。（略）素朴で色気と滑稽味とが悲しいユーモアを成して、人間愛の精神に溢れた一篇が注目されなかったのは尠からず心残りではある。

佐佐木茂索　授賞するとせば、「梟」の時代にすべきであったろう。（※第七回選評）

宇野浩二　伊藤は、既に名作「梟」以来何度か芥川賞の候補になるうちに、最早、そういう標準があるものとすると、芥川賞などという級は通り越している作家であるから、今更芥川賞でもないであろう、という事になったのである。（※第七回選評）

伊藤永之介　いとう・えいのすけ

一九〇三年（明治三六）～一九五九年（昭和三四）。秋田県生まれ。秋田市中通尋常高等小学卒。日本銀行支店の行員見習いを経て、新秋田新聞社の記者をしながら文芸評論を書く。一九三一年、満洲を放浪する朝鮮農民を描いた『万宝山』が好評を博した。三六年、農民文学に新風を拓く「梟」が第四回と第六回の芥川賞候補となり、第七回では「鴉」「鶯」が候補になったが、「伊藤氏はもう有名だから芥川賞の銓衡外だと云うことになった」（小島政二郎選評）。三九年、創作集『鶯』で新潮社文芸賞。戦後は、東北の貧しい農村生活をユーモラスに描く『警察日記』を残した。五四年には日本農民文学会を設立し、会長をつとめた。

春の絵巻

中谷孝雄

一

新しい学年が始まって最初の日曜日のことだった。石田は昼すぎから室町の下宿を出て嵐山へ花見に出かけた。花を見たいという気持はそれ程でもなかったが、休暇中を故郷の田舎に帰省していて、やり場のない鬱《うつ》をその体に感じていた彼は、群衆の出盛る賑かな場所がただただ懐しかった。四条大宮の嵐山電車の起点までゆくと、彼はクラスの丹羽と保科とに出逢った。丹羽も保科もやはり石田と同じように、何かしら得態の知れない精気に憑かれたような顔をしていた。三人は其処で一緒になって、怪我人でも出そうなほど押合っている群衆のなかに割り込んで、遮二無二電車に乗った。ぎっしりと身動きも出来ないまでに詰込んだ乗客は、駅々での発着ごとにその反動を喰って激しく前後にもみ合った。女たちはその度に魂消るような悲鳴をあげた。石田たちにとっては、この息詰まるような車内の混乱と動揺とが快かった。彼等はもっと強い手応えを求めるような気持ちで、電車の発着ごとに期待の瞳を輝かした。

終点で電車を降りると、彼等は肩を組んで傍若無人に群衆の流れを押分けながら歩いた。道は人々の往来で白っぽく埃立って、人々はショールで顔を覆ったり、手巾をかざしながら歩いていた。時々着飾った娘たちが、埃を蹴立て歩いてゆく彼等の傍を、苛立たしそうに駈けぬけて行った。渡月橋の袂まで出ると、俄かにパッと峡谷の展望がひらけて、殷《さか》んな春のどよもしが彼等の体に押寄せてきた。三人は思わずその光景に打たれて立停った。群衆の華やかな流れは、ひきも切らず狭い橋の上を対岸にまで続いていた。水嵩を増した急流がその下で白い瀬頭を乱していた。花は今向かいの崖の緑樹のなかに狂おしいまでに咲揃って、その梢は妖しく緑樹の枝と戯れながら、日光と風とのために複雑な陰翳の変化を見せていた。花と緑樹に覆われた崖の裾には、青々と淵がよどんで、幾艘とない花見船がその影を踊らしていた。淵に沿って崖裾には、細い一本の路が通じていて、人々は其処にも、蟻のような行列をつくって動いていた。酒に弾んだ唄声や賑かな囃子の音が、水からも陸からも湧上って、潤った峡谷の空にたちのぼっていた。

「春じゃのう！」

保科が感に堪えたような声をあげた。すると、その腹の底から流れだしたような声に応じて、いきなり丹羽が後ろから彼の首っ玉に獅嚙みついた。保科は二三歩よろめきながら、咄嗟に姿勢をたてなおして、その悪戯者と組打ちを始めた。パッパと砂埃を立てながら彼等は暫く体じゅうの力で揉合っていた。彼等の顔には、まっ赤に血の色が燃えて、組打ちは次第に真剣なものになってきた。石田は今まで笑いながらその格闘をながめていたが、そのうちに怪しく狂暴な力にかられて、けだもののような叫声をあげながら、矢庭に二人の体にぶつかっていった。

間もなく彼等は激しい揉合いから離れて、そのまま川に沿って逆か上っていった。対岸の花を見るためには、こちらの丘に登るのが当然だったが、何故か人々はみんな対いの花の山に分けいって、こちらへくる者は比較的少なかった。彼等は声を揃えて寮歌をうたいながら、小松の生えたその丘を登っていった。路の両側には、あちらでもこちらでも蓆《むしろ》を敷いて、幾組かの男や女たちが踊ったりうたったりしていた。三人は時々歌をやめて、それ等の人々の批評などをしながらゆっくりと歩いたり、不意にまた大声をあげて駈けだしたりした。低い丘は直ぐ頂きに達した。此処にも花と酒とに浮かれた人々が、幾組となく群をなしていた。彼等がその間を縫って崖の近くまでやってゆくと、其処には思いがけずやはり同じクラスの岡村が立っていた。彼は花を見ているのでもないらしく、ぼんやりと崖の端に立って下の淵を見降ろしていた。一艘の花見船がその下に浮いていたが、彼の注意はその方にも向いてはいないのか、舟の動きを追っている様子もなかった。制服制帽の彼の姿は、銅像のように思案にふけっていた。

「おい！　何を哲学しているんだ」

つかつかと丹羽が走りよって、その肩を軽く叩くと、岡村はひどく驚いた様子で振返った。そして、なお暫くは三人の友人の姿を不思議そうにきょろきょろ見まわしていたが、突然突拍子もない声をあげて笑いだした。そして上機嫌に三人の友人の肩を交々《こもごも》叩きながら、弾んだ声で喋りだした。

「実に愉快だね！　僕は今日ほどこの世を美しいと思ったことはないよ。空を見れば空は青く潤っているし、花を見れば自分の心までが明るくゆらぎ出すようだ。それから娘たちの素晴らしさはどうだ、まるで兵隊のように丈がたかくて、ぴちぴちしているじゃないか……」

岡村の言葉には奇妙な昂奮と抑揚とがこもっていた。その弾んだ調子は普段の彼とは別人のようであった。何時もの彼は幾分鬱《ふさ》ぎ勝ちなところのある、無口で孤独な男だった。三人は奇態な思いで、互にその顔を見合った。

「どうだ、君たちはそうは思わないか、こんな美しい風景を見ていると、生れて初めて春に逢ったような気がするじゃないか……」

岡村はひとりではしゃぎながら、やがて又三人に背を向けて、対岸の風景に目をやった。その態度には、何か他人《ひと》のことを顧みないようなものが感じられた。誰も返事をしなかった。彼等は思い思いにあたりの景色を眺めていた。

彼等の立っている直ぐ向いの崖には、川に臨んで温泉宿が建っていた。其処の部屋は川に向って開け放ってあるので、浴客たちの騒いでいる様が手にとるように此方から見られた。彼等の様子は、戸外で騒ぎまわっている人々に比べると何故かへんになまめかしかった。立居の一寸した動作にも不思議に人の心をそそるようなものがあった。石田は胸をときめかしながら、じっとその部屋部屋の様子に気をとられていた。不意に湯上りの若い女などが、廊下の一方の端に現れて、そそくさと部屋の奥に消えて行った。

「いやに恍惚としているね」

同じように対岸の旅館の様子に見惚れていた保科が、笑いながら石田の腕を握った。

「初めて春に逢ったような気がするね」

岡村の口調を真似て答えながら、石田はそのまま崖の下の淵に目を移した。船の酒宴はひとしきり酣《たけな》わとなって、芸者の三味線に合わして、三人の商人風の男たちが声をふりたててうたっていた。鼓を打つ舞子の白い指が、哀れに美しかった。石田はほっと重い吐息をもらした。その時、遠くに汽笛の声が響いて、やがて地響をたてて汽車が彼等の立っている丘のトンネルをくぐって、直ぐその上流の崖へ現れた。三人の若者は思わず其の場を飛退いた。風景の顔はみるみる煙のために曇らされて、長い真黒な貨物列車は直ぐまた上流に見えているトンネルの中へ吸込まれて行った。ふと気がつくと、岡村は顔にかかってくる煙を気にもかけない様子で、最後までその列車がトンネルに消えてゆくのを見送っていた。煙は暫くの間花の峡谷に迷って、崖の腹を這ったり花の梢にまつわりながら消えていった。

やがて、汽車の響きがすっかり消えてゆくと、岡村も崖を離れて三人の傍へやってきた。彼等は一団になって近くの小松の蔭に坐って雑談を始めだした。岡村は日頃の無口さにも似ず、ひどく冗舌になっていた。気もそぞろな様子で彼はしきりにこの世の美しさを讃美した。それは何かに憑かれたようなお喋りで、他の連中がからかうにもその隙がないほどであった。彼の額には日頃の暗い翳がすっかり消えて、生々とした色さえ輝いていた。彼は繰返し同じような言葉で自然の美しさを述べたてて、他の三人の同意を強いるのだった。だが、間もなく話が女のことになると、彼は急に巫山戯《ふざけ》た態度になって、珍らしく彼の過去の経験などを話して、まだ女を知らない他の三人の好奇心をあおりたてた。岡村は一枚一枚着物をはいでゆくように、段々と話のデテイルに進みながら、初めて女を買った時のことを、滑稽な手ぶりさえ交えて話した。三人の聞手はへんに堅くなって話手の様子に気を奪われていた。中学を検定で済ましてきた岡村は、他の三人に比べて年齢も三つばかり上で、その過去には彼等の知らない様々な経験を持っているらしかった。岡村はひとしきり女のことを喋り続けていた。けれども、次第にその顔には苦渋の色が現れて、やがて彼はぷっつりと其の冗舌を断切ってしまった。

だが、話が切れると彼は妙に落着かなかった。そわそわとポケットに手を突込んでみたり、靴の踵で草の根を蹴ったりしていたが、暫くすると彼はまた喋りだした。

「この手を見て呉れよ！」

彼は不意に両手を拡げて、三人の前に突出した。

「随分小さい掌じゃないか！　僕は何時もこの掌になやまされているんだ。こいつを見ていると、なんだか自分が化けものみたいに思われてくることがあるんだ……」

彼は如何にも腹立たしそうにその手をふった。そして、小さい掌は精神的にその人物の把握力の小さいことを証明するものだなどといって、しきりにその掌を呪った。よく見ると、それは彼の体との比例を破って小さかった。のみならず、その指は奇妙に節くれだっていて、老人の手のように萎《しな》びていた。

「まるで、子供のまま固まってしまったようなもんだよ……僕には君たちのような伸々とした青春というものが一度もなかった」

それはひどく苛々した激しい口調だった。他の三人は思わずそれに打たれたように岡村の顔を見上げた。すると岡村は不意に弱々しい微笑を浮べて、その手を引込めてしまった。

「一つ掌の哲学という本でも書いたらどうだ」

間もなく丹羽がそんな冗談をいったので、皆は急に楽な気持になって、それぞれにその掌を拡げて、互にその大きさを比べあったり、交々それを握りあって握力の強さを試めしてみた。体の小さい丹羽の掌が一等小さかったが、それでも岡村のよりは幾らか指が長かった。掌の大きさでも、握力の強さでも、やはり体の大きい保科が一番すぐれていた。

「岡村の本が出来たら、一つ僕に序文を書かすんだな……かつて彼はその掌を鉈もて断切らんとしたることあり……こんな調子で書いてやるよ」

握力の競争で保科に負けた石田が、呑気そうに笑いながら言った。すると、丹羽がまたその冗談の先を続けた。

「寧ろ一思いに死んでやれと思ったことがある。そんな風に書いた方がいいね、その方が序文としては効果的じゃないか」

みんなは一度にどっと笑った。すると、岡村が変に真剣な顔をした。

「今だって、そんな風に時々思うことがあるんだよ」

そして、彼は腹立たしそうに左の手首に嚙みついた。石田はその時ふと、何かしらただならぬ決意に似た色が岡村の眼に浮んでいることに気づいた。岡村は直ぐ思い返したようにロからその手を離したが、手首には生々しい歯形が悔恨のように残っていた。それをみると、石田は苛立たしい一種の興奮を感じた。だが一瞬の後には、岡村は再び先刻の陽気な調子に帰って、弾んだ声で女の話を続けだした。

暫くして、岡村の話がやっと終ると、皆は一度に其場を立上って、誰からともなく丘を降り始めた。間もなく彼等は以前の橋のところまで帰ってきた。僅かの間だったが、其頃にはもう群衆は続々と橋の上を此方へ引返していた。陽が少し傾いて、対岸の崖には幾らか冷々とした影が漂っていた。彼等も亦群衆の流れに従って、其処から電車の方へ帰り始めた。すると今まで三人と連立って歩いていた岡村が、急に其処から引返して、対岸の大悲閣まで登ってみたいといいだした。皆は岡村の言葉に賛成しなかった。すると岡村はくるりと彼等に背を向けて、さっさと一人で橋を渡っていった。皆は暫くその後姿を見送っていたが、やがて彼の姿は人々の陰に見えなくなってしまった。

「岡村の奴少し変じゃないか」

彼の姿が見えなくなると、丹羽がそんな風に言って他の二人の顔を見くらべた。

「陽気の加減だろうさ」

保科は気軽に答えて、大股にぐいぐいと歩きだした。石田も丹羽も直ぐその調子に巻込まれて、朗らかに笑いながらその後に続いた。

二

岡村と別れた三人は、彼のことなどは直ぐに忘れて、そのまま真直ぐに京極に出て、あるレストランで夕食を食った。其処で彼等は三人連れの娘たちと一つの卓に坐った。いくらかそんな席をさがしていたのではあったが、その店が混んでいた為にそれは極く自然にいった。都会育ちで社交的なところのある丹羽は、食事の間じゅうにうまく娘たちの会話に割込んでいった。小柄な味噌っ歯の葉子という娘が、しきりに独りで丹羽の対手をしていたが、そのうちに彼等の間には一緒に丸山へ夜桜を見にゆく約束が出来ていた。食事が済むと、皆は連立って灯火の明るく輝きだした四条の通りへ出ていった。丹羽はその小柄でいく分蓮葉な葉子と並んで、ずんずん先に立って歩いた。日本髪を結った菊枝ともう一人洗髪を無造作に束ねた民子とは、黙って其の後についていった。石田と保科とは直ぐその後から、二人の娘たちの歩きぶりなどをながめながらついていった。

公園の入口の石段で、みんなはまた一緒になって、それから花に酔った公園のなかへはいっていった。花は焚松《たいまつ》の火に白っぽく夜空に浮きだして、群衆は此処にも亦身動きの出来ないまでに押合っていた。石田たちはその浮かれに浮かれた群衆のなかを掻分けながら、女たちを導いて噴水のある池の傍までやっていった。女たちは其処まで来ると、激しく息を弾ませて地上にしゃがみこんでしまった。石田はその時ふと、汗ばんだ額をあげて花の梢を見上げている洗髪の民子の姿勢に、言いようのない美しさを感じた。焚松の光がその肉づきの良い丸顔に敏感な影を動かして、彼女の大きく見開いた目には妖しいまでに美しい光が輝いていた。石田の既に空想のなかに充分準備されていた恋愛が、急に生々と動きだした。

やがて彼等は池の傍を離れて、若鮎のようにもつれたり離れたりしながら、花と酒とに浮かれた公園のなかを歩きまわった。社交的な丹羽は驚くほど自然な調子で娘たちに交々話しかけたり、軽い機智でみんなを笑わせたりしながら先登に立って皆を導いていった。味噌っ歯の葉子が何時も浮々と彼の相手をしていた。二人とも幾らか小柄な方なので彼等の自由な振舞いは、へんに少年少女のように伸々と朗らかだった。石田はその間じゅう、何時も民子の前になり後になり、しきりに彼女の注意を自分に集めようと努めていた。口笛を吹いてみたり、わざと彼女の前でつまずいてみたりするのだった。だが民子の方では、そんなことには少しも気づかない様子で、ゆっくりと人々の肩を避けながら歩いていた。保科や菊枝たちも、極く自然な様子で離れたり寄添ったりしていた。間もなく、彼等は公園の中を一巡して、再び先刻の池の傍へ帰ってきた。みんなは幾らか疲れた様子だったが、まだ遊び足りない思いが充分その顔に現れていた。彼等は互に別れ難い気持で、暫くぼんやりと其処に立停っていた。すると葉子が、急に弾んだ声をあげて、これから岡崎へ出て動物園の桜を見ようと言い出した。皆はその機転に喜んで賛成した。

知恩院の下を岡崎の方へ出る道は、樹木に覆われた暗い道だった。男たちは其処へ出ると急に声を揃えて寮歌をうたい出した。体の大きい保科の声が一段と朗らかに冴えていた。石田はへんに納まらない気持で、保科の声に挑みかかるような気勢を喉にこめてうたっていたが、急に激しい苛立たしさにかられて一散に駈けだしてしまった。そして、道の右側の暗い石垣の上に遮二無二登りついて、其処に咲いていた山桜の枝を折取って皆がその下を通るのを待ちかねたように、いきなりその枝を振りまわしてパッとその上に花吹雪を散らした。皆はどっと喊声をあげて石田の方を見上げた。石田は益々気負いたって、号令のような唸り声をたてながら、高い石垣の上から一気に飛降りた。つーんと強い反動が体を貫いて、彼はへんに気持が遠くなって其の場に坐りこんでしまった。丹羽と保科とが駈けよってきて彼の体を抱き起した。女たちも彼の周囲に集まって、口々に彼の体を気遣った。石田は照れくさそうに笑いながら、意味もなく人々の言葉に合点合点を繰返していた。

みんなはまた何事もなかったように、肩を並べて歩きだした。民子と菊枝とは石田の直ぐ傍を手をつないで歩いていた。石田は始終民子の様子に気を配りながら、保科と腕を組んでいた。彼は民子の白い頸に無造作に巻きつけられた房々とした洗髪や、桜色に見えるその横顔などに、色々と小説などで読んだ言葉を結びつけて、益々彼の恋愛の理想をそのなかに織込んでいった。丹羽と葉子とは何時の間にかまた先登に立って、みんなの者から大分遠くへ離れていた。

「早くいらっしゃいよ」

暫くすると、葉子が急にふりかえって皆を呼んだ。しっとりした夜の空気に、その声が不思議な艶を帯びていた。皆は足を速めた。其処からはもう岡崎の公園も間近かだった。

石田はまた次第に苛立たしい思いにかられだした。民子に近づいて、彼女の心を摑む機会が、もう完全に過ぎてしまったように思われた。明るい場所へ出れば、彼のたくらみは直ぐ相手に見破られてしまいそうで、自然に彼女の心にふれてゆくことが一層困難だった。

彼はしきりに民子と二人になる機会を窺いながら、何時の間にか空しく明るい街まで出てしまった。石田はすっかり腹立たしくなって、いっそこのまま皆と別れて、何もかも思い切って独りで下宿へ帰ってやれと思った。やがて、彼等が疏水の橋まできた時、石田は突然其処に立停ってしまった。

「僕ここで失敬するよ」

彼は努めてさりげない様子を粧って言った。橋を渡りかけていた皆は、驚いたように彼の方へ振向いた。

「疲れたから失敬する」

そして、保科と彼とが二言三言押問答をしていると、そこへ先登の丹羽たちも引返してきて、言葉を尽して彼の帰るのを押止めようとした。

「つまんないわ、折角三人ずついい組合せが出来たと思っているのに」

葉子が彼の顔を見上げながら、味噌っ歯を見せて言った。すると、その組合せという言葉から、石田の気持は一層意固地になってきた。

「いや、僕は下宿も遠いから此処で失敬します」

石田は人々の押止めるのを振切って、無理にも其処で別れようとしていた。すると、今まで黙って石田の意地っぱりな様子を見ていた民子が、思いがけずその時彼と一緒に帰ろうといいだした。

「じゃ、私も此処で失礼しようかしら」

石田はその意外な言葉をきくと、まだ幾分迷っている民子の気持をぐっと手繰りこむように、いきなり疏水に沿って電車通りを東山通りの方へ二三歩あるきだした。皆もそれ以上彼を引止めようとはしなかった。やがて彼は十歩ばかりゆくと、其処で恐る恐る振返ってみた。民子がその期待通り彼の後ろから近づいてきた。他の連中は、もう橋を渡って、人々のどよめきの聞えてくる動物園の方へ消えていった。石田は立停って民子を待っていた。彼女はその顔に親愛の情を浮べながら近づいてきた。

疏水に沿ってその道を歩きながら、石田は彼の直ぐ傍に並んでいる民子に対して、今はもう何も話すことも出来ないほど、切迫した感情を募らせていた。彼は民子の体温さえ感じられるような思いで、激しく胸をときめかしていた。そこはひどく淋しい通りで電車は滅多に通らなかった。疏水の水が暖かそうな音をたてて、水に映った灯の色が美しかった。石田は民子がどうして彼と一緒に帰る気になったのか、それを第一に知りたいと思った。だが、露わにそんなことを訊ねるよりは、彼はひとりでその気持を自分に都合の良いように決めていたかった。間もなく疏水が右に折れる処まで来た。其処まで来ると民子は遽かに足を停めて、彼の顔を見上げた。

「じゃ、此処で失礼しますわ」

石田はひどく驚いた。こんなに近い処に彼女の家があろうなどとは、今の瞬間まで全く考えていなかったので、彼はすっかり狼狽してしまった。彼は呆然と思慮を忘れた者のように、彼女の顔を見つめていた。すると民子は急に何か思いついた様子で、再びその道をまっ直ぐに歩きだした。

「電車まで御送りしますわ……」

東山通りまでは殆んど半町足らずだった。石田は激しい失望と、何か誑《たぶ》らかされた者のような憤りを同時に感じながら、爪先きで地を蹴りながら歩いた。一瞬のうちに彼等は電車の停留場へ出てしまった。其処へ電車がきた。何を喋っている暇もなかった。

「じゃ、左様なら!」

民子が軽く頭をさげた。

「恐らく永久に!」

彼はその苛立たしい気持を、辛うじてこれだけの言葉に寄せて、動きだした電車に飛乗ってしまった。

三

その翌日、石田は朝寝をして学校を一時間遅刻した。休み時間になって彼が二階の教室へはいってゆくと、クラスの連中は殆んど其処に集まっていて、変に色めきたっていた。彼等は石田のはいってきたのも気づかない様子で、丹羽と保科とを取巻いて、口々になにか訊き正していた。

「僕たちの知っているのはそれきりなんだ、それ以上は何も知らない」

大勢の連中に取囲まれて、体の小さい丹羽は辛うじて人々の肩の間に頭を出しながら、彼等の質問に対して答えていた。石田は何か不吉な予感でハッと胸を踊らした。

「岡村が自殺したんだ！」

その時、保科が彼に気づいて叫んだ。クラスの連中の昂奮した瞳がさっと石田に集まった。石田は息の根もとまる程に驚いて、体ががくがくと震えた。

次の瞬間、石田は人々の質問の雨を浴びて呆然と突立っていた。彼には事情が少しも分っていなかった。彼は逆にその人々に訊ねてかからねばならなかった。保科が簡単にそれを説明した。

——岡村の死が電話で寮へ知らされたのは昨夜の九時頃だった。寮からは直ちに舎監がクラスの細田を連れて死体の始末に馳せつけた。岡村はその夜八時何分かの二条発福知山行きの汽車に乗って、保津川第二トンネルで飛込自殺を遂げたのだった。自殺である証拠は、ポケットに残っていた名刺に書残された死体の始末を依頼する簡単な文句によって分った。彼は、嵯峨から亀岡までの切符を持っているきりで、その他には、何一つ所持品というべきものはなかった。

保科の説明が終ると、人々は再び激しい質問で石田を取りかこんだ。だが、石田の答え得る範囲は、既に丹羽や保科が繰返し話したことを出ないので、人々の期待は直ぐ失望に変ってしまった。彼等の質問は次第に石田たち三人に対する非難に落ちていった。洞察力が足りないとか、友人を見殺しにしたようなものだとか、そんな言葉がぶすぶすといぶりだした。同時に、岡村の死因に就いての好奇的な臆測が燃えあがった。

みんなは口々に、岡村の身寄りのない境遇だとか、彼の独学のことだとか、その他現在まで彼が家庭教師として寄寓していた家のことだとか、それ等のことに就いて各自の知識と意見を述べたてた。ある者は、哲学じみた言葉で、岡村の死を自我の拡充のための発展的自殺だなどと言い、他の者は、恐らく失恋の結果だろうといった。突飛なのになると、彼の死を彼の出世根性からきた悩みのためであるなどと結論した。

みんなの意見は全くまちまちだった。だが、誰一人岡村の真の死因にふれるようなことをいうことの出来るものはいなかった。彼等は若々しい好奇心から熱心に喋ったり議論をしていた。そして、次第に岡村の姿が巨大な及びがたい英雄の位置にまで押上げられていった。それぞれの心にある何らかの悩みが、岡村の自殺によって最高の表現を得たという具合だった。

石田にとっても岡村の死は全く謎であった。年齢の差や境遇の相違や、その他無口で鬱ぎ勝ちな岡村の性格のために普段からあまり親しくしていなかったので、石田は瞭然した岡村への理解を持っていなかった。彼もまた他の皆の連中と同じように、漠然とした思慕の表現を岡村の死に見出すばかりだった。彼は人々の気づかない間に、そっと皆の議論のなかから抜け出して、庭に対った窓の方へ歩みよった。窓の下には青々とした芝生があって、その上では彼方でも此方でも生徒たちがかたまって、互に押合ったり抱きあいながら、新学期の嬉びに夢中になっていた。芝生の向うの空地では、一組の生徒たちが熱心にキャッチ・ボールを続けていて、そのミットに納まるボールが、弾力的ないい音をたてていた。自由に伸々と振舞っているこれら上級生の間を、時々まだ学校になれない新入生たちが、型の正しい、真白な白線のはいった帽子を冠って、うろうろと迷い歩いていた。山桜の枝が、その向うの校舎の蔭でしきりに風にそよいで空の色が和やかに暖かかった。

石田はふと昨日の岡村の言葉を思いだしてほっと吐息をついた。(僕は今日ほどこの世を美しいと思ったことはないよ!)そんな目で見ると、実に今校庭の風景は美しかった。校友の姿も生々と際立って美しく、桜の花にも嘗てみなかったほどの風情が感じられた。石田は気の遠くなるような恍惚を感じた。そして、その風景から湧きあがるもやもやとした思慕のなかに、彼は美しい死をさえ憧憬した。岡村の言葉には、今から考えてみると、何か初めて春に逢ったもののような嘆息があった。暗い洞窟からやっと這いだしたものの驚きに近いものがあった。石田はありありと岡村の掌を目に浮べた。其処には過去の痛ましさがはっきりと浮出していた。若しかすると、岡村は今日まで全く春を知らなかった男なのではないかと思われた。そして、昨日初めて春の美しさに打たれ、その激しい感動が、彼の過去を一層堪え難いものに思わせたのであるかもしれなかった。光を見た瞬間の驚きに恍惚とした刹那、彼はその過去の闇に敗けてしまったのであった。――石田はせつないまでの感傷に沈みこんでいった。やがて始業の鐘が鳴り渡った。

岡村の死に関する議論は、次の休みの時間になってもなかなか衰えなかった。石田は何か被告のような引けめを感じて、皆の間を逃れて校庭の芝生へ出ていった。そして、ぼんやりと春の陽をうけて坐っていると、彼は何時の間にか岡村のことは忘れて、夢中で民子の姿を追っているのだった。捕え難い彼女の影が、妖しく彼の眼前に漂って、昨夜の不本意な別れが惜しまれてならなかった。石田は是が非でも、もう一度民子に逢わねばならないと思って、その方法をさまざまに思い巡らしていた。其処へ丹羽が教室から抜け出してきた。

「昨夜あれからどうした?」

丹羽は彼の傍へ腰を降ろしながら、低い声でいった。

「君たちこそどうした? 僕は真直ぐ帰ったよ……」

石田はありのままに昨夜の通りを話した。丹羽は信じられないという風な微笑を浮かべた。だが、それ以上石田のことは訊ねようとはしないで、彼自身のことを話しだした。動物園での花見は、丹羽と葉子とをすっかり仲よしにしてしまった。彼等は保科や菊枝のことは全く忘れて、勝手に二人切りで歩きまわっていた。すると、何時の間にか他の二人も親し気に話しながら肩を並べていた。――こんな風に丹羽は言って、最後に一段と声を落して、次の日曜には葉子と一緒に奈良へ遊びにゆく筈だと附加えた。石田は丹羽の話が終ると、思わず苦しそうな声をあげた。

四

岡村の死が巻き起したクラスの昂奮も、その後幾日か経つと次第に皆の間から忘れられていった。時々、思いだしたように彼の死に就いて話合っている者もあったが、皆は既にそのことからは解放されて、思い思いにその若さの嬉びを新しい刺戟に対してむけていった。丹羽と葉子との恋愛は、その間にぐんぐん進んでいるらしく、彼等は奈良へ一緒に出かけた日以来、毎夜のように連れ立って京都の街々を歩きまわっているらしかった。石田はそれらの話を屢々《しばしば》丹羽から聞かされる毎に、いたたまらないような胸苦しさを圧えることが出来なかった。石田はある日とうとうその気持を丹羽に打明けた。

「そんなことだろうと思っていた」

丹羽は石田の肩を叩きながら、民子に関して彼の知っている限りのことを話した。民子は葉子たちと一緒に去年の春ある女学校を卒業して、今ではある会社の事務員をしているのだった。丹羽はそれだけのことを話して、詳しいことは今夜にも葉子からきいてやるといった。石田は急に眼のひらけたような喜びを感じて、いきなり丹羽の体に抱きついていった。

「頼むよ、ほんとに頼むよ！」

彼は激しく丹羽の体をゆすぶりながら叫んだ。

それから四五日経った日の夕方、石田は先夜の疏水の橋で、民子を待っていた。彼女の住所や勤先きが分かると、彼は早速その勤先の方へ手紙を出して、葉子のことに就いて是非訊ねたいことがあるから、今日の午後六時頃其処へ来てくれといってやったのだった。

苛立たしい時間だった。最初彼は、先夜民子と並んで歩いた途の橋詰に立って、民子のやってくる方向に目をさらしていた。だが、そのうちに彼はへんに面はゆい気がしてきて、じっと正面から彼女を待つに堪えないような思いがした。彼はやがて橋の上に移った。そして、ぶらぶらとその上を歩きながら、民子の来るのを待っていた。民子はなかなかやってこなかった。彼は次第にじりじりして、やがて図書館側の土堤を疏水の水際へ降りていった。黄昏の光を柔らかく浮かべて、ゆたかな美しい水が彼の足を洗うように流れていた。じっと水面を見つめていると、深い水底にはゆらゆらと藻のゆらぐような影が動いてその奥には小魚の泳ぎまわっている気配さえ感じられた。春は水の底にまで溢れていた。石田は強い感動に打たれながら、生というものを無上に美しく感じた。その時、石田は不意に全くだし抜けに、死んだ岡村のことを思いだした。嵐峡の崖に立っていた彼の姿が、何故かへんに今の自分の姿に似ているように思われてくるのだった。暗いトンネルの口がありありと彼の前に見えてきた。彼はひどく苛々した。何か体ごと投出すような喜びを彼は激しく求めた。民子の来るのが待ち遠しかった。眼をあげて向うの道を見ると、人通りの少ないその道を、単線の電車が蹴上げの方へ上って行った。夕暮の影のなかで、ポールが美しい火花を散らしていた。自転車がそれを追うように通った。彼の学校の生徒が三人ほど歌をうたいながら、橋のたもとから丸山の方へ消えて行った。そして、暫くはそれきり人通りが絶えた。石田はゆっくりと水際の細い路をのぼったりくだったりしていた。何かしら、岡村の死が、彼の今求めている愛というものにひどく近いものに思われた。それは、どちらも共に完全な生を求める気持につながっていた。石田はそんなことを考えて、ひとりで昂奮していた。間もなく、民子の姿が対うの道に現れた。

民子は今夜は髪を平凡な洋髪に結んで、少し前こごみに歩いていた。その姿に、石田はふと妙な失望を感じた。それは彼の描いていた美しさを裏切って、へんに平凡に見えた。彼女は橋詰まで来ると、ゆっくりとあたりを見まわした。そして、初めて石田の姿に気づくと、遠くから真面目なお辞儀をして、橋を渡って石田の方へ近づいてきた。石田は一散に土堤を駈け登った。

簡単な挨拶が済むと、二人は図書館の前を直ぐ平安神宮の朱塗りの門の方へ歩きだした。

夜がすっかりあたりにたてこめ、電灯の光が樹々の影を黒く浮出さしていた。石田は何か柔かい空気にでも取りまかれているような思いで、次第に先刻の失望を忘れていった。彼はぼつぼつと、丹羽と葉子との関係に就いて、如何にもそれが重大な問題ででもあるかのように、気遣わしげに喋った。民子は黙って石田の言葉に頷ずきながらきいていた。石田は次第にせき込んだ調子になって、葉子のことをくわしくききだした。すると民子はだし抜けに声をたてて笑いだした。

「あんなさばけたひとのことなんか、どちらも心配することありませんわ」

石田は意外な感に打たれて、彼女のまだ微笑の残っている顔を見た。何んだか、何もかも見すかされているような気持で、彼はカッと頬がほてってきた。彼はもう何も喋ることが出来なかった。そのまま二人は黙って応天門の前まで来た。月が登って、あたりの風景が柔かい隈取りに包まれていた。石田は自然に気持の調和をとりもどして、ゆっくりと其処の丁字路を右へ曲った。民子も黙ってついてきた。石田は何か喋りたいと思った。だが、その前に二人の関係から決めてしまわないことには、どんな話も白々しくて持出せそうになかった。彼は民子の呼吸の音を柔かく耳に感じながら黙って歩き続けた。やがて彼等は平安神宮の垣根に添って、その裏の樹木に覆われた暗い道へ出た。石田は急にばったりと立停った。そしていきなり咄嗟の激しい決心に突き動かされたように、彼は民子の前に右手を差出した。民子は反射的に一歩後ずさった。驚愕の色を体じゅうに浮かべて、彼女は息詰まるような瞳で彼の顔を見つめた。だが石田は、更に一歩彼女に近寄ってゆくと、彼女はもう身を引こうとはしなかった。素直にその白い手を伸べて彼の強い握手を受けた。彼女の頬が急に緊張をゆるめて、夕顔の花のようにひらいた。彼等はまたその暗い道を、武徳殿の石垣に沿って公園の方へ出て来た。最初の切迫した瞬間がすぎると、石田は急に気が楽になって、ひどく雄弁になっていた。彼は先日初めて彼女に逢った時の感動から、今日までの苦しかった気持を、生々した調子で述べたてた。民子は始終微笑を浮べながら彼の話をきいていたが、次第にその笑いは大胆になって、急に腹からこみあげてくるような声で、体じゅうで笑いだした。

「あなたのこと、みんな葉子さんから聞いていました……」

ようやく笑いが納まると、彼女は親愛のこもった調子でいった。石田はその言葉をきくと、民子の方でも、ひそかに今日のことを待っていたように思われて、わくわくと心が浮立ってきた。

二人の恋人たちは、それからゆっくりと再び最初の橋の方へ歩いて行った。石田は不幸な岡村のことを話しだした。彼は次第に昂奮してきた。

「死ぬほど青春のないことを悲しむのも、やっぱり青春の悩みなんでしょうね……」

彼がそんな風な感想でその話を終ると、それまで黙って彼の言葉をきいていた民子が、急に生真面目な表情で彼の顔を見つめた。

「でも、死んじゃつまりませんわ」

民子はにこりとも笑わなかった。石田はその直截な民子の言葉にへんに感動した。死んじゃつまらないと彼も本気で思った。そのうちに、彼等はまた以前の橋の上まで来ていた。

「おや！」

その時、民子が不意に短い叫びをあげて、蹴上げの方の道をさし示した。石田がその方に目を向けると、その道を丹羽と葉子とが連れ立って歩いてきた。彼等は遠くから手をあげて二人に挨拶をしていた。二人も直ぐ手をあげて、それに応えた。

間もなく丹羽たちはその橋の上にやってきた。四人は交々手を握り合ったり肩を叩いて賑かな挨拶を繰返した。だが、暫くすると、彼等の間に軽い当惑がやってきた。何だか皆の顔には、それぞれ二人きりになりたいような気配が動いていた。すると、葉子が不意にその気持をさっぱりと口に出してしまった。

「じゃ、ごきげんよう……今夜はこれでお別れにしましょうよ」

みんなは笑いながら、葉子の言葉に賛成した。そして、二組の恋人たちはそれぞれ肩を並べて通りすぎて行った。

初出：『行動』一九三四年四月。のちに『春の絵巻』赤塚書房、一九三七年七月に所収［刊行時作者三五歳］
底本：『招魂の賦』講談社文芸文庫、一九九八年

第六回芥川賞選評より〔一九三七（昭和一二）年下半期〕

川端康成 先ず喜んで「糞尿譚」（註・火野葦平の受賞作）を推した。有力な候補として話題に上った、他の作家、例えば、中谷孝雄、和田傳、大鹿卓、間宮茂輔などの諸君は、火野君と同列に比較は出来ぬが、芥川賞としては、火野君を選ぶのが面白いと考えたのである。優劣論ではない。（略）作品の立派さ、作家の確かさという点では、和田君の「沃土」と中谷君の「春の絵巻」を推賞すべきであった。

久米正雄 中谷孝雄氏の「春の絵巻」にも心牽かれた。中谷君の高等学校物は、或る意味で私の作風に最も近く、自分の青春をすら其中に憶い出した。（略）将来文壇の中堅として、芥川賞などの必要なく、存在を続けて行くに違いない。

中谷孝雄 なかたに・たかお

一九〇一（明治三四）〜一九九五（平成七）年。三重県生まれ。東京帝国大学独文科中退。ともに三高から東大に進んだ梶井基次郎、外村繁（後に第一回芥川賞候補）と同人誌『青空』を創刊。佐藤春夫に師事し、一九三五年に保田與重郎、亀井勝一郎らと『日本浪曼派』を創刊。太宰治、檀一雄、木山捷平らも合流した。三七年に「春の絵巻」で第六回芥川賞候補になった。四三年に応召され、陸軍少尉としてニューギニアに出征。四六年に帰還。「招魂の賦」で六八年度芸術選奨文部大臣賞を受賞した。著書に『梶井基次郎』などがある。

南方郵信

中村地平

一

九州山脈に源を発したO川は、黄濁した体《てい》で日向《ひゅうが》の国の平原をうねり、くねり、末は太平洋に注いでいる。三十六里もある長い川であるが、最後に黒潮と激突しようとする一線には、海岸線に沿った砂浜が、両方から腕のように延びてきて、中に深淵の入江を抱いている。

港というには面積がせまく、ハマオモトが固く根をはって点在している砂丘の垣ひとえ外には、小さな汽船ぐらいは忽《たちま》ちひと呑《の》みにするほどの荒浪《あらなみ》が猛《たけ》り狂っているから、その入江には出入りする船舶の数もすくない。わずかに九州山脈にとれる木炭や、日向米などの物資を収集するための、上方《かみがた》通いの帆船が二三艘《そう》、帆をおろした柱だけの姿を息《やす》んでいるのに過ぎない。その荒寥《こうりょう》とした眺めのなかの柱の周囲を鷗《かもめ》の群が、大きな翼で自分の体をたたきながら、低く、高く、群れとんでいる。

鷗の群に迎えられて、牧の旦那《だんな》の家の有《も》ち船である第一、第二の海竜丸は、この港湾らしい設備はなにひとつ有ってはいない素朴な港に、年に一度か二度、追手《おいて》の風を帆いっぱいにはらませて、上方から帰ってくる。

海竜丸の船ばたから伝馬船《てんません》に乗り移って、川を一里十三丁さかのぼると、長さが二百十六間《けん》もある、古風な木橋の下へ出る。この木橋の両端に、ひっそりした、二つの小さな部落がある。そのひとつは郡役所の所在する地方の名邑《めいゆう》であるが、他は椎《しい》や樟《くす》の葉に覆われた寂しい村落である。牧の旦那の家は、その寂しい村の川岸にたっている。村でいちばん高い椎の樹《き》と、その下の崩れかかった長い白壁の塀《へい》とが、旦那の家の目印になっている。

その太い椎の樹の幹の蔭《かげ》から、毎日午後になると、脚《あし》の白い栗毛の馬にまたがった旦那の姿が決って現われる。風のない、晴れた暖かい日でさえあれば、旦那は馬に乗って村のなかをひとまわり散歩するのが日課になっているのである。

馬はトヨという名前で呼ばれているが、立派な尻と、ばかに大きく見える耳、それに均勢のとれた姿とをもっている。ただ、残念なことに、幾らか齢《とし》をとり過ぎていて、全体に骨ばった感じがし、歩くのが大儀そうに見える。

トヨの手綱《たづな》は、源吉爺《じい》さんに握られているが、爺さんの姿は、トヨに劣らない位《くらい》、十分にけだるそうである。いったいに、この地方では人間ばかりでなく、畜生までがだるそうな延びたような姿をしているのが普通であるが、それはこの地方が暖かい上に湿気が多いせいであろう。

旦那に聞えるか、聞えないかの低い声で鼻唄《はなうた》をうたいながら歩いている源吉爺さんを先《せん》達《だつ》にして、トヨは毎日の道順にしたがい、軒《のき》の傾いた商家がたち並んでいる広い村道から、埃《ほこり》っぽい田圃《たんぼ》径《みち》へと通り抜けてゆく。

規則正しい、高いトヨの蹄《ひづめ》の音が、静かな部落に響きわたると、往来に呆《ぼ》んやり佇《たたず》んでいたお主婦《かみ》さんや、野良《のら》径を忙《せわ》しげに往《ゆ》き来《き》していた百姓たちは、驚いたように径をゆずって馬上をふり仰ぐ。

そして、丁寧に挨拶《あいさつ》する。

「へい、旦那さん、こんにちは。いい御散歩で」

それまで旦那は、大抵は半ば眠ったように、呆んやりと夢見心地になっている。しかし、とたんにかっと大きな眼《め》を見ひらく。そして、一丁も先から相手の姿を心にかけていたような、愛想のいい受け答えをするのが常である。

「へい、こんにちは。まめで結構じゃの」

旦那は自分を非常にやり手な事業家であると、信じこんでいる。だから、他人をやり過したあと、そういう受け答えに抜け眼のない自分の性格に満足して、思わず会心の微笑を洩《もら》す。しかし、その微笑が消えるか、消えないうちに、再びうつらうつらと夢見心地に入ってしまうのである。

そういう旦那も、暗い杉林をくぐり抜け、長さ二間ばかりの土橋の上まで来ると、はっとしたように眼を醒《さ》ます。香ばしい黒土の匂いや、むんむんとする菜種《なたね》の花の匂いが、息もつまる位おしよせてくるからである。

見わたすかぎり田圃に、黄色い花が霞《かすみ》のように咲き揃《そろ》っているのに気がつくと、トヨも突然気がたってきたように、たちどまる。そして、長い脛《すね》を踏み交わし、首をあげ、歯をむきだして高くいななくのが普通である。

手綱が急に重たくなり、体が引き戻されると、源吉爺さんはいつもトヨが、昔草競馬で一等をとっていた頃のことを思いだす。その頃、トヨはまだ若く、華やかで、毛並は美しく艶《つや》があり、体も弾力に富んでいた。そして、黄と赤とのだんだらの縞がある、メリヤスのシャツを着こんでいた、乗り手の源吉爺さんを手こずらしたものであった。

「あの頃は、わしもまだ血気の美青年《よかにせ》で、村の娘ん子たちに騒がれたもんじゃったが……。この頃のように欲念が薄うなっては人間も早や死物《しぶつ》同然じゃ」

爺さんは思わず大きな溜息《ためいき》をつく。

菜の花畑で草を伐《き》っている百姓たちは、蹄の音に気がつくと、花の間からむくむくと背のびして、馬上をふり仰ぐ。そして例の決りきった挨拶を旦那との間に取り交わす。しかし、蹄の音がまだ消えるか、消えないうちに、たちまち屈託のない、野放図《のほうず》な百姓たちの笑い声が、賑《にぎや》かに雲のように湧《わ》きあがる。

「あのなあ、旦那の鼻はな……」

と、誰かが必ず口火をきって言いだすからである。

旦那の鼻といえば、実に異様である。まるで骨のない軟体動物のようにグニャリとしていて、しかも、先端はまっ黒い、立派な髭《ひげ》の中央部を全くおし隠してしまうほど、低く、長く垂れさがっている。

「それがな、美しか女子《おなご》の前に行くと、だしぬけに居ずまいを正すげな」

誰かが愚鈍な声で鼻の噂をし始めると、辺りにいる百姓たちは、どうしても笑いがとまらなくなって困ってしまう。手拭《てぬぐ》いを姉《あね》さんかぶりに、久留米絣《がすり》の着物の裾《すそ》から赤いゆもじの端を垂らしている若いお主婦さんや、齢頃の娘たちは、笑いをおさえるのが苦しくて、畑の上をころげまわりたい気もちにさえなってしまう。

一体に楽天的で、屈託のないこの地方の百姓たちは、根も葉もない好色な噂話を、いかにもほんとうらしく、開け放してしゃべるのが好きなのである。鼻の噂にしても、旦那の乗馬姿が消えたあとでは、誰かが必ずしゃべり始めるから、一年を通じてみると同じい話が百回も百五十回も繰り返されるわけである。しかし、誰もあきる者もいない。まるで初めてその話を耳にでもするような、興味と笑い声とで興奮してしまうのである。尤《もっと》もこの地方の百姓たちで、もしそれがあきっぽい性格なら、百姓をやめて他国に移住するか、自殺でもするよりか仕方がない。この地方の百姓の生活といえば、丁度川《ちょうど》がながれ来たり、ながれ去るのに似ていて、全く単調で、変化というものがないのである。

ある午後――

牧の旦那は菜の花畑から騎首をめぐらして、夫婦池《めおと》の傍《かたわ》らへと出た。池は椎の樹《こ》だちに包まれているが、樹の下径は薄暗く、いつも湿っていて、トヨの蹄の音は土のなかに吸いとられてしまう。辺りには物音ひとつしなかった。樹だちの幹の間から、源吉爺さんが、ふと池の面を眺めると、水の上には季節外れの鴨《かも》が三羽降りていた。

中の一羽は静かに羽根を畳み、悠々とながれるように泳いでいたが、他の二羽はなにか餌《えさ》でも見つけたのであろう。思いきり首をのばし、ひどく大きく見える翼で、はげしく水面を叩きながら、滑走していた。

源吉爺さんは、ふっとあることを思いついたが、歩きながら、旦那の方はふりむきもしないでつぶやいた。

「旦那。うちで家鴨《あひる》は飼いなさらんか。裏の川にはなして置けば、なんの面倒も要《い》らんですど」

しかし、旦那はまるで爺さんの言葉は耳に入らないように、放心した顔つきをしていた。猟銃を携《たずさ》えていないことが、旦那はくやしくてしようがないのである。

二

源吉爺さんは家鴨を飼うことが思いきれない。あるひとつのことに思いつくと、爺さんは少時《しばらく》はそのことに熱中する癖なのである。

ある日、爺さんは裏庭で鶏舎の掃除をしていた。鶏の糞をかき集めると、畑の肥料《こやし》になるのである。すると、そこへ紺絣の筒っぽに、板裏の草履《ぞうり》をはいた三太がやって来た。三太は牧の旦那の独《ひと》り息子である。糞を集めた莚《むしろ》を土の上に置くと、爺さんは歯のない口で三太に笑いかけた。

「アコン。旦那に言って家鴨ば飼って貰《もら》いなさらんか。家鴨の卵は鶏のとは較《くら》べものにならんほど、大きかですど――」

お坊ちゃん育ちで気の善《い》い旦那は、戸外へ一歩出ると、まるで気が弱く、人ざわりがいくせに、家のなかでは別人のように、わがままで暴君である。

こらえ性《しよう》というものが全くなく、怒りだすと手がつけられない。身のまわりに在《あ》るものなら飯櫃《めしびつ》でも、金魚鉢でも手あたり次第に投げつける。だから、よくせきの用事でもない限り、家人はめったに旦那に口をきこうとはしない。源吉爺さんが家鴨のことで、そそのかしているように、旦那のお気に入りである三太を、メッセンジャア・ボーイに利用したがるのである。

実際、旦那の短気なのには、家人たちは全く閉口している。

一度などはいつもは、旦那が自慢にして飼っているレグホンの雌が、書斎にあがりこんで畳の上に糞を垂れた、ことがあった。すると、朝から虫の居どころがわるかった旦那は忽ち爺さんを呼びつけた。

「いくら畜生じゃからといって、横着にもほどがある。ほかの鶏への見せしめじゃ。生きたまま、みんな、毛をひん抜いてしまえ」

源吉爺さんは泣きだしそうな顔で、その無慈悲な命令を聞いていたが、口のなかでなにか意味のわからないことをつぶやいていると、旦那に又《また》どなりつけられてしまった。

「ぶつくさ言いくさって、わりゃわしの言い草が気に要らんのけ。わしの言葉に承服でけんのなら、わりゃとっととこの家ば出てゆけ」

両手で尻を叩きながら、爺さんは慌てて裏庭へ駈《か》けだして行った。なにか不服なことがある時、両手で尻を叩くのは爺さんの癖なのである。庭じゅうを追いかけまわして、やっとのことで雌鶏《めんどり》をつかまえると、爺さんは荒縄でその両脚をくくった。そして、無花果《いちじく》の樹の根もとに連れて行った。爺さんは庭土の上に片膝《ひざ》をつき、片手でその犯罪者の首根をおさえつけると、あとの手で一本、一本羽毛を抜いて行った。

純白な羽毛を引き抜かれるたびに、鶏は身をもがき、首をのばしてけたたましい悲鳴をあげる。

爺さんは眼頭にいっぱい涙をためて、つぶやいていた。

「毛を抜かれるわりもつらかろうが、抜くわしの身はもっとつらか。こんど産れてくる時は鶏どんになってくるではなかど……。なに鳥がよかろか。五彩で美々《びび》しか雉《きじ》どんがよかろ。そいでん、狩人《かりうど》どんに見つかってしまえば、それ迄《まで》の命じゃ」

爺さんの繰《く》り言《ごと》は、まるで耳に入らないもののように、鶏は強く羽ばたきしては舞い逃げよう、とする。

「いっそ、目白《めじろ》がよかろ。目白になって陽《ひ》なたの丘の竹藪《たけやぶ》で、日がないちにち啼《な》き暮すことじゃ。そいでん、子供たちにつかまって、籠《かご》んなかに入れられてしまえば、また鶏どんと同じ運命《さだめ》になる道理じゃ」

爺さんは少時考えこんでいたが、悲しそうな声でつぶやいた。

「いっそ、こんげ苦しか浮き世には、二度と産れてこんことじゃ」

すると、丁度その時、雌鶏は爺さんの油断を見すまして、荒縄から身をすり脱《ぬ》け、土の上を走りだした。糊刷毛《のりばけ》のような白い毛を羽根の先に残しているだけで、全くの丸裸になってしまっている。無花果の樹の根もとから、低く一直線に肥料小舎《ごや》までとんで行くと、まるで気でも狂ったように、けたたましく叫びたてながら、空に舞いあがろうとした。しかし、すぐに体の重みに耐えかねたように、庇《ひさし》に体をぶっつけて、地上に落下してしまった。呆気《あつけ》にとられて、爺さんは眺めていたが、雌鶏は幾度もとんでは落ち、とんでは落ちしていた。

犯罪者がどうなったか、首尾を見るために、旦那は庭下駄をつっかけて、そこへやって来た。哀れな、痛々しい鶏の運動をひと眼見ると、旦那はそこにたちすくんでしまった。そして、自分のはじめの命令は棚にあげて、爺さんをどなりつけてしまった。

「わりゃ、なんちゅう非人情なあんぽんたんじゃ。ひとが右向けといえば右をむき左をむけといえば左を向き、ひとに言われて、していいことと、してわるいことの区別がある位のことが、わりゃその齢になってまだわからんのけ」

旦那の家人に対する態度は、万事この調子である。

だから何事でも思った通りを無遠慮に言ってのける勇気があるのは、三太一人である。三太は頭の鉢がひらいていて性質は快活であるが、ぎょろりとした大きな眼玉を、いつもずるそうにきょとつかせている。旦那が怒って
「押入れのなかに、入れてしまうぞ」

と、どなりつけたりすると、自分で押入れの襖《ふすま》をあけ、のこのこと先に入りこんでしまう。これではさすがの旦那も始末に困ってしまうのである。

奥さんは隣り町の米問屋から器量好みで貰われてきているのであるが、旦那の機嫌をそこねないための心労で、今はすっかり老けた感じになっている。奥さんも、例えばワイシ

ヤツのボタンがひとつだけとれていたり、カラーが純白でなかったりすると、そのたびに旦那から頰《ほ》っぺたを必ず一つ二つなぐられる。だから奥さんまでが、この可愛いメッセンジャア・ボーイの厄介《やっかい》になることがある。

「三太や。こんどお父さんに、しらん顔をして尋ねちみい。お父さんはなぜお母さんに乱暴ばするんですかって」

昼間差し支《つか》えがあって、乗馬できなかった日の夕刻は、旦那は晩飯をすましたのち、三太の手を引いて散歩することにしている。

家の門を出ると、旦那は先《ま》ず椎の樹の下にたちどまって、深呼吸の方式で大きな息をつく。息を吸いこむ時、旦那はいかにも快さそうに、静かに眼をつむるが、眼をあけて見ると、遠く暮れ残りの明るい空を残して、椎の梢《こずえ》のぐるりにだけ、既に早い闇が降りている。その闇を背景として、背景よりはいくらか黒い紫色で、蝙蝠《こうもり》の群がせわしくとび交《こ》うている。

それから二人は、長い木橋をわたって、隣り町へとゆく。町外れの暗い檜林《ひのき》のなかに在る郷社へ参拝するためである。

湿気を含んだ冷たい川風に、紺絣の着物の裾をあおられ、三太は旦那に小さい体をひきずられるようにして歩いている。大きな眼玉をぎょろつかせながら、三太は父親にせわしく尋ねる。

「お父さんはなぜ、お母さんに乱暴ばするのかな」

だしぬけな質問に旦那はあわてる。しかし、すぐにそれが母親の指し金であることに気がついて眉《まゆ》をしかめる。

「お父さんの気に要らんことをするからさ」

「どうして気に要らんのかな」

「そんなことは子供にはわかりはせん」

「どうして子供にはわからんのかな」

「大人になったらわかることじゃ」

「どうして子供にはわからんで、大人になったらわかるのかな」

旦那は返事につまってしまう。

それから、初めて気がついたような顔をして、川しもの方を眺めて見る。茜《あかね》の色に夕映《ゆうば》えて美しい遠い、港あたりの上空を、旦那はステッキで指ざしながら、三太の心を奪うような威勢のいい声で言う。

「おい三太、二三日すると、入江に海竜丸が入ってくるから、お前も連れてってやるぞ」

船に行くと、船頭たちは海水で飯をたいて食べさしてくれる。それは塩っぽくて、お結びと同じようにうまいのである。肉のたまった、まるい旦那の高々指《たかたかゆび》を、三太は抜けるくらい引っぱる。

「入江に行ったら、帰りに松林で松露《しょうろ》をとろうや、お父さん」

「松露でも、防風でもなんでもとってやるぞう」


三太が家鴨をねだった時、旦那はうるさそうに返事をしなかった。しかし、夕方裏庭を見まわったついでに、源吉爺さんを思いきりどなりつけてしまった。

「子供にろくでもない入智恵《いれぢえ》をするもんじゃなか。家鴨は坂下のお浜じゃ。あんな助平で騒々しか鳥はわしゃ好かん」

晩飯をすました三太が、裏庭へ出てみると、爺さんは傍らに竹ぼうきを投げだしたまま、土蔵の石段にしょんぼり腰をかけていた。

旦那に叱《しか》られた時は、いつでも爺さんは寄辺《よるべ》のない、一人ぼっちの身が可哀想でたまらなくなり、いっそ裏の川へ身を投げてしまおうかとまで思いつめるのである。いったいに川というものは、不幸な魂にとっては身を投げるためにしか流れていない風に見えるのが普通であって、旦那の家の裏門から一丁も離れない鐘《かね》ガ淵《ふち》には、毎年必ず一人か二人の投身者があるのである。

土蔵の白壁を紅に染めている夕陽は、爺さんのしなびた顔にまぶしく照りつけていたが、爺さんはそれも気にならないような、張りあいのない顔をしていた。三太が呼びかけても返事もしない。

三太は黙って、爺さんと並んで石段に腰をかけ、そのしなびた顔を覗《のぞ》きこんだ。すると、爺さんはさも煩《うる》さそうに、そっぽをむいて、独り言のようにすねた声をだした。

「家鴨はお浜ですげな」

「お浜てなんかな」

「色気ちがいですがな」

「色気ちがいてなんかな」

今までの寂寥《せきりょう》もけろりと忘れたように、爺さんは歯のない歯ぐきをまるだしの笑顔になっている。

「色気ちがいというのは、男と見れば誰にでも吸いつく女ですがな」

お浜は齢の頃三十ばかりで、千両坂の坂下に独り住いをしている。五年ばかり前、お浜は女役者あがりの姉さんと、姉さんの子供であるてんかん持ちの少年と、三人連れでこの村に姿を現わした。初めお浜たちは豆腐屋の二階を間借りして住んでいたが、村の人たちは誰も彼女一家とつきあおうとはしなかった。「他郷者《よそもの》」で気心が知れないからであるが、その上、てんかん持ちの少年が、時どき、道路といわず、畑といわず、口から泡を吹いて、土の上にぶっ倒れるのも、薄気味がわるかったのである。

しかし、姉さんは一年もたたないうちに、若い行商人と子供連れで駈け落ちしてしまった。売薬行商人というのは、黒い詰襟《つめえり》の服を着て、手風琴《てふうきん》を鳴らしながら、毎年春と秋と

の季節にこの村に現われる、村の娘たちの人気が良過ぎるので、

「いっぺん、痛い目に会わさんならん」

と、青年団の幹事たちに、よりより協議されている男であった。

春草の燃えたった千両坂の土堤にかがんで、ゼンマイやモチクサなどをつんでいる孤独なお浜の姿を見かけるようになったのは、それから間もないことである。その頃では豆腐屋の二階には、長友先生という中学を出て間のない若い代用教員が住んで、お浜は坂下の杉林のなかに、小さなトタンぶきの家を建てて住んでいた。

坂は村から奥地へ行く国道の重要な地点に在る。だから赫土《あかつち》のゆるい坂径には、木炭や、肥料やを積んだ荷馬車や、小売商人やを乗せた自転車がわりに頻繁に通る。馬車の響や、自転車の姿に気がつくと、白い胸をはだけたお浜は、あばら屋のなかからしどけない姿でとびだしてくる。そして、誰彼の見さかいもなく、男たちに抱きつく、という噂である。

しかし、お浜がほんとうに好きなのは、代用教員の長友先生である。お浜は大抵日に一度は小学校の校庭へゆく。そして、栴檀《せんだん》の樹の根に腰をおろし、窓の外から授業中の先生を眺めては、一人でにやにや笑っている。また、誰もいない放課後の教室へあがりこんで、黒板に「ナガトモセンセイ」という字をいくつも書き並べて、悦に入ることもある。

お浜はいつも垢《あか》のたまった、裾が地べたを引きずるような、裾の長い紺絣の着物を着て、赤いメリンスの帯を小娘のようにだらしなくしめている。そして、時折り昔住んでいた豆

腐屋の裏口にのっそりと姿を現わす。

「なんか、仕事があれば、してやろかい」

そして、それは長友先生が二階にいる時刻に決まっている。


いったい源吉爺さんは、性こりのない性分であるが、家鴨で旦那に叱られたことは、けろりと忘れたように、また、ある時三太をそそのかした。

「アコン、旦那に言って七面鳥を飼って貰いなさらんか。七面鳥の顔はいくえにも変って面白いですど」

しかし、その時も爺さんは旦那にこっぴどく叱られてしまった。

「七面鳥は郡長の奥さんじゃ。あんな横柄《おうへい》な鳥はわしゃ好かん」

郡長夫人は以前一度、旦那の家を訪ねてきた事があった。奥さんに愛国婦人会に入ることをすすめるためである。隣り町から夫人は人力車で乗りつけてきた。俥《くるま》の幌を外《は》ずさせ夫人は紫陽花《あじさい》色に澄みわたった初夏の空に、パラソルをぬっとかざしていた。

猪首《いくび》の夫人が、肥《ふと》った体を裾模様のある訪問着につつんで、気どりながら門のなかへ入ってきた時、牧の奥さんは丁度女中たちを指図して、土塀の内側に大根を乾《ほ》しているところであった。その時奥さんは地味な紺の上っ張りを着こんでいたが、業々《ぎょうぎょう》しい夫人の姿をひと眼見るなり、大根は莚の上に放りはなして、奥へ逃げこんでしまった。そして、客間へあがりこんだ夫人には、夫に代って応待して貰った。

郡長夫人は会の目的や功績について、ながながとしゃべったのちに、

「お宅のおかみさんにも是非……」

ときりだしてきた。部厚な夫人の膝の上に、旦那は眠そうな視線をおとして、呆んやりと夫人のおしゃべりを聞いていたが、とたんに、顔いろを変えてしまった。このおかみさんという言葉に全く自尊心を傷つけられたのである。

女というものは、一体に夫に対しては常に彼の社会的地位が低いことを痛罵《つうば》するくせに、一旦《いったん》、ひと前へ出ると、その同じい夫の地位を本能的にとてつもなく自慢するものである。郡長夫人は、官吏のしかも自分の夫以上の地位に在る妻君以外には、決して奥さんという言葉を使用しない方針であった。尤も彼女が住んでいる小さな町や、付近の村々には郡長以上の官職に在る役人は絶無であるから、彼女にとっては奥さんという言葉は全く死語同然であった。

しかし、そういう事情を知る筈《はず》もない旦那は、このおかみさんという言葉を耳にした瞬間、郡長の年俸が自分の月収にも劣ることを、たちまち腹のなかで計算してしまった。そして、彼の愚鈍そうな顔を念頭に浮かべて、ひとりでむかむかしていた。

しかし、例によって他人に対して人ざわりのいい旦那は、暫《しばら》く怒りは腹のなかに抑えつけ、その気に喰《く》わない女客を、にこやかに玄関まで送りだした。そして、門の外に彼女の

伜が消えもしないうちに、奥の間へ駈けこんで、奥さんに当りちらしたものであった。

「わりが漬物臭《くさ》い恰好《かっこう》をしているばっかりに、わしゃいつでも人前で恥ばかかんならん」

またある時、源吉爺さんは三太をそそのかした。

「アコン、旦那に言って山羊《やぎ》というもんを飼って貰いなさらんか。山羊の乳は仰山《ぎょうさん》に滋養があるそうですすど」

しかし、こんどは旦那も爺さんを叱らなかった。

山羊という家畜は、どこか西洋臭くて「ハイカラ」な感じがし、おまけにまだその地方には一匹も飼われていない。源吉爺さんも若い頃、トヨを出品したF市の家畜共進会でたった一度見かけたことがあるのに過ぎない。それが新しもの好きな、旦那の好奇心をゆすぶったのであった。

実際、旦那は新しもの好きである。

まだ旦那が若かった時分、その地方にはオートバイの姿は全く見られなかったが、いちはやく旦那はそれを上方から一台取りよせたものであった。そして、八反《はったん》の着物を着たまま、ゴミ除け眼鏡《めがね》を顔につけ、部落を乗りまわしたものであった。その姿は全く異様であったが、頓着《とんじゃく》するどころではなかった。着物の背を帆のようにふくらまし、白い花が煙ったように連なっている梨畑の間の埃っぽい田舎《いなか》径や、冷たい川風が頰《ほお》に当る長い木橋の上やを得意になって乗りまわしたものであった。

倦《あ》きっぽい旦那は、オートバイは半年もたつと全く見向きもしないようになった。しかし、ゴミ除け眼鏡だけは今尚《いまなお》残っていて、源吉爺さんが水中眼鏡に代用している。夏になると爺さんは、素はだかになって、この眼鏡をかけ、裏の川にもぐるのである。そして、ダグマ蝦《えび》を、忽ちのうちに十四も二十四も、棒杭《ぼうぐい》の間や、筏《いかだ》の蔭でつかまえる。

旦那はまた五六年前、箱になった、自動的な活動写真機を買いこんで、表の椎の樹の蔭にたてて置いた。

穴のなかへ一銭銅貨を入れると、ひとりでにチャップリンの喜劇が覗けるしかけである。機械は今でも古さびた姿でぽつねんと佇んでいるが、奥地から隣り町へ買い物にでかける百姓や、野菜売りは大抵その前まで来ると、脚をとめる。そして、しばらく思案したのちに、漸《ようや》く決心がついたように、懐《ふところ》から紐《ひも》のついた懐中をとりだす。それから銅銭をつまみ出して穴のなかへ入れる。

丁度、感激の最高潮に達した時、呆気なく映画は終ってしまう。すると、百姓は名残《なご》り惜しそうに、箱をガタガタ両手でゆすぶってみたり、箱の裏側へなんということもなしに廻《まわ》ってみたりする。しかし、もう一銭投じない限りは、映画が再び映ることが絶望であることを知ると、しぶしぶあきらめなければならない。百姓たちは急に興奮した顔つきになって、辺りを見廻す。今見た映画の筋や、感想の一端やを、誰かに話すことを思いつくのである。しかし、辺りに誰も人がいないことに気がつくと、再び残念そうに大きな溜息をつく。そして、箱の前をたち去りながら、独り言をいうのである。

「ほんに永《な》が生きしたごとある！」

椎の樹の幹や、葉っぱは夏になると道路の上に、大きな影を落して、天然のビーチパラソルをつくる。そして、パラソルの蔭には、梨売りや、大福餅屋の婆《ばあ》さん達が、小さな店を開くことがある。そして、そういう時、婆さん達は頼まれもしない映画の呼び入れ役を、自分から買って出るのである。

「そこを通る若い衆。ちょっと寄って行きならんか。活動ば見て、梨ば食べれば後生楽《ごしょうらく》じゃがな。夏は冬じゃないがな。日が長いがな」

旦那がこの村の文化に貢献したところを並べたてていては限りがないが、一度などは小学校に音楽隊を寄付したこともあった。

これは比較的最近のことである。学校当局は旦那の厚意を非常に喜んで、先ず音楽隊を組織する条件として、特に袴《はかま》を持っている高等科の児童ばかり六名を選んだ。そして各々に大太鼓や、小太鼓や、喇叭《らっぱ》などを与えて、毎日放課後に練習させた。ただクラリオネットだけは、吹奏が難しい上に、幼い肺臓では呼吸器を傷《そこな》う恐れがある、という校医の意見を尊重して、長友先生に受けもたせた。長友先生は将来は東京に出て、音楽家になりたい野心なのである。

音楽隊が部落を行進する時、村の人気は大変なものである。

例えば郷社の大祭とか、郡の連合会などのために、全校の児童たちが隣り町へ出かける時には、必ずこの音楽隊が行列の先頭にたって歩く習慣である。そのあとから賑かな楽隊の音に脚なみを揃えて、六百十三名の児童が行進する。

行列は先ず村外れの丘の上に在る校門を出発して、土橋をわたる。それから埃っぽい村道を通って、暗い杉林のなかをくぐりぬけ、商家町へとさしかかる。静かな町の空気を震わすように、賑かな楽隊の音が遠くから響いてくると、店々から人々が表へとび出す。そして、行列を迎えて、歓呼の声をあげる。

そういう時、長友先生は、音楽隊の先頭にたって、血色のいい頬を精いっぱいにふくらましながら、クラリオネットを吹いて歩く。先生はそういう時、大抵、紫紺《しこん》色の渋い詰襟の洋服を着ているが、村の女たちの、先生に対する人気は大したものである。肉屋のおかみさんなどは、一度、思わず金切り声をあげてしまい、問題になったことがある。しかし、金切り声をあげる位はまだいい方で、例のお浜などは、一里でも二里でも、跣足《はだし》のまま、うれしそうに行列のあとからついて歩く。

牧の旦那はそれに気がついて近頃では

「音楽隊を寄付したのはいいが、あれでは却《かえ》って子供のためによくないじゃろ」

と、心配しているのである。

三太が子供部屋で積木細工をして遊んでいると、中庭から源吉爺さんの頓狂《とんきょう》な声が聞えてきた。

「アコン、アコン、山羊が着きましたどう」

二三日前、入港した第二海竜丸が、上方から山羊を廻漕《かいそう》してきたのである。

第一、第二の海竜丸は旦那の有《も》ち山や山畑からとれる木炭や米やを、年に一度か二度、上方に運び、帰りには肥料や呉服物など、その地方に無いものを廻漕してくる。それによって旦那は安いコストで木炭や米やを関西地方に売りさばくことができ、帰りには依託された商品の運賃をまるまる儲《もう》けることができる。大変合理的な事業なのである。

第二海竜丸の木山船長は子煩悩《こぼんのう》なくせに子供がない。だからいつも三太のために気をきかして、空気銃や、玩具の自動車や、美しい絵本や、田舎には珍しいものを、必ず一つか二つ積んで帰ることを忘れない。第二海竜丸が入港した、と聞くだけでも、三太は嬉しくて夜も眠れない位になるのが普通である。

裏庭へとびだしてみると、山羊の夫婦は小伝馬船から川岸へあげられ、丁度、裏門から入ってくるところであった。首に綱をつけた牡《お》山羊を木山船長が、牝《め》山羊を仲仕の「ヤの字」が引っぱっている。

まっ黒な羅紗《ラシャ》地の詰襟服を着こんでいる木山船長は、三太を見ると、金モールの徽章《きしょう》がついている制帽を脱いで、微笑を浮べた。色の黒い船長の顔も、帽子に隠されていた額だけは白い。船長は逞《たくま》しそうな、牡山羊をふり返った。

「どうです、アコン。すごい奴《やつ》でしょう。船のなかで暴れて手こずりましたよ」

旦那や、奥さんや、二人の女中や、数名の若い衆たちが、賑かに中庭から現われると、牡山羊は突然気がたったように、猛烈な勢いで、前脚を突ったて、尻ごみして船長を困らせる。

山羊の夫婦は、裏庭の無花果《いちじく》の樹につながれた。

額の汗を大きなタオルで拭いながら、船長が旦那に挨拶している間、三太は母親の腰にまつわりついて、初めて見る家畜を熱心に見つめていた。蹄は石炭のようにまっ黒で、角には美しい縞目があり、外套《がいとう》のように房々した白い毛でおおわれている。

「犬よりか、山羊の方が強かな、お母さん」

騒々しい人声のなかで、牡山羊は、後脚をぽんとはねて逆《さか》だちしたり、首につながれている綱をいっぱいに張って、幹の周囲をぐるぐる駈けまわったりする。三太は土の上にかがんで、両手の拳《こぶし》をつきだし、体いっぱいに力んで号令する。

「もっと走れ、もっと天まではねい」

牡山羊が暴れるたびに、無花果のひろい朽《く》ち葉が、背に散りかかる。牝山羊は青空に頭をむけ、鼻の穴をひろげて「ミイ、ミイ」と哀れな声をだしている。

旦那はひどく満悦な調子で、辺りを見まわした。

「誰か、この元気者と腕角力《ずもう》をとっちみい」

源吉爺さんが、早速、腰にさげていた汚い手拭いで頭に鉢まきし、浮き浮きと前にとびだした。そして、早速、両腕を牡山羊の双《もろ》の角にかけた。しかし、忽ち山羊の猛襲に耐え兼ね、たじたじとなり、よろめいて手をはなした。爺さんは地べたに尻もちをついて見せ、歯のない口をぱくぱくさせながら、みんなの顔をぐるりと見まわした。奥さんや、女中たちがむせる位笑った。

「ヤの字」が得意そうに三太の顔を覗きこむ。

「こ奴は大した力もちじゃから、こんげなヨボヨボが相手になれるもんですかな」

若い衆が順次に敗退して、三人頭をかきかき引きさがったのち、旦那はこんどは三太を前におしだそう、とした。

「お前もやっちみい」

しかし、三太は恥しがって、母親の腰にしがみつき、体をかくしてしまった。間もなくやっぱり三太は皆の前に出て、こわごわと山羊の体にさわってみる。背の毛に触れても、頭を撫《な》でても、山羊はそ知らぬ顔をして、相手にならない。思いきって角をにぎったとたん、牝山羊は「ミイ」と啼いた。びっくりして思わず三太は手をはなす。

肥料小舎の板壁をバックにして、間もなく三坪ほどの檻《おり》がつくられた。

山羊の夫婦はそのなかで、とんぼ返りをうったり、金網に体をすりよせたり、鋭い歯で板や、針金をガリガリ噛《かじ》ったりして、暮している。しかし、時折り牡山羊は檻から外へ滑《す》べり出て、菜園の霜柱をピョンピョン踏みつぶしながら、表の通りへ逃げ出してゆくことがある。そういう時、いつもは物音しない部落に、忽ち雲のような騒ぎが湧きたつ。退屈しきっている部落の老人や、若い者、特に子供たちが、手に手に棒ぎれや、竹竿をもって、面白半分に追いかけ廻すからである。

牡山羊は大抵、狭い露地《ろじ》の奥や、薄暗い瀬戸合いの突き当りで、壁に低く頭をぶっつけながら、慌てふためいて後脚ではねている姿を誰かに発見されるのが常である。そこへ源吉爺さんは息せき切って駈けつける。そして、家出した孫でも発見したように、ほっと安《あん》堵《ど》する。しかし、すぐにむらむらと腹がたってきて、棒ぎれで尻に一撃を喰わす。

「なにが不足で、わりゃ嬶《かかあ》を置き放して、逃げるんか」

しかし、山羊は騒々しい弥次馬《やじうま》たちに、けろりとした顔をふりむける。そして、澄んだ細い眼でささやきかけるのである。

「なあに、腹ごなしに、ちょっと、ひと汗かいただけの話ですさ」

豆腐の粕《かす》と薩摩芋《さつまいも》の蔓《つる》とが、山羊夫妻の大好物である。豆腐の粕はまだ三太が床のなかにいる時分豆腐屋から毎朝一個ずつ規則的に届けてくれる。しかし、薩摩芋の蔓は時折り、誰か若い衆が野良へ行って、買い集めて来なければならない。

豆腐の粕を配達するのは、お浜の任務である。お浜はひどく嬉しそうに、その任務を受けもっている。豆腐屋から少しばかりの賃金が貰えるからでもあるが、それよりか長友先生に会う機会が多くなるからである。

湯気のたっている小さなザルを胸のなかに抱くようにして、お浜はまだ人通りの少い裏の川岸づたいに、旦那の家へ毎朝やってくる。紺絣の着物を引きずりながら、裏門からのっそりと入ってくると、お浜はザルを黙ってぬっと爺さんにさし出す。爺さんは大抵倉庫の扉を開けに廻っているところであるが、ザルを笑いながら受けとると、腰に錠前をじゃらじゃらさせながら、山羊の檻のなかへ入って行く。そして、ふちの欠けた摺鉢《すりばち》のなかへ粕をぶちまける。山羊は「ミイ、ミイ」啼きながら、夫と妻と競争で鉢の中へ頭をつっこむ。そして、忽ちまるで吸いこむように早く、平《たいら》げてしまう。それから、もっとあとが欲しそうに、キョトンとした顔で檻の外を眺める。

檻の外では金網に両手をかけて、お浜がにやにや笑いながら佇んでいるのである。爺さんは檻の外へ出ると、ザルをお浜にかえしながら、おかしなほどしんみりした声でいう。

「わりも、独り身で寂しかじゃろな。魂のなかけだもんでさえ、夫婦《みようと》で仕合《しあ》わせに飯をたべているからな」

相手にかこつけて、爺さんは自分の孤独を嘆きたいのである。檻によりかかったまま、お浜はにやにや笑っているばかりで、返事もしない。

「わりも早くよか婿《むこ》どんを貰うことじゃ。ほんにわしがもう少し若かったらな」

するとお浜ははじめて答える。

「よけいな世話ばやかんでくれなはり。わしにはよか人がいるんじゃから」

お浜ははげしい喰ってかかるような声をだすが、眼だけは善良そうに笑っている。お浜は妙に澄んだ、美しい眼をもっているのである。

朝の散歩に出かける途中、旦那がひょっこり裏庭に姿を現わすこともある。旦那を非常にえらい人である、と思いこんでいるお浜は旦那の姿に気がつくと、まっ赤になってしまう。金網から離れ、お浜は急にそわそわする。そしてだらしなくはだけている襟もとをあわててかき合わせよう、とする。襟もとがあわさると、こんどは裾がたちまちはだけてしまうのだが、それでもお浜はいくらかほっとする。そして、例のにやにや笑いを浮かべながら、土の上と旦那の顔とを見較べるように眺めている。

そういう時、旦那はいつも上機嫌にからかうのが常である。

「お浜、牡《おす》にばかり親切するのでなかど。牝《めす》にもオカラをやってくれよ」

お浜は時折り、ワラビやモチクサなどの季節の野の草を、ひとにぎり持ってきて、源吉爺さんに黙ってぬっとさしだすこともある。爺さんはすると、歯のない歯ぐきをまるだしにして喜びながら、両手で押し戴《いただ》くような真似をして、それを受けとる。孤独な爺さんは、この少しばかり気のおかしい、善良な若い女とむかい合っていると、妙に心がおさまるのである。

晩春の午後、裏庭では旦那が気ぜわしそうに爺さんや、若い衆たちを指図して、小さな祠《ほこら》を荷馬車に積ませていた。

家から一里ばかり離れた、村外れの蜜柑丘《みかん》には旦那の家の氏神様が祭ってある。高さ一間に足りない小さな祠であるが、その前に佇むと、太平洋の海鳴りの音が微《かす》かに聞えてくる。黄色い夏蜜柑の花が、祠の屋根に散りかかる季節になると、一年に一度の氏神様のお祭りがある。その日になると、旦那の家では赤飯の握り飯をつくり、祠にはこんで、集まって来た子供たちに配るしきたりである。そのお祭り日が近づいてきたが、祠が古くなって朽ちているので、新しいのととりかえなければならない。木肌の匂いがぷんぷんする新しい祠が、これから蜜柑畑に運ばれるところであった。

荷馬車の頭にはトヨがつながれている。昔は共進会で、競馬馬《うま》として褒状《ほうじょう》を貰ったこともある彼女も、今では時折りではあるが、荷馬車が必要になると、こうして駄馬として使用されることもあるのである。

蜜柑畑には、源吉爺さんと一緒に三太も行くことになった。座布団の敷いてある窮屈な祠のなかに、爺さんは三太を抱きあげて坐《すわ》らしてくれた。

トヨの手綱は例によって爺さんがにぎり、賑かな声に見送られて、三太の馬車は門を出た。

馬車が町なみを外れて、田圃径にさしかかると、とたんに暖かい風が、むっとするほど菜種の匂いや、黒土の香りやを三太の顔に吹きつけてくる。

「ひとつ、速いところをやらかしますかな」

それまでのんき気そうに鼻唄をうたいながら歩いていた爺さんは、ひらりと身軽そうに御者台にとび乗った。

爺さんはトヨの尻に激しいひとむちをくれる。するとさなきだに菜の花の匂いに興奮していたトヨは、まるで忘れていた若い血が急にたぎりあがってきたかのように、忽ちギャロップの姿勢に移る。小石の多い凸凹《でこぼこ》径に、馬車は騒々しい音をたて、物凄く震動しながら、いっさんに駈けてゆく。黄色い花の穂が三太の眼から後ろへ、後ろへと逃げてゆく。しかし、花の穂は無限に続いていて、遠く遠く霞んだように白雲のなかへ消えている。

菜の花畑では百姓たちが長閑《のどか》そうに野良仕事をしているが、賑やかな車輪の響を耳にすると、仕事をやめて、いちように背のびする。そして、祠のなかに小さな姿で端坐《たんざ》している三太に気がつくと、明るい陽の光りのなかに、まぶしそうに眼を細めて、笑うのである。

「あれ、ほんに小さか生き神さまじゃなあ」

背や袖《そで》に黄色い花びらをつけているお主婦《かみ》さんや、娘たちは花の穂のなかに小腰をかがめ、めいめい両手を合わして、その生き神さまを拝んでくれる。

キラキラする白雲の光りや、強い花の匂いや、はげしい馬車の弾動や、百姓たちの冗談やに、三太は酔っ払ったように上気している。

御者台に三太は話しかける。

「生き神さまてなんかな」

漸く爺さんは手綱をゆるめて、トヨを並足にさせる。トヨは体全体が黒ずんで見える位ぐっしょり汗をかき、苦しそうに大きな息を吐いている。

「人間は死んだら誰でも神さまになりますがな」

爺さんは背で三太に答える。

「アコンは生きているうちに、神さまの家に住みなはったから、即ち生き神さまですがな」

「神さまになったらどうなるかな」

「神さまになったら、独りぼっちでもちっとも寂しゅうなかですがな。いつでも焼酒《しょうちゅう》ばいっぱい引っかけた時と同《お》んなじように、楽しか気もちで居《お》れますがな。人間は悲しかことや、辛《つら》かことばかりじゃが、神さまになれば楽しかことばかりですがな」

爺さんは懐から汚れた手拭いをだして顔をぬぐった。

「源吉爺さんも、死んだらやっぱり神さまになるのかな」

爺さんは嬉しそうに、歯ぐきをまるだしにして、御者台からふり返った。

「なるとも。なるとも。アコン。早う神さまになりたい、と、思う時がありますがな」

畑のところどころには空地があって、そこには薩摩芋の蔓が山のように積まれている。祠のなかから三太はそれを眺め、眺め、体をゆすぶって力んだ。

「トヨよ、走れ、走れ」

家では山羊が咽喉《のど》をならして、待ちあぐんでいる筈である。

三

旦那の家の裏門のすぐ傍らには、胴まわりがふた抱えもあるような、太い、高い、椋《むく》の樹が聳《そび》えている。

初夏の頃になって、枝々いっぱいに青い、かたい、小さな葉が繁ると、この樹には無数の毛虫が棲《す》む。丁度、親指ぐらいもある、大きい、青い、柔かな体をもった虫である。その季節になると、源吉爺さんは仕事の合間をみて、長い物ほし竿をとりだし、二本つないで長くし、空をあおいで梢をたたき、毛虫の群をはたき落す。そして椋の樹の根もとにかがみ込み、石の上で虫の体をたたきつぶすと、中から器用な手つきでてぐす糸をひき抜く。

そのてぐす糸でつくった釣竿をかついで、朝はやくか、夕方、仕事を終ってから、爺さんは裏の川岸へでかける。楽しみの少ない爺さんにとっては、釣が一番の楽しみなのである。

夕方、爺さんが釣にでかける時は、大抵三太がついてゆく。しかし、朝でかける時は、いつもまだ布団のなかで睡《ねむ》っている。そして、豆腐の粕を届けにきたお浜がついてゆくこともある。

川岸にはまだ眠りから醒めないような、伝馬船が一二艘、柳の樹の蔭につないであるばかりで、まだ人影もまばらである。爺さんが伝馬船に乗り移って、静かな流れのなかに釣糸を垂れると、お浜は柳の樹の蔭にかがみこむ。そういう時、爺さんは大抵熱心に川面を覗きこんでいるからいいが、若《も》しふっとお浜の方をふりかえったら、流石《さすが》に面をそむけるにちがいない。お浜は両股を半びらきにして、白い太ももの奥まで覗かせていることがあるからである。しかし、お浜はまるでそういうことには無関心に、じっと釣糸を見つめている。なにか物を見つめている時、お浜の眼はけだものの眼のように光を帯びている。

爺さんはお浜に無駄口をたたく。

「わりゃ、どこでうまれたんけ」

するとお浜はにやにや笑いだして、無愛想に答える。

「わしゃ知らん」

「父《とと》さんはどこに居りゃるのけ」

「知らん」

「姉さんはどこに行きやったのけ」

「知らん」

爺さんの質問にお浜は殆《ほと》んど満足な答をすることがない。しかし、爺さんはこうしてお浜と無駄口をたたいているだけで、まるでほんとうの愛娘《まなむすめ》とむつみあっているように、心が楽しいのである。一丁ばかり下流に高くそそりたっている木橋には、漸く人通りが繁くなり、野菜や木炭やを町へはこぶ駄馬の蹄の音が、橋梁からカッカッとひびきわたってくる。

糸にかかるのは大抵ダグマ蝦《えび》である。ダグマ蝦というのは、親指ぐらいもある大きな体をしていて、強く逞しい鋏《はさみ》をもっている。

携《たずさ》えてきたバケツのなかに、ダグマ蝦を十匹も釣りあげると、爺さんはバケツの水をこぼす。そして、伝馬船から降りて、お浜の眼の前にさしだす。

「遣《や》ろ。帰ち喰《た》びい」

お浜は嬉しそうににやにやしながら、恥しさを知らないもののように、着物の裾をくるりとめくって、爺さんの眼の前にひろげる。その即席の風呂敷のなかに、爺さんはバケツの蝦を全部あけてやる。下腹のところにまるく蝦をつつみこむと、お浜は垢のたまった脛をちらつかせながら、前こごみに泳ぐような恰好で、息をはずませながら、自分の家へ帰ってゆく。

真夏になると、村いっぱいに植わっている椎や樟の葉がのびて、部落のところどころに涼しい、天然のテントを張ってくれる。しかし、樹の隙間《すきま》を洩れて照りつける南国の陽は、猛烈に暑くて、到底、我慢ができない位である。

そういうある日、隣り町の登記所へ行った帰りに、旦那が木橋の上を歩いていると向うから馬力の六やんが荷馬車をひいてやってくるのに出遭《であ》った。六やんは旦那の家へも出入りしていて、時折り木炭を隣村に運ばして貰っているのである。

六やんは旦那に近づいてくると、ひげだらけの顔いっぱいで笑いながら、古い、破れかかった麦稈《むぎわら》帽子を脱いで、挨拶した。そして、なにか重大な話でもあるらしく、馬の手綱を欄干《らんかん》にしばりつけた。

「旦那さん……」

六やんは汗の匂いがぷんぷんするシャツ一枚の体を無遠慮に近づけてくると、まるで耳うちでもするような恰好でひっそりと切りだしてきた。

「お浜にお手がつきましたげなな……」

まぶしい川面の照り返しのなかに、筏《いかだ》がゆるやかに流れてくだるのを旦那は呆んやり眺めおろしていたが、びっくりしたように六やんの顔をふり返った。

「そりゃ、なんのことじゃ」

愚鈍そうに相変らず六やんは、にやにや笑っている。

「お浜がはらんどりますが……。旦那さんがええことなさった、という噂で」

言葉の意味がわかると、旦那は顔いろを変えた。怒りのために体が震えるくらいであった。旦那は「紳士」としてのたしなみを忘れて、六やんに暴力をふるいかねない剣幕を示し、両の拳をしっかり握りしめた。

しかし、旦那は唇《くちびる》をけいれんさしたまま、なんにも言わなかった。そして、呆気にとられている六やんを残したまま、すたすた自分の家へむかって歩きだした。

家へ帰るなり、旦那は外出着の絽《ろ》の羽織を脱ぎもしないで、源吉爺さんを呼びつけた。

「お浜が妊娠している、というのはほんのこっけ」

お浜という言葉を聞くと、爺さんは顔いろを変えた。それから、齢甲斐もなく、臆病そうに震えはじめた。

「明日からお浜を家によせつけることはならんど」

爺さんは頷《うなず》くと、例の不満の時の仕草で、両手で尻を叩きながら、広庭へ戻りかけていたが、又、旦那に呼びとめられた。

「馬力の六も出入りさしとめじゃ」

事件の少いこの村にとっては、お浜が妊娠している、という噂は大きなニュースであったが、このニュースに最も恐慌をきたしたのは、馬力の六やんをはじめ平素、遊び手として定評のある人たちであった。こういう人たちは平素は好色なゴシップに対して、わりに寛大な態度をみせるのが普通であるが、こんどだけは特別であった。相手が相手だけに、さすがにこういう人たちでも、痛くもない腹をさぐられるようなことになっては、心外である、と考えたのであった。

こういう人達は自分に疑いの眼がむけられる前に、いち早くそれとなく他人の名前を暗示して置いて、自分だけでも噂の圏内から逃げだそうと務めた。だから根も葉もない噂の対象に選ばれたのは、牧の旦那の異様な鼻ばかりではなかった。村では眼ぼしい人、例えば村社の神主、収入役、それから長友先生など凡《すべ》て、この不名誉な醜聞《しゅうぶん》の被疑者として、被害を受けねばならなかった。

そして、そういう騒々しい噂のなかを、ひとりお浜だけが、下腹のつき出た、裾のあわない、はっきりと淫《みだ》らな印象を与える異様な姿で、屈託もなく歩きまわっている。

南国の陽が漸く衰えをみせたころ、長友先生が突然代用教員をやめて、出京することになった。若い清純な先生の気もちには、村のこういう淫らな雰囲気は耐えられないところであったが、これを機会に素志《そし》である音楽修業に出たい、と思いたったのであった。

村をはなれて、先生が出発する時には、小学校の児童たちは、列をつくって隣り町まで見送って行った。この時も例の音楽隊は、行列の先頭にたって歩いたが、先生は旅行用のバスケットは子供の一人に預け、自分はいつものようにクラリオネットを吹奏していた。

しかし、先生はよほど悲しかったのであろう。吹奏はこれまで聞いたこともないくらい出来がわるかった。

先生の出京をお浜に知らせないように、豆腐屋の婆さんなどは十分気を配ったものであるが、しかし、どこで聞いたのか、行列が木橋近くまで来た時、結局、お浜は姿を現わしてしまった。そして、遠足などの時のように、垢のたまった脛をちらつかせながら、跣足で行列について歩いた。先生がいよいよ汽車に乗ってしまうと、高等科の女生徒などは、声をあげて泣きだしたが、お浜だけは悲しそうな顔もせず、相変らずにやにや笑いながら、木柵にもたれて、先生を眺めていた。見ている人たちに、それは哀れな、奇妙な感じをあたえた。

まだ日の暮れない秋の夕であった。馬力の六やんは隣り村からの帰り径、千両坂のてっぺんで休んでいた。

坂のてっぺんには一本松が在って、松の樹の下には、石の地蔵さまが祭ってある。六やんはふりのいい、太い松の枝に馬をつなぎ、自分は地蔵さまの前にかがんで、煙草《たばこ》をふかしていた。松の梢では烏《からす》の群が無気味な声で啼きあい、賑かな羽音を時折り、六やんの頭上に落下させている。松の枯れ葉が顔にちりかかる。

間もなく六やんは煙管《キセル》を腰の煙草入れにしまいこみ、背のびしながらたちあがった。そして馬の手綱をほどいたあと、なに気なく坂の下を眺めた。六やんはびっくりした。

お浜の住み家であるトタンぶきのあばら屋から、辺りをうかがうようにして、一人の男が戸外の薄《う》す闇《やみ》のなかに出てきたのである。男はうすら寒げな仕事着のはんてんから、はっきり二本の脛をだしている。男は間もなく坂径をのぼりはじめ、六やんの方に近づいてきたが、袖のなかに両手をつっこみ、すこし猫背で歩いている姿は、まちがいもなく源吉爺さんであった。

この一本松の地蔵さまについては、伝説が残っている。

地蔵さまは昔、O川の上流からこの地方に流れてこられた。流れに浮かんでいる地蔵さまの発見者は同時に二人あった。一人はむかい岸にすんでいる商人で、一人はこの村の百姓の娘であった。二人の間には忽ち拾得権の争いが起きた。両方の岸から、商人と娘とは口汚く罵《ののし》りあっていたが、そのうち地蔵さまはむっくりと川面に起きあがられた。そして、水面をノコノコと娘の方に歩いてこられた。

人情を解されることが深い、というので、この地蔵さまには今もって参詣者がたえない。いつも派手な色の、ま新しい涎《よだ》れかけを、必ず二三枚は胸にあてていられる。村の蓮《はす》っぱな娘たちが、前かけや、羽織裏などのとも*ぎ*れで作っては、人知れずお供《そな》えするからである。

冬近い午後。

三太は久留米絣の八ッ口の間から両手をつっこみ、鉢の開いた頭を前へつんのめりそうにして、裏庭へでてみた。

裏庭には若い衆は誰も居らず、源吉爺さんが独り椋の樹の根もとにかがみこんでいた。丁度、てぐす糸を毛虫からひきぬいている時の恰好である。しかし、もちろん今は青葉の季節ではない。黄ばんだ枯れ葉が、風ふくたびに空たかくまいあがっては、爺さんのしなびた顔に散りかかっている。

「爺さん。源吉爺さん」

三太は呼びかけた。

しかし、爺さんはうつむいたまま、返事もしない。眠り呆《こ》けたのにちがいない、と思って三太は爺さんの肩に手をかけてゆすぶった。すると、爺さんは上体をがっくりと土の上にうつぶせになった。死んでいるのであった！

びっくりして三太は少時《しばらく》は声もなく、爺さんを見つめていたが、間もなく大きな声で泣きだした。三太の泣き声もとどかないような、高い高い紫陽花いろの空には、椋の梢がさむ風にゆすぶられながら、聳えている。そして、その梢を中心として、一羽の鳶《とび》が、翼を動かさないで、大きな円弧を描きながら、ゆるやかにとんでいる。

その鳶の高くはるかな視界のなかには、三太がぽつねんと佇んでいる椎の樹の多い部落や、対岸の静かな町や、それらを包んでいる広い広い田畑や、そのなかを貫通している〇川や、遠い山なみやが一望のなかに眺めわたされる。そして、その眺めは太古からまるで変らなかったかのように、静かで、悠久である。その悠久な自然のなかを、既に神さまになった源吉爺さんの魂は、恐らく今はなんの屈託もなく、風にふかれてさまよい歩いているにちがいない。

早い南国の菜の花が、部落の畑いっぱいに咲きそろった頃、お浜は女の子を産んだ。色のわるい、平べったい顔をした、どこか化物《ばけもの》じみて見える赤ん坊であった。その赤ん坊をお浜ははだけた白い胸のなかにだいて、相変らず、着物の裾をひきずりにやにや笑いながら、跣足で村のなかを歩きまわっていた。赤ん坊の父親は死んだ源吉爺さんであった。しかし村の百姓達は、一本松の地蔵さまかもしれない、と曰《いわ》くありげな含み笑いをしながら噂しあった。

初出：『文學界』一九三八年四月号［発表時作者三〇歳］／底本：『中村地平全集　第一巻』皆美社、一九七一年

第七回芥川賞選評より〔一九三八（昭和一三）年上半期〕

瀧井孝作　中村地平氏の南方郵信は、悠々とのびのびとして、水彩画をみるような色けと詩趣とが佳いと思った。

宇野浩二　この小説には、井伏鱒二の特異な含蓄のあるユウモアを思わせるところもあり、坪田譲治の純情と素朴を思わせるところもあり、林芙美子の初期の作品に見られる抒情と哀愁を思わせるところもあり、（略）作者独特の南国の地方色と情緒が、そこに住む無智で楽天的で然も果無い人生が、心ゆくまで書かれている。（略）今度の芥川賞の候補者から例を上げると、中山、田畑、澁川、伊藤、丸山、一瀬、秋山（略）の小説が大抵この世の住みにくさを住みにくそうに書いているのに、中村の小説は住みにくい世を住み心地よく暮している。

中村地平　なかむら・ちへい

一九〇八（明治四一）～一九六三（昭和三八）年。宮崎県生まれ。台湾の台北高校卒業後、東京帝国大学美学科に進学。学生時代から井伏鱒二に師事し、太宰治らと交わった。卒業後は都新聞社に入社。一九三七年、「土龍どんもぽつくり」で第五回、翌三八年、「南方郵信」で第七回芥川賞候補となる。戦時中は陸軍報道班員としてマレーに滞在。戦後も五〇年に「八年間」で第二四回芥川賞候補になった。宮崎県立図書館長などを経て、父の跡を継ぎ、宮崎相互銀行の社長になったが、病気のため一年で辞任、ほどなく心臓麻痺で死亡した。

隣家の人々

一瀬直行

(一)

二羽の鳩が屋根の上にとまり、白い羽根のまじった方が、もう一羽の鳩の首のまわりや頭のあたりを嘴《くちばし》でつついては、くっくっと鳴いていた。白鬚橋の袂《たもと》の瓦斯《ガス》会社の太い煙突は黒煙をあげ、この狭い路地にまで風になびいて流れ込んで来た。そのたびに鳩の姿は、煙の中にかくれて見えなくなった。

鳩のとまったとたん屋根は赤く錆び、二棟の一端はめくれていた。夏の暑い日ざかりである。

灰色をした鳩は、ときどき仔細ありげに四方を見まわし、少したつと再び身をすりよせ、楽しげにたわむれていた。二羽とも川岸からとんで来たらしい。

そこの屋根は二階建になっているが、表通りの瓦屋根より低く、向う側の平屋の屋根より少し高い位で、一列になった物ほし竿にはぼろきれがつるされ、風にたなびいていた。路地口に立てばほし物の間から青空が仰げた。家並をへだてて、隅田川から夏のうれた空気に涼風をはこんで来た。

鳩のいる亜鉛屋根の下には、熊太郎の一家が住んでいた。一日中、日のあたらぬ路地口から四軒目にあたっていた。今しも熊太郎は外出さきから帰って来、裏口で汗を拭きとると六畳間の時計の下にどっかりあぐらをかき、煙草に火をつけていた。そして今日一日の忙しかったあれこれを思いめぐらしながら、先ず成功の口であったと一人うそぶき、これで久方ぶりに一杯のめると満足げに頰をふくらませていた……。

「ねえ、おかみさん、あの子はまだ人にはなれていないし、今までかまわずに育ったが、これで二、三ヶ月も仕込んでみっちりみがいてごらんなさい。うまく白粉がのって、酒の香が肌にしみ込んで来たら……」

あとは口の中で、「それこそ」といいかけ、勿体振った様子で肉のたるんだ相手の顔を覗き込めば、

「わかったよ。案外いい子になるかもしれない」

といい捨てた女将にも意にかなったらしい。そこをつけ込んでひと膝のり出せば、相手はくるっと向きをかえ、背後の茶簞笥《ちゃだんす》の小抽出しをあけたので、こっちにこの上余分にもらう気がなかっただけ流石に苦労した女だと、思わずお世辞笑いを浮かべ、十円札一枚を

受け取って立ち上がったが、あの時の女将はいつものように金歯も見せずにいた……。

「おい、善太、善太はいないのか」

その時熊太郎は、裏口の共同水道で隣のおかみさんと話込んでいたお民に声をかけた。彼の声が聞きとれなかったとみえ、返事がないので、

「善太はどこへいった。お民は知らないのか」

と、彼は怒りを含めてどなった。

お民は硝子戸から顔だけ向けて、

「わたしもさっきからさがしているんだけれど、遊びに出たきり帰って来ないんだよ」

と、彼女は又首を引込めてしまい、こそこそ語り合う隣近所の噂話と、洗濯物をゆすぐ水音が裏口の方から聞えて来た。

今日は思っていたより余計金になった。長男の善太に小遣をやって喜ばしてやろうと思ったが、いなければあとにしようと、彼はそれっきり黙ってしまった。

じっとしていても汗がにじむ暑い午後である。表通りをトラックが走るたびに床が揺れていた。家の前の路地では近所の子供達に善太の妹光代と、隣の同じ年頃の行夫とが集り、むしろを敷いて遊んでいた。暫く部屋のうちから、子供達を眺めていた熊太郎には、小料理屋の粗末な玄関から奥の間に通され、直ぐうしろにへばり付くようにきちんと坐ったかな枝の姿が浮かんで来た。

いわばかな枝は熊太郎の口車にのせられ、小一時間程郊外電車に乗った小駅の小料理屋に売られていったのだ。うしろで髪の毛を団子のようにまるめ、それが却って年より老けてみせ、変におじける様子もなく、初めて女将に挨拶した時のしめっぽい姿が、哀れにも不憫にも思い出される。娘の光代や隣の行夫よりいくつ年かさになるかしらん。もしかな枝の父が生きていたら、あんなことにならずに続けていた裁縫に通っていられたであろう。が、それはいつもに似合わぬ熊太郎の弱気からであった。

その時部屋からかな枝に席をはずさせ、女将と談合している間も、彼は直ぐ勝手元で働かされている気配を知った。どうやら話がまとまり、さて帰ろうとした時、暫く女将からひまをもらった。そして線路をわたった道を歩きながら、彼はしみじみとした口調で、

「これも死んだお父さんへの唯一つの親孝行になるんだよ。お母さんだって知っての通り体は丈夫な方ではない。それにおまえの弟妹の将来のことも考えてやらなければならない」

と、なだめるようにいいきかせれば、わかったのか、わからないのか、顔色一つ動かさないでいた。

「おまえのように弟妹の多いことも不幸だが、なによりお父さんに早く死にわかれたことが不幸なのだ。だが、世の中にはもっともっと不幸な境遇に悲しんでいる人は多い。そこのところをよくのみ込んでな。辛抱するんだよ」

更に二人は線路に沿ってゆくと、かわいた道が二つにわかれ、広い方へ曲ると右手に蕎麦屋があったので二階へあがった。

かな枝のか細い面だちは色が白い方だが、首筋は垢に汚れていた。それでも親心から新しい銘仙まがいの着物をきて、むっつりと向き合っている姿は可愛らしく、いたいたしくもあった。目の前の蕎麦に箸をつけようともしないので、

「喰べたらどうだね。ここまできたら覚悟をきめなくては駄目だよ。ときどき様子をみに来てあげるから、いいね」

彼は腹にもないことを繰返しながら、生あたたかいビールをのんでいた。そうしていい含めていれば、如何にももっともらしく思われもするが、そらぞらしくもなって来た。要はたんまり金にさえなればよいのだと思い返し、いやがるのを無理に酌をさせてみたら、ビール瓶を両手にささげるぶざまさ、それではいけない。これからおかみさんのいい付けを守って、お酌をする時には、こうするものだと、かな枝の手を持ちかえさせ、教えていた。

「なにかうちにことずけがあるなら、いっておきな。帰ったら、お母さんによくいってあげるから」

それまではろくに口もきかないで、なにを考えているのか、見当もつかなかったかな枝は、しゃんと身をおこして、

「お母さんには心配しないでいて下さい。思ったより楽なことらしいし、きっと辛抱して皆を安心させますからとつたえて下さい」

その時ふんふん聞いていた熊太郎は、この子はどこかでおれを馬鹿にしているのではないかと思った。部屋の隅にはここの子供の勉強机が置いてあり、雑誌がのっていた。彼女が急に立ち上がったので、それを取りにゆくのかと思ったら窓の方へ出て、外を眺めている。

「この町はわりに広いのね」

と、彼とはちぐはぐな気持でいった。ここからは海が見えないが、近いだけに潮の香が涼しい風におくられて来た。

「あすこに見えるのが、駅の側の松の木でしょう。随分大木ねえ」

といったかと思うと空を仰いで一人笑っていた。

彼は足元をすくわれたような気がおき、今までの甘いなさけが、われながらいやになって来た。

要するに金を受け取って女をわたし、たんまり頭をはねた上に礼金をせしめればよいので、柄にもないことに心をくだいたと、十八になったというかな枝のうしろ姿を眺めていた。丈の高い子だけにこれで肉がつけば、女として一人前になるのも早い。その時の肉ずきの豊かさを思うと、少し酔った顔で、

「どおれ、そんな松が見えるかい」
と、窓の手すりに並んで軽く手を肩にまわしたが、少しも驚く様子がなかった。肩を抱いているうち髪の毛に思いがけぬ女の匂いをかぎ、ちょっと慌てたが、急に気をかえると勘定をすませ、外へ出た。

線路に沿うたもとの道を歩き、電柱のかげで立ち小便していたら、郊外電車が地響きをたてて走りすぎた。電車の窓からは日やけした子供の顔が覗いていった。海水浴にいった帰りの客がいっぱいに乗っている。ずっとおくれてあとから来るかな枝は、どうやら一人で泣いているらしい。

表の路地に敷いたむしろの上で今まで遊んでいた子供達の姿が、どこへいったのか、いつの間にか消えていた。熊太郎は家の中からむしろの上に散らばった人形だとか、玩具を眺めていた。どうしたのかと思っていたら、子供達の話声が路地口に聞え、連れ立って帰って来た。それぞれの手には紙袋を一つずつさげている。そしてむしろの上にまるくなって坐り、小さな膝の上に袋をひろげて塩煎餅や安饅頭を取り出し、笑い声を立てて頬ばっていた。

その様子を見ていた彼は、近所に葬式があったのに気付くと、そしらぬ顔をして、
「どこでそんな物をもらって来たのか？」

と、声を荒らげて一同の方をにらんだ。と、子供達は叱られたのかと思い、じっとこっちを見守っていたが、隣家の行夫は、

「お葬式があってもらって来たんだい」

といって、隣の子をつついていた。近頃は葬式を出したあとで子供達に菓子袋をやるのが風習になっていたので、「そおか」と笑ってみせたら、直ぐ光代はほっとしたように、

「電車通りに写真屋があるでしょう。あすこの子が死んだの。今お葬式が出たばかしよ」

といい、それで一同は救われたように元の騒ぎに立ち戻り、盛んに喰べ始めていた。

うまく事が運んだあとで、こんな風になにかと熊太郎が思いまどわされるのは、これまでになかった。野菜を車につんで売り歩いていたのでは、何年たってもしがない暮らしより出来ない。全くもってこれは男の働きによるものだ。ぼろい儲けをしたとしても、悪事をおかしたわけではない。金に困っている相手の相談に乗り、一時娘を金にかえ、一家の急場を救ってやれば、それが元で又もり返すこともあるし、ともかくその場の浮沈からは救われる。長い間手をひろげ、熊太郎の顔を売ることだって、容易なわざではなかったが、こっちから持ってゆく話ならどこでも安心して引き取ってくれる。稼ぎのある女を連れてゆくので女将達には喜ばれている。娘を渡して金になったと、一方から喜ばれれば、妙にけち臭く世間を憚ることはない。あげくのみたい酒はのめるし、遊びたい時には女通いも出来る。全くのところ腕一つ、顔一つで、どう考えても結構ずくめであるのに、一向気が

浮き立たないのは、持たしてやった菓子折を前につつましく揃えたかな枝の手がいけない。二階の窓辺であの手のあたたかさをそっと握ってから、今までおぼえたこともない程気が滅入ってしまう……。

「おいッ！」

突然熊太郎の呼ぶ声に驚いて、裏口で無駄話をしていたお民は、「どうかしたの」と、勝手元から顔をつき出した。と、彼はむずかしい顔をして一方の剝げおちた壁をにらんでいた。

別に用があったわけではなく、咄嗟に出てしまった声のやり場にこまって子供達と同じように紙袋をさげただらしのないお民の姿に、

「なんだ。おまえまでもらって来たのか」

と、苦笑いを浮かべていた。

「隣の子が一度もらったのに、又列に加わったから一つ取り上げて来たのさ」

熊太郎は大きくのびをすると、今日受け取った金の半分をとりあえずかな枝の母親に渡してやろうと考えていた。

「おまえさん、お湯へいっておいでよ。その間に御飯の仕度をしておくから」

隣家のおかみさんは洗濯を終えたらしく、

「物ほしを竿かりますよ」

と、硝子戸の外から声をかけた。そのあとから豆腐屋のラッパの音が路地に入って来、夏の日はかげっていった。

「おっかさん、心配しなくとも大丈夫だよ。かな坊はうまく先方に挨拶をしてくれた。帰りがけには、わたしのことは気にかけないで体を大切にしておくれと、いいつかって来た。あんたもいい娘をもって幸せだよ」

そういって十円札を五枚、おふくろの薄ぎたない手に握らしてやれば、あの小柄で痩せぎすな女は体をのり出して嬉し泣きに泣くであろうと、先ずその前に一杯ひっかけ、それから出かけることにしよう。熊太郎は夕暮れの電車道を向う側へ渡り、タオルを手に隣町の鶴の湯へ出かけていった。

熊太郎の隣家には、虎次郎一家が住んでいた。隣合わせてから十年はたち、それぞれの家になにかおこれば、先ず隣家へいって相談するという風に親戚以上の親しい間柄であった。その反面ことごとに角突き合っていて、仲のよい裏ではたえずいがみ合っていた。子供は子供、女房は女房、そして又虎次郎と熊太郎は、お互いに意見の衝突を繰返していた。

熊太郎の方が虎次郎より身の丈が高く、恰幅がよかった。それにひきかえ虎次郎は矮小で見るから貧相な生れであった。そのことが第一に虎次郎にひけ目を感じさせ、腹の虫がおさまらなかった。それと同じように熊太郎の女房お民は、虎次郎の女房お松よりずんぐりとふとって年より若く見え、まだまだ色気があったが、お松の方は貧乏世帯に痩せがれ、本当の年より老けてみえた。

お松にいわせれば、

「うちのときたら、おたくのように働きがなく、年中貧乏に追いまわされている。そこへゆくとあんたは幸せだ。が、あれでも正直なことが好きで、根は小心なんですよ」

と、亭主のよいところと悪いところを半々にいえば、

「おたくの旦那は、おとなしく親切そうだが、うちのときたら怒りっぽく気ままで困る。が、あれで家内中に不自由はさせておかない。」

と、これ又半々にお民はいっていた。

こんな着物を買って来てくれたのだが柄は似合うだろうか。こんな髪のものを買って来たが、今ははやらないだろうかと、お松の家に虎次郎のいないすきをみて、お民はみせびらかしに半日も喋っていた。そんな時には、亭主の働きのないことをみせつけられたようで、お松はくやしかった。

お民が子供を連れて出かける時、留守中のことを頼むより子供の新しい洋服をみせびらかしに寄ってゆくが、お松は憎らしいやら羨ましいやら、あげく一日中虎次郎をこずきまわし、意気地がないとあたり散らすが、又始った位に腹も立てず、かげに引込みながら今にみているがよい。平常の仕返しをしてやる時がきっと来るに違いなく、そおそお隣にば

かしよいことは続かないと、一人力んでいた。
虎次郎はうすうす野菜をつんであきなっているほかに、若い娘を売りとばしていること
に気付いていたので、
「人はまっとうに暮らしてゆかなければいけない」
と、お松の気のおさまった頃、といてきかせていた。
隣人同志十年以来顔をつき合わせての仲よし、そして又、ことごとにいがみ合い、いき
り立つ仲であった。
丁度熊太郎がかな枝の母親に渡す金を勘定していた時、隣家の虎次郎の家では、いやそ
の床下の穴ぐらでは……。
ふと虎次郎は踵の横が虫にでもさされたようにちくちく痛むのをおぼえ、暗い床下の中
でそっと手をのばして撫でた指を懐中電燈にてらしてみたら、べっとり血が付いていた。
目の前のことに気を奪われているうちなにかにつっかけて切ったらしく、それは焼け土の
中の古釘か、硝子の破片ででもあったらしい。
その場をいい加減にきり上げた虎次郎は、懐中電燈を片手にずっと向うを見渡すと、白
い光りの中にあらわれたのは、便所わきから土台石にはりめぐらした蜘蛛の巣、それが外
部から板の間の隙間を通してもれる薄あかりに映じ出していた。既に台所に続く居間の下
から入口にかけてひと通りは掘り返してしまった。これからさきは、熊太郎の家の三畳間

の床下になり、彼は誰も気付かぬ仕事に胸をおどらせながら掘り続けていた。

そもそもこんなことを最初に発見したのは、大掃除の時であった。彼は女房のお松と小せがれの豊次にせき立てられ、仕方なく床下の掃除にかかった。既に検査ずみの白い紙が門口に張ってあるからには、なにも好き好んで床下にもぐることはないと思ったが、二人におだてられ、シャツ一枚で床下に入った。頭の上に親子して笑う声をききながら、ごみを掃き寄せていたら銅銭らしい真黒になった銭を五六枚拾った。そのまま無雑作にズボンのポケットに入れ、首から頭へ蜘蛛の巣をからげながら這い上がって来た。

虎次郎はひと通り掃除を終え、夕方になってから路地のとっつきにある共同水道の傍で体を拭いたあと、こっそり拾った黒い銭を石の表にすり合わせてみた。口うるさい女房連の立ち去ったあとの隙をねらい、ひょっとしたらうまい儲けになりはしないかと胸をときめかしながら磨いていた。最初の奴は黒く錆びていたのが、次第におちてゆくと、赤い肌が出て来たのにはがっかりした。

二度目のはたしかに重く、黒く錆び付いているものの、こいつは拾いものかもしれないと、滑らかな石の上に二三滴水をたらし、こすり付けていた。真黒だったのが、少しずつ剝げおち、青い錆が浮かんで来た。それを水に流して撫でてみると、悪い手ざわりの筈はなく、繰返しているうちにぴかっと一ヶ所青白く光って来た。どうやら銀貨らしい。

彼は得意の笑みを浮かべながら表通りへととび出していった。わざと一軒の煙草屋を通りこし、二軒目の店にとび込んでバットを買い、つり銭を握った時の気持よさは格別であった。煙草屋の親爺に余計なお世辞をいい、店を出ると相好をくずしてこの重み、この重みと、口の中でつぶやきながら掌のとりまぜたつり銭を心ゆくまで味わっていた。

それからは床下の銀貨あさりを続けて、今日が三度目の成功であった。

あいつは女房に頭があがらぬと、近所の噂が耳に入れば、そんなことはないと力み返るものの、その半分は本当で世間の目は高いと、虎次郎は内心で思う。あいつはいい男だとか、実直な男だとかいわれれば、そんなにいいところがおれにもあるのかと思う。人を愛するより人に愛される側に楽にすごす男だとひとり言をつぶやき、ふと耳のうしろがむず痒いので払いとったら綿のようなすすがくっついていた。

彼は小さな体を折りまげて、床下の土を少しずつ掘りさげていった。見のがしのないように注意をはらい、わきに懐中電燈を置いて掘った土をもむようによくしらべ、金目な物がないのを見きわめると、再び泥をかぶせてから一歩前へ進んで又同じことを繰返していた。焼け瓦だとか、簞笥の環だとか、火にとけた硝子の塊だとか、震災当時そのままの遺物が泥の中から掘り出されていた。

震災の時肉屋の親爺は、欲に目がくらんだために生命を失ったようなものである。裸一つで逃げ出せば、あんなみじめな最後をとげまいとは、当時この界隈のかたりぐさであった。火に追われながら身に付けた荷を少しずつ捨ててゆき、とうとうここまで来て逃げ場を失って焼け死んだ。その時の親爺の焼けただれた死にざまが、今でも彼の眼底に浮かんで来る。当時騒ぎの中に死骸は幾日も放り出されていたが、ある日の午後、戸板ではこばれてゆくのを見た。真黒な牛のように、腹這いになった哀れな大男の悪臭を放つ姿であった。役所の爺さんが、戸板を前と後から支え、一面の焼け野原を遠くはこびさるさまが、あの時の赤い夕陽と共に、遂昨日の出来事のように浮かんで来る。

丁度あの時死んだ場所が、この辺にあたっている筈である。さもなければ、隣家の熊太郎とのさかいあたりになるわけである。当時の噂では腹巻に沢山の金を入れ、身のまわりにも金袋をくくりつけ、その重みの不自由さから逃げ時を見失ったのだ。金を守るように身の下にかばい、うつぶせになって死んでいた。死骸のはこび去られたあとは、当時のどさくさまぎれで、そのままになっている。家主は急いで復興のバラックをたてた。十幾年かたった今日、初めてそれも大掃除という偶然のきっかけから銭を拾いあて、虎次郎の床下掘りが始って、その日だけでも両手に持ちきれぬ獲物をさがしあてていた。

虎次郎の床下と隣家とのさかいは薄い板がはめ込んであり、ちょっと動かしてみたら釘が腐ってするりっとはずれ、土台石の所から身をすり抜けられるだけの隙間があいた。ずっと向う側から懐中電燈で順に照らしてゆくと、土台のはずれた所、蜘蛛の巣のはった箇所、ごみくたのたまった所が、はっきりと映じ出した。自分の縁の下よりむさぐるしく汚れていた。這いずりながらゆくと、ひゃっとする空気が面を撫で、いきなりすすのたかった蜘蛛の巣に頭を突込んでしまった。犬のように顔を撫でまわしながら隣の台所の上げ板の下へ出た。のけぞった上げ板の隙間から薄い光りが幾筋も糸のようにさし込んでいた。

さっきまで路地の外から女房お松と隣家のお民との話声が耳に入っていた。そしてお松の流した洗濯ものの汚水が、低くなった縁の下に流れ込み、彼はじめ付いた所をよけながら掘り返しを続けていた。

やがて頭上にお民のきいろい声がもれて来、歩くたびに上げ板がみしみしときしんでいた。彼は這いつくばりながらお民の直ぐ下にいるということから変な気がおきて、もとの商売の色香を残したお民のあだっぽさに胸をしめ付けられていた。息苦しさにあえぎ、頭を振り上げた拍子にいやという程床板にぶっつけてしまい、はっとして亀の子のように首を引込めてしまった。暫く闇の中で床上の気配をうかがっていたが、どうやら気どられた様子がないので胸を撫でおろしていた。

その時表路地の所が急に騒がしくなった。何ごとかおきたらしい。最初むしろの上で遊んでいた子供達のところから黄色い声がおきた。行夫や隣の光代の声も聞える。路地の中はいっぺんに引繰返り、近くにおきた騒動にざわめき立っていった。

いったい何ごとがおきたのであろう。泥棒でもつかまったのか、火事騒ぎでもあるのか、ただならぬ外の気配に穴ぐらの虎次郎は気が気ではなかった。やがて路地から人々が出はらってしまうと、急にあたりは静まり返った。彼は錆びた指輪を最後の収穫とし、外の騒動に気がもめたので、さかいの隙間から身を横にして抜け出そうと、地面に片手をついた拍子にぐずぐずと土が崩れ、思いもよらぬ深い穴ぐらの中に引繰返り、はっと驚く間もなく頭を下に逆立ってしまった。

暫くは痛さを忘れ、ぽかんとして目をぱちくりさせていた。そこには古井戸があったのだ。一度埋めた土が自然に沈下して、上面だけの土を残し、中は深い窪みになっていたとは知らずに、彼ははまり込んだ。穴の中で一度は尻を立ててしまったが、体をもとに直すと、暗闇の中を手さぐりで懐中電燈や玩具のシャベルをさがし求めていた。

(二)

電車通りを少し入った左側には駄菓子屋があった。店の軒下には映画のポスターがはってあり、夏の間縁台が出ていた。その横には大きなポプラの木がしげっている。その根元に界隈の子供達が集って、この頃はやっているベイ独楽《ごま》遊びを始めていた。そこに熊太郎の長男善太が加わり、今度こそ昨日とられた独楽を酒屋の子から取り返してやろうと勇んでいた。

それに今日は鉄のベイ独楽の底に新しく工夫をこらし、蠟《ろう》をたらした奴をためしてみたかった。ところが、何故か不運にも善太の独楽はいくつか八百屋の小僧にまきあげられてしまった。相手にとられるたびにくやしく、あせればあせる程、失敗に終っていた。かたい紐を独楽の外側に巻きつけ、あき箱にのせた薄いむしろのまるい窪みに投げると、小さなかたい体はお互いにぶっつけ合い、跳ね返し合い、相手が倒れるまで闘争を続けていた。周囲の子供達はそれぞれふた手にわかれ、声援をおくりながら見守っていた。

善太は運がまわって来ないのに気を腐らせ、それに遊びにもあきて来たところへ、突然きあーっという叫び声が聞えた。と、仲間をかきわけ、電車通りへつっ走った。その時である。目の前に一台の自動車がとび跳ねるようにして左へ大きく曲り、あげく地上にひっくり返った。電車通りの一瞬の出来ごとである。

その時の黄色い叫びは、乾物屋の店さきで見ていた若い女の驚きの声であった。善太は突拍子もない惨事にただぽーっと気を奪われ、往来にひっくり返った車体の周囲をまわりまわっていた。

そのうち電車通りの人々がかけ付けて来た。車内から若い女がはい出し、続いて二人も転がり出した。最後の女が一番しっかりしている。運転台からは気を失った男が引きずり出された。周囲にはみるみるうちに人垣がつくられ、驚きのあまり口をきく者もなく、茫然としている一番前に善太は頑張っていた。

誰かが早く病院へ連れてゆけと、どなっていた。女達の腕を両方から抱え、この辺では一軒よりない交番横の外科病院へ連れてゆかれた。路面には血のしたたりがたれている。一番最初にはい出した女は、顔が血にそまっていて一番傷が重いらしく、片足を引きずりながら連れてゆかれた。運転手は一時気を失ったものの、あまり外傷はうけていなく、はげしい衝動のためにおろおろとふるえていた。病院へ続く人達のあとから、善太も興奮しながらついていった。

あんなにもかるがると大きな重い車体が、はずんだあげくひっくり返るものとは、思いもよらぬみごとさであった。あんなに若い女が顔中を血だらけにして、それが三人も連れられてゆくのを見るとは、これ又思いもよらぬ驚きであった。あれもこれも生れて初めてのことで、こんなにも夢中に慌ててしまう自身も、初めての経験のように思われた。惨事の一部始終の顚末を見てとったのは、この善太一人であると思うと、妙に心がはずんできた。こうなったからには、最後のところまで見とどけなければならぬ。善太も悲惨な出来ごとの一役をかっているかのように思い込んでいた。

交番横にある外科病院の玄関前には、人だかりがしてしまい、白い官服の巡査が出たり入ったりしていた。一人の巡査は表口に立ち番をし、往来をふさげてしまう野次馬を追っぱらっていた。あちこちの電柱や店さきに五六人ずつ集り、ここそこささやき合っていた。

三人とも助からないかもしれないという。運転手だけが重傷で客の方はたいしたことはないという。向う側の横町からとび出して来た人をよけそこなって、こんな大事をおこしたという。子供であった、いや年よりであったという。かと思うと、魚屋の自転車であったという。車が古ぼけていた上に運転手が酒に酔っていたという。客の女達は浅草ののみ屋で見たことがあるという。いろいろ取沙汰しているうちに話は、段々大きくなっていった。いちいち聞いて歩いているうちに善太は、皆間違っていると腹のうちで反撥していた。

白ペンキ塗りの三階建の病院の中は、外の騒ぎに反してしずまり返っていた。善太は中の様子が知りたく、人々をおしわけて玄関前に出たが、巡査に追い返されてしまった。横から病院の裏手にまわり、細い路地を入っていったらごみ箱があった。その蓋の上にのり、上部のあいた窓から室内を爪先き立って覗いてみた。丁度そこは治療室になってい、手術台の上には、さっきの若い女が血の気を失って横たわっていた。白いマスクをかけた看護婦が二人、頭髪をほどいているのと、脱脂綿で首筋や腕の血のりを拭いているのと。そのうち女はうーっとうなって苦しそうに顔を横に向けていた。

善太は死んではいなかったと思うと、自分が救われたようにほっと息付き、一層窓ぎわにしがみ付いていていた。壁によった手術台の側では背を向けた医師が硝子瓶を拭いたり、色のついた薬液をそそいだりするのが見えたが、のろ臭い動作に思われて仕方がない。女の苦しみを一刻も早く取りのぞいてやればよいのにと、じれったくなった。やがて落着いた態度でこっちを向いた医者の顔は、よく見かけたことのある髭と赤ら顔、ああ、この人だったのかと思うと、まかせておくのが頼りないような気がして来た。

その時、頭の上で「こらっ！」という声がしたので振り向くと、

「そこにのってはいけない。蓋がこわれてしまうではないか！」

と向い側の親爺の顔が、便所の窓口からどなっていた。なにをいっているんだ。ごみ箱の蓋どころの騒ぎではないと腹が立ったが、もうこれでよいと思うと、もとの電車道の方へひき返していった。

そこではまだひとかたまりになった人達が、それぞれ事件の顚末について語り合っていた。こっちの車道には白墨で円がかかれ、車が急カーブした通りに白線が引いてあった。硝子の破片がとび散り、道のところどころには血を洗い流したあとがあった。人道よりに車体は捨ておかれ、側へいってみると、運転台に鳥打帽子がころがっていた。

深く呼吸をして胸をはれば、身のまわりがもくもくと自然に大きくふくらんでゆくように感じられ、今日の善太は常日頃と違い、こうやって力強く歩いてゆく体内には、一匹の虫がいる。金の虫がいる。金色の虫はつぎからつぎへ考えを大きくのばし、血液と共に体中をへめぐっている。小さな水輪が段々大きく水面をひろがってゆくように、今まで考え及ばなかったことが新しく思いつき、わからずにいたことがはっきりわかって来た。この底知れぬ感動に心と肉体が、すくすくと同時にのびてゆく楽しさを感じた。

善太は家と反対の道を歩いていた。電車道の向う側に話合っている隣家のお松や行夫、母のお民や妹の光代の姿を見かけたが、目に入らぬかのように一人力み返って歩いていた。

最初耳に入った女の驚きの悲しさ。あんな大きな車体がひっくり返った時のみごとさ。車の中から引張り出された若い女の血だらけな顔。真赤に染まった血の匂い。気を失った運転手が正気付いた時の目。病院の窓から自由を失った女が看護婦に着物をぬがしてもらった時の肌の色。白墨によって事件の経過を示す道路のまるい線。血を洗い流した水のあと。運転台で見た鳥打帽子と一箇の燐寸《マッチ》。そしてそれからという風に、生々しい印象が断片的にあらわれ、これまでかたく蓋をされていた秘密が、初めて取りのぞかれたように、無限に考えがひろがってゆくのをおぼえた。と共に、過去において未解のまま残された事柄と結び付き、全く新しい視野がひらけていった。おそろしい程の心の展開と飛躍に圧倒され、ますます彼は上気して得意になっていた。

こんな激情にかられるのは、これまで内心に育っていた未知の世界が、偶然出会った事件によって堰《せき》を切ったのかもしれない。一つの考えを追っているうちに、全然新しい別の考えにおちてゆくのをおぼえた。これまでこんなことはなく、悩まされていた考えが、急にまとまってゆくような気がした。一つの考えを自分の家や隣家のことに当てはめたり、友の身の上に当てはめてゆくと、思いもよらぬ判断がわきおこって来た。どこか人気のない所へゆき、正面からどっとおし寄せるあら波に、こっちからまともにぶつかってゆきたい衝動を善太は抱いた。

千住のガード下をくぐらないで横手から枕木を立てたかこいの中に入り、鉄道線路の堤へ出た。土手の上には四本のレールが銀色に光っていた。線路に沿って歩いてゆくと、目の下には滅多に遊びに来たことのない野原が横たわっていた。線路上から眺めるのは初めてで、つくづくと広い野原を眺めまわしていたが、足元の小石を拾うと、腕に力をため、のり出すようにして投げた。空中に廻転しながら風をきってうなりを生じ、視野の外に小石は消えていった。

土手からかけおりていったら原っぱの一隅に線路工事のかり小屋がたっていた。善太は着物をぬいで猿股一つになると、ぎらぎら光る野原をひとまわり走ってみたくなった。もっともっと体もとなにかにぶっつけ、力の限りをためしてみたくなった。

野原は数千坪からあり、周囲の低地にはとたん屋根と瓦屋根が並んでいた。今きた一方だけが鉄道線路の土手によって弓形に野原は取りかこまれ、樹木一本無かった。

裸の善太は野原を走り出した。はじめのうちは余力をたくわえ、あせらずに走った。原の外側をぐんぐんと次第に速力を増していった。暖風が頬を撫で、足裏に草いきれを感じた。強い日ざしが背に照り付けた。ずっと遠くに視線を据え、体勢を崩さぬように走った。暫く続けると汗が流れ、全身がかっかっとほてり、呼吸がはげしくなった。

彼より丈の高い子が二三人もち竿を持って遊んでいたが、異様な善太の意気込みを見るとやりすごしてから、あいついやにはり切っているなと、囃立《はやし》てていた。走って、走り抜けば、平常の二倍三倍の力が新しくわいて来、身も心も成長するように思った。ひたいからは玉の汗が流れて来、目に入り、口に入った。首を振り立てながら汗を拭き払った。首筋や胸のあたりから流れる玉の汗をみつめ、新しい勇気と気持よい勝利を味っていた。

善太は野原を二周し、根限り走り抜くと、へとへとに疲れた。やがて土手の下にある工事小屋に戻り、体を投げ出すようにして寝ころんでしまった。小屋のかげから夕暮れの風が、ぐったり疲れた全身をここちよく撫でていった。夕日をうけた白い雲が、次第に色を変えていった。雑草をわしつかみに抜き取って口に入れたが、心臓の動悸がはげしく、直ぐ吐き出してしまった。

彼は小屋のわきにぬぎ捨てた着物と帯と下駄の横に、もう一つ得体の知れぬ下駄を発見した。自分の下駄よりひどく汚れているが、同じ黒い鼻緒がすげてあり、しかも片方しかなかった。

ここへ来る時まで憑れた人のように夢中でいたが、原へおりて着物をぬぐ時、手にした片方だけの不思議な下駄に気付いた。

どこから持って来たのであろう。しかも片方だけしかない。これまでのことを順を追って考えてみた。あの時、つまりごみ箱の蓋の上にのって病院の窓から覗いたあの時、懐に入っていた片方の下駄を意識した。何故その時、汚い下駄が懐に入っていたのか。更に考えを追いつめてゆくうちに、

「ふーんっ！」

と、思わず善太はうなった。

ベイ独楽を争っていたら叫び声を聞きつけた。声の方にとび出していったらひっくり返った車体より手前の電車道のレールに下駄が挟まっていた。かけ出しながらのめるようにして、いきなり拾った。そのまま騒動の渦の中を無我夢中でとびまわり、とうとうここまで持って来てしまった。と共に、現場の近くで語っていたこんな話が、今更に思い出された。

「わたしは表通りを店さきで、なんの気なしに見ていたんですよ。あすこに横町があるでしょう。年の頃十位の男の子が、突然走って来たので、危いっと思う瞬間、自動車は子供をよけようと、急に最初こう曲り、ついで人道へとび込むのをよけるために、今度は逆に曲ったと思う間もなく、車体はひっくり返ってしまった。その時には目の前に電車が来ていたので、もしひっくり返らなければ正面衝突はまぬがれないところ。それにしても横町からとび出して来た子は、いったいどこの誰でしょう。いずれにしてもさがし出さなければならない。自動車の前方を横切るなんて乱暴なことですからね。きっと近所の子に相違ありませんよ」

そもそも事件の発端をつくったのは、この下駄にひそんでいる。拾う間もおそれて逃げ出したのであろうが、どこの誰の物であろう。善太は謎の鍵を握った気になり、新しい興味がわいて来た。

かり小屋の日かげがのびてゆき、段々ぼやけて来た。水戸行の列車が地響きをたて、後尾の赤い燈火を残して走っていった。太陽は西に没し、あたりには夕闇が迫って来た。彼の頭の中は次第に冷静を取り戻していった。全身にここちよい疲労が襲いかかって来た。両手を頭の下にかい、あお向けになって思いきり両足を投げ出した。空は刻一刻色を増し、騒ぎからのはげしい感情が次第に薄らぎ、と共に、夕闇の静けさがぐっと身辺に迫って来た。

丁度その時である。背後のかり小屋の中からすすり泣く声が聞えて来た。なにか物に顔をおし当ててむせび泣く声であった。遠く消え入るようになったかと思うと、又ひとしきり悲しさに身悶えている様子であった。

こんな所で何故泣いているのであろう。善太はそっと身をおこし、小屋の裏手へまわり、横手の高窓から薄暗い中を覗いてみた。俯伏せになったまま、息苦しそうに肩をふるわせてい、泣くことにも疲れきった様子であった。顔を向うに向けているので、よくわからないが、自分と同じ年頃にみえた。表の入口にまわってみたら、敷居際に片方の下駄がころがっていた。一瞬彼ははっと胸をつかれた。謎を包んだ下駄と同じである。すべてを読みとった満足に彼は身をふるわせていた。

小屋の片方には古材木と亜鉛板がつんであり、その前にはむしろがつみかさねてあった。下駄のおとし主が目の前に身を投げ出し、泣くことにも疲れている。更に側へ近付いた時、驚いたことに、それは隣家の豊次ではないか。

善太は独楽を争っている時、豊次がうすぼんやり背後から覗いていたのを知っていた。声もかけないで一人帰っていったのも気付いていた。やがてあの騒ぎがおきたのだ。

意外にも隣家の豊次であると知ったら、やさしく慰めてやろうという気になった。豊次は彼の近付くことを気付かぬ様子であった。忍び足で背後に近付いた。と、今までの考えに反し、いきなり馬のりになると、ぎゅっと頸《くび》をしめてしまった。何故手荒なことをするのか、自分にもわからなかった。やわらかい細い頸に善太の腕の力が、自然に加わっていった。既に泣く力さえ失ってしまったとみえ、されるがままになっていたが、身悶えながらも善太の方を見上げていた。赤く泣きはれた目は、うらめしそうにみつめていた。もっともっと痛め付けられることを豊次の目は哀願している。反抗する力も無くなった小さな体を上からぐいぐいおさえ付けていたが、

「きさまがやったんだなっ!」

と、善太はこらえ切れずに浴びせかけ、やがて仁王立ちになった。そしてかまわず蹴り付けようとしたが、

「そうなんだろう!」

と、たたみかけた。豊次は喉のさけるような声で、再び泣き出した。

「もう泣かないで起きろ」

と、彼はどなった。何故もっとやさしく慰めてやらないのか、そう内心で反問しながらも、一方いじめ抜いてやらなければいけないという気が、むらむらとわいて来た。

やがて豊次はふらふらと起きあがり、着物についた藁屑を払いおとすと、うなだれてしまった。

野原の上空には群からおくれた鳥が、二三羽鳴きながらとび去った。遠くの家並には燈火がついていた。

「もしきさまのことを黙っててやれば、どんなことでも、おれのいうことをきくか！」

「うん、どんなことでもきくよ」

「犬になってみろといえば、犬になってみせるか！」

「犬でも猫でも、なんでもなってみせるよ」

二人は原から土手にかかった。善太のあとから豊次は片方はだしでびっこをひきながらついて来た。

「そんならそこで犬の真似をしてみろ」

と、善太は振り返っていった。

豊次は地面に両手をついて這いながら犬の真似をした。嬉しそうに這いまわりながら、善太の方を見て初めて笑顔をつくった。

「今度は犬のように吠えてみろ！」

豊次は吠えてみせようとしたが、声が出なかった。それでも無理に二三回鳴いてみた。その時本当に犬になってしまいたいと、思った。

「もういいから起きろ！」

鉄道線路の土手の上にあがった善太は、ずっと遠くまで見えるレールの光りが薄気味悪く思えた。いたわってやりたいと思いながらいじめ抜く自分が、どうしてもわからなかった。豊次は逃げてしまったあとの騒ぎの様子が、早く知りたい、聞きたいと思ったが、おそろしくもなって善太の顔色ばかりをうかがっていた。

「この下駄をやろうか」

豊次の目の前で善太は、片方の下駄を振りまわしていた。豊次は隠し持っていることを知っていたので、欲しくて欲しくてたまらなかったが、口にはいい出せなかった。黙ったまま頭をさげてうなずき、お世辞笑いを浮かべていた。

「それなら自分で取って来い！」

そういうと、善太は土手の上から下駄を振りあげ、くさむらへ投げた。豊次は夢中で走り出した。その時彼は豊次の肩さきをうしろからどんと突きとばした。はずみをくらって土手の上から下へのめるように倒れ、ころがりながら立ち直ると、くさむらへ分け入った。

勝ちほこったような善太は、

「もっとこっちの方だ！」

といいながら指差していた。

土手に沿うて二階屋が並び、一軒のあけ放った窓からは夕食の膳がみえた。それに続いて亜鉛ばりの倉庫の棟が並んでいた。家並の向うには千住の瓦斯タンクが頭をもたげていた。

豊次は下駄をさがし出し、土手へ戻って来た。両方の足に下駄をはくことの出来た嬉しさ。その時彼の念頭には弟行夫の顔が、父親虎次郎の顔が、そして最後に母親お松の顔がぽっかり浮かんで来た。善太は口笛をふきながら線路上の小石を蹴っていた。

(三)

それから一週間たった午後のこと……。

熊太郎と虎次郎一家の住む路地を出て、一町程いった町はずれに葬儀社があった。葬儀社に隣接した空地には、一人の狂った老婆が楽しげに遊んでいた。老婆は人気のないちょっとした場所を見付けては、いつもこそこそと遊んでいる。人影のない路地とか、お宮の裏手とか、公園の便所わきとかで、気違いらしく口もとに薄笑いを浮かべている。この界隈より他の町へ出たことがなく、狂ったものの底気味悪い目を光らしていた。

空地は十四五坪の狭い場所で、一方には葬儀社の古い花輪が捨ててあり、中程にはどこかの庭石が置きざりにしてあった。

老婆はこの町内でよく見かけた。どこに住んでいて、どうして喰っているのかわからない。この町といえば、毎年夏になると狂人がふえ、年々数が増していった。冬の間彼等はどこへ姿を消してしまうのであろうか。四月の花見どきから夏にかけ、この町を中心にいたる所で彼等の暗い影を見かける。まるで町全体が気を合わせて気違いを養っているかのようにみえる。町の人達と狂人が親しみ合い、体温であたため合っているかのようにみえる。なにより彼等からあまり不幸だとか、みじめだとかを感じない。常に口辺にはにこにこと微笑を浮かべている。常に楽しそうにころころと一人遊んでいる。どこからか喰い物をさがし出し、どこかに一夜の宿をあかしている。狂暴さを感じさせる狂人は殆どいない。若くして生活力を失っているとか、病いもちであるとか、よそ目に気違いとわかる連中である。おとなしく、だらしがなく、意気地がなく、たえずなにかにおびえている。どやしつけられれば、卑屈な笑いを残して逃げてしまう。

去年もうろついていた老婆は、この冬の間、いったいどこでどうすごして来たのか、町の人達は誰も知らない。長い梅雨期に入ったらひょっこり老いた姿をあらわし、夏の間あっちこっちと痩せがれた姿に屈託のない笑いを浮かべ、追いまわされていた。

その時老婆は北向きの空地に前かがみの姿勢で縄遊びをしていた。くたびれてしまうと暫くぽかんとして夏の空を仰いでいた。と、又思い出したかのように一本の細いきたない麻縄を右手に弄び始めた。たとえば目の前にくるくるまわしながらたくみに輪をつくったり、身の周囲に縄をはいずりまわしたり、それだけのことであるが、いつでも同じ動作を繰返していた。縄の廻転が早くなれば、じっとしていられないという風にわけのわからぬことを口の中で呟いていた。

老婆は色あせた袷の男ものを着、木綿の帯をうしろでちょこんと結んでいた。足元には小さな風呂敷包みが置いてあり、去年の夏も持っていた木綿の縞柄である。

平野は風呂の行きがけに老婆の姿を見た。帰りにも一人遊んでいるのを見、空地へ入って庭石に腰かけた。このまままかりている熊太郎の二階へ戻るのは、なんとしても退屈でやりきれない。そこには彼と老婆の二人きりしかいなかった。狂人を珍らしがってたかる人もなく、通り合わせた人達も、又かという風にみていた。夏のだれきった午後の町の一角である。

平野は久しく湯にゆかなかったためか、長湯をしたためか、いやに疲れをおぼえ、ひと休みする気になったが、病後の弱まり加減を見せつけられたようで滅入った。それに例年になくはげしい暑さが続いたせいもあって、体の回復がはかばかしくゆかなかった。

彼は空地の庭石にかけて煙草に火をつけ、暫く老婆の遊びほほけた姿を見ていた。彼女は腕を出して撫でたり、振りまわしたりしている。それを見て自分の痩せ細った腕とくらべてみた。狂人の腕は日にやけて黒く、汚れていた。彼の腕は青白く、肉がおちていた。老婆の腕とくらべて情無く思ったが、元の体に早く戻りたいという意欲が、何故かおこらない。吐息と共に自嘲の念がわいて来た。

ふと老婆を見れば、じっとこっちをみつめている。別にいたずら気はなかったが、白い目をむいて同じようににらんでみた。そして相手の体つきまで真似てみたら、気にくわなかったとみえ、急に縄を握りかえると、地面の上を叩き始めた。狂人は同じ動作を真似られると、腹が立つものらしい。悪いことをしたと思ったが、そのうち相手はけろっとして彼の存在なんか忘れたように又も一人で縄遊びに夢中になっていた。白髪をうしろでたばね、面だちに若い頃の品格が残ってい、そこに昔日の夢がやどっているらしくみえた。

狂人の生活を別に羨ましいとは思わない。いっそ自分も狂ってしまえとは、尚更のこと思わない。かつて一度もそんな考えを抱いたことはない。が、平野の心境は日々広い砂地を当てもなく歩いているような生活であった。人気のない所に二人きりでいるということが、狂人と同じように遊んでいるということが、気楽な思いにさせた。相手が楽しそうな素振りをみせれば、彼の方も心楽しくなって来た。

やがて老婆は、なんのことやらわからぬことを口の中で呟き始めた。そして顎をしゃくるようにして、平野の方を見ながら、ぺろっと赤い舌を出した。もう狂人の真似なんかやるまいと思っていたのが、意外なことにつり込まれたように彼もぺろっと舌を出し、一から十までを早口に数えてみた。と、今度は腹を立てるかわりに、老婆はこっちへ背を向けると笑いころげていた。流石に笑う真似までは出来なかった。

その時直ぐうしろ側で、ぷすっという笑い声が聞えたので振り返ったら隣のさよ子が立っていた。

さよ子は虎次郎の二階をかりてい、平野とは二階同志で隣合わせていた。

「およしなさいよ」

と彼女は顔が合うと、いった。

単に二人は熊太郎と虎次郎の二階で隣合わせているばかりでなく、既に深い間柄であった。そういう仲になってから三月程たっている。

これからさよ子は上野の酒場へ行く途中であった。平野と気違い婆さんが、真剣になれ合っている様子が面白かったので声もかけずに見ていた。おかしいとも、こわいともみられるかけ引きが、思わず足を止めさせた。こんな馬鹿げていることにたわむれている最近の平野の生活を察すれば、余計立ち去りかねていた。これからお店に行くには、時間がおそい。休んでもよかった。それに二三日続いたのみ過ぎの気だるさもあり、彼女は平野を誘うと、上野とは反対の隅田公園に歩き出した。

お店に出て働けば休むよりよいのだが、行かなくてもよい。悪いと知りながらどうでもよい。だいたいこんな風な考え方をするさよ子であった。よければ尚一層のこと、やりとげなければならぬというはり詰めた気持にはなれなかった。いわばありきたりの情熱を失ってしまったさよ子ともいえる。そのくせちょっとした気分のほつれから自分でも制しきれぬ情熱にひたることがあった。酒に酔っている時、童心と遊んでいる時、僅かな衝動から黒い雲を見付けた時、魚の鱗を見た時、今日も今日とて、狂った老婆と平野が舌を出し合う、そのもう一つ裏のことにまで思いを走せると、はげしい感情にむせんでしまった。こんな時が一番さよ子を生き生きと振舞わせ、心のばねがはずんで仕方がなくなる。平野のおどけた心の姿を自分のうちにも新しく見出した喜び、この歪んだ喜びに接すると、目さきが明るく晴れた。二人が深く結ばれたのも、こんなところに理由があった。

二人は隅田川の白鬚橋の袂から橋場、今戸に続く広い通りを歩いていた。公園のプールから帰って来る子供達とすれ違った。川岸の学校の窓は夏休みで皆しまっていた。

平野はさよ子と肩を並べていたが、一度心に喰い付いた老婆の姿がはなれなく、八月の青空が目に痛い程しみた。ふとその時さよ子の耳のうしろに小さな黒子があるのを見付けた。頸筋は化粧やけがして皮膚に光沢がない。十九の時、男と東京へ逃げて来、途中汽車の中で相手が初めて彼女の耳の黒子を見付けたという。それまでは自分でも気付かなかった黒子。狂人に、青空に、そして心に涼風を吹き込んだ黒子を指さきで撫でてみたくなったが、止めていた。田舎から一緒に逃げて来た男とは、東京へ出てから間もなくわかれてしまったと話す。さよ子の方からわかれたのか、男の方で逃げたのか、そこまでは問うてもみなかった。

　さよ子が酒場を渡り歩いて来た女だということは、少し遊んだ男なら直ぐ見わける。酒場に限らなくとも、そうした方面のしみに染まった女だということがわかる。肌にまで夜の色がしみていた。これまで何人かの男に愛撫されて来たことは、皮膚の色がかたってい る。彼女にいわせれば、冷たい心で愛情をうけとめて来たのだから、しんから汚れている ことはないと、体をぞんざいに扱っていた。

　お店で働いた金や男からもらった金は、階下の虎次郎の子供達、時に隣家の熊太郎の子供達にまでわけてしまい、新しい着物を買ってきせたり、玩具を買って来たりして、取っただけの金を使ってしまった。特に身贅沢にして楽しむということがなく、金があれば同僚のために使っていた。肉体同様に金を金と思っていなかった。彼女には一人の弟があり、横須賀で働いているときいているが、別に気にかけている様子もなく、隣合わせてから一度もたずねて来たところを見たことがなかった。

　さよ子にいわせれば、家庭の女になることは辛抱の出来ない暮らしであるといい、一度も将来のことを口にしたことがなかった。相当月々稼ぐのだから、もっとよい場所へ出て身綺麗に暮らしたらよさそうに思えるが、この狭い路地裏がひどく気に入ってしまい、ごみごみした所にごみごみした生活者とすごし、よごれた匂いを嗅ぐことが一番生気のあることであると、彼女はいっていた。

平野は左翼運動に身をゆだね、三年の刑を終えると、胸をわずらってしまった。もともとあった病気が出たまでのことで、根からなおすことにはあきらめを抱いていた。熊太郎の埃っぽい二階の部屋で寝て暮らすこと一年。この頃ようやく外出位出来るようになったのだが、もとのような健康に戻りたいとは、何故か思わない。精神の健康が立ち戻らぬ限り、肉体の健康の回復に心は浮き立たない。そのくせ一方では、最近のはかばかしくない状態をじれったく思う。平常気持の負担ともなっていた。こんな汚れた裏町に生活を送っていれば、健康の回復によくないことは理屈の上でもはっきりしていた。腐った周囲から抜け出すためには、金の問題もあったが、じかにはたらきかける生活意欲さえおこれば、自ずと道はひらかれる筈。健康の回復と同時に精神の回復さえ得られるならば、どんなことでものり越えてゆけるであろう。

さよ子は片方の肘で彼をこずくようにして顔を上げ、ずっと遠くの広い通りの正面にちらっと見える橋を目で指差した。そして頬をふくらましながら嬉しそうに肩をゆすぶっていた。彼も教えられた方向を見たが、別に目に入るものはなかった。どうしてそんなにおかしいのかと、きいてみれば、

「だって、人っ子一人見えないんですもの」

といって、今度はどこがおかしいのかといわんばかりに、むっつり黙ってしまった。

実際は人っ子一人いないわけではなく、遠くに見える交番の横で二人の女の子が遊んで

いる。ただ、さよ子の心の中に人っ子一人影をとどめない一瞬を見出して、そういったのであろう。片側には隅田公園の植込みが続き、正面の今戸橋までが見通せた。二人は左手の入口から公園の中へ入っていった。金網をはったグランドでは野球の試合が始っている。メガホンを手にした応援団が声をからしていた。向うのプールからは飛沫をあげる水音とざわめく声が聞えて来た。川風が涼しく吹き、川の面はにごってみち、日の光りにきらめいていた。

突然さよ子は、

「あの人とわかれてしまったわ。ことによると、今のお店をかえなければならない」

といった。あの人といわれても彼にはよくわからないが、お店の主人の親戚筋にあたる若い材木商であることは、うすうすきいていた。二人の仲がどれだけ深い関係にあるのか、自分からきき出す興味もなく、今日にいたってしまったが、

「ああ、そうなの」

と、彼はあっさりきいていた。

浅草の松屋から隅田川の鉄橋に東武電車が二台連結して走って来た。こっちから見ていると、玩具のような電車にみえた。柵の中に入ってヒマラヤ杉の根元に二人は腰をおろした。右手にはプールの飛込台が頭をもたげていた。

暫く木かげに休んでいたら川風で汗がひっ込んでしまった。彼は芝生に腹這いになって

沢山の大きな蟻が這いずりまわるのを見ていた。掌で芝生を撫でてみたり、指をひろげて芝生の色に浮かしてみたり、ひとかたまりの土を掌にのせてみたりして、遠くすぎ去った心をさぐり当てる気持でいた。土の色にくらべて手の蒼白さをつくづくと感じた。蟻は血の気のない指をつたわって這い上がって来た。右の指さきから左の指さきへ蟻をつたわらしてみた。一匹の蟻を困らし迷わせ抜いたあげく爪で首をちぎってしまった。ごろっと仰向けになると、木の葉を通して青空がまぶしい。目蓋をとじれば、襲いかかって来る青空に恐怖をおぼえた。

さよ子の浴衣の白地が、すっきりとしてなまめかしい。彼女は白いハンカチを下にしき、向う岸の公園を眺めたり、人影のないベンチを岸に沿うて数えてみたりしていた。そのうち彼女の視線は、川岸の柳の下で五六人の子供が遊んでいるのにとまった。

子供達は犬ころのようにたわむれているように見えるが、単に遊んでいるのではなく、お互いに争っているらしい。二つの小さなかたまりは上になり、下になって縺《もつ》れ合っていた。一人の子が逃げ出すとあとを追い、中でも一番大きな子が背後から突き倒したあげく馬のりになった。他の子供達は周囲を取りかこんで見てい、勝ちほこった子に声援を送り、けしかけていた。地面に押し倒された子は、初めのうちこそ抵抗していたが、やがて力もつきてしまい、されるがままになり、苦しさに身悶えていた。馬のりになった子は、相手の両手をねじまげるようにして自分の膝の下に抑え付け、上から頭を地面にこすり付けていた。子供の争いとしては真剣にすぎた。抑えた子の口へ泥をおし込んだかと思うと、今度はいきなり頭をなぐり付けた。周囲の子供達からは、どっと喚声がわきおこった。

暫くさよ子は腰を浮かしてじれていたが、突然立ち上がった。平野には声もかけないで鉄柵をとび越え、子供達の方へつっ走った。その様子を彼は傍で眺めていた。さよ子には子供達の争いがみていられなく、荒らい血が疼き出したに違いない。馬のりになっている子にいきなり体当たりでぶつかっていった。彼女の態度が真剣にすぎ、彼には意外であった。とぼけていることの出来ない真正直さともみえた。彼も腰を上げ、争いの中に近寄った。はねとばされた子は、思いがけぬ若い女のけわしい姿にたじろいでいた。

彼女は俯伏せになった子の肩に手をかけると同時に、

「豊ちゃんじゃないか。こんな乱暴な真似をされて、どうしたというの。さあ、いいから起きなさい！」

階下の豊次が、こんな目にあっていたのかと、一段とあわれみの情がわいて来た。まわりにかたまっている子供達と彼女は、にらみ合うかたちで立ちはだかっていた。

やがて子供達は思いがけない大人の加勢をみて、豊次だけをあとに残し、川岸に沿って逃げていった。遠のくにつれて一様に不逞の態度をあらわした。善太だけは豊次を残してゆくのが気がかりとみえて、

「こっちへ来いよ」

と、遠くから呼んでみた。それだけ一同にいじめられながら、豊次は尚一緒にゆこうとしていた。それをさよ子はとめていた。自動車の事件後、たえず豊次は善太にいじめられていた。ここで一緒に帰らないと、又どんなひどい目にあわされるかもしれないと、豊次は思った。平野は無理に豊次をおさえて水道の所までゆき、丁度お湯の帰りなので、石鹸でもって手を洗い、傷口を洗ってやった。

さよ子はひとり川岸の柵を越え、柳の根元にしゃがんでぼんやり川の流れを眺めていた。こんなことにたかまった自分の姿が、不快でたまらなかった。あの場合の真正直さが、いやでいやで腹が立って来た。

川の面には古下駄や棒ぎれが流れて来た。その間をもまれながら下へ下へと流れてゆく石鹸箱の蓋を眺めていた。そっと彼女が水面に浮かした蓋は、よたよたと段々流れ去っていった。川の中央に石炭を満載した舟が静かにのぼって来た。

この四五日来、豊次はどうかしていると、さよ子は思った。いつも二階の部屋へ上がって来て、ひとりこそこそと隅で遊んでいる。平常こんな風におじけた子ではないので理由がわからなかった。

「豊ちゃんは、この頃どうかしているね」

とたずねても、首を横に振っていた。

「隠していないで話してごらん。誰かにいじめられているんじゃないかい。それとも学校の先生に叱られたの？」

と問いつめても、首を横に振っているじれったさに、

「やっつけられたら、やっつけ返してやるんだよ！」

と、思わずどなってしまった。やっつけられたら、やっつけ返してやる。そんな真似の出来ない彼女は、豊次の小さな心を通して自身にいいきかせているともとれた。

いずれにしても今日この頃の豊次の意気地のないしおれ方には、小さな生命に背負いきれぬおびえを抱いているかにみえた。遂いじらしさに膝に抱けば、嬉しそうに甘えている。可愛さから強く抱けば、子供心に似合わず、犬のように嗅ぎまわっている。懐にそっと手を入れる小さな心の思いがけぬいやらしさにあきれ、小遣をやると階下へ追い返してしまったのも、遂二三日前のことである。そんな風なませた豊次を流れてゆく平野の石鹼箱の蓋と共に彼女は思い出していた。

平野は豊次の手足を拭いてからさよ子をさがしたら、川岸にしょんぼりうずくまっていた。なにをやり出すかもしれないと近寄ってみれば、流れてゆく蓋を指差しながら笑っていた。

三人は豊次を中にして雷門へ出るために隅田公園を抜けていった。と、さよ子は思い出したように、

「これからお店へいってみるわ」

と、突然いい出した。

「だって、もうおそいんじゃないかい」

そんなことかまわないといいおき、彼女は電車通りを向う側へ渡ってしまった。これから豊次を連れて帰るのはおっくうであったが、側からはなれようともしないのをみては不憫になった。二人は浅草の裏手を抜けて帰途についた。


二階がりの六畳の間に蒲団を敷き、腹ん這いになった平野は転向作家の長篇小説を読んでいた。毎晩床に入ってから寝られないままなにか読むのが習慣になっていた。小説の主人公は殆ど作家と同年輩の青年で、平野とも同じ年頃であった。左翼運動に走った者が、如何に現実に悩み多い生活を送らなければならないかということが、主題になっていた。青年が着ている思想の衣をはがしてしまえば、実直で融通のきかない人間の姿に終っていた。作者が渋面をつくっていくら苦悩を訴えても、一片の弱者としか浮き上がって来ない。この若き作者は転向して、けわしい世相を前に精神的な安住の地を求めがたき心境を素直に語っているのだが、遅鈍な悪あがきにしかみられず、却って作家を尻目に現実の複雑さが、皮肉にも浮かんで来る。もっともらしい姿をかまえれば、それだけ独善的に思われ、頁をとじてしまった。

外には風が出たらしく、窓硝子をゆすぶっていた。暗い狭い部屋を見まわして、どこもかしこも雨もりに汚れてしまい、生活のごみくたが放つむせっぽさをおぼえた。まださよ子は店から帰って来ないらしく、隣家の二階は静まり返っていた。隣家といっても板壁がしきってあるだけで、彼女の日常の物音は、そのまま彼の部屋にまで伝わって来た。

路地口の米屋の大きな時計が十二時を打ってからかなりたった。特に今夜は閉めきった部屋がむし暑く寝苦しい……。

階下の連中はどうやら寝付いたらしい。さっきまでものすごく荒れた夫婦喧嘩のもとといえば、このところ熊太郎が夜おそくまでのみ歩くのにお民が癇癪をおこし、帰って来るなり相手の胸ぐらをとらえ、こずき始めた。酒の力も手伝ってお民をはねとばしたら、台所の敷居際にいやという程腰骨をぶっつけ、そのはずみで棚の桶が転がり落ちて子供が目をさまして泣き出した。と、負けてはいないで起き上がったお民は、又も熊太郎にとび付いてどたんばたんの大騒ぎ、毎度のことでなれてはいるというものの、二階に寝ている平野は、地震のおさまるのを待つ心もちで耳をすませていた。

事のおこりといえば、五日前に熊太郎が連れていったさきからかな枝が逃げ帰って来た。あげくおふくろが見なれぬ男と一緒にねじ込んで来た。その日から熊太郎の夜遊びが続いていた。

かな枝は家に帰って来ると、なんとかして欲しいと母親に泣きついた。事情をきいてみれば、最初の話とだいぶ違うのに母親も驚き、たった一人の身うちである死んだ夫の弟を連れ出し、あと始末をつけるために強談判を持ち込んで来た。あてのはずれた熊太郎は、毎夜やけ酒にうさをはらし、女房の機嫌を損じたあげく、今夜の衝突となった……。

それもどうやらおさまったらしく、米屋の時計が一時を打つ頃には、家族の荒らい寝息が二階にまで聞えて来た。

夏のうちの午前一時ともなれば、流石にこの辺も静かになった。吉原帰りの酔いどれが、はやりうたをうたっていったあとには、物音一つ聞えて来ない。風がつのったらしく、軒のめくれた亜鉛板がぱたんぱたん音を立てていた。まだ隣のさよ子は帰って来ない。そのことがこんなにも気にかかるのは初めてのことで、新しい不安でもあった。ちょっと前に路地口の溝板をはずませて帰って来る足音をきいたが、窓下まで来ないうちに消えてしまった。深夜の物売りの笛の音が、風の間に間に遠くから聞えて来た。

同時に転向し、他の社会に入ってぐんぐん頭角をあらわし、現在相当の地位につき、思想を飛び石伝いにゆく無節操にして反省の影一つない友。又一度は転向を表明したもののぐずらぐずらと日を送り、他の社会にも入れずおち込んでゆく友。それなら現在の平野はいずれに属するのか。常に安定を失っているのは、単に病弱からとばかしはいえない。いずれの道が正しいのか。この場合良心的という言葉が浮かんで来たが、魅力ある響きを立てなかった。

熊太郎一家の寝息が廊下から聞えて来る。夫婦喧嘩は夢のように忘れてしまった寝息である。そのうち子供の寝惚ける声がしたかと思うと、誰かが起きた。善太かもしれない。公園からわかれたっきり顔を合わせていないが、子供心に気まずい思いをしているであろう。米屋の時計が大きく二時を打った。まだ隣のさよ子は帰って来ない。

　昨日の夕方二階の窓から路地を見ていたら、隣家の虎次郎が共同水道の傍でひそかになにか洗っていた。よく注意して見たら錆びた銀貨を幾枚も丹念にみがいている。まさか覗かれているとは気がつかない彼は、夢中になっていたが、いったいどこからどうして手に入れたのであろう。虎次郎の日頃といい、熊太郎の一家といい、人々のかげに隠れて奇怪な暮らし方をしている。日かげ者の小心さが、彼には親しめた。世間の片隅で人知れぬ小さな悪事を働き、時に感情をむき出しにして、しかもおびえながら暮らす善良さを思えば、彼のような過去をもつ者にとって一層親しみがわいた。

　表通りから入って来る足音はさよ子だ。溝板をはずませながら帰って来る。あの足どりでは酒に酔っている。ねられないでいる彼は、さっきから彼女の帰って来る気配にばかり気をとられているのを知った。寝ている窓下を通り、隣の台所口があく。内側から鍵をかけている。二言三言話声がかすかにもれて来る。梯子段のきしる音が聞え、電燈の栓をひねった。深夜流行歌のはしくれが無遠慮に聞えて来た。

　机の下からごそごそいう音が聞えて来た。さよ子のうたう声は止んでいる。びくっとして床の中から机の方を覗いてみたら、小さな手箱がひとりでに動いていた。こんな所に鼠が出る筈もない。が、直ぐと音の理由を知った。やがて机の下からは二尺ざしのさきがとび出した。手元に引きよせると、板壁の向うから、

「大丈夫っ？　ええ」

ときくさよ子の声。先方も物さしをはなさないで握っている。それを無理に引きよせると、細い紙きれが付いていて、

「お寿司を買って来たから喰べに来ないか」

と、書いてあった。板壁の節穴から渡された誘いである。

直ぐ行くと、返事を書いてから今夜はどうしてこんなにおそくなったのかと、なじってやろうとしたが思いとどまり、物さしを再び節穴から返した。こんな所からこんな誘いがあったのは今夜が初めてのことで、こんなにうわずった気持になったのも、今夜が初めてのことであった。

普段着をひっかけると、窓から庇ずたいに隣の二階へ渡った。空はいったいに曇って暗く、強い風は雨あしを含んでいた。庇は腐って足もとが危く、深夜に音を立てまいと気をつかいながら渡り、隣の出窓に足をかけて部屋の中を覗いたらさよ子の姿は見当らないで、枕元には竹の皮のお寿司がひろげてあった。

やがて梯子段に足音がして寝巻姿の彼女があらわれ、にっこり笑うと、

「豊次の奴、まだ起きているのよ。どうしたの。寝むれないのときいてやったら、うんと

いうから、お寿司をもっていってやったの」

といって、葡萄酒《ぶどうしゅ》の瓶とコップを持って来た。そして蒲団の上にごろっと横になった。彼も肩をくっつけながら寿司に手をのばした。あまり腹はすいていない。彼の前に酒の酔いを殺しているのがやりきれないという風に、だるい両足をばたばたさせていたが、赤い酒を一口のんでから、彼の口にも無理にコップをあてがっていた。こんな時刻に身をよせて起きているのは、世界中で二人よりいないと思うと、楽しかった。

硝子窓に風が吹きつけ、雨もまじって来たらしい。闇の中で軒の風鈴が、にわかに鳴り出した。

この時平野の心の奥にじーんと鳴り響いてやまぬ悲しみがこみ上げて来た。生れて初めて知る悲しみ、喜びのあまりの悲しみでもあった。どんなことがあっても、さよ子を誰の手にも渡すまい。

一段と雨の音がはげしくなった。風鈴がちぎれるように鳴った。

ふと二人が気付くと、階段の闇の中に豊次の顔があらわれ、直ぐと消えていった。

暴風雨の路地裏に夜あけが、しのびよっていた。

初出：『風土』一九三八年六月号〔発表時作者三四歳〕
底本：『自選創作集　第一巻　隣家の人びと』世界文庫、一九六九年

第七回芥川賞選評より［一九三八（昭和一三）年上半期］

佐藤春夫　先ず第一に一瀬直行君の「隣家の人々」に興味を覚えた。（略）この篇は前半は少々散漫で失望したが終りに近づく程加速度的に感心して来た。少年が出て来てからがすばらしい、おしまいもよかった。人間性に対する興味の持ち方も正しいし、映画で謂うカメラがいいせいで清新なものがあって相当な詩人の散文たるに恥じないが、散文の手心が判らないのか、たどたどしく稚拙の難を免れなかった。（略）その清新な味に未練を持ちながらも捨てる。

宇野浩二　仮りに芥川賞級などというものがあるとすると、今度の候補者の中で、丸山、一瀬、秋山、の三作家の小説は、その級に及んでいるようでもあり、今一と息の所のようでもあり、という程度であろうか。（略）一瀬の「隣家の人々」は「気を落とさずにやれ、気を落とさずにやれ」と声援したい小説であると思われた。

一瀬直行　いちのせ・なおゆき

一九〇四（明治三七）～一九七八（昭和五三）年。東京・浅草生まれ。大正大学を中退し、浅草の瑞泉寺の住職を務めた。一九二六年、詩集『都会の雲』を刊行。三八年に「隣家の人々」で第七回芥川賞候補となる。東京大空襲で東京の下町が焼け野原になってからいち早くバラックを建て、家族とむしろの上で寝起き。戦後は、戦時中の空白をとり戻そうと執筆を再開し、下町に暮らす人々を描いた。著書に『山谷の女たち』や『随筆東京・下町』がある。

俗臭

織田作之助

一

最近児子《にご》政江はパアマネントウェーヴをかけた。目下流行の前髪をピンカールしたあれである。明治三十年生れの、従ってことし四十三歳の政江はそのため一層醜くなった。つまりは、なか〳〵に暴挙であった。

かつて彼女は隆鼻手術をうけたことがある。日本人ばなれする程鼻は高くなったが、眼が釣り上って、容色を増した感が少しも起らなかった許りか、鏡にうつしてみて、まるで自分でもとっつき難い顔になった。三月経って漸くその顔に馴染んで来た頃、鼻の上の蠟がとけ出した。その夏大変憂鬱な想いで暮さねばならなかった。手術料は五百円だったということだ。

僅に、卵巣切開手術や隆鼻手術のような高級な医術に自発的に参加するのには、余程の医学的知識と勇気、英断を要するものだという持論が彼女を慰めた。政江の周囲には予防注射をすら怖れるような見《みっ》ともない人間ばかりが集っている。この事実がいつも政江を必要以上に勇気づけるのだった。無智無学の徒を尻眼に、いわばこの女《ひと》は尖端を切るのである。総て斯様なことは、政江が若い頃、詳しくいえば十八歳から二十一歳までの足掛け四年間、京都医大附属病院で助産婦見習兼看護婦をしていたことゝ関係がある。

看護婦時代、醜聞があった。恋愛という程のものではない。相手は学校出たての若い副手達である。教養ある大学出の青年だから、尊敬の心もあった。いい寄られて抵抗しなかった。いつものことだった。好奇心に富んでいたからである。青年達は、宮川町などの遊廓で遊ぶ金がかなり節約出来た筈だ。それどころか、それよりも得るところがあった位である。一人二人に止まらなかったから、もし美貌だったら、病院内で多少の刃傷沙汰が起ったかも知れぬ。騒がれたという点で、その頃のことは甘い想出となって未だに彼女の胸に残っている。このことが、政江の医学的なものへの憧れの一つの原因といってもよい。

先年、四人の娘を産んで、五人目に跡取りの男子を出産したのを機会に、避妊のため、卵巣切開手術をうけるべく、政江はわざ〳〵京都医大に入院した。が、知り合いの医員は一人も居らず、たった一人、頭の禿に見覚えのある守衛がいた。彼は五円紙幣を無雑作に恵まれて驚き、「あんたはん。えらい出世おしやしたどすな」といった。それで、辛うじて期待が報いられた。あれから二十年経っているのだという感傷よりも、その歳月がもとの助産婦見習を百万長者の奥さんにしてしまったという想いの方が、政江には強かったのだ。知り合いがいなければ、誰がこの事実に驚いてくれるだろうか。

卵巣切開によりほのかに残っている色気を殆んど無くしてしまったが、もと〱彼女は百万長者の御寮さんという肩書の為に幾分損をしているところもある。が、このたびのパアマネントウェーブは彼女の醜貌を決定的にしてしまったと周囲の人々は口喧しく騒いだ。

「娘ももう年頃になったことやさかい、私《わたし》も今までとは交際《つきあ》いが違《ちが》て来まっしゃろ。今まで通り旧弊な髪結うてたら娘の嫁入り先に阿呆にされまんがな。今日日《きょうび》はパアマネントオーの一つ位掛けんことには、良家《ええとこ》の人と交際も出来《でけ》まへんさかいナ。それに、何でんがナ。一ぺん掛けといたら半年は持つゆうことやし、私《わたし》も髪さんで髪結うより安うつく、こない思いましてナ」

と政江はいいふらした。今まで「私《わて》」「私《わて》」と云っていた彼女が、この時打って変った様に「私《わたし》」と上品な云い方を用い出したことは、人々、就中、政江の義妹たちの注目をひいた。この変化は何に原因するのかと考えた揚句、かすかに思い当る節があった。

東京の崎山某という紳士がちかごろ頻繁に東京大阪間を往復して児子《にご》家に出入している。最初崎山は代議士であると誤解されていた。が、違うらしいのだ。どうやら、立候補すらしたこともないというのが本当らしいのである。が兎に角、彼はまるで口笛を吹くような調子で議会政治を論じ、序でに国策の機微にも触れ、いってみれば一角《ひとかど》の政客の風格を身辺に漂わしていた。不思議に、ついぞ名刺というものを出したことがない。このことを一番不満に思ったのは政江の義弟の伝三郎だ。何かにつけて有名無名の士の名刺を頂戴することを商売の秘訣と心得ているのである。かつて崎山と一座した時、伝三郎は例によって、名刺をねだった。

「名刺一つおくなはれな」

「あはゝゝゝ」とその時崎山は大声で笑って、「名刺は持ち合わさんので……」とタバコの空箱の裏に住所氏名を書いて与えた。赤坂区青山町とあるのを見て、伝三郎は、

「あんさん、えらい粋な所《とこ》に住んだはりまんナ。こゝ、これを囲うたアる家と違いまんのか」と小指を出したということだ。赤坂という地名から専ら色町を想像したのであろう。崎山は、その小指を悠然と見下ろし、葉巻をスパ〳〵吸うていた。崎山が煙にむせて少し眉をひそめたのを見て、政江は眉をひそめた。内心義弟の口軽さをとがめたのだ。が、政江もかつて崎山に、

「あんさんらは、何でんナ、青切符が無料《ただ》でおますよって、旅する云うても結構でおますナ」と言ったことがある。代議士でないとすれば崎山といえど汽車の切符が無料である筈はない故、政江の云い方は随分早まったことになる。その時崎山某は、

「いやあ、之は恐縮ですなあ」と苦笑したということだ。確なことを面と向って訊くのも

妙な工合だという遠慮から、崎山の身分に就は総て曖昧のまゝだった。どうでも良かったからである。「東京の人は金も無い癖にえらい威張ったはる」という印象で簡単に片がつくのだ。重要なのは崎山の持って来た話だけだ。――政江の長女千満子《ちまこ》の縁談であろうと人々はにらんだ。その通りだった。政江は極秘にしていたが、人々には、今度の縁談の相手が、某伯爵家の次男で、東京帝大出、高文もパスし、現在内務省計画課の官吏であると、すっかり調べあがっていた。この縁談が成立すれば政江は伯爵家の何かに当る訳だ。「私《あて》」が「私《わたし》」に変り、耳隠しがパアマネントウェーブに成るのも満更不思議ではない――と人々は思い当ったのである。

それにしても不思議なのは、政江が誰にもこの話を云い触らさず、伯爵のハの字もいわなかったことだ。一年前今程良い話といえなかったが、それでも政江の虚栄心を満足さすに足る縁談があった。大阪商工会議員の長男といえば、少くとも大阪で一流だ、とその時政江はすっかり逆上してしまったのだ。それだけに、このたびの彼女の慎重さは注目に価するものがある。あるいは、余りの話の良さに、あらかじめ破談を怖れてのことかと想像された。この前の縁談が破談になった時、誰彼にもいい触らしていたゞけに、随分面目ない想いをした筈なのだ。苦い経験が彼女を慎重にしたのだろう。――それに違いは無かった。が、さすがの彼女も一人位は聴き役が必要であった。女中のお春がさしずめこの役にあずかった。よって、総てはお春の口からもれたのだ。お春の話を聞いた時、人々は即座に、某伯爵家はいわゆる貧乏華族で、千満子の持参金は五万円乃至《ないし》十万円だと、決めてしまった。また、この縁談は成立しないだろうと、簡単に予言した。前のはなしの破談になった原因が原因だからというのである。その当座、いろ〳〵と臆測されたが、就中政江の義弟たちは、政江がもと助産婦をしていたことが忌避されたのだと取沙汰した。その妻たち、即ち、政江の義妹たちは之をきいて非常に喜んだ。夫婦相和した訳だ。義妹たちには、しかし、もう一つの言い分があった。商工会議員の長男なら、千満子の容貌では不足だったろうというのだ。しかし千満子は鼻と背が幾分低いという点を除けば、むしろ美人の方だから、彼女等の言い分は不当であろう。彼女等の夫はそれ〴〵、姪の容貌に就ては大いに弁護するところがあった。

政江は、義弟の一人である千恵造の行状を破談の原因だと思い、自ら信じて疑わなかった。

児子権右衛門を頭に、順に市治郎、まつ枝、伝三郎、千恵造、三亀雄、たみ子の七人きょうだいの中で、千恵造は児子一家の面汚しとされている。穀つぶしの意久地なしというのが定評だ。大変気が弱いということは記憶に止めて置く必要がある。元来彼等きょうだいの出生地、和歌山県有田郡湯浅村（現在湯浅町）は気性の荒いので近村に知られた漁村である。大袈裟にいって、喧嘩と博奕の行われない日はないといった風で、千恵造の様な気の弱い「ぐうたら者」は全く異色なのだ。代々魚問屋で相当な物持ちだったが、父親の代に没落した。原因は博奕と女であった。父親が死んで後に残ったのは、若干の借金と、各々腹ちがいの、二十八が頭、十七歳が末の七人のきょうだいである。一家分散し、彼等は大阪に出て思い〱の自活の道を求めた。権右衛門は沖仲士、市治郎は馬力挽き、伝三郎は寿司屋の出前持、千恵造は代用教員、三亀雄は高利貸の手代、まつ枝、たみ子は女中奉公、いってみればそれ〲に苦難の道だった。大正元年のことだ。翌年まつ枝は好いた男と結婚したが、きょうだいは散り〱ばら〲で、誰一人婚礼の席に呼べなかった。五年後のたみ子の場合も同様であった。が、大正十年、初めて彼等は天王寺区上本町八丁目の権右衛門の家で顔を合わせた。偶然ではない。権右衛門は既に一かどの銅鉄取引商人に出世していたのである。やがて市治郎、伝三郎、三亀雄たちも、兄のお蔭で立派な銅鉄商人となった。が、千恵造はいつまでも権右衛門の家にごろ〱し、帳場に使われていた。他の兄弟の様な、生馬の眼をぬく商魂がなかったのだ。その代り、代用教員をやれるだけあって筆が立った。伝三郎にいわせると、「字のよう書くもんに碌な奴はない」

娶《めと》ったが故あって離婚した。妻の実家が権右衛門と取引して七千円の損害をかけ、権右衛門との間に訴訟が起ったのが原因である。色白の、眼の図抜けて大きな可憐な女だった。しかも東京生れの、言葉使いの歯切れよい、分に過ぎた女房であったが、千恵造は兄の命ずるまゝに従った。破産した実家へ妻を帰らすに就て、彼は全く意久地なく振舞った。暫く経ち、商用で名古屋へ行った時、中村遊廓で、妻の妹に出会った。下ッ端だったが、彼女は蒲田の女優だったのだ。二三度、女中の役で出ているのを見に妻と一緒に常設館に行ったのも、ついこの間の事だ。女郎になっている義妹と床を同じくして一夜を明かした時千恵造が発揮した人間味に就ては記述をさける。大阪に帰ると、彼は道頓堀や千日前のカフェーを飲み歩いた。肺が悪く、一度三合許りの血を吐いたが、翌日もカフェー遊びはかゝさなかった。酔えば女給を相手に何ごとかをぼそ〳〵と愚痴るのだ。毎夜必ずビールを五六本、酒を五六合、チャンポンにのんだ。それ位のんでも大きな声で物もいえぬ程気が優しく、働く女への想いやりもあるようで、あまり好男子《いいおとこ》ではなかったがあちこちでもてた。千日前楽天地（現在歌舞伎座）横町のカフェー喜楽の年増女給とねんごろになり、宝塚旧温泉で関係を結んだ。春美といって二十六歳、かつて某浪花節寄席の持主の妾をしていたことがあり、旦那は南五花街の遊廓で誰知らぬ者のない稀にみる漁色家で、常に春画春本淫具の類を懐中にしている男であると、女は何を思い出したのか何もかも千恵造に打ちあけた。千恵造は唸った。場所が場所だったのだ。たった今先、女は彼に三十六歳で始めて女の身体を知ったかの様な感銘を与えたのである。それに彼女はどちらかといえば、無邪気なところがあるだけにこの打ち明話は単なる閨房の話術を通りこして、千恵造の心に痛くこたえた。彼は便所に立ち、平気や〳〵と呟いた。窓から武庫川の河原が見えた。五月の午後の太陽が輝いていた。この時の千恵造の心理状態は描写に価するものがあるが、こゝではその煩を避ける。直視しがたい様な自分の奇妙な表情を洗面所の鏡にちらりと見て、千恵造は部屋に戻った。彼の顔は苦痛と情慾のために歪んでいた。その後たび〳〵逢引を重ねた揚句、元来心根の優しい春美は、千恵造の情にほだされて、打ちあけるべき最後のものを打ちあけた。彼女は、詳述をはゞかるが、世人の忌み嫌うある種族の一人であったのだ。「私が嫌いにならはったやろ」といって顔すり寄せる女の魅力に抵抗する力は千恵造にはない。何となく悲しい彼はその時自身の不幸を誇張して述べた。虫の鳴き声、青電灯の生駒山の連込宿で、二人はお互いに慰め合ったのである。いってみれば恋愛の条件は揃った。概ね打明け話は恋愛の陰影《いろあい》を濃くするという例に二人の場合もれなかったのだ。二人は結婚した。

政江とその夫権右衛門の許可を得ることは仲々むつかしかった。危く結婚し損うところであった。伝三郎が「好いた同志やないか」と助け船を出した揚句、結局このまま無理に離婚させたことの償いとして許された。割に盛大な婚礼が行われたが、その夜、千恵造は何故かむしろ浮かぬ顔をしていた。宝塚旧温泉できいた女の打ち明話に今更悩んでいたのであろうか。

がともあれ、婚礼の夜の春美こと児子賀来子《かくこ》の著しく化粧栄えのした容貌は、人々を瞠目させ、千恵造は羨望された。伝三郎の言を借りると、千恵造は、「後々《あと》へ別嬪な女子《おなご》をもらって、勝負した（うまくやったという意）」のだ。が、「勝負した」実感が起って来るためには、彼は少くとも俺は勝負したのだと自分にいいきかす必要があった。婚礼の費用はざっと千五百円掛った。

児子家の権式を見せるために少くとも八百円余分の金が費されたのだ。が、そんなに金を掛ける必要は更々になかったと、あとになって人々就中政江は思った。

婚礼の夜から一月《ひとつき》ほど経ったある日、政江は新家庭を訪問した。玄関に出た賀来子の顔を見るなり、「実は賀来子さん、あんたに正直に答えてほしいことがおますねん。女の一生のことですよって、嘘いわんといとくれやすや。あんたの血統のことで一寸人からきいたことがおますねん。あんたのお父さんは——」

終いまでいわさず、賀来子は、

「そうです。そうです」と叫んだ。捨鉢な調子であったから、政江は何かぎょっとした。稍震えた。

「矢っ張りそうでっか。それに違いおまへんな。ほんまにそうでんな。そうでっか。考えさしてもらいまっせ。主人と相談さしてもらいまっせ」

政江は興奮の余り、便通を催した。彼女は急いで帰宅した。その夜権右衛門は政江の口を通し千恵造に賀来子を離縁せよと申しつけた。千恵造ははなはだ煮え切らぬ態度を示した。それでも男かと極言された。が、翌日千恵造は男である所以を示した。千恵造と賀来子は駆落した。伝三郎がそれと知って梅田の駅へかけつけ、餞別に三十円の金を与えた。そのことが知れて、彼は権右衛門から出入を禁止された。

これは伝三郎には相当な打撃だった。もとの寿司屋の出前持ちから今では相当な銅鉄取引商人にはなっているものゝ、彼は酉年生れの派手な性質で金で面を張るのが面白いまゝに浪費が多く、纏った正金がなかったので、一万二万という大きな買ものにはどうしても兄の資本に頼る必要があったからだ。だから、出入禁止をされた彼は屢々《しばしば》末弟の三亀雄に資本の融通をたのんだ。三亀雄はがっちり屋で、自分では貧乏やくといいふらしていたが、ものゝ十万円は貯めているだろうといわれていた。もと高利貸の手代をしていた時の根性が未だに残っていて、彼は兄の伝三郎に日歩三銭の利子をとった。伝三郎は三亀雄のたんげいすべからざる蓄財振りを畏敬していたので、諾々として利子を払ったが、その利子のことで伝三郎の家庭で一寸したいざこざが起ったことがある。伝三郎はその時ひどく妻を折檻した。

「おん者《しゃ》ら（和歌山の方言でお前という意）俺《わし》の兄弟のこと悪う抜かすことないわい」

伝三郎は兄弟想いであった。ともあれ、しかし、出入禁止は痛かった。心配して仲にはいってくれる者もあったが、何分伝三郎が千恵造の駆落をそゝのかしたばかりか、いろく千恵造の肩をもち、彼の弁護をしたということになっているので、勘気はとけなかった。

が、ある日の夕方、伝三郎に出てくれと、呼び捨ての電話が掛り、彼が出てみると、六ケ月振りに聞く権右衛門の声が聞えた。話がある、宅へ来てくれんかとのことで、伝三郎は夕飯もたべず、車を飛ばした。

「兄さんの好物や」と伝三郎が手土産に差出した鮑の雲丹漬を見て、権右衛門は、「贅沢なことするな」といい、そして、「詳しい話は政江がする」と席を立った。政江は敷島三本吸ってから、話の要点に触れた。

「実は千恵さんのことやが、あんた千恵さんの居所知ってるのやろ」

「…………」

伝三郎はあわてゝ坐り直した。座蒲団が半分以上尻からはみ出した。最近、千恵造から彼の所へはじめての便りがあったのだ。千恵造夫婦は京城にいる賀来子の伯父を頼って朝鮮に渡り、今は京城の色町で、「赤玉」という小さな撞球場兼射的場をひらいてさゝやかな暮しをしている、内地とちがい気候が不順で困る、などとあり、この手紙のことは権右衛門の耳にいれぬ様にと念を押してあった。それでなくとも、政江の前で、千恵造の話は鬼門である筈だ。伝三郎はウンともスンともいわず、たゞ曖昧な音を発音した。――が、何のために政江は千恵造の居所をきくのだろう。「あんた、隠さんと正直にいっとくれなはれや」政江の小さな三角型の眼が陰険に光った。正直にいっとくれなはれや、というのは政江の十八番だった。かねぐ〵伝三郎は嫂に頭が上らず、之に抵抗するのは容易でないのだ。

「へえ。――」

ありのまゝに言った。もう一度、一生出入り差止めでも何でもしゃがれと尻をまくった気持だった。この所謂度胸は伝三郎の大いに得意とするところである。酔った時に概ねあらわれるのだが、この時は、この頃頓に増して来た政江の威厳に圧されたのであろう。この度胸に就て一言するならば、例えば好んでやるオイチョ博奕《カブ》に於て、彼の度胸は非常に高いものにつくのだ。これは彼のしば〳〵誇張するところのものだ。博奕での損を大袈裟にいうのを、伝三郎は非常に好むという癖がある。彼は近頃肥満して来て、大旦那の風格があると己惚れているのだった。

さて、その時、政江の顔に微笑が浮ぶに及んで、伝三郎の度胸はやっと報いられた。

――伝三郎がわざ〳〵呼ばれて千恵造のことを訊ねられたのには無論訳があった。その頃、前述の商工会議員の長男との縁談が持ち上っていた。

「千恵さんがあんな女と夫婦やということが知れると聴合せの工合が悪いから」どうしても別れさゝねばならぬと政江は意気ごみ、伝三郎なら、手紙の一本位は来てるし居所は知ってるだろうと推測したのである。

「御尤も」と伝三郎は相鎚打った。内地にいるのなら兎も角、朝鮮にいる男のことが何で縁談のさまたげになるようなどとはこの際いうまじきことである。

「姪の婚礼の邪魔しよる。あいつは社会主義者や」

と伝三郎はいった。この言は仲々政江の気にいった。伝三郎が千恵造の弁護をしているという誤解は之で解けた。出入は完全に許された。この時以後、政江は千恵造のことを話す時、社会主義者という形容詞をつけるのを忘れなかった。

一体に、伝三郎は仲々比喩の才に富んでいて、彼の用語には興味あるものが少くない。例えば、淡白なお菜のことを、「金魚の餌みたいなもん喰わしやがって」、商人の談合のことを、「いちゃ〳〵と○○してけつかる」などは、彼でなくてはの感がある。「社会主義者」というのもこの金魚の餌の類である。

さて、政江の依頼によって、伝三郎が千恵造に離縁勧告の手紙を出すことに話がきまって、この意義ある半年振りの訪問は終った。伝三郎は字が書けぬので、番頭に手紙を代筆させた。社会主義者やと言うたってくれと、伝三郎が念押すと、番頭はその言葉は不穏当だといった。番頭はこの頃男女間の道に分別ついて、千恵造の駆落ちにひそかに同情しているのだ。伝三郎は番頭の言葉をきかなかった。社会主義者という字をいれるのは政江の希望であるからだ。番頭は、社会主義者という字にカッコをつけて、自分の意のあるところを千恵造に伝えようとした。が、結局それは思い過しだった。手紙を見た千恵造は、そのカッコを強調の符号だと思った。だから、あるいは平気で読み流してしまったかも知れないその言葉にひどく拘泥《こだわ》ってしまい、そのため、姪の縁談の邪魔という肝腎の事柄に気をとめなかった。賀来子の方がこの事を気にした。彼女は、自分のために貴方が大事な姪の幸福をさまたげるのなれば、自分は犠牲になるといった。

「どうせ、私は不幸の性来《うまれつき》ですよって、覚悟はしてます」

その心根がいじらしいと思った千恵造は益々賀来子と別れがたく思った。賀来子にはその出生以外に何の欠点もない、その様な女を犠牲にしてまで小生は姪の世間的幸福を願わぬ積りだ、というような意味のことを例の煮え切らぬ調子で返事に書いた。愈々《いよいよ》彼は社会主義的色彩を帯びて来た訳である。

「あいつの為に千満子の縁談は目茶苦茶になるやろ」

と政江は叫んだ。果して彼女の予言の通り、破談になったのは前述の通りだ。その原因に就て、いろ〳〵取沙汰があったのも前に書いた。千恵造のことが原因だという政江の言い分は、何かこじつけめいているが、周囲の人々は承認せざるを得なかった。が、真相をいうと、見合の時に、新郎たるべき人が、千満子に就てははなはだ滑稽な印象を感じたのが原因だ。

見合は、千満子のお琴の会という名目で行われた。会場の北陽演舞場で振袖姿の千満子が師匠と連奏するのを、新郎たるべき人が鑑賞したのである。彼は、師匠の悠然たる態度に比べて、千満子が終始醜いまでに緊張し赧面《たんめん》しているのを見て、自分が赧面している様な錯覚を感じた。総てこのことが原因である。彼はその後、ルンバ踊りの名手といわれたあるレヴューガールと結婚したということである。

余談であるが、このお琴の会で政江が費った金は少く見積って三千円と噂された。政江母娘の衣裳だけでも千五百円出入りの呉服屋に支払ったと、義妹たちは口喧しかった。この呉服屋は児子家へ出入するだけで、娘を女学校へ通わせている。政江には四人の娘があり、最近彼女たちの正月の晴着を収めてたんまりもうけた呉服屋は、この正月には一家総出で白浜温泉へ出掛けようと思っている。児子家では、この正月から年始の客に酒肴を出しても良いということになった。S銀行上本町支店から児子権右衛門預金元利決算報告書が来て、権右衛門の預金が百万円に達したことが分ったからである。

二

振袖が襖の隙間から覗いたかと思うと、千満子、春子、信子、寿《ひさ》子の順に部屋にはいって来た。正月の晴着だった。

「いよう！　皆揃うたな。女《めん》ばっかり並びくさって、こら、カフェーやな。おん者《しゃ》らカフェーの女給《ボーイ》や。お父さんに酌せエよ。」

権右衛門は泪を流さんばかりに上機嫌だ。今年から元旦には訪問客に酒を出すことになり、「まあ、一つやっとくなはれ」と朝から客の相手をして来たので、大分廻っているのである。

「まあ、いやなお父さん」

振袖の中に顔を埋めたのを見て政江は権右衛門の下品な言葉使いをたしなめねばならぬと思った。娘たちの縁談の手前もある。一座している者が内輪の者ばかりでよかったものがこれが若し……が、今は黙っていることにした。一度だけだが、酔うている権右衛門に抗ってひどい目に会うた経験がある。

「おん者《しや》ら、一ちょう浪花節掛けエ！　虎造の森の石松やぜ。虎造はよう読みよる。何《な》んしょ、彼《てき》は声が良えさかいな」

大阪弁に紀州弁がまじっている。言葉も内容も娘たちの気にいる筈がない。浪花節なんか下品やわと内心皆思う。代弁者はいつも信子だ。十七歳、眼鏡を掛けている。かねぐ〵

「眼鏡は高慢たれや」と定評があるのだ。高慢たれの所以を今も発揮しないでおかれようか。

「私《うち》はリストのハンガリアンラプソディ掛けようと思ってんのよ。浪花節なんか下品やわ」

大阪弁と東京弁。

「さあ、掛けて来ようっと」信子が立上ったのを機会《しお》に、姉妹はぞろ〵と部屋を出て行った。政江は千満子の帯を直してやった。

「何んや、高慢たれやがって！　あんなピアノなんか何良《なな》えんなら！　ピン〵、ポロン〵大体政江！　おん者《しや》があんなもん習わせるのがいかへんのや！」

政江を除き、人々は総て同感であった。政江は一寸ふくれた。人々は酒の味がよくなったと思うのだった。市治郎夫婦、伝三郎夫婦、三亀雄、もと雇人であった春松が一座していたが、就中春松は一番酒がうまいと思った。彼は政江に押しつけられて、児子家の女中を嫁にしたが、その嫁が何かにつけて政江の指図をうけて威張り散らすので、亭主の威光が少しもないという理由で、政江を恨んでいるのだった。外にも恨む理由はある。が目下は専らそれだ。その嫁が今臨月で今日は来ていないということも酒の味に関係がある。三亀雄の妻は先刻一寸顔を出したゞけで、乳飲児があるというのを口実にさっさと引き上げていた。この事は一寸政江の機嫌を損じた。かね〳〵三亀雄の妻が良家《ええとこ》の出であるという理由からか頭が高いということに政江は不満を感じているのだった。が、三亀雄の妻は良家の娘ではあるが、実は養女であって、本当は誰の、どこの馬の骨の子か分らぬ私生児なのだ、という噂を耳にした時、だから政江は喜びの余りひどくそわ〳〵したものである。

「そうは兄やんの云う通りにも行かんがな、この節は矢っ張り何んやナ、ピアノの一つ位は習わさんことにゃ……」

と言ったものがある。三亀雄だ。政江の機嫌をとる事に敏感なのだ。三亀雄の声は普段もそうだが、殊にこういう場合、いわゆる含み声で、黄色いという形容詞が適わしい。蓄膿をわずらったことがある。夢々感じの良い声とはいえなかったが、このときの政江の耳には大変快かった。三亀雄の妻の早引けは帳消しになった。

「謹聴々々」

伝三郎の妻だ。権右衛門の浪花節が始ったので——。

伝三郎の妻は痩形でどこか影の薄い感じのする顔立ちだが、どちらかといえば陽気好きである。昔流行った小唄を口ずさむ外は、余りパッとしないがのっぺりとした美男子の活動俳優の写真《プロマイド》を集めるのが唯一の趣味である。その癖活動には行ったこともない。伝三郎がやらさないのだ。先頃伝三郎の家で女中を雇ったが、直ぐ暇をとった。彼女の様な働き者の主婦の下ではかえって居辛いのだ。女中は暇をとる時、こゝの奥さんは何が楽しみで生きているのかと泣いた。伝三郎が極道者で彼女は十五年間泣かされて来た。そんなこと権右衛門は知らない訳でなかったが、未だ一度も面と向って慰めもしなかった。かねぐ気にしているのだ。権右衛門は伝三郎に金を貸す時、お前に貸すのでない、お初つぁんに貸すのだといつもいう。初乃という名である。権右衛門はいわば初乃に眼を掛けてやっているのだ。初乃が居なければ伝三郎の家は目茶苦茶だと権右衛門は常にいってるのだが、之は大体当っている。

今も、権右衛門は、初乃の、右肩をぐいと下げて謹聴している姿を見ると、伝三郎奴とふと思うのだ。

「宜ろしおまんなあ。嫂さん」

伝三郎の妻は傍の市治郎の妻にそういった。ぽかんとしていた市治郎の妻は、あわてゝお国訛りで、

「はあ、ほんまにそうのし。良えのし」といい、まるで伝三郎の妻に謝っているかの様に

ぺこりと頭を下げた。この女《ひと》は大変いんぎんな態度の女である。この女《ひと》が挨拶をする時の時間の永さと馬鹿丁寧さにはいつも伝三郎の妻は困るのである。が、伝三郎の妻もその都度、相手に負けぬ程丁寧に挨拶するのだった。今も、伝三郎の妻は何ということもなしにぺこりと頭を下げねばならなかった。市治郎の妻が両手を膝の上に重ね直すのを見ると、伝三郎の妻は襟元を直し、裾をひっぱって威儀を正す。この女達《ひと》はいわばお互いのエチケットに夢中で、権右衛門の浪花節は碌にきかなかった。が、終って、一番先きに拍手したのはこの二人だった。

拍手されて権右衛門は照れた。

「いやあ。こらえらい恥さらしやな」

そう言って頭のてっぺんをかく権右衛門の姿は仲々愛嬌がある。三十六歳で始めて一万円貯めた時に生やした口髭は彼の威厳に非常に関係あるものだが、この時はむしろ好色的にすら見えた。

「三味線《しやみ》が無いでな。さっぱりどうも」ふと思いついた様に、「どや、皆《みな》で一丁散財に行こら。お初つぁん。お前も一緒に来ィな」

「へえ〳〵。お伴さしてもらいまっせ」

いうだけは云ったが、初乃は、権右衛門は大変酔っていると思った。人々は顔見合せた。

「おやっさん。本当《ほんま》だっかいな」

今晩女郎買いに行く事に決めていた春松はその事を一寸念頭においていった。女郎買いに就て権右衛門に一つの逸話があるのを春松は想い出した。——大分以前のことだが、権右衛門、伝三郎、三亀雄、春松の四人が商用で東京へ出掛けたことがある。東京の商人を軽蔑している彼等は従って銀座へも行かなかった。東京の商人とは、権右衛門一流の意見によると、——東京の工場で作った例えば機械なら機械を彼等は東京で買う事が出来ない。機械は全部大阪の商人の手を経なければ彼等の手にはいらぬのだ。東京の工場から大阪の商人へ、大阪の商人から東京の商人へ、その間には沢山の運賃と口銭が機械に掛かる。何故こうなるかといえば、東京の商人は目下三つの需要があれば三つだけ工場に注文するが、大阪の商人は三つの需要しかないのに十の注文をする。工場が製作品を全部大阪の商人に売りつける所以だ。東京の商人は向う先が見えない。——というのである。又銀座の商売人は殆んど資本を大阪の商人に借りているではないか。で、彼等は銀座へも行かなかった。が夜になると、伝三郎、三亀雄、春松の三人が、「さあ、之から東京の芸者を抱きに行《い》こら」と権右衛門を誘った。「わしは宿で寝てる」三人は出掛けた。翌朝彼等が千東町から帰ってみると、権右衛門は居なかった。女中に聞くと、昨夜三人が出掛けた後でこっそり外出されましたとのことで、てっきり吉原か玉の井辺りへ出掛けたのだろうと推測された。果して、権右衛門は眠そうな照れ臭そうな顔で帰って来た。皆んなと一緒に行けば権右衛門が勘定を払わねばならぬ、それを嫌ってこそ〱と一人で安女郎を買いに行ったのであろうと、三人の意見だった。

就中伝三郎はこの意見を強調した。というのはその頃こんなことがあった。伝三郎が権右衛門から借りた九百円の金をいつまでも返済せず、うやむやにしていた。権右衛門は伝三郎が近頃七百円もする土佐犬を飼い、おまけに闘犬に勝ったといっては犬の鎖や土俵入りの横綱に大枚の金を使ってるときいて業を煮やし、内容証明書を伝三郎に送った。伝三郎は蒼くなって、電話の名儀を他人名儀にしたりして権右衛門の差押えにそなえた。

ある日、権右衛門は高利貸の如き折鞄をもって伝三郎の家へやって来た。丁度伝三郎は人眼に立つ所、即ち家の前で土佐犬の身体を洗ってやっていた。「馬鹿奴が！」権右衛門はバケツを蹴り倒した。愛犬は権右衛門にかみつこうとした。権右衛門は犬の吠声を後に逃げて帰った。あとで、伝三郎は無理矢理に九百円なにがしの金を払わされた。そんなことがあったのだ。が、伝三郎は今はその意見を撤回している。あれは権右衛門が身を以て贅沢するなと教えてくれたのであると思う様にしているのだ。近頃彼は何かにつけて権右衛門の処世術を見習わねばならぬと思っている。漸く二万円の貯金が出来たので、急に浪費癖が収り銀行利子の勘定が何より面白くなって来ているのだ。

――さて、春松は、

「おやっさん、本当《ほんま》でっか」

といって、まさかとは思いながら、ひょっと権右衛門が破目を外して芸者遊びをするところを見たらどんなに痛快だろうと期待した。鼻たれ小僧の時から使われて、権右衛門《おやっさん》のためには随分危い橋も渡って来た春松なのだ。権右衛門のことを想う念は一番強いともいえる。それだけに権右衛門の裸を見たがるのだった。が、彼の期待は次の権右衛門の一言で簡単に裏切られた。

「正月は芸妓《げいこ》の花代が倍や。祝儀もいる」以下云々。

伝三郎が呑み過ぎて胸が苦しいといったので、初乃は塩水を取りに行った。この家の台所の勝手は詳しい。時々手伝わされたことがあるのだ。台所にナマコの置いてあるのが眼についた。初乃は、皆んなが先刻から数の子ばかりを酒の肴にしていたのをちらと想い出したので、ナマコの三杯酢をこしらえたら喜ぶだろうと思った。伝三郎にのますべき塩水のことが一寸忘れられた。――

「良え物がおました」

ナマコの皿を持って部屋に戻ると、伝三郎が、

「何をさらしてた、今迄。廻しの女郎《おやま》みたいに出て行ったら一寸やそこらで帰って来ん」

「…………」

弁解しようと思ったが初乃は止した。伝三郎は少し耳が遠いので、納得させるには大声を出さねばならぬ。叱られて大声でもない訳だ。

「後家の婆みたいにこせ〳〵出しゃばんな。大体、おん者《しゃ》は――」

胸が苦しくなったので、伝三郎は小言《こごと》は後廻しにして反吐を吐きに便所に立った。初乃がペタ〳〵後に随いて行った。

ピアノの音がしている。政江は、音で千満子だと分った。眼を細めた。伯爵家との縁談もそろ〳〵本調子に成りかけている。正月というものは何となく良いものだと思った。ふと、千恵造の事が頭に浮んだ。伝三郎夫婦が部屋に戻って来たのを機会《しお》に政江は切り出した。

「ほんまに、何でんな、こないして、兄弟が集ってお正月するいうのは良いもんでんな」

「そうやのし。何が良えちゅうたかてのし。兄弟が仲良うお酒のんでお正月出来《でけ》るちゅうのが一番《いっち》良えのし」

市治郎の妻が一つ〳〵のしに力をいれていった。初乃もほゞ同様の事をいった。男たちもそれ〴〵短い言葉でそれに賛意を表し、酒をのんだ。政江の順番だ。

「之で、朝鮮にいる千恵さんさえ居てくれたら皆揃うた言うことになりまんのにナ」

権右衛門の盃に酒をつぎ、こぼれたのを拭布《ふきん》でふきながら、さり気なく言った。

「それを言いなはんな」

反響の無い筈はないのだ。政江は花道より本舞台にさし掛ったという可きだ。

「いゝえ。言わしてもらいまっせ。私は何《なんに》も義理の弟さんの悪口いいたいことはソラおまへん。おまへんけどでんな。現在血を分けた姪の……」あとは聞く迄もないことである。現在血を分けた姪の結婚の邪魔を千恵造がしている。尤もだ。が、聞いていて権右衛門は何かぐいと癪にさわって来た。——正月早々持ち出す可き話ではない。一体に、この前の縁談はとも角、今度の伯爵家との縁談は気にそぐわぬ。釣り合わぬというのでない。伯爵が何であろう。千恵造のこと位で破談にする様な権式など、ありがたくも怖くもないし、性にも合わぬ。商売人の娘は商売人に貰ってもらえばいゝのだ。いっそ厚子《あつし》を着た商売人に娘をやれとそう政江に言ってやろうか。あんたは娘の身になって考えないと来るだろうな。が、商売人ほど良いものがあろうか。現に商売人なればこそ此のわしは百万円の金をこの腕で作ったのだ。——以上が、政江の話をきいている時権右衛門が考えたことの概要である。考えることにより、権右衛門は怒りを押えていたのだ。政江にいってやるべきいろ〳〵な言葉を思い付くことによって、辛うじて癇癪を押えていた訳である。殊に最後の「百万円」を考え付くことはこの際、大変効果的だった。

政江はくど〳〵と千恵造達の離婚の必要を説いた。が誰も返答らしいものを言わなかった。この人達は薄情だと政江は思った。彼女だけが娘のことを心配しているのである。娘程可愛いゝものがあろうか。政江は再び同じことを飽きもせずに繰り返えすのだ。熱心の余りいいすぎたと思った彼女は、

「何も私は義弟さんのこと悪《わる》いう積りやおまへん」

と最後に附け加えた。前後二回いわれたので、この言葉は権右衛門の注意を引いた。なるほど、千恵造は血を分けた弟であったのだ。この想いは、他の弟たちの前であるだけに

一層権右衛門の心を動かした。酒の勢いも手伝って、権右衛門の声は乱暴に高くなった。

「おん者らわしの兄弟のこと悪う抜かす権利がないわい。千恵造がいかん言うようなとこイ何も娘《おなご》をやらんでもえゝ。厚子を着た商売人なら千恵造とも珍宝とも、ギャア〳〵いわんやろ。商売人にやったらいゝ。商売人ほど――」

以下、先刻考えた文句である。政江は後の方がもう耳にはいらなかった。政江は娘のために泣いた。何という親であろう。夫のために泣いた。この人はこんな無茶をいう人ではなかった。が、彼女は自分の為に一層多く泣いた。権利という言葉がこたえたのだ。

「私に何で権利がおまへんのです?」

泣き叫んだ姿を見て、人々は今後政江がヒステリーだといえる事を一寸喜んだ。

「まあ〳〵嫂さん」

「兄さん、あんたも」

仲裁する人はいずれも幸福な顔付きであった。この母がこんなに憎まれていると知ったら娘たちは何と思うだろうか。娘たちにはその理由は分らぬだろう。が、理由は簡単だ。夫権右衛門を百万長者にした内助の功績の上に余りにどっかりと腰を据え過ぎたからだ。権右衛門は金をつくるのが目的だったが、政江はその後のことが目的だった。男と女の野心の相違である。わけても上品たる可き女がどっかりと座るなどとは、何れ人の眼によくは見えないのだ。

権右衛門は政江を撲った。ざっと十何年か振りである。春松などは微笑を禁じ得なかった。

「おん者らに何権利《なな》があるんなら、千恵造のことが気に喰わんなら、わしの弟のことが気に喰わんなら、さっさと出て行ってもらおう」

「あっ」という様《ざま》、政江は身震いを始めた。彼女の様子は正視するに忍びないものがあった。大袈裟にいうと、ウェーヴした髪の毛が更に大きく波打った。こういう言葉に経験の多い伝三郎の妻は、こういう時政江がどんな態度を示すか見物《みもの》であると固唾をのんだ。市治郎の妻は、政江を慰めるために今日一日を費す腹をきめた。男たちは、権右衛門の顔を頼もしげに見上げた。就中、市治郎、伝三郎、三亀雄にとっては、問題は自分らの弟の事である。兄弟愛の発露を控目にしてよいということはないのだ。春松は、権右衛門《おやっさん》なるかなと思った。之まで権右衛門が政江の尻に敷かれていることを大変不満に思っていたのだ。尻に敷かれていればこそ金も出来るのだ、との処世術など彼の与り知らぬ所である。

政江は何ごとかを叫びながら部屋を出て行った。やがて彼女が娘達に言ってるらしい声が聞えて来た。

「皆んな、良う聞いとくれや。お母さんが今お父さんに如何《どな》いいわれたか、聞いとくれ。お前達は皆女子《おなご》や。女子は嫁に行ったら弱いもんやぜ。お母さんが良え手本や。私は出て行け言われたよって出て行きます。皆んなはお母さんと一緒に行くか、それとも、此処に居るか。えゝ？　如何《どな》いする？」

伝三郎の妻はさすがに政江を賢明だと思った。彼女は自分に子供の出来ぬのを今更ながら悲しく思った。娘達は、返答の仕様がなかったから、母親を連れてぞろ〳〵部屋に戻って来た。

その時、もう権右衛門の姿は部屋に見えない。さすがに娘の手前恥しかったのか、家を飛び出して、憂鬱な散歩を始めていた。

残された人々はこの場を収拾しなければならぬ。さしずめ年長者の市治郎に先ず発言権が与えられた。が、彼は恐しく無口な人である。市治郎の妻はしきりに夫の脇腹の辺りを小突くのだが、彼は瞑想に耽っていた。言うべき言葉を探しているのだ。歯がゆい程である。が、かつて彼の無口な性質が非常に珍重されたことがある。——五年許《ばかり》以前のことだが、某官省の不用銅鉄品払下げの見積の時、市治郎が贈賄の嫌疑で拘引されたことがある。このことには権右衛門も三亀雄も関係無しとはいえなかった。否、この取引で最も儲けたのはこの二人であったから、彼等は蒼くなった。伝三郎の家に集り毎晩徹宵で協議をこらした。噂によれば、市治郎はひどい○○に掛けられているとのことだ。しかも彼にはいい逃れる術が無いでもなかった。二人の名を出せばよいのだ。彼等は市治郎の無口な性質と、もと荷車挽きをしていた彼の頑強な身体を唯一の頼みにした。市治郎は、自分には娘が一人しか無い、権右衛門には四人の娘があり、三亀雄には良家の出の嫁があると毎夜留置場で呟いていた。指が千切れてもと歯を喰いしばった。期待にそむかなかった訳である。刑を終え帰って来た時、市治郎は権右衛門、三亀雄の顔を見るなり言った。

「悪いことするなら、一人やぞ」無口者の雄弁とでもいう可きか。以後、二人は市治郎に頭が上がらぬのだ。――市治郎が哀れな政江の身の上に就て漸く意見が纏り掛けた時、しびれを切らした伝三郎が口をひらいた。……伝三郎の饒舌をこゝに写す必要があろうか。彼の家庭では月に二三度出て行け騒ぎがある。一々気にしていてはやり切れぬのか、嫁さんはその都度いたって平気な顔で、出て行けという彼の言葉を受け流す。「出て行け」と、いうのは、いわば男の口癖だ。現に彼の家では結婚して一月も経たぬ内に、最初の「出て行け」があった。が、もうかれこれ十三年何とかかんとか言いながら連れ添うている。結婚したのは、たしか伝三郎が二十七歳、初乃が十八歳。昔は女は早く結婚したものだ。十九が年廻り悪いので、十八で結婚したのだ、が、その頃は十七位で結婚したのがいくらもある。そう言えば、彼には十六で既に女があった。……果てしがなかった。昔話が始って、一座の空気が少し和いだ。が、政江の心は収らなかった。伝三郎と権右衛門は違う。彼の「出て行け」は彼女の記憶する限り、最初のものだ。権右衛門は伝三郎の様に出駄羅目をいう人ではない。……権右衛門の比類なき堅固な意志に就て政江は大いに喋った。人々は謹んできいた。が、喋りながら彼女は不安であった。何れは戻って来るにしても、権右衛門はどんな顔をして、どんな事を言うであろうか。再び出て行けというだろうか。何としたものであろう……。

日が暮れて、彼は帰って来た。政江は出来るだけ、いわゆる「背を向ける態度」を示したが、しかし、権右衛門の眼尻に皺が寄っているのを見ては、さすがに、ほっとした気持を隠し得なかった。権右衛門は上機嫌と思われる声で、「新世界の十銭屋へ行って来ちゃんよ。十銭屋が一番《いっち》良えわ」

十銭屋とは、入場料十銭の漫才小屋のことである。正月の物日《もんび》で満員の客に押されて漫才をきゝながら時間を費していたとは、如何にもうなずける事だが、彼の機嫌の良さは些か意外だった。所詮、人々には計り知れぬ権右衛門の心中だ。彼は、幕合いにラムネをのもうと思い、人ごみの中で背のびをして売子を呼んだ。が、売子は仲々やって来なかった。「御免やっしゃ」と人ごみをかきわけて、売子の方に行こうとした途端に誰かの足を踏みつけた。「こら！　気ィつけ！　不注意者《よんぼり》！」「えらい済んまへん」「済まんで済む思てけつかんのか！」「へえ」権右衛門は五度も六度も頭を下げねばならなかった。相手は、職人風の男で、その暮し振りを察するに、その日暮し以上を出ないと見えた。頭を下げながら、権右衛門の頭に、百万円が想い浮ぶ様では、彼は只の人間だといわれても仕方がない。大袈裟にいって、彼はその時、百万円を捨てる覚悟をした。以下はその時の決心を披瀝した言葉である。

――「皆聞いてくれ。わしは百万円を無いもんと思うた。例の一件をやることにした」

年の暮に、彼のところへ、長崎県五島沖合にある沈没汽船売り込みがあった。引揚げ操作は難業で、悪く行けば投資金丸損とされているのだ。それをやろうというのである。人々は膝を寄せた。

「ラムネのみながら考えたこっちゃが――」と権右衛門は、万一の場合を顧みてこの際児子兄弟合資会社を設立しようといった。後顧の憂いがあっては一か八かの勝負は出来ぬ。それに、毛利元就の教訓。

「千恵造も仲間にしてやれ」

この一言は、政江の口元をほころばせた。千恵造を内地に呼び戻すには、無論賀来子離縁のことが交換条件になる筈との言外の意味を読んだからである。序に、政江の方の離縁は沙汰止みになった。彼女はこゝを先途と喋り立て、「万が一のこともおまっさかい……」権右衛門名儀の預金中、十五万円を政江、十万円を千満子名儀にして置くことの有利さを権右衛門に納得させた。先程の「出て行け」騒ぎが想いつかせた、之はいわば彼女の身分保証令である。その雄弁の間に、然る可き人が千恵造を迎えに渡鮮する必要ありと附け加えることも忘れなかった。

その夜、政江は権右衛門に寝酒を出し、その中へ久振りに媚薬を混入した。市治郎は妻と別れて、「芝居裏」で泊った。春松は「芝居裏」は好かぬといって、飛田の遊廓へ行った。伝三郎は自宅で博奕をした。連中に出す酒肴の世話で、伝三郎の妻は徹宵し、時々居眠りをして負けた伝三郎に叱られた。三亀雄もその博奕に加っていたが、途中で勝逃げし、道頓堀のグランドカフェーに出掛けた。そこのナンバーワンのメリーという女を彼は月六十円で世話しているのだった。メリーは仲々いゝ体を持ってるが、狡い。屢々病気の口実を以て、彼を避ける、のは未だ我慢出来るとして、(何故なら彼女も全然男嫌いではないのだから――)時々約束の手渡し以外にせびるのだ。この暮にも、姫路にいる母親が病気で見舞いに行くから、旅費にと四十円無心された。値切って二十五円持たしてやったが、その後会っていない。正月だから帰っている筈だと、カフェーに出掛けたのだ。が、居ない。朋輩のいうところでは、

「見合いに姫路に帰らはったいうことやわ」

見舞いと見合いと何んぼう違いくさるかと三亀雄は腹立った。博奕で二百円もうけたことを想い出して一寸心が慰《なぐさま》った。児子家の娘達は、安らかに寝た。寝る前に、皆、オリーブ油を顔につけた。ニキビの出ている寿子だけは、アストリンゼントをつけた。

三

その元旦の夜、権右衛門夫婦はいつ迄も眼覚めていた。

権右衛門が便所に立つと、政江はその後に随き従い、権右衛門の手に手洗水を掛けた。月が凍っている様に白かった。

「こら、どうも。大きに、御苦労はん」

権右衛門は内心照れて言ったが、彼の言葉は照れてる様には聞えぬ。政江にとって頼もしい所以である。手洗水を掛けるために便所の外で待っているなぞ、ついぞした事がなかった。婦人雑誌で学んだことである。その応用が、この様に自然に運ぶことは、彼女の趣味に適っているのだ。意識的に示す媚態で赧《あか》くなったりするのは自他ともに嫌いである。また、助産婦見習時代から今日まで左様なことはなかった。権右衛門が又、彼女の媚態にはにかむ様な人でない。いわば堂々とそれを受ける、その態度も政江の心に適っている。例えば新婚初夜に於ける権右衛門の態度だ。床入りの盃が済んだ後、権右衛門は厳然として、言った。

「わしの様な者の所へ縁あってとはいいながら、よく来て呉れた。いま、わしは六百円しか財産がない。わしは、どうしても十万円の金を作ってみせる。その為には、どんな苦労もいとわぬし、また贅沢もせぬ積りだ。わしには四人の弟と二人の妹がある。一家の兄としてわしはこの目的を抱いた。お前もこのわしの目的をよくのみこんで、どうか、わしが目的を遂げられる様気張《きば》ってくれ」

その時彼女は両手をついて、

「よく言ってくれました。どうか、あなたはその目的を遂げて、立派に男として成功して下さい。私も児子家に来たからは、及ばずながら児子家の家長としてのあなたの目的をお助けいたします」

といったと、その後、屢々義妹たちに話した。無論、これはその時の二人の言葉通りではない。が、人々に話すにはこの様にいわば文章化さす方が少くとも政江には好ましい。だから、今も、政江が、部屋に戻り権右衛門と並んで寝ながら、ふとその時のことを回想した時、頭に浮ぶのは、この文章化した言葉であって、決してごた〳〵した紀州訛のある方ではなかった。「十万円貯めてから後百万円出来るまでより、六百円の金から十万円こしらえる迄が苦労やった」とその後、屢々政江が人に語るその十万円貯める迄の苦心を彼女は回想した。ふと、権右衛門を見ると、彼も何か回想に耽っている様だった。想いは同じだと政江は何か愉しい気持で、炬燵《こたつ》の上に足を伸ばした。その為には、権右衛門の足に触れる必要があった。

権右衛門はしかし、往時を回想しているとはいえ、政江と同じ六百円から十万円貯めるまでの径路ではなく、無一文から六百円作るまでの、いってみれば、政江と結婚する迄のことを回想していたのだ。政江の足が触れた時、彼は、こともあろうに、若い日の恋人の事を考えていたのである。花子のことだ。

道頓堀、太佐衛門橋の橋上であった。その日は、父の歿《ぼっ》後、和歌山県湯浅村の故郷を後に、きょうだい散り〳〵に自活の道を求めて上阪してから丁度十日目だった。職を探すべく千日前の安宿に泊っている内に、所持金を費い果して、その日は朝から何もたべていない。道頓堀川の泥水に川添いの青楼の灯が漸く映る黄昏時のわびしさを頼りなく腹に感じて、ぼんやり橋に凭《もた》れかゝっていると、柔く肩をたゝいた者がある。振りかえって、アッ！　咄嗟に逃げようとした。逃げるんかのし、あんたは。紀州訛だが、いや、そのために一層妙になまめいて、忘れもせぬ、それは十日前故郷を出る時お互い別れを告げるのに随分手間の掛った居酒屋の花子だ。（現在その女の本当の名を忘れているのだが、想い出す都度簡単に花子だとしている）あの時、一緒に連れてくれいうたのに、のし、どない思て連れてくれなかっちゃんならと、彼女は並んで歩き出すと、言った。後を追うて大阪に来た、探すのに苦労した、今はこの辺りの料亭にいる。誘惑が多いが、あんたに実をつくして、身固くしている。収入《み》りがかなりあるから、二人で暮せぬことはない。あんたが働かんでもよい、私が養ってあげる。――ふん〳〵と聞いていたが、急にパッと駆け出した。道頓堀の雑閙《ざっとう》をおしのけ、戎橋を渡り、心斎橋筋の方を走った。今の自分に女は助け舟だが土左衛門みたいに助けてもらって男が立とうか。土左衛門なら浮びもするが、俺は一生浮び上れなくなるのだ。権さん〳〵とよぶ花子の声に未練を感じたが、俺は十万円作るのだと、スリの様に未練を切って、雑閙の中を逃げた。（これらの表現は、権右衛門が屢々人に話す時の表現による）その夜、無料宿泊所のない時代（大正元年）のこと故、天王寺公園のベンチで、太左衛門橋で会った花子のことを悲しく想い出しながら一夜を明し、夜が明けると、川口の沖仲仕に雇われた。紀州沖はどこかと海の彼方をじっと見つめては歯をくいしばり、黙々として骨身惜しまず働いている姿を変ってると思ったか、主人が訊ねて、もとは魚問屋の坊《ぼん》ぼんであると分ると、可哀想だと、帳場に使ってくれた。お前《ま》はんは帳面付けする様な人ではないという定評が与えられた。如何にも、自分はこんな事をする気はない。月々定まった安月給に甘んでいて出世の見込みがあろうか、商売《あきない》をするんだと、暇をとった。

一月分の給料十円を資本に冷やしあめの露店商人となった。下寺町の坂の真中に台車を出し、エー冷やこうて甘い一杯五厘！　と不気味な声でどなった。最初の一日は寄って来た客が百十三人、中で二杯三杯のんだ客もあって、正味一円二十銭の売上げで日が暮れ、一升ばかり品物が残って夏のこととて腐敗した。氷三貫目代の損であった。翌日から夜店にも出て、三十銭の儲がある様になった。十日程経った頃だったろうか、千日前のお午《うま》の夜店で、夜店外れの薄暗い場所に、しかもカーバイト代を節約した一層薄暗い店を張っていると、おっさん一杯くれと若い男が前に立った。聞き覚えのある疳高いかすれ声に、おやっと、暗がりにすかして見ると、果して、弟の伝三郎であった。赤ん坊の時鼻が高くなる様にと父親が暇さえあれば鼻梁をつまみあげていたので、目立って節が高くなっている伝三郎の鼻の辺りをなつかしげに見た。伝三郎も兄と知って、兄《にい》やんと二十二の年に似合わぬ心細い声をあげて、眼に泪を浮べた。聞いてみると大阪へ来ると直ぐ板屋橋の寿司屋の出前持ちになったが、耳が遠くて注文先からの電話がよく聞きとれぬから商売の邪魔だと、今朝暇を出され、一日中千日前、新世界界隈の口入屋を覗きまわって板場の口を探していたが見つからず、途方に暮れていたところだという。話している内に道頓堀の芝居小屋のハネになり、丁度そこは朝日座の楽屋裏の前だったもの故、七八人一時に客が寄って来たのを機会《しお》に、暫く客の絶間がなかった。伝三郎もぽかんともしていられず、おっさん一杯といわれると、低声《こごえ》でヘイと返事し、兄の手つきを見習って、コップにあめを盛った。

翌日から、二人で店を張る様になった。儲けが少いし、二人掛りでする程でもないと、冷やしあめの車、道具を売り払った金で、夏向きの扇子を松屋町筋の問屋から仕入れ、それを並べて店を張ることにした。品物がら、若い女の客が少からず、殊に溝ノ川、お午《うま》など色町近くの夜店では、十六歳から女を追いかけた見栄坊のこと故伝三郎は顔がさすとて、恥しがり、明らかに夜店出しを嫌う風であった、のをたしなめて、板場なんかに雇われて人に頭の上らぬことするより、よしんば夜店出しにせよ自分の腕一本で独立商《ひとりあきない》をする方が何んぼうましか、人間人に使われる様な根性で出世出来るかと、いいきかせた。持論である。

半月も経った頃だったろうか、確か上塩町の一六の夜店の時だった。人の出盛る頃に運悪い夕立が来て、売物の扇子を濡らしてはと慌てゝしまいこみ、大風呂敷を背負ったまゝあるしもたやの軒先に雨宿りした、が、何の因果かそこは妹のまつ枝が女中奉公している家だった。どうしてそうと知ったのか今は忘れた。がとにかく、何ヶ月振りかのまつ枝の顔をみた記憶はある。立ち話、という程でもないが、二言三言口もきいたであろうか。まつ枝の弟にあたる伝三郎が、「姉やん、えらい良えとこに居ちゃるんやのう」と言った言葉に記憶がある。かなり立派な構えのしもたやであったに違いない。そのとき、まつ枝の顔に困惑に似た表情が浮んだのを見逃さなかった。が、それよりも、こちらの方が困惑していた。夜店出しの兄弟をもってると知れば、まつ枝も我が主人に肩身も狭まかろう、夜店出しなどするものではない。——俄か雨に祟られたみじめな想いも手伝って、しんみりと考えた。

間もなく夜店出しを止めることにした。その時の想いが直接の原因だった。もう一つには、同業の者を観察して、つくぐ〲嫌気がさしていた。鯛焼饅頭屋は二十年、鯛焼を焼いている。一銭天婦羅屋は十五年、牛蒡、蓮根、コンニャクの天婦羅を揚げている。鯛焼が自分か、自分が鯛焼か、天婦羅が自分か自分が天婦羅か、火種や油の加減をみるのに魂が乗り移ってしまう程の根気のよさよりも、左様に一生うだつの上りそうにもない彼等の不甲斐無さが先ず眼につくのだった。八月の下旬だった。夏ものゝ扇子がもう売れる筈もなかった。売れ残りの扇子を問屋にかえしに行くと、季節も変ったし、日めくり《カレンダー》をやってはとすゝめられたが、断った。「では、新案コンロは如何《どない》だす。弁さえ立てば良え儲けになる」断った。「人間、見切りがかんじんです。あかんと思うたらすっぱり足を洗うのがわしの……」持論にもとづいたのだ。

伝三郎と二人で借りていた玉造のうどん屋の二階をひき払って、一泊二十銭の千日前の安宿に移った。うどん屋の二階に居れば、階下の商売が商売故、たまには親子丼、ならいゝが酒もとる。借りの利くのを良いことにして量を過すのがいけないと思ったのだ。現にそこを引き払う時、払った金が所持金の大半で、残ったのは回漕店を止める時貰った十円にも足らぬ金だった。二人の口を糊して来たとはいえ、結局、冷やしあめ屋と扇子屋をやっただけ無駄となった訳だ。伝三郎はこれを機会に、生国魂前町の寿司屋へ住込みで雇われたので、料理衣と高下駄を買えと三円ばかり持たしてやった。それで所持金は五円なにがしとなった。

伝三郎を寿司屋へ送って行った帰り、寺町の無量寺の前を通ると、門の入口に二列に人が並んでいた。ひょいと中を覗くとその列がずっと本堂まで続いている。葬式らしい飾物もなし、説教だろうか、何にしても沢山の「仁を寄せた」ものだと、きいてみると、今日は灸の日だという。二《フ》、三《ミ》、四《ヨ》、六《ム》、七《ナ》、の日が灸の日で、その日は無量寺の書き入れ日だっせとのことだった。途端に想い出したものがある。同じ宿にごろ〳〵している婆さんのことだ。どこで嗅ぎつけて来るのか、今日はどこそこで何んな博奕があるかちゃんと知っているらしく、毎日出掛ける。一度誘われて断ったが、その時何かの拍子に、婆さんはもと灸婆《やいと》であったときいた。それを想い出したのだ。宿に帰ると早速婆さんを摑まえて、物は相談だが、実は、おまはんを見込んで頼みがある。——

翌朝、二人で河内の狭山に出掛けた。お寺に掛け合って断わられたので、商人宿の一番広い部屋を二つ借りうけ、襖を外しぶっ通して会場に使うことにした。それから「仁寄せ」に掛った。村の到るところに、「日本一の名霊灸！　人助け、どんな病もなおして見せる。○○旅館にて奉仕する！」と張り出しをし、散髪屋、雑貨屋など人の集るところの家族にはあらかじめ無料で灸をすえてやり、仁の集まるのを待った。宣伝が利いたのか、面白いほど流行った。婆さんは便所に立つ暇もないとこぼしたので、儲けの分配が四分六の約束だったのを五分々々の山分けにしてやった。狭山で四日過し、こんな目のまわる様な仕事はかなわん、元手が出来たから博奕をしに大阪に帰りたいという婆さんを拝み倒して、紀州湯崎温泉に行った。温泉場のこと故病人も多く、流行りそうな気はいが見えたので、一回二十銭を三十銭に値上げしたが、それでも結構人が来た。前後一週間の間に、五円の資本《もとで》が山分けして八倍になり、もうこの婆さんさえしっかり摑えて居れば一儲け出来ると、腰が抜けそうにだるいという婆さんの足腰を温泉で揉んでやったり、晩には酒の一本も振舞ってやったりして丁重に扱っていたが、湯崎へ来てから丁度五日目、ほんまに腰が抜けたと寝こんでしまった。按摩をやとったが、按摩の手では負えず、医者に見せると、神経痛だ。ゆっくり温泉に浸って養生するがよかろうとのことだった。まる三日婆さんの看病で日を費したが、実は到頭中風になった婆さんの腰が立ち直りそうにもなかった。宿や医者の支払いも嵩んで来て、下手すると無一文になるおそれがあると、遂に婆さんを置き逃げすることに決めた。人間見切りが肝腎。――

――が、今も、いやな事ながらその婆さんの顔が彷彿として浮んで来る。小柄で常に首をかしげている、それだけなら往々にして可憐に見える恰好なのだが、この女の場合、顎がしゃくって突き出ているから、いっそ小憎い。それだけに同情の念が薄らぐのだが、その代り、祟りというものがあるなら、こういう婆さんこそ一層恐ろしいのだ。何れにしても寝覚めの良いものではない。というのは、いってみれば、この婆さんを踏台にして、以後トン〱拍子に浮び上って行ったからだ。――

湯崎から田辺に渡り、そこから汽船で大阪へ舞い戻った。船の中で芸者三人連れて大尽振っている中年の男を見つけ、失礼ですが、あんさんは何御商売したはりますのですか、ときくと、男は哄笑一番、やがて、連れの芸者にはゞかるのか低声《こごえ》で、もと紙屑屋しとったが、今はこないに出世しましてん。大阪に戻ると、早速紙屑屋をはじめた。

所持金三十円の内、六円家賃、敷金三ツの平屋を日本橋五丁目に借りた。請印《うけはん》は、伝三郎が働いている寿司屋の主人に頼んだ。日本橋五丁目の附近には、五会《ごかい》という古物露天商人の集団があり、何かにつけて便利だった。新米の間は、古新聞、ボロ布の類を専門にしていたので、ぼろい儲けもなかったが、その代り、損もなかった。馴れて来るとつい掘出物をとの慾も出て、そんな時は五会の連中に嗤われた。はじめてから三月程経ち、切れた電球千個を一個一銭の十円で電灯会社から買取り、五会の古電球屋に持って行くと、児子はん、あんたは商い下手や。廃球は一個二厘が相場やというのである。古川という電球屋はしかし、暫く廃球を調べてから、おまはんの事やから、まあ一銭で買うたげる、といってくれた。二厘の相場のものを一銭とはと不審に思い、その後、用事のある無しにつけて、古川の店に出入りしている内に、分った。廃球の中に、「ヒッツキ」というのがある。線が全然切れてしまわず、片一方外れているだけで、加減すると、巧く、外れた場所にヒッツクのである。灯をいれると熱で密着し、少くとも四五日は保《も》つ。それを新品として安く売るのだ。「白金つき」というのがある。電球の中には少量だが白金を使用しているのがある。つぶして、ガラスと口金の真鍮をとったあと、白金を分離するのだ。白金は一匁二十六円で、一万個から多くて二匁八分見当とれる。「市電もの」というのがある。市電のマークのある廃球のことで、需要家は多く市電から電球を借りているのだが、切れゝば無料で引き換えてくれるけれど、割れゝば一個五十銭弁償しなければならぬ。その時に、たとえば古川の店で「市電もの」の切れたのを一個十銭で買って、それを電灯会社で新品と引換えてもらうとすれば、差引き四十銭得をすることになる。買うたといわんといとくれやすやという言を守ればいゝ訳である。「ヒッツキ」「白金もの」「市電もの」の多くまじっている廃球ならば、だから一個一銭の割でも結構儲る訳だ。——

と、知って、翌日から、廃球専門の屑屋となった。大八車を挽いて、「廃球たまってまへんか」と電灯会社や工場を廻った。一個三厘で買い「ヒッツキ」と「市電もの」は古川に一個五銭で売り、「白金もの」は自宅で分解することにした。分解の方法を古川が容易に教えぬので、一夜芝居裏の遊廓で転《ころ》び芸者を抱かせてやる必要があった。その時、附合いに放蕩したが、想えば女の肌に触れるのは一年半振りのことだ。どんな芸者だったか、たしかに印象浅からぬものがあったが忘れてしまった。それより、古川の抱いた芸者の顔に記憶がある。花子に似ていたからだ。酔っぱらった古川が、尻をまくりふんどしを外して、乱舞しながらその妓に悪戯するのを、見るに忍びぬと辛い気持だった。商談が大切だと、辛抱して調子を合わせていたものの。

その後、古川が故買の嫌疑で拘引されたときいて、その時の溜飲が下がった。が、旬日を出でずして、自分にも呼び出しがあった。古川の「市電もの」売買に関係してゞはなかろうかと蒼くなった。溜飲が下るどころではない、こっちも危いのだと、女のことに拘泥っていゝ気になっていた自分の甘さを固くいましめた。警察の呼び出しは、しかし、自転車の鑑札並に税金のことだった。ほっとし、以後、税金は収めることにした。自転車はその頃雇った春松の使うものであった。屑屋をはじめてから一年足らずで、もう雇人を使う身分になった。現金と、品物を合わせて五百円近くの金があった。煙草一本吸わなかったのだ。十六の春松がませて、こっそり女郎買いに行くのを見ると、心そゝられぬこともなかったが、女の肌ざわりよりも紙幣の肌ざわりの方がよかった。一枚々々皺をのばして、胴巻きにしまっているものを、見す〳〵あっという間の快楽のために失ってなるものか。春松は遊びが好きで困り者だったが、その代り、白金分離の仕事はまことに鮮かだった。先ずガラス棒を火で焼き、それを挽臼で挽き砕いて、粉にする。それを木製のゴマいりにいれ、たらいの水の中で静かに揺り動かすと、白金まじりの金属が残って砂粉だけが水の中に逃げる。その手加減がむずかしいのだ。少し手元が狂えば大切な白金が逃げる。春松のゴマいりを揺り動かす手付きは、見ていて惚々するほどで、しかも逃げた砂粉を再び何度も〳〵ゴマいりにいれて、いってみれば、女が蚤《のみ》を探す時の熱心さがあった。尚、春松は炊事も上手であった。鰯の煮物を作るにも、しそと土しょうがをいれ、酢と醬油以外には水を使わず、些も生臭味の出ない様に煮るこつを心得ているといった風で、やもめ暮しに重宝であった。が、ある日、春松は雨の土砂降りの中を廃球買いに出歩いたのが原因《もと》で、感冒を引き、肺炎になった。三十九度五分の熱が三日も下らず、派出看護婦を雇った。二十二三の色黒い器量のよくない女であった。が、何となく頼もしく、同じ家に寝泊りしているので自然情も移るのだ。何かの拍子に、裾が乱れて浅黒い脛がちらと見えた、それが切っ掛けで、口説いて、というより殆んど行動に訴えたら、脆かった。政江であった。

間もなく結婚した。大正三年の二月、たしか節分の夜で、雪だった。——

権右衛門のその夜の回想は、以上に止まらぬ。が、前述の通り既にこの結婚の時は六百円の金を貯めていたのであるから、一先ず、こゝで打ち切ってもよいだろう。以後は、政江の回想に待つ可きが順序だ。結婚式の夜の権右衛門夫妻の意義ある会話に就ては前に述べた。この夜の前後のことで、述ぶ可きことは多い。が、それは二人の果てしなき回想に任して置く方が賢明だ。こゝでは、結婚の費用に、権右衛門が七百円の金を費ったことを一言して置く。つまりその時彼は千三百円もっていたが、七百円結婚に費って六百円（これは在庫品も勘定にいれて）残ったことになる訳で、これは、一般の常識からいってもなかく思い切ったことである。彼にとっては暴挙にひとしいと一応考えられる。が、この七百円は前から所持していた金ではない。彼が、結婚に際し、いわば結婚記念にばたくと一儲けした金である。その必要があったのだ。伝三郎の言を借りると、「結婚まえに、もうお祭りが済んでいた」訳だが、児子家の家長が多少の金を節約したさに然るべき式典を経ずして結婚するなど、権右衛門の潔しとせぬところだったのだ。冠婚葬祭を軽んずる様で人間出世は出来ぬという信念をもっている。と、同時に、虎の子の貯金全部投げ出して立派な結婚式をあげたが、その時は無一文だったという様なことも、彼のとらざるところだ。だから、その際、結婚費用を一儲けせずんば止まなかったのだ。

それには、危い橋を渡る覚悟があった。その頃、小っぽけな電球の町工場をもっている松田という男に、口金代百円許り貸していて、抵当に電球三千個とっていた。百円の金が払えぬ丈あって、松田は如何にも意久地ない男だった。彼は、自分の姓が松田というところから、自分の製品にマツダ電球というマークをつけていたが、本物のマツダランプは一流品で、町工場の製品が一個十銭とすれば、少くとも一個三十銭の価値がある。だから、当然、マツダランプから松田に抗議があった。それを、松田は突っ放せぬ、どころか、商標偽造で訴えられる心配までしているのだ。マツダとマークするからは最初から腹を繰《くく》っていた筈だのに、所詮は、金儲け出来ぬ男だと、権右衛門は松田をおどしたり、そゝのかしたりした揚句、有金全部はたいて、松田の製品を殆んど買い占めてしまった。名目は抵当物品ということにした。松田が訴訟を起されて負け、マツダランプから製品を押えに来たが、権右衛門の抵当物品故手を触れる訳に行かなかった。困り抜いたマツダ側と交渉した時の権右衛門の押しの強さには、松田もあきれてしまった。結局、マツダ側は、マツダランプ並の値で買取らされてしまった。放って置けば「マツダ電球」なる粗悪品が流布し、マツダの信用にかゝわるという弱味だ。その時の儲けの幾何かを口銭として松田に与えたその残り、即ち権右衛門の純利益が七百円だったのだ。——

この話をきかされた時、政江が如何に権右衛門を頼もしく思ったかは、想像に難くないであろう。彼女は権右衛門に希望をかけた。婚礼の翌日、彼等が食べた昼食は、麦飯に塩鰯一匹であった。大阪では節分の日に麦飯に塩鰯を食べるのが行事の一つと成っている。婚礼の日は節分だったから、つまり一日延ばして売れ残りの安鰯で行事をすませた訳だ。が、この行事はその日のみに止らず、その後日課となった。六百円から十万円貯めるまでの苦心中、彼女が誇って良いのはこの一事である。最近伝三郎がこの行事を見習っている。が、彼は鰯が好きだから、むしろ贅沢になる。季節外《しゅん》れや走りの鰯をたべたがるからだ。

政江の苦心とは少々違うのである。もう一つ彼女が誇って良いのは、その後、権右衛門の弟たちが兄のお蔭で商売が出来る様になった時、彼等に資本を貸すと、必ず目立たぬ程度に利子をとる様に権右衛門を強制したことである。目立たぬというのは、その利子の取り方が貸金の何分というのでなく、その貸金を資本に儲けた額の何分というのである。儲かる見込の無い時は無論貸さない。確実で、普通の利子より多くとれるのだ。三亀雄はいざ知らず、伝三郎など、見栄をはって儲けを誇張する癖があるから、随分損な勘定だと、時々伝三郎の妻はこぼしたものだ。誰でも人に好かれたいものだから、こういう政江のやり方は、容易に実行出来るものではない。夫の義弟達の上前をはねて憎まれるのも皆夫の為を想うからだ、と堅く腹をくゝっていたなればこそではないか。

こういう政江を権右衛門は多としていた。権右衛門の偉さの一つは、「差出がましゅうございますが――」という政江の意見に抗わなかったことである。政江としても、やり易かった訳だ。

が、政江の回想では、この事がいちばん辛かった事として泛《うか》んで来る。夫と義弟達の間に立って随分泣く想いをしたというのである。所詮男は我儘故、女の苦心が分らぬ、蔭で泣いたことがどれ位あるかというのだ。少くとも、彼女はそう思っていた。だから、六百円から十万円作るまでの苦心の中、彼女が強調するのは常にこの一事だ。が、それだけで、如何にしても十万円は無理である。故に、彼女も無論、権右衛門の腕は認めている。「見切りが肝腎」の鮮かさはこゝでも問題になる。

何時の間にか、彼は廃球屋を止めていた。「ヒッツキ」や「市電もの」は危険だし、「白金もの」もそろ〳〵白金使用分量が少くなるだろうと逸早くにらんだからだ。案の条、間もなく、電球には白金に代るべき金属が使用されることになった。先見の明ともいう可きだ。もう一つの先見の明は、欧洲大戦が起って、銅、鉄、真鍮などの金属類の相場が鰻上りするのを予想して、廃球買いのため出入していた電灯会社に頼んで古銅鉄線、不用レールや不用発電所機械類などを払下げてもらったことだ。最初会社側では相場が分らぬまゝに、二束三文で売り渡した。相場が分り出して来ると、用度課長に賄賂を使った。同業見積者が増えて来れば「談合」の手を使った。市治郎、伝三郎、三亀雄などは、はじめ、この「談合とり」で金を作っていたのだ。権右衛門の様に銅鉄売買をする甲斐性はなし、たゞ兄のおかげで入札名儀だけを貰って体裁だけの空入札をし、談合の口銭を貰っていたのだ。彼等がそれでたとえ一万円の金を作るにしても、権右衛門や政江が苦心してこしらえた百円の金の値打もないと、政江は思うのだった。

が、政江は、春松の苦心を忘れている。例えば春松の醜く押しつぶされている右の手の親指のことは、彼女の回想には泛んで来ない。——春松は、権右衛門が落札した銅鉄品の引取に出張する時には、常に同行した。落札品の看貫《かんかん》の際、会社側の人の眼をかすめて、看貫台の鉄盤の下に鉄製の小さな玉を押しこむのが彼の役目である。その装置をすれば、百貫目のものが六十貫にしか掛からぬのだ。ある時、監視人があやしんで、看貫台の上に乗ってみようとした。自分の体重なら、ごまかしは利かぬ筈だ。春松は慌てゝ、玉を抜こうとした。その途端に監視人が台の上にのったので、彼の手は挟まれてしまった。おまけに、続いて、三、四十貫の銅線が看貫台に積み上げられた。春松の顔はみる〳〵真蒼になった。権右衛門はさり気ない顔で煙草を吸うていた。——このことを、春松は、いつか千恵造の前でいい出して、それが酒をのんでいる時だったので、泣上戸の彼は泣き出したことがある。泣いたのは、嫁のことを想い出したからだ。嫁は児子家の女中をしていたのを、無理に押しつけられたのだ。その嫁が政江の威光を笠にきることが、春松にとっては癪で仕方がないのだ。だから、ついぞ云い出したことの無い看貫のことを持ち出して、千恵造に訴えるのだ。「わいはこないに権右衛門《おやっさん》の為に泥棒の真似までして来たのや、それやなのに、あの主婦《おかあ》は（政江のこと）……」「それをいいな、それを」と千恵造はなだめたが、女のためにお人善しの春松がいうべからざる事迄いいたくなる、その心事には同感出来るものがあった。

大正五年、権右衛門は一万円出来た。口髭を生やしたのはこの年である。大正十年に十万円になった。以後、百万円に達するまでは容易であった、と政江はいう。十万円貯めてからは、たとえば、昼食にはもう鰯だけというようなことはなかったのだ。その頃漸く雇った女中の手前もあった。政江の兄はそれまで豆腐屋をしていたが、廃業して、気楽な煙草屋を始めることになった。妹は産婆をしていたが、これも廃業して、歯医者と結婚した。その時の祝いに、彼女は千円もするダイヤの指輪を贈った。その他、以後楽しい事ばかりである。……

……その夜、権右衛門夫婦は明け方まで眠らなかった。話すべきことも多かったし回想が次から次へと果てしなかったからである。

四

千恵造夫妻に子供の無かったことが、何より好都合だった。彼等は別れた。

児子兄弟合資会社の一員に加えるという兄の志を多としたのだ。弟は感激の余り、賀来子を離縁した訳だ。政江の期待通りだった。が、欲に目が眩んで離縁したというのは少し酷だ。少くとも、その決意を固めた瞬間の千恵造には、欲得の観念に拘泥する余地はなかった。このことは、児子家の使としてはるぐ朝鮮まで出掛けた船司船造がよく知っている。

千恵造は泪を流して船司にいったのだ。こんなにまで、兄が自分のことを思っていてくれたとは知らなかった。もはや、姪の結婚の邪魔をする気はない――と。船司はもと権右衛門等の出生地、湯浅村の村長をしていた男だが、今は落ちぶれて、生命保険の勧誘員をしている。人に欺されて、田地家屋までとられてしまったというだけあって、善良な性質の男に違いない。だから、その時の千恵造の泪を邪推する気づかいはない。泪を流している人間が欲得のことを考えている、などとはこの男の想像もつかぬことだ。普通、人は屢々欲得のことで泪を流すものだなどとは――。

衣食足らなければ、しかし、千恵造といえども、礼節を知る訳はない。が、そのことは、むしろ次の彼の言にあらわれたと見る可きだ。「賀来子は何の欠点もないのに一生棒に振るのや。如何《どな》いする?」暗に手切れ金のことをほのめかしたのだ。それ位は権右衛門も出してもよいだろう。千円の金が用意されていると、船司は答えた。

賀来子はかねてこのことあるを予期していた。千満子の縁談の相手が伯爵家だときくと、彼女も心安らかに身が引けると思った。最近、男の子を貰い子して二人暮しが三人になり、賑やかになる筈だったと泣いたことは泣いた。何れは船司は困らぬ訳には行かぬ。承知の上だが話が纏っても船司は良い気はしなかった。

船司は、ハナシツイタ、ソウキンタノムと大阪の児子家へ電報打った。実は、万一のことを慮って、船司には手切金を持参させていなかったのだ。金が電送され、千恵造に渡そうとすると、受とらなかった。自分が離婚するのではないから、自分の手から賀来子に渡す訳には行かぬ、というのだ。離婚するのは権右衛門だ、権右衛門の代理の船司から渡すべきだという理窟は尤もだと、船司は思い、その様にした。こういう千恵造の態度はあるいは皮肉とも生意気とも見えるものだが、船司は、かえって、立派だと思い、何が社会主義者なもんかと感心した。むしろ、成功すれば五万円の保険に加入するという好餌につられて、このいわば生木を割く様な別れ話の立役者になった自分を恥じた。千恵造夫妻のみるからに仲睦じい容子を見るにつけ、この想いは一層強くなった。単に慾で動く人間だと見られたくない為に、船司は、出来得る限りの人情味を見せねばならぬと思うのだった。

こんな船司を児子家では使として期待したのではない。船司は、ちかごろ、同郷の縁を頼りに、児子家に勧誘に来た男だが、居留守を使われると、「では、一寸新聞を拝借」と一枚の新聞紙を何時間もかゝって読み、「お帰り」を待つ、その根の良さと、押しの強さと、物に動じない態度を買われたのだ。もう一つは、船司は五十八歳で、もはや老人といってもよく、だから情にからまされないという点でこういう話に好適だと、その年齢も買われていたのだ。それ故、この様に人情味を発揮してくれるのは困るのだ。落ちぶれた者同志ではお互いに同情もある。そんな同情をむやみに出してくれては、一層困るのだ。が、とにかく、話は纏ったのだ。一月下旬のある夜、千恵造は内地へ帰って来た。伝三郎夫妻が大阪駅まで出迎えに行った。

プラットホームに汽車がはいると、伝三郎は妻を叱りとばしながら、右往左往し、やっと車窓に、船司の顔を見つけた。船司は伝三郎の顔を見ると、如何にもつまらなさそうな表情をし、傍を指さした。千恵造の外に、賀来子の姿も見えたので、伝三郎は、あっと思い、久し振りに会う弟にいう可く準備して来た「よう帰って来た」という言葉が出なかった。賀来子が伝三郎の妻に挨拶している間、兄弟は、ぽかんと突っ立ったまゝ、それぐお互いの妙な顔を見守るばかりだった。いわば、伝三郎は狐につまゝれた形だ。伝三郎の言を借りると、「うちの女房《かかあ》が双子《ふたご》産みくさった様な気持がした」のだ。

が、事情を訊いてみて一応釈然とした。賀来子は、千恵造と別れるとなればもう朝鮮にいる必要も気持もない、どうせ内地へ帰るのだから、それならば同じく内地へ帰る千恵造と一緒に……と思ったというのだ。せめて別れるなら、汽車の中だけででもゆっくり名残りを惜しみたいという賀来子の希望をどうして空しく出来たろうかと、船司は弁解し、児子家の人が出迎えなかったのがもっけの倖いだ、無論このことは児子家に内密にと、伝三郎に念を押した。頼まれては、いやといいえぬ性質だったから、伝三郎は承諾した。それはよかったが、彼には、今こゝで思い掛けなく別れの愁歎場を見なければならぬのが辛かった。別れを告げるのに一時間も掛り、千恵造は一先ず伝三郎の家へ行った。賀来子の行先きに就ては、訊ねるべき筋合のものではなかった。船司は堅い表情のまゝ、児子家へ行った。

千恵造ほどの幸福者があろうかと、兄弟等は思う。再び新しい妻を迎えることに成ったからだ。内地へ帰ってから一月も経たぬ内に話が起った。早く嫁を貰ってやらぬと、又何を仕出かすか分らぬという訳である。千恵造は貰うともいわず、貰わぬともいわず、例の煮え切らぬ調子だったが、見合用の写真を見るに及んで、些か食指が動いた様である。小唄歌いの市丸にそっくりの年増美人だと、三亀雄などは気が気でなかった。見合の結果、女の方が断った。人々は、その様な美人が何で千恵造の様なはき〱せぬ男を好こうかといった。三亀雄はほっとし、その女が三十の今日まで独身だという以上は何か訳もあるに違いない、何とかその女を金で動かして自分の妾にする方法はないものかと思うのだった。第二の候補者は美人とはいえなかった。が、処女であるという噂だった。年は二十六で、千恵造には若すぎる、が、とにかく見合をと、いうことになった。流石に千恵造は、今度はかなりめかしこんで見合いに出掛けた。纏った。

意外なことだが、千恵造はその結婚のことで、賀来子に相談したということである。まことに、怪しからぬ事である。千恵造は内地へ戻ってからも、実に頻繁に別れた筈の賀来子に会うているのである。賀来子は南海沿線の天下茶屋に小ぢんまりとした家を借りていて、そこへ千恵造が出掛けていたのだ。賀来子が千恵造と一緒に内地に戻ったのも、このことをしめし合わせてのことだった。すべてこれらの手引きをしたのは船司である。千恵造にまるめられてというより、むしろ左様な智慧を自発的に貸したのだ。これらの事は、伝三郎の店員の口から、あとで洩らされた。その店員は、千恵造の使いで、二三度天下茶屋の賀来子の家へ行ったことがあったのだ。賀来子は日蔭者の身分に甘んじてまでも千恵造と別れたくなかったのであろうか、それとも彼の方で別れたくなかったのであろうか、どちらにしても、こんな男の何処が良いのかと、人々はこの話をきいた時種々取沙汰した。が、それ程までに別れ難《にく》いものなら、何故、別の女と結婚するのだろうか、千恵造の真意は補捉しがたいものがあった。結局、両手に花のつもりだろうか。賀来子が承知せぬ筈だ。

——

——その通りだった。結婚したものかどうかと千恵造に相談された時、賀来子はいった。表面上別れているとはいえ、二人がいつまでもこんな風に会うていては、貴方の御兄弟にも義理が悪い。この際、潔よく別れてしまおう。そして貴方はその女の方と結婚して下さい。それが、貴方が御兄弟や姪御さんに尽すべき義務です。その女の方は綺麗な人でしょうか、云々。

千恵造の三度目の結婚式は、三月桃の節句の吉日に挙行された。義理に迫られてという顔付きを千恵造はしていた。が、元来そういう顔の方が千恵造にはむしろ適《ふさ》わしいのだ。殊にこの場合、彼がいそ〳〵としていたら、所詮人々の蔭口をまぬがれぬところだ。この婚礼には、実に多くの人々が新郎側として出席した。千恵造の四人の兄弟とその妻たちは無論だが、まつ枝、たみ子の姉妹とその夫たちも列席した。彼女等については今まで余り触れる機会はなかったが、彼女等はどちらかといえば、児子一家とは余り交際しない。夫がそれ〴〵技術家であって、商人とはうまが合わぬのだ。その外、春松夫妻が列席した。春松の嫁は、正月産れの赤ん坊を抱いていた。その赤ん坊の耳に綿がつめてあるのを、中耳炎だろうと、政江は観察した。千満子も列席した。これは人々の眼を引いた。千恵造への義理立とも見えた。伝三郎は「婚礼の見学やろ」とひやかした。伝三郎の妻は、せがまれて小唄を一つ唄い、拍手された。伝三郎は苦い顔した。伝三郎の妻は、千恵造の結婚のために、随分金を使った。タンス、本箱、机、椅子、座蒲団、水屋、雨傘、洗面器の類まで買い与えたので、へそ繰りを全部投げ出した上に、借金が出来る始末だった。夫の弟のために尽すのは当然だという彼女の主義は、この頃政江を尊敬している伝三郎には甚だ面白くなかったのだ。が、千恵造の今度の妻は、伝三郎の妻を、夫の兄弟達の妻の中で、一番良い人だと直感した。その婚礼で一番嬉しそうな表情を自然に、隠さずに、泛べているのは伝三郎の妻だったから。本当いえば、喜ぶべきは第一に政江だが、彼女は、一座の観察にかまけて、嬉しい表情を忘れていたのだ。一言いえば、政江は今度は余り金を出さなかった。

千恵造の妻に就ては述ぶべきことは余り無い。彼女は要するに、不幸な女だ。千恵造は彼女の容貌よりも、肉体に飽き足らなかった。賀来子と比較するからだった。当然賀来子を想い出し、別れてしまった筈の賀来子に逢瀬を求めた。賀来子は避けた。千恵造はその理由が納得出来ぬまゝに、やがて、いわれも無い嫉妬に苦しみ出した。煮え切らぬ男として定評のあった千恵造はこゝで、たんげいすべからざる情熱の男となった。

ある夜、千恵造は再び賀来子と駆落ちした。婚礼の夜から三月程後のことである。人々の驚きと怒りは、説明するまでも無い事だ。児子兄弟合資会社の一員という肩書だったが、千恵造は結局は月給七十円の会社の一会計係というに過ぎなかった、その待遇にあきたらなかったのか、あるいは、新しい妻が気に喰わなかったのかと人々は論議した。後者の方がむしろ真相に近いが、結局、総てを決したのは、賀来子の魅力だ。この魅力を、「弱き者の味方」という意地に置きかえることによって、千恵造は些かヒロイズムを味った。児戯に価することだ。が、そういう哀れな千恵造なればこそ、賀来子との腐れ縁が続けられたのかも知れぬ。

千恵造の出奔を切っ掛けとして、児子家は以後多事多端であった。

その一つ。権右衛門が統制違反で拘引された。沈没汽船引揚、及解体作業が完成して、愈々銅鉄品を売捌くに当って、闇取引をしたのである。鉄線一貫目三十銭以上に売るべからざるを一円四十銭に売ったその他いろ〳〵。「闇」をやらねば、幾らも儲からぬ事業だった。平野署に二十日間留置されて、権右衛門は帰宅した。留置中、彼は種々人生問題に就て、思案した。が、余り得るところもなかった。たゞ、一つ、之まで商売人は高く売るのが自慢だったが、今はそうでなくなったということに就て、深く納得するところがあった。一万円の罰金刑に処せられた。

その二つ。権右衛門の留置を機会に、政江は、「心霊研究」即ち、「神さん」に凝り出した。権右衛門の帰宅の日を「神さん」の先生がいい当てたのが動機である。「神さん」の先生は色魔ということだから、早晩、児子家では、家庭争議があるだろうと専ら噂されている。この間の事情に就ては述ぶべきことが多いが、何れはありきたりのものだ。

その三。児子千満子と某伯爵家次男との縁談は成立した。持参金は案外少くて、二万円だったということだ。

（十四、六、八）

初出：『海風』第五巻六号、一九三九年九月［発表時作者二五歳］
底本：悪麗之介編『俗臭　織田作之助［初出］作品集』インパクト出版会、二〇一一年

第一〇回芥川賞選評より〔一九三九（昭和一四）年下半期〕

瀧井孝作　あくどい成金生活の内幕を描いてあった。（略）異色のある作家だと思った。

室生犀星　「俗臭」を推薦することを期して出席したのであるが、「密猟者」（註・寒川光太郎の受賞作）はほとんど全委員がすいせんしていて「俗臭」は遂に私の懐中にのこされた。（略）落選した「俗臭」の去って行く姿が一層はっきりとさびしく眼に映って来た。

宇野浩二　初めの方が余り面白くないが、少し読みつづけると、なかなか面白い小説である。（略）文章が、妙に達者で、達者にまかせて、凝っているところがあり、簡潔にしているところがあり、いろいろ工夫してあるが、それが却って仇になっている。文章が仇になっているように、作者が幾らか得意になっているようなところも仇になっている。そういう仇をみな退治したら、この作者はよくなるかも知れない。

織田作之助　おだ・さくのすけ

一九一三（大正二）～一九四七（昭和二二）年。大阪府生まれ。旧制第三高校中退。青山光二らと同人誌『海風』を創刊し、一九三八年に処女作「雨」を発表。三九年に同誌に発表した「俗臭」が第一〇回芥川賞候補となる。四〇年に「夫婦善哉」が改造社の第一回文藝推薦作に選ばれた。戦争中も『青春の逆説』『五代友厚』などの作品を精力的に発表。戦後は四六年に発表の「世相」が評判を呼び、「オダサク」の愛称で親しまれた。太宰治、坂口安吾とともに文壇の権威に反逆し「無頼派」と呼ばれた。同年一一月、太宰、安吾と鼎談したが、翌月に大量喀血。四七年一月、肺結核のため三三歳で急逝した。

河骨

木山捷平

読者は小説のようだと言うかも知れない。けれどもこの世の中には小説のようなことが時には事実起ることもあるのである。

昭和十×年七月末の或る晩、門間兵三は妊娠九ヵ月の細君が郷里の実家へ行って身二つになりたいという希望で東京駅をたったのを見送っての帰途、バスで新宿に降りぶらぶら夜店をひやかしているうち、何気なく買ってしまった二十日鼠の這い動いている金属製の小さな籠をぶら下げ、有名な映画館の前の四つ角でさてどうしたものかと考え、それからその広さに於ては新宿一だと言われている或る高級喫茶店にはいって行った。高級喫茶店と今私が言ったのは、コーヒーや紅茶が上等で料理や果物が上品であるという意ではなく、そこに働いている女給仕がべとべとと飲食を強要したりチップを欲しがったりしない、つまり夫婦づれで入っても子供づれで入っても、亭主がうろたえないでもすむ店との謂《いい》である。ただし給仕女の十何人かは出来得る限り容姿をととのえて美しさを競《きそ》っているから、お茶をのみながら、軽い食事をしながらひそかに眺める分には支障はない。この店は入口から二、三間《げん》だらだらと坂を下って行く仕掛けになっている。つまり表の街路にくらべると二尺ばかり低く、言って見れば七分の一階に三分の地階を加味した構造になっており、地上よりも冬は幾らか暖かく夏は涼しいという理屈である。この半地階の広間にだらだらと降りて行った門間兵三は、坂を下りきった所にある勘定台の前で支払いをすまそうとしている霜降の洋服を着た一人の青年にぺこんとお辞儀をされた。浴衣《ゆかた》に無帽の門間兵三は常日頃の習慣で「や」と頤《おとがい》をぐいと引くだけの簡単な答礼をかえしながら学生の顔をながめると、それは彼が勤務している府立第×中学でこの三月まで物理化学を教えていた安藤一男という、今は地方の高等学校にいる生徒であった。「やあ暫く、何処《どこ》だったかな、君は。水戸、いや、静岡?」と咄嗟《とっさ》には思い出せず、安藤一男の手に握っている制帽の徽章《きしょう》をのぞくようにすると、「新潟です」と生徒は半ば自信ありげに半ば不服そうに答えた。若い青年の自負心を少しでも傷つけたことに気づいた彼は「あ、そうだった、新潟だ、新潟はどうだい?」と言って見たが、相手がちょっと返事に困った様子に場所柄思いつくまま、「コーヒーはうまい?」とたずねた。ところが安藤一男はますますうまい答えが見つからぬらしく、中学の授業時間にしたと同じような所作《しょさ》で後頭部に手を持って行き、口をゆがめてちらりと門間兵三の顔をぬすみ見た。何もそんなに卒業した生徒が在学当時の真似をしなくてもいいのであるが、門間兵三は暑中休暇で忘れていた自分の職業地位を意識し、「いや、コーヒーなんかより、冷たいビールでも一杯のもう、さ」と先に立って歩き出すと、安藤一男は「いえ、あの、僕は、あの、失礼します、あの」ともう一度お辞儀をして周章《あわ》ててだらだら坂を上って行った。何がなし振られた思いに、門間兵三は広間の真中どころの卓《テーブル》に腰をおろすと、ではひとりで飲んでやれ、と心に命じた。

　ところで私は今高等学校生安藤一男のことを書いたが、この生徒はこの小説に何等関係はないのである。もうこれきり現われないであろう。ただこの生徒は門間兵三のこの夜の飲酒の切掛《きつかけ》をつくったまでのことである。そんなことを何でこの年少の生徒があずかり知ろう。門間兵三は二十日鼠の籠を卓の上におき、二疋《ひき》の鼠がかわるがわる釣車を廻すのを眺めながら、一人でビールを飲み始めた。一本、二本、――軽快なレコードの音楽の中で、夏の夕べの一時《ひととき》を思い思いの思いで過している客達の談笑の中で、門間兵三は一人でいることが段々楽しくなって来た。月給が少ない癖に酒を飲みすぎるだの、煙草の量が多すぎるだの、一帳羅《いっちょら》の着物に又穴をあかしただの、毎日何か愚痴を言わないでは日の送れぬ細君と、尤もその結果は一つ二つ頬ぺたをなぐられるのが落ちではあるが、その細君と別居して今夜は何年振りかで広い蚊帳《かや》の中で高鼾《たかいびき》がかけるのかと思うと、周囲の卓で何やらがやがや喋り合う他人の雑音も、山の中で松籟《しょうらい》をきいているように、聞いている本人はかえって幽遠の中にいる心地で、突飛にも中学時代に習った、君子和而不レ同、小人同而不レ和という句さえ思い出し、ビールの液が腹にたまるにつれ、アルキメデスの原理の如く、

（風呂へ入るとすっと身体が軽くなる原理を諸君は御承知であろう）浮き浮きといい気持になっていた。で、門間兵三はたのし気な顔を斜めに振って第五本目のビールを給仕女に命じたのである。

と、その時、卵色のワンピイスを上手《じょうず》に着こなした一人の女が、彼の卓と隣の卓との間の狭い通路を足早やにとおりかかった。女は門間兵三の傍をとおる時、ちらりと二十日鼠に眼をおとしたようであったが、右手に持った旅行用鞄の重みとどちらかと言えば痩形の体を左にくねらしたまま広間の一隅にある TOILET の中に消えて行った。間もなく中から出て来たその女は、断髪の房々した毛を首の動作でひょいと揺り動かすと同時に、ちらりと二十日鼠の方に視線を注いだ。と思う間もなく、次の瞬間決心を眉の間に引きよせ、先刻の通路を逆に門間兵三の卓に近づいて来た。

「あの、もし」

と女は言った。その声はちょっと鼻風邪をひいたような声であった。ああ、神様は何という悪戯《いたずら》がお好きな方であろう。美貌というほどではなくとも、ちゃんとととのった眼鼻立ち（その眼は日本人としては少々青みが深すぎるという者もあろうが）きめのこまかい膚《はだ》の色合、黒い豊かな髪、それは誰が見ても十人並以上と評価するに違いないのであるが、その声は鼻風邪を引いたようにかすれていた。いくら小説であっても、今それをここで訂正する訳にはいかない。だから読者諸君も彼女が今後物を言う場合には、鼻風邪をひいた時の声を想像して貰いたい。尤も慣れてしまえば余り気にならなくなるものではある。が女はつづけた。

「失礼でございますが、あなたは、門間さんではございませんでしょうか？」

「は！」と無心に釣車を廻す二十日鼠をながめていた門間兵三は、椅子に腰掛けたまま、けげんな眼差で女をふり仰いだ。

「お分りになりません？」女は自信をもって言った。「わたし、チノ、タエです」

「しばらく！」

と普通誰もが言う挨拶をして、門間兵三は後の言葉にゆきつまった。ゆきつまった言葉の裏で、突如としてあらわれたこの女と自分との関係について、出来るだけ敏捷《びんしょう》にしかも出来るだけ冷静に記憶の糸を廻転さすことにつとめた。が、やはり彼は周章《あわ》てていた。けれどもこういう場合、女性を前においてどじを踏むとは男子の沽券《こけん》にかかわることだ、と思った門間兵三は相当地位もあり名誉もある男子のように、

「ま、お掛けなさい」と言って、すぐ近くにいる女給仕を振返り、

「君、君、コップを一つ！」と甲高い調子で命じた。そんなに、甲高い声を出す積りではなかったが、そして彼は平常から男性的な重味のある声を出すことに努力しているのであるが、少し周章てた時には地声があらわれるのである。それが背の丈五尺一寸輜重《しちょう》兵《へい》特務兵第二補充兵の彼の頭のてっぺんから出る時は、一種異様な趣《おもむき》を呈《てい》するのである。思わず

ふき出しそうになった女給仕は素早く口を掌でおさえて料理窓の方へ走り去った。が、そんなことは露知らぬ門間兵三は手持無沙汰に二十日鼠の籠を卓の下の棚にゆっくりとしまって見た。が、それでも時間が余りすぎたので、

「いかがです、一杯！」

と新しいコップの来るのを待ちかねて、女の前に自分のコップを差出した。そして小麦色の麦酒《ビール》をこぷこぷとコップに注ぎながら、その間にようやく、この女――茅野多枝と自分とは他人に見られたところで、何のやましさもない間柄であると心に決めた。そこで門間兵三は、

「よく分ったですね、僕が？」

と、はじめて多枝の顔を見つめた。多枝はすでに門間兵三の真向いの椅子に腰をおろしていた。

「…………」

彼女は黙ってうなずき、門間兵三の顔を眺めた。門間兵三はその瞬間、口のほとりにちらりと微笑を湛えようとしたが、すぐに中止した。なんとなれば茅野多枝の眼は日本人として少し青すぎるのは生れつきで仕方がないとしても、その瞳の光は冬の湖のように冷たかった。門間兵三はそう感じた。ところが次の瞬間、そんな門間兵三などに頓着《とんちゃく》なく茅野多枝はちらりと目に微笑をたたえて、

「いただきますわ」とコップに手を持って行った。その微笑はもう一度譬《たと》えれば冬の湖のひと所に、ちらりと太陽が光を落したように思えた。そう思った門間兵三の目の前で、彼女はコップの麦酒を一気に半分ばかり飲みほした。門間兵三は半ば安心してこれを勝負で言って見れば、彼は彼女に突然声をかけられてからその時まで、相手に敗けた形であったが、ようやく一対一の気持になれて来た。と、いっとき折角の酔いも引いてしまいそうになっていた酔いが、元通りもどって来るのが感じられた。彼の同僚の英語教師の細君は、一時水商売に関係していたこともあって亭主同様酒のいける女であるが、そして彼は度々三人で酒を飲んだことがあるが、彼はその細君を思いおこしたのである。

「だって！」と、その時茅野多枝が言った。

「しかし、不思議だなあ！」と、門間兵三は感嘆した。

「不思議かしら！　だって門間さん、ちっとも変らないのねえ！」女はコップの残りの麦酒をきゅっと咽喉にそそいだ。

「そうかしら」

「わたし、門間さんが此処《ここ》へはいっていらした時、すぐ分ったわ。こういう風に煙草をくわえて、それから、何となくきょとんとして……あら、ご免なさいね、わたしすぐに本当のこと言っちゃって！」

「いや」と門間兵三は答えて、横の方を向いてひとりで笑った。彼は中学で生徒から『きょとん』という渾名《あだな》をつけられているのである。そんなことを何で彼女が知ろう。で、彼女は門間兵三の横顔を眺めながら、故知《ゆえし》らぬ可笑《おか》しさがこみあげ、誰もいなければ彼の首玉をくすぐってやりたいいたずら心をさえ感じたのである。

さて私は此の辺で門間兵三と茅野多枝とのそもそもの間柄について面倒くさくはあるが述べておく必要がありそうだ。いささか陳腐《ちんぷ》にわたるかも知れぬけれど、読者諸君も辛抱して貰いたい。辛抱ということはこの世の中では大切な美徳である。さてずっと以前——と言っても十年ばかり前、門間兵三は山陰松江にある高等学校の理科一年生であった時、初めて学期試験がすんで暑中休暇が来て、播州加古川の実家へ帰省の途次、同じく山陰に在る山間の或る小さな町を訪ねたことがある。その小さな町には彼と同じ年の同じ日に高等学校に入学し、奇《く》しくも同じ寄宿舎の同じ室に同居することになった佐々山喜兵衛が、僅《わず》か二ヵ月の在学の後、胸部に原因不明の病気を発して帰郷静養していた。その痩身白皙《そうしんはくせき》の佐々山喜兵衛を見舞いかたがた訪ねて行ったのである。一つには、白線の帽子を阿弥陀《あみだ》に被《かぶ》り、朴歯《ほおば》の下駄を引っ掛け、腰に手拭をぶら下げて、帰省の途中友人の家に立寄るなどという行為は、青年客気《かっき》の矜《ほこ》りを満足さすに十分であったが、だから彼は山陰本線某駅でわざわざ途中下車し、それから数里の山道をがたがたの乗合馬車に揺られながら、風に晒《さら》されたような小さな町を尋ねて行ったのであった。それはたしか七月の十何日の午後七時頃であった。馬車がようやく町の入口近くまで来ると、道のほとりの松の木を背にして、痩身白皙の如何《いか》にも文科生らしい佐々山喜兵衛が竹のステッキを振り振り待っている姿が目にとまった。彼は馭者《ぎょしゃ》が「あぶない……」と制止する声を発した時には、最早や路上にひらり跳びおりていた。「やあ」「いよう」「試験はどうだった?」と先ず佐々山喜兵衛がたずねた。「あかん! あかん!」と門間兵三は答えた。そして二人は並んで歩きながら学校の友人達の消息を次から次へ語り始めた。だから門間兵三は佐々山喜兵衛に病気見舞いらしい言葉を述べることは、余程後刻になるまで失念していた訳である。

「お酒はどうします?」

二人が風呂から上って、佐々山家の川に面した部屋の出窓によりかかって、夕風を胸にいれていると、喜兵衛の母親が後ろから声を掛けた。母親は喜兵衛によく似て、痩形で色白の、まだ四十そこそこの婦人であった。

「つけて下さい」と喜兵衛が返事をした。

「ビールの方がよくはない?」と婦人は二人を等分にながめた。

「いや、門間の奴に一つうちの酒を飲ましてやりましょう」と喜兵衛が言った。その言葉の調子は年齢の割におとなびていた。彼の家はこの町の旧家で、相当名のひびいた造り酒屋であった。

「よし、我輩が味をきいてやる! どうせ元をただせばこの川の水やろ!」と兵三は叫んで川を指さした。ほ、ほ、ほ、ほ、と婦人は上品に笑いながら消えて行った。

やがて朱塗《しゆぬり》の膳に夕餉《ゆうげ》の支度がはこばれて、では私がお酌《しやく》をさせて頂きます、と坐った婦人を二人は無理に撃退した。兵三はすぱりと猿股一つになり、豪放な態度をつくって杯をあおりながら、

「この魚は何や？」と喜兵衛に尋ねた。

「これか、これは鮎だ、この川からとれる名産だ」

「これが鮎か、なるほど、それにしては案外うまいね」

「それにしても、案外君は不粋《ぶすい》だね」

「ぶすい？」

「うん、つまり、無智だというんだ」喜兵衛は柔和《にゆうわ》な微笑を白い顔に浮べた。

「何だと！」兵三は持前の甲高い声をあげて応じた。

「じゃ、君はこの酒の分解式を知っとるか、知っとれば言うて見い」

こういう風な調子で二人の酒宴《しゆえん》は始まったのである。しかし、やがて、喜兵衛の母親がいそいそと銚子のお代りを持って再び入って来た。が、その時第一本目の銚子にはまだ半分の酒が残っていた。それであるのに、門間兵三の裸はもはや茹蛸《ゆでだこ》のように赤く染まっていた。

「いかがですかしら、お味は？」と婦人は見て見ぬ振りをして兵三に新しい銚子をささげた。

「駄目です、小母さん、駄目です、佐々山の奴がちっとも飲まんので、僕まで飲めへんです」と兵三は手を振って周章《あわ》てた。

「でも、もうお一つだけ、……門間さんはお父さんやお母さんお達者ですの？」と婦人はやわらかに席をとりもった。

「親父もおふくろも疾《と》うの昔に死んだです、家には兄貴と兄貴の嬶《かかあ》と、その子供が三人おるです」

「あら、そうですの！」母親はこころもち眉をひそめた。

「兄貴は小間物屋をやっとるですが、なんぼにもけちです、それで僕も来年あたりから苦学せんならんか知れんです。おい、佐々山、俺は苦学だ、苦学だぞ」兵三は新聞配達を真似て頓狂《とんきょう》におどけた。その様子を眺めながら、婦人は胸をかかえて笑った。徴兵検査前の兵三に、病気の息子を持つ母親のさびしい心境など分ろう筈はないのであった。

「折角遠方をお出かけ下さったのに、何にもお見せする所もないわねえ、喜兵衛、お前よかったら、明日の朝涼しいうちに、城址の千畳敷へでもご案内したらどう？」婦人はしかし、白線の帽子で尋ねて来た我が子の友を見る嬉しさに、母親らしい心をつかった。「門間さんは今日はお疲れでしょうから、今夜は早くおやすみして頂いて……」

そして夕餉は終った。が、門間兵三と佐々山喜兵衛は座敷にねそべって、学校のことを主題に雑談をつづけた。

「ところで、君、身体の方はどうなんだい？」と、突然のように、兵三は喜兵衛にあってから初めての病気見舞いらしい言葉を述べた。

「最初は肺尖《はいせん》の兆候《ちょうこう》があると言うんで取越苦労したんだが、どうもそうではないらしい。医者なんていい加減なもんだね。ただ夜ねてから咳が出るんだが、それが未だ止らないんでね、近いうち大阪の病院にでも行ってたしかな所をみて貰うつもりだ。何あに、たいしたことはないいんだが、気休めにさ」喜兵衛はしずかな調子で言った。

「あ、変な声で鳴いとるぞ、あれ何ちゅう鳥だい？」兵三は半身を起して耳をすました。

「かじかだよ」

「かじか？」

「うん、河鹿さ、これもこの川の名産だ、但《ただ》しこれは食えないがね、――ところで、門間、明日の晩、この町で短歌会があるんだが出て見ないか」

思い出したように喜兵衛が兵三を誘った。

「短歌の会？　そんなものあかん」兵三は言下《げんか》に拒絶した。

ところが、翌晩、門間兵三は佐々山喜兵衛に連れられて「水馬虫」短歌会第三回例会に出席していたのである。そのいきさつは後で徐々に述べることにして、「水馬虫」短歌会第三回例会はこの町の町外れの山麓にある町立実科高等女学校の裁縫室《さいほう》で行われた。その女学校は女学校と言っても定員二百名教師七名を容れるに過ぎぬ極めて家庭的な建物であった。裁縫室の壁には何処の名士の筆になるものか『女らしく』という額が筆勢荒々しく掲っていた。二人が少し遅刻して入って行くと、新来の客の参会は既にこの山間の歌人達の耳に伝わっていたと見えて、一同は拍手を以《もつ》て迎えた。これでその夜の出席全員十三人が揃《そろ》った訳である。集った人々の身分を略記すれば、女学校教諭心得一人、町の小学校訓《くん》導《どう》一人、同じく准訓導一人、村の小学校代用教員一人、町役場吏員一人、自転車業一人、菓子製造業一人、農業一人、巡査一人。以上の人達に交って如何《いか》にも山の中の女学生らしい制服を着た女学生が二人交っていた。

「では皆さん、詠草《えいそう》をご投じ願います」

と口ごもるような声で言ったのは、謄写版刷《とうしゃばんずり》の「水馬虫」の指導者、町立実科高等女学校教諭心得多賀秋郊氏であった。秋郊氏は学歴がないため、又処世に長ぜぬため齢《よわい》四十を過ぎているにも拘らず、学校での地位はかんばしくなかったが、短歌の方では中央歌壇の一部には山陰にこの人ありと知られた歌人であった。銘々《めいめい》は懐ろの中をかさこそと鳴らして自作の歌をとり出し、秋郊氏の前に置いてあるボール箱の中に投じた。一番最後に畳の上を走るように、二人の女学生が肩を並べて投じた。門間兵三はその面はずかし気な姿をちらりと流眄《ながしめ》で眺めた。が、何だ、二人とも別に美人でも何でもないじゃないか、佐々山の奴うまく俺をそそのかしたかな、と兵三は心の中でつぶやいて、きょとんと窓の外に目をうつした。集った詠草は字を書きなれた小学校の先生が丁寧に順序よく黒板に清書して行った。そして最後に一首一首の上に算用数字で番号が書きそえられた。互選の投票に用いるためである。

やがて、互選の結果が開票された。「最高点六点、8番」と開票係の役場吏員が叫んだ。「8番! どなたですか?」その声に女学生の一人が女学校の授業時間のように可愛く手を挙げた。一同の視線がさっと彼女に集中した。間髪《かんぱつ》を容《い》れず、朗吟係の菓子製造業がよくとおる声を張り上げて、朗々《ろうろう》と朗吟をはじめた。

白粉《おしろい》をはじめてぬりて町ゆけば
したしき友の来るに逢ひぬ

「茅野さん、何か作者の感想があったら、ひとつ――」と秋郊氏が言った。茅野多枝は耳朶《みみたぶ》を真赤に染めて黙って俯向《うつむ》いていた。「なければ、批評にうつります、どうぞ皆さん御遠慮なく――」茅野多枝はそこで軽く頭をもたげた。そしてちらりと門間兵三の方をながめた。瞬間、兵三のあげた視線が彼女の視線にちかりとぶっつかった。

「素直な点をとるね」「技巧を弄《ろう》していないのがいい」そういう批評を多枝は遠い夢のように聞いていた。と、突然「作者にきくが、これは実際の経験ですかね」という声がどきりと耳にひびいた。「想像ではこうは現《で》ないだろう」誰かが代ってそれに答えた。「白粉と言ってもクリームのことでしょう」「…………」「つまり誇張の面白さか」「だが女学生は白粉《おしろい》をぬってもいいのかね」「クリーム位大目に見とくさ」

批評というものは常にかくのごとく行われるものである。と、その時、ぬっと門間兵三が立ち上った。

「僕は実は歌のことは少しも知らんのですが、何も歌は修身じゃあるまいし、僕はこの歌で、僕がはじめて高等学校の帽子をかぶって町を歩いた時を思い出して、一寸《ちょっと》同感です、以上」

彼は頭を掻き掻きどてんと坐った。一座がどっと笑って、それから森《しん》とした。そこで、秋郊氏が最後の批評にとりかかった。

「次は五点、4番！」役場吏員が次点を発表した。佐々山喜兵衛が軽く兵三の肩を叩いた。菓子製造業が朗吟をはじめた。

河鹿なく川のほとりのおばしまに
はだかでをれば河鹿なくなる

何というまぐれあたりであったろう。前夜佐々山の手ほどきで試作した兵三の珍妙な処女作が、はからずもその道の先輩諸君を尻目に次点の光栄を贏《か》ち得たのである。それにしても諸君、こういう結果はあながち奇怪なことではない、田舎短歌会の互選にはしばしば起り得る現象なのである。その証拠には、この夜の会合に於ても師匠格の多賀秋郊氏の一首の如きは僅か三点の得点があったに止まる。佐々山喜兵衛の次のような一首も同じく三点を獲得した。

朝な朝なとほりつつ見るのうぜんの
かづらの花も咲きそめにけり

兎も角こんな風な歌がこんな風な順序で、次々に朗吟され批評され鑑賞され進行して行ったのである。そして一番おしまいに、一等の茅野多枝には秋郊氏の色紙が、二等の門間兵三には短冊がそれぞれ賞品として一同の拍手裡に授与されたのであった。

すでに夜は更けていた。山から梟《ふくろう》の鳴く声が聞えた。兵三は暗い川縁の道をかえりながら喜兵衛に訊ねた。

「あの女学生は何時も来るのかい？」
「いや、今夜が初めてだ」
「君はよく知っているのかい？」
「うん、よくってこともないが」

「つまり小学校の同窓かい？」

「ああ、あの一人の方は僕より下の組だったが、もうひとりのあの一等の方ね、あれは遠方の女だ」

「遠方？」

「うん、あれはね、あの女学校の校長の娘なんだ。去年、いや一昨年この町へ転任して来たんだが、町立ではあるしちょっと左遷《させん》なんだ。僕の親父が町の名誉助役をしているんでね、時々家へもやって来るがね。僕も親父の使いで先生の家へ行ったこともあるがね。ちょっと一風変った先生でね、僕が行った時にはシャツ一枚になって七輪の火を煽ぎ煽ぎ飯を焚《た》いていたよ」

「何故だい？」

「奥さんに死なれたんだそうだ」

「家は近くかい？」

「そら、さっき曲り角の所に土塀のこわれた藁葺《わらぶき》の家があっただろう。如何にも以前貧乏士族が住んでいたような……」

「あの塀の上に藤の蔓が匐《は》いかぶさっていた……？」

「藤ではないよ、あれがのうぜんかずらと言うんだ」

「ああ、あれがか」

「僕は医者へ行く途中なんでよく通るがね、何時通って見てもその七輪が台所の入口の所にころがっているんで、可笑《おか》しくってね……」

「………」

「………」

偖《さて》、翌日は、その町の水天宮様の縁日にあたっていた。水天宮様は、川の岸辺の柳の木の陰に、平生《へいぜい》は存在さえ忘れられているような小さな祠であったが、町のひとびとはもう幾日も前から暦をくりくり待っていた。ひとびとには、二年前、三年前、十年前、十五年前の思い出が夏祭りの宵闇の中に漂うているのであった。うすら寒い稲荷様の初午などと違って、猿芝居が来るではなく、見世物小屋がかかるではなく、古い柳の木の周囲にちっぽけな露店が七つ八つ張られるに過ぎぬのだが、ひとびとにはその青いアセチレン瓦斯《ガス》の匂いが又なつかしいのであった。制服制帽の門間兵三と浴衣にステッキを抱えた佐々山喜兵衛とは、この晩のこのひと時を、柳の木陰の石ころに腰をおろして、瓦斯の光にしたい寄る善男善女を眺めていた。が、やがて二人は立上った。喜兵衛は思い出したように袂《たもと》の中の銭をちゃらちゃら鳴らして線香花火をもとめた。そして二人は黙り勝ちにそれぞれの思いで橋の上まで来ていた。その橋は僅か三、四十間《けん》の短い橋であったが、名前は堂々と『大橋』と言う名前がついていた。しかも、こういう町のこういう賑《にぎ》わいは、一方、人の心を長閑《のどか》にさせる働きをもつもので、橋の欄干《らんかん》には何人かの先客が薄闇の中で団扇《うちわ》をつかっていた。喜兵衛は買って来た線香花火に火を点じ、兵三は煙草を吹かし始めた。

丁度最後の花火も燃え尽した時であった。橋の片側の薄闇の中を水色の浴衣に黄色い三尺を結んだひとりの少女が向うから歩いて来た。少女は十歳ばかりの男の子の手をひいて、二人の前を行き過ぎようとした。その瞬間、「あっ」と小さく叫んで立止った。そして軽くお辞儀をした。二人は同時に茅野多枝をみとめた。

「おまいり?」喜兵衛がたずねた。

「ええ」多枝が答えた。

「お父さんは、お留守番?」

「ええ」

「昨日はどうも、おめでとう」と喜兵衛が言った。

「あら、いやだ」と多枝は浴衣の袂の先を口に持って行き、ちらりと兵三の顔をながめた。

「あ、そうだ、改めてご紹介します」と喜兵衛が言った。

「これが僕と同じ学校の理科一年生門間兵三、こちらが『水馬虫』の新進歌人茅野多枝さん」

「あら、いやだ」多枝はもう一度小さく叫んで、軽く頭をかがめた。

「どうも、おめでとう!」兵三はとんちんかんなことを言って、ぬいだ帽子を又被《かぶ》り直した。

「何だ門間の挨拶」喜兵衛が笑った。「こいつはね、何をやらしても均整がとれないんですよ、小さな身体をしているくせに、これで実に大きな鼾をごうごうとかいて眠ったりするんで、僕は……」

「だから安眠妨害だから、明日は帰ると言っとるじゃないか！」兵三も負けてはいなかった。

「あした？」ひとりごとのように呟いて、多枝ははじめて兵三を見つめた。「もっといらっしゃればいいのに！」

「ああ、だが」兵三は口ごもった。

「お家は遠いんですの？」多枝が訊ねた。

「加古川です」

「加古川？　加古川ならわたし汽車で通ったことありますわ。神戸から来る時」

「あんたは神戸？」

「いいえ」

「何処です？」

「どこって、本籍は金沢ですけど、生れたのは東京で、それから山形へ行って、それから静岡へ行って、それから神戸へ行って、それから……」

薄暗のなかで多枝は、本当のことを兵三に告げながら、十七年の過去を思い起した。彼女は山形で長兄に死なれ、静岡で次兄に死なれ、そして神戸で母に死なれていた。そしてそのようなことは訊かれもせぬので語りはしなかったが、訊かれるだけは答えないでいられぬものを、何故か彼女は兵三の無骨な言葉から受けたのである。しかし本当のことを言ってしまった虚《むな》しさに、彼女は複雑な微笑を口のほとりにたたえた。橋の袂の電信柱に裸でぶら下っている電灯が、ほのかにそういう彼女の顔の半分を照らしていた。しばらく静かな時間が流れた。水天宮参拝の人たちが、三人を横目で盗見しながら、ぞろぞろと橋を渡って行った。

「姉さん！　早く行こう！」

先刻から多枝の後ろにかくれて、つまらなそうにしていた彼女の弟が、姉の三尺帯の結び目を引っ張り始めた。彼女は急に前へよろめいたが、あやうく支えて、

「では――行ってきます」

と、身を躱《かわ》した。

兵三はその後姿を眺めた。それは前の晩の女学校の鄙《ひな》びた制服姿とはまるで別人に思えた。彼女はふたたび弟の手をひいて、こころもち跛《びっこ》をひくような足どりで橋の袂の明るいところに出ると、その先の四つ角をくるりと上手《かみて》に曲って見えなくなった。

さて故郷加古川の小間物屋の二階に帰った兵三は近年にない暑さにうだっていた。尤《もっと》も近年にない暑さでない年は稀なものだが、時に兄の命令で店番をすることがある外、又時に嫂の依頼で甥姪の子守をすることがある外、無聊《ぶりょう》に苦しめられていた。その無聊の中で、彼は或る日、意を決して彼女に手紙を書いたのであった。

この間はどうも失礼しました、と彼は書きはじめた。そうして書いては破り、書いては破り、とうとう彼は書いたのであった。——

この間はどうも失礼しました。あのあくる日、僕は、一番の馬車に乗って、はるばる故里にかえって来ました。そうです、はるばると、そのような心地でいつしか二週間の日がすぎてしまいました。けれどもわずか三日間の逗留ではありましたが、僕はあの山にかこまれた町の風景が、はっきりと思い出されます。水天宮の夜宮のあかりが、柳の木陰にちらちらとゆれていた晩、あれから僕たちはあの大橋の上で、あなたのおかえりを待っていました。佐々山は、あなたはひょっとしたらも一つ上手の新橋から帰られたかも知れぬと言っていましたが、そのうち苦しげな咳をおこしたので、僕もとうとう彼と一緒に帰宅しました。にも拘らず、その夜、彼は僕よりも先に、すやすやと眠ってしまいました。僕は、ながい間、窓の下を流れる川の水の音をきいていました。時々おもい出したように鳴く河鹿が——僕は、その声をじっと聞いていました。どうかわらわないで下さい。僕は、生れてはじめて、その愛《いと》しい声をきいたのでした。今もこうして、これを書きながら耳をすますと、その声が聞えて来るようです。

ようやく書きあげた手紙を、こんどは歌のように誰にも添削《てんさく》してもらう訳にはゆかず、兵三はそっと封筒におさめると一分一厘の隙もなくべたべた糊をぬりつけた。彼はそれを懐ろにいれてわざわざ停車場のポストまで持って行った。神様どうかこの手紙が無事にとどきますように、——ぽてんと音のしたポストの周りを、兵三は二度くるりとまわった。

そして、彼は三日三晩、彼女の返事を待ちつづけた。そうして四日目の朝、ついに返事が来たのであった。

ええそうですの、（とその返事は書き出されていた）あんなに言っておきながらわたしは、わざわざ遠廻りして新橋からかえってしまいましたの。なんてわたしはひねくれたいけない少女なのでしょう。長いこと父につれられて方々を転々して歩いたせいかしら。それとも母がいないためかしら。わたしはあの晩家に帰ってから、そのことに気がつき、しばらくぼんやりしていました。でも、わたしは新橋をわたる時、橋の上にたちどまってながめますと、大橋の方の闇の中に煙草の火がひとつ、ぽっぽっと見えていました。佐々山さんは煙草はおあがりにならないもの。わたしはその赤い火を心に思い出しおもい出し、あの河鹿のお作を口ずさみながら、今日も夕方あの橋をわたってお使いからかえって来ましたの。そしたらあなたのお手紙が待っていましたの。わたしは何といってお礼を申し上げたらいいのかしら。なんだか泣きたいような、そんな、……わたしはいけない少女なのかしら。でも、わたしは加古川の町を知っていますわ。あの時も申し上げましたように、わたしがここに来るとき、汽車でとおりましたもの。町を出るとすぐ長い鉄橋があって、鉄橋とならんで長い橋があって、わたしはそのはればれとした景色を何故かおぼえておりましたの。それなのにここは何というういんきな町なのでしょう。わたしの父はこの間から風邪をひいてねています。わたしは昼はお洗濯をしたりお炊事をしたり、そして今はしんしんとした山の夜ふけに、はじめてのご返事をあなたに書いていますの。あなたの町を心にえがきながら。……わたしは目をつむって見ました。そしてまた開けて見ました。……ああ今夜も河鹿がないております。

読み終った兵三の手はぶるぶると震えていた。五度六度繰返して読んでも、なお胸の鼓《こ》動《どう》はおさまらず、彼はこの世の歓喜を一身に集めたかのような足どりで、鉄橋のある川土手の方へ歩いていた。ああ何という美しい景色であろう、と彼は橋の上に佇《た》って、煤煙によごれた鉄橋をふり仰いだ。

然し、私は少し話を急ぐことにする。やがて九月になって新学期が始まると、門間兵三は松江の町に帰って行ったのである。松江の町の姿も宍道湖の水の色も以前とはまるで別もののように思えた。彼は寄宿舎の窓にもたれて、又々その景色の美しさを彼女に書き送ったのである。その景色の一文はここでは省略する。が、彼はその一文を茅野多枝への第三番目の手紙として投函したのである。ところが四日経っても五日経っても、今度は彼女からの返事は来なかったのである。待ちに待って、ようやく七日目になって、彼の手にした書簡は、次のような意想外なものであった。

粛啓　時下秋冷ノ候貴殿益々御多祥ノ段奉賀候。却説陳者豚児多枝儀貴殿ノ辱知ヲ得居候趣ニ御座候処、右多枝ハ未ダ思慮定ラザル女学校生徒ニ有之、且小生ハ該女学校ニ職ヲ奉ズル身ニテモ有之、当分御交誼ノ事ハ御遠慮被下度、洵ニ硬骨無礼トハ存候エ共枉ゲテ御承引ノ程伏而奉願上候。

猶御贈与ノ御書面三通ハ茲ニ同封一応御返還申上度、先ハ御挨拶迄如斯御座候。敬白

茅野八百吉

門間兵三殿

以上私は門間兵三と茅野多枝との関係を概略ながら述べたつもりである。そうしてその後消息不明のまま各々《おのおの》十年の歳月をすごした二人が、新宿の喫茶店で偶然邂逅《かいこう》したのである。それは如何にも不思議なことであった。けれども、十年に一度ぐらい廻って来る不思議が何で不思議の部類に入ろう。門間兵三は麦酒を飲みながら、同じく麦酒のコップを口

にする茅野多枝を前に置いて、前にも述べたとおり、彼が時々遊びに行っては遠慮気兼もなく一緒に酒を飲む同僚の英語教師の細君を勝手に連想したことは大変彼の気持を楽にさせたのであった。年齢から言えば今や彼は壮年期に足を踏み入れようとしていたが、彼はその青年期に、世の常の青年の如く女との関係に泥足をぬたくらせて苦悶した経験は持っていなかった。彼の唯一の享楽《きょうらく》は酒を飲んで酔うことで、段々酒量はあがって来たけれど、酒間をとりもつ女の如きも、彼にとってはその場の景物に過ぎなかった。だから彼の知っている女と言えば、そういう酒の場の女と友人の細君と、そして自分の女房と、先ずそんな所に限られていた。それ故彼が茅野多枝に以前水商売に関係したことのある英語教師の細君を連想したところで無理はないのである。その上、迂闊《うかつ》な性分の彼は、多枝が手に提げていて、最初彼に声をかけると同時に椅子の脇に置いた旅行用鞄《かばん》に気がついていなかった。もしも仮に彼が思想係の刑事であって、それに気づいたならば、彼女の服装から推して鞄の中には秘密印刷物が入っていると嫌疑《けんぎ》をかけたかも知れない。又彼が盗賊係の刑事であったならばその中には金塊銀塊がつまっていると一応邪推したかも知れない。けれども中学の教師である彼は嫌疑どころか目にもとめなかったのである。——余談はさておき、

「で、あんたは今何処にいるんですか、やっぱり東京?」とだんだん落着いて来た兵三は話の糸口を見つけた。

「え、そう! 東中野の駅の西に翠風荘ってアパートがあるの御存じない? 省線の中か

ら見えているんですけど、あすこよ」と淀《よど》みなく答えた多枝の言葉の調子は、ますます友人の細君を感じさせ、ますます兵三の気持を楽にさせた。その人中で揉《も》まれたことのある、家庭人でない証拠を何処となく現わしている口のきき方に、

「翠風荘? 知らないな、——毎日通るんだけど」

「そう! それで、門間さんのお住いはどちらなの?」

「阿佐ケ谷です」

「阿佐ケ谷? あら、そうお!」と、多枝は青みがかった瞳を輝かして兵三を見つめた。そして、「ずうっと?」と、つけ加えた。

「もう、五年もいるです」

「そうお! わたしも、阿佐ケ谷には三年ばかりいたわ、それで、門間さん、お子供さんは?」多枝は早口にあびせた。

「まだ——いや、正しく言えば零コンマの九人か! ……あんたは?」

「ナシ」と彼女はワンピイスの胸の上を軽く指でおさえた。そして、ぎゅっと麦酒をあおった。

「御主人は?」

「ナシ、——あったこともあるけれど」

「それで、今はひとり?」

「そう！」

「それで、今、どっか勤めでもしているの？」兵三は先刻から胸に感じていたことを切り出した。

「分らない？」と反問して多枝は兵三を見つめた。「あててごらんなさいよ！」

「分らないな」

「わたし、あなたの、当てて見ましょうか？」

「………」兵三は黙ってうなずいた。

「学校の先生でしょう！」

「ああ！　何故？」

「だって、さっき、生徒がお辞儀したんですもの、別にわたし探偵したんじゃなくってよ、さっきはじめて分ったの」

「なるほど」

「ほんとを言うとね、わたし門間さん今何処で何していらっしゃるかと、高等学校の名簿を手に入れて探偵したことあるのよ、だけどその時は分らなかった！」

「それは分らん！　分らん筈だ！」

「どしてなの？」

「僕はあの学校卒業しなかったもの」

「そうお！」と、多枝は麦酒の酔いに赤く充血した眼を射るように兵三に注いで暫く考える風であったが、「どして？　え？　ぐれちゃったの？」とせき込んだ。

「いや、落第したんで、それに色んなこともあって、東京の学校へ出て来たまでさ」

「そうなの、じゃ探す方が無理ね」多枝は瞳を宙に浮かしていたが、「佐々山さんもなかったわ！」と独言のように言った。

「佐々山は死んだですよ」

「えッ？」と多枝はおどろいて訊ねかえした。

「あんたは知らないの？」と兵三は訊ねた。

「知らないわ、ちっとも、——何時ごろでしたの？」

「あれから、彼奴は大阪の病院へ行って、ついに回復しなかったです」

「やはり胸の方でしたの？」

「そうです。ところが最初、彼奴の病気は原因が分らなくて医者も本人も困ってたんですが、やっと分った時には体の方の衰弱がひどくなっていてね。丁度その頃僕は上京したんで病院へ見舞いに立寄ったですが、無慙《むざん》に痩せさらばえていましたよ。その時あんたの噂が出ましてね、もしも、あんたに逢うことがあったらよろしくと、しみじみした口調で言っていましたよ。——あれが僕との最後でした！」

「肺病とは違いますの？」

「それがね、肺臓ジストマとか言う病気なんです。ジストマと言う小さな虫が一匹彼奴の肺臓に喰い入って咳を起していたんだそうです。雄だったか雌だったか兎も角一匹だけだから繁殖はしないと言うことだったんですが、その一匹が命をとるもとになってしまったんだそうです」

「まあ!」と多枝は眉をしかめた。

「彼奴のその標本が、今でも病院に見本に残されているということですが! 僕は今度大阪へ行ったら、見せて貰おうと思っているんですが!」

「嫌あッ!」と叫ぶと同時に多枝は卓の上に顔を俯伏《うつぶ》せた。兵三は麦酒がまわっている割合に案外冷静になれていた。冷静な心で彼は俯伏せになっている多枝の首筋に眼をそそいでいたが、

「いや、陰気な話はよしましょう、――ところで、あんたはいったい、今何をしているんです?」と兵三は訊ねた。

「わたし?」と多枝はけろりと顔をあげて笑った。先程の眼の充血は何処かへ去って彼女は持前の青みがかった瞳を意味ありげにたゆたわせていたが、「分らないかなあ」といたずらっ子のように断髪の房をゆすった。

「分らないなあ」

「だって門間さん、わたしの声ずいぶん訛声《だみごえ》でしょう、そうは感じない? ああこんな声

自分の耳で聞いてもたまらないわ。でもこの声が商売なの、ちぇッ」と軽い舌打をして、多枝は麦酒のコップに手をさしのべた。やっぱり、と兵三は銀座裏などのカフェーという所で、客と一緒に酒を飲みながら声を張り上げて唄をうたう女を目に浮べた。が、とぼけて、

「音楽でもやっているの？」と質問した。

「え、音楽もやりますわ」と多枝は風邪をひいたような声で答えた。しかしその声は、たとえば罪を犯した犯人が、罪を白状する時のような安心な響きを与えた。「ただし、オルガンでですよ、ちいちいぱっぱや、はとぽっぽの唱歌をうたって――」

「じゃ、センセイ？」

「そう」

「なあんだ！」

兵三は思わずあてがはずれて、持前の甲高い奇声を発した。しかしその奇声はかりそめにも彼が彼女の職業に軽蔑感を抱いた為ではない。いや兵三は十年振りに逢った茅野多枝が彼と同じ職業にあることに身近な親愛を覚えたのである。だから彼は親しい調子でつけ加えた。「そんならそうと早く言えばいいのに、随分じらすなあ君は！」

「だって、わたし矢っ張りひねくれてるのねえ」多枝は微笑を泛《うか》べて肩を軽く左右にゆすった。その動作はしみじみとした愉しさを内に湛《たた》えていた。兵三は突飛《とっぴ》にも、夫婦喧嘩をした後で、仲直りした時の女房の姿を思いうかべた。

「だが、東京は広いんだなあ」と独言のように言って、彼はゆっくり麦酒のコップを唇にあてがった。

「なに！」と、彼女はおだやかに訊きかえした。人間の気持というものは、何という不思議なものであることか、彼女の語韻は世の女房が亭主にあまえる時のそれに似ていた。

「そのモダンな頭でさ」

「これ？」と彼女は房々の断髪に手をおいて、「大丈夫なのよ、これ！　学校へ行く時はちゃあんと、人一倍先生らしい髷《まげ》が用意してあるのよ」

「ははあ！」と兵三は新しくゴールデンバットに火を点じた。

「ずいぶん、あばずれに見えない？　どっかのインチキ女給みたいに？　この面《つら》？」多枝は自分の頬ぺたを自分の指先でつねって、その手を兵三の前にさしのべた。煙草を一本呉れという動作であった。ちょっと虚をつかれた兵三は、

「なあんだ」と又周章てた。「煙草もいけるのか！　そんならそうと早く言えばいいのに、案外遠慮なところもあるんだなあ」

「だって」と彼女はバットを器用に細い指先にはさんで、「いくら何でも学校じゃ喫《の》めないでしょう、だからちゃんと訓練がつんであるのよ」

「便所で吸えばいい」

「まさか、わたしこれで学校じゃとても神妙な先生よ。だけど一度、あの時は困ったたな

あ」と多枝は少女のように肩をすくめた。「一度ね、月曜日の一時間目の修身の時間によ。わたし寝不足で気持がくしゃくしゃしてたの。生徒がわたしの話ちっともきかないで騒ぎ始めたんで、わたし腹を立てちゃったの。そら、男の先生がよくするでしょう、竹の鞭を振り上げてこう、わたしあの真似して腹立ちまぎれに教卓の上をぴしゃぴしゃ叩いたのよ。そしたらあんまり力を入れすぎて、その拍子に教壇の上へぽったんと命の髷がひっくりころげてよ……」

丁度その時高級喫茶店のレコードは、喧噪なジャズを奏《かな》ではじめた。と、茅野多枝は不意に椅子から立上った。と、同時に素早く自分の腕時計に目を注ぎ、店の電気時計をふり仰いだ。金属製の長い鎖の先端にだらりと不均衡な玉を二つぶらさげたその暢気な時計の針は何時しか十一時四十分を示していた。店の天井に取付けた扇風機が幾つもめまぐるしく廻転しているのが目に映じた。

「たいへん！　たいへん！　大変だわ、門間さん！」

周囲の客への気兼もなく訛声で叫ぶが早いか、彼女は慌《あわただ》しく足もとの旅行用鞄を持ち上げた。その時はじめて旅行用鞄をみとめた兵三は、

「なあんだ?」と沈着に女房がヒステリイを起した時に処する態度で言ってみたが、内心は彼女の言動につられていた。

「時間がよ、もう十五分しかないのよ、あなたの時計今何時?　あら、これじゃ十分しか

ないわ、ひゃあ！」

せき込んだ多枝は挨拶も残さず、もう、だらだら坂の入口に向けて駆けていた。

「なあんだ！　汽車に乗るのか！　そんならそうと早く言えばいいのに！」

兵三は黄色い声で叫ぶと、憚るようにあたりを見廻したが、次の瞬間にはもう、あたふたと多枝の後姿を追うていた。

夜中の十二時五分前に新宿駅を出る中央本線下り列車は、出発の用意を調えてホームに横たわっていた。そして、けれども多枝は十分間にあうことが出来たのである。卵色のワンピイスの背中に茶色の汗をしみとおす程息せき急ぐ必要はなかったのである。停車場の地下道の曲り角から、彼女の旅行用鞄を奪い取った兵三はリュックサック姿の登山客の込み合っている車中を先に立って座席を捜した。ところが、大きい停車場の而もその停車場を起点として出発する列車の中は、乗客よりもむしろ見送人が混雑しているものである。なんと不思議なことであることか、と数時間前東京駅にお腹の大きい細君を見送った門間兵三はそれを感じていた。新宿駅では東京駅ほどのことはなかったが、彼は女ひとりの旅人の席を見出すのに、「一寸失敬……」「少々御免……」「此処は……」と二、三十回も繰返さねばならぬのであった。そしてようやく彼が見つけた席は、又不思議な所にぽかんと空いていた。それは列車の最後部の旅客の手荷物を積込む車の後半分に申訳のようにくっついている、実にふるぼけた、それはもう何十年の間か中央線の隧道《トンネル》を往復しているうちに煤煙のために黒く変色してしまった、実に粗末な座席であった。

「ところで、いったい、何処へ行くんだ？」麦酒と駆足とのため顔を真赤にした兵三は大声で尋ねた。

「ああくるし……どうもありがと……わたし……二時間以上も間があると思って……悠々としてたのよ……ああくるし……」多枝は座席の靠木《もたれぎ》につかまって息をはずませながら答えた。「わたし田舎へ行くの……田舎へ……ああくるし……」

「そんならそうと早く言えば、浅草海苔でも土産に買って上げるのに……バカ！」兵三は無意識に細君の手土産にした浅草海苔を思いおこして言った。

「ほんと、バカね、わたし！」

多枝はまだ胸を抱えて喘《あえ》いでいた。ホームの一角から発車準備のベルが鳴っているのが聞えた。ふらふらと昇降口をまわってホームに下り、兵三は彼女のいる窓下に佇《た》って、しばらくホームの混雑を眺めていた。

「前の方は鮨詰だぞ、なあんだ、人生は周章てることはない！」と彼は独言のように叫ぶと多枝に目を移して、「何が仕合せになるか分らんものだなあ！」と感心した。彼女は喘《あえ》いだ後の一種異様なうつくしい顔を窓からのぞけていたが、その顔を黙ってこくりと縦にふってにこりと笑った。そして、

「馬鹿みたい？　前の方の人？」と内証のように窓から半身を差出した。そして、「ねえ、

門間さん、この汽車阿佐ケ谷通るんだったわねえ」と元の位置に身をかえした多枝は、思い出したように声をかけた。

「ああ通るよ」と兵三は答えた。

「あなたも乗って行かない？」

「冗談じゃない」

「跳びおりればいいじゃないの、阿佐ケ谷で、すっとーんと」

「僕はハンカチを振るよ、ハンカチを——」

「それからどうするの？」

「電車で帰るよ」

「どうだか、まだこれから大いに飲もうと思ってるんじゃなくて？」

「うむ、飲んでもいいな」

「それとも……」と多枝は顔の汗を拭きながら、ハンカチのかげから、「おくさんが待ってて？」

「いや……」と兵三が口ごもっていると、丁度その時、そこから一間ばかり離れた所で車掌がけたたましく笛を吹きはじめた。

「ねえ、門間さん」と多枝は窓から身をのり出した。「いいじゃないの、送ってよ、跳びおりなくってもさ、立川まで行って引っ返せばいいじゃないの」

「ああ」と兵三が一足よろめいた拍子に汽車ががたんと動いた。

「ねえ、いいじゃないの、ねえ、……」と低いがのっぴきならぬ女の声が、酔うている兵三の耳をつきさした。間髪を容れず、酔うている彼の或る中枢《ちゅうすう》が「行け！」と命じた。

「危ない！」と叫ぶ駅夫の声が聞えた。が、その時兵三の右手は、すでに進行を開始した乗車台の把手《とって》を摑んでいた。

その動作は兵三としては実に軽妙に行われた。なんとなれば、彼の身につけているものは、中形《ちゅうがた》の浴衣ただ一枚に過ぎず、帽子もかぶっていなかったからである。

けれどもこの古ぼけた客車の一隅に茅野多枝と差向いに坐った門間兵三は、宵の新宿の夜店でもとめた二十日鼠を喫茶店の卓の下に忘れて来たことに初めて気づいた。忘れ物をしたり落し物をしたりする事ほど此の世で残念なことはない。彼はその二十日鼠の眼が如何に赤味をおびていたか、その小さい両手が如何に愛らしく可愛かったか、そして如何にその二匹の二十日鼠は上手に車を廻したか――彼が彼女に邂逅するまでに喫茶店の卓上で観察した印象を多枝に語っているうち、汽車は東中野を過ぎ阿佐ケ谷を過ぎ何時しか立川駅に着いていた。

ところが、彼等の汽車が立川駅に着いて見ると、彼が心あてにして来た帰りの終電車は僅か三分前とは言え既に出発してしまっていた。兵三はこの深夜の小駅に降り立って、彼が口をきくことを余り好かぬ巡査にぺこぺこ頭をさげながら宿屋を捜すか、ハイヤード・

タクシーを見つけて高い料金を支払って暗い夜道を東京に向って引返すか、二つの中一つを択ばなくてはならぬ仕儀となっていた。尤も彼は夕方細君を東京駅に送って家を出る時、次の月給日までの生活費として、彼等一家の所有金を公平に二分したものを袂の中に持っていたから、その点心配は無用であった。けれども彼はこういう工合にして、此処まで来てこういう羽目になって見ると、そうでなくても酒を飲んだ上戸《じょうご》は相棒が何人であるかを問わず離れ難く思うのが常である。彼は此処で一人降り立つわびしさに、どうせ此処まで来た身だ、もう一駅か二駅乗ってやれ、そのうち夜が明けるだろう、と決心をかためたのである。

「そうだわ、それがいいわ、——お弁当買いましょか。わたし何だかお腹すいちゃった！」

列車が最後尾なので物売りもやって来ぬプラット・ホームへ、多枝はいそいそと駆けおりた。

ところが二駅が三駅になり、三駅が四駅になっても夜は明けようとしないのであった。いくら短い夏の夜とは言え、そんなに都合よく明けるものではない。弁当を食いお茶をのみ、お茶もなくなると兵三は暗い窓の外を眺めた。中央線はじめての彼には、与瀬、上野原、四方津《しおつ》、鳥沢、このような土地の人は何百年前から使い古したであろう停車場の名前が珍しいものに思えた。がったんごっとん——あの古い形容にぴったりあて嵌《はま》って汽車は山と山との間を縫って進んだ。段々山の中へ入って行くにつれ麦酒の酔いもすっかりさめ果てた浴衣一枚の兵三は、急に冷気を身に感じた。そうだ私は言い忘れていたが、この年の夏も亦、数年来にない暑さだと世人をかこち嘆かせた夏であったが、流石《さすが》の兵三も年は争われず素足の先が冷たくかじかんで来るのであった。「そんな！　年だなんて言わせないわ！」と自分のことも一緒に言った多枝は、鞄を開けてごそごそしていたかと思うと、中から一足の女履きの靴下を取り出して彼に差出した。「へんだね」と彼は口走ったが、ほくそ笑いしながらその白い靴下を足にはくと、しみじみとした暖かさが、両足から全身に伝わり上る心地であった。

——そうして二人を乗せた汽車はひえびえとした山峡の猿橋、大月、初狩の諸駅を登って、かの音に名高い笹子のトンネルにさしかかったのである。私は貧乏な小説作者で隧道《トンネル》に関する書物を手許に持たぬので、今このトンネルが何々式で長さが何里何町あるかと言うようなことを此処に明記することは出来ぬが、兎も角一里何町もあるトンネルであることに間違いはない。その長いトンネルの内部をつぶさに観察してやろうと思いついた門間兵三は、窓硝子に低い鼻を平べちゃにくっつけて、点々電灯のついている嘯《うそ》寒げな海抜三千八百尺の洞穴に眼を見張っていた。が、段々鼻が痛くなってひょいと車内に目を移すと、茅野多枝が前の座席の旅行用鞄の上に俯伏になって泣いているのに気づいた。もしもこの時兵三がまだほやほやの青年であったならば女の肩に手を掛けて慰めいたわるところであったろう。が、彼はもはや数年間の結婚生活で度々細君に泣かれた体験から、泣きたい女は泣かしておけば何時か泣き止めるものだという知識を持っていた。つい先刻まで、中央線沿線の風物のあれこれを、たのしげに語っていた彼女が、突然腹痛や頭痛をおこしたのであれば、そのことを彼に訴える筈である、と思った彼は、断髪をみだして肩を波打たせながら泣く女を暫くきょとんと眺めていた。幸いなことには、此の古ぼけた客車に同乗した数人の相客は、おのおの四人分の座席を我がもの顔に占領して、一様に古ぼけた顔を仰向けて眠っていた。兵三と同じく東京からたったこれらの面々も、ここまで来ると、何という山育ちに見えることとか、と感心したり不思議がったりしていると、果して多枝が、

「ごめんなさい、わたし泣いたりなんかして」と頭をもたげた。彼女の涙はもうかわき上って少しよごれてはいたが、その顔はかえって雨上りのはれやかな風色を漾《ただよ》わせていた。

「ほんとだよ、泣いたりなんかして」と答えて兵三は声色《こわいろ》をつかってからかって見た。

「はるばる甲斐の峠まで来て、そなたは都にのこしたひとが恋しいのか、それとも田舎に待っているひとがなつかしいのか……」

「それ、誰のこと?」と彼女は遮って、「門間さんも随分ひとが悪くなったわねえ」と笑った。

「顔を洗って来たらどう?」兵三も一緒に笑った。

「はい」と貞淑に答えた彼女は、兵三の歯のちびた下駄を足にひっかけ、女学生のような勇ましさで洗面所へはいって行った。

「まるで七面鳥みたいだね、君は——」座席に戻って、彼と向い合った彼女に、兵三は言った。

「あら、ええ、そう！」と多枝はびっくりしたような眼を赫《かがや》かせて、「わたしの死んだ亭主がよくそう言って叱ったわ。あなたもやっぱしそう思う？　わたしずっと昔からこうだったのかしら！」

「だって、矢継早《やつぎばや》に笑ったり泣いたりするからだよ」

「いけない女に見えて？」

「うむ、いや……」

「ほんとのこと言って頂戴《ちょうだい》よ」

「ほんとの所は分らん」

「あなたみたいにきょとんとしていられたら、どんなに幸福かと思うんだけど、そんなのわたしの理想なんだけど、さっきトンネルの中を通る時門間さん怒ったような素気《そっけ》ない顔してトンネルばかり見ていたでしょう、わたしがいくら話しかけても知らん顔して……」

「何も聞えなかったよ、僕は——」

「うそ！」

「ほんとだよ」

「そうお！　でもわたしね、そんなことはそれでいいんだけど、暗いトンネルの中にぽつんぽつんと灯がともっていたでしょう、あの灯でわたし、あの時、新橋の上から見た赤い煙草の火が思い出されて、それから何やかやがごちゃごちゃになって、つい泣けちゃったの……ごめんなさいね、こんなこと言って……」

「何やかやごちゃごちゃって、何だ？」

「門間さん、あれから後の私のこと、何にも知らないでしょう？」

「ああ、——君があれから間もなくあの町にいなくなったことは佐々山から聞いたが……」

「それから？」

「それから、もう知らん」

「どうしているだろうかとは思わなかった？」

「もう三人か四人の子供のお母さんになってるだろうと思ったよ」

二人を乗せた汽車は闇の甲州盆地をはしっていた。が、まだ夜は明けそうにもなかった。それに山国を走る古びた汽車の速力と轢音《れきおん》は、畳の上や座蒲団の上ではなかなか話し出せないようなことでも、話して差支えないような作用をおこさせるものである。茅野多枝はしみじみと、兵三の知らない、彼女のその後のことを語り始めた。そこで私はまた彼女のことを、面倒くさくはあるが、次に述べねばならぬ。

順序として話はもう一度十年前にさかのぼる。白線の高等学校の生徒門間兵三に、頑固なしかし遠慮がちな候文を郵送した茅野多枝の父茅野八百吉は、その後間もなく町立実科高等女学校長の椅子を弊履《へいり》の如く依願退職したのであった。何故依願退職したかと言うと、八百吉は僅か六人の部下の中の一人である独身の裁縫教師と婚姻するためであった。裁縫教師はもはや四十を越えていたし、八百吉は既に思慮の定まった五十幾歳であったから、勿論青春の色恋の沙汰《さた》ではなかったに相違ないが、二人は教職を辞したのである。否！否！ 読者諸君よ、私は多く語る必要はあるまい、かの佐々山喜兵衛がかつて父親の使いで土塀のこわれた藁葺の彼等の寓居《ぐうきょ》を訪れた時、シャツ一枚になって七輪の火を煽《あお》いでいた校長先生の姿を胸に浮べて呉れ給え。八百吉の身のまわりの世話をして貰う女性を是非必要としたのである。立入った詮索《せんさく》は世人の噂にまかせて、兎も角こういう次第で、茅野八百吉は妻子を引具《ひきぐ》して故郷である金沢に帰って行ったのであった。けれども故郷とは名ばかりで家も屋敷も持たぬ八百吉は、夫婦の恩給を合計しても親子四人の生活には乏しいものであった。で、県庁の学務課の書記に空席があるのを見つけて活計《かっけい》を補いながら久し振りの新婚生活を送っていた。ところがその新婚生活も僅か半年余りで終りを告げてしまったのである。それは又どういう訳かというと、八百吉が突然死んでしまったからである。八百吉は県庁学務課の出入口の扉の脇の事務机の上で、県下小学児童の身長体重胸囲の煩《はん》瑣《さ》な平均を算出しながら、きゃッと叫んで算盤《そろばん》を床の上に投げ落したかと思うと体は椅子と一緒に後ろにひっくりかえってそのまま意識を回復しなかった。それは言わば武士が戦場で斃《たお》れたのも同然であった。急報が多枝の寓居《ぐうきょ》にもたらされた時、彼女の義母は井戸端で夕餉の支度の間引菜を洗っていた。彼女は裏の庭を竹箒で掃いていた。女学校を卒業したばかりの彼女は——彼女は河鹿の鳴く小さな町の女学校で校長である父から免状を渡されたのである。そして父はその卒業式と同時に教職を退いたのであるが——何も知らぬ彼女は庭を掃きながら、日に日に秋の深んで来る空の色を柿の木の間から仰いで見たりしていた。柿の葉は既に色づき初めて、季節の早い北陸の時雨《しぐれ》を待っているかのようであった。それは十八歳の彼女に物を思わせるに丁度よかった。彼女は別れて来た山陰の小さな町の姿に思いを馳《は》せていた。そこへ父の危篤《きとく》が飛んで来たのである。彼女はわっと泣き出しはしなかった。彼女の義母の方が先に声をあげて泣き出したからである。彼女は健気にも「せめて畳の上で——」と咄嗟《とっさ》に思った。此の年の夏も亦、金沢地方では近年にない暑さだと土地の内気な人達までがこぼした年であったが、多枝の父八百吉は近年にない精力を取戻して故郷での生活を楽しんでいたのであった。役所から帰って来ると久しく絶っていた晩酌《ばんしゃく》を一本だけつけさせ、新しい細君の酌でゆっくり飲むのであった。八百吉は上機嫌であった。彼は一家のものを引き立てるように誘って、兼六公園や香林坊あたりへ夕涼みに出掛けた。洗い晒《ざら》しの浴衣を上下《かみしも》のように突っ張り、籐のステッキを振りながら、家長らしく先頭に立って歩く姿は、この世の幸福そのもののように思えた。そのような八百吉が、だしぬけに死んでしまおうとは神様よりほか知ろう筈がなかったのである。ところがその上に私はまだ書かねばならぬ。その年の歳暮を控えて、此の地方には大正七年以来と言われる悪性感冒が猖獗《しょうけつ》して、夥《おびただ》しい死亡率を数えた。悪いことは続き勝ちなもので、多枝の一人の弟がその悪い運命に攫《さら》い込まれた。弟は目前にせまった中学の入学試験のことを譫言《うわごと》に繰返しながら、雪のひょうひょうと降る夜更けに父の後を追うていったのである。読者の中にはこの小説では度々人が死ぬると不審に思われる方があるかも知れぬが、けれども諸君、人間の生死ははかり難いのである。得手勝手に人の生命を奪うなどの権利は作者と雖《いえど》も許されてはいないのである。ただ明けて十九の茅野多枝が、天上天下に肉親というものを一人も持たぬ身に変ったということだけが、儼然《げんぜん》たる事実として残されたのであった。

「ねえ、かあさん、いよいよきまりそうなのよ、今日は身体検査もパスして来たの。学歴が学歴だから市外になるかも知れないって仰言《おっしゃ》るんだけど、でも一年真面目に勤めて成績がいいと正教員の免状がちゃんと貰えるんですって。視学の鳴沢さんとてもきさくな人なの。それから課長の八田さんて方若いのねえ、わたしびっくりしちゃった。風邪を引いたのか咽喉に湿布《しっぷ》をまいて、大島の袷《あわせ》に仙台平《せんだいひら》の袴《はかま》をはいていらしたけど、まだ二十五、六の大学生みたいよ。その人に年とったお爺さんのような人が気ヲ付ケの姿勢をとって敬礼するのよ。それがとても滑稽なの」

と、或る日県庁から呼出しがあって、帰って来た多枝はそれまでもやもやしていた雲霧が霽《は》れ上ったような晴々しさで、一気に義母に報告をはじめた。その日は雪国にも春の近づいたことを証拠だてるような暖かい光が雪解《ゆきどけ》の道に流れていた。彼女は父親の縁故から、小学校教員志望の履歴書を学務課に提出して、結果を待ちあぐんでいたのであった。

「そうそう、それでね、かあさん、わたし帰りの道で考えたんだけど、かあさんの海老茶《えびちゃ》の袴ね、まだあるでしょう、あれ、わたしに下さいね？」

「まあ、あんた！」と女学校の恩師でもある義母は心持眉をしかめて、「あんな古いのはかんでも、新調したらいいじゃないの！」と上目をつかった。彼女は今は不要のものとは言え、内心自分の持物に手を触れられたくない気持にあふれていた。が、うきたった多枝は、もう立ち上って簞笥の前に佇《た》っていた。

「これ？　この抽斗《ひきだし》？」と彼女は火鉢に手をかざしている義母に呼びかけた。

「そう！」と義母は苦笑いしながら頷いた。多枝はさっさと、袴を取り出すと早速メリンスの花模様の着物の上にはいて、鏡をのぞいた。

「丁度いいわ、かあさん！　ねえ、いいでしょう？」彼女はうれしくて仕様がないのであった。ついに義母も顔をほころばせた。

「少し短かかろうと思ったのに、そうでもないわね」

「丁度いいわ！」と多枝は針箱から物差を抜き取ったかと思うと、仏壇を背にして胸を張って、「えへん！　……さあ皆さん、では三十六頁をあけて下さい、ええ……」と声を張りあげて先生の真似をしておどけた。

「ほ、ほ、ほ、ほ……」とうとう笑い声をひびかせて、義母も腹を抱えた。

「どう？　いい先生でしょう？」多枝は火鉢に坐って手をひろげた。

「ええ、たいへんお上手！」義母も先生の口真似をして、「だけど、よくも似るもんだわねえ、親子って！」義母は多枝の父の教壇姿を瞼に浮べた。窓の少ない壁ばかりのような北国特有の家の中には、何時しか夕暮の色がしのんでいた。僅か半年の夫婦生活ではあったが、私はこの家の中にとどまるべきだ、身寄りのない少女を一人置きざりにして何でおめおめと今更あの町に帰れよう、と彼女は自分の心に言いきかせた。それほど彼女は夫の死後定まらない心を秘めて、その日その日をおくっていたのである。

「でもねえ、多枝ちゃん」と彼女は自分の先刻の言葉を訂正するつもりで言った。

「袴の一着くらい新調した方がよくってよ、なんぼお父さんが亡くなられたかて、あんたにはまだ扶助料がついてるんだし、私には私の恩給もさがるんだし、あんまり倹しくしすぎることなくってよ」

「ええ」と答えて、多枝はかえって冷たいものを身に感じた。今日一日の晴々とした希望を、一瞬にさらい去られた心地の中で、彼女はおもい起した。

彼女がまだ義母の生徒であった時、或る日彼女は男物の羽織を仕上げて義母の前に検閲を受けに行った。裁縫の下手な彼女は、何時になくすらすらと出来上った嬉しさでいそいそしていた。ところが、義母は何か気に食わぬ気に教卓の上に羽織を拡げて見ていたが、

「こんな衿《えり》駄目です！」と一言の下にきめつけた。と同時に彼女の手は衿と裑《みごろ》を狂女のように裂いてしまっていた。「何も早く出来たばかしがいいんじゃありません！　もっと念を入れてやりなさい！　何なら小学校へ行って運針から教わり直していらっしゃい！」つづけて冷やかな調子であびせると、荒々しく羽織を多枝につきかえした。が、そのような意地悪い仕草言草にも生徒達はなれていた。そのかわり彼女はひどく生徒達の不信をかっていた。「あんな先生と……」と多枝は初めて父から結婚のことを打明けられた時、内心呆気《あっけ》にとられんばかりに眉をしかめた。けれども父との結婚後、彼女はがらりと優しいひとに変ったので、多枝は自分の浅はかさを責める心地で、そのようなことは心の奥深くしまっていた。それなのに彼女は今、以前の義母の姿をおもいおこしたのである。——が、「でもね、母さん！」と多枝は嬌《あま》えるしぐさを作って目の前の義母に呼びかけた。「まだ正式に辞令を貰ったんじゃなし、今から袴の新調なんておかしいわ。それでいいでしょう、ね、よ就職がきまって最初の月給頂いたらそれで記念にこさえるわ。だからわたしいよいね？」と彼女は火鉢にかざした義母の指を自分の指で軽く弾いた。彼女には良きにせよ、悪しきにせよ、すがる身寄りは義母ひとりよりないのであった。

そして茅野多枝は女教師になったのである。市外の村落にある小さな小学校に、彼女は一里余の道を徒歩で通い始めた。彼女は彼女になつきよる教え子が可愛くて仕方がなかった。どの位可愛いか、それは教師の経験のないものには一寸《ちよつと》意想外のことである。が、彼女は教え子さえあれば外には何も要らぬとさえ思った。それは義母の庇護《ひご》をたよらぬ自活ということを第一に目ざした彼女にも意想外のことであった。村の青年が、何処から聞き出すのか多枝の住所番地を明記して艶書をおくって来ても、彼女は見向きもしなかった。「多枝ちゃん、今日も一つ来ていてよ」と義母は一日の勤務に疲れて帰宅する彼女に長火鉢の抽斗から大事なもののように手紙を取り出すのであった。「そう、母さん読んで破いといてよ」と多枝は答えながら袴をぬいで畳むのであった。「だって多枝ちゃん」と言いながら義母は封を切って読んで見るのであった。「あら、今日のはちゃんと写真まで入れてあってよ。これごらん、頭を分けてとてもいい男振りじゃないの」という風なものもあった。が、多枝は、「早く破いてよ、いやな母さん。そんなのわたしが見ると、顔を覚えて今度道で出逢った時、向うが赧《あか》い顔するじゃないの」と笑いながら義母をせかすのであった。

ところがそれから三年ばかり後、茅野多枝は或る男と奇妙な縁を生じた。その次第を簡単にしるせば、——三年後の九月初旬の或る土曜日の夜の九時頃、多枝の父八百吉の元の同僚であり、多枝の小学校就職に斡旋《あっせん》の労をとった県庁学務課の視学鳴沢遠平が多枝母子の寓居を尋ねて来た。突然の来訪に母子が座蒲団をすすめお茶を出す隙も与えず、「君すまないが明日の朝八時に見合をして呉れ給え」と視学鳴沢は切り出した。兼六公園をこちらから入って左へ行くとこういう四阿《あずまや》があるから其処まで御苦労して呉れ給え、俺が本人を同道するから、と視学は続けて言った。「本人ってどんな方で御座いますの」と義母が伺《うかが》った。「市内の矢張り小学校の先生ですがね、ま、まあ、兎も角一目見た上のことで、……おやお宅の時計は五分遅れておりますぞ、忘れないですすめといて下さい、では明日の朝八時ですぞ」と鳴沢遠平はもう玄関におりて靴の紐を結んでいた。「随分失礼にもならない人だねえ」と義母は鳴沢が去った後で感心していたが、翌る朝は胃痙攣を起してしまった。義母は床の中から、「でも一寸だけでも行っておいでよ、私がついて行けなくて悪いけれど、相手が鳴沢さんの仲立ちだからねえ」と多枝を促《うなが》した。「じゃ、大急ぎではんの形だけ行って来るわ」多枝はやっと決心して不断着のまま出掛けた。彼女が鳴沢に指定された四阿に着いたのは正八時であった。が、そこには誰の姿も見当らなかった。丁度いいわ、言訳が立つわ、だが一寸一休みして帰ろう、と彼女は木材の腰掛に腰をおろして顔の汗をふいた。この年も此の地方では数年来にない暑さだと言われた夏であったが、公園の桜の梢はもう色に染まっていた。もうこんな季節になっているのか、と多枝はしのびよる秋の気配を心に感じながら、梢に映える朝の光を眺めていた。と、彼女の前に麻の浴衣にセルの袴を着けた五尺足らずの小男が突然のように姿をあらわした。

「ぼ、ぼく椎木順太です!」と吃《ども》りながら小男はカンカン帽をとってお辞儀をした。そして直ぐかぶり直した。それは時間にすれば一秒とはかからぬ素早さで行われた。けれども多枝は小男椎木順太の額の髪はすでに禿《は》げあがっているのを見とめた。彼女は思わず吹き出しそうになるのを怺《こら》えた。椎木順太は田舎道で時に見かける鼬鼠《いたち》のような顔付をしていた。左の耳から顎にかけて青みがかった痣《あざ》が這っていた。見合などの気持は影もなく消えた一種異様な安心で、「わたし、茅野多枝です」と彼女は近所の人に挨拶する時のように頭をかがめた。

「は！　ぼ、ぼくは前から存じ上げております、どうもすみません」と椎木順太が言った。

「あら！」と多枝は思わず声を発した。

「困ったですな、ぼく、――鳴沢さんはまだですか」と椎木順太はカンカン帽の庇《ひさし》に手をかざして公園の入口の方を眺めながら、「困ったですな、僕困ったですな」と繰返した。

「ほんとにどうなすったのかしら！」と多枝は仕方なしに言った。

「どうしたんですかな、七時五十五分迄にあそこの入口で落合うと約束されたんだのに――」と順太は独言のように言った。

「何か急用でもお出来になったのかしら！」

「何か急用でも出来たのでしょうか！」

「まさか、そんなこともないでしょうけどねえ！」

「そんなことはないと思いますがねえ！」

椎木順太は物の順序が分らずまだ公園の入口に向って手をかざしていた。茅野多枝はしばらくその後姿を絵でも見る心地で眺めていた。が、

「わたし、あの……」と静かにつづけた。「わたし、母が今朝から胃痙攣でねていますの

で、たいへん何ですけど、お先に失礼させて頂きます」

「はッ！」と不意をくらった椎木順太は驚き叫んで多枝をふりかえった。そしてはじめて彼女の顔を真正面に見つめた。分厚い唇がぴくぴくとふるえた。

「おそれ入ります」と多枝は微笑を泛べた。

「じゃ、しょ、承知してくれますね？」突飛にも順太は前後を弁《わきま》えず吃りながら質問した。

「は、あの……」多枝はあとをわらった。

「駄目ですか？　駄目なら駄目とはっきり言って下さい！」

「でも、あの……」

「ぼ、ぼくは二年も前からひそかに決心していたのです。今日はいちかばちかの日です。それも決心しております。イエスかノーかそれだけが聞きたいのです」

「だって、こんな所で……たったふたりきりで……」

「だから僕は死ぬるような思いで、鳴沢さんにたのんだのです。僕は不良少年じゃありません。ちゃんと筋道をふんでおります」

「だって、わたし……」と多枝は口淀《くちよど》んだが心は落着いていた。可笑《おか》しな筋道もあるものだと、彼女はからかって見たい衝動さえ萌したが女心にひかえた。「わたし……ほんとに失礼なんですけど、母が急病でひとりで唸ってるもんですから……」

そう言って、多枝は踵《きびす》を後に返した。彼女はうまく其の場を抜けた自分にほっと敬意を感じた。けれども何と言うことであろう、その瞬間、彼女の袂は椎木順太の腕にぐっと摑まれているのであった。

「あ、あなたは、ぼ、ぼくに恥辱を与える為に此処《ここ》へやって来たのですか！」順太の悲鳴が耳にひびいた。

「失礼な！」と多枝はあやうく叫び返すところであった。が、彼女は瞬間自分の出処進退に敬意を覚えた手前、おだやかな口調で、「すみません……放して下さい……着物が破れます」と相手を眺めた。

「着物くらいが何です、ぼ、ぼくは……」と椎木順太は袂の手を放した。が、すぐに彼女の二の腕をつかみかけて、「ぼ、ぼくは今あなたに生殺《なまごろ》しにされようとしているのです。ぼ、ぼくを嘲弄《ちょうろう》するため、あなたは此処へやって来たのですか！」とつづけた。

「だって、わたしはただ、鳴沢さんから、あの……」

「鳴沢さんには僕が頼んだのです。その鳴沢さんの仲介であなたは来られたのでしょう？」

「そうです」

「なら、何もかも分っている筈です！」

「だって、わたし……」

「分っていながら、見世物でものぞくつもりで、わざわざやって来たのですか？」

「いいえ、なにも、そんな……」と多枝は弁解しようとこころみた。が、流石《さすが》の彼女も先刻の出処進退の自覚は姿を消して、大声で救いを求めたい苛立たしさにふるえていた。今は隙を見つけて此のとんちんかんなしつこい男から逃げ出すばかりだと、摑まれている二の腕を軽く引いて見た。けれども彼女の腕は、この小男の何処にこんな力があるかと思われる強さで固く握られていた。彼女はそっと相手の顔をうかがった。その顔は先刻何か風景画の添景のように公園の一角に手を翳《かざ》していた人物とはまるで別人の相を剝《む》き出していた。小男に似合わぬ大きな口をぐゎッと開けて、黄色い出歯がふうふうと喘《あえ》いでいた。左の頰の青い痣の上をたらたらと脂汗が動物のように這い流れていた。身内の血が一時に逆流する恐怖に、彼女は思わず、

「放して！」

と、叫ぶと同時に、渾身《こんしん》の力を籠《こ》めて摑まれている腕を男から振り離した。ペリッと着物の破れる音が聞えた。かまわず彼女は駆け出した、と思った瞬間であった、彼女の体はいち早く後ろから更に摑み直されていた。反動をくらってその場に倒れそうになった体を彼女はあやうく支えた。三秒、五秒、七秒、周囲の地面や樹木が上下左右に揺れ動いているかのような惑乱の中で、

「放して下さい！」

と、多枝は両手の先を木鼠のようにすり合せた。

「まだ逃げるつもりですか、あなたは！」

案外しずかな男の声が聞えた。

「…………」

多枝は無意識にかぶりを振った。そして、今にも泣き出しそうな瞳で男の顔をぬすみ見た。

「態々《わざわざ》ここまで来て大の男に侮辱を加えて、逃げられるものなら逃げてごらんなさい!」

男はそっと手を放した。

ほっと多枝の胸を安堵の吐息《といき》がながれた。

「僕はもう昨日までの僕ではないのです。此の穢《きた》ない面をあなたに見られない前の僕はまだ幸福だったのです、――この不幸があなたには分らないでしょう?」

「…………」

返事に窮した多枝は目を伏せて、地べたを這う蟻の行列を見ていた。目は伏せていても、らんらんとかがやく男の眼光が頰ぺたに感じられた。言いようのない気味悪さに、彼女はもう一度脱走しようと咄嗟に身を構えた。その瞬間であった。電光の素早さで跳びかかる黒い悪魔に、彼女は前後も覚えず身を躱《かわ》した。が、その時すでに彼女の首はべとりと男の両腕に抱かれていた。

「ううッ!」

と彼女は本能的に面をそむけた。大声で救いをもとめようと身を踠《もが》いたが、どういうものか声が出なかった。遮二無二《しゃにむに》おそいかかる悪魔の横顔を、彼女はただ滅茶苦茶にはらいのけ振りのけるのがやっとであった。……

「随分早いわねえ、多枝ちゃん、それでも行くことは行って来たの？」

多枝が家の玄関をあがるが早いか、奥の間にねていた義母は心配げに半身を起して彼女をみあげた。

「ええ、行くだけは行ったわ。どう、母さん、お医者さんよばなくてもよくって？」

多枝は何事もなかったような風をよそって、快活に話をそらした。

「あら、多枝ちゃん、着物を破ったりして、どうしたの？」義母が訊ねた。

「これ！」と多枝はあわてたが、袂の破れを手でさすりながら、「鳴沢さんて嫌な人ねえ、あんなに言っといた癖して、まだ来ていらっしゃらないのよ」とわらった。

「それで、その相手のひとは、どうだったの？」義母はたたみかけた。

「それがよ母さん、わたしたち、鳴沢さんと一緒だとばかり思ってたでしょう、それなのにひとりでやって来たのよ」

「ひとりで？」と義母はおどろいて訊きかえした。「それで、あんた、どうしたの？」

「ううン、……いきなり、ぼ、ぼく何やら何がしですって自己紹介するの……」

「まあ！」

「ねえ、随分失礼だと母さん思わない？　わたしあんまりだから、いきなりとんで帰っちやったの」

「まあ！　それで袂はどうしたの？」

「これ？　わたしあんまり急いだもんで、柵か何かにひっかかったらしいわ。ああ、くるし……」

多枝は如何にも苦しげに台所に逃げ込んだ。彼女は棚のコップをつかむと生水を三杯たてつづけに飲み干した。石鹸をなすりつけて顔を洗った。塩を含んで幾度も口を漱《すす》いだ。それから茶の間に入って破れたメリンスの単衣《ひとえ》を本染の浴衣に着替えた。それから彼女は、鏡台の覆いをとって自分の顔をのぞいた。がすぐに、こわいものを見る怖ろしさに覆いをかぶせた。彼女は義母に再び顔を見られたくなさに、そっと裏の庭に出て柿の木を仰いだ。ぬらぬらと自分の唇にまつわりついた男の唇の嫌らしさに、彼女はべっべっと地べたに唾をはきかけた。


一週間ばかり過ぎた日の矢張り夜の九時頃であった。多枝母子の門をがたぴしと言わせて一人の男の靴音が入って来た。多枝母子ははっと居住いを直して立上ったが！　その靴音の視学鳴沢遠平は、もう玄関の式台に足をかけていた。

「失敬、失敬、どうも何とも、いやどうも、失敬失敬」と鳴沢は例の調子で畳の上にどてんと坐って、「実は、子供がね、急に発熱やら下痢やらで、三十分ばかりおくれちゃって、いや何ともどうも、奥さん！」とやたらに扇子《せんす》をつかいながら言った。

「いいえ、私の方こそ、何だか……多枝ちゃん、お湯わいているかしら」と義母は多枝をふりかえった。

「いや、わしは実は連日の疲労で、一杯元気をつけたもんで、水がいいです、水を呉れ給え……」と鳴沢は多枝の様子をながめた。彼女はまだ挨拶をする余裕も与えられていなかったが、軽く会釈《えしやく》をして台所に姿を消した。

「それで実はね、奥さん、わしも仲に立った責任上、返事だけはしてやらねばならんので、いやどうも、あの男あれで男振りは何ですが、なかなかの律儀者なんで、その……」

「どちらの方でございますの？」

「いや、原籍は××郡なんだが、実はその、繋累《けいるい》というものの一人もない文字どおりの一人者なんで……」

「お勤めの方は？」

「いや、それでまあ中央に出て来てつい其処の○○小学校に暢気に勤めとるという訳なんですが……」

「まあそうですか、そこの○○小学校に！」

「それで、わしも実は、後になって気づいたんですが、多枝君も茅野家の後を継がねばならん体じゃし……いや、だから、兎も角わしも仲にたった責任上、返事だけはしてやらねばならんという結果なんで……」

「……」

なみなみと水を盛ったコップをささげて多枝が二人の前へ出て来た。

「ねえ、多枝ちゃん」と義母がやさしく声をかけた。事を荒立てないでそっと断わりを言ったら、という意味が言外《げんがい》にあふれていた。母子にはその時までこの返事について何も内相談がしてなかったのである。多枝はその一週間、出来得る限り義母とも言葉をかわさないようにして日をおくっていた。彼女は彼女の最初の唇をぬすんだ無礼な男の幻影にくるしめられていた。学校で授業をしていても、夜中にふと目がさめた時などなおさら、彼女はぬるぬると自分の頬を逼いあるく青い蛇の感触にさいなまれていた。打ち明けるひともなく、誰もいない別の世界にでも身をおきたい思いにくるしんでいた。そういう苦しさの中で、彼女は、「門間さん！」と遠い初恋の人の名を呼んでみるのであった。然し門間兵三は今は過去の添景人物にすぎぬのであった。「意気地無し！」「父のあれ位のことでへこたれるなんて！」「何故わたしを攫《さら》わなかったのだ！」彼女はくやしさに歯をかき鳴らさないではいられぬのであった。

「ねえ、多枝ちゃん、折角鳴沢さんは仲に立って下さったんだけど」再び義母の援助の言葉が耳に聞えた、「そんなに両方とも一人子では、あんた、はっきりご返事した方がかえって……」

話のとぎれた床の下で蟋蟀《こおろぎ》が鳴いていた。多枝はうつむいてそのしずかな鳴声を聞くともなしに聞いていた。にもかかわらず、彼女には世の中の一切がごうごうと逆に流れて行くように思えた。

「わたし、承諾してもいいわ、母さんさえ異議なかったら!」

彼女は突然狐につかれた魔物のように叫んでしまった。叫んではっと自分の言葉に気づいたが、自暴《じぼう》にとりつく救いのこころよさが胸をかすめた。彼女は思わずにたりと笑った。さっと義母の顔色がかわった。その途端、

「ふ……む」

と深くうなずく鳴沢遠平の唸り声が聞えた。

「それで、つまり、君はそのひとと結婚したの?」(とここで作者は再び話を中央線の汽車の中に戻すが)門間兵三はせき込んでたずねた。

「あんまり先へ先へ訊かないで! わたし何もかもさらけだして言ってるんだから!」多枝は兵三をたしなめたが、「でも、人間って、決心すればどんなことだって出来るのねえ、わたしその時そう思ったわ!」と彼女は目をつむって、当時をふり返る風であった。

「そりゃ、出来るさ、人生は当って見ることとさ」と兵三は言った。

「その人ね、私と同じ町内の目と鼻のところに下宿していたの。でも私ちっとも知らなか

ったの。結婚式って鳴沢さん夫婦の立合で型ばかりのことをしたんだけど、その人が私の家へ持って来た荷物ったら、柳行李が一つと、綿のはみ出た蒲団と、それからカンバスと絵の具と、それきりなの」

「絵も描く人？」

「絵もって、ええそう、……十何枚か描いたの持って来たわ。それがみんな女の絵なの。立っているのや、坐っているのや、哀しんでいるのや、それがみんな私の絵なの。私にあんまり似てはいないんだけど、何処か少しずつ似た所があるの。それがみんな幽霊みたいにひょろひょろしているの。私たち父が亡くなってからは蜘蛛の巣だらけになっていた二階の部屋を掃除して居間にしたんだけど、金沢の二階ってみんな窓のないみたいな暗い二階でしょう。その暗い部屋の壁に一枚一枚その絵をたてかけて、どうだ傑作だろうって私に同感をもとめるの。私なんだか薄気味が悪くて、押入にでもしまって下さいと頼むと、俺はいずれ東京へ出て困難な絵画の道のために一生を闘うつもりだ、お前も今から覚悟をしてくれ。それが嫌なら今の今さっさと別れてくれ、そう言うの」

「それで、つまり、東京へ出て来た訳？」

「そうなの。私これで見かけによらず内助につとめたんだけど、死なれちゃおしまいだわ。ねえ！　いくら何でも、……私これで案外賢夫人のところがあったのよ。自慢じゃないけど。その人涙をこぼしてお礼を言って息を引きとったわ。展覧会には三回出して三回とも落っこちたけれど、そんなこと私のせいじゃないわ。ほんとはこれからってところだったんだと思うわ……」

「………」兵三は黙ってうなずいた。

車窓の外の甲州の野にほのぼのと朝があけそめていた。同車の客の一人が座席にねころんだまま、ねむたそうな長いあくびをするのが聞えた。

そして門間兵三と茅野多枝とは、その日のそれから数時間後には、信州のとある山の中を清い谷川に沿うて登っていた。山の神様がそれを見ていた。神様は多枝の断髪洋装と下駄履き無帽の兵三を打ち眺めて、何というへんちきりんの一対であろうと微笑を湛《たた》えた。最初多枝はひとりで諏訪の温泉に浸って田舎へ帰る予定を立てていたのであったが、兵三はそんなありふれた所はよしたまえ、それより誰も知らない辺鄙《へんぴ》なところがいい、と地図をさがしたのである。そうして二人は山の温泉を択んだのである。二人は汽車を降り、電鉄に乗りかえ、バスに揺られ、其処からなお一里何丁の山道を歩かねばならなかった。しかし、二人は元気であった。二人は多枝の旅行用鞄をかわるがわる持ちかえた。一歩ふみはずせば谷底に顚落《おち》てしまいそうな、急な崖道を二人は無心に、おのおの十年の歳月を忘れて登って行った。……

「ねえ！　ねえ！　ねえ！」と揺り起されて、門間兵三は昼寝の目を開いた。彼は何もかもが幻のようであった。揺り起したのは妻ではなく多枝であった。東京から何百粁《キロ》、北アルプスの一部であろう、海抜何千米、深い山の中の温泉宿の二階に彼は目をさましたのである。部屋の障子のわきに宿の女中が早い夕餉《ゆうげ》をはこんで来て斜めに坐っているのを彼はみとめた。

「ねえ、ビールになさる？　それともお酒？」と細君のように多枝がたずねた。

「ビール！　ああねむた！」と兵三は答えた。

「ビールにして頂戴、うんと冷たくしてね」と多枝は女中に命じた。

「ああねむ！」と兵三は目をつむり直した。

「随分ねむった癖して……門間さん、あなたの鼾ものすごいのねえ。わたし階下《した》で洗濯しながらびっくりしちゃったわ。それからわたしお湯にはいりなおして、お友達に絵葉書かいて、それから……」

「せんたくだって？」

「そう、お洗濯よ、あなたのよごれた浴衣ちゃんと洗って上げたのよ。わたし、これで一寸感心なとこがあるでしょう！　ねえ、門間さん、だから起きて感謝しない？」

兵三は勢いをつけてはね起きた。瞼をこすって物うげに部屋の中を見まわした。火鉢に火がはいって、鉄瓶が湯気をたてているのを、彼は不思議そうに眺めた。障子はしめ切ってあるのに、浴衣一枚では膚にさむさの感じられる冷気であった。

「さっき、ものすごい夕立があったのよ」多枝は物なれた手つきでお茶をいれ、「どうぞめしあがれ」とひなびた杏の漬物を添えてさしだした。ぐっと熱い茶をのんで兵三は、睡気が去った心地で目の前にいる女をながめた。湯からあがって浴衣に着替えた多枝は、ほのぼのと湯の匂いをただよわせて、腰に紫色の三尺をきちんと結んでいた。宿の男ものの浴衣がよく似合って、その姿は少女のようにいきいきとしていた。

「ねえ、門間さん」と多枝は兵三のコップにビールを注ぎ足しながら、瞳をかがやかせて、

「不思議だと思わない?」と彼を見つめた。

「ああ」と、とぼけた口ぶりで、兵三はまだ夜は十二時間もあるという風に落着いていた。

「ねえ、門間さん、……思わない?」

「何を?」

「こんな山の奥へふたりで来てること」

「おもう」

「誰も知らないわ、ね?」

「神様が知ってるよ」

「そんなこと!」多枝はふくみわらって、「でも、神様だなんて、他人《ひと》が言うのを聞くとおかしいけれど、あなたの言うの聞くとそんなに可笑《おか》しくもないわ」

「おかしくなんかないさ」

「ねえ、門間さん！」多枝はまた兵三の名を呼んだ。

「あまりモンマさん、モンマさんて、よせよ。さっきも女中が妙な顔してたじゃないか」

「どして？」とたずね返して多枝は子供のように拗ねる真似をして、左右にからだをゆすった。

「ま、飲みたまえ」と兵三は自分のコップをほして、彼女にさしだした。

「わたし、今晩はもうのまない！」と多枝は軽く兵三をにらみつけた。

「おこった？」

「ううん」

「なら、お飲みよ、誰も見ちゃいないよ」と兵三は鷹揚《おうよう》にビール瓶をさし上げた。

「…………」多枝は目の片隅に柔和な皺をよせ、ちょっと考える風であったが、素直にコップを受けとった。

障子の外には何時しか夕闇がおりていた。僅か四、五軒しかない宿屋が谷川を利用して自給自足している電灯の灯が、花梨《かりん》の角机の上に明るく映えていた。しみじみとした幸福がひそんでいるかのような山の料理を、二人はしばらく黙ったまままつついていた。兵三はふと、数年前郷里で結婚した妻と、有馬の温泉で一夜をすごした夜のことを胸の中に思いおこした。

「ねえ、門間さん」頬をほんのり染めた多枝の声が聞えた。

「何だ？」兵三はしずかに答えた。

「黙って、なにを考えていらっしゃるの？」

「何も考えちゃいないよ」

「うそ！」と多枝はきょとんとしている兵三の顔を見つめて、今にも心の図星をさしそうな風であったが、思い直したように自分のコップにビールを注ぎ足し、「わたし大いに飲むわ、門間さん、わたし今夜へべれけになるまで飲んでもいい？」と叫んだ。

「あ、大いに飲もう」と兵三は答えた。

するると、多枝はコップの麦酒を一いきにぐっと飲み干して、

「ね、門間さん」と兵三にコップを矢のようにさしだした。そして、

「わたし、ほんとに、いけない女かしら？」と彼女は、又その言葉を口にのぼせた。彼女は今は仕様のない過去を、昔のひとの前で、あつかいかねているのであった。

「…………」兵三は赤い顔に微笑をたたえてかぶりを振った。

「死んだものを門間さんどう思う？」と多枝が突然のように尋ねた。

「死んだものは死んだものさ」と兵三は答えた。

「わたしの父のこと、うらまなかった？」

「うらまないさ」

「ほんと？」

「…………」兵三が黙ってうなずくと、急に酔いがまわった多枝は、妖女のような眼差しで兵三を見つめていたが、「ありがとう」と、「わたしね、一時父がにくかったけど、今はただ可哀そうなだけなの。あなたがあの時どんなに腹を立てちゃったか、それも分るんだけど、わたし、今父にかわってあやまるわ、ゆるしてね」と涙のこぼれそうな面《おもて》を角机におしつけた。

「何も、そんなこと……」と兵三は周章《あわ》てた。

「でも、わたし、門間さんのあの時のお手紙、今でもはじめからしまいまで皆んな宙《そら》で覚えてるわ。いくら父に没収されて送りかえされたって……」と面をふせたまま言う多枝の声が聞えた。――兵三は多枝父子が昔住んでいた山陰の町ののうぜんかずらの家を心の彼方に思い浮べた。あれからの十年の歳月を白紙にして、そのつづきがここから始まるかのように彼には思えた。

温泉とは言いながらバラック建に等しい板屋根に石をおいた粗笨《そほん》な宿屋にすぎなかった。二人は二階の一番奥の部屋に灯を消して寝ていた。まだ宵は早かったが深夜のようなしずけさで、谷をいそぐ瀬の音があたかも林を過ぎる時雨の幽《かそ》けさで聞えた。ひえびえとした山気が部屋の中までしのび込んで、二人は蚊帳の必要もなく冬の蒲団にくるまってねていた。けれども諸君、ここで早合点《はやがてん》はしないでほしい。二人はおのおの別々の蒲団にそれぞれの姿で寝ていたのである。それは又どういう工合であったかと言うと、夕飯を終った二人が畳の上にねころんで、階下の調理場から洩れて来る東京からのラジオ・ドラマを聞くともなしに聞いていると、宿の女中が外から声をかけて入って来たのであった。

「お床をとらせて頂きます」と女中は土地の言葉でいった。

「ああ」と兵三はそっぽを向いたまま答えた。

「いいわ、わたしが敷くわ」と多枝はひらりと立上ったが、途端にこの女中には先刻から何もかも見透かされているような気おくれに、彼女はすうっと廊下へぬけ出た。そしてよろよろと厠へおりて行った。そして再び部屋に帰って見ると、もうキチンと寝床が敷かれた部屋の片隅で、兵三はひとりしょんぼり茶をいれていた。

「門間さん、わたしも頂くわ、ああ酔っちゃった」と彼女は火鉢の傍に坐ったが、余りに寄り添って並んでいる二つの枕に目をとめた。「いやな女中!」と叫ぶと彼女は自分の声に自分をはずませてつと立上った。そして、一つの寝床をするすると障子の際まで引きずると、「お先に――」と帯もとかないでもうその中にもぐり込んでいた。

「ね、電灯消して、ね、消して……」という声が蒲団の中から聞えた。パチンとスイッチをひねり、「まだ夜はながい」と兵三は自分の寝床にはいったのであった。

茅野多枝は昨晩から微睡《まどろ》んでさえいなかった。けれども彼女は眠ることが出来なかった。

彼女の心はゆめみる処女のようにふるえていた。そのような清いときめきの中で、彼女は今夜も酒をのんでしまった自分の習癖《しゆうへき》を悔いていた。酒ものまなかった、煙草も吸わなかった、髪も切らなかった、以前の自分の姿を胸に思いうかべていた。

しかしそうは言うものの読者諸君、それはそんなに以前からのことではない。僅か一年来のことに過ぎないのである。彼女の夫椎木順太が前の年の九月に死んでから以後のことなのである。だから、くわしく言えば一年にも満たないのである。その年の夏も東京地方では近年にない炎熱だと、昔から杉並阿佐ケ谷の住人である家主までが不服をとなえた夏であったが、八月にはいると間もなく椎木順太は病床についてしまった。「りょ、両国の鮪鮨《まぐろずし》があたったかな」と順太は夏期の赤痢腸チブスなどの伝染病を気にした。しかし下痢の兆候《ちようこう》はなかった。彼は両国の某々館で例年催される某々新聞社後援の『納涼の会』の背景描きに雇われていたが、それがようやく終ったところであった。「きっと疲れよ、あんなにむんむんする所で夜まで労働じゃ……」と多枝は慰めた。当時順太は小学校の教師はやめて絵画一方に専念していた。けれども一度も展覧会にとおらぬ彼の絵は米塩にかえることは出来なかった。それゆえ彼はこういう仕事もしていた。多枝には順太の絵のよしあしは分らなかったが、彼の作品は素人目にも大変陰気な印象を与える絵であったことだけは慥《たし》かである。その暗さをつき抜けたら、彼の絵は素晴らしいものになるに違いない、と、先輩格の久良秀光などは批評するのであったが、多枝は夫の三回の落選に、今はただ一度でいいから、夫の絵の入選している上野の展覧会を見に行きたい希望に燃えていた。半分自棄のように半分はままならぬ世の中への反抗のように結婚した夫ではあったが、彼女には現実に愛する異性は順太のほかになかった。「あんな綺麗《きれい》な顔で何故あんなぞっとするような醜男《ぶおとこ》と一緒になったのかしら」「それも金でもあればだが三文絵描きと……」そう言う陰口を小耳にはさむ度毎に彼女の心は夫に傾き、どうにも書きかえることの出来ぬ履歴の中で、彼女は歪《ゆが》んだ履歴を活かそうとつとめた。彼女は学校が暑中休暇になったら夫の今年の制作のために、すすんでモデルになる約束をしていた。順太も今年こそはと、『後向の女』という画題まで決めて、両国の背景描きで得た金で求めたカンバスや絵の具を枕許におき、制作衝動にもえていた。

「腎臓をやられていますね」

と、たまりかねて五日目に迎えた医者が言った。絶対安静にしていること、塩分水分を与えぬこと、医者は職業的な注意を与えて帰って行った。夫婦は腎臓炎の正体は分らず杞憂した流行病でもないのにほっとした。ところが翌日の午後往診に来た医者は一応診察をすますと、多枝をわざわざ路地まで呼び出して、二言三言問答したかと思うと、突然のように癇癪筋を浮き立てて怒鳴りつけた。「そんな馬鹿なことがあるもんですか！　私が昨日あんなに言っておいたのに！　奥さんそれは無茶苦茶というもんですぞ！」「だって言い出したら後へひかない性分なもんですから……」と多枝は弁解した。「私があんなに、便所にさえ立ってはいけないと言っといたのに！　カンバスを張るなんてもっての外だ！」医者はぺっと唾を地べたに吐きかけた。「でも、殆ど私が手伝ったんですけど」と多枝はふるえながら言った。「兎も角一日の中に非常に悪化しております」医者は言葉を和らげて、「あなた達は腎臓炎の恐ろしさをご存じないらしいが、悪くすると取返しがつきませんぞ。何しろ食事の方が昨日も言ったとおりむずかしいんで、家庭では絶対駄目です。私には責任が持てません」そう言って医者は入院をすすめた。

何分かの後、多枝は公衆電話で汗だくだくになって久良秀光に電話をかけていた。入院の借金を申込むためである。今彼女はまとまった金を作るのにこの男にすがるより外方法を知らなかった。久良秀光は順太の友人というよりむしろ画壇では先輩にあたり、親譲りの金でフランスに遊学したこともあり、展覧会には既に数回入選していた。多枝には久良の絵のよしあしは分らなかったが、夫の順太は彼の絵に敬意を表してはいなかった。けれども久良秀光は先輩面《づら》ないしは後援者面をさげて、時々彼等の寓居にあらわれた。或る時は派手《はで》な縞の洋服をつけ、或る時は穢なげなルパシカを着て、はるばる大森から訪ねて来る久良秀光は、いうところの美男子であった。が、多枝は鼻の下にちょこんと髭をたくわえたこの男に、曾《かつ》て彼女の奥歯に金を入れるという約束で安ものの合金を入れた或る歯医者の挙措動作《きょそどうさ》が連想されてならなかった。「こんな穢ないところで何のおもてなしも出来なくて……」と或る時の来訪に彼女はへり下った挨拶をすると、「なあに奥さん、フランスのエス・リップスなんかもやはりこんな穢ない所に住んで精進《しょうじん》していましたよ。椎木君も天分はあるし努力もするし、今に日本有数の画家になりますよ。そうしたらあなたも押しも押されもせぬ椎木画伯夫人さ、あははは」と笑った。歯医者のような狡猾《こうかつ》な悪意は微《み》塵《じん》もなかったけれども、多枝には久良秀光は、小男であり醜男であり陰気であり無口であり無名であり貧乏である夫に何か興味をもって覗きに来るように思われて仕方がなかった。

「今晩は一つ椎木画伯夫妻と食事をとる光栄が持ちたいな」と無理にひきたてて銀座や新宿の料理店に誘ったことも再三ではなかった。しかも順太が両国の某々館の背景を描く仕事なども、やはり彼が斡旋《あっせん》してくれたのであった。

「ああそう！　そう！　そう！　一寸待って下さいよ、おおい、貴美子さん、貴美子さあん――」と細君を電話口から呼ぶ久良秀光の声がきこえて来た。恥も外聞もない金を得たい一心で、多枝は受話機にしがみついていた。

「もしもし、……今ね、手許の都合が悪くて……ええと今何時だ……もしもし……それでね、手許にある分だけこれから女中に持たせてやります……もしもし、それからね、あとはええと、明日の朝九時に僕が持参《がえん》します、……」

順太は最初入院のことを肯じなかったが、折入って頼み入る多枝の誠意に動かされた。多枝は入院の支度を整えながら、ふだん久良秀光の人柄を心の何処かで蔑《さげす》んでいた自分に恐縮し、済まない済まないと手を合わせた。今は久良秀光だけが救いの神のように思われた。

一夜を病院の夫のベッドの傍で過した多枝は、翌る朝九時頃、徒歩で五、六分しかかからぬ我が家へ帰って行った。睡眠不足の彼女は雨戸を開けるのも物憂く、そのまま放心したように取乱れた茶の間に横たわっていた。と、表の路地の入口に自動車のとまったエンジンの音がけたたましく聞えた。彼女は慌しく立上って救いの主を迎えようと玄関の土間に降りた。と同時にがらっと戸が開いて久良秀光が足よりも先に首をのぞけた。

「いやあ、どうも遅くなって！　いやあ、どうも！」と純白なワイシャツに登山帽の久良秀光が何の屈託もなく声をかけた。

「どうも、たいへん、いろいろ、お世話になりまして……」と多枝は昨日から感謝している心の中を一度に言おうとして頭をかがめた。

「いや！　いや！　どんな工合です、病気は？」と久良秀光が尋ねた。

「急性腎臓炎とか言いまして、あの……」

「何！　急性腎臓炎？　僕はまた盲腸の手術とばかり思い込んでいた。そうか！　腎臓なら大丈夫さ！」

「でも、なんですか、案外死亡率が多いと嚇《おど》かされたもんですから、あの……」

「大丈夫さ、腎臓ぐらい！　尤《もっと》もああいう病気は日日《ひにち》を食うかも知れんけどなあ！」

何も知らない癖して、と多枝は思ったが、その言葉は彼女の心配を和らげた。かりそめの安心やら、貧しいもののつらさやら、その他複雑な感情が胸にこみあげて、彼女は不覚にも涙ぐんでしまった。

「それで、病院は何処です？　車が待ってるもんで……」と久良秀光が言った。

「其処の河南病院ですけど、駅の東のあの……」

「あ、知ってる！　知ってる！」と久良秀光は頷いたが、

「あ、そう、そう、これを！」とズボンのポケットに指を突込み、裸の百円札を一枚無造作につかみ出した。

「どうも恐れ入ります、あの……」と生れて初めて百円札を手にした多枝は、末恐ろしいもののように証文のことを言いかけると、久良秀光はわらってそれを制した。

「でも、……」と呟いた彼女の頬を、さきほどから抑えていた涙が二条《ふたすじ》つたわった。

「なあんだ、奥さん、椎木の賢夫人が！　……じゃ、その書付のかわりに……この方がなんぼか確かだ！」久良秀光は多枝の手を握って、気軽に振った。

久良秀光が多枝の手を握って振るのはこれが初めてではなかった。彼は椎木夫妻を料理店へ案内した後で別れる時には極って椎木と握手をかわし、次に多枝の手を握って振るのを例とした。それは彼がフランス帰りのためであろう、と多枝は可笑《おか》しく思っていた。もちろん石と石とのようではないにしても、それは松の梢と杉の梢が風に触れ合う程のもので、近代東京では別にあやしむに足る風景ではなかった。順太夫妻も東京に住んでいる以上、この気軽な挨拶を拒絶するほど野暮ではなかった。例の挨拶だな、と彼女は振られな

がら思った。ところが彼女は何時もと違って答礼に振り返す動作を忘れていた。その上彼女の両の頬の涙はまだ乾いてはいなかった。フランス帰りの気軽な握手の振動がぱたりと止った。はっと彼女は何時も微笑で見守っている夫が傍にいないことを意識した。と同時に、彼女の手は静かなしかし不思議な体温で強く握りしめられているのに気づいた。はっと彼女は、曾てこの男が得意満面で語ったパリの遊女とのあそびの話が胸をかすめた。

「ごめんなさい！」と彼女は無意識に呟いた。

「大丈夫ですよ、おくさん、椎木君は僕が保証する！　つまらぬ心配はよしなさい！」と久良秀光の力強い洗煉された低音が聞えた。

「どうもすみません」と彼女は言った。

路地の入口で、何を愚図愚図しているのだ、と言わんばかりの自動車の爆音が鳴り始めた。

「じゃ、失礼！」と握っている手を離した久良秀光は、その手をダンスの構えでかるく、やつれた多枝の肩にかけ、自分の口を実に軽妙に彼女の頬に接したかと思うと、「じゃ！」と勢いよく路地にとび出た。一瞬、彼女は百円札など粉微塵《こなみじん》に引き裂いてしまいたい衝動にかられた。が、彼女はやっと両の掌の中でもみくちゃにしただけで、次の瞬間にはもう、丹念に札の皺をのばしていた。

挨拶だ！　挨拶だ！　パリ流の挨拶だ！　と彼女はその日の髪を梳《す》きながら胸に言いきかせた。映画女優など始終あかの他人と抱擁しているではないか！　と彼女は例をさがした。何でもないことだ、という表情を作って鏡の中の自分に微笑みかけた。——それなのに、彼女の胸には、そのことが夫の不在の家の中で行われたという事実が何時までも滓《おり》のように残ってしまった。考えまいとすればするほど、何も知らない夫の前で心が刺された。自分が巷《ちまた》の淫らな女にさえ思われ始めた。気持を軽くするため、彼女は夫にさりげなく打明ける機会をねらった。けれども夫は病院のベッドで絶対安静と極度の節食に喘《あえ》いでいた。一日、一日、夫の四肢は少しずつ脹《は》れて行った。それは一見、病人が精力を恢復して行くかに見えたが、事実は排泄障害のため、尿毒が体を逆流しているのであった。彼女は懈《だる》さに苦しむ夫の浮腫《むく》んだ手足を撫《な》でたり擦《さす》ったり、日に幾度となく湯湯婆《ゆたんぽ》をとりかえた。湯湯婆は尿毒をせめて汗にして皮膚から体外に出そうとする一つのてだてであったが、夫は炎暑のさなかにも拘《かかわ》らず汗を出さなかった。彼女は夫の股間に便器をさし入れる度に、尿の量の一立方糎《センチ》でも多いことをひたすら念じた。——

「ねえ、多枝!」と或る日順太は、重そうな瞼を開いてしずかに彼女の名を呼んだ。それは彼女が飯事《ままごと》のようなパンの小片に果汁をそえて昼の食事をとらせたあとであった。彼の容態は一進一退を続けていたが、その日は顔の浮腫《むくみ》が幾らか引いていた。事実は顔の浮腫が引けば、浮腫は手足に廻っているのであったが、医師の婉曲《えんきょく》な宣告にもかかわらず、彼女は自分の体が軽くなった心地であった。彼女はふだん痣《あざ》の目立つ夫の顔が尿毒のために艶々《つやつや》とかがやく美しさに、夫は必ずなおるものと信じていた。そういう気持の中で、

「はい！」

と、彼女は返事をした。また禁制の塩分を含んだ食物を子供のようにねだるのではないかと、彼女はもう宥める言葉をさがしていた。

「おまえ、このごろなにか気にかけているね」と順太が訊ねた。

「いいえ、何にも！」と彼女は答えた。

「そうか、そんならいい、色々すまんなあ」と順太はだるそうに目を閉じ、暫く何か考える様子であった。多枝は今こそ機会だと思った。言葉が咽喉まで出かかった。が、そのことのあった直後にすぐ報告しなかった自分が今は不憫《ふびん》であった。それにその後、久良秀光はもう三回もしゃあしゃあと病院に見舞いに来ていた。彼は現在描いている自分の絵の進み工合を滔々《とうとう》と弁《べん》じては風のように去っていた。ああいうことがあったかなかったかも全然忘れてしまったような態度であった。夫が恢復してからの世間話にしよう、と彼女は思いなおした。

「おれはさっきね、展覧会の夢を見たんだが」と目をつむったまま順太が言った。

「おれが会場につるしたおれの額縁の中に坐っていると、それをおまえが見に来て、おまえがじいっとおれを見つめるんだ。それが、これは誰だろうという風な目付をしてさ、実にけげんな顔をしておれを見つめるんだ」

「まあ！」彼女は胸をさされる思いがしたが、「でも、きっと、……夢は逆夢《さかゆめ》って言いますもの」と言った。

「ところがね、おれは特選になっていたんだ」順太はつづけた。

「まあ！」彼女はうれしそうに答えた。

「ところがさ、そのおまえが懐ろからハイカラな舶来《はくらい》の鉛筆と手帖を出すじゃないか。何をするのかと見ていると、もうお前ではなくて、それがおれの知らない気むずかしい美術批評家なんだ。どんな批評をかくかと胸をどきどきさせて見ていると、その男がひょいと顔をあげて、『なあんだ、誰かと思ったら君か』そう言って笑い出したんで、よく見るとそれが久良君なんだ。『なあんだ君か』と額縁からとびおりたらそこで目がさめたんだ」

「まあ！」彼女はびっくりして叫んだ。

しばらくの間沈黙がつづいた。順太は蒲団の中から右手をさし出して手さぐりで彼女にのぞけた。さすってくれよというのである。何処か身体の一部分をさすってでも貰っていなくては、身体のだるさが誤魔化していられない重い病人であった。

「だが、多枝、ことしはもう駄目だ」と、沈黙を破っていまいましそうに順太が呟いた。

「でも、一年位すぐですわ」と多枝はこたえた。

「おまえはもう諦めたね？」

「ええ、だって……」

「すまんなあ！」

「そんなこと、おかしいですわ」

「おれは、ほんとは、まだ諦められん。だが、そのお前の諦めの像が後側から描きたいんだ！　お前の七面鳥みたいな解脱《げだつ》は、おれだけが知っている気がするんだ！　おれは明日からでも描きたいんだがなあ！」

順太は目をあけて彼女の顔をしずかに眺めた。が、直ぐに身体の物憂さに目を閉じると、言いたいことを言ってしまった安らかさを口許に浮べて、そのまま微睡《まどろ》みはじめた。多枝には病人の切れ切れの言葉が全部うけとれはしなかった。病人は彼女の秘密をなじっているかのように邪推されさえした。けれども、あのように遮二無二彼女をうばいながら、結婚以来は妻の側に立って物を考えるなど忌々《いまいま》しいかの如く無口に過して来た夫が、仮初《かりそめ》にも感謝の言葉を洩らした事実が彼女を涙ぐませた。彼女は、死ぬるかも知れぬ微睡の夫の腕を現《うつつ》のようにさすりつづけていた。

そしてその翌日、夫は本当に死んでいったのである。彼女は又々この世にただ一人残されてしまった。それでも告別式や後片付に心をとられていた間はまだよかった。昼は学校が始まって勤めに出始めたのでまだ紛《まぎ》れていた。が、彼女は夜になって一人になると、ひしひしと迫り寄る闇の恐怖に、あまりにも伽藍《がらん》とした家の気配に、身震いを感じた。それでいて、人気のある借間を捜して移って行く気にはなれなかった。同じ衾《しとね》に寄り添うて夜毎夜毎を眠った夫の体温が、今更心に蘇って来た。幸福はあのような所に仏頂面《ぶっちょうづら》をして潜んでいたのか、あの人は自分にこのようにも無くてはならぬ力であったのか、彼女は意地に暮した日もあった自分に嘖《さいな》まれ、せめて出来得る限り、思い出の家に止まろうと決心したのである。けれども一方、此の同じ家の玄関で久良秀光のかすめた無礼が、彼女の胸に何時までもこびりついて彼女を責めたてた。それは最初あのように多枝を奪いとった順太の追憶にむせび暮した彼女にとって、何という奇体な皮肉であるか、それは第三者のおもわくで、彼女にはどうにも仕様がなかった。何でもないことだ、フランス流の挨拶だ、と彼女は何十回か胸に言いきかせ納得《なっとく》させようとしたが、それならそれで何故愛する夫にただ一度生きている間に報告しなかったのか、とそれが彼女の胸をかきむしるのであった。しかも呵責《かしゃく》は呵責に輪をかけて、赦《ゆる》すべからざる重大過失を犯したかのような妄想に身をもてあました。

或る夜――郊外の秋は一日一日深んでいた。小さな借家の周囲に鳴く虫の音も日に日に繁くなっていた。――彼女は亡夫「順風霊光信士」の位牌を前に、一升瓶を傍らに茶碗酒を飲んでいる自分を見出した。亡夫が生前仕事部屋に使ったその部屋の壁には新しく張ったままの白い虚《うつ》ろなカンバスが薄暗い灯明の蠟燭《ろうそく》の光に揺れていた。カンバスは亡夫が彼女に残した唯一の描かざる白い絵であった。夫はそれまで幾枚かの自作の絵を大切に押入の中に蔵っていた筈なのに、彼女が知らぬ間に一枚残らずなくしてしまっていたのである。電灯は消されて線香の煙がもうもうと部屋一杯に立籠《たちこ》めたそういう部屋の中で恐怖と悔恨に酒を飲んでいると、得態の知れぬ切なさがかえって彼女の孤独を慰めるのであった。亡夫のかくすべくもない現実の妻であった自分の肉体が酒に酔い痴《し》れて、その挙句《あげく》、狂女のようにはかなく、夜の眠りに落ちるのであった。……すでに彼女の黒髪は惜し気もなくぷつりと截《き》られて信士の霊前にささげられていた。それがあたかも貞操ただしい女の証左《しょうさ》かのように、淡い蠟燭の灯影にふるえていた。……しかし彼女の心はそれだけではまだ物足りなかった。夫は死んでもなお自分は夫の妻である永遠の証左が、自分自身の体内に欲《ほっ》しられるのであった。……そしてついに、或る夜から、ああ！　彼女の夫の精髄が唇に砕けて、酒精《アルコール》と一緒に、彼女の血管をとくとくと廻り始めたのであった。……

「畜生！」

と、その時頓狂《とんきょう》に叫ぶ門間兵三の声が彼女の耳に聞えた。その声に彼女は飲酒や喫煙や断髪のそもそもの原動力となった四十九日間の狂気じみた精進潔斎《けっさい》の記憶から、はっと我にかえったのである。彼女は何もかにもが嘘のように、にゅっと蒲団の中から首をのぞけた。が、嘘ではなかった。門間兵三は何時の間に電灯をつけたのか、自分の蒲団の上に相撲取のように四つ這いになって、じっと息を呑み込んでいる裸体が彼女の目に映じた。

「どしたの、門間さん？」と多枝は先刻の思い出とは別人のように静かに声をかけた。

「ちえッ！」と舌打をして兵三は多枝をふり向き、「なあんだ、君はもう寝入ったんじゃなかったのか？」といまいましそうに言った。かと思うと、すぐさまその眼をもとにもどして、多枝などにかかわってはいられないかのように、べっと自分の指先を自分の口で甜めまわし、掛蒲団の端をそろりそろりとめくりはじめた。

「なあに？　蚤《のみ》？　ねえ？　……蚤？」と多枝は、とぎれとぎれに力をこめて尋ねた。

「ああ！　……シッ！」と兵三は、蚤にも耳があるかの如く、彼女の声を制した。

「ほんと？　え？」

「畜生！」

と、叫んで兵三が痩せ細った一疋の獲物を指先に取り押えた途端に、

「ひゃア！」

と多枝は蒲団を蹴ってはね起きた。彼女は本当にその部屋に蚤がいると知ると、まだ刺されない先からぞくぞくと肌にむず痒《がゆ》さを感じて、浴衣の中に身をすぼめて揺すっていたが、やがて兵三と同じような恰好で四つ這いになり、指先を唾でぬらし、彼と並行に並んで、ゆるりゆるりと蒲団の端をめくりはじめた。

そうして、さて、その夜のそれからがどのような有様で更《ふ》けて行ったか、それは割愛することにする。が、地球は何の遠慮も会釈《えしゃく》もなく廻転をつづけて——宿の障子に一晩じゅうしのびやかに影を落していた月光がだんだん遠のくと、二人の間には何事もなかったか

のように夜が明けたのである。事実二人の間には何事もなかったのである。そのことを私はここで明記しておかなければならぬが、けれどもそれは結果がそうであったのである。その事情を詳《くわ》しくしかも手際よくここにしるす筆力を持たぬのは遺憾であるが、どうか読者諸君、勝手にどのようになりと想像して呉れたまえ。

ともかく、夜が明けたので二人は、顔を洗うために宿の下を流れる谷川におりて行った。傾斜の急な谷川は、岩の間に渦を巻きながら飛沫《ひまつ》をあげて流れていた。昨夜一晩じゅう二人の格闘に妙《たえ》なる伴奏《ばんそう》をかなでてくれた流れである。二人はその流れに臨んだ岩の上に腰かけて歯を磨いた。尤も歯ブラシは多枝の旅行用鞄の中に一つしか用意がなかったので、二人はそれを交互に使用したのである。それはたとえば血に飢えたけだものと、植物のように恬淡《てんたん》な精魂とが、手を替え品を替えて、のたうち廻り身を躱《かわ》しながら闘い合った一夜とは、まるで別の情景であった。夜と昼とはこんなにも裏腹に変ってよいものであろうか。山の神様でさえ最初は、何時も朝になると飛んで来る仲のよい鶺鴒《せきれい》の夫婦が、今朝も来て遊んでいると勘違いをしたほどであった。

「ねえ、門間さん、あの白樺！　よく生きていられるわねえ、あんなところで！」と多枝が風邪を引いたような声で谷川の向岸を指さして言った。けれども、その声は谷の瀬音にさまたげられて、兵三の耳にはろくろく入っては来なかった。しかし、兵三は彼女の指さした方を眺めると、谷にのぞんだ崖の上の岩石の中程から、にょきりと白樺が一本元気な姿で天に向っているのが目にとまった。

「空気でも食べているんだろう」と兵三は答えた。それから、「いや、岩石だって元をただせば土じゃないか！　成分はおんなじさ！」と化学者らしい口振りで、しかし頓狂な声で言い直した。が、その声も同じく谷の瀬音にさまたげられて、多枝の耳に入っては来なかった。それなのに、彼女は兵三の顔をながめて、素直に頷いて、にこりと笑った。兵三も、にこりと笑った。

二人が宿の二階へ帰ると、部屋には鉄瓶が湯気を立てながら、もう朝食の支度が待っていた。二人は早速食事にとりかかった。兵三は茶碗に四杯も食べてしまった。多枝は三杯のところで中止した。それにしても、何という旺盛《おうせい》な食欲であろう。おかずはと言えば、蜆《しじみ》の味噌汁、鮒の佃煮《つくだに》、生卵が一個、それに塩からい沢庵が二切、それから酸っぱい梅干が二個、――これだけが全部であったが、この方も二人は沢庵の切れひとつ残さず平らげたのである。残ったものは梅干の核だけであった。が、この核さえ棄て難いもののようにしゃぶりながら、二人はがぶがぶとお茶を飲んだ。

「まあ！」

と、開いた口が塞《ふさ》がらぬほど愕《おどろ》いたのは、宿屋の女中であった。けれども、その時二人はもう外へ散歩に出ていた。

「何ちゅう行儀作法を知らん男と女だろう！　犬か猫かのように皿の中までなめ廻して！

がつがつのくっつきの下卑蔵め！」

女中は愕いた序《つい》でに腹を立ててしまった。が、畳の上につっ佇《た》ったまま、呆然と空《から》の食器をながめていると、妙に体の中までが空になって来るのを感じた。それは、何だか食器を洗う自分の仕事の領分まで掠め取られたような虚しさであった。しかもそんなことは彼女が女中になって以来はじめてのことであった。彼女はひょいとこの腹のすいた男女は食いたいだけ腹に詰め込んで、風のように消え失せたのではないかと邪推した。彼女は首を振って部屋の中を見廻した。部屋の中には、女の卵色の洋服が一着ぶらさがっているだけであった。

「あやしいぞ！」

と呟いて彼女は無意識に押入の襖の引手に手を掛けた。彼女は押入の中には夜具に並んでちゃんと客の旅行用鞄が仕舞ってあるのを見出した。ほっと安心した彼女は、それでもと思って鞄を手にとって提げて見た。中も空ではないらしく、何か詰るだけは詰っている重量がぐっと腕に伝わった。いったい、この奇体な男女はどんなものを持って来ているのだろう、と好奇心を起した彼女は、内証でそっと中を覗いて見ようと決心した。が、鞄にはちゃんと鍵を下ろしてあるらしく、太い指先で工夫はして見ても、どうにも彼女の手にはおえないのであった。

「馬鹿馬鹿しい！　誰がこんな山の中の宿屋に空巣狙いに入ったりする者があるものか！

仰々しく鍵をしめた上に、押入の中にかくしたりして！」

又しても腹を立てた彼女は、手荒く襖をしめると、ひったくるように食器の載った膳をつかんで、どしどしと階段をかけ下りた。

が、女中がそういう鉄面皮な不埒《ふらち》な行いをしている間に、兵三と多枝とは、そんなことは夢にも知らず、宿の裏の山を渓流に沿って、軽快な足どりで登っていた。多枝は宿の男縞の浴衣に紫の三尺を十三、四歳の少女のように結んでいた。兵三も同じく宿の男縞の浴衣を着て、東京から履いて来たちび下駄をひっかけていた。多枝も彼と同じく、宿の玄関にころがっていた宿のちび下駄を履いていた。けれども二人は、下駄履きのまま実に器用に岩から岩を飛んで行くのであった。それは一見したところ、仲のよい小学生の兄弟が、暑中休暇に蟹取りか蟬取りに出かけて行く姿そっくりであった。それは宿の女中が女中になってから始めて、しばらくは開いた口が塞がらないほど驚愕《きょうがく》したほどの二人の食欲が自然に彼等を小学生のような中性にさせたのであろうか。しかし、そんなに理屈めいたことを言い出せば、彼等の食欲がその朝に限ってどういう理由で突然そのように旺盛になったのか、それからして分らぬ。一回や二回温泉の浴槽につかったとてそれがたちまち効力を発揮するとも思えぬ。それに、人間はたらふく胃の腑《ふ》に詰め込んだ後では、とろとろと睡魔におそわれるのが普通であるのに、二人はその反対にますます目が冴《さ》えていたのである。

それが生理的原因によるのか、或いはまた如何なる心理的秘密によるのか、とてもそれを究明することはちょっと私には不可能である。——一言にして言えば、それは、ただ不可思議奇妙奇天烈《きてれつ》な現象であった。と言うよりほか言いようがないのである。それもその筈で、

「どうも、おかしいぞ!」

と、当の門間兵三が初めて自分ながらそれに気付いたのでさえ、余程時間が経ってからのことであった。彼は多枝の後について渓をのぼりながら、何かのはずみでか踵《かかと》をくねらした拍子に、ひょいとそれを感じた。どうもおかしい! 宿を出てからずっと、まるで案内人のように自分の先に立って行く彼女の姿は、もしかしたら老媼《ろうおう》の夜噺《よとぎ》に出て来る山の狐が、自分を何処かへ連れ去っているのではなかろうか。一瞬ではあったが不気味な恐怖が胸をかすめた。然し、こころもち跛《びっこ》をひくような印象を与える女の歩きぶりは、十年前ほの暗い大橋の上で見た多枝の歩きぶりに寸分相違ないのであった。彼はそれを発見した。そこまで狐が技巧をこらせる筈がない、と彼はほっと胸をなでおろした。

「ねえ、門間さん素敵ねえ!」

と、突然のように晴々しい感嘆の叫び声をあげて、多枝が立ちどまった。

二人は何時の間にか渓流をそれて白樺の疎林に入っているのだった。白樺は白い幹をあらわに朝の日にかがやかせながら、その影は長く地べたに尾を曳いていた。それは山の中のありふれた一つの風景に過ぎなかったが、樹木よりもむしろ露に濡れた樹木の陰影が、しずかな朝の一時の生命を呼吸していた。

「うむ、ちょっと、いいね」と兵三は立ちどまって、しかし打切棒《ぶっきらぼう》に応じた。

「いやな門間さん、——あなた今、何かほかのこと考えていたわね」と、不服そうに多枝が言った。

「何故?」と兵三は風景を眺めたまま尋ねかえした。

「だって、わたし……」多枝は駄々っ子のように体をゆすった。三つ貰える筈のお菓子が二つしか貰えない時の子供のような為種《しぐさ》に、妙な感情が兆《きざ》して来た兵三は、

「だが、僕はもともと、君のような景色の礼讃者ではないからね」と、もう一度打切棒な調子で、男子の沽券《こけん》を重んずるが如くに言った。そう言って、兵三は自分の言葉が思いがけもなく、意味深長な響きを持っていることに気づいた。そう気づくと江戸の敵を長崎で討っているような、こころよい征服感が体の中を流れはじめた。不意をくらった多枝は、しばらく返事に窮したような青い瞳をあげて、相手の兵三を見つめていたが、

「では、門間さんは、何の礼讃者?」と逆に攻めよせた。

「僕は……」と兵三はおもおもしく言って、言葉をさがした。

「何?」と多枝がせきたてた。

「僕は、つまり……」

「つまり、何?」

「景色の反対のものさ」

「反対のものって、何?」

「つまり、肉体のようなものさ」

と、兵三は答えた。

答えて、うまく多枝の口車にひきずり込まれた自分を意識した。多枝は彼の返答に四、五歳の幼児が何処からかろくでもない言語を覚えて来て母親に質問する時、世の若い母親が示す当惑の色を顔に浮べた。が、すぐ、

「ウソ!」と小さいが明快な叫び声をあげて否定した。

「嘘ではない、本当だ」と兵三は無理に応じた。

「ウソ! ウソ! ウソ! 門間さんの嘘つき!」と多枝は相手に間《ま》を入れさせぬようにつづけた。「ほんとは門間さん景色の方が好きな癖に! わざと反対するために反対したりして! 反対坊の天の邪鬼《じゃく》!」

「だって、反対しなきゃ、君と同じ意見になってしまうじゃないか」

「そうかしら!」彼女は軽く首をかしげた。

「それは、そうさ!」兵三は断定をくだした。言葉に出して断定すると彼は不思議な満足感を身に覚えた。と、多枝はかしげた首を、切りたければ何時でも切ってくれという風にかなしく宙に浮かせていたが、

「じゃ、わたし」ぴくりと電気にでも触れたように唇を開いた。「わたし、これから門間さ

んが絶対に反対しない素晴らしい景色を目《め》つけて上げるわ！　それなら異議ないでしょ！」

自信にあふれた声であった。ひとりでそうきめると、くるりと廻れ右をして、白樺の林などには何の未練もなさそうに、先に立って歩き始めた。

「畜生！」

と兵三は我を忘れて大声で怒鳴りつけたいところであった。が、どういうものか声は喉仏のところで閊《つか》えてしまった。「チキショウ！」と唇の先が泡《あぶく》のように動いて歪《ゆが》んだだけであった。

兵三は又、多枝の後について歩き始めた。歩き始めて見ると、彼は少しも不愉快でも不服でもなかった。白樺の林には、白樺の林がつづいているのであった。何という新鮮清浄な景色であろう、と彼は景色に見惚れた。やはり自分は肉体などよりも景色を愛する男なのだ、と彼は先刻彼女の断じた言葉を胸にくりかえした。そう繰返していると、昨夜のがむしゃらな自分の欲情などはまるで何処かの田舎新聞の三面記事か何かのように、彼は益々自分が景色に近い人物に思われるのだった。彼は行摩《ゆきず》りに手にふれた木の葉を手折ると、無意識に鼻の穴に当てた。それは何という木かは知らぬが、不思議に原始の匂いをはらんでいて、一種異様に五感が牽《ひ》かれた。しかし彼女はもう、そのような彼の存在など忘れてしまったかの如く、露にしめった叢《くさむら》の中を先へ先へとすすんでいた。彼女の素足は、雑草と言わず灌木と言わず、ひらひらと舞うが如くに蹴ちらして、その足並は一歩一歩等差級数のように速力を増して行くのであった。いったい二晩中一睡もしない女性のどこにこんな元気がひそんでいるのか。林から林をぬけるうち、さすが男性の兵三も一足一足距離の引きはなされるのを感じた。しかも彼女はただの一度も後ろを振りかえろうとはしないのであった。——

やがて、森《しん》と閉《しず》まった直立不動の杉林にさしかかると、彼女は何を思ったか山の斜面を野兎のように一目散に駆け始めた。おや！　と彼が気づいた時、彼女はもう杉林の中に姿を消していた。呆気《あっけ》にとられた彼は、杉林の入口に立ちどまって暫く上手をきょとんと見上げていた。ざあぁ——と時ならぬ風の音がして、昨日の夕立の名残であろう、ぽたぽたと雨の雫《しずく》が落ちて来た。ひやッ！　と彼は冷たさに首をすくめた。と、その時、

「も、ん、ま、さ——ん——」

と、悪戯な小学生がかくれんぼでもするような声が、林の奥の方から長く尾を曳いて聞えた。それは遠い昔の彼を呼んでいるようなあどけない声であった。が、そのあどけない声を耳にすると、彼は一抹《いちまつ》の不安は何処へやら拭《ぬぐ》いさられて、にわかに子供が物蔭にかくれて鬼のくるのを待っているようなくすぐったさを感じた。で、しばらく息をひそめて、声の方を見上げていると、

「も、ん、ま、さ、ん、の、……よ、わ、む、し、——」

前よりも一層高い張りさけんばかりの叫びごえが、明るい木霊《こだま》をともなって、谷から谷

へ、林から林へ、響きわたって聞えた。……

却説《さて》、このようにして、門間兵三はきよい肉体のまま、ひとりできょとんと東京に帰って来たのであった。全く彼はきょとんとしていた。それというのも、彼はちゃんと計画をたてた旅が終ったというのではなかったし、それに彼は二晩もろくろく睡眠をとっていなかったし、山の空気は秋冷のようにひえびえとしていたが、東京にかえって見れば本格の炎暑はこれから始まろうとしているのであった。彼は細君のいない家で掃除をするのも億劫だし、打水などする気は更に起らず、褌一つになって昼寝ばかりしていた。

そうして数日が過ぎた。数日すぎた或る日の午過ぎ、玄関の土間にぽてんと音がして郵便の届いた気配がした。跳びあがって玄関に出て見ると、その一通は故郷の実家に帰った細君からの第二信で、――その後からだはますます好調で、わたしは母となるよろこびにあふれております。あなたはお一人にて何かとご不自由のことと察しますが、暑さのみぎり余りお飲みすごしになっておからだをおこわしになったりしませんように、食事は、着物は、シャツは、と簞笥の略図まで添えて、こまごまとした注意が記されていた。そして、いま一通は彼等が山の温泉をおりて、多枝が彼よりも一時間も早い下り列車に乗ったとき、出発しようとする汽車の窓口であわただしく約束した彼女からの手紙であった。その手紙がやっととどいたのであった。先ず細君の手紙を卒読《そつどく》した彼はわざとゆっくりとした手つきで待ちに待った彼女の手紙を開いた。今にして考えて見ると、彼女は彼の細君のことを一口として自ら尋ねなかったのであるが、――さて、その手紙の内容は次の如くであった。いささか門間兵三には申訳ない気もするけれども、私はこの世の幸不幸の裁断師ではないゆえ、又ことの次第を読者に告げるため、その内容を次にかかげて一先ずこの小説の筆をおくこととする。

お約束の手紙をかきます。どうか恙《つつが》なくあなたのお手もとに届きますように、ひそかに念じながら。こんなこと書かなければならないわたし。いっそ、約束など反古《ほご》にした方がより立派だとは、幾度も自分の胸にくりかえしたことですけれど。わたしの悪い女。悪いわたしの女。でも、――でも、今日まで生きて来たことのこのとうとさ。わたしの半生の上に、山の湯のかおりが、渓をいそぐ瀬の音が、障子に映った月の光が、どうかすると現実ではなかったかのように思い出されます。わたしたちは白樺の林を歩いたり杉の木立をぬけたり、そして、あの山の頂で、童児と童女のようにより添って、麓の山にけぶる時雨を眺めたひととき。それから、ふたりは、お伽噺《とぎばなし》の王子さまと王女さまのように、長い萱草《かやくさ》の葉を背に敷いて、無心の雲を蒲団にして、そこで昼寝をしましたっけ。あのような夢のような幸福をわたしは、誰に感謝すればいいのかしら。いいえ、言ってはいけない。わたしはあのまま、目をさまさなかったら、もっとどんなに幸福にそして、こんな手紙も書かなくてすんだでしょうに。

けれども、わたしは書かなければなりません。だから、わたしは書いております。門間さん、此処は金沢の町から十余里もはなれた山の中の小さな村なのです。わたしには初めての、そしてわたしの今は亡き夫の生れた草屋根の中で、うす暗い電灯を黴《かび》くさい畳の上におろして、わたしはこれを書いているのです。この荒屋に灯がともるなんて、何年振りのことなんでしょう。しかも、わたしは今夜はこの家の主人なのです。昨日までは少しはこの家もにぎわっていました。けれども昨日、(ああわたしは書かなければなりません、どうか書くことをゆるして下さい)昨日まで一年間起居を共にしたわたしの亡きひとの遺骨を裏山の先祖代々のお墓にうずめて、ささやかな供《く》養《よう》をすませましたの。そして、今日からわたしはほんとのひとりになってしまいましたの。わたしは、心の中のどこかで、こんな日をどんなにか久しい間待ちに待っていたことでしょう。けれども、亡きひとの遠い親戚も一人去り二人去り、みんな風のように去ってしまうと、わたしには思いもうけぬあいじゃくとせきにんが萌《きざ》して来ましたの。ええ、そう、わたしをおいて誰がこのひとの冥福《めいふく》を祈ると言うのでしょう。こんなこと、ひとに言っていいことかしら。でも、あなたにだけは言うことおゆるし下さい。わたしはやはり古い古い日本の女ですの。今日もそれを思いながら村の小川のほとりを散歩しましたの。あなたにお約束の手紙のことかんがえながら。それから。それから。すると小川の流れの中に深黄色の小さな花が咲いていましたの。なんという花か、あなたはごぞんじかしら。わたしは知らないので村の女の子にたずねますと、わたし名前だけは前から知っていた、それが河骨《こうほね》でしたの。私は川の土手にしゃがんで、ああこの水草が河骨であったのかと、河骨の花をゆるがせながら流れて行く水の姿を何時までも眺めていましたの。

河骨に水のわれゆく流れかな

ああ、これは誰の句でしたかしら。こんな現実がわたしの夢であったのか、こんな夢がわたしの現実であったのか。いな、いな、そのような言葉を余所《よそ》に咲いている河骨の花の姿が——わたしは、いいえ門間さん——わたしはあなたとそしてあなたにつながるひとびとのご幸福を、こころよりお祈りもうしあげます。

八月×日

多　枝

門間兵三様

初出：『文學者』一九四〇年二月号［発表時作者三五歳］

底本：『おじいさんの綴方・河骨・立冬』講談社文芸文庫、一九九六年

第一一回芥川賞選評より〔一九四〇（昭和一五）年上半期〕

宇野浩二　木山の『河骨』も、作者としては、これまでの作品より一歩も二歩も進めたつもりではあろうが、善し悪しを差し引きすれば、あまり香しい作品ではないからである。それは、百五十枚というのを力作と見なし、題材がいくらか変っているのを取り柄としても、百五十枚の半分以内で書けると思われるほど冗漫であるのと終りの方の突飛すぎるのとを差し引きすれば、という程の意味である。そうして、今度の芥川賞になった高木卓の『歌と門と盾』は（略）失敗作であるばかりでなく、凡作である。されば、高木が、この小説に対して芥川賞を辞退したのは、賢明である。

木山捷平　きやま・しょうへい

一九〇四（明治三七）～一九六八（昭和四三）年。岡山県生まれ。小学校教員を経て、東洋大学文化学科中退。一九二九年、詩集『野』を自費出版。三三年、太宰治らと同人誌『海豹』を創刊、処女作「出石」を発表した。三九年に最初の作品集『抑制の日』で第九回芥川賞候補、四〇年には「河骨」で第一一回候補となる。四四年、満洲国農地開発公社嘱託として新京（後の長春）に赴き、四五年八月、現地で応召。敗戦後は長春で難民生活をして四六年八月に引き揚げた。この体験をもとに、「耳学問」（第三六回直木賞候補）、「長春五馬路」などを発表。六二年には『大陸の細道』で芸術選奨文部大臣賞を受賞した。平成時代になって講談社文芸文庫から復刊が相次ぎ、九六年には木山捷平文学賞が創設された。

分教場の冬

元木國雄

1

前夜ひと晩中窓を鳴らし続けていた吹雪の音もいつの間にかやんで、朝の光にようやく明るくなった枕べには、新雪を踏んで道つけをしているカンジキ姿の小使の咳がかすかに聞こえてくる。その音に目醒めた川上は、大分積ったらしいぞと思いながら寝床を離れて寝巻のまま風呂場へ出た。ひやりと身を切るような寒気が炬燵《こたつ》の炭火でいくらか上気している頬にたちまち襲いかかってきた。こんなに冷えこんでいたのかなとあわてて首筋を寝巻の襟にちぢめて台所を覗くと、妻のイトが湯気をあげている掃除バケツにしきりに手をつっこんで朝の拭きそうじをしている。

「ばかに感じるが零下何度ぐらいかな」

みるみる雑巾がけをした床《ゆか》の面が白く凍っていくのをみつめながら、たすき姿のイトへ声をかける。

「さあ何度ぐらいかしら、十二、三度じゃない」

「ん、そのくらいかな。こんげ冷えこんでいるのにやっぱり与一たちはイタチ捕りに出かけたのか」

「ええ」

イトはいそがしそうに答えたままきれいなお湯で雑巾をしぼり終えると、両手をちょっと釜の焚火にかざしてそこらを片づけ始めた。流しの上に歯みがき粉を散らしながら川上は、凍《い》てついた雲の形や、渦巻きを描いているガラス窓に息を吹きかけて外を覗く。昨夜あれほど枝鳴りの烈しかった裏山の落葉松《からまつ》の林も、今は夢のようにおさまり小降りになった粉雪がしんしんと積もりかかる。高い落葉松の梢の宿雪は、時おり自分の重みに耐えかねて、まるで簾《すだれ》のように薄く透きとおって垂れさがる。その下方の深い渓間の杉の密林も今朝は一様に綿帽子を冠ってうなだれたまま、谷川の響きに耳をかたむけている感じである。その向こうには、出羽の山々の裾野が薄墨ではいたようにかすんで、炭焼く煙が二、三本ゆったりと立ちのぼって見えた。

「よう、兄《あ》んちゃイタチかかっただか?」

綿入れ頭巾を頭からすっぽり冠ったトミは谷底の杉の密林から首を伸ばして、川向うの岩かげに身をひそませている兄の与一に叫ぶ。しかし与一はイタチおとし箱探しに夢中になって答えようともしない。先刻から昨夜残したに違いない岩角のイタチの足跡に胸をとどろかせながら、まだ薄暗い杉の林の間をあちこちとくぐり抜けておとし箱をさがしているのだ。第一のおとし箱の前に身をかがめると、細長い長方形の箱の上には密生した杉林の枝越しに洩れてきた粉雪がうっすらと散りかかり、あたりには行きつ戻りつしたらしい楓のような小さいイタチのおびただしい足跡が乱れている。が、蓋はおりていない。ざらざらする固い雪の上にモンペの膝をついて覗くと、箱の中にも足跡がついていて昨日の夕方おとしに刺していた笞のドジョウの姿がなくなっている。

「チエッ、畜生めまた食い遁《に》げしやがった」

与一は残念そうに舌打ちをくりかえし、凍《し》みついたまま落ちないでいる箱の上のしなり竹を弾じいて蓋をガタンとおろした。何度か同じことを繰り返したあと、もう一つのおとし箱を見るために谷川に沿って下る。谷川の水は、真中だけが氷らないでゴゴーッと渦を巻いて流れている。道々、そこだけ氷っている岸辺の川水の中に杉の枯葉や枯蘆が閉ざされていて、まるで煙水晶のごとく透いて見えた。五メートルばかり川下のちょうどカーブになった所を登ると第二のおとし箱がある。その付近にも同じようにイタチの足跡がついていたが、第一の箱とはちがってそこには規則正しい往きの足跡が一筋ついているだけで帰りの足跡はついていない。

「ひょっとしたら?」

そう思うと与一の胸は一度に高鳴った。すばやく岩角を回って覗くと、しなり竹が弾じけて蓋がおりている。喜びに体をわくわくさせながら駈けより、箱を持ち上げて振った。たちまちガタガタとひっかくイタチの猛烈な爪の音に、

「ワーッ、畜生、とうとうかかりやがったぞ」

与一はとび上がって相好を崩した。

「ト、トミー。イタチかかったぞオ」

しっかり箱の蓋を右手で押さえつけると、ありったけの声をはりあげて川向こうの杉林へ怒鳴った。

「ほんとうかァ兄《あ》んちゃ」

間もなくカンジキ姿の与一がにこにこしながら凍みついた太い丸太の二本橋づたいに跳び越えてくると、トミは駈けよっておとし箱に耳をあてる。

「ホ、ホレ、聞こえんべ」

箱をいくらか横に傾けた与一が誇らしそうに妹の顔を覗く。

「ほんにガタガタ動くこと、こんげ騒いで逃げられないべか兄んちゃ」

トミは兄の顔を見上げて、心配そうに箱の中の爪の音に耳をかたむける。

「んだな、イタチのヤロ牙もってかじるからあぶないかもしんねえな。おら、先生にも生きてるイタチッ子見せてぶったまげさせたいが、逃げられっと困っからほんじゃ殺して行

くかハ」

与一は妹へこう同意を求めるなり、おそるおそる川の中へ箱を沈める。そして、ともすると浮き上がりそうになる箱の蓋を妹と二人で懸命に押さえつけながら、箱が揺れるたびにポコポコと水泡が浮いてくるのをみつめていた。

「な、兄んちゃ、一円五十銭で売ったら、おらにも五十銭だけわけてけれな、ほんまにだぞ」

谷間の九十九折りをよじ登りつつトミはなんべんもこう言って兄に誓わせようとする。

しかし与一はうるさそうにうんと気のない返事をするだけで、これまで毎朝川上から、

「与一、お前のおとしにかかるようなバカイタチなんかこの分教場の川にいるもんでないから、やめれ、やめれ」

と、ひやかされたことだけを考えていた。やっと一月目でそういう先生の鼻柱をぺしゃんこにやっつけられるのだと思うと、たまらない嬉しさが湧いてくる。躍りあがりたいような衝動を覚えながら嶮しい杣道の深雪を蹴立てて登った。時おり昨夜の嵐に雪折れのした落葉松の枝が足にからまる。その裏山を登りつめると崖ぷちにヒュッテのごとくしがみついた二階建ての低い分教場の雪おろしの跡のついた屋根が見えてくる。台所の煙突からは一筋の煙が、軒端の雪を茶色に煤《すす》けさせて立ちのぼっていた。このぶんなら先生ももう起きたころだなと思いながら、丈余の積雪に二階の窓よりも高くなっている軒端の段々道をころぶようにかけ下りた。そして、

「おら、イタチ捕って来たぞ先生」

と、勝手口へ飛びこんだ。

与一兄妹は、この分教場部落《ぶんきようじよう》からまた四キロばかり山奥にはいった一軒家の炭焼きの子供である。つい一月《ひとつき》前までは、九十九折りの杣《そま》道をカンジキ姿の父親に雪踏みをしてもらいながら登校していたのであるが、二月、三月の雪崩期には、毎年こうして分教場に寝泊りすることになる。兄の与一は、五年生のいたずら者で、時々掛算九々を間違えたりする勉強ぎらいの少しどもりの児童である。それにひきかえトミは、ぬけている兄とは反対におしゃべりの世話好きで勉強もできるおしゃまで、毎晩風呂場で乾かすことになってている雪沓の始末や戸締りの日課も兄に代ってやってのけている。

やがて八時ごろになると、朝食をすました児童達が雪むろのようになっているめいめいの家の門口から這い出て、頭だけ雪からつき出ている往来の電柱と背くらべをしながら、三々伍々打ち連れて登校してくる。時々、太い綱のようにだらりと雪を冠ってたるんでいる電線をソロバンの頭でなぐりつける。すると、コーンと澄んだ鉄線の唸りがひびき、ボロボロの雪の綱の直線がゆさゆさと離れてやわらかい下の積雪に切り込む。一人がやると、次々とあとの者に伝わっていき、分教場の坂道にさしかかるころは、ゴムの長靴にマントをつけた姿や、雪沓にミノ帽子、綿入れの頭巾に深雪沓をつけた児童達がずらりと鈴なりになってしまう。それをあとから来た五、六年生の組長達が羊を追う番犬のように怒鳴りつけて分教場の門内にぞろぞろと追い込む。谷底みたいに掘り下げられている昇降口の雪の段々を降りると、組長達が萩で作った箒で幼い者たちから順々に体の雪を払って雨天体操場に入れてやる。

間もなく始業の鐘が鳴ると、男女の組長の号令のもとに七十三名の児童達は、天井の低い狭い雨天体操場にぎっしり詰ってならぶ。川上は出席簿を小脇にしたまま朝の注意事項を考えながら宿直室を出ようとしたとき、男の組長の進が戸をあけて、

「先生、猛さと太市さが居ないっす」と告げに来た。

「なんだ、二人とも学校休んだのか」

「ううん、おらだと一緒に学校に来て遊んでいたんだけど、今集合してみたら居ないんだっす」

と、言ったまま不思議そうな顔をする。そうかとうなずき、そのまま二階の教室を覗いたがストーブ当番の児童以外に誰もいない。それでは便所かなと階段をおりかけると、ちょうど遅刻してきたばかりの六年生の惣兵衛があわてて下駄箱に長靴を入れている。彼は川上と顔をあわせるなり、

「先生、外で太市さと猛さが喧嘩してるっす」

と、校庭の方角を指さした。急いで昇降口の雪の段々になっている階段を登ると、頭のてっぺんだけ見えている枝ぶりのいい老松の雪降りの下で猛と太市が全身雪まみれになっ

て殴り合いをしていた。すぐに駈けつけ「こらッ」と怒鳴りながら、上になって滅茶苦茶に殴りつけている猛の襟首をつかんで引き離す。相手が誰だかわかると猛は、太市と顔を見あわせて神妙に立ち上がる。すると、下になって雪に埋まっていた色の黒い太市が、きつい眼をむいて立ち上がりざま猛の向こう脛をいやというほど蹴っとばした。猛は「こん畜生」と叫んで軍鶏《しゃも》のごとく身をおどらせて飛びかかろうとしたが、川上の鋭い制止の声に無念そうに思いとどまる。太市はざま見ろという表情を示してペロリと赤い舌を出す。

「バカめ、毎日毎日喧嘩だけしくさってどうしたんだ」

川上は、両人の顔を等分に見比べて渋面をつくる。猛は五年生。太市は六年生を代表する分教場随一の喧嘩屋で、一日おきぐらいに殴り合いをやらかしている。いくら川上から「お前たちみたいな犬と猿は離れているんだ」と叱られても、二人の間には無言のうちに餓鬼大将の勢力争いが毎日続けられる。力では分教場随一体格のガッチリした猛には六年生の太市もかなわないが、負ければ負けるほど復讐心をつのらせて反発する図太い性格がそれをおぎなって余りある。その上彼は、何でも人の言うことは裏しかとらないという強情っぱりの拗《す》ね者で、いくら悪いことをして諭されようが、叱られようが最後まで涙一滴こぼさずに反抗し続ける。そのふてくされた態度には、川上も憎さを通り越して一種の痛快味すら覚えさせられる。児童達も形の上では何時も勝っている人の良い猛よりは、負けても底意地の悪い太市の方を怖れている。猛は乱暴といったところで格別弱い者いじめをするでなし、意地悪するでない故扱いよいが、一度太市に睨まれるとどこまでも執念深くつきまとわれて復讐されるので同級の六年生を始め皆敬遠している。ただ猛だけがこれに対抗してゆずらない。

「だって太市のバカヤロ、いくらおらのお父うは踊りを教えに行って家に帰らないんだ言うても、色女と北海道へ逃げやがったんだべとぬかすんだもの、おらごしゃけて（腹がたって）」

と、言いながら上目使いに太市をにらむ。

「なんでえ、色女と逃げやがったくせに、嘘っこつくでねえ」太市は口をひん曲げて嘲った。

「なにッ、嘘っこならおらのお母ちゃに聞いてみろい。おら昨夜もきいてみたんだから間違えねえだ」

口をとがらせる猛の顔には断乎たる自信が溢れていた。

2

川上がはじめて猛を知ったのは、まだ彼が本校にいた去年の春である。やっと卒業生を送ったのにまた五年生の男女組を担当させられて間もない或る日、出席をつけ終えた彼が修身をはじめようとした時、窓辺に近い一番うしろの席から、見るからにがっちりとした児童がのこのこ出てきて、

「先生、本校の人わかんねっす」

と、抗議を申しこんだ。見ると、てかてかと剃刀の跡も生々しいでこぼこ頭のうしろに一銭銅貨大の禿げのある体の大きい児童である。すぐ、今年から本校に通学するようになった分教場組だなと頷《うな》ずけた。

「どうして、わかんないんだ」

「皆して、おらとこの悪口言うてわかんねえのだっす」

背後の席にずらりと並んでいる本校の腕白連の顔をねめつけながら口をとがらした。

「それで、なんと悪口言うだ」

「三好清海入道て言うっす」

眉毛一つ動かさずに言った。すると背後の児童達は一度にプッと噴き出してワアワアと騒ぎ出す。川上もつりこまれてウフフフと笑いながらその偉大な入道頭と、変に愛嬌のあるどん栗眼とをしばらく見比べた。あとで聞くと、酒呑みの父が酔った勢いで、

「バリカンなんかで刈っても、すぐ伸びっから面倒臭え」

と、いやがる伜の頭を自分の髯そりでガリガリやってくれたのだそうだ。その事件以来

猛は一躍クラスの名物男になり、またたく間に分教場から来たくせにとさげすむ本校の腕白どもを圧して一方の餓鬼大将に納った。そして毎日のように喧嘩やいたずらが絶えない。その都度川上から叱りつけられるが、いくら怒鳴られても次の時間になるとすぐえへへ……と愛嬌笑いをしながら、

「キャッチボールしないか先生」

と、なついて来た。乱暴だがどこか憎めない児童である。しかし、外では一方の餓鬼大将である猛も一度教室へはいると、たちまち颯爽たる面影は消えて存在すらなくなる。彼には五年生になった今でも十分と落ちついて机に座っているのが苦痛でたまらない。第一先生の話を聞いたところで、一時間を通して彼にわかる個所はほんのちょっとだけで、あとはなんのことだか一向にわからないし、問題を与えられて作業をやらされてもてんで手のつけようもない。で彼には、よくもこんな面白くないことを皆は毎日おとなしく辛抱しておられるものだと不思議にさえ思われる。彼が課業で参加できるものは、体操と唱歌とお話の時間ぐらいのもので、したがって猛はとんと勉強をしない。しなくとも父は金さえあれば隣り町の酒場をほっつき歩き滅多に家にいることもないので叱られる心配もない。母は叱られたところで大してこわくもないので、四年生までの分教場を終えてもまだ平仮名や掛算九々すらろくに覚えていないのである。それを心配した猛の母は、時々意見をしてみるが彼女の無学を知っている彼には一向きき目がないばかりか、

「そげなこと言ったって、そんじゃ、お母ちゃ知ってっかよ」

と、逆にやられるのである。しかし、夫の乱行がつのるにつれてますます一人息子の猛の行末が心配になってくるのだ。彼女は夫がこのように自分達を捨てて女狂いするのも皆学問がないからだと信じている。だからせめて息子にだけでも学問をつけてまっとうな人間にしたい。でも、自分の力ではどうすることもできないので、色々と思案した末猛が五年生になって本校に通うようになった春、担任教師の川上を訪ね、

「いくら馬鹿でも、九々だけ覚えさせてくんないべかっす」

と、頼みこんだ。日ごろから川上もまるっきりの精薄児でない限り九々と平仮名だけは是非覚えさせて卒業させたい気持だったので早速猛と同様に九々を覚えていない分教場組だけを集めて放課後特別授業をした。これまでも川上は、分教場から来た児童の中に九々や平仮名を完全に覚えきらない者が大部あると気づいていたのであるが、毎日八キロ近くの山道を通学しなければならない彼らの負担も考えられたし、また彼自身、上級学校志望者の入試教育などで忙しいまま課外授業を躊躇していたのである。授業をはじめると、猛は二の段の九々すらろくろく覚えておらず、二月《ふたつき》たっても進歩のあとは一向に見られず時々猛の母がわざわざ本校へたずねてきて、

「猛のわらし、今度は四の段の九々覚えたべかっす」

と、きくのだが、川上が語るありのままの話に、

「そんでは猛もおらみたいな無学になってしまうのだべかっす」

と、悲しい眼つきをした。そのたびに川上は、自分の怠慢をせめられているような気持に襲われて猛をうながす。しかし当人は一向平気なもので、算術の時間となれば掛算九々なんかそっちのけにして、わけのわからない落書をやたらに書きなぐってひたすら時間の終るのだけを待っている。すぐそれもあきると、今度はありったけの鉛筆を筆入れから取り出してさまざまな恰好に削り分けては川上の眼を盗み、そっと隣りの者の脇腹をつつく。それでも川上が机間巡視してくるとあわてて削りたての鉛筆をなめなめ書きなぐりの式を訂正したり、垢のこびりついた指でごしごし消したりして懸命の偽装をよそう。そして川上が立ち去ると、また先刻のいたずらの続きを繰り返した。それに比較すると、課外教授の九々の方は案外まじめで、どうかすると川上の方で根負けがして引きずられる形になる。で、教室に行くのも自然と遅れがちになり、そのたびに猛から、

「今日は九々の練習ばしなくてもええのか先生」

と、職員室に催促にこられた。といっても九々の進歩は依然としてはかどらず、四の段にまる一学期を要した。その上、担任教師の川上が、脳溢血で急死した分教場長の後任として転勤してきたため猛たちとの交渉も切れた。しかし、またこの二月から積雪で本校に通学できなくなった彼らと顔を合わせるようになったのである。今度は家も近い関係上、放課後徹底的に個別指導ができたので知恵遅れの彼らも一人減り二人減りして今では不合

格者は猛一人になった。それでも七の段を除くあとの段はどうにか突破できた。ところが七の段にくるときまって駄目で、何度か復誦させたり、書き取らせたりして、今度こそと試してみるがやはり結果は同じである。彼自身も七の段になると、むずかしいんだぞという先入感に心の平衡を破るらしかった。だが川上はこうした頭ののろい児童に早く覚えさせようと神経質になったところで、ただ当人を苦しめるだけで益のないことを経験で知っている故あせらない。とに角同じことを倦まずたゆまず根気を続けるより外はないと観念している。したがって毎日放課後になると、九々と格闘する猛の堂々めぐりの難行軍が展開される。

昨日のことだ。ふと教室に残っている猛を思い出した川上が急いで階段を登ろうとした時、ワッという喚声が二階からとどろく。教室には猛一人しかいない筈だがと思いながらとっさに足をとめる。二階では今しも大きいでこぼこ頭を振り立てて壇上につったった猛が、燃え残りのストーブをぐるりと囲んでいる掃除当番の児童達の顔をわざとまじめくさった表情で睥睨《へいげい》しながら口を切る。

「山があるのに山梨県」

「ん、それから」

「すべってころんで大分県」

「うめえな、それから」

「親父のふんどし長野県」

「ワッ、うめえぞ猛、その調子で今度は踊りをやれ」

児童達は一斉にとびあがって金篦《かなべら》でストーブを叩いたり、机の蓋をガタガタさせて囃したてる。その声援にすっかりいい気になった猛は、いつも腰にぶら下げている豆しぼりの手拭をすばやく両手で縄とびをする時のようにきりきりと回してヨリをかけ、向こう鉢巻をする。

「んだら、おめえら口笛吹くんだぞ」

掛図用の長い鞭でトンと軽く拍子をとりどん栗眼をむいて構えた。また猛の奴いたずらをしてるなと思いながら川上は、登るたびにぐらぐら揺れるテスリのついた階段をあがる。はいるなり真っ先に担任教師の顔を見つけた猛の剽軽な顔が急に神妙さに変り、今しも滑稽な身ぶりで皆を笑わせようと挙げた右手が胸のところに止ってしまう。

「どうした猛」

川上はおかしさをこらえつつ渋い顔を向けて彼をみつめる。猛はあわてふためきとっさに鉢巻きをふところにねじ込み、仲間と顔を見あわせてもじもじした。

「親父のふんどし、なんだって猛?」

川上の声に児童達はワッと奇声をあげて一斉に猛の顔に視線を浴びせる。えへへへへと猛は面目なさそうに頭をかきかき壇をおりた。

「九々の練習もしないでしょうのない奴だ。今度は七の段の九々を言われるようになったか」

「…………」

猛はちょっと横幅の広いがっちりした肩をすぼめて黙ってうなずく。

「なんだ、暗誦できるのか、そりゃ偉い。でもな、お前の言える言えるという掛け声はあてにならんからなあ」

川上は毎度のことなので、相手の顔を見い見いこう言って笑った。猛は頭脳ののろい児童がたいがいそうであるように少し覚えかかると、すぐ言える言えると挙手をする。そのくせ言わせてみるとたちまちつっかえる。「なんだ、さっぱり覚えてないではないか」と反撃されても当人は一向平気なものですぐ「あしたほんに覚えっからな先生」と言う。嘘を言うのではなく彼自身もその時は、ほんとうに自分が覚えたように錯覚するものらしい。これまでも何回かこの手をくっているので川上は期待もしない。掃除当番の児童を帰すと、猛をストーブに近い机に座らせて七の段を暗誦させた。しかし案のとおり見事に駄目であった。

「このでこぼこ、七の段に今年いっぱいかかるか」

教室を出る時、川上は猛のでこぼこ頭をこつんとなでながら笑った。

「なんでえ、こげな九々、あしたで覚えらあ」

授業がすんで急に元気になった猛は大きいどん栗眼をむいて、えへへへへと笑った。バカと言う時には、もう口笛を吹きながら階段口を降りていた。こうした猛の何回間違ってもケロッとしてくさらない態度は、時とすると人の気も知らないでと思わせることもあるが川上には、その不屈の強靱な神経のにぶさが変に愛らしい。でいつも、

「いくら猛でもそのうちには覚えるさ」

というのんびりした気持になる。ところが、猛が帰って間もなくすると、縞のモンペをはいた彼の母が宿直室へやってきた。炉端へあがるなり彼女は、板の間に座ったまま敷居に手をついてお辞儀をした。面くらったイトはあわてて座ぶとんをすすめて畳にあがってくれるようにうながす。しかし彼女は、

「こげななりをしているんだからここでええす」

後れ毛についた粉雪の水滴を掻き上げながら、どうしても座ぶとんにも畳の間にもあがろうとはしなかった。川上もどうしたものだろうと迷ったがそのまま茶をすすめる。

「あのろくでなしの猛がしじゅう先生さにごめんどばっかりかけているので、何かお礼したいとしょっちゅう思っていたんだけんど、おらみたいな貧乏にはそれもできねで、とうとうお別れするようになっては」

ここまで一気に言うと、彼女はちょっと声を呑んだ。どうしたのかと理由を訊ねると、

「こげなことしょうしいくって（恥しい）先生さなどに語られないんだけど、あの猛のお

父うが色女と遁げて行ったのよっす」

あかぎれの切れた素足の踵をもじもじさせながら、低い声でいきさつをぽつりぽつりと語った。なんでも猛の父のいい女というのは、三十を少し越したばかりの太り肉のちょっと目にはきれいな隣り町の酒場の女である。これまでも何回か噂はあったが、人妻なので両人の仲はそう進展もしなかったが、この冬女の亭主が結核で死んだのを契機に同棲をはじめた。しかし、死んだ亭主の親類たちがうるさいので、女はさとへ帰るとの口実のもとに店をたたむと、男と一緒に北海道へ逃避行としゃれこんだ。猛の母は、これまでも夫が半月もどこかへ出かけて帰らないことがしばしばあるので別に気にもとめず、今度もそのうちに帰って来るだろうとたかをくくっていた。が、一月たっても二月たっても戻ってこないのでそろそろ心配になり出した彼女は、逢う人ごとに夫のことを訊ねたが、村人は誰も面と向かって本当のことを告げなかった。そのため彼女はついこの間まで夫に捨てられたことを悟らなかったのであるが、隣り町の妹夫婦に教えられてやっと気がついたのである。

「でおら、当分さとに帰って食わせてだけもらおうと決心したよのっす。おらもはじめは、ここさえて猛のわらし子にも飯《まま》かせるつもりだったんだけど、こんげ不作じゃそれもできねえので明後日ここさ発つのよっす。そのうちには、なんぼあの業つくでも帰ってくんべからなっす」

といって川上の顔を見上げる。そしてちょっとためらっていたが、きっとなり、

「あの猛のわらし子、今度は七の段の九々を言われるようになったべかっす」

と訊ねた。川上はどきんとする。触れられたくないものにふれられた気持であった。じっと猛の母の真剣な顔をみつめつつふと嘘を言ってやりたい衝動にかられる。が、言えなかった。

「もう少しです」

「そうかっす」

そう言うと彼女の灰色の瞳はいつまでも動かなかった。間もなく彼女はしおれた表情で息子の在学証明書と成績表とをたずさえて家へ帰った。するとよその村へ行くのがどうしてもいやでたまらない猛からまた何故行くのかとしきりにごねられる。彼女はまさか本当のことも言えないので、お父うが遠いところへ踊りを教えに行って当分帰れないから、その間だけさとに帰るのだと何時ものようにごまかした。事実猛の父はぐうたらであったが踊りだけはうまく、村の若者からなりたっている豊年踊りの師匠の一人で、酒場の女と知り会ったのも隣り町の祭礼ごとに踊り子たちが招待されたからであった。で、何も知らない猛はそれをまに受けて、この頃自分の顔さえ見ると、

「にしゃ（お前）のお父う、色女と北海道へ逃げて行きやがったべ」

と、悪たれ口を叩く太市へ、こうして食ってかかっているのである。

3

朝礼が終ると川上は猛を宿直室によんだ。

「お前とも、明日でお別れだが七の段だけ覚えてくれないか」

九分どおり望みはないと思ったがとに角はげましてみる。彼はいつになく神妙な顔つきで大きく頷ずく。その表情に勇気づけられた川上は、今までののんびりした戦法を捨ててしゃにむに無理をとおしてみようと決心する。授業中も、低学年を自習させたまま猛のそばにつきっきりで書き取らせては暗誦させ、暗誦させては書き取らせた。もう昨日までののんびりした気分はどこにも見られず、教えるほうも教わる方も一所懸命であった。無駄口一つきかない。一校時の終りごろワッという奇声がして、一、二年の児童がどやどやと机に立ち上がった。なんだろうと思って振りかえると二年生の男たちが、

「先生、ツル小便したハ」

と、われがちにどなり、一度にウワッというどよめきが教室をゆるがす。ツルは先刻から小便がつまって仕方がなかったが先生が五年生の猛の席を離れないので、今度こっちに来たらことわってそれから行こうと思っているうちにこんな始末になったのである。ツルは低い腰掛に尻をついたままみんなに騒がれた恥しさに身動きもできず、ぐしょぐしょに

なったモンペのまま、アッハ、アッハと赤子みたいに泣きじゃくっていた。川上は児童達を席につかせ、そのままツルのそばへ行くと六年生のツルの姉がとんできて、

「このバカ、このバカ」

妹の肩をこづきながら、赤い顔をしてツルを引き立てた。こういうことは度々にあるので川上も一年生と二年生だけは、いつでも先生にことわらないで便所に行くことを許して置いたのだが、三年生以上の兄や姉達が先生にことわるので自分達もそうする方がいいのだと自然にそう思うのであろう。ツルは二年生といってもまだ一年生の読本さえまるっきり読めぬ精薄児で一番前の机につくねんと座ったきり、退屈そうにあっちこっちを眺め渡しては時々思い出したように欠伸《あくび》をして一時間をすごす子だ。姉と二人で、アッハ、アッハと赤子みたいな泣き方ですすりあげるツルを宿直室に連れて行くと、炬燵にあたりながら針仕事をしていた妻のイトが少し顔色を変えて落ちつかなそうに膝を立てていた。ツルを見るなり、

「あら、ツルちゃやだったの」

さもびっくりした顔つきで着物をぬがせ、トミの長い着物を押入れから出して衣更えをさせる。

「じゃ頼んだぞ」と言い捨てて川上が出ようとすると、イトが駈けより、

「あたし聞こえたけど、赤ちゃんが泣いているのだと思って、登っても行けなかったの」

ちょっと眉根をよせて微笑する。バカだなと言いながら、川上はわざと平気な顔で部屋を出たもののすぐこの間死んだばかりの赤子の顔が浮いてきた。赤子は十二月の上旬に生まれたのだが、ろくに母親の乳を吸おうともしなければ、産湯を使わせてもただ、アハ、アハと力ない声しか立てない肥立ちの悪い小さい子だった。医師や産婆からもすぐよほど気をつけないとこの気候じゃとてもまめに育つまいと注意されたが、そのとおり半月ばかりすると肺炎に罹った。早速本校の村にいる医者を呼んだが、吹雪と積雪のため交通が杜絶してソリがきかず、そのままとうとう死んでしまったのである。イトは初めての子なので、いくら産後の体にさわるから諦めるようにと言われても自分が代って死にたいと泣きじゃくる。裏の落葉松《からまつ》の林の枝鳴りのはげしい吹雪の晩などは、イトはすぐに両手で顔を蔽い、赤子の泣き声がすると訴えてふとんをかぶった。しかし、それも一月ほど経つとだんだんにうすらぎ、今ではもう以前の彼女と変らないまでになった。それでもまだ死んだ子ぐらいの赤子をおぶってくる五、六年生の女の児童に裁縫を教えるのをとてもいやがった。時々児童の背中の赤子の泣き声にたまらなくなるとイトは児童達を二階の教室にほっぽり投げたまま、目を赤くして階段をおりてくる。そして川上の顔をみつめながら、

「こんな分教場になんか来なかったら、赤子も医者にかかられたのに……」

と、ぐちを言う。むろん、川上も自分からこうした辺ぴな設備の悪い分教場へ望んで来たわけではない。

「相当の年配の先生を転任させると左遷なので面倒くさいことになるし、それかといって余り若い者でもつとまらないし、ここは日ごろ懇意の君に頼むよりほかには」

と、この秋脳溢血で急死した分教場長の後任の人選にほとほと困りぬいた校長から、一年の期限を条件に白羽の矢を立てられた。校長といっても川上にとっては、小学校時代からの恩師で、師範卒業と同時に己れの学校へ赴任させてくれた知己でもあった。川上は、内心たじろいだが、いささかの不満も、校長のお機嫌をとるなどといううしろめたさも感じずに承諾したのである。

しかし、来てみるとかねて聞かされていた話に輪をかけてひどかった。歩くたびにギシギシときしむ階段を登ると、すぐ扉なしで教室になっている。低くてうす暗い屋根裏のような狭い部屋には、児童が増加するたびに本校のお古を頂戴してきたらしいちぐはぐな机が押し潰された平家蟹の行列のように並んでいる。その正面には頑丈一点ばりの三つのテーブルが寸づまりの身幅さえ窮屈そうにちぢめている教壇を見おろし、隅から隅へ届きそうな長いでこぼこ黒板を背景に肩をいからしている。また明治何年製などという掛図ばかりがごちゃごちゃにかけられている隅っこには片方の踏み板の垂れ糸の切れたベビーオルガンが、おぼこ娘みたいに肩をすぼめて佇んでいるという有様であった。しかし、そのようなことは忍べばしのべることなので大したこともないが、採光の乏しい教室の暗さは致命的であった。何故ならその影響が五十四人の児童中、二十三人まで近眼か円背かトラホームだという数字を示していた。これは家庭その他の影響もあるには違いないが、その半分はやはり教室の採光の不完全に帰せねばなるまい。もともとどこの分教場の建物でも、本校の建築に比べると著しく不合理な点がみられるものであるが、ここもその例に洩れず東西に細長い部屋の北側は黒板と壁に閉ざされているため、児童は一番光のはいる南窓に背を向けて学習しなければならない。その上ここは、東北地方でも有数の豪雪地帯にあたるため窓の小さい防雪建築の代表的なもので、天気の良い日はそれほどでもないが、雨の日とか冬になると、教室はまるで黄昏時と変らなくなる。したがってノートをとる児童達はいきおい教師の注意とは反対に自然と前こごみになってしまう。その窮余の対策として五十ワットの電燈が二つ天井からぶらさがっているが、冬期には七十人以上からの児童を収容する細長い教室としては正直のところその倍を必要とした。川上は早速このことを校長を通して村長に話をすると、

「この天明以来の飢饉に苦しんでいるきょう日、予算を減らすならともかく超過なんて断じてならん。昔から蛍の光、窓の雪といわれているではないか。少しぐらいの暗さで勉強できない馬鹿があるもんか」

と、一蹴された。もちろん川上も眼《ま》のあたり凶作の実情をみ、何か月分か月給不払いの苦杯すらなめさせられているので、農村経済の逼迫は百も承知だったから何も無理な設備をねがう気は少しもない。今回の電燈のことにしても今までの設備に五十ワットの電燈を

二つ増加すると会社から多額メートル消費者への優遇恩典がつくので実際は取りつけの経費が少しかかるだけであった。

「電燈の料金は今までと変りがないんですよ」

次の日川上は役場に自転車をとばしてこのことを強調したが村長は頑としてビタ一文出せるものかという姿勢を崩さなかった。彼もこう相手から頭ごなしにつっぱなされると業腹なので、果ては喧嘩腰になってつっかかったが、校長にまあまあと引きとめられて役場を出た。道々校長はそれでは本校の雑費の残りからでも融通するからとなぐさめてくれたが、それもたちまち緊急予算の建直しにあい、あえなく削られてしまったのである。川上も一度は村長の態度に憤慨してみたものの仕方がないので、この上は児童たちの力で実現するより外はないと思いイナゴ捕りをはじめる。しかし農会の技手の調査が示すこの分教場部落の前五か年平均見込米収穫高五七五石に対して、本年実収高六五五石という惨害にふさわしく、イナゴの数も寥々《りょうりょう》たるものであった。

「これだば稲刈りでなく藁刈りさ」

やけくそになってなぎ倒している谷あいの農夫たちも、朝から自分達の子供と畔道をかけずり回って小袋一つとれないでいる川上を視野に入れると、

「先生さ、イナゴのヤロウもえれえ凶作で一匹せめる（捕る）にもなんぼか骨折れんべ。今年しゃ、おらんとこも藁田で遠慮いらねえからわらしっ子と一緒に田の中さはいって捕

ってけれや」
と、同情してくれた。このように絶対必要な電燈すら実現できない有様なので、その他の必要品なんかてんで購入してもらえない。二月から分教場へ通うようになった五、六年生のために急に必要になった国史の年代表や、地図等も暇をみては自分で作らねばならないのである。だから妻のイトから「こんな分教場なんかへ来なかったら」などと愚痴をこぼされてみると、分教場の児童に対しての最初の意気ごみもうすれて何か後悔の念にすら襲われていくようであった。

4

二校時の算術が始まった頃は、すっかり雪もあがり、どんよりと動かない雲間からは珍しくにぶい冬の陽ざしがさしていた。やがてノートの上をすべる鉛筆の音だけが部屋の中に聞こえ出すと、ストーブの上の湯釜がチンチンと湯気をあげる。間もなく、軒端の氷柱をしたたり落ちる水滴の音が校舎の囲りをめぐりはじめ、折々、ぬっと庇を突き出て垂れさがっていた雪が虚空の静止に耐えられず、ドドッとガラス戸ごしに雪崩れた。川上はやっと児童達に計算問題を課してホッとしながらストーブに手をかざす。その時、階下の雨天体操場から手毬をつく音がした。おやと思ってテスリのついた階段口に身を乗り出して覗くと、先刻小便を漏らして炬燵で泣いていたツルがイトの長い緑色の上っぱりをだぶだぶに着せられたまま小声で、

モンペもんずくれ
木綿の糸は
絹より細い
細いから埋めろ
柳の下に
石燈籠立てて
金燈籠立てて
くるっと廻って一丁……。

手毬唄をうたいながら、無心に体操場の隅をくるくると回っていた。
休み時間になると、児童達は狭い檻に飼われた動物園の猿のように体操場をほこりだらけに煙らせてあばれ回る。川上は宿直室の机によりかかりながらこの騒ぎに眉をしかめていたが、ふと教室に出席簿を忘れてきたことに気づいて階段を登る。教室にはストーブ当

番の姿が見えず、今までソッと机の蓋を開けて歩いていたらしい惣兵衛だけがあわてて机間をうろついていた。

「当番はどこに行ったのかな」

「石炭とりに行ったんだっす」

惣兵衛は故意に視線をそらしながらこう答えると、そそくさと教室を出ようとしたが敷居につまづいて前のめりになる。とたんにカチンと冴えた音が床《ゆか》の上をころげて川上の足もとに五十銭銀貨が旋回した。急に惣兵衛の表情がこわばり、おとした銀貨を拾おうともせずにつっ立ったきりである。

「どうしたんだ、こんな大金を持ってきて。誰にもらったんだ?」

五十銭銀貨をつまみ上げて惣兵衛にわたすと、

「おら、お母ちゃにもらったんだっす」

まぶしそうな瞳をあげて川上の心をさぐるような目つきを返した。

「お母さんにもらった?」

重ねて問い正す言葉に彼はうんとうなずく。その表情にあやしいなと感じとったがそれ以上は追求するいわれもない。階段をおりながら惣兵衛の母親のことばを反芻してみる。

つい二、三日前のことであったろう、乳呑子をおぶった小柄な彼の母親が、

「あのわらし子、今日も学校から帰ってすぐに銭けろやと言うので、この不景気にそがえ

なことをよくも言えたなとぶっくらすけたら（殴ったら）、ほだて先生が義捐金だから是非とも持ってこいと言ったんだもん、くんないなら明日学校に行かんにゃいと泣かれたが本当だべかっす先生さ」

と、ききに来た。すぐに川上はそのようなことのないことを告げる。これまでも幾回かこの手で思わぬ誤解を父兄からこうむっている川上である。すると惣兵衛の母はあわてて、「ほんじゃあの餓鬼、先生さにかんづけっとごしゃかれない（叱られない）でもらえると思って嘘っこついたのだべっす。なんてしぶといヤロだべハ、どうでおらもあん時は嘘っこくさいと思ったたっけが……ほんじゃやっぱりあの銭も太市にせびられたんだべっす」

と、この間から惣兵衛が組長の進の家へ遊びに行くと嘘をつきながら、太市の所へかよっていた事実と、毎日二銭三銭と太市から銭をせびられていることをすっぱぬく。そのあげく、太市の悪党ぶりや、彼のお婆ばのこずるいことを棚おろしした。

惣兵衛は、よく女の子をいじめたり、嘘をついたりすることのうまいやせこけた臆病な六年生の児童である。しばらく川上は宿直室の火鉢に手をかざして、惣兵衛の母の言葉を考えていたが、机の蓋を順々に開けていたらしい惣兵衛のあわてぶりを思い出すと、すぐに与一を呼んだ。

「お前、今朝売ったイタチの銭をどこさしまっている？」

「おら、押入れの中の手箱さしまっているけんど、なんしてや先生」

与一は、けげんそうに川上の顔を見上げたあと、隣室の押入れを探そうとする。川上はあわてて、

「いや、なんでもないけどよ」と引きとめる。そして、この節五十銭という大金を学校に持ってくる児童などある筈はないので、それでは本当に母からもらったのかもしれない。変に問い正さずに渡してよかったと思った。しかし、それにしても二銭三銭の金さえくれなかった惣兵衛の母がどうして五十銭という大金をくれたのであろうと釈然としない気持は残った。その時、襖があいて顔色を変えたトミがとびこんでくる。

「先生、おらの銭っこなくなったす」

「なんだ、お前ぜになんか持っていたのか」

「おら、今朝兄んちゃから五十銭もらっただ」

トミはイタチを売った兄の与一から五十銭をまきあげたいきさつから、先刻教室の自分の机の中の筆入れにたしかに入れて置いたことを力説して訴える。

「そうか、じゃ盗まれたことは誰にも言うでないぞ」

川上はトミのおしゃべりをきつくたしなめたあと惣兵衛をよんだ。彼は再度の呼び出しにすっかりおどおどしながら姿を見せる。川上はうつむく彼に「先生の顔をよーくみつめてみろや」と言って無理に瞳を上げさせたまましばらく視線をかち合わせていたが、急に相手の頬にツツーと伝わる涙を見ると、「どうだ悪かったたか」と口をひらく。彼はクック

ッしゃくりあげながら「悪かったす、悪かったす」と、こぶしで瞼を何度も押し拭った。どうして他人のものを盗んだりするんだと訊くと、お母ちゃになんぼ銭けろと言うてもくんないんだもの、おら困って悪いことだと思ったけんど盗んだっす。なぜ困るんだ、ええなぜ困るんだとしきりに川上がなだめすかしたが惣兵衛は身をふるわせるだけで口をわらない。やっと三十分ばかり母の心配などを語って追求した結果、太市から銭をせびられてもし今日まで持って行かないと仲間はずれにされた上、いじめぬかれることを白状した。白状してしまうと惣兵衛はハッとして、

「こげなこと言ってしまってハ……おら、どげえいじめられっかわかんないハ、わかんないハ」

取り返しのつかないことをしでかした絶望の表情を示して身悶えをした。

「なんだバカこいて、先生がついているんだから大丈夫だ」

こう叱りつけてはげましてはみたもののやっぱり太市であったのかと頬の血が白けていくのを意識した。

5

まだ川上が本校にいた六月の或る午後の日である。ポカポカと陽のはいる二階の図書室で、あき時間を利用して児童図書の整理を続けていた。すぐ隣りの六年東組の教室に残っている四、五人の男の児童達が急にわめきだしたので、もう少し静かにしろと黒板わきのドアごしに怒鳴りつけようとした時、

「おい見てみろ、下の教室で教えている女児《へなこ》のおしゃれの頭が見えるぞ」

と言う声がした。女児《へなこ》というのは、今年女学校を出たばかりの先生で体の小柄な見るからに子供こどもした清水ヨシ准訓導の仇名であった。川上はおやっと思いドアの板の破れ目から中を覗く。今しも体の大きい色の黒い目つきの鋭い児童が黒板下の床の節穴に目をあてて、すぐ下の天井板の隙間ごしに見える清水訓導の頭髪を覗きこんで仲間を呼んでいる。どれどれと言いながら、あとの児童達もすぐにやって来て、ペタペタと蛙の子さながらの恰好で汚ない床の上に腹ばうなりてんでに覗いては、

「ほんに三年坊主を相手に、女児《へなこ》ヤロ威張って教えてけつからあ」

口々に毒づく。すると目のきつい反歯の児童が起き直り、

「な、にしゃたち（お前たち）おれ今女児《へなこ》んとこいたずらして泣かせて見せっから、どげなことあっても黙っているべな」

まわりの児童達の顔をジロリと一べつすると、皆は申し合わせたように吾先にうんうんと頷ずく。

「ようし、本当だぞ。ええかもし女児《へなこ》にしゃべりでもしたら、後でどげえなっかわかっているべな」

重ねておどしつけると、乾分の一人に墨汁のはいったヤカンを他の空《あき》教室から持ってこさせて、いきなり節穴へ口をさし入れて流しこんだ。墨汁はザザッとはげしく天井に弾じけながら隙間をつたって、一時にポタポタと真下の清水訓導の頭髪へ落下していった。不意をくらった訓導は、今まで児童に修身の授業のお行儀の講義をしていたのも忘れアレッと女学生特有の大げさな金切声をあげめちゃ苦茶にハンカチをふり回してうろたえる。やがてこの墨汁は二階の教室から洩れてきたことを知ると、長い廊下伝いに階段を登る。

「そら、女児《へなこ》ごしゃいて（怒って）そっちから来っから、にしゃヤカンを持ってあっちゃ行け」

例の児童がヤカンを下げた乾分を清水訓導が登ってくる階段の反対方向の曲り廊下へ追いやる。そのあと節穴についた墨汁をふところの手拭でふきとると、机に戻り神妙に雑誌を広げて読みふけっている偽態をよそう。間もなく姿をあらわした清水訓導は余りにも森閑としている教室の空気にちょっと意外な表情を見せながら、

「誰です、今墨汁を天井からこぼして、いたずらをした人は」

雑誌の狸読みをきめこんでいる悪童達をねめつけながら馴れない口調で詰問する。すると悪童達は一斉に立ち上がり、ジロジロと無縁慮な視線を清水訓導の子供らしい顔へ浴びせて反抗の姿勢をとった。その思いがけぬ態度に清水訓導は女学生の昔に帰り、まぶしそうに瞳をそらしてしまう。するとそれ見たかと言わぬばかりの顔をした目の鋭い児童が前に出て口をひん曲げる。

「そげなこと知らねえっす」

「知らぬなんて……誰もこぼさない墨汁がひとりでに天井から落ちてきますか」

やっと教師意識を取り戻した清水訓導がきっとなって、横柄に眼前につっ立っている色の黒い児童を見据えて問いつめる。

「だって知らねえものは、知らねっだな。そがえに疑うなら誰にでも聞いてみたらえかんべ。墨汁のはいったヤカンもたねたら（探す）えかんべ、なあみんな」

こうけしかけると、あとの悪童たちも、てんでにおらもそんげなこと知らねな、おらも、と口をとがらしかける。

「ほうれ見んだ、そげなこと誰も知らねえだ。むやみにおら達にかんづけられては困るっす。はじめから墨汁など、おらだの教室にはないんだから、どこでも好きなとこさがしてみんだ」

そのまま再び雑誌に頭を寄せ集めて狸読みを始める。清水訓導は児童達にバカにされた口惜しさに唇をかみながらしばらく節穴をみつめていた。しかし、教室のどこにも墨汁のはいっているヤカンも見当らないので洋服の肩のしみを気にしいしい教室を出ていった。

「へん、女児《へなこ》のヤロ、まなく玉（眼玉）三角にしてごしゃき（叱る）に来たが、おらだばおっかながってなんにも言われねえで、ふくれ面して降りて行きゃがった」

例の悪童が凱歌をあげると、あとの者達もざま見やがれと悪たれ口を叩き、下の教室に聞こえよがしの足踏みを鳴らした。

「今度こそ女児《へなこ》んとこを泣かせてみせっから、にしゃ（お前）だもうんとおっかない顔すんだぞ」

曲り廊下のすみに身をひそませていた乾分を呼び、再び清水訓導がちょうど節穴の真下に戻ったころあいを見定めて、ありったけの墨汁を一度にぶちまける。そして、素早く先刻と同様の動作をくりかえした。

再び二階の教室に姿をあらわした清水訓導の顔は極度の興奮に青ざめ、唇がけいれんしている。すぐに上ずった叱声が悪童達の頭上をかすめたが、ふてくされの仏頂面をした彼らはただ牛のように押し黙って睨みつけるばかりである。しばらくそのままの姿勢を保ち続けていたが、

「そげなこと、誰が知ってかってんだ。おいみんな帰ろっと」

悪童の号令一下ばたばたとカバンを背にすると肩を組みあって「へん、女児《へなこ》のおしゃれ

ヤロ」といきなり二度ばかり一斉に屁をひって教室を出た。

「バカ、戻れッ」

清水訓導は、屁をひっかけられた怒りに、涙をこぼしながら泣き声をふりしぼって追いかけた。すると彼らは、

「ワアーい、女児《へなこ》とうとう泣きゃがったぞ、見れ、見れ」

床を踏み鳴らして囃し立てた。それまで今出ようか今出ようかと我慢し続けていた川上は、廊下に面したドアを押しひらくなり弾丸のごとく飛び出し、例の悪童の後頭部をガーンと一発食わせるや、足払いをかけて廊下の羽目板に叩きつけた。

「いててて、畜生ッ」

とっさにくだんの悪童は、女の先生に叩きつけられた口惜しさにむっくりと起きあがりざま身を躍らして武者ぶりついてきた。が、相手が川上だとわかるとギョッとして立ちすくむ。その悪童が六年東組の会田訓導が日ごろ校長に感化院にやってくれと頼んでいた太市であった。その後太市は、川上の顔さえ見れば口をひん曲げて反抗の姿勢をとり、廊下ですれちがってもお辞儀一つしなくなった。川上もあのくらいひどくやられたんじゃ無理もないなと思って、それ以上彼のいたずらを見かけてもそ知らぬふりをして何も言わないことにした。それが九月から太市達の部落である分教場へ転任してきたとたんに復讐された。赴任して二週間にもみたない或る日曜日、川上は電燈増設の交渉に本校の隣りにある

役場へ自転車で出かけた留守を見はからって太市一味の悪童達が分教場へ押しかけてきた。二階に乱入するなり、

「おい、にしゃ（お前）だ、おら今ここんとこの車をぶっぱがして、川上のヤロんとこ困らしてやっから、賛成だべな」

懐中から七つ道具のついた大きいナイフを取り出して鼻先に突きつけながら一人一人に誓わせた。すぐさま雨戸をはずし、テーブルに逆さに立てかけ、溝の中にはいっている白いセトの車を二つむりやりナイフで溝をこわしてひきはがす。その物音に不審をいだいたイトが階段口に姿をあらわした。太市はあわてて雨戸を元へはめこみそ知らぬ顔でセトの車を袂へ入れた。イトは早速雨戸をあけようとしたがガタピシしてどうしてもあかない。五分ばかり格闘した末やっと取りはずしたが、溝の中の車が二つとも抉りとられている。

「太市、お前ここんとこの車、どうした」

勝気なイトは少しこわかったが、相手のふてぶてしい顔を見据えて詰問する。

「おら、知らねえな」

太市の答えは木で鼻をかんだような小馬鹿にした口調である。

「知らねといったって、お前その袂《たもと》の中のものなになの？」

ずいと近づいて袂のふくらみを指さすと太市は、ポイと袂から白いセトの車を虚空にはねあげ、

「これか、これは車さ、んだからなんだってんだ」

落下してくる車をわざとイトの鼻先でひょいと受けとめてみせる。カッとなったイトは、

「お前、それは今こわして盗ったんだろ。嘘っこついたって階段を登る時見たんだからごま化されないよ」

そう言って追求するイトの姿に、太市は急に凄い目つきを光らせ、

「なに、盗んだって、馬鹿つかすでない、誰があげなぶっくれ戸の車なんか盗るもんけえ。おらのはな、昨日お父うが町から買ってきてくれただ、な、みんなそうだろ」

すると背後の児童達はイトの顔を見ないようにして黙ってうなずく。イトは口惜しかったが、追求するたびにマムシのように鎌首をもたげて反抗してくる太市の凄い瞳を見るとゾッとしてそのまま階段を降りた。川上が帰るとイトは今日の出来ごとを告げたがもうその時は太市達の姿はなかった。川上もあの太市ならそのくらいのことは朝めし前だと眉をしかめながらどうしたものであろうと対策を考える。夕方太市を呼んでできるだけやさしく不心得をさとしたが相手はざま見やがれという顔つきをするだけで遂に白状しなかった。その強情さにあきれ果てた川上は怒る元気もなくなってそのまま家へ帰した。すると、間もなく眼のギロリとした骨太い太市のお婆ばが、

「なんぼおらとこのわらし悪党だて、なんの証拠もないのに盗んだなて、どうしてわかんのだべっす先生さ」

と、ねじこんで来た。はなから文句があるなら聞かせてもらおうという面魂である。その落ち凹んだきつい眼つきは、一目で太市の祖母だと見分けのつくほど彼に似ている。これがかねて噂の一筋縄で行かぬこずるい強情っぱりのお婆ばだなと思いながらゆっくりと先刻の事件のあらましを告げた。すると、お婆ばはそんなことなら聞かなくてもわかっているというような顔つきで話の終るのも待たずに、

「そんじゃ、その車に学校の窓の車だという印でもついてんのかっす」

たちまち逆襲をかけてきた。いや、そんな印はないが、とにかく車をはがしているところを見た上、昨日までなんでもなかった窓がこわれているのだからと言うと、

「そげなこと言ったって太市のわらしに聞くと、さっぱり知らねとぬかすんだもん、どっちがどうだかおらにはわかんねえっす。だからおらが本気にでけんのは、この車に学校のだという印がある時のこったっす」

ふくれ面をひん曲げて袂からセトの車を二つ取り出した。

「おらにはとんとこの車のどこにもそげな印がついているとは思えねえけんど、先生さにはわかるのだべかっす」

川上の鼻先につきつけてジロリと瞳をむいた。なに印が？　と目を丸くしてあきれかえる川上の表情に、

「やっぱり先生さにもわかんねえのかっす。もっともこれとおんなじ車なんかどこの店さ

行ってもあるんだからなっす」

と、冷笑してくる。こうあからさまにつっぱられてみると川上も心中おだやかではなかったが、まさか老婆相手に口喧嘩もできないのでそのまま口をつぐむ。しばらくしてお婆ばは、猫が背のびをするようにして腰をのばし、

「これからもあるこったべけど、むやみに証拠もないのにひとのわらしんとこを盗人だなんて言ってもらいたくないっす」

きっぱりと捨台詞を残しながら意気揚々と白髪頭をふり立てて帰って行く。そのうしろ姿を見送りつつあのお婆ばが姑じゃ、太市の母が子供を捨てて逃げて行くのも無理はないなと思った。太市の母は彼を産みおとすと間もなくお婆ばと大喧嘩をやらかしてさとへ帰ったきり離縁になった。なんでも事のおこりはお婆ばが産後で寝ている太市の母の枕辺へ来て、

「二週間たっても野良仕事ひとつできないような、甲斐性のないにしゃ（お前）みたいな嫁っこもろうて大損したハ」

と、毒づいたのがきっかけである。むろん相手の嫁も姑に劣らず気性の勝った女には違いなかった。その後お婆ばは幾度か嫁の世話を仲人に頼みこんだが何時も話がまとまりかけては、

「あのお婆ばが姑じゃ……」

と、二の足をふまれて、今だに太市の父はやもめ暮らしを続けている。もっとも惣兵衛の母達の話によると、太市の父にはとうの昔から隣り町に妾が存在しているとのことであった。ただあのお婆ばと一緒にくらさせたのでは、前の嫁と同様の運命になるので家に入れないだけのことだという。お婆ばの姿が坂道に消えると先刻からひとりプリプリしていたイトが、

「なんてずうずうしいお婆ばだべ」

さも口惜しそうに川上の顔を見上げた。そして「もっときつく追求すればええのに」と不満をならべる。

翌日、急いで本校から帰って来た太市は、早速乾分達を落葉松のおい茂っている分教場の裏山へ召集した。

「うんとでっけえ青大将をめっけてくるんだぞ」

太市はすぐさまこう命令して、イタドリの密生している藪の中や、歩くたびに青苔のぬるぬるすべる谷底の杉林を探させる。すると乾分達は自分こそ一番大きい青大将を捕って太市のおほめにあずかろうと野いばらに脛を傷だらけにしながら急斜面をこぎ回った。三十分ほどして集めてみると、青大将のほか黒いタテ線のある茶色がかった縞蛇や、全身に紅黒色の斑紋の光るヤマカガシが五、六匹ゾロゾロと乾分たちの懐中から這い出した。それを太市はしばらくにたにたしながら眺めていたが、その中から一番大きい青光りする

青大将と、猛烈に鎌首をあげてつっかかってくるヤマカガシをえらんで腕にからませ、乾分達を見据えた。

「誰かにしゃだのうち、この蛇をイトのおしゃべり女んとこの机の中さ入れてこられる奴がいねえか。するってえと面白いぞ、あの腹のふくれやがった子もち女め、一度にぶったまげてひっくりかえるぞ」

口をきわめてけしかけてみたが乾分達はしいんと生つばを呑みこんだままうつむいて返事をしない。

「やい、誰かいねえか、仁平にしゃはどうだ」

イの一番に指名されたのっぽの仁平は、ハッとして仲間と顔を見あわせたきり困り切った表情でもじもじするだけである。

「できねえのか、この臆病ヤロ。じゃ文造にしゃは？」

日ごろ最も忠勤第一の文造も、今日だけは大きい獅子っ鼻の上につぶらな汗を噴き出させるだけで返事がない。太市は自分の命令の行なわれないことにじりじりする。

「チエッ畜生め、にしゃも駄目か。そんじゃ惣兵衛は、富治は？」

やっきになった太市は乾分の一人ひとりを虱《しらみ》つぶしに睨みつけながら肩をこづくが、遂に誰も行くという者が出てこない。

「この臆病ヤロども、誰も行けねえならおらが行ってくるからよーく見ておけ。そのかわり一言でも川上に言いつけでもしたら許さねえからな」

歯がみしながらもこう引導を渡すと乾分達は一時にホッとして顔を見あわせる。その有様に太市は不機嫌そのものの仏頂面でいきなり青大将とヤマカガシをぐるぐるまきにしておヘソの見えるふところへねじこんだ。そこへ、かねて分教場の様子を偵察させていた乾分がたち帰り、目標である二階の教室に誰もいないことを告げる。太市は乾分を踏み台にして、羽目板づたいにソッと裏窓をよじのぼる。一足一足お腹が伸縮するたびに、ヒヤッコイ蛇の鱗がおヘソの上をぬるぬるとずれ落ちかかる。やっとのことで裏窓をこじあけることに成功した太市は、手まねで下の乾分達にあたりを見張っているように命令して教室にもぐりこむ。足音をしのばせて裁縫用のテーブルに近づき、ひき出しの中へとぐろを巻くふところの蛇を入れた。しばらく彼は口をひん曲げながら満足そうにながめていたが、かたわらのガラス戸棚にイトの制作になる見本の運針ぎれや、枕掛や、ズロースや、人形の雛型が飾ってあるのに気づくと片っぱしから引っぱり出す。そして七つ道具のついた大きいナイフでずたずたに切り裂いていった。

間もなくこの間まで川上が本校で担当していた五年生の猛たちがこのことを知り、ソッと告げにきた。急いで二階に登って見ると、裁縫の見本陳列棚の中味の一切は、めちゃめちゃに切り裂かれている上、イトの机のひき出しの中には、青大将とヤマカガシが重なりあってとぐろを巻いていた。瞬間、もしお産間近いイトがこれを知らないで開けたのだったらと思うと背筋がヒヤリとした。すると言いようのない憤怒の思いが全身をつき上げ、自然と体がふるえていった。川上はしばらく瞑目してはやる心を押さえようとつとめたが駄目だった。「とにかく、俺はやる!」無益だとは百も承知しながら太市を呼びつけ、教師なんかやめさせるならさせてみろという覚悟を決めて、徹底的に殴りとばし、蹴っとばした。が、太市はあくまでもしらを切り、歯をくいしばり目を怒らして反抗の態度をとったきり、涙一滴こぼさず嘲笑すら浮べる始末であった。その姿をみつめていると、はりつめていた怒りもどこへやら、

「なんとでもなれ」

と、いう冷えびえと氷りついて行く自分をどうすることもできなかった。だから、この二月から太市達が分教場へ通学するようになっても、どう教えようが、叱りつけようがひねくれただけで益のないことだと悟らされているので、大したいたずらでもしない限り知らないふりをしていようと決心していたのである。

6

惣兵衛を帰すと川上は、しぶしぶながら太市を呼んで、お前友達に銭などを無理に持っ

てこさせるそうだがいったい何にするんだねと聞いてみる。が、太市は例の通りの態度で、おら誰にもそげな銭など持ってこいなんて言うたことないっす。とそっぽを向くので、んでも一度ぐらいはあるだろとなだめすかしたら、一度もないっす。なに一度もない。ほだっす。おら一ぺんないと言ったらないんだっす。誰がそがえなありもしないことをしゃべくったのだべっす。惣兵衛かっす、と顔色を変えて今度は逆に川上を問いつめてくる。

「バカッ、お前さえ本当にそんなことをしないのだったら、誰に言われようといいではないか。それとも何か、今お前が言ったことは嘘で本当のことを知られている人でもあるのか」

と、たたみかけるとちょっと狼狽の色を見せたが、すぐ立ち直り、そげな人なんかないっすとまた例の如く頑張りとおすのである。

昼食の鐘が鳴ると川上は、児童達に弁当を食べる時の作法を二つ三つ注意したまま宿直室へ降りてきた。八畳の居間では、今しも十七人の給食児童達を脚の低い飯台の前にきちんと座らせ終えたイトがご飯をよそっていた。「ほほう、豆腐汁のご馳走か」と言って川上も座りこもうとするとイトが、

「これ、つい今しがた本校の爺やがソリでもって来たの」

囲炉裏端のぬれ縁に置いてある雪のついた大きい荷物を指さした。荷物の蔽いをはがして見ると、カマスの破れ目から泥のついた赤いさつま芋が覗いている。ああ、この間本校

から言ってよこした凶作救済の給与の芋だなと思いながらもう一つのカマスを調べると、カビのはえたとり餅と、ズボン、シャツ、股引、足袋、モンペ等のはいった箱が二つあわれる。

「おやおや、大分兵糧がきたぞ。こりゃいい、明日のお昼には全部の児童に芋食か」と笑いながら
「どの子供に、何をやっていいか調べておいた？」と、イトを振り返る。

「ええ、調べたことは調べたけど、やっぱりどの子にも同じぐらいずつやらないと、あとがうるさいのよ」

と、眉をひそめる。

「なあに、持ってない者にたくさんやったって当り前じゃないか。それで文句を言うならもらわなきゃいいんだ」

「あなたなんか男だからそんなことを言ってすましていられるけど、女ってうるさいのよ。もし今度もそんなことをしたら、あたし明日からどこの家へも行けやしないわ」

と、言って、強硬に反対する。イトはこの間の配給方法にこりごりしているのである。

あの時はまだイトも最初なので川上の言う通り、シャツのない子にはシャツをという具合に、それぞれ持っていない分だけをわけてやったのである。で結果はシャツ一枚しか貰わない子もあれば、一人で股引、足袋、モンペと三品ももらえた児童ができたのである。す

ると一品か二品しかもらえなかった児童の母親達がよるとさわると、

「あそこの家なんか、おらいの家よりよっぽど旦那衆だに三つもくれたりして」

と、イトのえこひいきをあげつらった。そしてイトの姿を見ると、わざと聞こえよがしに、

「前の分教場の奥さんなんか、間違ってもこげなえこひいきをしなかっただに」

と、あてこすりを言う。若いイトには何がつらいと言っても、村人から前の分教場の奥さんと比較されるぐらいつらいことはなかった。ちょっと口数を少なくすると、今度の奥さんは前の奥さんと違って見識が高くって無愛想だと言うし、愛想をよくすると、誰にでも口が上手で油断も隙もならないと噂されるという具合であった。こうなると世間知らずのイトにはどうしてよいやら手も足も出なくなるのである。こんなことが赤子の死に拍車をかけて「分教場へなんか来なかったら……」と言う愚痴にもつながる。

川上もそうしたイトの苦しみはわかっているが、学校は学校としての言い分があるので押し切るのだ。が、こうしてイトから強硬に反対されてみると別に我を張ることもないので、

「お前みたいにそんなことまで一々気にかけていたら生きて行けるもんか」

ぶつぶつ言いながらもイトの言う通りに同じずつ分けてやる。児童達は新しいシャツや股引をもらった嬉しさに、にこにこしながらめいめい自分の膝のところにぴったり押しつ

けて一食四銭の給食を行儀よく並んで食べ始める。ツルも今は乾いた自分の着物をつけて六年生の姉にご飯のおかわりを給仕してもらっている。

「なんだ、今日はバカに温順《おとな》しいじゃないかツル」

川上も一緒に給食をたべながら微笑すると、ツルは茶碗をもったまま恥しそうに姉の背中へあわてて首をすくめた。その時急に二階が騒がしくなったので、川上は箸を捨てて立ち上がる。階段を登ると、今しも腰掛の上につっ立った太市が、女持ちの赤い弁当袋を右手に高々とふりかざし、

「やあーいみんな見れみれ、ミチの女児《へなこ》からの弁当を持ってきたくせに腹へらねなてぬかして、あけもしないでごま化してけつかったが、今あけて見せんぞ」

男の児童達の顔をふりかえって袋の口の紐をほどきにかかる。すると一時にパッと頬を染めてとんで来た組長のミチが、

「バカ、バカ、バカ、この太市のバカったら」

と、叫び続けながら、そうさせまいと必死になって、太市の右手にくいさがって争った。川上はすぐ騒がしいと怒鳴りつけておいて、太市の手から赤い弁当袋をひったくり児童達を席につかせる。半分出かかっているいびつのアルミニウムの弁当の中を覗くと一粒の飯もついていない洗ったままのものであった。ハッとしてミチの方へ視線をやる。彼女は自分の秘密が先生に知られた恥しさに耳のつけ根まで真赤にして泣きじゃくりしたまま机に

うつ伏している。そうか、やっぱりそんなに家の暮らしが逼迫していたのか、瞬間川上は二、三日前に読んだミチの綴方を思い出した。それは「卒業」という題で、

私達の卒業も日一日と近づいて来た。二学期の成績が一学期よりも少し悪いので口惜しくてならなかった。母は「三学期にがんばって取り返しなさい。すぎ去った事はくよくよしないで」と言われた。しかし私は遠い工場へ行くので、これが最後の勉強だと思うと悲しくてなりません。これが一生の最後の学校だと考えた時、私は真面目にならないでは居られません。三学期になると毎朝神様に手を合わせています。

皆の人には卒業は楽しいでしょうけれども私には悲しく泣かずには居られません。卒業が一日でも遅れてくれればよいと思っています。私は友達と別れて一人遠くに行かねばなりません。私は家の事を考えると喜んで工場に行かねばならないと思います。あきらめています。それより外にありません。昔の事を考えると夢のようでなりません。

いつもの作品よりは文も短いし、文脈も乱れている綴方であった。読みながら川上は、こうした高等科にすら進学できない境遇に生まれた児童達こそ国家の本当の実際の働きをしていくのではないかと思われて何か頬を打たれるような気持に襲われた。事実六年生だけで学業を終るのは何もミチだけではなく、この分教場の児童達のほとんど全部なのであ

る。今年の卒業にしたところで十三名のうち二名が本校の高等科に行くだけで、あとは女工とか子守とか、小僧とか、百姓奉公に行くのである。間もなく教室にミチと二人だけになると、川上は肩をふるわせている彼女の傍へ腰をおろして「どうしたんだ」と、静かに空弁当を持ってきたわけをたずねる。ミチもついこの間までは、どうにか四年生の弟と二年生の妹の三人で半分近く大根かての混った弁当だけは持ってこられたのであったが、父親の病気が長びき急にくらしが不如意になってきた。それで、この一週間まじかから母に頼まれミチだけ欠食することにしたのである。ミチはお腹のすくのは不平であったが、家の事情を母から聞かされると長女の身を考えて承知する。といって、組長の自分が弁当も持ってこられなくなったなどと皆に知られるのがどうしても恥しいので、その後も空弁当だけは母にかくして持参した。そして、昼食のときお湯をついで回る当番なのを幸いになんべんもぐるぐると机間をついで歩いてごま化した。すると時々友達から、

「ミチちゃん、弁当まだ?」

と、不思議そうに顔を覗かれたがその都度、

「食べたくないの」

と、赤い袋の中から空《から》の弁棒箱を机から出して友達に見せてからカバンにしまいこむのであった。それをあやしい? とにらんだ太市が休み時間中にソッと彼女の机をひらいて袋を手にとってみた。すると空《から》の弁当だったので、ようしと思い、川上が一足早く階下の

給食室へ降りて行ったのを好機とばかり先刻の騒動をひきおこしたのである。川上も昼食は児童達と一緒に食べるか、監督をしなければいけないと思っているのだが、イトから給食児童と一緒に食べてもらわないと、おつゆやご飯がさめたりして面倒だからと苦情を言われるのでそうしないだけである。

「じゃ、ミチ恥しいことなんかないんだから、今日から給食を食べるんだよ」

「………」

返事のない相手を無理にうなずかせて宿直室へ行かせる。これまでもミチの家の暮し向きについては児童調査簿などで調べてみたが、この部落としては普通とまではいかないにしても、そうひどい部類にはいっていないのである。それに毎日の学用品もなんとか間にあう程度にはかかさないし、昼弁当も姉弟して持ってくるようである。それだけでも、この寒いのにシャツ一枚着こまないで来校する子や、学用品一つ持参しない家庭の児童よりはましだと思っていたのである。そのため、給食児童からもとりはずした。宿直室へ顔を出すと、先刻雪おろしの交渉にやった与一がただ一人残りめしをかっこんでいた。

「与一、お前粕倉の団長さんちへ雪おろしをしてくれと言ってきたか」

「うん、行ってきたけんど、団長さんるすだったハ。んだからおら、囲炉裡ばたにあぐらをかいている七郎右衛門旦那さ、学校の雪っ子うんと積ってあぶないから、今すぐ青年団でおろしてけらっしゃいと先生に言われて来たっすと言うたら、なんだと青年団で雪おろしてけろって、バカヤロこんげ大雪で人手がたりねえのに、そげな暇のある奴がどこさいるって禿爺いからごしゃかれ（叱られ）て来たハ」

七郎右衛門というのはこの分教場随一の豪農の主人で村会議員の肩書を鼻にぶら下げお高くとまっている老人である。どこの村に行っても学校の教師なんか自分達の力で飼っているような面つきをしている村会議員の一人や二人はあるものだが七郎右衛門もそういったタイプの一人である。こういう老人にはなるたけした手からおだてて置くにこしたことはないと川上も十分にわかっているが、一昨年の春県会議員候補の選挙演説の諸準備の件で口論して以来お辞儀一つしていない。で、村の大部分の若者達が出かせぎに出てゆく冬季の雪おろしにはこうして仇をとられるのである。いつもの年なら青年団の三分の二ぐらいは冬仕事に残している米ツキ等をして家にいるのだが、今年はそうした仕事はおろか、食うにもこまる状態なのですっかり鉄道の除雪人夫や河川工事や凍豆腐の行商に出かけた。あとは僅かに七郎右衛門の家で働いている四人の若い衆だけで、それを息子の青年団副団長が承知しても、親父の七郎右衛門が頑張って雪おろしによこさないのである。だから、どうせ今日も駄目だとは思ったが雪おろし人足を雇う予算なんか一文もない上、度々の雪おろし作業で短縮授業のし続けだから、とにかくあたってだけみようと頼みにやったのだ。

「ほんじゃ与一、またお前達に頑張ってもらうより仕方がないな」

勉強をするよりは雪おろしの方がずっと好きであるらしい与一の顔を覗きながら川上が

笑うと、彼はご飯をかっこむ手を休め、

「うん、ええともおらもうんと頑張っから大丈夫さ。んだけんどよ、こげえいっぱい積ったんだからこないだ（この間）みたいに昼からも授業なんかやったりすっと、明るいうちに片づかないぜ先生」

と、早くも授業打ち切りの牽制にかかる。こいつ習いたくないもんだからいい気になって勝手なごたくを言いおると思ったが、先刻見つもった屋根の積雪の様子ではどうやらそうしなければならないようなので川上も「そうだなあ」と合槌をうつ。

やがて、五、六年生の児童達がめいめいの家から持参した長い柄のついた雪おろしベラやシャベルを持って前庭の松の老木の前に整列する。そこへ、九々の練習をしている猛がかけてきて、

「おれ、雪おろしをしなくてもええのか先生」

「ん、お前はええ、そのかわりうんと気ばって勉強せいや」

川上はそう答えながら、二階の窓という窓の雪よけ板戸がおろされているかどうかをもう一度点検する。その上で、組別に分けた五、六年生の男児を屋根に登らせる。軒下にいる六年生の女児達はミチの指揮のもとに、屋根上の男児達がおろし終えた地点からシャベルでV字形の谷状に階下の窓ぎわまで掘り下げていく。掘り下げられた雪は見る見るうず高く積もり二階の屋根まで届いてしまう。それを五年の女児達が雪山のいただきから切り

崩して箱ゾリに積み込み分教場の裏の谷間へ投げこむ。その谷間に面した風呂場の屋根には、川上と六年の組長の進の二人だけが登り、六十センチ近い積雪を危険な軒端の斜面から四角にきりとってザザーッと谷底目がけて落としてやる。

「進、ゆっくりでええだから、足場をしっかりとこさえてから降ろすんだぞ」

絶えず川上はこう注意のことばをかけながら、扱い馴れない雪ベラに汗をしたたらせる。それでも作業は思ったよりはかどり、裏山の落葉松の林に黄昏の霧氷のかかる頃はすっかり後始末も終えて、雪ベラやシャベルを肩にした児童達も三々伍々となって帰って行った。

その分教場の門をだらだらと五百メートルもさがった坂道の辻堂では、先刻から太市と六年生の乾分達がたむろし、

「あのヤロ、まだ来やがらねえ」

と、首を出したり、ひっこめたりして惣兵衛の帰りを待ちあぐんでいる。一方、分教場では太市の待ち伏せを直感した惣兵衛が家に帰ることもできずに今にも泣き出しそうな顔つきをしながら、門のところの坂道を行ったり来たりして暗くなるのを待っている。なぜなら昼休みの時、太市から物かげに呼びつけられて、

「にしゃ(お前)さっきとうとう川上のヤロに、銭をせびったことをしゃべりくさったな」

と、いきなりグワンと目がくらくらするほど殴りつけられた上、

「学校の帰り、どうすっか覚えてやがれ」

無理やり、口の中に小便をひっかけた雪をいっぱいにつめこまれて睨みつけられたことを思い出していた。その凄い瞳を浮べると惣兵衛はいくら雪おろし作業でペコペコになっているお腹を意識しても、どうしても一人で山かいの一本道を帰る気にはなれない。刻々、やっぱりあの時先生に白状するんでなかったという後悔の念だけがしきりにこみ上げてくる。すると、明日から六年生の男達の誰とも遊ぶこともできず、太市達からいじめつけられるに違いない身になったことが考えられて自然と涙がにじんだ。しばらく惣兵衛は暮れどきの底冷えに凍《い》てつきかけてきた雪道に涙をこぼしながら考えていたが、明日から太市にいじめられるつらさを過去の経験からしみじみ感じ出すと、

「やっぱりいくら殴られても、今日のうちに太市にあやまろう」

そう決心して力なく坂をくだった。道々痛い目にあわされるのが怖くてならなかったが、一度ですむのだからと何べんも自分に言いきかせて、太市達が待ち伏せしている辻堂へきた。すぐに乾分達に引きずりこまれた惣兵衛はヒイヒイと泣き声をたてながら今後どのようなことがあっても決して川上に白状しないことを誓って頭をすりつける。すると太市は最後のビンタを二つ三つくらわせて、「ほんにそうか」と睨みすえる。うなずく惣兵衛の顔へにやりと冷笑を浮かべ、

「じゃ、にしゃ（お前）はどげなことでもおらの言うことをきくんだな」

かさねてこう追い討ちをかけて誓わせた。

7

そのころ分教場の教室では、いよいよ最後の猛の九々のテストが始められていた。

「それでは、二の段から言ってもらおうか」

とは言ったものの川上は流石に不安な気持に襲われた。

「二二が四、二三が六、二四が八、二五…一〇、二六…一二」

心もち眉をしかめた猛は時々どもったが六の段まではどうにか無事に通過できた。七の段も七三までは苦もなく突破できたが七四にくるとつかえた。すぐ猛の瞳が川上の顔を見上げる。ゆっくり七四から七九まで五回復誦させてまた七の段を言わせた。しかしやはり七六にくるとつっかえた。

「お、おらあ、なんでこげん頭わるいんだべなあ」

猛は寂しそうに独りごとをつぶやいたきりしばらくは動かなかった。

猛が帰ったころはもうすっかり黄昏れて、落葉松の林をかけめぐる吹雪の物凄い枝鳴りが絶え間なく裏山にこだました。その崖下まで庇の突き出ている風呂場では、イトが与一兄妹を相手に風呂たきをしている。吹雪にしめりをおびた榾《そだ》はなかなか燃えつかない。業をにやした与一が急に太い火吹竹を下方の横釜の口にさしこんでうんと頬をふくらます。

すると釜の中でむんむんといきれていた煙が一度に上の釜の口から飛び出して、傍に座っているイトとトミの顔を包囲した。ああッ不意をくらった二人は煙にむせびながらバネ人形のようにはねあがる。

「兄んちゃったら、人がそばで見ているのもかまわねで火を消したりして。この考えなしの馬鹿だったら」

トミは二度も煙を呑まされた不平に口をとがらせながら兄の背中をぶつ。しかし与一はヤモリのようにコンクリートのたたきの上にへばりついたままなおも火吹竹を口にあてている。その時一度にパッと赤い炎がうまれて釜の尻をこがした。すぐ与一は首をあげ、

「ほ、ほれ見んだこのバカ」

妹の頭を殴りかえそうとしたが、トミは素早く身をひねって水槽の向こう側へ遁げた。

「ハハハハまっ黒けにすすけて、兄んちゃったら」

トミは身をくねらせながら、クックッと笑って鼻の頭の黒い兄の顔を指さす。

「なんでえ、この餓鬼よけいなお世話だ」

与一は右こぶしで鼻の頭をこすってみたがべっとりとついた煤にあわてて顔を洗う。その騒動も耳にはいらぬかのようにイトは先刻から湯煙で一面水滴のついた窓ガラスに頬をすりよせて一の字を指で引いていた。引きながら吹雪するたびに裏山の落葉松の枝の積雪が谷間に垂れさがるのをみつめていた。そして赤子の屍を火葬にふした晩のことを思い出

す。赤子が死ぬと、村の人々は土地の風習にしたがって土葬をすすめたが、イトは骨だけでも故郷の墓所に葬ってやるのが、医者にもかけることのできなかった赤子へのせめてもの手向けと思って反対した。それには川上も同意見であったので翌日裏山の凹みで洞雲寺の和尚に経をよみあげてもらいながら茶毘《だび》にふした。はじめのうちは川上から、

「決して焼いている火なんか見るんじゃないぞ」

と、言われたことを守り仏壇の前に座っていた。しかしなまのブナの木を削ってこしらえた棺には仲々火がうつらない。予定の時間より三十分ものびるとつい辛抱しきれずに風呂場の窓から覗いた。火葬場の凹みには人影は見えず、ただゴーッと谷底を揺り上げて通過する吹雪のたびにほの明るい煙が赤い炎と一緒にくるくると落葉松の枝ごしに這い上がってくるだけであった。あの時の火が今でもこうしてみつめていると彼女の網膜に鮮かに甦ってきて一つのなぐさめになるのである。

やがて与一兄妹の寝息がサラサラと吹雪のかかる障子ごしに聞こえて夜は次第に更けていった。川上は寝巻の上にオーバーをひっかけたまま「デルタ」という月刊誌を机上にひらいて読み耽る。あらしは夜に入ってまた一しきり強くなったのであろう、谷間に面した勝手口の高窓の破れ障子を吹きとおす粉雪はぬれ縁の沓ぬぎをこして炉端の畳の上まで白くしている。おどろいてボール紙を障子にはめようと立ち上がった時、かすかな人声がした。おやっと思って耳をすますと、今しもゴーッと谷底を吹きあげて通り過ぎたあらしの

しじまに「先生!」と呼ぶ女の声がした。誰と言いながら戸をあけると、全身真白になった女の子が光の中に姿をあらわした。見ると組長のミチであった。ミチは真綿を入れて作った縞の雪帽子の下から覗いている泣きはらした眼を川上に見られまいと、しきりにうつむきながら唇をかんでいる。早速炉端に上げて、「どうしたんだ」ときいてみる。

「今日学校から帰るとすぐお母ちゃが、こげな不作の上お父うに長病気されたんじゃ、くらしに困っからお前すまねえけんど学校卒業しないうちに千葉さ女工に行ってくんないかハと言うんだもの」

ミチは少し青ざめた唇をふるわせる。

「それで、なんと答えたんだ」

「で、おら卒業しないうちはそげなことやんだハと言うたっす。すっとお母ちゃ、おっかない顔してお前も体だけ大きいくせバカだな。千葉さ行ったたって立派な工場だもん、なんぼでも学校さなどやってもらわれっからぐつぐつ言わねえでえぐんだ(行くんだ)こてときかないんだもの。おらだけやんだと言っても駄目だから先生もきてお母ちゃに教えてくんないべかっす」

そこまで聞くと川上は、ミチをともなって外へ出る。道々川上には彼女の家が急に娘に昼の弁当を持たせてよこすこともできなくなったとはいえ、あと二月とない卒業さえ待ちきれないほど困ってきたのが意外であった。しかし、今言ったミチの言葉通りだとすれば余ほどひどいのに違いない、とに角くわしく事情をきいた上でなんとかしなければと考えた。

「先生、おら六年生さえ卒業したらお母ちゃの言うとおり、どこさでも行くけんど免状もらわないうちはやんだっす」

ミチは真向こうから吹きつける吹雪に息をつまらせながら、深雪沓で道つけして行く川上の背へとぎれとぎれに訴えた。

「そうだろな」

川上は、めったに不平を言ったりすることのないミチの真剣な声に足をとめてうなずく。ミチは分教場の六年生の男女を通じての優秀児だけでなく、本校でも西組の級長をつとめている田舎には珍しい頭のいい児童なのである。一年生の時から毎春ずっと修業証書の総代になってきた彼女の最大の願いは、最後に卒業証書の総代をつとめることであった。その栄えある日を頭にえがいておればこそ、六年という長い間どんなに頭が痛くてもお腹の具合が悪くても学校を休むのはいやだといって頑張りとおした。それを実現しないうちには母の言うことでも誰の言うことでもきき入れられないのだ。と言って頭脳のいい児童特有の狡さや意地悪さの少ない控え目の児童である。その上、何をやらせてもソツのない仕事ぶりを示す器用さと辛抱強さを持っている。だから午前中の大部分を自習しなければならない六部教授の助手として活躍してもらっているのである。その結果毎日五、六年生の児童達がやってくる算術の宿題の検答などは一々川上が目を通さなくてもミチにまかせておけば大概間にあった。たまに彼女にもわからない問題があった場合だけ低学年用のテーブルを離れてくるぐらいであった。ミチの家へはいると彼女の母は娘の不在におどろいて探しに出かけるところだったらしく、川上の背後に身をちぢめている姿を認めると、

「あれ、このわらし子どこさ行ったかとたまげて探そうと思ったに先生さのところだったかや。こげな夜更けに迷惑をかけたりしてなんてはあ罰あたりのバカだべ」

ミチの母は思いもかけぬ川上の来訪に、あきらかに狼狽の色を見せながら先刻娘に言ったことをなんとつくろおうかと考えた。川上はすぐさまミチを卒業もさせずに千葉へ女工にやらねばならなくなった事情をたずねる。すると彼女は、そんなことは滅相もないという顔をして、

「あのバカ、そげなことを言いに先生さのところへ行ったのかっす。なあにおら、卒業式が近くなったのでまたこの間みたいにミチから高等科にやってくんないかなんて泣かれたりされっと悪いと思って、前もってあげなことを言っておどしたのっす。いくらお父う病気で困っからって、あと一月そこらで卒業するんだもの、そげなバカなこと正気でおらもしないだから先生さも安心してけらっしゃいす」

こう言うと彼女は川上の視線を見据えた。しばらく川上は黙って考えこんでいたが余り相手を疑うのも悪いと思ったので、

「そうでしたか」

と、顔をやわらげて病人の容態に話をそらす。その姿に初めてミチの母もほっとしたがすぐに嘘を言ったやましさに心をせめられる。彼女の夫は平常から病気がちの蒲柳のたちで一人前の野良仕事などはとうてい無理な相談であった。で、人一倍働き者の彼女が夫にかわり七郎右衛門から借りて小作している田を耕したり、蚕を飼ったり、野菜を売ったりしてどうにかこれまで親子六人が食うことだけはできたのである。しかし、何十年来の冷害が彼女の丹精をこらした稲も蚕もすっかり駄目にして一家を途方にくれさせたのである。その上まの悪い時には悪いもので、例年より体の調子の良かった夫が馴れない鉄道の除雪人夫になって無理したのがたたり肺炎にかかったのだ。ホトホト困りぬいた彼女は仕方なく長女のミチを卒業したら千葉へ女工にやることを決心した。ミチは友達と一緒に行ける隣り町の紡績工場を望んだが、それでは手金も支度金もはいらないので可哀想だと思ったが、因果をふくめて承諾させたのである。だからはじめの彼女の気持は勿論ミチを卒業させてからのつもりであったが、つい二、三日前ひょっこりやって来た周旋人に、

「卒業しない前にやるなら、手金のほかに拾円を増す」と言われて、にわかに欲に心を変えたのである。川上も彼女の話の中から腑におちない点をいくつか感じたが、今晩はこれだけにして置こうと思って火を焚きつける彼女を無理にとどめて帰った。

8

翌朝川上は、ミチを呼んでまた昨夜のような話を母から言われたらいつでも告げにくるように言い聞かせる。四校時は猛の送別学芸会である。テーブルが飾られ川上の話がすむと余興であった。先刻まで柄になく沈んでいた猛も余興になると、俄然元気をもり返し、相棒の与一がバナナの叩き売りみたいな恰好で手品をやってのけると、彼は躍りあがってうめいぞと怒鳴った。最後は猛の番である。割れるような拍手の音と共にむっくり立ち上がった猛は、しばらく照れくさそうにしていたが急にどんぐり栗眼を川上に向け、先生と叫ぶ。なんだというと、

「おら一ぺんだけ先生にもお父うから習ったおらの踊りどげえうまいか見てもらいたんだけど、踊ってもええかっす」

と言って、ぴょこりとお辞儀をした。なに踊りと川上はちょっと面くらったが余興なのですぐ頷いた。児童達は喚声をあげて喜ぶ。えへへへへと笑いながら、ねじり鉢巻をする猛の顔に川上はふといつかの綴方を思い出した。それは大きくなったらという題で綴らせたもので、どの子も一様に大臣になるとか、大将になるとか、秀吉みたいになるとかおきまりの文句を羅列している中に、

おら、あたまわるえ。がこも（学校）できなえ。んだからして、うんとおどりじょうずになっておとう見たいなえらい、おどりのししょ（師匠）になる——

と、平仮名、片仮名ごっちゃの暗号のような恐ろしく汚い綴方が一つあった。名を見ると猛であった。

「今もその気持で父を偉いと思っているんだな」と思うと、川上はなんだか笑えない気がした。猛は竹箒を肩にしながら尻をはしょって踊りはじめた。豊年踊りとはいうものの殿様のお国入り行列の踊りなのである。急にしいんと静まり返った児童達はやがて踊りの伴奏を口笛で吹き出す。踊り出すと、猛の顔はひきしまり、これが七の段の九々すら覚えられない児童かと疑われるほど、さす手、ひく足、目の配りがなんの渋滞もなく一致して動いた。これまでも川上は幾度か村名物の豊年踊りを隣家の若い衆にすすめられて真似してみたがとても歯が立たなくて投げ出したのである。それを今、猛がなんの苦もなく楽々とやってのけている。何か得手はあるものだと川上は目をみはって猛の踊りに手をたたいた。

学芸会の終ったあと猛を宿直室によび転校後の諸注意をする。猛はいつになく神妙な顔つきで身動き一つしない。「お前の踊り大変うまかったから、これは褒美だ」川上は昨日店から購入してきた餞別の学用品を贈り、

「当分与一みたいな喧嘩相棒がいなくて困るだろうな猛」

と言って、ハッハハハハと大声で笑ったが猛は笑わなかった。彼を帰すと川上は教室に登って戸棚の整理をする。

「先生！」

不意に呼ばれてふり返ると一散に駈けて来たらしい猛が呼吸をせかせかさせながらつっ立っていた。

「おや猛か、どうしたんだ。なにか忘れものでもしたのか」

「お、おら、九々を言うの忘れたんだ」

猛は息切れですぐには声が出かからない。

「なに九々か、ありゃもういいんだ。そのかわり向こうの学校へ行ったらゆっくりと練習するんだ」

川上は最後の日まで九々の練習をしようとする彼の心根がちょっと意外であった。

「違うってば先生、おら今度こそほんに言われるようになったんだ。おら、昨日言われなかったからゆんべ一所懸命練習したんだもの。そしたらおら言われるようになったんだぜ。ええか先生、言うてみんぞ」

自信に満ちた瞳を光らせて呼吸を整えると、つっ立ったまま七の段の九々を言いはじめる。

「七二…一四、七三…二一、七四…二八、七五…三五、七六」

ポツン！　と切れた。川上はどきっとする。猛は顔をゆがめた。

「畜生、ちきしょう」

急に猛はこぶしを握りしめて自分の頭を殴りつけると泣きべそを掻いた。

「バカ、んだから九々なんかどうだっていいと言ったんでないか」

川上は怒ったような顔をした。

「お、おら、ほんに昨夜《ゆんべ》は言えたんだに……」

そう言うと猛はポロポロと大粒の涙をこぼした。

放課後宿直室の机をあけると、猛の身体検査表がはいっていた。川上はしまったと思った。一昨日彼の母に「身体検査表にはまだ医者の判がついてないから明日さしあげましょう」と言い、それを昨日判をもらったままひき出しに入れておいて忘れていたのである。

「三時四十分の汽車だと言っていたが」

あわてて川上は時計を見る。スキーで急ぐとまだ間にあう時刻であった。「あとから送ってやっても間にあうのだが」と思ったがすぐに、明日知らない教師から身体検査表がたりないと言われて当惑するに違いない猛の母のことが気になった。急いでスキーをはくと、八キロ近い隣り町の駅をさして峠をくだる。やっと駅につくと上りの列車がホームにはいったところであった。すばやくホームへ駈け出すといきなり雫の垂れている眼前のガラス窓があいて「ア、先生だ」という猛の声と一緒ににっこりと笑い崩れた母子の顔が覗いた。

「ほれなお母ちゃ、だからおら先刻から峠の坂を先生みたいな姿がスキーで滑べってくると何べんも言うたのに、嘘だべぅそだべと言ったりして」

そう言いながら猛は誇らしそうに母を振り返る。母はちょっと息子を押しのけるように窓から首を出した。

「おら、もう一度先生さにお別れ言うてくるべと思ったけど、近所まわりでひまどってハ、できなかったっす。そんで今も猛と向こうさついたら、誰かに手紙書いてもろうておわびすんべなと語りあっていたところよっす」

彼女はなんべんも同じことを繰り返してお辞儀をする。「えかった（よかった）なお母ちゃ」猛はどん栗眼をくりくりさせながらあたりかまわずはしゃいだ。もう、九々の悲しみなんかケロリと忘却しているいつもの彼の姿であった。汽笛が鳴った。

「おら、あげな七の段の九々なんかすぐに覚えてみせっから、今度あう時まで待っててけろな先生」

汽車が動き出すと猛はこう叫んで窓から半身を乗り出した。それはいかにも晴々と自信にみちた不屈の表情であった。川上は「うん」と大きく頷いて手をふった。

9

猛母子を見送ったあと川上は、軒端より高くなっている往来の雪道をスキーで滑走しながら帰途につく。町角の茶店を曲り峠路にさしかかろうとした時、上の坂道から大きい荷物を積んだソリが勢いよく滑べってきた。すれ違いざま、

「先生さじゃないかっす」

ソリをひく男から声をかけられた。ええと言って川上は、カタカタに氷りついた坂道にストックを突きさし、スキーを浮かしてふりかえる。はずみのついたソリは四、五メートル下方でやっと横づけになる。

「やっぱり、先生さだったな」

目ばかり見える覆面のような綿入れ帽子をとると与一兄妹の父親であった。

「炭売りかっす」

ときくと、鼻の穴まで煤けている髯だらけの顔をなでさすり、

「ああ、毎日毎日ひでえ雪降りで、ちっとも炭持ってこられなかったで、さぞや町の旦那方も待ちくたびれておるべと思ってな、久しぶりで山からおりて来ただあ。餓鬼ども、どうだっす、いたずらヤロどもでハ、なんぼか先生さに迷惑かけてるべと毎日嬶と語ってるっす」

と、微笑した。

「なあに、案外おとなしくイタチ捕ったりして遊んでいるっす。それより今日これから炭を売りさばいて夜まで帰れっかっす」

「なんしてハこんげ遅く山くだりしたんだもの帰られんべっす（帰れない）。今晩は、町の舎弟のヤロんとこに泊めてもらてハ、あした帰るっす」

「そんじゃお母ちゃ一人で炭ガマ守りかっす。寂しいだろに」

「んだんだ、だけんど毎度のことで嬶のヤロも馴れたもんでさあ、ポッポとあったかい窯に背中っ子あぶりながら寝相の悪い親父のヤロいなくてゆっくり眠れるなて、狐の啼き声も知らねでねくされてんべっす」

と、笑いながら今度の土曜日、天気が良かったら与一達を家に帰してくれと言う。「ああ、承知しました」と首をたてにふると、「そんじゃ、これからそこんとこの呑み屋で一杯さしあげたいがどうだべかっす」と、しきりに腕をひっぱられたが学校を留守にして来たのだからと無理にことわって峠路を登った。

びっしょりと背中に汗をかいて分教場についた頃は、すっかり黄昏《たそが》れて与一兄弟がたきつけているのであろう風呂場の煙突のけむりがいきおいよく立ちのぼっていた。松の老木の下にしゃがんでしばらくがたがたさせながらスキーにこびりついている雪を払っている
と、顔色を変えたイトが

る。

「大変よ」と玄関からとび出してきた。どうしたんだとスキーを片方ぬいだまま立ち上が

「惣兵衛が団長さんの家の籾倉に火つけをしたんだって」

「なに、惣兵衛が……」

「ええ、で、つい今しがた七郎右衛門がカンカンになって先生いるかって恐ろしい剣幕で怒鳴りこんで来たが、用たしで留守だと言ったら、こげん時学校さからっぽにしくさるから餓鬼どもも、学問のかわりに火つけ覚えやがるんだべ。帰ったらそう言えと戸もしめないで帰っちゃったの」

イトは息をはずませながら近々と寄りそって心配げに川上の顔を見上げる。そうかと頷いて汗だらけのシャツを着がえもせずに七郎右衛門の家へ急いだ。道々、七郎右衛門だなんて選りにえって悪い相手の籾倉へ火をつけたものだと眉をしかめる。来てみると明治何年製かの怖ろしく旧式のポンプを持ち出してやっと消し終えた消防士達が、まだ余燼《よじん》をあげてぶすぶすいぶっている半焼けの小さい籾倉を囲みながら、

「この不景気に、えらい暇つぶしをさせやがって、困った餓鬼どもだ」

不平を言い言い凶作救済の払い下げ米のことをしゃべりあっていた。その村人達へ川上はどうも児童達がとんだお騒がせをしてすみませんと一々頭を下げた。七郎右衛門の母屋の土間に引き据えられている児童達の顔を見ると、案の通り太市一味の六年生の男の子達

がずらりと頭を並べ、放火犯人の惣兵衛を真中に泣きわめいていた。その中にただ一人太市だけが相変らず涙一滴こぼさずふてくされた顔つきのまま、しきりに怒鳴りつける七郎右衛門の禿頭をねめつけて口をひん曲げていた。

「やっぱり太市だったか」

みつめながら川上はやられたと思ったが、不思議と太市のふてぶてしい顔を見ても怒りも何も湧いてこず、何か自分と無関係な遠い世界でもぼんやりと眺めているような気持に襲われた。七郎右衛門は川上の顔を見ると待ってましたとばかり、

「見ろ、こげん時学校からっぽにしくさっから餓鬼どもも学問のかわりに他人様の大事な籾倉へ火つけすること覚えやがるんだ」

今までやり場のなかった癇癪をありったけ浴びせてあたり散らした。川上は業腹だったがとに角児童達のしでかしたことなので、怒鳴りつけられる都度、仕方なくわびを繰り返した。すると太市はジロリと鋭い瞳を上げて「思い知ったか」という表情で冷笑を浴びせていた。惣兵衛は川上の出現を知ると少しばかり泣き声を静めて、今度こそどんなに問いつめられようと二度と本当のことを言うまいと何度も我と我が心に誓っていた。

それは、川上が猛母子を追って町へおりて行った放課後であった。早速太市に呼びつけられた惣兵衛がいつもの遊び場である七郎右衛門の籾倉へ行くと、

「にしゃ（お前）、昨日おらの言うことはなんでも聞くと言ったな」

と、睨まれた。惣兵衛はすぐにうんと大きくうなずいておそるおそる太市の顔を見上げる。何か言いつけられるのだと思うと、とっさに不安な気持が腹の底からこみ上げてきて自然と体がふるえた。

「じゃにしゃ（お前）、この籾倉に火いつけられっか」

太市は藁束の上にどっかりと腰をおろしたままずいと膝を乗り出して、探るような目つきをした。瞬時に惣兵衛の胸がどきりと高鳴る。一斉に背後の乾分達の視線がチカチカと瞼に迫ってくるのを感じたが、口がこわばってひらかない。

「つけられねえのか」

明らかに怒気を含んだ太市のだみ声が、低い籾倉の天井にぶっつかりピリピリとあたりの空気をふるわせた。思わず惣兵衛は身のすくむのを意識しながら、じっと足もとの床の節穴に瞳を氷らせたきり、実行しないですまさせる何か奇蹟の起こるのを念じた。母の幻が瞳の奥をきららのごとく流れた。

「この臆病ヤロ、うす黙っていっとこ見っと、やっぱりおらとこに嘘こいてだましゃがったんだな」

いきなり太市の平手がつづけざまに血の気のあせた惣兵衛の頬にひらめいた。

「つけられるってば太市さ、おら、ほんにつけられるってば」

急に恐怖心に襲われた惣兵衛は泣き声をふりしぼって太市のこぶしをさけた。

「なに言ってやがるだ、このヤロひいひいと泣き声さえ立てればいいと思いやがって」

こう叫ぶなり太市はなおも皆のこらしめにしようと泣き喚く惣兵衛の体を引き倒し、汚れた床の上をずるずると引きずりまわしたあげく、力まかせに籾倉の節だらけの羽目板に額をぶっつける。惣兵衛はクラクラと目の回るのを意識しながらも必死になって、ほんに火いばつけられるってばと喚き続けた。

「じゃ、今度こそ嘘ではないのだな」

やっと折檻しつかれて手を放した太市の荒い息づかいに惣兵衛は半ば反射的にうんと頷いた。うなずいてしまってからハッとしたがもうその時は、

「ようーし、そんならあとで川上のヤロになんと言われても、にしゃ（お前）一人でつけたんだと言いはるんだぞ、ええな」

さらに念を押されて、太市からマッチを右手に握らせられていた。惣兵衛はカッカと額がほてり瞼の上が重たくふくれて行くのを感じながら震える手にマッチを握りしめた。

「ようーく燃えついてからぬけ出してくるんだぞ」

太市達はこう横柄に言い捨てて雪のかぶさった重い表戸をがたつかせ出て行く。一人になると惣兵衛は再び新たな恐怖心に襲われて、このまま火をつけないで逃げ出したい衝動にかられる。が、腹の底まで刺しとおされるような凄い太市の瞳を思うと目をつむってマッチをすった。シュッ！　ときなくさい匂いが鼻をつくと同時に、シュッ、シュッと中指

の先をマッチの炎が猛烈に這いあがる。思わずアッと叫んでいきなり床の上に放って目をひらいてみつめる。例年の稲の半分ほども実のはいっていない平べったい籾の上をブスブスやっていたが、すぐに消えて紫色の煙をあたりの藁束にからませた。なんだかマッチ箱が急に生き物になって掌の中をシュッ、シュッと燃えて自分を襲ってくるような気持がした。すると一刻も早くマッチを投げ出したい恐怖心がどっと湧いてきて滅茶めちゃに藁山の中へ、すっては投げ、投げてはすった。突然、あっちこっちの隅に生まれた赤い炎が一つになり惣兵衛の視野をぼうっとこがした。いきなり、まだ半分ほどもはいっているマッチを炎の中に投げこんで外へ出る。と、今まで板戸の隙間から内部を覗いていた太市が、

「にしゃ（お前）一人でつけたんだから、にしゃだけ逃げないでここに残ってろ」

蒼白な表情をしたまま唇をふるわせて声も出ないでいる惣兵衛へこう叩きつけて逃げ支度にかかる。その時、どっと燃えさかる炎が籾倉の障子窓を破って戸外へ噴き出した。アアッ！　思わず悪童達もどぎもをぬかれて宿雪の上に立ちすくんだとたん、ちょうど便所に来た七郎右衛門に見つけられて摑まったのである。

ほどなく悪童達の母親が息せき切って駈けつけてくる。惣兵衛の母は息子を見るなり、

「このバカヤロ、他人の籾倉に火をつけたなんて、なんちゅうわらし子だ、なんちゅう餓鬼だ」

ところきらわずピタピタと殴りつけ、

「われ、誰にそがえなわるさをいいつけられただ、うん、誰に火つけれとおどされただ」

かたわらにむっつりと控えている太市の顔をねめつけながら、半狂乱になって折檻した。

しかし惣兵衛は、

「おら一人でつけたんだってばお母ちゃ」

ありったけの声をはりあげて泣き喚くだけでついに太市に強制されたことを白状しなかった。すると惣兵衛の母は先刻から自分の方へざま見やがれと小馬鹿にし切った視線を浴びせている太市の胸ぐらをひっつかみ、

「この悪党ヤロ、おらいの惣兵衛に毎日毎日銭もってこいとせめくさった上、とうとう火つけまでさせやがったんだべ、な、そうだべ畜生」

と、折檻しにかかると、瞳のぎょろりと光る太市のお婆ばが飛びこんできて、

「なにぬかすんだこの狸嬶、よくもわれんとこの餓鬼ッ子の悪党ば棚にあげて、ひとんとこのわらしに火つけさせたんだべなんてかんづけられたもんだ」と、いきなり惣兵衛の母の手をつかんで押し返したので相手も、

「なにするんだ、このずる助のひねくれ婆あ」

と、女同士のつかみあいになる始末であった。

10

翌朝寝床を離れると急に目まいがして、じんじんと耳鳴りを覚えた。ああ昨日の夕方スキーで汗を出したが、惣兵衛の放火事件で着がえもしなかったので風邪をひいたのだなと思って食膳に向かったが少しも食欲がない。体温をはかると三十九度二分近くある。川上は階段を登るのも大儀であったが我慢して出欠をとっていくと、女の組長のミチが珍しく欠席していて姿を見せない。六か年間無欠席のミチが？　と不審に思い四年生の弟に、

「あねちゃ、どうした」

たずねてみたが「なんだか用あって遅れてくるっす」と答えるだけで、どういうわけかとんと要領を得ない。変だなと思ったがそれ以上追求する気力もなく、ぐったりと教壇の椅子に腰をおろしたまま授業をすすめる。一校時をどうにかすまして宿直室へおりて来た時、また烈しい悪寒に襲われて炬燵にうつ伏せになったまま次の時間の鐘が鳴っても起き上がれなかった。夜になっても熱はさがらず、夜どおしうわごとだけをしゃべり続けた。外はいつしか吹雪になったらしくゴーッという獣の遠吠えのような嵐の音が、規則正しく谷底からゆり上げてはみしみしと夜更けの分教場をきしらせて通りすぎた。そのしじまごとに長髪の乱れた蒼白い額に汗を噴き出させて昏睡している川上のせわしい息使いが伴奏する。その枕もとでは妻のイトが一睡もせずに夫のやつれた顔にヒタと見入りつつ、もし

かするとこの夫も赤子のようにこのまま死んで行くのではなかろうかと心配しつづけていた。

次の日の夕方、二日間学校を休んだミチがやっと母の目をのがれて分教場の門をくぐった。道々彼女はこの間川上から、

「また昨夜のような話をお母さんに言われたらいつでも先生に教えにくるんだぞ」

と言いきかされたことを思い出して雪の段々になっている分教場の裏口の戸を開ける。

ここ二、三日来、ミチは再び母に、

「な、ミチお前はこんげお母ちゃが頼んでもどうしても卒業しないうちには千葉さ行かねと強情はるだか。そんならええけどよ、どうせお前というわらし子は、お父うなんか医者にもかからせないで死なせてしまおうと思っているんだべからな」

と、責め立てられどおしなのである。ミチも毎日母からそう言われてみると、自分が本当に親不孝者のごとく思われてきて、いっそのこと卒業しないうちに千葉へ行こうかという心がふらふらと湧きあがってくる。その都度、川上に言われたことを思い出し、とに角一度先生に相談しそれからでも遅くない筈だと考え直しては、母の恨みごとを唇をかんで我慢したのである。しかし母もすでにそれを悟り学校に行くことを一切禁じた。そればかりか、弟妹にも先生から姉のことをきかれたら、「少し用があって、遅れてくるっす」と答えろと繰り返し教えこんだ。そして、川上が風邪で寝こんでいることを知るや、この間にとミチをしきりにくどいてとうとう今夜千葉へ周旋人と一緒に行くことを納得させたの

である。ミチも、この間から病床に倒れたきり次第に蒼白にやせ衰えていく父の顔や、ご飯もろくろく食べられないでお腹をすかしている弟妹達を見ていると、このまま先生にも誰にもなんとも言わずに母の言う通りになろうと夜っぴいて考えたあげくやっと諦めがついた。しかし、いよいよ今夜ここを発つのだと思うとまた急に迷いが出てきて、やっとこれで先生にも逢わせずに旅立たせることができたと安堵した母の警戒のゆるみを盗んで、ソッと雪帽子もかぶらずに裏口から出てきたのである。

「だあーれ」

イトが夕食をたべている間、交替して看病していた隣家の主婦がけだるい声をかけて出てみるとミチであった。

「おや、誰かと思ったらミチちゃかえ。なにか先生さにご用?」

「ええ」

「だけんど、先生さはな、今風邪ひいて寝こんでいるだ。だから明日にでも先生さが起きられるようになったら、おらから言うてやるだからどげな用むきか話してみれ」

顔を覗かれてミチはすっかりまごついた。でも言わなければいけないと自分で自分を叱りつけてみたが、そうすればする程ミチの口がこわばって何も言うことができなかった。

「んだらええす」

奥の方をちらっと覗きこんだだけで、そろそろと戸を閉めた。なんだかここまで来ながら黙って帰るのが泣きたいぐらい口惜しく思えたが、どうしてもこのような貧困な家の内情などを先生以外の人間に言う気にはなれなかった。しばらくミチは雪の降りかかる戸口に瞳を氷らせて佇んでいたが、締め切ると分教場の門を出た。

土曜の朝、やっと寝床を離れることのできた川上は炬燵で朝食をとりながらイト達と話しあっているうちに、次第に元気が恢復してくるのを覚えた。が、歩くたびに軽い目まいだけが感じられた。間もなく隣家の主婦から、一昨夜組長のミチが自分をたずねて来たことを聞くと、川上はすぐに着更えをしてミチの家を訪ねる。ミチの母は、彼の顔を見ると、かねて覚悟はしていたものの流石にわるびれた表情をかくすことができず、うつむいたまま　とうとう一昨夜の終列車で娘を千葉へ女工にやってしまった事を告げる。が、川上の質問に少しでも非難の色が見えかかると、

「そげなこと言われたって、食わねで生きて行けないものなっす」

きっぱりと反撃する。その断乎たる態度には、他人の娘の身の上になまじっかな同情なんかしてもらいたくないという気持がありありとよまれた。川上も相手からこう反撥されてみると余りいい気持もしないのでその儘黙って引きあげた。道々、いつかの晩、「先生、おら、六年生さえ卒業したら、お母ちゃの言う通りどこさでも行くけんど卒業証書をもらわないうちはやんだっす」と真剣な顔で訴えていたミチの声が思い出された。すると、吹雪する暗い夜の峠路を周旋人に連れられながら、唇をかんで越えて行ったであろうミチの

顔がフッと浮いてきて妙な気持に襲われた。分教場に帰ってからも絶えず、「あんなことを言っていた先生だって、おらのことなんかなんとも思っていなかったのだ」となじるミチの恨みごとが耳もとにちらついてならなかった。

午後川上は、天気がいいのでこの間与一兄妹の父親と約束したとおり、四キロばかり離れた山家へ帰すことにする。川上は途中まで送ってやればよいと思ったが、まだ普通の体でもないし、天気もいいので何度もいたずらをして崖からすべり落ちたり、道を間違えたりしないよう注意を与えて外へ出した。空は珍しくからりと晴れて陰うつな北国の二月とも思えないほどである。これなら道だってもうついている時刻だし、はじめての独り道中でもないのだからと安堵して、早速イトが炬燵の傍にソファみたいに積み重ねてくれた蒲団によりかかる。

与一兄妹が出発して三十分程もした頃であろうか、急に風が出て空模様があやしくなってきた。今まで高窓の障子にうらうらと照っていた陽ざしがフッと消えて冷めたい旋風がハタハタと唸りはじめる。窓をあけると、はやてを孕んだ密雲が出羽の山脈《やまなみ》を見るみる黒く塗りつぶして杉の密林の続く谷々へなだれこんでいる。つい先刻まで昼さがりののどかな山家の情趣を漂わせていた軒端の水滴のひびきもいつか死に絶えて、可愛い氷柱になって垂れさがっている。「吹雪だ！」と叫んでイトの顔をふり返ると、

「与一達、どこらあたりまで行ったでしょ」

と、眉根を寄せた。川上は無言のまま着物をぬぎ、いくら子供の足でも杉林のつづく一つ目の山は完全に越したなと考えながら、スキー服に着更えた。イトはびっくりして、「どうするのよ」と立ち上がったが、すぐ川上の気持を直感すると、

「駄目、だめ外へ出ちゃだめよ、わたし行くわ」

いきなりスキー服をひったくってさえぎった。

「バカ言って、この吹雪に女が出られるもんか」

川上は無理やりスキー服をもぎとり素早くスキーにロウを塗り「大丈夫さ」と言って外へ出た。山峡の分教場の坂を登りつめた時、急に凍てついた大粒の雪片を含んだ風がヒュウ、ヒュウと横なぐりに吹きつけた。すぐ川上は呼吸のつまるのを覚え、ストックを小脇に雪の上へしゃがみこむとスキー帽の紐をほどいて顎まですっぽりと包んだ。そして、スキーの方向を変えて一気にゴーッと杉林の枝鳴りのこだまする谷底目がけて滑べりおりる。杉林の重なる一つ目の山を越したが与一兄妹の姿はない。それではやはり一番風あたりの烈しい高原の原っぱにさしかかっているなと思ってうねうねと続く山腹をよじ登った。先刻まで絶えず痛んでいた頭痛もフツフツと額に汗を出して高原に達した頃は、すっかりとれてなんとも知れない力が身内に湧き立ってくるのを意識した。川上は雪の原に身を伏せて与一達の足跡を探したがもう道は消滅していた。だが道端の固い雪だけが、鉋で削られた剃刀の刃のごとく続いているだけである。目を上げると右手の山々の谷あいをガーッと

物凄いいきおいで吹き上げる嵐が、あたりの雪をすっ飛ばして煙幕のように這い上ってくるのが見えた。高原をつっ切っても彼らの姿がない。もうすぐ眼の前にはブナの林がつっ立っている。再び急勾配の下り坂である。ストックをついて覗くとところどころ吹きつけられてはいるが、まだはっきりと林の間を縫っている細い杣道がどこまでもつづいていた。

「与一、ヨイチー」

急に不安に襲われた川上は吹雪に飛ばされないように足をふんばったまま、ありったけの声をふりしぼってブナの林の中へ何度も叫び続ける。が、答えはない。もしやと思うと頬の血が一時にスーッとひいて行くのを感じた。つばを吐いてしばらくヒュー、ヒューとブナの林の頭を鞭のように殴りつけて過ぎる嵐を睨みつけたまま つっ立っていた。瞬間こごえ死んだ与一兄妹の青白い顔や、泣きわめいて恨み言をいう父や母の顔が眼前をみぞれのようにちらついた。川上は居たたまれない気持に襲われながら獣のように歯ぎしりをするとブナの林へ体当りをくらわせてまっしぐらにとびこんだ。空気が耳もとで唸った。雪のつぶてが水しぶきのように瞳をくもらせた。体が宙に浮く。ハッと気づいた時には急勾配のブナの林は尽きて、谷川のひびきが間近にきこえる橋のたもとの急カーブに投げ出されていた。すぐに、両脚の方向があべこべになって積雪に突きささったスキーを寝ころびながら宙に浮かせて膝を立てる。ストックを拾おうと道へ手を伸ばしたとたんに小さいゴム長の足跡が瞳にとびこむ。ア！ と思って視線をこらすと今踏みつけたばかりらしい㊉

の商標のついた足跡。トミのゴム長にちがいない。そこは急カーブになっているため吹雪がそれて埋もれていない。これならすぐそこらに居る筈だと勇躍して、しゃにむに雪を蹴立ててよじ登ると、真向こうから吹きまくる吹雪に前に進むこともできず、後へ退くこともできなくなって雪の上に腹ばっていた与一兄妹を発見した。

生きていたなッ、と思うと瞬間川上は、何かに向かって感謝したい気持が肚の底からこみ上げてくるのを覚えた。思わず、与一ッ、トミッ、と叫んで近づいた。トミは川上の顔を見ると、今までのはりつめていた気持が一時にゆるんだのかワーッとありったけの声をあげ、ひびの切れた赤い頰っぺたを涙だらけにして泣きわめいた。流石に腕白者の与一は泣きこそしなかったがそれでも青ざめた頰にサッと血の色を見せてにっこりとした。川上はスキーをぬいでストックと一緒に前革でしばると帰りまで吹雪に飛ばされないようにバンドをはずして道のべの雑木にしっかりと結びつける。そして、トミを背にして、

「与一、飛ばされないようにしっかり握ってるんだぞ」

と、腰の手拭を背後の与一に握らせながら腰きりまでぬかる杣道を踏み、炭焼き小屋の煙りを目あてに彼等の山家をさしてくだって行った。

初出：『芸術科』一九四〇年一月号［発表時作者二五歳］
底本：『山の心がこだまする——分教場の四季』教育報道社、一九八二年

第一一回芥川賞選評より〔一九四〇（昭和一五）年上半期〕

小島政二郎　一番感心した（略）この作は鈍根小説のよさ悪さを兼ね備えていると思う。対象に食いさがっている執拗さと、その執拗さを最後まで弛緩させずに押し通した逞しい腕力とは佳さの第一に数えられるべきであろう。それと、平凡暢達な描写力と。

川端康成　賞を受けるか受けないかは、もとよりその人の自由であるとはいうものの、今回高木卓氏が辞退されたことは、事情の如何にかかわらず、残念だった。（略）元木氏の「分教場の冬」は、穏健な愛情が異常な児童達に注がれて、いい記録であり、纏まった力作でもあり、推賞出来るが、良教師風な域を脱せぬのが物足りない。

元木國雄　もとき・くにお

一九一四（大正三）～一九九二（平成四）年。山形市生まれ。山形師範卒。教師生活を四年した後、上京し、日本大学芸術科卒。一九四〇年、教師時代の見聞にヒントを得た「分教場の冬」で第一一回芥川賞候補となり、作家生活に入る。四一年に創作集『分教場の四季』を刊行、跋文は、日大時代から恩顧をこうむっていたという中村地平が書いている。戦中に一度は筆を折ったが、五〇歳になってから執筆を再開。『水神』『こけし女像』などの長編を出版した。

祝という男

牛島春子

県長弁公処付きの通訳祝廉天《しゅくれんてん》の人気は、副県長の更迭《こうてつ》を前にして日に日に悪化し、県公署内の日系職員はいうに及ばず、他の機関の日系の間でも、今度の更迭を機運に、是が非でも祝追放にこぎつけねばならぬときおい立っているのであった。こういう機会を利用するのでなければ、とても祝廉天を県公署から根こそぐ事は出来ぬ。それほど祝廉天の存在はいざとなると人々の手にあまるものであったし、刃物の険しさを思わせる痩《や》せた肩をそびやかして署内を歩きまわる彼は、誰からでもひそかに恐れ煙たがられていた。日系職員達が理屈はともかく、ただもう無やみと祝を憎悪し出していたとすると、それは彼の噂《うわさ》されている悪徳のせいばかりではなく、実はあの祝がもつ満系らしからぬ一種の険しさ、鋭さにあったかもしれなかった。

風間真吉は赴任前から祝廉天の噂は聞いていた。今度赴任する県に非常に悪質な満系通訳がいる。それは真吉にとって別に驚くにあたらぬことであった。啞《おし》や聾《つんぼ》も同様の異なった民族同士が、通訳を中にして意志を取り交わし、政治を敷いて行こうというのであるから、そこに色々の間隙《かんげき》が出来て来るのはやむを得ぬのである。通訳達がそれに乗じて自分の職能と地位を悪用したことはむしろ田舎では常識ですらあったのだ。真吉はそうした実例を幾つも数えたててみせる事が出来る。そうした醜草《しこぐさ》を見捨てておく訳にはいかぬことは無論のことであったけれども、真吉も赴任早々日系職員達が口々に告げる祝廉天についての悪罵《あくば》をなるほどなるほどと聞いても自分も一緒にいきり立つわけにはいかなかった。祝廉天が官吏としてあるまじき瀆職《とくしょく》行為を働いたということは肯《うなず》けるけれども、それよりすこしうわずった感情的な言葉で、祝の悪党ぶりを最大限に表現しようとする人達の方にも真吉は何か安心してついて行けぬものを感じるのであった。協和会事務長の河上は偶然に真吉の古くからの友人だったので、副県長という顔でなしに「祝という男はどうかね」と聞いてみた。

「うん、非常に評判の悪い男だ、クビになった前の指導官と何かあったらしいんだね」「悪い事をした確証というのを誰か握っているのかね」「さあ、そいつは良く知らんがね。とにかくあまり印象の好い男じゃないな」河上は昔通りのくせで小首をかしげながらいった。

「第一非常に官僚的だよ、満系であれほど傲慢《ごうまん》な奴はいないな。県公署に行っても、あいつが一番威張ってる」

「なんだ、そんな事なのか」真吉は笑い出した。「それじゃ祝排撃の理由にならんじゃないか」

「そりゃそうだ」河上も笑い出した。

それにしてもこれほど周囲の人々の神経を搔《か》きまわす祝廉天とは一体どんな人間なのか。相当なしたたか者には間違いないが、それならそれでなおさら自分の目でじかに見極めぬことには、下手な判断はくだせぬ、と真吉は思うのだった。

ところが、間もなく祝廉天は真吉が思いもかけなかったタイプの人間として真吉の前に登場して来たのである。県長弁公処には県長副県長のほか三人の満系通訳とタイピスト、若い日系雇員などがいたが、その中で、他の職員達と交じっていても一人際立って身のこなしの敏捷《びんしょう》な、日本語の達者な満系がいるのだった。誰彼の区別なく無遠慮に相手を見据《す》えてずけずけと物を言う。歩く時、机に向かっている時、不用意の手のあげさげにも何か確信ありげな、不屈なものを感じさせる。これはまるで激しい日本人のタイプじゃないかと真吉がひそかに目を見はって眺めた男が、祝廉天なのであった。

真吉が祝廉天を見覚えて二、三日たった晩の七時過ぎ、当の祝廉天は突然裏庭づたいに真吉の公館に音もたてずに訪ねて来た。真吉の居間の入り口ちかく、協和服の膝《ひざ》を曲げて坐った祝廉天の肉のそげた蒼白な顔は、やや斜めからさしかかったほの暗い電燈の光で骸《がい》骨《こっ》のような翳《かげ》をつくり、気のせいかさすがに荒れた索漠《さくばく》としたものが感ぜられた。口を開くときらきらと金歯が光る。

祝廉天が今度のような窮地に追い込まれ、自腹でも切らねば所詮《しょせん》収まるまいと思われるようになったのも、日系職員にいわせればむしろ遅すぎたくらいだったのである。

祝はもと南満の営口県で軍の通訳をしていたが、建国当初の初代指導官として、軍曹あがりの吉村が入県して来た時、軍で知り合っていた祝が吉村の肝煎《きもい》りで一緒に県公署入りをしたのであった。吉村と祝とははたの想像以上にふかい交わりがあったらしくいわば主従の間柄とでもいうような関係と思われた。その吉村が二年後他県に転出することになった時祝廉天は県内の農村を回って吉村の餞別《せんべつ》を調達したというのが問題になったのであった。この事は間もなく省の検察庁にもれて、検察官が正式に取り調べに出向いて来た。その結果他県にいた吉村は免職になり、祝は始末書をとられてけりがついたのであったが、この結果からすると、瀆職《とくしょく》の罪を犯した張本人は吉村であり、祝は事件に片棒かつぎはしたが、それは瀆職まではいかない極く軽い性質のものであったことになる。けれども日系職員達はそれだからといって決して祝から疑いの目を放さなかった。彼等にいわせると、吉村より祝の方が役者は数段上手《うわて》で、吉村こそ飼い犬に手をかまれたようなものだというのである。あのさかしい目から鼻へ抜けるような祝が、各村から集めまわった金をそっくりおめおめと吉村に渡すはずはない。恐らく集めた金はその倍額で、半分は自分が着服したとしか信じられぬ。それにもっと人々の反感をそそったことは、取り調べの時祝が吉村との関係をべらべらと問われるままに喋《しゃべ》ってしまったという事であった。人々はそれを潔しと見ないで、反対に主を売る無節操で利己的で冷酷無比な男という風に一種倒錯した義憤にかられているのだった。痩《や》せたきめのこまかい頰、くぼんだ眼窩《がんか》の奥にはまり込んだ茶っぽい目、高いさきのすこし垂れさがった鼻、何か猛禽《もうきん》類を思わせる祝の外貌は、いかにもそういう印象をあたえるに相応《ふさわ》しい。

「副県長殿、ぶしつけな質問でございますが、祝はくびになりますでしょうか」真吉の前に坐った祝のそれがのっけの言葉だった。真吉はぴくりと眉《まゆ》を動かし黙っていた。

「それは、君の口から僕に訊《き》く言葉かね、一体」暫《しばら》くしてにやりとしながらいった。

「は、それはそうでございますけれども、私は最近役所に出勤しましても落ちつきませんです。それは祝は吉村さんの事件で取り調べを受けました。ああいう不祥事件に係わりあったのは祝の不徳でまことに申し訳ありませんです。けれども祝は決して悪い事はしておりません。祝が悪いならその他にまだ悪い事をやっている職員が警察官あたりにいます。祝は百姓や弱い者いじめはやりませんです。――最近は役所に行きましても仕事が与えられず、何だか大分祝はあちこちから反感を買っているようで、いっそ自分からやめた方がさっぱりするとこの頃は思っておりました」祝廉天は目を据え早口で言った。

「うん、君も気づいている通り君の評判は大分悪いようだな。僕が赴任して来てあちこちから何を聞かされたかというと、祝通訳は悪い奴だ、県のためにならぬからくびにしてくれ、という声だ。どうしてこういう空気を醸成《じょうせい》したかそれは君自身が一番よく知っているはずだ」

「知っておりますです」祝はちょっと目を伏せたが声の調子は変えずに、「吉村さんの事件です。吉村さんが転任される時、吉村さんのご命令で、各村から村長を通じて餞別金を集めました。千五百円集まりましたから吉村さんにさしあげましたです」

「それだけかね」真吉はうすく笑った。

「君は報酬として吉村君からいくらか貰いはしなかったかね」

「いいえ一銭も頂きません。吉村さんにはお世話になりました。上司でもありますので命令はその通りに致しましたけれども、報酬は一銭も頂きませんです」

「ふん」真吉はあぐらを軽く揺すぶりながら暫く祝をみていたが、

「かりに君の今言うことが事実としてもだよ。満州官界の通念としてだね、君の今言った事を果たして本当と人々が思うかどうか、それは長く官庁のめしを食っていた君にはよく判っているはずだが」

「は」祝は突き出していた首をちぢめて黙した。

祝が自分から語るところによると、祝と吉村の関係はそれだけではなかった。吉村は免職になるとどこか南満《(ママ)》あたりに立ち去ったが、一年ばかりしてまた舞い戻って来た。鉄道沿線の隣県の宿直に下宿をして祝を呼び、陶器の卸《おろし》の斡旋《あっせん》方を祝にたのんだのであった。

それで祝は大車に積んだ陶器類を県内の飯店とか荒物屋に二回ばかり売り捌《さば》いてやったこともあるのである。その時も祝は全然無報酬でそれをしてやったと言うのである。吉村は今でも隣県におり手紙が来れば返事も出し、ついでの時は会いもする関係が続いているのであった。

「君は何かね、吉村君に痛い所でも握られているのではないかね」真吉は突然ぴしりと言った。

「いいえそんなことはありません。絶対にありませんです」祝は少しせき込んでむきに抗《こう》弁《べん》した。そんなら吉村君と手を切ったらどうだ。それより他に君の潔白を証明するてだてはないではないかと、真吉がつっ込むと、祝は今更そういう事も出来かねる長いつき合いだからとはっきり拒否するのだった。それから祝は問わず語りに自分の財産といっては、未だ治安が回復しなかった頃、まるでただのような値段で土地を三十晌《しよう》ばかり買っておいたのが今では相当値が出て小作料もあがっているほか時々知人に内輪な小金を貸し付けて利子をとっていること等を話し、するかと思うと無遠慮に「副県長殿は協和会事務長の河上さんとはお友達だそうで——ははあ三十歳になられますか。私は三十九歳になります」と言ったり、それに続いて県下の各機関や、県公署内の風潮日系同士が猫のひたいほどのこの土地で、時々縄張り根性やら小姑《こじゆうと》根性をむき出しにしてなぐり合いをはじめる事などを冷然と半ば嘲《あざけ》るように語るのだった。それは真吉にとっては少なからず興味のある話だった。日系達のつくろわない動きが、黙々とはたから観望している満系にどういう印象を与えるものであるか、それはゆるがせに出来ない事なのである。二時間以上も喋ると祝は急に坐りなおし、真吉と後ろにずっとお茶をくみながら話を聞いていた妻のみちの方に向きなおって、

「副県長殿、奥さん、祝は使って頂きますなら、誠心県のため働く覚悟であります。どうぞ祝をよろしくお願い申し上げます」と二、三度たてつづけに頭をさげてまた庭づたいに帰って行った。

祝廉天が帰ったあと真吉は未だ祝と向きあった姿勢で黙って考えていた。

「よく喋る男ね」みちが横からいったのも「うん」とろくろく聞こえないようだった。今真吉を強く捉えているのは南満にいた頃の同僚であった、陳克洪《ちんこくこう》と祝廉天のいちじるしい類似点であった。官吏になりたての真吉に、王道建設の高い夢に背馳《はいち》する幾多のどす黒い醜悪が今もなお政治の手の届かぬ農村の裏に、永い伝統と因襲を根じろにして毒虫のように執拗《しつよう》に農民達の血をすすりあげている姿を、まざまざと覗かせてくれたのは陳克洪であった。彼はそれらをあばき満人達の隠蔽《いんぺい》主義をひっくりかえして行ったために、周囲の満系からも日系からも快く思われていない男であった。

けれど、無論祝廉天と陳克洪とは他の点で幾つもちがっている。現に今夜の祝の複雑な幾つにも分裂した印象は陳克洪にはないものである。風のように祝廉天が立ち去ったあと、

今まで祝が坐っていた空間に何か不安な翳《かげ》がたゆたい、しかも強く惹《ひ》かれて行くものもある。毒にも薬にもなる果物の誘惑——祝廉天が真吉夫婦に与えて去ったものはそれかもしれなかった。

旬日を出ずに祝廉天はくびになるだろうとひそかに期待し、そのあと味を愉《たの》しみにしていた人々は真吉から悪事を働いた時にくびにしてもいいし、暫く使って見ようと思う。そのかわり監視は厳重にするという意向を聞かされた時には、ひょいと肩すかしを食わされてよろけた時のように何ともまとまりのつかぬ表情をしありありと力を落とした。人々は口にこそださなかったが内心若い副県長の物好きをあやぶみ、腹に据えかねていた。

祝はあの晩真吉に半ば哀願したことも忘れたように相変わらず痩せた肩をそびやかし、無遠慮に大股で各課を歩きまわり日系職員達と一緒に入り口に近い机で満文の翻訳をやったり、書類の整理などをしていた。真吉は素知らぬ顔で祝にも仕事を分担させたし通訳にも使った。

ある朝真吉が出勤すると祝は一枚の紙切れを持って真吉の机の前にやって来た。

「お早うございます副県長殿、今朝受けつけにこういう訴状を持って参りました。日文に訳しておきました」真吉は受け取って目を通した。徐《じょ》という男が、張《ちょう》という隣屯の農夫を自分の実兄の殺害者として訴えているのである。祝は立ち去らずに真吉の読み終わるのを

待っていたが、

「副県長殿、こういう訴状は山田さん（初代参事官）の頃もよく参っておりました。これは大事に見てやらにゃいかんと思いますですな。今までも祝が大抵扱っておりましたが、副県長殿あてに来る訴訟を大切に見てやるというと、第一役人が悪いことが出来なくなりますよ。祝は日曜日に出勤してやったこともあります」

「うん面白い。調べてみよう」真吉は祝のずけずけした物のいい方が快かった。翌日訴人の徐を先ず呼んで聴き取りを開始した。なるほど祝のやり方はただの通訳とはちがっていた。彼は相手がすこしあいまいな物腰になると急に目を光らし真吉の質問をひったくるようにして通訳したが、体をのり出し威嚇《いかく》するような激しい勢いだった。彼は訊問《じんもん》のつぼをよく心得ていて巧みに男からのっぴきならぬ返答を誘い出した。男はのちには祝の方に拝むようにして答弁した。真吉にはこうした場合、満人達に現われる色々な反応を的確に読み取る修練がまだ積んでいない。そこはさすがに祝の領分だった。満系である祝には男からその背後にある生活環境まで見通すことが出来るのである。

「副県長殿、こりゃあの訴えた奴の方が怪しいですな」

「うん、そうかな」真吉は素直にうなずいた。その通りだった。徐の実兄が不慮の死をとげたことは事実であったが、張が殺したのではなかった。徐の実兄は子がなかったので張から女の子を一人貰い受けて養女にしていたが、あまりいい待遇をせぬので張は連れ戻してしまった。最近徐は賭博《とばく》の金に窮した挙句《あげく》、その女の子を金に換えるつもりで自分に譲ってくれるようにと再三張に申し入れたが、その度に拒絶されたので、その意趣がえしに今度のような訴えをしたのである。真吉は徐を誣告《ぶこく》罪で留置場に放り込むように命じた。

真吉達にとって最も必要なことは、満人の社会の実状を正しく知ることである。ところがこれが実はなかなか困難なことなのだ。役所の中でも仕事の上から視《み》る時は、日系と満系がさほど距《へだ》たりをもって向き合っているとは感じられないのに、生活を徹《とお》してみる時二者ははっきりと別の世界に住んでいるのである。それも日系の暢気《のんき》で開けっぴろげな無関心さとはちがって、満系は自分等の世界の上に共同で一種の援護幕をはって、日本人が踏み込んで来るのを守り合おうとする意識をもっているのである。彼等はそしてそうするほどうわべは如才なく、巧みな社交技術で受け流して日本人をそらさない。それは一見陰険にも狡猾《こうかつ》にも見えるけれど、これも永い被抑圧者の生活が教えた知恵かもしれぬ。だから満系達は日本人のように弱点を発《あば》きあって満人の前で大ぴらに喧嘩をやるようなことはほとんどない。彼等は日本人の前に出ると、一様にお互いのことについて口をつぐんだ表情になってしまう。そうした満系官僚を知っている真吉は祝廉天があたりかまわず日系を皮肉り、満系の怠惰《たいだ》を憎み、かびのようにはびこる悪徳を罵《ののし》るのをみると、やはり面白いと真吉は祝の方へ膝をのり出さずにはおれなかった。

真吉はまた実際に一つの県を預かってみて三十余万の県民の上に生きた政治をしいて行

くとなると日本人的な感覚で満人達を割り切って行くことがどのように危険なものであるか、このような善意な不用意さがどんなに満人達に大きな誤解と、乖離《かいり》した心理を産みつけて行くものであるかに思い及び背筋が寒くなるような気がした。そのために祝のような人間を傍にひきつけておくことは必要であった。

真吉が着任すると間もなく雪が降り、それは北国を支配する自然の掟《おきて》でもあるように、そのまま地面にどすぐろく凍りついて動かなくなった。長い冬の営みがはじめられたのである。警務科では賭博のことが問題になった。これから頻繁に行なわれる満人間の賭博をどういう風に扱うか。日本では射幸心《しゃこうしん》を刺激し、怠惰に導く道徳に反するものとして賭博は法律で禁止しているけれど、満人の社会では賭博はただの娯楽でしかない。長い凍りつくような大陸の冬がやって来ると、彼等は野菜を貯え、家屋を修理して炕《オンドル》の上に冬ごもりの生活をはじめる。賭博はそうした退屈な暗い長い生活を慰める唯一の楽しみになるのである。ここでは日本の罪悪感なぞてんで通用しない。

賭博は好い事ではない。やはりやめさせねばならない。けれどだからといって日本人の道徳観念を押しつけて性急に禁止してしまったらどうだろう。彼等は面喰らい、自分等の娯楽を突然とりあげる日本人の為政に対して理解どころか反感をもつ以外の結果にはならないだろう。こうした日本人の偏狭な潔癖が、ますます彼等を日本人から遠ざけ、彼等のみの秘《ひそ》かな世界を形造る結果になって行かぬとはいえない。

それで間もなく年が暮れて、御用納めの日がやって来ると真吉は式のあと全員に「正月を過ぎて賭博をやったものには厳罰に処す方針をとる」という型変わりの訓示をした。どうにでもとれる含みのあるところがこの訓示のみそであった。

年があけ休みも終わって再び役所がはじまると、真吉は二、三の満系に「賭博はやったか?」と気軽に訊いてみた。やりませんと言う者もあったしもぞもぞしながらはい一度と小さな声で言って恐縮する者もあったりした。真吉は祝に水を向けてみた。

「どうだ、ばくちはやったか?」「はいやりました。三十円儲けました」にこりともせず祝は報告おわりとでも言いそうな調子で言った。

「そうか、三十円儲けたか?」真吉はあまり悪くない気分でほほえんだ。真吉が祝の性格を摑《つか》んでいるのか、祝が真吉の気質を摑んでいるのか、こういう時はどちらか判らぬことがある。ながらく日本軍の通訳をしていたという祝は出所進退の明らかなてきぱきした動作の大半はそこで身につけた習慣であると思えた。

もうやがて旧正月がやって来るというある朝、県公署の門前の告示版に、満系警察官の乱行を認《したた》めた赤い紙が貼り出してあった。それは県民の仕草と思えた。それを発見した職員は真吉のところに持って来た。真吉はそれを見て祝が訪ねて来た晩ほのめかした言葉を思い出した。「くびにするなら祝よりもっと悪いことをしている職員が警察官あたりにいます」真吉はその紙切れを祝に読ませた。黙って読んでいた祝は、「みな事実ですな」と判り切ったことといわぬばかりの口吻《くちぶ》りだった。それで真吉は警務科の方で自主的に解決させるためその紙切れを警務科にまわすように命じた。

「副県長殿、警務科の方にまわされますか。埒《らち》があきますかな」祝は紙片を持ち去りながら不服そうであった。それから五日たつ間祝は何かぶつくさひとり言をいって舌うちをしたり鼻を鳴らしたりしてしきりにやきもきしているのが真吉にはよく判ったが真吉はみぬふりをしていた。一週間たったが、警務科の方で手をくだしそうな気配もみえぬ。真吉は祝を呼んだ。

「例の件、手を入れるから、君もそのつもりでいてくれ」祝は急に生き生きと目を輝かして「かしこまりました。祝には大体判っておりますが、確証を握ることが必要です。阿片《あへん》屋、風呂屋、芝居小屋——あの辺をお調べになれば大体間違いないと思います」

「うむ、今夜めしを食ったら僕の家に来てくれ」

「は、馬車の支度をして参ります」祝は万事呑《の》み込んだようにうなずいた。

北満の冬は四時にはもううす暗くなる。真吉が夕食をすまして一服していると、表の方で轍《わだち》のきしむ音がし、それからちりんちりんと馬夫の踏む涼しい鈴がなった。

「今晩は」妻のみちが出てみると、獺《かわうそ》の帽子をふって外套《がいとう》の衿《えり》をたてた祝が約束通り玄関に立っていた。真吉も身支度をして表に出た。二人は黙って馬車にのった。乗る時祝の右のポケットのあたりに何かこつこつと固いものが真吉の体に触れた。拳銃だな、と真吉はその感触から察した。

平康里、阿片窟、風呂屋、芝居小屋、そういったもののひとかたまりになった一角を南市場という。馬車はもはや闇に包まれた道を、表通りを避けて走った。

十一時近く、真吉と祝を乗せた馬車は再び公館の前にとまって、凍る闇にリンリン鈴をならした。

「じゃ失礼します。おやすみください」

「やあご苦労さんでした」祝は大股で庭つづきの自分の宿舎へ帰って行った。

真吉は家に入り、妻が着せかけてくれる丹前《たんぜん》に手を通しながらやれやれと煙草《たばこ》に火を点《つ》けた。

およそ二週間ばかり前、県城で只《ただ》一つの大きな風呂屋「金華池」では次のようなことが行なわれていた。晩の八時頃、警尉、警長級の制服を着た満系警察官が五、六人どやどやと入って来て、奥の客間に陣取り、持参の酒で酒盛りを始めた。一人二人残ってお茶を呑んでいた客もそれを見るとそそくさと帰り、家の者もなるべく近づかぬように敬遠していると、彼等は長い間声高に喋りながら呑み食いしていたが、そのうちに一人の若い警長が出て行って、隣の芝居小屋の俳優をしている養子娘を連れて来た。一同を一足先に帰したあと、先ほどから連中の音頭取りらしく見えた警尉が一人残っていた。こういう厭《いや》な事でも、相手が警察官ならば——と「金華池」のてらてら頭の禿《は》げた掌櫃《しょうひつ》は最初は遠慮がちに真吉の顔をうかがっていたのが、のちに双《そう》の目に憤懣《ふんまん》の色を漲《みなぎ》らせて語ったのである。それを聞いていた祝は蒼白くなり、掌櫃に摑みかからんばかりの形相をしていた。真吉に通訳しながら時々つまずいて何度も口をへしまげた。真吉はその被害者の娘と養父を呼ぶように低く命じた。

十九か二十位に見えるその娘は実に楚々《そそ》とした美人だった。憂いを通りこして半ば呆《ほう》けたような顔は妖《あや》しいまでだった。その夜養父は娘を連れに来た警長に軽く拒んだばかりに、撲《なぐ》り倒されて人事不省に陥り、もよりの医院に担ぎこまれ、暫く入院したりしていた。真吉は手当をしたというその医者も呼んでみたが、頭に受けた傷は全治二週間の打撲傷だったと証言した。

「金華池」を出ると祝は阿片屋に馬車をまわさせたのだった。ここで件《くだん》の警長達は幾百回に亘《わた》って阿片を強要していた。真吉は彼等の氏名と持ち去った阿片の数量と価格を書き込んである帳簿を暫く預かるように祝に命じて外へ出たのである。

翌日、職員一同が退庁したあと真吉は一味八名の取り調べを行なった。その中には保安股長《こちよう》も交じっていた。警務科の満系科長と三人の日系がそれに立ち会うことになった。保安股長は年も若く、自在に日本語を使いこなし、頭も働く惜しいような男であった。前任主席の指導官から人一倍目をかけられ腹心となっていた彼は指導官が去ってから後も科内の満系には侮《あなど》りがたい勢力を持っていた。

その保安股長の他科内で若手のぱりぱりだと言われた連中が八人裁きの座に据えられている。さすがに立ちあう日系警察官の顔には興奮の色をうち消すことは出来なかった。

訊問が始まると祝はぴったりと真吉の傍にいて、真吉の鋭い訊問を注意深く、正確に通訳して行った。興奮もしていず、顔色も動かない。その機械のような非情さは不気味にすら見えた。こういう時、祝の持つあの鋭利な刃物にひやりと触れる気がする。

「君達はいやしくも、皇帝陛下の官服着用を許された身で、果たしてそれに相応しい行為をして来たか。お前達のやって来たことを今ここでいえるならいってみよ」と真吉は一喝《いっかつ》した。彼等は悪事もするかわり、諦めも早い。真吉の机の上に重ねあげられた阿片屋の帳簿をみた彼等は、もはやすべてを観念したのか案外悪びれずに自供した。一人だけ白《しら》をきろうとしたので真吉は怒って二度ばかり平手をくわせた。

四人は懲戒免職、四人を始末書で、真吉はこの事件を終わりにした。いうまでもなく有形無形の祝の協力は大きいものであった。真吉は一度ならず祝という人間にひそかに舌を巻くのである。真吉が着任一週間目に囚人の脱獄事件が起きた時も、真吉の傍にいて現場におもむいたのは祝であった。途中真吉達の馬車が、門のかんぬきで頭を割られて、血だるまになって連れられて来る看守に遭うと、祝は「県立病院へ行け。しっかりしろ」ときっとした声で半ば命令した。あの時の眉一つ動かさぬ冷然とした祝の顔を真吉は忘れていない。着任後日浅い真吉の方がむしろ興奮していたのだ。真吉は祝こそ空おそろしい人間だと思うのだった。

そろそろ雪の解けおちる日が重なりはじめるようになると、真吉の県では募兵を行なうことになった。「良い鉄は釘《くぎ》にならず、良い人は兵隊にならない」という満州の諺《ことわざ》がある。金があり、教養ある人間は決して兵隊にならない。人間のくずばかりが兵隊になるのだというのがこの国の昔からの観念であった。だから募兵とはいっても、官が強力な意志を働かせねば集まるものではない。集まったものでも、兵営に送られる途中、よく金とか穀物とかを交換条件にして替え玉をつかうことがはやった。はじめ各村に出向いて行って下検査を行ない、それに合格したものが今度は県城で省からきた係員の本検査を受けることになっていた。

真吉は三十三ヵ村の下検査の日程表を警務科長に作らせ、祝をそれに協力させた。

県下のK村に県内きっての大地主で、大変有力者があった。すると警務科長と祝は下検査の第一日目をK村にし、真吉たち四、五人が出かけて行った時には、祝はその有力者の次男坊を第一番目の列の先頭にならばせたのだった。真吉はそういう事とは知らずに、その次男坊を第三番目の合格者にした。がっしりした良い体格の若者だった。そのあとで祝からそのことを聞かされたのである。

祝の意図は明らかである。つまり、これからの募兵というものは金持ちだろうが有力者だろうが、そんなものに物をいわせてのがれようとしても無駄で、凡《すべ》ては厳正に公平に行なわれるものであるという観念を村民達に植えつけようとしたのである。この効果は噂ばやい農村だけにてき面だと思われた。ああいう家からでも兵隊にとられるのだからと村民たちはなにがなしに安堵《あんど》し、募兵そのものの性質も見なおしたように見受けられ、凡ては案外スムーズにはこんだ。ほかに原因もあったであろうが、ともかく真吉のやった募兵では一人の脱走者も、替え玉もなかったことは事実であった。

この頃から日系職員の祝に対する物腰が変わってきていた。いやもっと早くからだったかもしれない。もともと祝に恨みがあったわけではない。祝のあのカンの鋭さ縦横の才智が満系だと思うとなんとなく神経にさわって仕方がなかった程度のもので、根は正直ない人達ばかりなのである。自分たちがいつ頃から祝と呼び捨てにしていたのを祝君に昇格させたのか、自分でも気づかないうちに自然と祝への悪いしこりは霧散してしまった形だった。それればかりか、すこし骨のある相談ごとには祝が一枚加わらねばなんとなくたよりなく思うようにすらなってきていた。ただ年とった温容な県長だけが最初から祝を嫌っていた。県長はもう慈父のように豁達《かったつ》で優しく、祝のようなとげとげしい刃物を使いこなす年ではなかったのだ。

祝廉天とはどういう時でも拳銃を肌身につけていた。それを知っている者は真吉以外に、そう沢山はいない。役所では机の抽斗《ひきだし》にしまっておき、帰る時はまた身につけて帰った。ある時彼は真吉に言った。「満州国が潰《つぶ》れたら、祝はまっ先にやられますな」半《なか》ばはまじめに、半ばはうそぶくような態度だった。彼はやはり同族の敏感さで、一見忠実に為政《いせい》にしたがい、異議らしいことを申し立てぬ柔和な相貌の者達の幾部かが、もし一朝ことあった場合、突然反満抗日の旗をかかげ、銃をあべこべに擬して立ち上がらぬとも限らぬ。そうしたものを嗅《か》ぎ取っていたのだろうか。そうでなくともひそかに拳銃を肌から離さぬ祝の心底には何か悲劇めいた匂いがなくはない。彼には高い教養も、烈々とした高邁《こうまい》な魂も感じられない。彼の正義感が非常な冷酷さと一緒に住んでいる際、あるいは自分の一身の利害に直接かかわってくればいつでもかなぐり捨てられる正義感なのではないだろうかと疑われて来る。祝を動かしているものは、今は満州国に進んで忠節であることこそ流れに棹《さお》さすもっともさかしい生きかたなのだという処世上の知恵でしかないように見える。

祝の家族といっては、まだ元気な太った老母と、家事にかまけている色の黒い細君と三人の子供とであった。一番上の子はもう女学校に通う年であった。温かくなると宿舎の裏の空地をいつの間にか耕して、沢山の野菜や包米《パオミ》を育てている。どこにでもある田舎の中流どころの家庭と変わりはなかったが、祝の身につけている雰囲気は家庭でもちがう、ちぐはぐなものがあった。真吉の妻のみちが急用が出来たりして暑い盛りに呼びに行ったりすると、鶏や豚を飼ってある古びた家の中から、白い日本の湯あがりにぐるぐる兵児帯《へこおび》をまきつけ、ほう歯の下駄をつっかけた祝が出て来た。物珍しさに着ているとも見えず、自然に平気で着ながしているのだった。

祝がなかなかゆるがせに出来ぬ働きを現わしたのに、も一つ軍馬購買《こうばい》があった。それは七月末の暑いさかりであった。真吉の県から三百頭近くの馬が軍用として買いあげられる事となり、軍からは五名の将校と、二十名の下士官、兵卒が出向いて来た。購買場は県城外れの広場を選び、そこには二日間の真吉達の下検査で県城と、県に隣接した五ヵ村の馬の中から選び出された百頭の馬が、馬主名と番号の札を首にかけ、持ち主に引かれて早朝から出揃って来た。村民達は軍馬購買をあまり好んでいなかった。

広場の四方に馬をつなぐ柱がうたれ、番号順に馬が整列し、係の下士官達が一頭ずつ広場の中央にひいて来た馬を検査する。まず身長をはかり、それから口を開けさせて歯を調べて年齢をみる。最後に広場を駆け足で半周させてみて検査は終わるのである。合格した馬は別の柱につながれた。真吉達はテントの中でそれを眺め、時々検査に立ち会ったり、村民の方に行って今年の作物の出来について話したりしていた。祝は検査の場所につき切りでいて、馬をひいて来た村民を適当の位置に据えたりして世話をしていた。下士官は身長を計ったあと「看々口《カンカン》」「看々口」を連発して馬に口を開けさせようとするが、馬は嫌がってなかなか開けず、持ち主は恐縮してまごつくばかりなので下士官達は癇癪《かんしゃく》を起こして呶鳴《どな》りつけたり、邪慳《じやけん》に馬をつついたりした。すると祝はそ知らぬ顔つきでそんなに呶鳴っても、馬はあばれるばかりで言う事は聞かんな、と聞こえよがしに言うので、下士官はこれで黙ってしまった。こういうような一種の牽制《けんせい》を祝は無遠慮にやってまわり、それだけ村民達の気持ちをらくにしてやった。誰もこのずけずけした無遠慮な満系に一目おき「祝さん」は購買班の相談役になってしまった。

いよいよ検査が済んで馬の標準価格が取りきめられる段になると軍の査定と、持ち主達の希望とには当然いくらかのひらきがあった。その折衝《せつしよう》のため真吉は三度ほど価格を引きあげてくれるように軍に交渉した。大学出のインテリばかりであった五人の将校は紳士的にその度に集まって協議を重ねた。その様子を見ていた祝は何を思ったのか立ち会いに来ている村長達の所にずかずか歩いて行って、何か低く話していたが、やがて村長の一人が真吉の所にやって来て「副県長の我々を思ってくださるお気持ちは十分判っております。私共は軍の都合でおきめになる価格ならば決して不服は申しませんから、どうぞこれ以上ご心配くださいませんように」というのだった。祝がそれを通訳した。真吉は目をみはってまじまじと村長をみつめた。不覚にもジンと目頭が熱くなり涙ぐみそうだった。「有難う」真吉は思わず言った。価格はきめられた。それが発表されると、馬主達の間にはざわざわと動揺の色が広がった。何となく相好を崩してそわそわする馬主達の顔――それは馬主達を十分満足させる価格であったことが判る。ばかりでなく、彼等にとってはよほど予想外だったと見えて、今度は代金の内から一円ずつ出し合って一同献金したいとすら村長を通じて申し出たのだった。その申し出に強いられた作為は感ぜられなかった。いうまでもなく軍馬購買は大成功に終わった。痩せた肩をそびやかした祝は相変わらずあちこちを歩きまわっていた。

やがて真吉が着任して満一年になろうとしていた。もう北満の野は秋の装いを終え、収穫を終わって大豆や高粱《コーリヤン》畑の黒い地肌が広々とし、寒風にさらされる頃、真吉は転任の電報を受け取った。報らせを聞いてぞくぞく尋ねて来る人達の応接や、のこした仕事の整理やらで真吉は出発までの幾日かを忙殺されていた。「副県長殿」退庁後のひと時を誰もいない副県長室で事務の整理をしていた真吉の所へ、とっくに帰ったと思っていた祝が歩みよって来た。

「ご栄転おめでとうございます」事務的にそこまで言うと彼は急に黙りこんでじっと立っていた。真吉は目をあげてそれに答えようと祝をみたが、思わず開きかかった口をつぐんでしまった。

一年間ただの一度も見せたことのなかった祝の顔——弱々しく、哀れみを乞うような姿がそこにあった。

「副県長殿には色々とお世話様になりました。祝は大変残念であります」

「有難う、僕こそ君には色々とお世話になった。これからという時に転任になるのは僕も心残りだがこればかりは仕方がない。まあ僕がいなくなっても今まで通りしっかり県のために働いてくれ」真吉は机の上を片づけながら立ちあがった。はじめて真吉は祝と温かい人間らしさでふれ合ったように思い、祝をいとおしむ愛情を深々と感じて来た。

「はっ」祝は言葉すくなに答えて、上半身を傾けて一礼し、馬車の支度をさせるために出て行った。

祝は今まで通り、多忙な真吉のそばにいててきぱきと仕事を助けて行った。もうあの二人だけの時にみせたうちのめされたような弱々しい姿はどこにも見られなかった。祝の目は再び冷たい光を宿し、痩身は体温のない機械のようだった。真吉の転任で最もショックを受ける者は祝だ、と誰しも考えられることであるのに、当の祝のみじんも動かぬ石のように冷やかな表情にはふっとはたの者は不安にさえなった。そして祝が吉村の事件で取り調べの時にとった態度が思いかえされる。

「君は調べられる時、吉村のことをすっかり喋ったというではないか。世話になった吉村君に対してそういう事をして済まぬとは思わなかったのか、かばってやろうという気は起きなかったのか」真吉はついでの時きいてみた。

「気の毒だったと思います。けれど副県長殿、吉村さんも上司なら、検察官も上司です。祝は上司に対して正直であったまでです」祝は恬淡《てんたん》としていた。

もはや真吉は祝の上司ではなくなろうとしている。祝の利害を左右する権利が真吉から去ろうとしている。すると祝は何事もなかったように冷やかに立ち去る真吉を見送ろうというのであろうか。そのような疑いさえ湧《わ》きかねないほど祝の無表情さの中には非情な、心の冷えて行くものがあるのだった。

出発の前日、真吉の妻のみちは衣服を改めて挨拶まわりをした。二種の日系家族の宿舎、その後が満系宿舎で、祝の家は左端にあった。老母と細君に会い、通り一遍な簡単な挨拶を済ましてみちは帰って来た。そのあと幾時間かたって祝は真吉達の家を訪ねて来た。特に奥さんにという取り次ぎなので、みちはいぶかりながら出てみた。「奥さん僅かですがお餞別のおしるしに！」祝はいきなりそう言って小さな封筒をみちの前にさし出した。その時、じっとみちを見る祝の顔に寸時ほのかなものが動いたようであった。それきりであった。

翌朝、真吉達は県をあげての盛大な見送りの中に何か胸がいっぱいになる思いで城門を出たが、真吉ののったトラックが出発するまで、祝の冷たい化石したような顔は動かなかった。

初出：「満州新聞」一九四〇年九月二七日～一〇月八日に連載、のち『日満露在満作家短篇選集』（一九四〇年）に再録
［発表時作者二七歳］／底本：黒川創編『〈外地〉の日本語文学選2　満洲・内蒙古／樺太』新宿書房、一九九六年

第一二回芥川賞選評より〔一九四〇（昭和一五年）下半期〕

佐藤春夫　「平賀源内」（註・桜田常久の受賞作）と「祝といふ男」との二作に敬服した。（略）この個性的な有為の人物の風貌性格をよく把握し、可なりに複雑な人と事とを簡潔に大まかなしかも陰影の多い力ある筆で十分に活写して自らに新興国満洲の役人社会らしい趣を示し清新の気の漲るもののあるのを敬愛する。況んや作者の女流なるに於ておや。

小島政二郎　異人種を、これだけ理解したと云うことは、一つの立派な収穫だと思う。

瀧井孝作　これは作家の筆ではない。作文の先生の筆だと思った。（略）しかしこの作品は、満洲の治政の内面なども窺われて、読んでは得る所があった。

牛島春子　うしじま・はるこ

一九一三（大正二）〜二〇〇二（平成一四）年。福岡県久留米市生まれ。久留米高等女学校卒。地下足袋工場の工員となり、労働組合運動に参加。一九三五年、結婚後に満洲に渡る。三七年、満洲日日新聞主催の第一回満洲国建国記念文芸賞に「王属官」が入選。四一年に第一二回芥川賞候補。四六年に帰国。戦後も『九州文学』同人として活躍し、四八年には新日本文学会久留米支部の創立に参加。著書に長編記録小説『霧雨の夜の男――菅生事件』などがある。

鶏

村田孝太郎

一　雄鶏

雄鶏は雌鶏より初めは沢山居たが、祭だの藪入りだのと言っては、若鶏のうちに皆殺されて、いまはこの雄鶏一羽である。種類はロードと称し、若鶏の頃は一番醜くかったものである。他の雄鶏たちは早くから尻尾もはやし、美しい艶のある毛で着飾って居るのに、この鶏ばかりは、姿も一倍大きく目方も重いのに、少しも毛変りせず、黒っぽい薄毛をところまだらにはやし、それがまる裸のようで、重い軀《からだ》を太った真黄な足に載せて、どしんどしんと歩き、そのくせビョンビョンと幼い声で啼いていたものである。

秋風が冷たくなる頃から急に変化して来て、その名の如く真赤な羽毛が全身を包み出して、幾分褐色を帯びた、高価な天鵞絨《ビロード》のような頸の毛がその上にかぶさり、しかもいつも濡れたように陽の光にギラギラ光っていて、今は全く完成しているようであった。

雌鶏の方はやはり同じ種類ではあるが、その赤さに艶がなく、すべての鳥のたぐいに洩れず、雄鶏の美しさからはかけ離れていた。

雄鶏はこの美しくない十羽あまりの女房群を率いて、充分自信があるようで、美しい襟飾りのある頸を、将軍の采配のように、振り立て四辺を威嚇し、羽搏《はばた》いては見えざる敵に挑戦し、そして鬨《とき》をつくった。

何よりも恵まれていることは、土地の広いことである。家の周囲は一面の桑畑で、その桑畑を中心にして、竹藪があり、櫟《くぬぎ》林があり、長い堤防がある。

桑の葉の青い頃には、冬ごしらえに忙しい虫類が飛び廻ったり、巣をつくったりしているし、桑の実が熟れると、背の高い雄鶏はその黒い実をついばみ、雌鶏のために落してやるので、雄鶏の嘴《くちばし》が紫色に染ってしまうことがある。

堤防は長々と無限に伸びている。そこにはどんなに冬枯の時でも、青い美味い若草の絶える時がない。そしてその草の間には美味な虫類が無数に棲んでいる。足で搔けば名も知れない幼虫がほろほろと転がり出るのだ。

この堤防の一角に立つと、向う堤が霞んで見えるような中に、白砂が一面に敷きつめられ、清い水が帯のようにうねりながら流れている。

雄鶏は此処に佇つと暫くは何も彼も忘れたようになってしまう。田圃《たんぼ》で働く人や、渡船に乗っている人の話声が、つい耳の傍で喋っているように聞える。その中をひときわ高く四方の村々で歌う同性の唄声に、彼は憑かれたように挑戦し、高々と羽搏たくのである。そのために雌鶏たちにはぐれてしまい、泡を喰って走り廻ることが度々であった。

二

雄鶏は朝三時半には必ず眼をさまし、唄い出すのである。ああまたかと雌鶏共は薄眼をあけるが、またうつらうつらと眠る。二番鶏三番鶏と雄鶏は懸命に唄う。やがて戸の隙間から細い光が射すと、雌鶏達は唄っている雄鶏を置いてきぼりにして、泊木を降り扉のきわに囲繞《いじょう》する。扉が開かれて、朝の白い光がさっと入るか入らない間に、むっとするような糞の匂いもろ共、彼女達は一斉に羽ばたいたり、叫声をあげたりして、中には泊木から餌箱まで、地面には一歩もつけないで飛んで行くものもある。

雄鶏はそんな場合にも、王者としての襟度を忘れず、雌鶏達のあおりをくって、もうもうと立ちのぼる不潔な土埃を浴びながら、摺足で歩いたり、だくを踏んだりして、コッコココと咽喉の奥の方からでる甘い声で呼びながら、雌鶏の首で一杯の餌箱の周囲を駆廻ったり、試みに少量の餌を啄んでみたり、翼を半開にして地に摺りつけて歩き、愛の表現をしたりするが、雌鶏は喰べることが忙しく、雄鶏の様々な芸当は無駄のようである。

雌鶏共の激しい食慾は、忽ちのうち餌箱を空にしてしまう。目ぼしいものがなくなると、餌箱の中へ入り込んでしまうのがある。粉ばかりになった餌は踏み茶々くれて、泥まみれになるが、まだ執拗に入り込んだ奴の爪の間に首を入れているのがあるかと思うと、箱の外にこぼれたのを拾って廻る。斯うして胃袋がふくれると、持前の嫉妬心がもたげて来て、お互いに小突き合いが始るのである。

雄鶏はこの隙を見つけて彼の日課にとりかかる。日課は迅速にしかも至極簡単に行われるのである。了ると雌鶏達は腹についた土埃を、ばさばさと払い落すだけで、直ぐ餌のことで同性と小突き合うものや、中にはやれ恐しやと、今更の如く逃げて行くものもあった。ひと渡り済んでも雄鶏のいきりは納まらず、もっと自由な場所へ、彼は雌鶏共を誘い出さねばならない。

それは或る時は落ちている漬物の切り端であったり、また小さな石粒であったりする。彼はそれを啄んだり落したりして、例の甘い声で、さも貴重なものを見つけたかのように呼びまわると、雌鶏達は餌箱の中の粉を捨てて、一斉に不恰好に尻を振り立て、嘴を先頭に揃えながら走り寄るのである。

しかしそれが、ただの木片であったり硝子のかけらだったりして、大抵の奴がまたかという風にぽかんとして立止るが、中に一二羽疑い深いのがいて、その木片を啄んで振廻したりして確かめると、いろんな方面に向いていた雌鶏達の首が、一斉にその方に向けて近づきあれあれという風に熱心なその作業を凝視め、眼をぱちくりさせる。するとそれはそのように価値のあるものであったのかと、今更のように羨望と嫉妬心がもたげて来て、その幸運者をとり巻き、一層間近く首を寄せる。隙を見つけた一羽が矢庭にその獲物を横盗りして走る。後から盗られた本人と、他の雌鶏達が一緒になって追駆ける。鶏舎の周囲をぐるぐると。逆廻りして待伏せる智恵のない彼女達は、同じ所を揃って三周も四周もするのである。両方が息を切らして走る。そのうち余裕を見つけ、焦ってくだんの獲物を地面にたたきつけ、試して見るが、やはりただの木片に過ぎないことが判り、ぽかんとしていると、だだだだと追って来た被害者や弥次馬共も慌てて立止る。中には惰力で二三尺も滑り、猛烈に砂煙を立てるのがある。みんな立止って頻りに瞬きしながらぼんやりしている。くうと言って木片を横目で覗いたり、首をかしげて思案してみたりするのがある。思い出したように嘴を草にこすりつけ拭うてもみる。

その間中、あまりの騒動に面喰ったかのように、慌しく羽搏いたり、関をつくったりしていて、嗤《わら》うことを知らない雄鶏は、またもや同じ手を真面目にくり返すのであるが、もうこの気まづい空気は直らないのか、走り寄るのは二三羽だけであった。この二三羽は最後まで雄鶏についている鶏である。彼女たちは、雄鶏が探してくれる餌だけが目当で、雄鶏の嘴の赴くところへ、自分の嘴を持って行く。少しでも遅れると、他の嘴が横あいから出るので、餌を前にして、まず対手の頭を手厳しく啄くのである。お互いが啄き合いながら、雄鶏に蹌《よろめ》いて鶏舎から遠ざかって行くと、他の雌鶏達も同じ方向に、雄鶏の群を中心にして、虫類を追い、青草を追い叢《くさむら》を分け桑畑へ竹籔へと各々が別々になって拡がって行くのだった。

雄鶏は全く凭《もた》れ切っているこの二三羽の雌鶏への日課が一巡すると、もう彼は倦《う》んで来、拡がっている他の女房群を想い出すのである。すると矢も楯もたまらなくなって、彼はまたいろんなポーズをつくりながら、草原をあちらこちらに駈けずり廻った。汗だくになり、またはる風に吹かれ美しい羽毛を裏かえしながら、ただひとり気狂いのように、堤を下りたり駈け上ったりする彼の姿は、孤独そのもののようにも見えた。

三

冬が近づいて、真白に霜の降りる朝が多くなった。冬枯れて行く草の丈もひくく、虫類は皆それぞれ冬眠の溝えで、落ちている餌は目立って少くなった。

雌鶏は次々に酔ったように真赤な顔になって行った。時々くうくうと何かを求めるように啼いた。雄鶏は、初めは何事とも判らず困った顔つきで、さも掘出しものをでもしたかのように、餌を啄んで見せたりして、御機嫌とりをしたが、それには見向きもせず、ただそわそわしている雌鶏の容子に、やっと判断がつき、今度は自信たっぷり、急いでその雌鶏を伴い帰るのだった。

彼は鶏舎や人家の中を、餌を拾う時と同じ声で、コッコ、コッコと呼びながら、米俵の上へ上って雌を呼び上げたり、座敷の隅の座蒲団の上に座って見せたり、足と嘴をつかって、種々なだめたりすかしたりするのであるが、雌鶏はその何れにも気に入らぬ気に、頻りに迷い、きかないようであった。

そんなことが二三日も続くと、飼主は居心地のよい巣箱をいくつも造って小屋の中へ並べた。しかし雄鶏はこれを巣箱と知らず、尚も滑り落ちそうな所をばかり教えた。天邪鬼な雌鶏はどちらの好意も受けずに迷いぬき、終には飼主が無理矢理に巣箱に押込み、上から蓋をするのであるが、それでも隙間から首を覗けて、他の場所を探したりしてなかなか落ちつけなかった。

最初の卵が産れた時は、雌鶏自身も驚いてあるだけの声を出して鳴き喚くのだった。遠くの草原などで、他の大勢の御機嫌をとっている雄鶏も、この叫喚には驚いて一散に駈け戻って来た。恰も雌鶏は産所を降りるところであったが、昂奮と啼き叫ぶことに何事も目にうつらず、益々高声にないて夢中に歩くのである。その真直ぐに歩く周囲を、今更のように愛を感じた雄鶏が、翼を拡げたり摺足でぐるぐる廻ったりして、結局そのまま皆の居る所まで連れて行くのだった。

産卵する鶏がだんだん多くなってくると、産室である小屋は、朝の一ト時は全く満員になり混雑した。片方で今済んだばかりの二三羽が、交替で鳴き合っていると、いま此処へ新規の雌鶏を案内して来た雄鶏が、鳴いているどちらを先につれ出したものかと、どぎまぎして、見当はずれな声で自分も鳴き合せ、よけいに騒然となった一方に、空いた巣箱があるにも拘わらず、先客がしきりにいきんでいる中へ、むりやりに入ろうとして、うちと外とで喧嘩をしているのがある。

斯うなると雄鶏は送迎に忙しく、午前中は満足に餌を漁ることも出来ず、授産所の周囲をうろうろしていなければならなかった。

然しこの種の忙しさは、彼には幸福であったかも知れないのだ。彼はますます完成して行く声で鬨をつくり、美しい羽毛で色彩られた翼を、高々とあげて羽搏くのであった。

四

或る朝一番を歌う彼の堂に入った声に続いて、不意にばたばたという羽搏きと共に、くわおう、というような声を間近に聴いた。彼は最初は自分の耳を疑ぐつた。何度も首を傾け目をぱちくりさせて思案した。そして定期通り三度目を歌うと、直ぐばたばたと翼の音がして、くわおう、と歌う。まるで耳のそばのように聞え彼はのけぞる程驚いた。

二ケ月ばかり遅れて生れた雛達が、別の鶏舎で育てられ、その夜から竹垣一つ隔てた隣に移されていたのである。

二番をうたう時も同じように従いて来た。それはばたばたと羽搏いて、よほど調子をつけなければ出て来ない、幼稚を鬨であったが、彼はその半切れの鬨を聞き、その都度幾回となく自分の頸をうねらせるのである。そして慌てて完成した自分の鬨をつくって見せ、大人げもなく挑戦するのだった。

川向うや隣村にばかり聞いていた敵が、不意に足もとへ現われた。雄鶏はきおい立った。彼はこれが成長しつつある自分の弟達であることを知らなかった。たとえ知っているにしても彼の不安が薄らぐわけでもなかったのである。

足もとの敵の唄声は、段々と彼の節に似て来て、日に日に進歩しつつあった。彼は焦々した。彼も負けずに羽搏いては唄った。そして彼も羽搏かねば唄えない様な具合になってしまった。

いつか若鶏達も放ち飼にされるようになった。自由になった若鶏たちは鶏舎の戸が開くと共に、喚呼の声をあげて、二間も三間も飛び上って走った。すっかり自由になるということは、何という歓喜であろう、桑の根を掻く者、砂粒やビードロをつつきまわす者、そして先頭を争って無暗と駈けるのである。一ト渡り遊戯が済むと、ほっとしたように、さておもむろに一団になって、地面の餌を探し歩くのだった。だが早熟な雄鶏たちは、そこに完成した女性のいることに早くも気付いてしまった。

五六羽の若い雄鶏たちは一トかたまりになって、目をぱちぱちさせながら、しげしげと美しい女性を眺めた。ひとり悠然と餌を求めて歩いている雌鶏をとり巻き、これは果して怖いものかどうかと、彼等は静観した。そして跟いて歩いた。雌鶏と同じ餌を遇然発見したかのようなふりをして、自分の嘴を近づけ凝っと見る者もあった。やがて勇敢な一羽が長い頸を昂然とあげ、背伸びするような恰好で雌鶏に近寄って行った。彼はあまり昂奮して焦りすぎ、頸の毛を全く逆立てていた為、それはまるで喧嘩を買いに行ったような恰好だった。然し狙われた女性は少しも騒がなかった。また眼中にもなかった。簡単な一ト小突きで一蹴されるのである。すると初めの元気も何処へやら、雛時代の恐怖をそのまま、ピョンピョンと鳴いて引き退ると、他の若者達も驚いて一散に従いて逃げた。

初め雄鶏はこのことを知らなかった。しかし若者達の成長は早かった。暫くすると最早気構えに於ても、女性などに負けない自信がついていた。彼等は臆面もなく拙いプロポーズの競争をした。そういう彼等を発見した雄鶏は激怒した。彼はこの小童共を懲しめるため追駈けとおした。小童共は命からがら逃げた。

彼等は女性を慕ふ道程に、このような恐怖のあることを初めて知った。雄鶏の恐しさは胆に徹したが、慾情は捨てられなかった。雄鶏の隙を覗っては迫るのだった。そしてこの青春期に入った小童共は、もう自分達の同胞である小娘達とは、行を共にすることがなかった。向うの籔蔭に一羽、桑畑の端に一羽二羽と、鶏舎を中心として遠巻きに、成人した鶏達の国を窺うことに、夜も日もない有様だった。

雄鶏は斯ういう監視を受けていて、平気ではいられなかった。

小童共は餌を拾うように見せかけながら、大人の国の何も彼も皆見ているのだった。雄鶏が縦横無尽に雌鶏達を愛撫してゆくのを垣間見たりすると、あまりの遣瀬なさに堪えかねて、手近な砂粒を咬えては、大金鉱をでも発見したかのように、呼び立ててみたりするのであるが、いつもそれは果敢ない結果に終るのだった。

或る時は雄鶏がまるで王者のように、大仰に羽搏き鬨をつくると、彼等もまた拙く挑戦するのであるが、美しい襟飾りを逆立てて、まっしぐらに走ってくる大人の姿を見ると、歌は中途で切れて、叫声に変えて脱兎のごとく逃げなくてはならなかった。

雄鶏は時によると一二丁も執拗に追った。これだけ追い散らせば大丈夫だと思うと、彼は必ず勝鬨をあげるのだった。すると小童の方もこれで大丈夫だと思い、大仰に羽ばたいては鬨をつくった。

斯うした争闘をよそに、雌鶏はやはり餌を漁り、産卵しては声をかぎりに喚き散らしていた。しかし雄鶏のおそれているような不安が如実に来てしまった。それは雌鶏達がいつの間にか小童共にゆるすようになったことである。そして最早自信を抱いた小童共は、悠々と雌鶏を伴い、散歩に出るようになり、雌鶏達も楽しそうな様子だった。このことを知った雄鶏は、一層小童共を憎み狂気のように追駈けた。それからの日々が、彼には心安からぬ日のみであった。沢山の雌鶏をつれ、どんなに旨く彼女達を宰領している時でも、絶えず若者達の動静に気を配らねばならなかった。彼は威嚇し追い散らし、はあはあと息をついだ。産室への出迎えまでが不安だった。

その反対に小童共は段々巧妙に逃げるようになって、時々雄鶏はすかされて転んだり、躓《つまず》いて負傷したりすることがあった。あまり深追いしていると、別の若鶏が空巣を狙ったりしていることがあった。

まるで節操のない雌鶏を、責めるということを知らない彼等の習性は、小童を追い散らしてからその対手の雌鶏を連れ帰るのにも、彼はやはり御機嫌をとることに苦労しなければならなかった。

五

そのうち雄鶏の嫉妬心は、若鶏の中の異様の雄鶏に集中するようになった。

その若い雄鶏は軍鶏がかっていて、痩型で背が高く、立っている姿はイの字のようにすらりとして、早くから尻尾が長く、姿は完成していた。

この若く美しい雄鶏が、殊更雌鶏に好かれるというわけでもなかったが、雄鶏の憎しみはすさまじいものがあった。どんなに遠くにいても、この鶏の姿を見つけ次第、彼はまるで気狂いだった。或る時は家の周囲を五六周もすることがあった。両方とも息を切らし、若鶏は悲鳴をあげながら、絶体絶命となると必死で屋根へ飛び上ることがあった。軀の重い雄鶏にはこの芸当は出来なかった。彼はその屋根の下を右往左往して屋上を監視し、または思い出したように鬨をつくり、羽搏いて挑戦したりして、その屋根の下を長い間離れようとはしなかった。

他の若い雄鶏達は、初めは自分達も追われているものと思い、仰天して逃げ廻り、美しい雄鶏といつまでも揃って走っていた為、大変な災難に遭ったものもあるが、大抵は雌鶏達と長時間の散歩が出来た。彼等は女性との愛の為に、仲間同士が蹴合さえする余裕があるのだった。

雄鶏は小童共の増長した悪ふざけも、自然見逃すようになってしまった。若く美しい雄鶏に対する憎悪が、彼の全身に充満していたのである。

若く美しい雄鶏は、終日帰れないような日が多くなった。兄弟達は大びらに大きい雌鶏達と遊んでいるのに、彼は自分達の小娘と遊ぶことさえ、あの雄鶏は許さなかった。そして誰一人彼の身の上を忖度してくれなかった。彼はひとりぼっちになり、草を分けたり木の根を掘ったりするにも、他の鶏の影のない所を選って歩かねばならなかった。

彼は餌箱にも寄つけなかった故、肥ることがなかった。

ついに飼主は彼を伏籠に入れ、家の前に置いて保護したが、彼の恐怖は倍加したも同然だった。

白昼麗々しく全身を現わし、しかもひとり切りで餌を食んでいる敵を目撃して、雄鶏は口惜しさに地蹈鞴を踏んで、地響きを立てながら、伏籠目当に走り寄った。

翼を半開にし、頭の毛を逆立てて上下させた。そしてぐるぐる籠の周囲を廻った。

若い雄鶏は恐怖のあまり、くわくわと悲鳴をあげて飛上っては逃げようとしたが、雄鶏は却って敵対している鶏に立ち向うように、飛上っては籠を蹴りつけ、籠の穴から首を入れようとしたり、上にあがって歩きまわったりした。時には誘き寄せる為に、かつては雌鶏に試みた、餌を啄んだり落したりする手で、甘い声で呼んでみたりした。

若い雄鶏は、も早餌を拾う元気もなくなり、どんな鶏の影を見ても脅えた。そして益々痩せ衰えて行くのだった。

雌鶏

一

放飼いにされている鶏群は、陽が落ちかけてくると、怖いもののようにして、四方八方から鶏舎目がけて集ってくるのだった。何処に、こんなに沢山かくれているのかと思うほど、遠い堤防の草の中から、桑の枝の間から。親鶏に率いられた雛一隊。一羽が走るとわれ劣らじと、次々に飛んだり跳ねたりして競争で帰る中雛の群。同胞たちにはぐれてしまい、帰途そこらの道で一緒になった雌鶏ばかりの群。

雄鶏はやはりいきり立っていた。絶えず何かを叫びながら、翼を半開にして先頭になったり、群の周囲を廻ってみたりして、華やかな同勢であったが、率いられている雌鶏は、朝出て行った時とは半分も居なかった。

これ等の鶏群が集合した鶏舎の前は賑やかなものだった。ヒヨコ共はぴいよぴいよと、もの哀しげに鳴き立て、雌鶏たちはくう、くくくと眠ることを急いだ。鶏舎の裏の竹籔では、ここを塒《ねぐら》にしている沢山の雀が、枝から枝へ飛び交いながら、これもやかましく囀《さえず》り立て、鶏たちに和しているようであった。

階級別に揚り餌が与えられ、一時は鳴りがひそまり、餌箱を啄く嘴の音と、やはり嬉しくて嘻々とせずにはいられない、ヒヨコ達の無邪気な、私語に似た囀りばかりになってしまう。ただ、いつも変らないのは雌鶏ばかりであった。餌箱が空になると、みなあっけらかんとした物足りない顔つきで、嘴の横についた糠のかすを地面にとすりつけたり、足で掻き落したり、羽虫でかゆい頭を搔いたりして、ひたすら塒入りを待つのである。

小さい者から順々に片づけられ、鶏舎へは親を離された中雛を先に入れられる故、大きな鶏たちはいつも待たされねばならなかった。

みんな戸口につめかけ、雌鶏はここ、こここここと言いながら首をあげては高い所を覗いた。首をあげる競争から、或る者はばさばさとあまり高くない鶏舎の屋根へ飛び上るのだった。一羽が上ると次から次へ飛び上った。屋根まで届かず途中から変な方向へ曲って落ちてくるのもあった。上るのは上っても何の効果もないことが判ると、今度は降りるのに一ト苦労だった。そんな時、鶏舎の戸が開けられ、地上にいる者が、雪崩れを打って這入るのを見ると、慌てて降りようと焦るが上から見た地上は案外に遠く、なんぼうにも怖くなり、屋根から屋根へこれ等の連中はウロウロしなければならなかった。

鶏舎の中は真暗なので、鶏たちは頸を上下にしゃくりつつ探って、長い竹に縄を巻きつけた泊木に行き当ると、闇雲に飛び上った。

後から後からつめかけて来ては、ゆきあたりばったりに止るので、先のものが段段に奥へ押されて行くと、先にとまって寝ているヒヨコの方まで押して行くのだ。折角うとうととしていたのが、また眼を覚まし、ビビビビ、ビビビビと囀り出すのである。すると雌鶏たちは、隣に寝ているのは、こんなちんころだったのかと、今更のように軽蔑して、隣人の鳴声を見当に啄くのだった。押されたり啄かれたりして、或る時はヒヨコ達と共に意地悪した大きな鶏までが、暗闇の土の上へ突き落されるのである。落ちると再び上ることは出来なかった。いくら首で舵をとって探り歩いても、ゆきあたるものは他人の尻であったり、松の枝のような泥足であったりした。徹宵探しあぐねて、結局諦らめ隅の土の上で眠らねばならなかった。

雄鶏はそうした鶏舎の中でも、昼間と同じように気を遣いいきっていた。小屋の中のいろいろな出来事が雄鶏に反映するのだ。彼は雌鶏達やヒヨコたちの、どんな小さな叫びに対しても、直ぐ目を覚して、その叫び声に呼応し、警戒や驚愕の声を放つのである。

彼はいつも外敵に備えて緊張していた。だから一寸したことに対しても大げさに叫び、暗い泊木の上で身悶えした。

さればこそ、そのおかげで、雌鶏やヒヨコ達は、鼬《いたち》や鼠《ねずみ》等の外敵にも襲われず、安眠をむさぼり、朝早くから閧をつくる彼の役目をも、そ知らぬ顔でいられるのである。

雄鶏の庇護で、お互いに小競合いをしながらも寝静まってゆこうとしている時、一羽の雌鶏は、鶏舎から離れた飼主の家の庭を、さも用ありげに彷徨《うろ》ついていた。電灯の光が斜めに射している。猫も居れば犬も居た。しかし犬も猫も彼女は怖くなかった。下駄箱と米俵との間の客間に首を突込み、中を覗いて見た。丸くなって寝そべっていた犬は、首をあげて見たが、何んだ此奴かといった風に、また元のように丸くなってしまった。

雌鶏はこの空間を寝床にするつもりだった。それで彼女は、本能的に地面を二足三足掻いてみた。しかし其処は土でなく漆喰だったのでがりがりと鳴った。彼女はそのことをよく知っていたのである。だがやっと安心したように、もぐり込んで坐った。暫く首を伸してあたりを覗いたり探ったりしていた。尻の毛半分程に電灯の光があたっている。人が居る。犬や猫も居る。何よりも彼女は明るいことがよかった。それから茲《むしろ》には同胞の藁のにおいもなく清潔でもあった。

　これで安心だと思うと心楽しかった。彼女は俵の藁を嘴で啄き引っ張った。二三度咬えると一本の藁すべが抜けた。首を左右に振ってその藁すべを漆喰に叩きつけた。そして横目で覗きこんだ。叩きつけては覗いてみた。別に食物と間違えたわけではなかった。安息が彼女を退屈にしたのである。次々に彼女は俵のケバを引きむしった。これは面白い事であったし段々或る種の快感が生じて来るのだった。彼女の同胞の雌鶏は他人の尻尾の綿毛を毟《むし》っては喰ったものである。凝っと他人の尻を覗いていて、目をぱちぱちさせているかと思うと、いきなり頸を伸して、ふわふわした毛を引き毟り喰べるのである。初めはほんの好奇心からであったに違いないが、終には食慾が生じたものか、一群の雌鶏達の尻の毛が、日に日に薄くなって行き、真赤な尻をつき出して歩くものが目立って来て、飼主はそのいかもの喰いの雌鶏を、売ってしまったことがあった。

　彼女も藁すべの遊びに、いかもの喰いのような快感を覚え、夢中にばさばさやっていると、とうとう飼主に発見されたのである。

　飼主の姿を見ると、彼女はびっくりしてしまった。摑まえられて皆の居る鶏舎へ入れられることにいつも極っているのだ。しかし人間が自分たちに向って来る時のあの姿は、自分たちに危害を加えにという以外に考えたことはない。後では斯うするためであったのかと気がつくことがあるにしても、まず最初に襲ってくるのは恐怖であった。それで、それ以後の自分がどんなに不幸であるにしても、あの手から逃げて逃げて、逃げ通さねばならなかった。

飼主の家は一ト騒動であった。この雌鶏は「尻つき」と呼ばれ、食物を持っているらしい人間には、追っても追ってもついてくる、よく言えば人懐っこい鶏であるが、いざ摑まえるとなると、気狂いのように逃げまわる鶏である。

彼女はそこら中の家財道具の間を、くぐったり跳び越えたりした。飛び上る度に、くわくわくわとけたたましくわめき散らすのである。まるで首でも締められているかのような声であった。それがため鶏舎の中では、雄鶏がいきり立ち、呼応して叫び出し、雌鶏たちまでが起きてしまい、鶏舎中がざわめき立っていた。

家内中の人間が手を拡げ、泣き叫ぶ彼女をよってたかって捕えた時は、家中が、彼女の羽搏きで、もうもうと埃立っていた。

飼主は大変腹を立て、明日こそは締め殺して喰ってしまうと言った。この尻つきが、泥棒猫のように、家の中へ忍び込むと、いつも斯うした騒動が起るのであった。

尻つきは横だきにされて鶏舎の方へ連れて行かれた。こんな風にしっかりと摑まえられてしまうと、もう彼女は安心していた。

鶏舎の中では、時ならぬ叫び声に、雄鶏が呼応し一時はヒヨコ迄が起き出したが、やっと不安も去り二三羽の雌鶏がこここと私語し合っている所だった。入口の所が開いて尻つきが投げこまれて来た。それがためにまたひとしきりざわめいた。尻つきは最も厭な暗闇に投げ込まれ、足が地につくまでは、むやみやたらに羽ばたきまわした。

二

朝鶏舎の戸が開かれて、なだれのように泊木を降りてくる鶏群は、鶏舎の周囲に置かれてある十個余りの餌箱に、押し合いへし合い重り合って首を突込むのだ。いろいろな大きさの嘴が、餌箱ごと一つ一つの輪になって、俎《まないた》を叩く競争のような音を立てて上下するのだった。

万遍な愛情から、食慾を犠牲にしている雄鶏は別として、雌鶏は全く命懸けであった。目を白黒させて胃袋につめこんでいる間へ、隣の垣の中で自分達の分を喰いつくしたヒヨコが、竹垣の隙をくぐってちろちろと出て来た。初めは大人の様子を窺っているが、大人達の股の間からや、首と首との間に素早く小さい嘴を突込み、一粒つまんで逃げ、二粒つまんでは遠退きして、自分達のよりは美味い大人の食物に可愛い眼をぱちくりさせているが、大人たちが一向気に留めないと知ると、もう咬えて後方へ退いたりする面倒を止め、しまいにはその円陣に入り込んでしまい、中には餌箱にすっぽり体を入れて、美味い食物を踏みながら、嘻々として啄み、咽喉がつまってくると、大人と同じように、首をあげてうねらせ無理矢理におくりこむのだ。

雌鶏たちは、はじめは目前のヒヨコに気がつかず、また気がついてもかまっている暇はなかったが、餌が残り少なになると、持ち前の慾が出て来て、こんな奴までというように、手近のヒヨコをこつりとやり出す。ヒヨコも気づいていち早く逃げるのであるが、いつの間にか忘れて引き返すと、こんどはきびしくこつかれて悲鳴をあげるのである。一度でも子を育てた雌鶏程、それは意地悪く酷であった。

ヒヨコが逃げてしまい、餌の量は益々少くなると、こんどは同性と意地悪の仕合であった。こつこつと餌をついばみながら、隙を見ては隣りに出た首、前にある小さな鶏冠目がけて啄いた。一度啄かれたきりでまいって、てれ臭そうに嘴のまわりについた糠を地面にこすりつけ、とっとと引き下って行くのや、一度は頸の毛を逆立て蹴合って見て、これは叶わないと思うと、雄鶏の呼ぶ声が、初めて耳に入ったように、簡単な悲鳴と共に雄鶏の方へ走って行く者もあった。雄鶏はこれを待受けていて、この気の弱い女房たちに、いろいろなポーズを示し愛撫するのだった。

餌箱の周囲は、結局勝ち残りになって、最後に独占してしまうのは、いつも尻つきに極っていた。

一時小溝などに散っていたヒヨコ共が、鬼の居ないこの隙にとばかり、四五羽が申し合せ、餌箱に走り寄ってくると、そこには一等意地悪で恐しい尻つきが、悠然と餌箱の中へ坐り込んで、嘴で糠を掻き分けたり、交っている木片や藁屑を咬えて振廻したりして、他人には意地悪とより思えない遊びをしているのである。好い加減こんなことをしていて、せんどヒヨコ共に気を揉まし、それにも倦きてくると、やおら腰をあげ、大げさな身慄い一つして体についた埃を払い、時には餌箱の中へ糞の一つも落して置いて、今度は悠々と、さも用事ありげに、或る時はこうここうこと鼻唄でもうたいながら、飼主の家へ這入って行くのだった。

彼女は家の中の勝手をよく知っていた。犬や猫の食器を検査し、その周囲にこぼれている飯粒を丹念に探し、さて人が居ないとゆっくり台所へ侵入した。此処には思わない儲けものがあった。時には米櫃の蓋が開いていたり、盛りかけの御飯があったりした。熱い御飯に首を突込み、目を白黒させて悲鳴をあげたこともあった。相当の収穫をあげると、のっそりと上り口に出て来て、羽虫をとりながら心地よげに眼を細めたり、敷居の上から猫の顔を不思議そうに覗いては、頸をかたげたりした。犬と猫が巫山戯《ふざけ》ているのを、眼をぱちぱちさせながら首を伸して見ていることもあった。或る時は犬の頭についていた飯粒を発見し、いきなり啄んだために吠えられたこともあった。そのかわり発見されると、彼女は人間から目の敵のようにして追われた。棒や竹を持って追われることも度々であるが、捕えられる時とは違って、彼女にしてはそう大して怖いものではなかった。

何故に追われるかということが、彼女にはどうしても理解出来ないのである。棒切れやなにかで追われることは、危害を加えられる懼《おそ》れがある故、逃げることは逃げるが、それが何か彼女の行動を、人間が拒否する目的で追うということが判らないのである。

発見した食物は喰べなくてはならない。それが彼女等の法則であり仕事でもあるのだ。だから菜葉を発見すれば、その菜葉を喰べるのが仕事で、それを啄んでいる最中に人間が追ってくる。逃げるだけ逃げてその危険は遁れるが、菜葉は喰べ残して来たゆえ、これはどうしても思い切れなかった。それで彼女は菜葉の所へ戻って来る。するとまた不法にも人間は彼女を追い、彼女の邪魔をするのだった。

尻つきと飼主たちは、いつも斯うして追ったり追われたりしていた。

しかしどんなに追われたり摑まえられたりしても、人間が怖いものであるとは思えなかった。人間の居る所には必ず餌がついてまわった。だから皆のように遠い野や畑にたずねなくとも、家の周囲にさえ居れば喰いはぐれることはないのである。実際鶏を飼っていると、流し元の米のこぼれや飯粒を拾ってくれる故、勿体ないことをしなくとも好いと、飼主はいつも言っていた。その点尻つきは功労者といえた。彼女はいつも流し元を綺麗にし清潔にしていた。尤も畳の上などに、時たま糞を落して置いたりすることはあるにしても。

三

尻つきは人家が好きであり、電灯が好きであった。それは彼女の宿命でもあったのだ。尻つきが生れた時、卵の穀の破片が頭にこびりつき、二三日どうしてもとれなかった。親鶏は自分の子として信じないのか、邪慳に啄き通した。沢山の兄弟達は、その破片を餌と間違えて、みんなして啄いた。それ以来別の籠の中で育てられたがいつも綿にくるまって、ビビビビ、ビビビビと弱々しく啼いて居睡っていたのであった。親知らず友知らない尻つきは、飼主の子供の玩具で、子供達の懐中などに蹲《うずく》まっているのを何より好んで育ったのである。

彼女は人間以外の世界を永い間知らなかった。中雛の時分一度皆と一緒に籠に伏せられたことがあったが、あまりの驚きに、気狂いのように出口を探し廻り、籠の穴に首を詰めて死にそうになり、すぐ出して貰ったことがあった。以来ひとりぼっちで、家の周囲の落ちこぼれは自分の特権のようにしていたが、偏食のゆえに発育が遅く、しけちゃんしけちゃんと呼ばれて可愛がられたものが、いつの間にか尻つきと言って憎まれる程の大人になっていた。しかし彼女は卵を産もうともしなかった。その癖授産所の朝の騒ぎはよく耳にもし見もしていた。彼女の同胞が、産卵ということに如何に馴れてしまったか。

彼女達は雄鶏の介添えがなければ何事も出来なかったし、その上その介添えや心遣いにも、あれがいやこれがいやと、さんざん旋毛《つむじ》を曲げたものである。それが今では、脱糞でもするかのように産卵し、済むとただ何かなしに、手柄を誇張して鳴き喚くのは、初産の時と変らなかった。その大仰な叫び声に、不相変駆けつけて来なければならない雄鶏が、いくら慰めても、彼女達は心の済むまで、鳴くという習慣になっていた。

巣小屋の戸口には破れ障子が立てかけてあって、この破れ穴に雄鶏は頸を入れ、盛んに喚いている雌鶏にいつも呼びかけた。時には何事が起ったのかと、隣家の若い雄鶏までが竹垣を乗り越えて駆けつけて来ることがあった。そして大きい雄鶏と同じように別の破れ穴から雌鶏を慰めようとして、はしなくも、首だけの姿で彼等はばったり面会し、慌てて頸の毛を逆立て、お互いに障子の桟を蹴りつけては啄き合い、睨み合い、降参してもこの穴から頸を抜くことを忘れ、いつまでも啄いたり啄かれたりして、今では桟もろとも一面の大穴にしてしまったのである。

威張って巣小屋から出て行く雌鶏の、後になり先になり、凡ゆるポーズと甘言でもって、宥めたり賺《すか》したりして連れて行く雄鶏を、尻つきはいつも陽なたぼっこをしたり、砂風呂に入ったりして見ていた。そういう彼女を雄鶏が初めて発見したことがあった。

雄鶏は連れている雌鶏を打ち捨てて、血相をかえ彼女を追い廻した。彼女は人間に追われるよりも怖かった。追いつめられた彼女は一間に余る高さの竹囲いを飛び越えようとして、けたたましく鳴きながら跳躍したが、少しの処で届かなかった。落ちた所が竹の尖端であった。切先が彼女の胸から脊へ突き抜け、重さで竹は中途から折れて、彼女は文字通り芋刺のまま地上へ転げ落ちた。

仰向けて、わずかに足掻いて目を白黒させていたが、驚いた雄鶏が、こかあこつここと救いを求め、人が駈け寄ってくると、彼女に餌を拾えというようにして、砂粒を咬えたり落したりして愛撫の甘い声で呼んだが、彼女はそれが雄鶏だと知ると、頻りに羽搏き、まだ逃れようとするのだった。

竹を抜きあとを木綿糸で縫われたが、致命傷でなかったのか、弱りつつも夕方には、井戸端にひょろひょろ出て来て、洗米のこぼれを拾うようになっていた。

それからも雄鶏は、彼女の姿を見つけさえすると追駆けた。しかしその都度必死で逃げ廻ったり、家の中へ飛び込んだりする彼女を、雄鶏はどうすることも出来なかった。

飼主たちは卵を産まずに、雄鶏から逃げとおす彼女に腹を立てた。だが必死に逃げる彼女を見ると可哀相になり、結局雄鶏の慾望から救ってやらねばならなかった。

庇護を受けても迫害されても、別に恩を感じるまでもなく、憎悪は勿論恐怖をも感じなかった。これはまた総ての雌鶏の通有性でもあったのだ。

彼女は雄鶏の姿を見ても逃げなかった。追駆られることが怖いのである。だからいくら厭がられても、彼女の日常生活には変化はなかった。

相変らず盗喰いをし、ヒヨコのかすりを取り、孤独を愛し、そして憎まれてばかりいるのだった。

大風害の日であった。

夜明け方からの風が、雨を交えて段々強く吹きつのって来た。放たれているのは大きな鶏だけだった。彼等は風下の土堤の蔭に風を避けて、少しでも餌を拾おうとしていたが、丈高い秋草がひゅうひゅうと鳴って、大波のようになびいて来るのを目前に見ると、餌どころの騒ぎではなかった。雌鶏たちは空模様を見るかのように、一斉に首をあげ、全身の羽毛を吹きまくられて、白々とした姿で立っていた。雄鶏はそわそわして落ちつかぬながらも、雌鶏たちの周囲をコッココッコと鳴きながら歩き廻り、餌を拾う真似をしたり、首をあげて不安そうに四辺を見たりしていた。

こんな場合にも尻つきは、いつの間にか飼主の家の中へ紛れ込んでいた。

風は強くなるばかりだった。すべての木の葉や枝が千切れ飛び、それ等に交って、沢山の小鳥が、懸命にあらがいながらも、中空を流されて行く様が見えた。

樹木が枝々をゆすぶられるざわめき、吹きすさぶ風自身の音、たたきつける雨の音。やがて枝のみでなく、太い幹までが折れたりひき裂かれたりして飛んで行った。

家の中では心張棒をかったり、畳を積みかけたりしてごったがえしていたが、尻つきは家人の足許にまといつくようにしてウロウロするのだった。何度となく邪慳に蹴られるが、その度にけたたましく啼き叫んで飛びあがり、よけいに家人の気を焦らだたせた。

風の間に間に大きくゆれていた目前の竹藪が、一度に消し飛んだかのように寝てしまうと、それが防砦になっていて安全だった鶏舎がまる裸かになり、庇がベリベリと剝がれてしまった。

それまで何処にいたのか全部の鶏が、その時雄鶏を先頭にして、なだれのように戻って来た。そして倒れている竹垣を越えて、何の躊躇もなく鶏舎へ這入ると、開いていた板の戸があおられてばたりと締ってしまった。二三羽の雌鶏は悲鳴をあげて、皆の頭の上へ飛び上った。

嵐は強くなる一方だった。

屋根瓦がヒュウヒュウと飛び出すようになると、鶏舎も大きく揺れて、荒壁の一面が、ばさりと一度に崩れ落ちて来たりした。もうもうとした土埃の中で、今は慰め役であった雄鶏までが雌鶏と一緒になって啼き叫んだ。傾きかけた鶏舎全体が、今一ト押という時、一旦締った入口の戸が、今度は蝶番ごと吹き飛ばされた。それと同時に鶏共は一斉に躍り出てしまった。鶏舎は直ぐ倒れた。四辺が広々としてしまった。最早彼等は自力で歩けなかった。少しでも翼を拡げたものから、小鳥のように中空へ舞上った。家を越え川を越え高々と飛んで行った。

四

嵐がおさまると、飛ばされて行った鶏たちは、一二羽ずつかえって来たが、二三羽は足りないようであった。その上いつの間に出たのか、尻つきも帰らない一羽だった。

蝿のように無神経だった雌鶏達も、あれ以来卵を産まなくなっていた。それのみか、少しでも風が吹くと、怖がって鶏舎へ逃げ込むのだった。

しかし卵を産まない雌鶏は何んの価値もなかった。彼女達はよく鳥屋へ売られた。家人が餌箱を持って竹囲いの中へ入ると、全部の鶏が集ってくるのだった。いつも偽わられながら、やはり食物には目がなかった。入口の閉った竹囲いの中で、一杯になっている雌鶏の中から、摑み好い鶏から順々に売られて行った。

或る日折れた榎の下で、せっせと卵をいだいている尻つきが、はからずも発見された。尻つきは家人を見て、くうと啼きながら、もうすっかり巣入りの鶏らしい蒼ざめた顔をして、家人に抱かれたが、さ程厭がらなかった。こんもりと分けられた草の中に、大きな卵が十個あまり敷きつめられて、温くなっていた。

露に濡れ、雨にうたれて坐り続けていた尻つきは、がらがらに痩せていた。そして抱いていた卵は、割ると皆腐っているのだった。

ヒヨコ

一

巣箱の雌鶏は日に一度必ず箱から飛び出して来た。くわッくわッと大声をあげて飛んで出ると、巣箱の中は円い窪みをもって、卵が一列に敷かれて白く輝いている。

雌鶏は喘息持の政治家が、汽車から降りて改札口を出て行くように、ぜいぜい荒い息をして、全身の毛をふくらませて他の多くの鶏がポカンとしている中を、それ等のものを蹴散らかすような勢で、潜り抜け無暗に歩き廻る。

雄鶏が見つけて追駈けることがある。すると忽ちに彼女は弱って、地上に蹲踞ってしまわねばならなかった。

餌と水とが置かれてある竹囲いの入口に人が立っていて、それに群がってくる他の鶏達を追い払い、彼女の這入るのを待っている所が、彼女は毎日のことでありながら、その場所と餌が自分だけに設けられてあるものとはどうしても了解出来なかった。群衆は入口で揉み合っていた。追われても蹴とばされてもまた寄せ返すのだった。彼女もまた群衆に交り、他の鶏が追われると同じように逃出したりした。やっとのことで這入ることが出来、入口が閉ると初めて自分一人であることを自覚するのである。こうなると、彼女は何も彼も一番大切な子供のことさえも忘れてしまったかのようである。

他の鶏達は竹垣の周囲に群り集って、いちいち竹の隙に首を突込んでみたり、何回となく周囲を廻ったり、飛び越えようとして竹の高さを計ったりして、彼女の餌を目あてにいろいろな叫び声をあげている。しかし彼女は餌を啄み、水を呑み、糞をすると、やわらかそうな地面に己が身を投げ出してしまうのだった。

両方の翼を一杯に拡げてみる。赫々《かつかく》たる太陽の光線が、複雑な羽毛を通して滲透してくる。まず右の翼を思い切り伸し、黒くなる程砂をばらばらと掻き戴せる。それから左の翼にも一杯浴びせる。そして全身を地面に摺りつけ摺りつけ右に転び左に転ぶ。しまいにはまるで仰向いてしまうのだ。目の前には青空がある。秋の澄んだ空気が地上の空間にも、やわらかい土の上にも立ちこめている。ひやりとする土の感触、彼女は目を細めて思うさまにごろごろと転げまわるのである。斯うして暫く砂を浴びては陽にあてていると、痒くてならなかった全身の羽虫が、種々な身体の不潔物と共に、土になってほろほろ落ちて行くのだった。

あまりに心地のよい砂風呂に、有頂天になってしまい、手や翼をつっ張ったまままうとうととしたりしていると、もう早卵のことは忘れたのではないかと、飼主が心配する程、彼女は陶酔境に悠然と浸っている。実際彼女は忘れてしまうこともあった。その儘他の鶏に交って餌漁りに行ってしまったり、一羽離れて虫を追いながら、ひょこひょこと堤の方に遊んでいたりすることがあった。

やっと探し捕えられて巣箱に入れられると、俄かに母性愛が目覚めて、忽ち巣入の鶏らしく、コッコ、コッコと啼きながら焦って両脇に卵を掻い抱き、人や他の鶏が近づくと、卵を見せることを厭がり、キュウと病人らしく啼いて、箱一杯にふくれるのだった。

二

今日は卵の孵える日と予定された夜であった。八朔で最終の盆踊りの太鼓の音が、冷々とした夜の空気と、蒼く冴えた月光の中から響いてくる。

いろいろな虫の音の中から、親鶏はコッコ、コッコと啼き出した。種々のリズムをもってすだいている虫の音と、間断のない親鶏の愛撫の声のあいだで、ピピピピ、ピピピピと幽かな声が伝わってくる。内側から殻を破る声である。

巣箱ごと電灯の下に持出されて、飼主の家族達が集ってくる。親鶏は不安と焦躁で中腰になり、悲鳴をあげながら毛を一層膨らませて見せまいとする。厭がる親鶏を抱き上げると、二つは割れた穀の中に、濡れ鼠になったヒヨコが、ぐったり横たわり、ピイピイと鳴いている。まだ眼をつむったままのや、はっきり開いて首をもたげかけたのがいる。出ているのは二三羽で、あとは卵の中で頻りに穀を破っているらしく、罅《ひび》の入ったのが四五個あった。

飼主はその濡れたのを底に綿を敷いた籠の中へ拾いあげる。親鶏は自分の子供がどんなにされるのか判らず、巣箱の中を覗いたり、籠の周囲を忙しく歩き廻り啼くのだった。しかしまた巣箱の中へ入れられると、籠の中の鳴き声に気をとられながらも、止むを得ず残っている卵を掻い抱き坐った。

籠の中では初めて空気にあたり、綿に囲まれて、ずぶ濡れになっていた毛が乾いて来て、黄色くふくらむと、段々歩けるようになって、よろよろとしながらも、ピイピイ鳴いて餌を漁る風であった。

濡れたヒヨコが次々に籠の中へ来た。追い追い自分の子供が少くなって行くことに、親鶏は焦々して、立っても居ても居られないという有様だった。終には子供を連れて行く家人の後に跟いて、全く巣を顧みないようにもなった。

全部の卵が孵えり、綿細工のように真ッ黄にふくらんだ彼女の子供が、また彼女に戻された時は、最初に孵えったものたちは、も早走り歩く程の元気になっていた。親鶏は狂気したように、嘴で全部のヒヨコを自分の翼の下へしまい込み、のしかかるような恰好は、どんなものに対しても、道をもって守るという気力で一杯な、彼女の姿勢に見えるのである。

三

ヒヨコ共はよく啼いた。啼くことが商売のようにして啼いた。その鳴き声に自ら喜怒哀楽があるのだ。それを最もよく聞き分けるのは、彼等の親鶏でなければならない。

腹が空いてくるとピイヨピイヨと高声に啼く、一羽が啼くと誘われたように皆がつれて啼き出してくる。親の腹の下にいたのも走り出して来てこれに和す。首を上にあげて箱の外に向って叫び通すのである。

餌入れの皿にはまだ餌が残っているのであるが、さんざん踏みつけた上、小さな糞も所どころ交って、かたまってしまっている。

いくら泣いても子守唄をだけ繰り返す母親のように、親鶏は同じ調子でコッコ、コッコと啼いて慰めるが、時には中しきりの格子から頸を伸して、餌皿の蔭に落ちている粉米の粒を啄んではばらまいてみるのだった。ピピピピと喜びの声をあげて、二三羽が寄って拾うが、また他の高い声に和してしまう。しまいには親鶏も困じてヒヨコ達と一緒になって、箱の外へ訴えるのだった。

時間が来ると繁蔞《はこべ》を刻む俎の音が、何処からともなく響いてくると、最早待ち切れなくなって、一層高声に訴える。

蓋が開けて綺麗に洗った餌入れが入れられると、まだ下へ降りないうちに飛び乗ってしまうのが居る。水に浸された粉米と、刻んだ繁蔞がまぶされ、如何にも美味そうに皿の上に盛り上っている。早く飛び乗りたい首が上を向いてせまい箱一杯に群り、啼き立て、餌入れの皿の下ろす場所がないくらいである。途中で飛び乗った連中は、動揺で足をよたよたさせているが、餌を踏んで早や咽喉につめそうに啄んでいる。早速切れてない長い繁蔞を咬えてピイヨピイヨと喜びとも悲鳴ともつかない大声をあげて、箱の中をあちらこちらと走り歩いているのもあれば、それを追駈けている二三羽もある。餌皿はずらりと首の円陣に囲まれ、少しの間隙もない、哀願の合唱はぴたりと止んで、ピピピピ、ピピピピと各々が一つの囀りに変ってしまうのだ。それは彼等の私語である。皆が私語しながら懸命に啄む。ただ曩に列外に飛び出したものが、再び寄りつけず、ピイヨピイヨと鳴き乍《なが》ら、皆の周囲を廻っているのがある。これ等の為めにこっこっこと言って監視するように見守っている親鶏が、自分の大きな嘴で餌を啄み、筵《むしろ》のあちらこちらの空所へばらまいてやるのである。斯うして彼等は万遍に食慾を満たすことが出来、ペチャクチャと喋らねば居られないような楽しい私語がいつまでも続くのだった。

餌皿の中へ這入り込んだものが、少くなった餌を足で掻き出したり、塊を首で振廻したがために飛び散ったのを拾い歩いたりする頃になると、彼等の胃袋は張切って胸の横へはみ出してくる。それでも各々が細い首を空に向け、うねらしては無理矢理に胃袋へ送り込むのだ。のびをする。糞をする。欠伸をする。もう私語するのも厭になって、親鶏の腹の下へのそのそと這入ってしまうのがある。ごろりと蓆《むしろ》の上に身を投げ出し、その儘の姿でうつらうつらと居眠りをするのがある。手羽と一緒に片足ずつ大仰に伸してのびをする。ついでにその儘天使のような小さな翼をばたばたと羽搏いて、飛び上り跳ねながら走りまわる。すると調子にのって同じように羽搏き跳ねまわるのが居る。途中で二羽が衝突すると、小さな蹴合が始まるのだ。子供がチャンバラをするように、両方が首の産毛を逆立て、上下し合う。同時に飛び上る。くるくるとしたつぶらな眼をぱちぱちと瞬いて睨み合う。また飛び上る。睨み合う。脊伸して細い首を交叉し合って昂然として動かない。勝負がつかないのである。

黒い影がさっと空中を横切る。鳥か何かであろう、親鶏がクルル、クルルと警戒の声をあげると、蹴合っているのも、居眠っていたのも悲鳴をあげて、一散に親鶏の腹の下へ飛び込んでしまう。暫くすると、ピピピ、ピピピと不審のささやきをお互いに交わし乍ら、親鶏の腹の毛の間や、翼の下から恐る恐る顔を出し、各々がそうっと外を覗いてみるのである。

四

ヒヨコ達は、いくら親の傍にいても、夕方になると何かなしにもの淋しくなるのだった。摺り餌を鱈腹喰って、もうあの温い親鶏の腹の下で寝るばかりという、暮色が垂れ初める頃になると、ピイヨピイヨと鋭く啼いて、何を探すのか、自分でも分らないものを求めて、箱の中を首でさぐりさぐり歩き廻るのである。親鶏はそれを理解しているのか、いないのか、その度に自分の懐へ誘うばかりの、いつも極った単調な呼び声は、何かヒヨコ共の哀切な叫び声とはそぐわないようである。

しかし何と言っても、母親の懐は温かであった。歩きまわるヒヨコ達も、いつか次々に落城して、結局は親の腹の下へ這入って行くのだ。そしてピピピ、ピピピピと満ち足りた声で囁き合うのである。それはまた寝物語でもあった。

日の経つと共に目に見えて大きくなり、産毛ばかりの手羽の先に、色の変った小さな羽根が生えてくると、母親の懐は追々手狭になって来て、秋のうす寒い夜などは、お互いに奥へ入ろうとして押合いになるのだった。団子のようにかたまって、御輿擔ぎのように足と首で揉み合う。はみ出てはまたたかって行くのであるが、暫くするとさすがに熱くなって来て、今度は逆に母親から離れようとするものが出来てくる。そして思いおもいに涼しそうな寝場所を探し歩くのである。またひとしきり囁きが復活する。皆が蹲踞って行儀よく寝込んでしまうまでそれが続くのである。しかもいつかその行儀もくずれてしまい、投げ出されたように、ひらたくなってのびているものや、ふざけているかのように仰向きになって、足を宙ぶらりにしているのも出来てくる。夢を見るのか、不意に跳び起きて大声に叫び歩くのがいる。

親鶏は夜っぴて眠ることは出来なかった。うつうつとすると、何かの叫声や悲鳴が彼女をはっとさせるのである。たとえそれがヒヨコ共の寝言であっても、彼女は浅い眠りから覚まされ、その都度コッコ、コッコと子供達をあやす為めに唄ってやるのだった。

彼女は歩けないように、体一杯に仕切られた箱の中にいた。立上れないように、坐った高さに蓋があり、おまけに壓石《おもし》までが乗せてあった。ただヒヨコ達が彼女のふところと、運動場との出入口になっている中仕切の格子から、僅かに頸だけが覗かせるだけであった。事実彼女は身動きも出来なかった。腹の下には卵と違ってそれ自身が熱を持っている十幾羽のヒヨコがいた。熱くても翼を拡げることさえ不可能であった。

飼主は彼女に動くことを禁じているのだ。何故にこのような責苦にあうのか、彼女はどんな場所でもよい可愛い子供達を抱いて居られたらよいのであった。自分の不自由などは構わなかった。しかし何処からともなく親を求める啼き声を聞くと、自分の在処を知らすためにコッコ、コッコと言いながら、自然歩こうとして身悶えしなければならなかった。そんな時彼女の腹の下に眠っているものが、彼女の大きな足で踏みつけられるのである。ピイヨピイヨと大声に悲鳴をあげるが、足の触感に鈍い彼女は、なおも子供を踏みつけたまま、懸命に愛撫の声で呼び立てるのである。ヒヨコの苦痛は強まる一方であった。折角眠っていた他のヒヨコ達も起き出して、あちらこちらで囁きが始ってくる、一つの騒動である。その騒動の中で苦痛の悲鳴は段々弱まり、ついには全く消えてしまう。すると安心したような囁き合いが、一トしきり起って、虫の音の中に消えてしまうと、再び深い眠りに陥入るのである。

親鶏もホッとしたかのように沈黙し、わが子の屍を踏みつけたまま̄うつらうつらと眠るのであった。

五

ヒヨコ達の大きくなるにつれ、親鶏は離すように習慣づけられるのである。日中は大抵箱の外に出されていた。親鶏としては離れて暮すことは堪えられなかった。何んとかして箱の中へ這入ろうとし、上へ上っては金網を掻き毟ったりするのである。それが駄目であることが判ると、箱の外の砂粒などを啄みヒヨコ達を懸命に呼ぶのである。ヒヨコ達もまた箱の中で母親の声の近い方に寄集って啼き立てた。そして親子は呼応して慕い合うのであった。そして終日箱の中と外でぐるぐると廻るのである。

子供達が餌を求めて鳴き出すと、親鶏はいそいそと人家へ這入って行き、人の着物を咬えて引っぱったりした。餌をつくる俎の音がし出すと、気狂いのようにその周囲を廻り啼き立てるのであった。少しでもこぼれるとそれを啄んで見せてはヒヨコ達に呼びかけたりした。ヒヨコ達は見えもしない処から呼ぶ親鶏の呼び声に一層やかましく啼き立て請求するのだった。

しかし彼等も親鶏と同じように、一日一度だけ外へ出される時が来た。初めて見る広い世界であった軟い土の上に初めて足を下した。冷々とした土の感触は、走り廻らねば居られない程の昂奮を彼等に与えた。彼等は何の恐れもなく飛んだり跳ねたりした。そして絶えず喋り散らした。

親鶏も喜んだ。彼女は連れ歩きながら、いろんなことをヒヨコ達に教えた。飛んで居る虫を補え、土中の虫を掘出し、喰べられる草を探し、心良い砂風呂を教えた。しかしヒヨコ達の大部分は注意していなかった。彼等は所嫌わず掻きほじくり、喰べられない虫を追っかけたりした。そして彼等は直ぐ迷い子になり、はぐれるとあちらこちらと駈けずり廻り啼き立てるのだった。

一度この自由な世界を覚えると、彼等は再び狭い箱の中へ戻ろうとしなかった。先に閉じ込められた親鶏が、いくら箱の中から呼びかけても、彼等は摑まることを拒み逃げ廻った。最早地面を踏まないで過ごすことは出来なかった。終日箱の中に閉じ込められるような雨の日は、しとしとと降る雨の足を、首を伸して眺めながら、ひっきりなしに啼き続けるのだった。そんな時庭の三和土《たたき》の上に囲いでもして出されると、穿るによい軟い土はなくとも、やはり彼等は歓喜して走り歩くのだった。

自分で餌を漁る面白さは、時には遊び呆けて親鶏とかけ離れてしまうようなことがあっても、彼等は平気で遊んだ。そして度々親鶏はひとりになった。彼女は自然に遊ぶ子供を避けて、ぼんやり陽なたぼっこをしたり、羽虫をとったりしていることが多かった。寸時も離れて暮せなかった親子が、どちらをも忘れていられるという時間があるのは、ヒヨコ達が成長したということばかりでなく、彼女も生理的に変化しつつあったのだ。彼女の顔は段々赤みが射し、産病人らしい影が薄らいで行った。彼女は長い間の蟄居《ちっきょ》に依って生じた、全身の羽虫をとることに専念した。そして日中は子供のことを忘れてしまったかのようになった。

親の羽虫はいつかヒヨコ達に伝染していた。彼等は弱った。中には餌も喰べずに首をすくめ蹲踞ってしまうものもあった。この儘では彼等の生命にもかかわった。飼主は彼等の頭髪を分けて油を流し込んだ。それで助かった。しかし頭の産毛が油に濡れて、彼等の顔の相がすっかり変ってしまった。

昼は自然の懐でいくら喜々として遊んでいるヒヨコ達も、夜は、やはり母親の翼や体温がなくては寝られなかった。それに日が暮れると一倍さびしがりやの彼等だった。

しかし親鶏はいつものように自分の懐へ入れようとして、この異様に面相の変ったヒヨコ共を受けなかった。彼女は不審と警戒の声を放ちながら、何の蟠《わだかま》りもなく腹の下へ潜り込もうとする一々のヒヨコを小突くのだった。ヒヨコ達は悲鳴をあげて逃げ廻りながら、何んとかして親の懐へ入ろうとするのであるが、手心を加えない親の嘴は今までにない鋭い拒絶であった。どちらもが他人の家へ迷い込んだような驚きであった。ヒヨコ達は鋭く鳴きながら逃げ歩いた。親鶏もクルル、クルルといつまでも不審がり執拗に小突くのだった。そして彼女は箱を出た。箱の周囲をぐるぐる廻って子供達を探した。どこにも子供達の姿は見えない。しかし子供達の声は傍にあった。耳には彼女を求める子供達の声が聞えるのだ。彼女は探した。しかし昨日までのわが子は見当らなかった。探しあぐねて彼女は土間の隅に蹲踞った。うとうとし出すと子供の哀切な叫びが聴えてくるのである。彼女はまた暗い土の上を歩き廻るのであった。

その夜は親子共夜通し寝られなかった。親と子はただ声だけでつながれていたのである。結局それが最後の親子関係でもあった。

親に捨られてしまうと、死ぬことも少くなった。踏まれる憂いがないのである。寒いと皆がひとかたまりになった。それで暑くなるとスクラムを解いて、やはり思う様の姿勢で寝転ぶのだ。そして追々に母親を忘れて行った。

日中の温い時は箱の外に出られ、一団になって餌を漁ったり、砂窪や蹴合いの真似をしたりして遊んだ。時には母親に似た鶏を見つけて走り寄ったりしたが、みんな手厳しく彼等を啄いた。彼等は世の中で一番怖いのは、大人の鶏であることが判った。中でも自分達の母親であったと思われる鶏程、意地悪く、そしてことごとに目の敵のようにして啄くのであった。

初出：『文學界』一九四〇年年一〇月号［発表時作者三六歳］／底本：『骨肉』全国書房、一九四四年

第一二回芥川賞選評より〔一九四〇（昭和一五）年下半期〕

室生犀星　鶏の生活を深くたずねて行きつくところまで、眼と心を行き亙らしている。愉しい物語。そこに野心なく流麗素朴。以って諸家の意見を求めたが三四氏から好意を得ただけで、衆議一致の故を以て「平賀源内」が栄冠を得ることになった。

瀧井孝作　こんどの候補作品の中で、ぼくは一番好きで一番佳いと思った。雄鶏、雌鶏、雛子の三部から成る、鶏の生態の観察記だが、それが誠に作家の筆で描かれた記録で、生活の暗示に富んだ筆で、描写に力と厚みがあり、堂々として、鶏の姿が美しく表現されていて、読み乍ら実に愉しかった。鶏のことばかりを描いてある点も、作品として何か新味が感じられた。

佐佐木茂索　読みごたえがあったが、ちと読みごたえがあり過ぎた。

村田孝太郎　むらた・こうたろう

一九〇四（明治三七）～一九四六（昭和二一）年。京都府生まれ。立命館大学に学び、創作を始める。一九四一年、「鶏」で第一二回芥川賞候補。満洲開拓民山城訓練所長を経て、戦争中に妻と二人の息子を連れて渡満。四四年、「鶏」「開拓団見習指導員」などを収録した創作集『骨肉』を出版。第一一次廟嶺京都開拓団長として終戦を迎える。戦後の四六年三月一六日、引き揚げ途中に、中国・撫順の収容所で発疹チフスのため死去した。

下職人

埴原一亟

猫背の兼どんが毛芯《けじん》の衿芯にミシンをかけて、音吉の坐っている処へ持ってきた。

「これでいいですか」

モーニングの袖裏をまつっていた音吉は針の手を止めて、顔を上げた。そして、兼どんの手から衿芯を受取ったとたん、

「馬鹿野郎ッ、お前これで洋服屋になる気か」

と衿芯を兼どんの顔に叩きつけた。兼どんは虚を突かれて、本能的に身構えるように両手で衿芯を握ったまま、音吉の長く尖った顎のあたりを見つめた。兄弟子の音吉がなぜこんなに怒ったのか判らなかったのでそのまま、じっと立っていると、

「まだ、こんなミシンのかけかたをする位なら、洋服屋をやめてしまえ。なあ、ミシンをかけるときはな、布目をじっと見てるもんだ。お前のは針ばかり見てる証拠にミシンの糸と布目とが出鱈目じゃないか、だから見ろ、糸がヒョロヒョロしてるから」

音吉が呶鳴《どな》っていても、他の職人たちは別に見向きもしないで、自分達の仕事に夢中だった。夢中と言うよりも兼どんの気まずさを見るのを遠慮していたのである。ただ音吉と向い合って坐っている修造だけが二人の様子を正面から眺めていた。

高等小学校を卒業して、今年の春この並木洋服店に弟子入りした兼どんは、ミシンを使ってからまだ間がなかった。でも足を踏めば逆回転させることもなく、糸も真直ぐにかかり、自由にあやつれるのをひそかに嬉しく思っていただけに兄弟子の言葉がぐっと胸にきた。再びミシン台に向うと、いま言われた通り布目を見張った。弾力のある毛芯の布目を見ていると、碁盤の目のように整然と太く大きく、まるで顕微鏡で覗いているように見えた。こんなにはっきりと見えたのは初めてである。今までは一枚の滑らかな、平らな布だと思っていたのに、なにか大きな発見でもした喜びを覚えて、足を踏んだ。兄弟子の呶鳴った言葉が決して無駄な怒りではなく、深い愛情にさえ思えて、胸にぐっときた反撥は兄弟子の温かな思いやりの心に変って、胸に滲みてきた。この瞬間、まるで一人前の職人になったような気がして嬉しかった。足を踏んでいると、布目はミシン台の上を小刻みに流れて行く。

「あッ」

咽喉を裂く悲鳴と、ミシンの調子を破った音とが一緒だった。兼どんの悲壮な唸りに他の職人達は一瞬声の方を見張った。兼どんは真蒼になって、ひとさし指の上から突き刺さった針をどうすることもできないで、わめきたてた。鮮血がにじみ出た。針は折れて指先に突き刺さっているのを血のなかに見ると、彼は一層大きな声で泣きわめいた。音吉の前に坐っていた修造は素早く兼どんの処へ走り寄った。が音吉の手が反射的に修造の腕を圧えた。

「兼、なんだその態は、洋服屋が針の一本や二本で泣く奴があるか」

音吉は修造の腕を圧えたまま言った。修造はその手を払って、

「まだ小供じゃないか、可哀想だ」

と、兼どんの傍に走り寄って、血の流れている指先から針を抜き取った。修造が自分の場所に戻って仕事にかかると、

「弟子たちを甘やかすなよ、いい職人になれないから」

音吉は眼を据えて睨んだ。その眼にも口調にも真剣なものがあった。

「怪我したのに繃帯してやるのが人情だ」

「職人にはそんな人情はいらない、なまじっか、人情は職人の腕を鈍らせるばかりだ、俺なんか苦労したからなァ」

音吉は感慨深く言って、過ぎ去った日を想い浮べた。丁度いまの兼どんと同じようにミシン針をブツリと刺したことがあった。少年の音吉が「痛いッ」と声をあげると同時に、傍に居た親方の骨太の手が頰にとんできた。「馬鹿野郎ッ、針を折りゃがったな」と言っ

て音吉の傷などは見向きもしないで針の方を大事がった。穴かがりの糸がちょっとでも乱れていると大きな断ち鋏を投げつけて呶鳴った。総てがそんな調子だった。だから職人達は傷だらけの体にされるか、いい仕事をするか、道がなかった。辛抱できないで飛び出すことは嘲笑や罵倒どころではなかった。職人の誇りを破った者として、職人の世界から逃げ出さねばならなかった。親方がきびしければきびしいほど、それに辛抱することが彼等の誇りであった。こんな被虐性は人間の本能的なものではなく、彼等の祖先が町人として痛みつけられてきた血潮の中に徐々に滲透してきたのであろう。ある階級の武士道と共に平行して流れてきた町人道である。音吉の血の中には親方から受け継いだ職人の血が流れていた。

「自分が苦労したからって、弟子にまでそんな苦労を舐めさせなくたっていいじゃないか」

修造は針の手をやすめて言った。

「駄目だ、苦労させなきゃア」

「では音吉さんの今までの苦労は何んの役にも立たない、自分の踏んだ苦労は舐めさせないで、それでいい仕事を伝えなければ何んの役にもたたない」

「職人に理窟なんかいらん」

音吉は糸の切れたように黙ってしまった。そして今までまつっていた袖裏に軽くアイロンをかけ初めた。音吉はやせていても骨は太く逞しく、青竹の精悍さが白い肌の下にかくれていた。左の腕に大きな疵跡があった。それは種痘がただれたように赤く光って気味悪いものである。この疵跡を正面から誰も尋ねようとしなかったし、弟子が訊いても音吉はただ笑うだけだった。若い時分、親方から裁鋏を投げつけられたのだとか、同僚と喧嘩をしてやられたのだとか、いやそうじゃない十六のとき江戸の勇み肌にあこがれて刺青をやったのを親方に叱られて、硫酸でやき消したのだなどと色々に噂されていた。修造はその疵が何んであるか知らないが、白い肌に浮き浸んでいる赤い疵跡には一種の凄味がひそんで見えた。

「職人に理窟はいらん」と呶鳴って三十秒もたたないのに、彼はもう自分の仕事に熱中していた。修造は音吉のその姿を眺めて、自分とかなり距離のあるのを覚えた。

修造は私立大学の夜学に通いながら洋服屋の註文取りをやっていたが、メジャーを肩にかけて寸法を取ったり、型紙の置き方を見たりして職人に接している間に、いつのまにか針を持つことを覚えてしまった。そして学校を卒業する頃には上衣を縫うほどの腕になっていた。学校を卒業しても、ほとんど就職口のない時代であったが、彼は腕に覚えた職で容易に就職することができた。一昨年ここへ就職したのである。この並木洋服店は直接客から註文を取るのではなく、越前百貨店と三松百貨店との二店の専属下請であって、三十人の職人と小僧がいた。修造は工場主任の名目で帳付けをやり、手があけば針も持った。

音吉と修造とは同じ年輩であったが、二人の意見はことごとに衝突していた。音吉には腕に自信があり、並木の音吉と言えば洋服職人のうちでは知らない者はなかった。修造は大学出と言うので尊敬されていたが、職人達とは、どこか馴染まないへだたりがあった。

越前百貨店の註文を仕立てる職人と、三松百貨店の方を仕立てる職人とは別であったので、職人の間は二派に分かれていた。音吉は越前であったが修造は工場主任と言う名目で、仕事は三松の方に属していた。この制度はお互いに張りをつけるために親方が仕組んだのであったが、職人の間には自然に敵味方の感情が流れていた。音吉と修造の感情をもっと決定的に支配していたのは一人娘、秋子の存在であった。

お店の勘定支払日は月末であった。いつも修造が受取りに行くことになっていたが、今日は生憎風邪を引いて寝ていたので、親方の並木又彦は自分で受取りに行こうと思っていたが、朝食が終ると、音吉を代理にやってみようと言う気がふと浮んだ。この考えは並木又彦の心のなかに長い間、ひそんでいたものであった。又彦はときたま音吉を娘の婿にと考えて見た。すると腕の良さには全く惚れこんでしまうのであったが、何かもの足りないものを感じた。それは修造の持っている知識であった。大学出の修造と職人上りの音吉とを比較するのは無理であるが、職人達の賃銀を計算したり、お店からの伝票を整理する位の事務的知識が欲しかった。自分にも、その才能が無かっただけに余計に欲しかったのである。それさえあれば娘の婿にと思い、心のなかで残念がっていた。この並木洋服店がこれだけ大きくなったのも、自分の腕の良さにもあったろうが、それはほんの少しで、大部分は一昨年死んだ妻の才能だと信じていた。又彦は音吉を見ていると、若い時代の自分自身を見ているような気がして、欠けているものを補ってやりたかったが、どうにも出来ないものと諦めていた。だが修造を一昨年、妻の死後に傭ってから、事務的知識と職人の腕を持っているのを、まざまざと眼前に見て、いままでの諦めはだんだん消えて行った。音吉にもやらせれば出来るかも知れないと言う考えがひそんできた。そんな心が今日ふと浮んで音吉に受取りに行くようにと命じたのである。

音吉は外出の洋服に着替えた。ふだん坐ってばかりいて、出つけない者がたまに出るのは面倒なことである。しかも銀座の越前百貨店まで行くので、仕事着のままでは行かれず、あらたまって洋服を着替えるのがなんとなくぎごちなかった。カラーの首も締められるように窮屈だし折目の正しいズボンも固苦しかった。いつもあぐらをかいて仕事している気軽さは全くなく、身体中が不自由だった。流行の衣服を縫い上げる良い腕を持っている彼の服装は、上衣は借り物のように長くて、ズボンは細く、凡そ流行から遠いものと言うよりも、むしろ不恰好な姿であった。それでいて、ズボンの折目は正しく衿のかえりにもピンとアイロンがきいて丹念に仕立てられてあるが、調子が合わず、洋服に着られていると言った恰好である。無造作に仕事服をかけている方が音吉らしかった。

長い上衣を着た不恰好な姿で玄関に立つと、手拭をあねさん被りにした秋子がうしろから声をかけた。

「そんなにおめかししてどこかへ行くの」

「お店へ勘定を頂きに行くんです、修造さんの代りに」

音吉は照れるようにニャリと笑った。音吉は改って洋服を着たときよりも、毛シャツ一枚で仕事をしているときの方が美しかった。彼女が音吉の仕事している姿を一番美しく感じたのもいい腕を持っていると言う潜在感があるからだった。秋子は職人のなかに育っている間に、良い腕を持っている職人の姿が一番美しいものに思われた。つまり外見の風貌よりも内面から滲みでるものの方に心がひかれた。これは父親から受けたものであった。

昼過ぎになっても音吉は帰って来なかったので、又彦はいらいらして落着かなかった。勘定を受取りに行っただけに途中で間違いでもなければいいがと願いながら、不安な気持で待ちわびていたとき又彦の不安が適中して、音吉が長い上衣を着た不恰好な姿で戻ってきた。

「遅くなってすみません」

音吉は帰りの遅くなったことを詫びてから徐々にその理由を話した。お店から受取った勘定は確かに上衣の内ポケットに蔵ったのである。家の近くまで来たとき、もう一度あらためてポケットに手を触れたが勘定の袋は無かった、驚いて再びお店まで引返したが見当らなかった。

「どうも不思議ですね」

音吉は金の紛失にあわてるよりも、この不思議に面くらってしまった。音吉があまり金の紛失に驚いていないので又彦は、

「金は出たのか」

と、せき込んで訊くと、

「見つからないんです、どうも不思議ですね」

と首をひねった。傍に居た秋子は突嗟に、

「すられたのよ、きっと」

と断言するように言った。然し音吉はすられたのではないと言い張って、不思議だと考えるだけだった。

「馬鹿ッ、何が不思議だ、てめえが抜けてるからだ」

又彦は呶鳴った。

「警察へ届けてきたのか」

「いや」

「馬鹿野郎ッ、何を愚図々々してんだ」

又彦は音吉の野呂間さに腹がたった。そして音吉を使いに出したことを後悔したばかり

でなく、いままでひそかに心のなかにいだいていた娘の婿にと言う考えが決定的に破れてしまったので、くやしかった。それでいて、いい腕だが惜しいなァと言ったような未練が又彦の老いた心のどこかに残っていた。音吉が警察に届けるために家を出て行ってしまうと、「あの野呂間野郎が」と口きたなく罵った。一ヶ月分の勘定二千円近くの金の紛失は大きな損失であったが、それよりも、もっと大きな寂しさが又彦の心を覆った。弟子の中でもこの男だけが自分の腕を継ぐ者だと信じていただけに、いい腕だが惜しい奴だとくり返して思い泛《うか》べた。「なんて間抜けな奴だ」と又彦は秋子に投げつけるように何回もののしった。彼女は父の心がよく判っていたので、罵れば罵るほど音吉に示す父の愛情の深さを覚えた。

又彦は音吉を使いに出したことを考えると返すがえすも残念でならなかった。五年の長い間、心のなかに温めていた望みがいまプッツリと切れた思いだった。若し今日と言う凶い日に使いに出さなかったら、まだ今までの望みを温められていたのに。この紛失によって、もう駄目だと言う見切りがはっきり心に湧いたのである。それでいて、この見切りを取り戻すような、つまり音吉のこの失策をとりかえすようなことが起らないかと、ほのかに願うのであった。

八時になると、職人や小僧達は仕事を片付けた。一日の仕事から解放されて、両腕を上げてのびをする者や、流行歌を歌いながら、アイロンのコードを切ったり鋏を片付けたりして、一時にざわめき立った。通いの職人は帰り、他の職人や小僧達は風呂へ行って、みんな出払ったので仕事場は急にひっそりした。修造はもう風邪は癒ったが、まだ風呂へ行くのはやめて三階の自分の部屋へ行こうとすると又彦が「ちょっと話がある」とふだんと違った呼び方をした。奥の八畳の又彦の居間に這入るとそこは仕事場からも離れていて、静かな部屋である。

「いや、別に改った話じゃない」

親方は修造が坐ると、笑いながらそう言った。

「修造さんは、たしか二十九だったね」

「ええ」

「もう嫁を貰ってもいい年じゃないかね」

「いい相手でも居ますか」

修造は冗談らしく笑った。すると親方は、

「うちの秋はどうだね」

と冗談とも真面目ともつかず言うのである。二人の話は冗談らしく無造作に、まるで他人のことでも話合っているように気軽になされたが、お互いの心の底は一生懸命だった。又彦が五年間も温めていた心を振り切って、修造に心を移したのは音吉に対する愛情の反動であった。

「駄目です」

修造の答えを聴いて、又彦は、ほっと救われたような気がした。

「なぜ、嫌いかね」

「いいえ、秋子さんの方が」

親方は眼を吊り上げて、

「どうして、そんなことが判る」

「若い者は若い者同士でね」

修造がこの並木洋服店に這入って、一番初めに眼に映ったのは紺のスカートに黄色いジャケツを着ていた秋子の姿であった。黄色のジャケツの下から両方の乳房が盛上り若い女の肉体が波打っていた。そして三日目に音吉が彼女の許婚者になっているなと感じた。それは秋子と音吉の間から感じたのではなく、親方の言葉遣いや態度の端に見えたのであった。だが、だんだん日が立つに従って、二人の間がはっきり許婚者の間柄になっているのではなく、ただ親方の又彦だけがそんな気持をいだいていることが判った。むしろ秋子と音吉の間にはそんな感情さえも湧いてなかった。修造はそれを確めたときから秋子に接する態度が変って行ったのである。

二ヶ月ばかり前、三月末の早咲きの桜も開こうとする暖かな日に、仕事が終ってからふと、今日は自分の誕生日であることに気付いて、風呂の帰りに近くの酒場に這入った。その晩は南の暖かい風が静かに吹いていて、風呂上りの素足に心地良かった。この春風と誕生日とが彼の心をひどく浮きたたせて珍らしく沢山呑んだ。それでも別に悪酔いもしないでしっかりした足取りで自分の寝室になっている屋根裏の三階まで帰ってきた。他の職人は眠って、鼾《いびき》だけが高く響いていた。この家は震災後バラック式に建てたので外面は二階建であるが、内は二階から天井裏に一尺五寸位の巾の急勾配の梯子がついていた。従って三階と言っても立てば頭を天井にぶつけるほどだった。修造はどの位眠ったか知らないが非常に咽喉が渇いて眼を覚ました。胃は焼けついて咽喉はカサカサになっていた。何時頃だろうか戸外はまだ暗い、修造はそっと起きて急勾配の梯子を降り二階から階下の廊下に出た。廊下は丁字型になって右に曲れば便所に通じ、左は台所に通じていた。そして丁字型の曲り角に常夜燈として二燭の電燈がついていた。修造は足音を忍ばせて左へ曲ろうとしたとき、右手から、つまり便所の方から足音がした、寝巻姿の秋子である。秋子の方が先に気が付いたらしかったが修造はハッとした。そして突然、全く突然に秋子の体にとびついて、両腕で抱きしめてしまった。腕のなかで弾力のある若い女の肉体が藻掻いた。修造は無言のままでただ荒い息を吐いた。

「音吉さんに、言いつけるわ」

彼女は藻掻きながら低い声で言った。すると修造はバネのように飛びのいて、あとも振り向かずに台所へ走り水道の蛇口から水が出るのをもどかしい位にして、なみなみと、コップに注いだ水を一息に呑みほした。焼けただれて渇いた咽喉には甘く冷たく、砂にそそいだ水のように溶けて行った。三杯目のやつを呑んでから、太い、深い息を吐いた。屋根裏の自分の寝床に戻ってくるといま秋子が言った言葉が妙にねばついてきた。自分のこの寝床と並んで向うの端に音吉は眠っている。修造はそっとその方へ眼をやったが暗くて見えなかった。床にもぐってから修造は俺は酔っていた、だが冗談やいたずらではないと自分につぶやいて、もう一度音吉の寝ている方へ首をもち上げた。勿論これは誰にも知れなかったが、それからは秋子の態度がぐっと変って、音吉と一層馴れ々しくなって行った。修造は酒に酔っていたとは言え自分のやった行為を非常に後悔して、辱かしくさえ感じた。矢張り音吉と秋子との間には長い間に深い連りができていたのを自分は見落していたのだ。親方の又彦の心がお互いに無意識の間に二人に通じていたのだと思うと自分の馬鹿さに腹が立ってならなかった。そんな焦燥を抱いていたときに、親方から「秋子はどうだね」と持ちかけられたので「駄目です」と躊躇なく答えたのであった。

この頃、越前屋百貨店の方を引請けている音吉達の方はひどく成績が悪かった。註文品を納めに行くと、ポケットが浅すぎるとか、ボタンかがりが悪いとか、きんかくしのたるみが弱いとか言われて検査が通らなかった。急ぎの註文品は徹夜しても直さなければならない。やっと直して行くと、検査係から「どうも粗雑で困る、急ぎだから今日は納めて置くが充分注意して呉れなくては困る」と電話で小言を言ってくる。そして註文の分け与えを減されて行った。音吉は夜も安眠ができないほどいらいらして今までよりも一層きびしく弟子達を叱りつけた。

今日も納品の背広を小僧が持って行くと、まもなく越前屋の検査係から電話がかかってきて、上衣の胸ポケットの底がぬけているが、こんな粗相をするようじゃ駄目だ、ここで見つけたからいいようなものの、若しお客様に渡って、万一、財布でも入れて紛失したらどうする、それこそ大変じゃないか、それに越前屋の信用問題になる、と言ってきた。音吉は、いまお店へ届けた格子縞の服を縫ったのは誰だ、と鋭い声で呶鳴った。仕事台に向って針を持っていた小僧や職人はお互いに首を上げて顔を見合せた。

「わしです」

音吉とは反対側の一番隅にアイロンをかけていた弟子の松田が、音吉の怒りの気配に不安をいだきながらびくびくした調子で言った。

「馬鹿野郎ッ、ポケットの底抜けなんか作りゃがって、何をボヤボヤしてるんだ」

松田は音吉の方を向いたまま、暫く考える風に黙っていたが、

「どこのポケットでしょう」

と訊いた。音吉は松田の傍に近寄ってきて、

「どこのポケットって、貴様まだ気が附かねえのか、底抜けと注意されりゃ、ああ、あそこだと思い出せなきゃ洋服屋じゃねえぞ、上衣に六ツ、チョッキに六ツ、ズボンに五つと決ってるんだ」

「チョッキですか」

「馬鹿、上衣の胸だ、ボヤボヤするな」

音吉は呶鳴り声と一緒に松田の坊主頭を平手で殴った。音吉は金を紛失してから目立って荒っぽくなって、弟子や同じ職人などにも強く当っていた。彼がこんなに苛立ったのは金の紛失が原因しているのではなく、丁度その頃、越前屋の検査係が更迭して、検査が今までよりも非常に厳しくなったためであった。少しひどすぎると音吉さえも思うことがあったが、音吉の自負心は逆に反撥して、検査がきびしければ厳しいほど、何ッくそと針を持つ指先に緊張を覚えるのであった。そして弟子達が仕上げた服を納めるときは必ず音吉が一度、眼を通したのである。それでも検査係から袖裏がたるんでいるとか、衿のかえりが甘すぎるとか小言を言われ、最後には近頃は粗末で困ると叱られるのであった。音吉の荒っぽい動作や心の焦燥はそれが原因であった。

こんどの検査係はひど過ぎるなあと職人の一人が言ったとき音吉は、

「検査は厳重の方がいいんだ、検査が甘くなれば職人の腕は落ちるばかりだ」

と呶鳴った。彼がそう呶鳴るのは決して虚勢ではなく職人の矜恃であった。修業者の苦業であった。だが度々の叱言で註文品の分配を減らされて一番驚いたのは並木又彦である。直接に利害が影響するので、どうにかしなければならぬと思った。検査係が何故こんなにきびしくなったかは又彦には直ぐ判ったが、それを音吉に相談することはなんとなく気がとがめた。又彦は音吉の良い腕と性格を知っているだけに検査係の仕打ちの底を相談するのが怖しかったので、そのことをそっと修造に話した。すると修造は待ちかまえていたように、

「鼻薬をかがせるんですね」

と軽く無造作に言うのであった。又彦が黙っていると、

「鼻薬なんて、厭な言葉でしょう。でも向うではそれを露骨に要求しているんです」

修造は吐き出すように言った。修造は越前屋の検査係が更迭してから検査がひどく厳重になったとき、すぐそれを感じたが、音吉はそれを知ってか、知らなくてか、その検査の厳重に挑戦でもするように、むきになって弟子達に当っている。修造はそれを見て音吉のむきさが腹立たしく思われていた。音吉のむきさは正義に対する純粋な挑戦ではなく、彼の性格の意地である。修造にはその意地が愚かしいものにさえ思われた。そして音吉の動作を見ているのが歯痒かった。それでも修造は越前屋係の方でないので、その歯痒さをじっと圧えて黙っていたのであった。いま親方から相談を受けたときには、耐えていた歯痒さをはねのけるように「鼻薬を」と言ったのである。又彦は修造の無造作に言った言葉の

なかに死んだ妻の面影を感じた。死んだ妻はこのようなことには実に敏感で、ときたまお店の検査係や下職係などを招待して酒を呑ませたりその揚句に金を包むか、遊里に車を向わせるかした。その手際はあざやかなものだったが、又彦は妻のそんな行為にいつも眉をしかめていたのだった。

妻が亡くなってからお店からの註文はぐっと少くなり、二年後のこの頃では手を休めている職人が五人も六人も居ることがあった。又彦はそれを迂闊にも時代の不景気のせいにしていた。ところが検査係が変ってから仕事が粗末だと言う理由で、註文品の分け与えが一層少くなったときには、さすがにあわててしまった。亡妻の行為が今更に思い出され、生きるためにはあんな眉をしかめることもしなければならないのかと思い耽った。どんなに思い耽っても又彦には今更、亡妻の真似もできないで音吉のむきになった挑戦にほのかな希望をいだいていたのであった。だがその挑戦も徒労に終るばかりでなく、益々悪くなるので、又彦はあわてて修造に話したのである。だから修造の言葉を聞いたときには、かつて眉をしかめたことを、今は余儀なくしなければならないのを身に沁みて覚えた。

「修造さん、一つそれをやってくれないか、儂はどうもそう言うことが出来ない性分でね、そう言うことは学校出の人でなきゃ、うまくできなくてねえ」

親方の言葉には真剣な響がこもっていた。そう言うことが出来る人間を軽蔑する意味はなく、むしろそれを出来るのは学問があるからだと言った風な尊敬の念をいだいていたのであった。修造には親方の気持は判っていたが、面と向ってそう言われると褒められているよりも、自分の肚を黒く見られているような気がしていやな気がした。

「是非その方を頼みますよ」

親方に強いて頼まれると修造はやってみようと言う気持になった。それは自分の利害関係ではなく親方を助けてやりたい気持と、検査係の心がどんなに変るかを試してみたかったからであった。だが親方を助けたい気持のなかには秋子への関心もかなり含まれていた。


修造の運動はかなりの効果をもたらした。親方の又彦は相当の運動費を使ったが、その効果がてきめんにきいたのでひそかに喜んだ。何も知らない音吉は漸く叱言がなくなったので、いままで弟子を叱りつけていた甲斐がやっと、現われたものと思っていた。だから検査係の手加減がゆるんだとは思わないで、自分達の仕事が叱言を言われないところまで上達したものと考えていた。修造は音吉のこの単純さを笑うことができなかった。この単純さこそ職人の腕を上達させるのだと思った。

お店からの叱言も少くなり、註文品も多くなって並木洋服店の工場が活気付くと親方の顔が明るく輝いてきた。そして又彦の眼が今までとは別に修造に注がれるようになった。それを一番初めに感じたのは音吉であった。そして暗い不安が襲って、ときたま思い出したように仕事の手を止めて親方の眼を注意深く窺うのであった。音吉は不安でならなかったが、俺の腕は修造になんか負けないぞという自信がやっとその不安を圧えつけていた。

秋子は自分の工場がこんなに忙しくなった理由を父親から聞かされたとき、

「お父さんも、修造さんも下らない人間ね、そんな卑怯なことしてまで仕事を貰わなきゃならないの」

と父親に毒づいた。秋子がこんなに毒づいたのには理由があった。それは一週間ばかり前に音吉が秋子に向って、

「いい仕事さえすれば、きっと仕事は沢山貰えるのだ。俺も今度は弟子をかなり厳重にしたからなァ修造さんが来てからあまり弟子達をあまえ過ぎさしたから仕事が悪くなって叱言ばかり多くなったんだが、こんどは大丈夫だ。叱言は無くなったし仕事も増えたし、矢っ張り職人は腕だなァ」と感慨深く、誇らしげに言ったのである。秋子はそれに同感して父親譲りの音吉の腕をたのもしく思ったのであった。そう思っていただけに父親から話されたときには仕事の美しさを汚されたような感傷にとらわれて毒づいたのであった。

「儂や、修造さんが悪いのじゃない、つまり同業の下職が悪いのだ。お店から余計に註文を取ろうとして運動しているのに、儂の方だけはむきになって仕事をしたって結局負けになるのだ」

「他の下職さんでどんなにお金を使っても、うちだけは真面目ないい仕事さえしていればきっといつかは認められるわ」

又彦はこの娘の言葉の中に曾て自分が亡妻に言ったと同じ言葉の響をきいた。二十年の時代が流れても親と子はこんなにまでも考えが似るものだろうかと不思議なものでも眺めるように、女になった娘を見つめた。

「世の中はそうはゆかないのだ、儂も長い間の経験で知ったが、腕のいい真面目な者が勝つとは決っていない。まして職人や小僧をこんなに大勢使っている大世帯では、その大勢の者達を養ってゆかなければならない。儂一人なら、儂は決してこんな賄賂なんか使いはしない。職人はほんとうに腕だけが力だが、どうも商人になると賄賂も必要だな」

又彦は子供が悪いことをして恥入るときのように言った。そして、

「やっぱり商人は厭だ、そこへゆくと職人は綺麗でいいなあ」

と弁解した。又彦は修造に頼んで検査係に賄賂をやったのを内心恥じていたのであるが、これも生活するには余儀ない手段であると無理に正当化しようと考えていたが、心の底では矢張り恥じていたのであった。長い間の職人の血がその正当化を受け容れないのであろう。

修造は風呂から帰って三階の屋根裏に上るまえに親方の居間に寄ると、親方と秋子が何か言い合っていた。彼女は修造の姿を見ると黙ってしまった。ただ眼だけで修造を迎えて座をゆずるように少しはしに寄った。秋子とてもお店との関係を全く知らないわけではなかった。母が生きていた当時、お店の人達を招んで気前よく御馳走しているのを見て、何

んのためにこんなにまでペコペコと頭を下げて自動車で送り迎えをするのか知らないことはなかった。然しこんどの場合は、音吉はそれこそ夜もおちおち眠れないほど仕事に一杯の精を出して、お店からの叱言を無くそうと努力していた。秋子は傍で見ていて音吉の真剣さに全く参ってしまったので、父や修造が謀んだ賄賂を気付かなかった。そして音吉と同じようにお店から叱言が無くなったときは献身的努力がついに報いられたと喜んだのであった。

又彦は修造の風呂上りの艶光りした顔を見上げた。毛深いので顔の剃り跡は顎から耳へかけて真青だった。五尺六寸のがっしりした体を下から見上げて、親方は笑いながらいま秋子と言い合っていたことを話した。修造は親方の脇に坐って、秋子の方を見つめたが、彼女は下を向いたまま黙っていた。

「音吉さんが気の毒だから助けようとしてやったんですよ、決して卑屈な真似じゃないと思う。僕は音吉さんの真剣な仕事ぶりをそばで見ていて痛々しかった。勿論音吉さんの考えは正しい、でも相手が悪いじゃないですか。向うから、先方から賄賂を暗に要求しているのに、その要求に気付かないで見当外れのことをやっているのは愚かなことだと思う」

修造は黙って聴いている彼女にさとすように言った。秋子は口をじっと結んで黙っていた。修造はなお続けて、

「音吉さん個人の腕ならそれでいいが、三十人からの大世帯の生活を考えるとそうは行か

ないでしょう。いい仕事さえすればいいと言う考えは可成り古い考えじゃないかしら。職人個人の腕は勿論必要さ、だがその個人の腕と、直接お客様から註文を取るお店との連りを円滑にするには、ただ良い仕事だけではいけない、お店と仕立てる職人の間には大勢の人達の手が介在している、その人達はみんな微妙な感情を持って生活してるのだから、いい仕事だけすればいいと言う単純な考えはいけないと思う。まして下職はうちだけじゃない、ますます複雑になるじゃないですか。この複雑さを円滑にするにはときどき油を差すことも必要だ。ただ賄賂という言葉がいけない。そんな悪い意味でなく検査係の感情を柔らげるだけです、音吉さんのむきになった仕事ぶりは良い結果を得たと思うがどうですか」

修造は落着いて説明するように話したが秋子は一言も口をきかなかった。

十一月は一年中で一番忙しい月である。並木洋服店の工場は無理矢理に註文を押しつけられて蛙を呑んだ蛇のように膨れて居た。走り使いの小僧さえ少しでも暇があるとボタン付けを手伝って、手の空いている者は一人もなかった。熱しきったアイロンは水につけるとジュッと威勢のいい音をたてた。十三台のミシンは間断なく回転している。親方の又彦は顔を紅潮させて次々にくる註文に嬉しい眩惑を覚えたが、今では手がまわりかねて困惑していた。お店からの註文を断ることはできない、それは自分の工場の生産能力を表明するばかりでなく、他の閑な月にも註文の手加減が加えられるからであった。並木洋服店は一日に十五着の背広服が仕立てられるとお店の方に申告してあったが、実は十着位が精々であった。こんな偽の申告も閑な月にも、出来るだけ職人の手を休ませないほどの註文品を貰いたいからであった。それだけにこの月のような多忙期には無理をしなければ間に合わない。通いの職人は十時頃に帰っても、住込みの者は十二時か一時頃までも仕事をしていた。こんな時でも音吉の腕は丁寧で敏捷で狂いはなかった。俺の腕はどんな場合でも誰にも負けるものかと言う自信が音吉の心を鞭打っていた。だから夜更けまでの仕事も、急ぎの仕事も決して苦痛を感じなかった。むしろ試練に挑戦するように鞭打っていた。それは親方の大金を紛失した罪を償う気持ばかりではなく、秋子に自分の腕前を見せようとする誇りがあったからである。然し音吉の仕事振りを傍で見ているとそんな下心は全く見えないで、総ての邪念から脱けて芸の三昧に浸りきっている姿が窺えるのであった。

修造は通いの職人が帰る頃には仕事をやめてしまった。そして十二時、一時までも仕事をやらなければならない矛盾をなじるように、

「旦那、もうお店からの註文は断りましょうよ」

と言うと、又彦は額に太い皺を寄せて「断る。そんなことが出来るか」と言った風な眼で睨むのであった。又彦の頭の中にはお店からの註文は絶対に有難く受けなければならないと言う考えが、むしろ信仰的にこびりついていた。修造はそこに大きな矛盾を感じてい

たのである。朝七時から夜十二時か一時までも無理をしなくてはならないのも古い考えを持っている下職達の罪ではないか。どの下職も閑散期の註文を少しでも余分に貰いたいばかりに多忙期の註文を断わろうとしない。徹夜をして若い職人の肉体を破ってまでも親方はお店からの註文を断わろうとしない。だからお店の方では、まだいくらでも仕事が間に合うものと思ってお客様から註文を引受けるのである。若し下職の方でもう一杯で出来ないと断われば、お店はきっと新らしい、もっと生産能力のある下職を作るかも知れない。然しそれを作っても閑散期にはどうなるだろう。生産能力が大きければ大きいほど閑散期の打撃は大きく、とても採算がとれないだろう。修造は他の職人達が夜遅くまで仕事をやっているのを見ると職人の姿が痛ましく思われて、これはどうにかしなければならないと考えた。それには下職の軒数を限定して貰って、もし増すときには今までの下職五軒の決議をはかると言う風にしなくてはならない、そうなればこのような多忙期にも無理をしないで済むのではないか、修造はそう考えてくると何んだか直ぐ出来そうな気がした。然し今はまずいが来年の二月頃の閑散期には下職同士が集って是非決議したいものだと考えた。修造がこんな風に考えたのも職人や小僧の眼が赤くただれて顔が蒼くなり、疲労のために倒れる小僧をまざまざと見せつけられたからであった。修造が帳場台に寄りかかって考えていたとき、やっと仕事を終えた猫背の兼どんが、

「秋子さんと音吉さんと夫婦になるんだってね、お正月になったら式をするんだってね」

とそっと笑いながら囁いた。

「えっ」

修造は何んとも言えない奇妙な声をたてて兼どんの顔をじっと暫く見つめた。不意に虚を突かれたと言うよりも、もっと激しく驚愕した。心臓の血が一ぺんに逆上して鼓動が荒く波打つのを覚えたがほんの瞬間の沈黙に自分のはげしい心の動揺を無理に圧えつけて冷静を保った。兼どんは修造のこの驚愕を見のがして、

「音吉さんは嬉しいんだよ、きっと、だからあんなに精を出しているんだ」

と少年特有のませた笑いを浮べた。兼どんは小僧達から聴いた噂を無造作に言ったのであるが、修造の心には大きな打撃だった。たった今、考えていた夜更けの仕事や、下職同士の改革なども、無意識のうちに自分が秋子と一緒になって、並木洋服店をやって行くときにはと言う仮定の土台のもとに築き上げられた理想であった。勿論、修造はそれほどはっきりした気持をいだいていたのではなかったが、いま兼どんから噂話をきいたとき、こんな大きな衝動を感じたのは自分も気が附かない間に、このような仮定を抱いていたのに驚いたのであった。自分は自分個人のためでなく、多くの職人や小僧やそして下職達の幸福を考えていた積りであるのに、その根底には矢張り自分の都合の良い考えを思っていたのだ。だからこの仮定の土台が崩れてしまうと、自分の考えは宙に浮いてしまった。もう十二時はとっくに過ぎて一時を打とうとしている。職人や小僧は仕事を片付けると充血し

た眼をこすりながら逃げるように自分達の寝床にもぐっていた。

「修造さん休みましょう」

音吉は修造に声をかけると急いで三階の屋根裏へ昇って行った。修造は帳場台に寄りかかったまま音吉の後姿を見送ってから自分も静かに屋根裏へ昇って行った。


十二月に這入って、連日の烈しい夜なべで二人の小僧と一人の職人が病床に就いてしまった。疲労と睡眠不足からだろう、一人の小僧は病床に這入ると太い鼾をたてて二十時間も前後不覚に眠り通した。翌る日の夕刻ちょっと眼を覚すとウドンの熱いのを二つ喰べて、また雷のような鼾をたてて十五時間もぐっすり寝込んだが、次の朝は全く元気を取戻してしまった。他の小僧兼どんの方は高い熱と軽い弱い咳とで眼が窪んで起きられなかった。もう一人の職人も熱が続いてやはり起きられなかった。病人は屋根裏の四畳半の土蔵のような暗い部屋に寝かされたが誰も見舞いに行く暇がなく、ただ女中が食事を運びに行くだけだった。忙しい処に病人が出たので他の者は一層忙しくなり、徹夜しなければ間に合わなくなった。二十五日過ぎになると毎晩明けの二時、三時まで仕事を続け徹夜する職人も、五、六人はあった。そしてお互いに神経は針のように尖って、アイロンやミシンを奪うのも喧嘩腰だった。彼等はただ目前に迫った正月に最後の火花を散らす捨鉢な気持で肉体を鞭打ったのである。

「馬鹿野郎、もう一息だ元気を出せ」
音吉は倒れようとする弟弟子を叱りとばした。この叱り方は親方から受け継いだものだろう、語調がそっくり同じだった。叱る言葉の中には弟弟子を労る愛情がこもっている。だが修造はこの烈しい仕事に耐えている小僧や職人に心の愛情を示す気持より、むしろ腹立たしいものを感じた。それはあまりにも従順に仕事を続けている職人達に腹立たしかった。どんな荒い過酷な仕事にも忍従することを誇りとした職人魂は決して親方のために尽す忍従ばかりでなく、自己の矜恃を磨き上げる苦業と思っていた。だから疲労のために倒れる兄弟弟子を哀れな落伍者として見送って、この過労の仕事に矛盾を覚えても、それを追究しようとしなかった。閑散期には全く仕事が無いのだから、仕事のあるときには、どんな無理をしてもやれと言う気持も手伝って、いつの間にか無理を押し通しているのである。

修造は仕立の方の仕事はやめて、いまはお店からの伝票や納品を帳簿に記入して職人のそれぞれの工賃の計算に忙しかったが、職人達のように徹夜などはしなかった。工場は戦場のようにごたごたしていた二十六日の朝、お店の越前屋から電話がかかって大晦日まで、モーニングを一着造って貰いたいが出来るか、どうかと問い合わせがあった。年内の註文は二十五日締切であったので、お店の方からは少し無理かも知れないが大切なお得意様なので、是非造って欲しいと言うのである。修造は自分の工場の様子を知っているので、とても出来ないと思ったが、一応親方に相談すると、親方の又彦は十二月の冬の日にシャツ一枚になり、額の太い皺の上に玉の汗を滲ませて礼服の仕上にアイロンをかけていた。親方は困ったなと言ったような躊いの色を浮べて職人達を見渡した。暫く躊躇していたが、

「音吉どうだ、モーニング一組できるか」

と怒鳴った。すると何んだか職人全体の顔が太い鞭で打たれたように瞬間ゆがんで見えた。さすが音吉も返事ができないで暫く黙っていた。

「越前さんから是非との頼みだが無理だなあ」

と親方はあきらめるように言った。

「頑張ってみましょう、大晦日の夕方五時までならやりましょう」

音吉は仕事台に坐ったままそう言って、腕に下ってきたシャツをまくり上げた。シャツの下から赤い疵がチラッとのぞいた。修造は無謀だなと思ったが、音吉のこの逞しさには正月になったら秋子と結婚すると言うハリがひそんでいるからだと思った。

二十五日過ぎの押し詰った一刻一刻は追いまくられて、時が過ぎて行った。その中で秋子の髪には正月の高い馨《かお》りがこの戦場に馥郁《ふくいく》と漂った。正月仕度の髪ならしの島田が大きく揺れて充血した職人達の眼に一時の刺戟を与えている。秋子が島田を結って初めて工場に現われたとき「ほんとうだ、音吉さんと夫婦になるんだ」と小僧や弟子の職人達がいままでの噂が、真実であったのを発見したように、ひそひそと囁き合うのが修造の耳にき

こえてきた。修造も島田が正月の仕度の髪であると思いながらも艶々と黒く光って油の強い日本髪を見ると、美しいと言うよりも、なまめかしい結婚を想像するのであった。そして無意識に否定していた噂が、はっきりと動かすことのできない事実として決定したような錯覚を覚えた。「もう駄目だ」修造は秋子と一緒になると言う強い考えを持っていたのではないが、彼女の強い匂いの髪を見たとき、そんな溜息とも詠歎とも諦めともつかない言葉が咽喉を突いて出てきた。

親方の又彦と音吉とはほとんど徹夜を続けて針を持っていた。ちょっとでも手を止めればそのまま倒れそうになるほど睡眠に襲われ疲れきっていた。修造は二十八日にお店の方へ工賃の請求伝票を出すまでは他の職人と同じように忙しかった。それが済むと三十一日の昼までに職人達個人の工賃を計算して支払うようにしなければならなかったが、徹夜するほどの忙しさでは無かった。二十九日、三十日は小僧も職人もほとんど徹夜を続けたが、修造は午前一時になると屋根裏の寝室に昇って行き、疲労で倒れた病人の部屋へ這入って行った。天井の低い屋根裏は電燈が消されて真暗であった。馴れた手さぐりで病人の寝ている四畳半の襖をあけると、熱ぽい人息と、かすかな唸り声がきこえた。

「具合はどうだ」

暗闇に声をかけて二階からコードで引張ってきて隅の柱にかけてある電燈のスイッチをひねった。パッと十燭の光がさした。電球はかさの無いむきだしのままで屋根裏のふし穴だらけの天井から煤が垂れ下っている。その下に置き忘れられた二つの肉塊がなげ出されていた。兼どんは蒲団を足の方にけりまくって、荒い呼吸をしていた。熱のために顔は真赤にほてって、修造の方をちょっと見たが何んの感興もなさそうに再び眼をつぶった。職人の梅さんは眠っていたのだろうが電燈の光りで眼がさめたらしく、

「みず、みず」

と言った。修造は兼どんの額に手をあてると火のように熱く、

「こりゃいかん、苦しいか」

と訊いたが返事をしなかった。

「氷で冷やしてやろう」

と言うと力なく頷いた。二方の破目板張りの隙間から冬の鋭い風が刃のように吹き込んでいる。修造は人間の生活を営んでいる屋根の下が、こんなにもわびしく見えたことがなかった。

修造は再び下の仕事場に降りて行った。明るい電燈のもとで、親方も職人も小僧達も無言のまま働いている。ただミシンの音と、アイロンの水に浸ってジューッと焼けつく音と白い湯気が電燈のまわりに白く立ちのぼっていた。職人も小僧達も寸分の余裕もなく一の大きな仕事にまき込まれていた。修造は氷を買うためにバケツを取りに台所へ行ったとき、そこに秋子の後姿を見つけた。大きな島田は何か見せつけるように意地悪く待ちかまえて

いた。修造はいつかの夜を思い出して、あやしく心が慄えた。と、髷が動いて振り返った。彼女の視線に会うと修造は躊躇して急いでバケツを取った。醜態をみられるようにあわてて、

「梅さんに水を持って行って下さい。僕は氷を買って来るから」

と言いすてて表へとびだした。師走の凍てついた風が肌に沁みると修造は吾れに返ったように落着き、兼どんの熱い頭を思い泛べた。街は暗く冷たく冬の真夜中であるのに、暮のあわただしさが地上に匍《は》いまわっていた。修造は前のめりに急いで歩いた。

氷と氷嚢を持って屋根裏へ昇って行ったとき、病人の枕元に秋子が坐っていた。修造は彼女とまともに顔を合せるのが恐しかった。秋子は修造から氷嚢を受取って、天井から紐を吊し、兼どんの額に載せてやった。低い、せまい、うす暗い部屋の中で彼女の動作は舞踊のようにしなやかに動いた。動く度に大きな島田が揺れて、それがひどく煽情的だった。

「もう少し我慢してね、お正月になったら直ぐお医者さんを呼ぶからね」

彼女はそう言って、なだめた。然し二人の病人はそんな言葉など聞こえないらしく、熱にうなされて、ときどき弱い唸り声を上げた。修造はこの天井の低い、せまい部屋にうなされた病人と、日本髪の強い匂のする秋子と一緒に居るのが恐しかった。これは疲れた神経に刺戟が強すぎたのである。修造は襖を開けて次の部屋にある自分の寝床に逃げるようにもぐり込んでしまった。若しも、もう少し我慢してあの部屋に居たら自分は彼女の体に

かじりついてしまったかも知れない。そんな本能的な衝動にかられた瞬間、圧えつけるようにして自分の寝床へ戻ったのであった。暫くして彼女は下へ降りて行った。その足音を聴いてから再び修造は寝床から這い出して病人の部屋へ行った。

「どうだ、少し気持いいか」

兼どんに言ったが、彼はただ虚な眼を開いたが、また直ぐ閉じてしまった。修造は病人を見ていると、たった今まで起っていた恐しい慾念が嘘のように消えて行った。そして秋子が言った「お正月になったら医者を呼ぶから我慢してね」の言葉が重く冷たく響いた。何んの熱か判らないこの病人の呻吟を眼の前に見つめて、いますぐ医者を呼ぼうとしない冷徹さが恐しく思われた。それは彼女の精神の冷徹さではなくて、家庭の長い間の習慣がそうさせたのであろう。毎年十二月末の病人はそれがどんなに危険な重病人であっても正月になるまでは医者を招かないのであった。多忙な仕事のためには人間の生命までも犠牲にしていることをあやしまなかったのである。

正月の二日間は職人や小僧達はむさぼるように眠りつづけた。元気のいい者は二日の夕刻から床を這い出て、遊びに行ってしまったが、まだ七、八人の職人は起きる力もなかった。

「いま時の若い奴等は元気が無くてしょうねえ」

親方は医者の帰ったあとに吐き出すように言った。兼どんの高熱には医者も頭をひねって、チブスの疑いもあり肺結核の症状もありと迷っていたが、この寒い冬の時季だから肺結核らしいと言って、腕から血液を取って行った。梅どんの方は感冒で別に心配はないと言ったが、他の職人はかなり疲労しているから安静をしなくてはいけないと言われた。

「あのぐらいの徹夜でくたばるなんて意気地がねえな」

音吉は親方の言葉に職人の顔を汚されたような気がした。音吉は親方に「今の若い奴等は」と言われるのが一番身に沁みて痛かった。従って徹夜などの忙しさで倒れた弟弟子の病気に同情するよりもむしろ自分の顔を、つまり若い時代の職人の顔を潰されたような気がして、却って「意気地がない奴だ」と反抗的に出るのであった。親方の「元気がない奴等だ」と、こぼす言葉には利害感情がひそんでいたのに、音吉の方は親方に負けまいとする意地が含んでいた。修造は二人の話を聴いていて、若い職人達が決して意気地が無いとは思わなかった。むしろ年末の過度の労働を、肉体を破るまでの仕事をしなければならない制度に矛盾を感じた。この年末の過激な仕事は制度ではないが、お店と下請店との間に自然にいつの間にか出来上った慣例である。

その夜、音吉と修造と親方の三人は昨年中の重荷を下したような気持になって酒を呑んだ。

「暮はよくあれだけの仕事をやったなァ」

親方は顔を赤くして年末の多忙を思い浮べた。

「なあに、いまの職人だってやればいくらでも無理がききます」

音吉は盃の酒を口元まで持って行きながら言った。すると親方の又彦は眼を細くして笑った。修造は親方のその笑いを見ながら、

「あの暮の忙しさは可成り無理ですね、もう少し何んとか緩和できないものかな、どうも忙し過ぎますよ」

「いいじゃないか、忙しい方が年末らしいし、景気も良くて」

音吉が横眼でじろっと眺めた。親方は、

「暮は忙しいほどいいのだ、弟子達の腕が上るのもこの忙しい暮で鍛えるからだ」

と言った。それを聞くと修造は暮からいだいていた憤怒が妙にこみ上げてきた。この忙しさを、職人の命をいためる仕事をそのまま放って置いていいのだろうか、疑問がぐっと胸にこたえて、

「暮の忙しいのは勿論いいです。だがそれも程度問題で、病人を大勢だすような無理な忙しさは決していいものじゃないと思う、こんな無謀な忙しさは何んとかして止めなければならない」

修造は盃の手をやすめて言った。

「ははは、そんなにうまく都合がつけば誰だって無理に仕事をしやしない。職人は普通の

人と違って仕事のないときはめっきり無いのだから、仕事のあるとき位はどんな無理でもしなきゃ、ほんとの職人じゃねえ」

「では、その無理で体をころしてもかまわないと言うんですか」

「こわれるような体じゃしょうねえ」

親方は修造の顔をじろっと見て盃に口をつけた。修造は暫く返事をしないで黙って、洋服屋の職人が一番結核に犯されると言う統計を想い出した、直接の原因は前かがみに坐って仕事をするので胸を圧迫すること、羊毛の埃を吸うことであった。それが一番大きな原因と考えていた。だが今言った親方の「こわれるような体じゃ、しょうねえ」の言葉の中にもっと大きな原因が含まれているように思われた。親方のその気持がなおらない以上、弟子達の健康は保証されないだろう。

「あんな無理な忙しさが無くて済むものなら無い方がいいでしょう、その忙しい分を暇のときに廻して貰えたら」

「職人はそんな甘い根性を出しちゃ駄目だ」

「然しそれが出来たら、その方がいいんじゃないですか」

「ははは、そんなこと出来るものか」

又彦は幾分酔がまわったらしく大きな声をたてて笑った。音吉は二人の話を黙ってききながら職人には五月蝿い理屈はいらないと言った風な顔をして酒を呑んでいた。その間、秋子は父親の傍に坐って皆に酌をしていた。彼女は濃い衿化粧をして荒い棒縞のお召に紅紫の絵羽織をかけていた。絵羽織の裾の模様は大胆な太い金糸で矢来の刺繍がほどこされて、それが大きな島田髷に非常に似合っていた。正月のなごやかさを添えている。修造は盃の手を休めて、

「僕はきっとやってみます、こんな病人を出すような仕事がいいとは思われないから、無理をしなくてもいいようにお店と下職の同業者と相談してみます、きっと出来ると思います」

「出来るものならやってみるさ」

又彦は突っぱねるように言った。意地悪く突っぱねたのでなく「俺はこんな議論は嫌いだから、お前のいいようにやってみろ」と言う意味らしく響いた。その証拠には親方の顔に微笑が浮んで和やかに輝いていた。

「音吉さんはどう思いますか」

修造は黙って聴いていた音吉に向って言った。音吉は盃を乾してから、

「そりゃ出来ることなら、あんな忙しいのは厭だね、いい仕事は出来ないし。でも暮の徹夜や、無理は弟子達には薬だな」

と言い、一人の考えで、とても今まで続いてきた暮の多忙を緩和することなどは出来るものでないと決め込んでいたが、出来ることなら、あんなに病人が続出する無理な仕事な

どはしない方がいいと思っていた。それでいて、この無理な仕事をあやしまずにいたのである。秋子は一と口もきかずに黙って聴いていた。
丁度この時刻に、三階の屋根裏に寝ていた兼どんは静かに息をひきとってしまった。

兼どんの死を知ったのは三日の夜明けであった。親方と音吉と修造は昨晩、暮の無理な仕事について話していただけに衝動が大きかった。音吉は眼に一パイ涙をためて、馬鹿野郎ッあれしきの忙しさで死ぬ奴があるか、お前は洋服屋の職人じゃねえぞ、と死体に吸嗚ってすすり泣いた。修造は屍を見て、こんな無謀は仕事はどうしても改めなければならないと言う強い感動を覚え、五日の下職同士の新年宴会には親方と一緒に出席して提言するのだと決心した。兼どんの死について一番心をいため悩んだのは秋子であった。彼女はあの暮の忙しいとき兼どんがひどい熱で唸っているのに、すぐ医者を呼ぼうとしなかったのを、後悔して、兼どんの死は直接自分に責任があると思いこんでしまった。私が兼どんを殺したのだと言う錯覚にまで陥ってしまったのである。秋子は自分の家の職人や小僧が死んだのは兼どんが初めてではないが、どうしたわけか今度だけは妙に彼女の心に喰い入った。いままででも蒼い顔をして故郷へ帰った小僧や職人は大勢居る。帰って二、三ヶ月すると親元から死んだ通知があった。田舎へも帰れずにここで死んだ者も二人居た。だが彼女はそんなに深い感銘も受けず、なぜ死んだかも考えず唯漠然と体が弱いとか、運が無かったのだと思っていた。ところがこんど修造の話を聴いてから体が弱いとか運などと簡単に考えることが怖しくなってきた。そしてこんど病人が出たら、どんなに仕事が忙しくても直ぐ医者に見せようと決心した。彼女は思い直して、いや、それよりも何故こんなに病人が出るのか、生命をこわしてまでも仕事に追われねばならぬかを考えた。そんな風に次々と考えて行くうちに、いつの間にか自分の考えが修造の跡を追っているのに気がついた。

一月、二月は閑散として、職人達はのんびり仕事をやっていた。音吉と秋子との結婚は噂のまま、いつ行われるともなく二月も過ぎてしまった。修造は同業者の下職の間を廻り歩いて、年末の無理な忙しさに就いて、何んとか方法を講じなければならない。それにはお店が自由に下職店を増しては困る。若し下職を新らしく増やすときには今まで出入りしていた下職達に相談して貰いたい。年末に無謀な仕事をするのも、他に新らしい下職をふやさないようにと自分達は無理な仕事をしているのである。若し下職をふやせば年末には良いが他の閑な月には、お互いに仕事を貰うために、はげしい争いをしなくてはならない。

年末の多忙には並木洋服店ばかりでなく、他の同業者も非常に困っていたところなので修造の提案は非常に喜んで迎えられた。そして三月末にはお店と交渉するところまで進んで行った。修造がこの仕事に一生懸命になったのは彼のヒューマンな気持ばかりではなかった。音吉と秋子との結婚に対する妙な感情から、嫉妬とも、反感とも、意地ともつかない淋しさの足掻きがあった。

四月初旬に越前百貨店との諒解が成立したとき、修造は長い間、胸にためていた息を吐いたようにほっとした。親方は驚いて修造の肩をたたいた。これを知って最も喜んだのは秋子であった。


葉桜が新緑をたたえる頃は註文品の布地も白く、明るい色になって、派手な新柄が乱雑な工場に初夏の馨りを漂わせた。修造が風呂から戻って来ると、音吉がちょっと話をしたいと改って言った。音吉は何か非常に重大な決心でもしたのか、ふだんの顔と一眼見てそれとわかるほど違っていた。長い顎は妙に長くのびて見え、眼は一点を見つめるように光っていた。音吉は仕事場の一方の隅に修造をつれてきた。そこは大きな洋服戸棚が置いてあって、ちょっと人眼につかない場所である。勿論、仕事は終ったので小僧も職人も居なかった。修造はここまでくる間、どんな話かまるで見当がつかなかった。ただ何か重大なことに違いないと言う漠然とした不安を覚えた。

「修造さん。あんたは俺と秋子さんの結婚を邪魔しているんじゃないかね」

「えッ」

「邪魔してるんだろう、ほんとうのこと言って呉れないか」

音吉の眼は光って修造の剃りあとの青い顎のあたりを見上げたが、怒っていなかった。

ただ正直に白状して欲しいと言う要求がありあり感じられた。何か誤解をしているなと修造は思ったので、

「邪魔してる」

と訊きかえし、

「僕はそんな覚えは全くない、音吉さんの誤解じゃないか」

と言った。すると音吉は素直に頷いて、

「ああそうか」

と、いままでいだいていた重大な決心をもぎとられたように弱々しく、全く最初の意気込みと違っていた。

「俺は秋子さんと一緒になることに決っていた。俺は自分でそう頼んだのでもないし、秋子さんが望んだのでもない。そうかと言って親方が決めたのでもない。いつ誰がきめたのでもないが三年ばかり前から、いや、もっと前からかな、いつの間にか自然にそんな風な関係になってしまったんだ。十二年の長い間一緒に生活しているうちに自然に醸しだされたんだなあ。全くおかしな話だが三人の気持が同じような考えになってしまったのだ」

音吉は首をたれ眼を伏せて、告白するようになお言葉をつづけた。

「でも、この頃は駄目だ、三人の考えが、どこからともなく崩れてきたんだ。親方の気持も動揺しているし、秋子さんの考えも変ってきたらしい、俺にはどうもそう見えるんだ。

そしてこの頃は俺も恐しくなったんだ、秋子さんと一緒になることは死んだお神さんと親方との夫婦生活を繰返すような気がして怖いんだ。それにもう一つ恐しいことがある。若し俺と秋子さんと一緒になっても……」

音吉はここで暫く言い淀んだ。

「俺と秋子さんと一緒になっても、若しも、たとえばだよ、あんたがあれに、秋子に少しでも愛情を見せたら、つまり修造さんが秋子と結婚したいと言う気持をちょっとでも見せれば、秋子は俺と一緒になっていても、あんたの処へ逃げてゆくよ、きっと逃げて行くよ」

音吉は首をあげて、じっと修造を見据えた。その眼は物悲しく濡れて動かなかった。修造は息詰って無言のまま最後の言葉を聴いていた。そして音吉が去年の暮のあの忙しい仕事に徹夜を続けて死物狂いになったのも、秋子との結婚のはりではなくて、この苦しみに戦っていたのだと、修造の胸は重苦しく息づまった。

「俺は職人だ」

音吉は濡れた眼に微笑を浮べ、捨鉢でも、皮肉でもなく言った。

初出：『風俗叢書』二輯、三元社、一九四一年三月［発表時作者三三歳］、『オール讀物』一九四二年一月号に再録
底本：『埴原一亟創作集』文芸復興社、一九六八年

第一三回芥川賞選評より〔一九四一（昭和一六）年上半期〕

川端康成　「長江デルタ」（註・多田裕計の受賞作）或は「下職人」を推す、下職人方が確かだが、デルタの方将来性あり面白いかも知れぬ。

佐藤春夫　うまいという点では「下職人」が一番だと思う。

横光利一　「下職人」も「山彦」もうまいと思うのだけれども、ああいううまさは老大家がいればいいのじゃないかという気がするのです。この「長江デルタ」なんてものは、（略）支那の青年なんかに読ませれば、日支の提携というような点で実に貢献する所があるだろうと思う。

埴原一亟　はにはら・いちじょう

一九〇七（明治四〇）〜一九七九（昭和五四）年。山梨県生まれ。東京の郁文館中卒業後、銀座松屋に就職。一九三一年に退職し、早稲田大学露文科に入学。一年足らずで中退し、第一作品集『蒼白きインテリ』を出版。三一年武蔵野道鉄東長崎駅前通りに古本屋「一千社」を開いた。四〇年に「店員」で第一二回芥川賞候補になり、「下職人」（第一三回）、「翌檜」（第一六回）と三度候補になる。四五年五月、樺太に渡り、ソ連の新聞社で働いた。四八年に帰国後は「ある引揚者の生活」などを発表した。著書に『人間地図』など。

文字禍

中島敦

文字の霊などというものが、一体、あるものか、どうか。

アッシリヤ人は無数の精霊を知っている。夜、闇の中を跳梁するリル、その雌のリリツ、疫病をふり撒くナムタル、死者の霊エティンム、誘拐者ラバス等、数知れぬ悪霊共がアッシリヤの空に充ち満ちている。しかし、文字の精霊については、まだ誰も聞いたことがない。

その頃――というのは、アシュル・バニ・アパル大王の治世第二十年目の頃だが――ニネヴェの宮廷に妙な噂があった。毎夜、図書館の闇の中で、ひそひそと怪しい話し声がするという。王兄シャマシュ・シュム・ウキンの謀叛がバビロンの落城でようやく鎮まったばかりのこととて、何か又、不逞《ふてい》の徒の陰謀ではないかと探って見たが、それらしい様子もない。どうしても何かの精霊どもの話し声に違いない。最近に王の前で処刑されたバビロンからの俘囚共の死霊の声だろうという者もあったが、それが本当でないことは誰にも判る。千に余るバビロンの俘囚は悉く舌を抜いて殺され、その舌を集めた所、小さな築山が出来たのは、誰知らぬ者のない事実である。舌の無い死霊に、しゃべれる訳がない。星占や羊肝卜《ようかんぼく》で空しく探索した後、之はどうしても書物共或いは文字共の話し声と考えるより外はなくなった。ただ、文字の霊（というものが在るとして）とは如何なる性質をもつものか、それが皆目《かいもく》判らない。アシュル・バニ・アパル大王は巨眼縮髪の老博士ナブ・アヘ・エリバを召して、此の未知の精霊に就いての研究を命じ給うた。

その日以来、ナブ・アヘ・エリバ博士は、日毎問題の図書館（それは、其の後二百年にして地下に埋没し、更に二千三百年にして偶然発掘される運命をもつものであるが）に通って万巻の書に目をさらしつつ研鑽に耽った。両河地方《メソポタミヤ》では埃及《エジプト》と違って紙草《パピルス》を産しない。人々は、粘土の板に硬筆を以て複雑な楔形の符号を彫りつけておった。書物は瓦であり、図書館は瀬戸物屋の倉庫に似ていた。老博士の卓子（その脚には、本物《ほんもの》の獅子の足が、爪さえ其の儘に使われている）の上には、毎日、累々たる瓦の山がうずたかく積まれた。其等重量ある古知識の中から、彼は、文字の霊に就いての説を見出そうとしたが、無駄であった。文字はボルシッパなるナブウの神の司り給う所とより外には何事も記されていないのである。文字に霊ありや無しやを、彼は自力で解決せねばならぬ。博士は書物を離れ、唯一つの文字を前に、終日それと睨めっこをして過した。卜者は羊の肝臓を凝視することによって凡ての事象を直観する。彼も之に倣って凝視と静観とによって真実を見出そうとしたのである。その中に、おかしな事が起った。一つの文字を長く見詰めている中に、何時しか其の文字が解体して、意味の無い一つ一つの線の交錯としか見えなくなって来る。単なる線の集りが、何故、そういう音とそういう意味とを有《も》つことが出来るのか、どうしても解らなくなって来る。老儒ナブ・アヘ・エリバは、生れて初めて此の不思議な事実を発見して、驚いた。今迄七十年の間当然と思って看過していたことが、決して当然でも必然でもない。彼は眼から鱗《こけら》の落ちた思がした。単なるバラバラの線に、一定の音と一定の意味とを有《も》たせるものは、何か？　ここ迄思い到った時、老博士は躊躇なく、文字の霊の存在を認めた。魂によって統べられない手・脚・頭・爪・腹等が、人間ではないように、一つの霊が之を統べるのでなくて、どうして単なる線の集合が、音と意味とを有《も》つことが出来ようか。

この発見を手初めに、今迄知られなかった文字の霊の性質が次第に少しずつ判って来た。文字の精霊の数は、地上の事物の数程多い、文字の精は野鼠のように仔を産んで殖える。

ナブ・アヘ・エリバはニネヴェの街中を歩き廻って、最近に文字を覚えた人々をつかまえては、根気よく一々尋ねた。文字を知る以前に比べて、何か変ったような所はないかと。之によって文字の霊の人間に対する作用《はたらき》を明らかにしようというのである。さて、斯うして、おかしな統計が出来上った。それに依れば、文字を覚えてから急に蝨《しらみ》を捕《と》るのが下手になった者、眼に埃が余計はいるようになった者、今迄良く見えた空の鷲の姿が見えなくなった者、空の色が以前程碧くなくなったという者などが、圧倒的に多い。「文字ノ精ガ人間ノ眼ヲ喰イアラスコト、猶、蛆虫ガ胡桃ノ固キ殻ヲ穿チテ、中ノ実ヲ巧ニ喰イックスガ如シ」と、ナブ・アヘ・エリバは、新しい粘土の備忘録に誌《しる》した。文字を覚えて以来、咳が出始めたという者、くしゃみが出るようになって困るという者、しゃっくりが度々出るようになった者、下痢するようになった者なども、かなりの数に上る。「文字ノ精ハ人間ノ鼻・咽喉・腹等ヲモ犯スモノノ如シ」と、老博士は又誌した。文字を覚えてから、俄かに頭髪の薄くなった者もいる。脚の弱くなった者、手足の顫《ふる》えるようになった者、顎がはずれ易くなった者もいる。しかし、ナブ・アヘ・エリバは最後に斯う書かねばならなかった。「文字ノ害タル、人間ノ頭脳ヲ犯シ、精神ヲ麻痺セシムルニ至ッテ、スナワチ極マル。」文字を覚える以前に比べて、職人は腕が鈍り、戦士は臆病になり、猟師は獅子を射損うことが多くなった。之は統計の明らかに示す所である。文字に親しむようになってから、女を抱いても一向楽しうなくなったという訴えもあった。もっとも、斯う言出したのは、七十歳を越した老人であるから、之は文字のせいではないかも知れぬ。ナブ・アヘ・エリバは斯う考えた。埃及人は、ある物の影を、其の物の魂の一部と見做しているようだが、文字は、その影のようなものではないのか。

獅子という字は、本物《ほんもの》の獅子の影ではないのか。それで、獅子という字を覚えた猟師は、本物の獅子の代りに獅子の影を狙い、女という字を覚えた男は、本物《ほんもの》の女の代りに女の影を抱くようになるのではないか。文字の無かった昔、ピル・ナピシュチムの洪水以前には、歓びも智慧もみんな直接に人間の中にはいって来た。今は、文字の薄被《ヴェイル》をかぶった歓びの影と智慧の影としか、我々は知らない。近頃人々は物憶えが悪くなった。之も文字の精の悪戯である。人々は、最早、書きとめて置かなければ、何一つ憶えることが出来ない。着物を着るようになって、人間の皮膚が弱く醜くなった。乗物が発明されて、人間の脚が弱く醜くなった。文字が普及して、人々の頭は、最早、働かなくなったのである。

ナブ・アヘ・エリバは、或る書物狂の老人を知っている。其の老人は、博学なナブ・アヘ・エリバよりも更に博学である。彼は、スメリヤ語やアラメヤ語ばかりでなく、紙草《パピルス》や羊皮紙に誌された埃及文字までですらすらと読む。凡そ文字になった古代のことで、彼の知らぬことはない。彼はツクルチ・ニニブ一世王の治世第何年目の何月何日の天候まで知っている。しかし、今日の天気は晴か曇か気が付かない。彼は、少女サビツがギルガメシュを慰めた言葉をも諳《そら》んじている。しかし、息子をなくした隣人を何と言って慰めてよいか、知らない。彼は、アダッド・ニラリ王の后、サンムラマットがどんな衣装を好んだかも知っている。しかし、彼自身が今どんな衣服を着ているか、まるで気が付いていない。何と彼は文字と書物とを愛したであろう！　読み、諳んじ、愛撫するだけではあきたらず、それを愛するの余りに、彼は、ギルガメシュ伝説の最古版の粘土板を嚙砕き、水に溶かして飲んで了ったことがある。文字の精は彼の眼を容赦なく喰い荒し、彼は、ひどい近眼である。余り眼を近づけて書物ばかり読んでいるので、彼の鷲形の鼻の先は、粘土板と擦れ合って固い胼胝《たこ》が出来ている。文字の精は、又、彼の脊骨をも蝕み、彼は、臍に顎のくっつきそうな傴僂《せむし》である。しかし、彼は、恐らく自分が傴僂《せむし》であることを知らないであろう。傴僂《せむし》という字なら、彼は、五つの異った国の字で書くことが出来るのだが。ナブ・アヘ・エリバ博士は、此の男を、文字の精霊の犠牲者の第一に数えた。ただ、斯うした外観の惨めさにも拘わらず、此の老人は、実に——全く羨ましい程——何時も幸福そうに見える。之が不審といえば、不審だったが、ナブ・アヘ・エリバは、それも文字の霊の媚薬の如き奸猾《かんかつ》な魔力の所為と見做した。

　隅々アシュル・バニ・アパル大王が病に罹られた。侍医のアラッド・ナナは、此の病軽からずと見て、大王の御衣裳を借り、自ら之をまとうて、アッシリヤ王に扮した。之によって、死神エレシュキガルの眼を欺き、病を大王から己の身に転じようというのである。此の古来の医家の常法に対して、青年の一部には、不信の眼を向ける者がある。之は明らかに不合理だ、エレシュキガル神ともあろうものが、あんな子供瞞しの計に欺かれる筈があるか、と、彼等は言う。碩学ナブ・アヘ・エリバはこれを聞いて厭な顔をした。青年等の如く、何事にも辻褄を合せたがることの中には、何かしらおかしな所がある。全身垢まみれの男が、一ケ所だけ、例えば足の爪先だけ、無闇に美しく飾っているような、そういうおかしな所が。彼等は、神秘の雲の中に於ける人間の地位をわきまえぬのじゃ。老博士は浅薄な合理主義を一種の病と考えた。そして、其の病をはやらせたものは、疑もなく、文字の精霊である。

或日若い歴史家（或いは宮廷の記録係）のイシュデイ・ナブが訪ねて来て老博士に言った。歴史とは何ぞや？　と。老博士が呆れた顔をしているのを見て、若い歴史家は説明を加えた。先頃《さきごろ》のバビロン王シャマシュ・シュム・ウキンの最期について色々な説がある。自ら火に投じたことだけは確かだが、最後の一月《ひとつき》程の間、絶望の余り、言語に絶した淫蕩の生活を送ったというものもあれば、毎日ひたすら潔斎してシャマシュ神に祈り続けたというものもある。第一の妃唯一人と共に火に入ったという説もあれば、数百の婢妾を薪の火に投じてから自分も火に入ったという説もある。何しろ文字通り煙になったこととて、どれが正しいのか一向見当がつかない。近々、大王は其等の中の一つを選んで、自分にそれを記録するよう命じ給うであろう。これはほんの一例だが、歴史とは之でいいのであろうか。

賢明な老博士が賢明な沈黙を守っているのを見て、若い歴史家は、次の様な形に問を変えた。歴史とは、昔、在った事柄をいうのであろうか？　それとも、粘土板の文字をいうのであろうか？

獅子狩と、獅子狩の浮彫とを混同しているような所が此の問の中にある。博士はそれを感じたが、はっきり口で言えないので、次の様に答えた。歴史とは、昔在った事柄で、且つ粘土板に誌されたものである。この二つは同じことではないか。

書洩らしは？　と歴史家が聞く。

書洩らし？　冗談ではない、書かれなかった事は、無かった事じゃ。芽の出ぬ種子は、結局初めから無かったのじゃわい。歴史とはな、この粘土板のことじゃ。

若い歴史家は情なさそうな顔をして、指し示された瓦を見た。それは此の国最大の歴史家ナブ・シャリム・シュヌ誌す所のサルゴン王ハルディア征討行の一枚である。話しながら博士の吐き棄てた柘榴の種子が其の表面に汚らしくくっついている。

ボルシッパなる明智の神ナブウの召使い給う文字の精霊共の恐しい力を、イシュディ・ナブよ、君はまだ知らぬと見えるな。文字の精共が、一度或る事柄を捉えて、之を己の姿で現すとなると、その事柄は最早、不滅の生命を得るのじゃ。反対に、文字の精の力ある手に触れなかったものは、如何なるものも、その存在を失わねばならぬ。太古以来のアヌ・エンリルの書に書上げられていない星は、何故に存在せぬか？　それは、彼等がアヌ・エンリルの書に文字として載せられなかったからじゃ。大マルズック星（木星）が天界の牧羊者（オリオン）の境を犯せば神々の怒が降《くだ》るのも、月輪の上部に蝕が現れればフモオル人が禍を蒙るのも、皆、古書に文字として誌されてあればこそじゃ。古代スメリヤ人が馬という獣を知らなんだのも、彼等の間に馬という字が無かったからじゃ。此の文字の精霊の力ほど恐ろしいものは無い。君やわしらが、文字を使って書きものをしとるなどと思ったら大間違い。わしらこそ彼等文字の精霊にこき使われる下僕《しもべ》じゃ。しかし、又、彼等精霊の齎《もたら》す害も随分ひどい。わしは今それに就いて研究中だが、君が今、歴史を誌した文字に疑を感じるようになったのも、つまりは、君が文字に親しみ過ぎて、其の霊の毒気に中《あた》ったためであろう。

若い歴史家は妙な顔をして帰って行った。老博士は尚暫く、文字の霊の害毒があの有為な青年をも害《そこな》おうとしていることを悲しんだ。文字に親しみ過ぎて却って文字に疑を抱くことは、決して矛盾ではない。先日博士は生来の健啖に任せて羊の炙肉を殆ど一頭分《いっとうぶん》も平らげたが、その後当分、生きた羊の顔を見るのも厭になったことがある。

青年歴史家が帰ってから暫くして、ふと、ナブ・アヘ・エリバは、薄くなった縮《ちぢ》れっ毛の頭を抑えて考え込んだ。今日は、どうやら、わしは、あの青年に向って、文字の霊の威力を讃美しはせなんだか？　いまいましいことだ、と彼は舌打をした。わし迄が文字の霊にたぶらかされおるわ。

実際、もう大分前から、文字の霊が或る恐しい病を老博士の上に齎《もたら》していたのである。それは彼が文字の霊の存在を確かめるために、一つの字を幾日もじっと睨み暮した時以来のことである。其の時、今迄一定の意味と音とを有《も》っていた筈の字が、忽然と分解して、単なる直線どもの集りになって了ったことは前に言った通りだが、それ以来、それと同じ様な現象が、文字以外のあらゆるものに就いても起るようになった。彼が一軒の家をじっ、と見ている中に、その家は、彼の眼と頭の中で、木材と石と煉瓦と漆喰との意味もない集合に化けて了う。之がどうして人間の住む所でなければならぬか、判らなくなる。人間の身体を見ても、其の通り。みんな意味の無い奇怪な形をした部分部分に分析されて了う。どうして、こんな恰好をしたものが、人間として通っているのか、まるで理解できなくなる。眼に見えるものばかりではない。人間の日常の営み、凡ての習慣が、同じ奇体な分析病のために、全然今迄の意味を失って了った。最早、人間生活の凡ての根柢が疑わしいものに見える。ナブ・アヘ・エリバ博士は気が違いそうになって来た。文字の霊の研究を之以上続けては、しまいに其の霊のために生命をとられて了うぞと思った。彼は怖くなって、早々に研究報告を纏め上げ、之をアシュル・バニ・アパル大王に献じた。但し、中に、若干の政治的意見を加えたことは勿論である。武の国アッシリヤは、今や、見えざる文字の精霊のために、全く蝕まれて了った。しかも、之に気付いている者は殆ど無い。今にして文字への盲目的崇拝を改めずんば、後に臍《ほぞ》を噬《か》むとも及ばぬであろう云々。

文字の霊が、この讒謗者をただで置く訳が無い。ナブ・アヘ・エリバの報告は、いたく大王の御機嫌を損じた。ナブウ神の熱烈な讃仰者で当時第一流の文化人たる大王にして見れば、之は当然のことである。老博士は即日謹慎を命ぜられた。大王の幼時からの師傅《しふ》たるナブ・アヘ・エリバでなかったら、恐らく、生きながらの皮剝に処せられたであろう。思わぬ御不興に愕然とした博士は、直ちに、之が奸譎《かんけつ》な文字の霊の復讐であることを悟った。
しかし、まだ之これだけではなかった。数日後ニネヴェ・アルベラの地方を襲った大地震の時、博士は、たまたま自家の書庫の中にいた。彼の家は古かったので、壁が崩れ書架が倒れた。夥しい書籍が――数百枚の重い粘土板が、文字共の凄まじい呪の声と共にこの讒謗者の上に落ちかかり、彼は無慙《むざん》にも圧死した。

初出:『文學界』一九四二年二月号〔「山月記」とともに「古譚」の総題で発表〕〔発表時作者三三歳〕
底本:『斗南先生・南島譚』講談社文芸文庫、一九九七年

第一五回芥川賞選評より〔一九四二（昭和一七）年上半期〕※候補作は「光と風と夢」

瀧井孝作　「光と風と夢」中島敦氏。文學界五月号。／これは、読んで一寸面白いと思ったが、反訳か何かに似た達者な粗らい文体が、創作ではないような感じもした。またこの作者の作品で、文學界二月号に「古譚」（註・「山月記」と「文字禍」）というのがあって、これも読んだが、これは衒学的なくさ味があってどうも好きにはなれなかった。この意味で、この作者も尚工夫すべきではないかと思われた。

小島政二郎　同じ作者の「古譚」も読んだ。これはなかなか面白い。しかし、芥川賞に推薦する程の「小説」ではない。

川端康成　「松風」や「光と風と夢」とが既往の受賞作に劣るとは、到底信じられない。

中島敦　なかじま・あつし

一九〇九（明治四二）～一九四二（昭和一七）年。東京・四谷の漢文学者の家系に生まれる。朝鮮総督府立京城中、一高を経て、東京帝国大学国文科を卒業。横浜高等女子学校の教師をしながら、「狼疾記」「かめれおん日記」などを執筆。四一年、教師を辞め、南洋庁国語教科書編集書記としてパラオ島に赴任したが、持病の喘息をこじらせ、翌四二年三月に帰国した。「山月記」と「文字禍」が『文學界』に「古譚」として発表されたのにつづき、五月に発表した「光と風と夢」で芥川賞候補になった。同年一一月に創作集『南島譚』を刊行後、体調が悪化、一二月四日に三三歳で亡くなった。没後、「弟子」「李陵」など多くの作品が発表され、戦後の全集刊行を機に再評価された。

解説　太宰治と十五年戦争下の芥川賞

鵜飼哲夫

第一回芥川賞は、文壇にとっては大きな一歩だったが、世間では小さな一歩だった。

最初の〝芥川賞〟／無名作家へ／「蒼氓」の石川氏

昭和十年八月十日に行われた芥川賞最終選考会の翌日、読売新聞朝刊社会面は、この見出しにつづき、神戸のブラジル移民収容所の生活を克明に描いた受賞作「蒼氓」について「透徹した社会意識をもったものである」と記事で評価したが、石川達三の顔写真はなく、賞のスタートを祝う報道に華やぎはなかった。

賞を創設した菊池寛、文壇の重鎮・佐藤春夫、横光利一や室生犀星ら居並ぶ選考委員の誰一人として一面識だになかった石川達三は、田舎に帰り、豚でも飼って畜産業者になろうと考えていた矢先の受賞だったという。あまりにも無名ゆえか、賞の結果を記事にしない新聞社もあり、菊池寛は憤慨した。しかし、その後の石川の活躍は目覚ましく、日中戦争下で発禁処分となった「生きている兵隊」では戦地の実相に迫り、戦後も問題作「風にそよぐ葦」「人間の壁」「金環蝕」や「青春の蹉跌」などベストセラーを量産、芥川賞選考委員まで務める有名人になった。

賞の歴史と伝統をつくるのは受賞者の顔ぶれである。芥川賞を有名にした第一の功労者は石川だった。つづく第四回の「普賢」石川淳、第五回の「暢気眼鏡」尾崎一雄、そして受賞後に「麦と兵隊」などで一躍戦時下の人気作家となった第六回の「糞尿譚」火野葦平など、文学史に名を残す作家を次々と受賞者に選んだ選考委員も慧眼だった。

だが、落選作の選評まで公表する芥川賞の画期的な方法が、始まったばかりの新人賞を有名にすることになるとは、全ての関係者にとって想定外だった。主役は、芥川龍之介に憧れて作家になり、「傑作を一つ書いて死にたいね」が口癖だった新人の太宰治と、「雪国」の連載を始めたばかりの三十六歳の気鋭、川端康成だった。第一回芥川賞候補になった太宰の「逆行」や「道化の華」について、選考委員の川端が、「私見によれば、作者目下の生活に厭な雲ありて、才能の素直に発せざる憾みあった」と書いたことが事の始まりだった。

太宰治は、津軽の裕福な地主の家に生まれた。エリートコースを歩みながらも、東京帝国大学に進学した昭和五年、銀座のカフェの女性と心中未遂、女性だけを死なせてしまうなど、その青春は波乱万丈だった。青森から上京した芸妓、小山初代と将来を約束した直後、これに反対する実家から勘当され、絶望したことなどが事件の原因だった。その後も非合法運動に協力して警察に追われるなど実家には顔向けできず、生活には

「厭な雲」ばかりであった。

だからこそ、自分の身を啄むようにして小説を書くことだけが生きることであり、たった一つの誇りであり、実家を安心させるためにも芥川賞が欲しかった。芥川賞発表の前月には、洋画家を目指す若い知人に、「不滅の芸術家であるという誇りを、いつも忘れてはいけない（略）自分に一寸五分の力があるなら、それを認めさせるまでは一歩も退いては、いけない」としたためた上で、「僕、芥川賞らしい。新聞の下馬評だからあてにならぬけれども」とはがきを書き送っている。

それだけに、選評で川端から、生活態度だけではなく、作品まで否定された二十六歳の太宰は、自尊心を傷つけられ、即座に抗議文を雑誌に公表した。

私は、憤怒に燃えた。幾夜も寝苦しい思いをした。

小鳥を飼い、舞踏を見るのがそんなに立派な生活なのか。刺す。そうも思った。大悪党だと思った。

心中未遂事件を題材にした「道化の華」で、太宰は「細くとぎすまされた自尊心である。どのような微風にでもふるえおののく。侮辱を受けたと思いこむやいなや、死なん哉《かな》ともだえる」と書いている。まさに小説そのまま、落とされ、もだえ、川端を悪党呼ばわりしたのだ。

川端も作家である。受けて立った。即座に、「「生活に厭な雲、云々」も不遜の暴言であるならば、私は潔く取消」すと公表したが、「才能の素直に発せざる憾み」という「評言は私一個の実感であったのはしかたがない」と取り下げなかった。

「才能の素直に発せざる憾みあった」と評された作品が、本書冒頭に載せた昭和十年『文藝』二月号発表の「逆行」で、奇しくも川端康成「浅草祭」と同じ号の雑誌に掲載されている。今日、全集や文庫で読める「逆行」は、昭和十一年に太宰が出した第一創作集『晩年』を底本としたもので、「蝶蝶」「盗賊」「決闘」「くろんぼ」という四つの掌編からなるが、初出では「盗賊」は含まれていない。

老人ではなかった。二十五歳を越しただけであった。けれどもやはり老人であった。

「逆行」の冒頭「蝶蝶」の書き出しと、太宰晩年の傑作「人間失格」の「第三の手記」の締めくくりの文章、「自分はことし、二十七になります。白髪がめっきりふえたので、たいていの人から、四十以上に見られます」との類似に驚く人は多いだろう。それは若い頃に太宰に生まれた「晩年」意識をよく示している。しかし、言いたい思いが高じるあまり言葉がついていかず、つづく、「二度、自殺をし損った。そのうちの一度は情死であった。三度、留置場にぶちこまれた。思想の罪人としてであった」という文章は、太宰の人生を知らない読者にはあまり響かないのではないか。

これに対して、芥川賞に落ちた二か月後、「帝國大学新聞」に「(コント)」として発表された「盗賊」は、はるかにユーモアがあり、文章のリズム、テンポもいい。

ことし落第ときまった。それでも試験は受けるのである。甲斐《かい》ない努力の美しさ。われはその美に心をひかれた。今朝こそわれは早く起き、まったく一年ぶりで学生服に腕をとおし、菊花の御紋章かがやく高い大きい鉄の門をくぐった。

落第からの顚末を、「甲斐《かい》ない努力の美しさ」というところには、青春のてらいと太宰の美意識がよく表現されている。文中にある、「傑作の幻影にだまくらかされ、永遠の美に魅せられ、浮かされ、とうとうひとりの近親はおろか、自分自身をさえ救うことができなんだ」など、太宰の芸術観、人生を切り取る決めゼリフも効いている。

残念ながら、「盗賊」は、初出の「逆行」にはなかった。

「逆行」をほめなかったのは、川端ひとりではない。太宰の抗議文への返答として書かれた川端の「太宰治氏へ芥川賞に就て」によると、選考会では、石川達三の「蒼氓」に五票集まったが、「逆行」など他の四作へは各一票か二票だけ。太宰の支持者であった選考委員の重鎮、佐藤春夫ですら「太宰君の今までの諸作のうちではむしろ失敗作の方だろう」と選評に記し、評価は芳しくなかった。

だが、それで諦める太宰ではなかった。同人誌『日本浪曼派』に連載していたエッセイ「もの思う葦」では、「或る文学賞の候補者として、私に一言の通知もなく、そうして私が蹴落されていることまで、附け加えて、世間に発表された。人おのおの、不抜の自尊心のほどを、思いたまえ。しかるに受賞者の作品を一読するに及び、告白すれば、私、ひそかに安堵した。私は敗北しなかった。私は書いてゆける。誰にも許さぬ私ひとりの路をあるいてゆける確信」と、昂然たる調子でしたためている。

だからこそ落選直後に、「(コント)」につづき、「めくら草紙」「陰火」など新作も発表し、第一創作集『晩年』の刊行を急いだ。同時に、芥川賞に向けて、選考委員の佐藤春夫に直訴し、「物質の苦しみが　かさなり　かさなり　死ぬことばかりを考へて居ります。／佐藤さん一人がたのみでございます」、「芥川賞をもらへば、私は人の情に泣くでせう。さうして、どんな苦しみとも戦つて、生きて行けます」といった手紙まで書き、執着した。

第二回、第三回でも、太宰の名は候補にすらなかった。第三回候補は、川端、菊池寛、瀧井孝作、佐藤春夫、小島政二郎の合議で決められ、そこで太宰に限らず、一度でも候補になった作家は、候補にしないと決めていたからだ(後にこの内規は無くなる)。

その内規を知らなかった太宰は、賞を欲しいと泣訴し、憤怒し、あげくの果てに第三回芥川賞選考会の直前には、「大悪党」呼ばわりした川端に、巻紙で四メートル以上にも及ぶ書簡を送り、「私に希望を與へて下さい　老母愚妻をいちど限り喜ばせて下さい　私に名誉を與へて下さい(略)私を見殺しにしないで下さい」と、泣き落としにかかった。

滑稽であった。悲惨であった。折悪しく、盲腸の手術後に使った鎮痛剤パビナールが習慣化し、借金が増え、ますます世間に顔向けできなくなっていた太宰は、無情の結果に逆上した。昭和十一年の『新潮』十月号に発表した小説「創生記」では、「先日、佐藤先生よりハナシガアルからスグコイという電報がございましたので、お伺い申しますと、お前の「晩年」という短篇集をみんなが芥川賞に推していて、(略) お前ほしいか、というお話であった」などと書いてしまったのだ。

佐藤春夫は激怒した。実名小説「芥川賞　憤怒こそ愛の極点」で、太宰の言動をすべて妄想と断じたうえで、芥川賞を欲しがる太宰の、「自尊心も思慮もまるであったものではない泣訴状」について、「橋の畔で乞食から袂を握られてもこう不快な思いはしないであろう」とまで悪しざまに記し、突き放したのである。

太宰の、芥川賞への願いは完全に閉ざされた。

歴史にifはない。しかし、もし、太宰に芥川賞が与えられていたらどうなっていたのだろうか。妻となった津島美知子著『回想の太宰治』によると、太宰は、「針でさされたのを、鉄棒でなぐられたと感ずる人」だった。朋友、檀一雄も、太宰は、自らの作品への悪評に耐えられず、名声にも安堵のいかぬ性格だったと回想している。

だからこそ、芥川賞という新人賞の名声などには安堵はできず、さらなる「傑作の幻影」に取りつかれていたかもしれない。そして後年の、自分の弱さを認め、明るくユーモアあふれる作品をつづる太宰は誕生しなかったかもしれない。同時に、芥川賞作家という称号で、ジャーナリズムにもみくちゃにされ、好評にも満足できず、ましてや悪評には耐えられず、その死が早まっていた可能性もある。太宰は、昭和二十三年に自殺する直前、「斜陽」などに寄せられた小説の神様、志賀直哉の悪評に激怒し、随想「如是我聞」で志賀を相手に激しい批判を展開、その直後に、「小説を書くのがいやになったから死ぬのです」という遺書を残して心中している。

賞を取れなかった太宰は、慢性パビナール中毒症が高じて昭和十一年十月、窓に鉄格子のはまった閉鎖病棟に入院させられた。つくづく、自分を駄目な男だと思った。だが、それはどん底ではなかった。入院中、長年生活を共にした元芸妓小山初代が、親しい洋画家の卵と「哀しい間違い」をしていたことを知らされる。裏切られたことのショックもあったが、さんざん迷惑をかけ通しだった初代の、たった一度の過ちを許すことができない自分が情けなかった。

それから一年半近く、ほとんど小説を書けない時期を経て、太宰は、初代との別れを題材にした小説「姥捨」を発表し、「おれは、天才でない」「おれは、無力の人間だ」と作中で表明する。そして、「人間は、素朴に生きるより、他に、生きかたがないものだ」と改心、傑作意識を捨て、「富嶽百景」「津軽」「お伽草紙」などの人を喜ばせる明るい小説を書くようになった。

死の前年にあたる昭和二十二年、太宰は、『小説新潮』の「わが半生を語る」欄で、芥川賞候補時代をこう回想している。

私がまだ東大の仏文科でまごまごしていた二十五歳の時、改造社の「文藝」という雑誌から何か短篇を書けといわれて、その時、あり合せの「逆行」という短篇を送った。

「あり合せ」という言葉が示すように、そこには、かつての「不抜の自尊心」を否定する、成熟した太宰の姿があった。

戦前・戦中の芥川賞には、妙なジンクスがあった。太宰と同人雑誌でともに活動した作家は、ことごとくといっていいくらい芥川賞を落選しているのである。太宰の文壇デビュー作「魚服記」や出世作「思い出」を掲載した同人雑誌『海豹』の仲間の木山捷平、大鹿卓（詩人金子光晴の弟、「渡良瀬川」で新潮社文藝賞）。太宰が「ロマネスク」を発表した『青い花』の同人では、檀一雄、小山祐士。「道化の華」を発表した『日本浪曼派』では、緒方隆士、中谷孝雄、中村地平……。太宰、檀、坂口安吾らとともに無頼派とされ、戦後、太宰、安吾と鼎談した織田作之助も落ちている。交遊のあった先輩では小田嶽夫（第三回）と尾崎一雄（第五回）が受賞しているが、同人仲間で取ったのは『青い花』の森敦ぐらいだ。とはいえ、「月山」で森が受賞したのは昭和四十八年下半期の第七十回。森は芥川賞受賞者としては当時最年長の六十一歳となっていた。

妻の美知子によれば、自分の作品を第一と考える太宰は、自分の前で他の作家の名前や作品を口にするだけでなじったという。その太宰の怨念がつくったジンクスにも見えなくもないが、今日残された作品を見ると、どの作品で芥川賞の候補になるのか、それが明暗を分けたように思われる。

太宰も、出世作「思い出」で候補になっていたら取れたのではないか、と思うが、これを発表した昭和八年にはまだ芥川賞は存在していなかった。

太宰と惑乱の青春の日々を共にした檀一雄は第二回に「夕張胡亭塾景観」、第十七回には「吉野の花」で二度候補になったが、これらは、戦後に発表した「リツ子・その愛」「リツ子・その死」のような天然の旅情の伸びやかさはまだなく、抒情が鬱屈していた。戦中の作品であげるなら、若き日の三島由紀夫が愛読し、平成時代に大林宣彦監督が映画化した「花筐《はながたみ》」（昭和十一年『文藝春秋』五月号）が有名だが、これは候補にならず、檀は昭和二十六年、「真説石川五右衛門」「長恨歌」で第二十四回直木賞を受けた。

織田作之助は、昭和十四年下半期の第十回に「俗臭」でただ一度候補になったが、室生犀星を除き、強い支持はなかった。「ふるさとは遠きにありて思ふもの　そして悲しくうたふもの」という詩の一節で知られる犀星は、「落選した「俗臭」の去って行く姿が一層はっきりとさびしく眼に映って来たのである」と、選評を叙情的につづっている。

今日、岩波文庫などで読める「俗臭」は、織田が昭和十五年に単行本『夫婦善哉』を出した際、三分の一ほどの長さに大幅カット、推敲した改訂版である。本選集では、芥川賞候補になった同人誌『海風』の昭和十四年九月号に発表された初出の「俗臭」を載せた（底本は『俗臭　織田作之助［初出］作品集』インパクト出版会、二〇一一年）。それは児子権右衛門とその妻、政江が成り上がるまでの苦心と成功の話を描いている改訂版「俗臭」とは前半がまるで違い、「あくどい成金生活の内幕が描いてあった」（瀧井孝作）、まさに俗臭フンプンたる作品だった。

苦心の末に成り上がってからの権右衛門の金への執着、政江の上昇志向、一族の性遍歴や大阪の風俗が、これでもかという勢いで大阪弁を織り交ぜて語られる。駄目男、困った女を描いて一流のオダサクが、一筆書きのように人生の機微を描くさまも颯爽だ。

権右衛門と、派出看護婦としてやってきた政江との出会いはこうある。

「二十二三の色黒い器量のよくない女であった。が、何となく頼もしく、同じ家に寝泊りしているので自然情も移るのだ。何かの拍子に、裾が乱れて浅黒い脛がちらと見えた、それが切っ掛けで、口説いて、というより殆んど行動に訴えたら、脆かった。政江であった。間もなく結婚した」。これが改訂版では、「何かの拍子に白い看護服の裾から浅黒い脛が見えた。それが切っ掛けでありきたりの関係に陥った」と変更された。文章の洗練度では改訂版がまさるが、猥雑な人間模様という点では初出版に軍配をあげたい。

昭和二十三年、三十八歳で亡くなった太宰も、その前年、三十三歳で世を去ったオダサクも生涯、賞との縁はほとんどなかったが、その人気では大半の芥川賞受賞作家を上回る。大谷晃一の評伝『織田作之助――生き、愛し、書いた。』によると、芥川賞に落ちた時、オダサクは「太宰も芥川賞を取らなんだしなア、次はもっと傑作を書くでエ、見ててくれ」と知人に言い放ったという。その直後に発表したのが「夫婦善哉」であった。

オダサクは本作で第一回文藝推薦作に、武田麟太郎、川端康成らの推挙で選ばれ、「無名」の新人に与えられる芥川賞の受賞資格を失った。

但し、太宰を評価しなかった川端は、「夫婦善哉」に対しても辛口だった。「見方が浅いからね。見方をもう少し、しっかりしたならば品が出て来るのですね」。

芥川賞には、〝一流〟同士がぶつかり合うドラマがある。

戦前に二度、芥川賞の候補になった木山捷平もまた、賞にフラれつづけた作家だった。最初に芥川賞の候補になった「抑制の日」（第九回）では、宇野浩二に「ユウモアが持ち味」とはいえ、「今一と息というところを越すには一と皮むけなければならぬのではないか」とくさされている。この選評を読んだ日の事を木山は、「酔いざめ日記」で、こう記している。「芥川賞の選評をよむ。選者たちは神様にでもなったつもりで書いている。宇野浩二のタヌキまで悪口を書き居る。ひいきのひきたおし、という奴だ。腹がきむしられるようだ。ともかく、いい作品をかかねばならんのだが、こんなに書かれてはめいるばかりだ」。

それでも、書く。めいっても、売れなくても書くのが木山の野太さだった。戦争中に大陸の新京（現在の長春）に渡り、帰国後、妻に、「難民生活一年は百年を生きた苦しみであった」と、一言のみ言った苦渋の体験をも、「大陸の細道」などで飄々とユーモアを忘れず描くのが呑ん兵衛の木山だった。

敗戦の翌年、大陸から引き揚げた木山に、「拝復　無事おかへりの由、大慶也。どちらも、こちらも、いのちに別条ないばかり」と書き送った太宰はその二年後自ら命をたったが、命からがら引き揚げた木山は書き続け、昭和三十七年度に「大陸の細道」で芸術選奨文部大臣賞を受けた。

収録した「河骨」（第十一回候補作）は、かつて青春の日をともにした女性と再会した主人公の束の間の交情をからりとつづった中編で、本書の収録作では最も長い。主人公には妻がいて、女性には死別した夫の思い出がある。もう帰ることのないあの青春の日を共有した男女だからこその、童児と童女のようなめくるめく再会、そうして再会までの間に流れた覆しようのない過去……。「幸福はあのような所に仏頂面《ぶつちようづら》をして潜んでいたのか」という表現もきりりと効いている。第十一回は高木卓「歌と門の盾」が受賞に決まりながら、本人が芥川賞を辞退した唯一の回。このため選評も辞退の是非などについて筆が費やされ、木山の「河骨」はほとんど選評では論じられていない。

それでも、この作品をはじめ多くの木山作品は平成時代に、講談社文芸文庫で文庫化がされている。残るのは賞ではなく、作品なのである。

中村地平と太宰は井伏鱒二門下で、若い頃、周りの友人が呆れるほど喧嘩もした仲だった。田舎者で、六尺近いヒゲ面の大男である自分を見ると、やはり六尺近い長身で、地方育ちながら、貴族趣味を標榜していた太宰には、やりきれなかったのでは――二人の諍いの原因を、中村地平は「太宰治と私」に書いている。太宰の方は昭和十一年発表の「喝采」で、「わが友、中村地平」と書き、「地平は、私と同じで、五尺七寸、しかも毛むくじゃらの男ゆえ」などと風貌を書き残している。

九州・宮崎に生まれた中村の作品は、太宰とは正反対に、いつも目線が外にある向日的な持ち味があった。第五回芥川賞候補になった「土龍《もぐら》どんもぽつくり」では、十五年戦争下にあって、男よりも強く、野生的に生きる女性を描き、本書収録の「南方郵信」(第七回候補)では、南国の穏やかで、楽天的な人々の暮らしを伸びやかに描き、「水彩画をみるような色けと詩趣とが佳いと思った」(瀧井孝作)と評価された。

保田與重郎らと「日本浪曼派」を結成し、太宰、檀、木山、中村地平とも交流のあった中谷孝雄は、太宰よりも八つ年上ながら、平成七年の阪神・淡路大震災があった年まで長生きした作家で、享年九十三。旧制第三高等学校の寄宿舎では、梶井基次郎と相部屋で、東京帝国大在学中には、梶井、外村繁(第一回芥川賞に「草筏」で候補に。後年、『筏』で野間文芸賞、『澪標』で読売文学賞を受賞)と同人雑誌『青空』を創刊した。『青空』は早逝した梶井が「檸檬」や「城のある町にて」を発表した同人誌として知られる。

中谷は卒業試験に失敗して東大を中退、召集を受けて福知山歩兵第二十連隊に入るなど紆余曲折の青春だった。第六回の候補になった「春の絵巻」は、級友の自殺事件も織り交ぜながら、青春の感傷と孤独、痛ましさを典雅な文章でつづった短編である。

「知恩院の下を岡崎の方へ出る道は、樹木に覆われた暗い道だった」。これにつづく若者たちの散歩シーンと会話は、京都の変わらぬ情景と、青春という世代を超える哀切なものが描かれていて、心に残る。

中谷もまた、賞とは縁遠い作家で、「招魂の賦」で芸術選奨文部大臣賞を受けた時には六十七歳になっていた。芥川賞に落ちた時、選考委員であった久米正雄の「将来文壇の中堅として、芥川賞などの必要なく、存在を続けて行くに違いない」という予言のまま、講談社から全四巻の全集も出ている。

柳条湖事件が起きた昭和六年以降、日本は大兵力を大陸に進駐させ、各地で中国軍と激突した。芥川賞が始まった昭和十年は、美濃部達吉の「天皇機関説」が、国体に反すると右翼から攻撃され、日本の右旋回が急速に進んだ。翌十一年には二・二六事件が起き、テロの恐怖が言論の自由をますます追いやっていった。

事件は第二回芥川賞を発表した『文藝春秋』の「芥川龍之介賞　直木三十五賞委員会小記」にも付記されている。「芥川・直木賞委員会を、二月二十六日二時よりレインボウ・グリルに開く。恰も二・二六事件に遭遇したので、瀧井、室生、小島、佐佐木、吉川、白井、の六委員のみ参集、各自の意見を交換した」。

そして昭和十二年、日中戦争が泥沼化した年の第六回芥川賞を「糞尿譚」で受けた火野葦平は出征中で、贈呈式は、中国の杭州で行われている。

十五年戦争下の芥川賞は、世相を反映して、受賞作でも第十三回の多田裕計「長江デルタ」、第十六回の倉光俊夫「連絡員」、第十七回の石塚喜久三「纏足の頃」、第十九回の八木義徳「劉広福」、小尾十三「登攀」など、外地が舞台になった「大陸の時局物の入選ばかりが続く」(瀧井孝作の第十七回選評)状態だった。

「審査は絶対公平」と菊池寛がうたった選考や選評でも「時局」という言葉が相次ぎ、これまで芥川賞では唯一、選評を座談会方式で掲載した第十三回では、「長江デルタ」を巡って議論が噴出、授賞に推す横光利一が、「支那の青年なんかに読ませれば、日支の提携というような点で実に貢献する所があるだろうと思う」と、時局の空気を読んだ、かなりきな臭い発言をしている。これに対して、宇野浩二は反発し、「「長江デルタ」は文学的精神は高くないね。高くないというより、僕は低いと思うナ」と反発。時局か芸術か、で大議論になる時代だった。結局、投票では決まらず、「文壇銃後運動の為」に樺太にいて、選考会を欠席していた菊池寛、久米正雄からの電報の結果で、「長江デルタ」に決まっている。

落選した候補作でも外地が舞台の作品が目立った。その中で本選集に入れたのは、第二回候補の宮内寒彌「中央高地」と、第十二回候補の牛島春子「祝という男」である。「中央高地」は、帝政ロシア時代にコルサーコフと呼ばれ、その後、日本統治時代に大泊と呼ばれるようになったサハリン(樺太)を舞台に、ロシア人と日本人女性との間に生まれた少女ジナイーダのつらく悲しい境遇を、弟の眼から清冽に描いた短編である。

貧困と圧迫の故郷を逃れ、新天地で「楽土」をつくろうと願った日本人が集まった樺太には、その領土開拓者である日本人によって虐げられ、苦界に身を落としたジナイーダのような女性もいた。

十一歳から十七歳まで足かけ七年、樺太に住んだ宮内は、第十回に「密猟者」で芥川賞を受けた寒川光太郎とともに樺太文学を代表する作家。早稲田大学英文科二年だった昭和八年にはじめて書いた小説「蜃気楼」では、ジナイーダを級友として描いている。これを発展させた「中央高地」には「時局」や「国策」に迎合する要素はみられない。本作を「甚だ佳い作品」と推賞した室生犀星は、「人々はこういう作品を見過すことのできない、微妙な、小説的宿縁を感じるのである」と選評している。

満洲国で、日本人高官に忠節をつくす「満系通訳」、祝廉天《しゆくれんてん》の姿を描く牛島春子「祝という男」は、生き延びるため、支配者側の意向に剛直に寄り添う祝という満洲人の姿が、陰影をもってくっきりと描かれる。発表されたのは昭和十四年。日本の敗戦の六年も前である。にもかかわらず、小説の中で、満洲人でありながら日本人に協力する通訳の祝は、日本人の上官に、半ばまじめに、半ばうそぶくような態度でこう表明している。

「満州国が潰《つぶ》れたら、祝はまっ先にやられますな」

こう書いた時の牛島は、当時まだ二十七歳の主婦で、作家の黒川創氏の調べなどによると、夫・牛嶋晴男は、龍江省拝泉県で一九三八年から翌年まで、副県長（参事官）を務めた人だったという（黒川創編『〈外地〉の日本語文学選2　満洲・内蒙古／樺太』新宿書房、一九九六年）。戦争というと、よく運命に翻弄される庶民という言い方がされるが、運命の変転を小説で見通していた庶民の女性もいたのである。

牛島春子は戦後も九州文学同人、新日本文学会会員として活動し、近年も『コレクション　戦争×文学16　満洲の光と影』に短編「福寿草」が収録されるなど、再評価が進んでいる。

芥川賞を発表する号には、受賞作と選評とともに、「受賞者のことば」も掲載される。多くは、受賞の喜び、困惑について述べているが、第四回に「地中海」で受賞した冨澤有爲男は異色で、「大変運がいいとよろこんでいる」としたうえで、「今度の芥川賞候補中伊藤永之介氏の名作『梟』が逸せられたのはいかにも残念である」と書いていた。

伊藤永之介ほど、折に触れて思い起こされる作家は珍しい。今の若い世代にはまるでピンと来ないだろうが、選考委員の宇野浩二が「鳥類物」と呼んだ「梟」につづく「鴉」「鶯」で三度も芥川賞の候補になり、ついには第七回で候補になった時には、「伊藤氏はもう有名だから芥川賞の銓衡外だと云うことになった」（小島政二郎）という、戦中、戦後の農民文学を代表する作家である。このうち東北の警察署を舞台に農民たちの人生の哀歓をテンポよくつづった「鶯」は、三島由紀夫が、「昭和小説の一つの傑作、農民文学の一つの方向として、立派なものである」（三島由紀夫「伊藤永之介氏著「鶯」を読みて」）と評価した短編で、地方の文学青年だった水上勉も愛読し、文章を書き写して真似ていた時期があったと『文壇放浪』で回想している。

本書に収録の「梟」は、凶作続きで、明日の米にすら事欠き、生きるためにフクロウのように闇にまぎれて密造酒どぶろくを売り歩く東北の農民の姿を哀歓を込めて描く。「鴉」に描かれたような家族が生きるために娘の身売りがされた時代、密造が摘発されて、一家の大黒柱を失ったら一家離散となりかねない過酷な現実の中で、伊藤は、農民と官憲との間の追いつ追われつの捕物劇、富める者と貧しい者の間、貧しき者同士の愛憎劇を、人情豊かに描き、哀愁を込めた作品に仕立てた。東北の和紙職人の家族を描く第十八回受賞作、東野邊薫「和紙」の清冽な筆致はすばらしいが、伊藤の躍動的な筆致もこれに劣らず面白く、受賞作と落選作の差は感じられない。

伊藤永之介は近年も見直され、平成二十三年にはポプラ社の『百年文庫100　朝』に「鶯」が、平成二十五年に刊行が始まった『アンソロジー・プロレタリア文学』（全七巻）の第一巻には「濁り酒」が収録された。

木山の「河骨」とともに第十一回、「分教場の冬」で候補になった元木國雄は今日では忘れられた作家だが、小島政二郎が「一番感心した」と評した短編は、山村の分教場を舞台に、貧しくも健気に生きる児童たちに温かな眼差しを注いだ気持ちのいい作品である。

冷害つづきで、雪に埋もれる冬の季節、毎日持って行く弁当にも事欠く小学校の分教場児童の貧しさは、格差が問題になる今日の比ではない。卒業して本校の高等科に進めるのはごく一部で、あとは「女工哀史」と言われた女子工員や子守、百姓奉公に出された時代、銃後における子供たちの毎日は〝戦い〟の連続だった。九九の計算すら満足に出来ないのに、「すべってころんで大分県」「親父のふんどし長野県」などと言って周りを笑わせる猛、母に捨てられ、口が達者で、弱い者いじめばかりする太市など、一癖も二癖もある子供が登場する短編は、戦時下の寒村の縮図である。

都市でも、寒風に吹き寄せられるように、路地裏の日の当たらぬ場所に暮らす庶民たちがいた。吉原に近い、東京の隅田川べりを舞台にした一瀬直行「隣家の人々」は、父に死なれた十八歳の娘を、小料理屋に売り飛ばすことであこぎな金を稼ぐ熊太郎とその家族、彼等と親戚以上の親しい間柄でありながら、何かと言えば角突き合わせ、裏では絶えずいがみ合っていた隣人たちの暮らしを描く。

今日では埋もれた作家の一瀬直行は、どうにもならぬ無常に流されそうになりながらも、なんとか踏みとどまり、人々の喜怒哀楽を、哀惜を込めて抑えた筆致で描く。中山義秀「厚物咲」が受賞作になった第七回で、「先ず第一に一瀬直行君の「隣家の人々」に興味を覚えた」という佐藤春夫は、「終りに近づく程加速度的に感心して来た。少年が出て来てからがすばらしい」と評価している。困っている子をついいじめてしまう貧しい子のねじれた心理、社会主義運動から転向し、思想という衣をはがされた青年の寄る辺なさを描いて秀逸。安易な救いがない展開には、生きることに苦しみ、書くことに苦しむ作家の素直な感情の吐露がある。一瀬は戦後も好んで片隅の町に暮らす人々を描き、「山谷の女たち」(昭和三十九年)などを残し、全五巻の自選創作集も出したが、文学史の片隅にいつづけた。今回、編集者の堀郁夫氏の推挙で読み、一読三嘆、収録した。

坂口安吾が、「最も高貴な一人の女」と崇めたことで伝説の女性作家とされた矢田津世子の「神楽坂」(第三回候補)は、病妻を抱えながら若い妾のもとに通う吝嗇《りんしょく》な老人の姿を軸に、「広い世間を肩身狭く、窮屈に渡らなければならない」身分となった妾、お初と、妾の存在を知りながら忍従する本妻の心持ちを描く。

主人公の爺さんは、なんともケチな性分で、病床生活になっても、「こんな手だって、あなた、動かしていさえすればお宝になりますもの。遊ばせておいたのでは、つまりませんからねえ」と言いながら針仕事をする本妻を見て、こう述懐する。「お初などには真似の出来るこっちゃない。何んというても、うちの内儀さんだわい」。

いい気な男の風貌をありありと描くことで、日の当たらぬ女の心、悲哀に光を当てた矢田は、吉屋信子の『自伝的女流文壇史』によれば、「いつもついさっき顔を洗って来たばかりのような清潔な感じ」がする知的な女性だったという。

平成二十九年、夏葉社から『埴原一亟　古本小説集』が出た。帯文には「忘れられた作家」とあった。その人物の詳細は、山本善行氏の「撰者解説」に詳しいが、埴原は、東京の郁文館中学を卒業後五年間、銀座松屋で働いた体験をもとにした小説が戦中には多く、「店員」（第十二回）、「下職人」（第十三回）などで計三回芥川賞候補になっている。候補作中、「下職人」は最も評価が高かった作品で、選考会では、時局柄注目された多田裕計「長江デルタ」に敗れたものの、佐藤春夫から「うまいという点では「下職人」が一番だと思う」と評価され、瀧井孝作、川端康成からも支持された。

作品は、頑固な職人気質の音吉と、大学出で事務能力も高い修造とのライバル対決を、親方の娘との結婚問題もからめて描いて実に読みやすく、人間の生活を人間らしくなくする商売のからくりもよく表現されている。パソコン、携帯電話、AIなど新しい技術が導入される現代の職場での人間模様ともさして変わらず、風俗は古いがテーマはなお今日的である。

授賞に反対した横光利一が、「うまさは老大家がいればいい」と評したように、新しい文学を拓く芥川賞では、「うまさ」は通俗さの代名詞にもなりかねず、えてして軽く見られるが、人間はいかに知的、高尚になり、時代が〝進歩〟したとしても、通俗の存在であることは免れることはできない。「芥川賞候補作品」なのに、エンターテインメント雑誌の『オール讀物』昭和十七年新年号に再掲載された異色作である。

埴原が「忘れられた作家」なら、「鶏」で第十二回候補になった村田孝太郎は、なんと呼ぶべきか。芥川賞の候補になったのはただの一度きりで、生前に出した本も、「開拓団見習指導員」「鶏」「家畜抄」「茶撰り子」「骨肉」の五篇を収録した創作集『骨肉』のたった一冊。奥付に「昭和十九年十月十五日発行　（四、〇〇〇）部」とある大阪市に本社があった全国書房から出した本が古本屋に残るのみで、講談社の『日本近代文学大事典』（日本近代文学館編）にも名前が出ていない埋もれた謎の作家である。

とはいえ、その評価たるや、戦前、戦中の芥川賞に落ちた作品の中ではかなり高いものの一つで、受賞作「平賀源内」と牛島春子「祝という男」と最後まで受賞を争い、室生犀星、瀧井孝作、横光利一、川端康成が推奨した短編である。しかも、「鶏」は、「雄鶏」「雌鶏」「ヒヨコ」の三部からなる鶏の観察記で、我先にと餌を啄む様子から、雌の「簡単な一ト小突きで一蹴され」、ピョンピョンと鳴いて引き退る雄鶏の滑稽なさままで、ほぼ全編、鶏しか出て来ない異色作。まるで江戸時代の奇想の画家、若冲の「群鶏図」が動き出したかのような感触があり、今読んでもとても面白い。こんな作品が埋もれていたのか、と驚く人も多いのではないか。

選評もきわめて好意的だった。瀧井は「こんどの候補作の中で、ぼくは一番好きで一番佳いと思った」とし、「私は「鶏」をすいせんした」と選評に書き出した室生犀星も、「鶏の生活を深くたずねて行きつくところまで、眼と心を行き亙らしている。愉しい物語。そこに野心なく流麗素朴」とした。加えて横光利一も「人間を一人も出さず、群鶏を描いて押し通した持続と象徴力に、新人としての新しい解釈力が窺われて興味を感じた」と記し、川端も「一票を投じてよかった」としている。

村田孝太郎とはどんな作家か。「骨肉」の奥付にある著者略歴から人生を辿ってみた。それによると、村田は「明治三十七年京都ニ生ル。立命館大学ニ学ビ、後創作ニ従フ。

農業、満洲開拓民山城訓練所長、現在第十一次廟嶺京都開拓団長」とある。

廟嶺京都開拓団は、京都市内の織物、染物業者を中心に組織され、昭和十八年頃から約五百人が現在の北朝鮮国境に近い満洲帝国吉林省の廟嶺に入植した。しかし、昭和二十年八月の敗戦で、約一週間、ソ連軍による暴行、現地人の掠奪の恐怖におびえながら徒歩で逃避行、多くの人が撫順収容所（旧撫順工業学校）に収容され、飢えや寒さ、病気から三割が亡くなったという。より詳しく調べようと、読売新聞のデータベースに当たったところ、平成二十三年六月二十九日の京都版に、この開拓団の帰国者が「語り継ぐ会」をつくったという木須井麻子記者の記事があり、その会長に村田晨吉さんの名前があった。この昭和十五年六月生まれの晨吉さんが、なんと村田孝太郎の次男であることが、本書刊行直前の令和二年二月十日にわかり、翌日、京都府に住む晨吉さんに会いに伺った。

入植時は三歳だった晨吉さんによると、村田家は、父孝太郎が妻とみの、長男潤、次男晨吉さんの四人家族。瞼が凍り付くほど冬の寒さが厳しく、風呂から出るとタオルがピンと立ったこと、終戦で現地住民に襲撃され、村に火の手があがったこと、逃避行のさなか、ソ連兵に襲われないように髪を短くした母親に背負われていた時、兵隊がやってきたが、晨吉さんが泣き叫ぶと、手を放し、去って行ったことは頭にこびりついていると言う。

「着のみ着のままで、毛ジラミがひどく、頭をかくとボロボロと落ちました。高粱《コーリャン》を鉄兜で焼いて食べた記憶もあります」

父の思い出はわずかだ。幼い頃に抱かれたことと、撫順の収容所で、発疹チフスのためにやせ衰え、骨と皮だけになったこと……。昭和二十一年三月十六日に死去したという。校庭には何層もの亡骸が重なり、父もそこに葬られたことが目に焼きついている。

引き揚げ後、母も九歳上の兄も、悲惨な死を遂げた父親について語ることはほとんどなく、晨吉さんが、父村田孝太郎が作家でもあったことを知ったのは二十歳を過ぎてから。「父についてはクジャクを飼ったり、好き放題なことをしたりする人だったとは聞いていましたが、そんな偉いところがあったとは。尊敬すべき父を持ち、誇らしい気持ちになりました」と語る。晨吉さんは、これまでは開拓団時代の思い出を新聞記者に聞かれることはあっても、作家だった父について聞かれることはなかった、という。まさに世間からは忘れられた作家だったのだ。

村田孝太郎が、開拓団として中国に向かった時の様子は、創作集に収められた「開拓団見習指導員」に克明に記されている。「国策の線に沿って、満洲で百姓をするという、最も高邁な理想の実現より他ない」と考える満蒙開拓義勇軍の生徒たちとの出会いで始まる小説は、やがて冬の開拓地に向かうにつれて、ペン先のインクまでが凍るような寒さに見舞われ、歩く時には、「氷の棒で殴りつけるような風」との戦いとなる。

小説は、紀元節の日、個人の家屋を改造した粗末な仮校舎で行われる国民学校の拝賀式に、見習指導員である主人公が出席するところで終わる。

建設途上である故に、皆不揃いな防寒服を着ていた。水洗の中の水が、いくらストーブで温めても、凍って凍って絵が描けないというその教室で、厳かな拝賀式が今挙行されているのである。

私はもはや自分が見習指導員であるということを忘却していた。生徒と共に「君ケ代」を奉唱しながら、なんということなしに、次から次へと涙が溢れてくるのであった。

「君が代」を奉唱しながらの涙は、国家の理想のために生きる人間の、感激の涙ではないだろう。時は、言論統制下にあった。「なんということなしに」という表現に、作者の複雑な、つらい心境が溢れ出ている。

鶏たちのちょっとした動きから集団のもつ空気の変化を描くことにうまさのあった村田孝太郎は、「茶撰り子」という短編でも、茶をえりわける作業をしながら会話する女性たちの様子を描写し、女たちの表向きの交歓の中にある反発、侮蔑を巧みに描いている。もし、日本に引き揚げ、小説を書きつづけていたら、夢と理想に儚く挫折し、悲惨な運命をたどった開拓民の群像劇を描いたと思われる。

村田孝太郎の墓は、故郷の京都府綴喜郡井手町の西福寺にある。

最後に中島敦「文字禍」を解説する。太宰と同年の明治四十二年に生まれ、同じ年に東京帝国大学に進学した中島は、昭和十七年上半期の第十五回、「光と風と夢」でただ一度候補になったが、〈該当作なし〉で落選。発表から四か月後の十二月四日に三十三歳の若さで死亡した。中島を推した川端は、選評で、「いずれか（石塚友二「松風」と中島敦「光と風と夢」・筆者註）に、或いは二篇共に授賞したかった」としたうえで、「前にも賞を休んだ例はあるが、今度ほどそれを遺憾に思ったことはないようである。右の二篇が芥川賞に価いしないとは、私には信じられない」と熱弁をふるっている。

「文字禍」は、「臆病な自尊心」と「尊大な羞恥心」のせいで虎になった男の奇譚「山月記」とともに『文學界』昭和十七年二月号に「古譚」の題のもとに二作同時発表され、第十五回の芥川賞では参考作品として選考委員に示された。

「はしがき」でも説明したように、戦前・戦中の芥川賞は、文壇からの推薦作を参考に、予備選考委員も兼ねた川端、宇野浩二、瀧井孝作らが候補作を選んでいた。このため、候補作を選ぶ段階で読んだ参考作品についても選評で触れることが稀ではなかった。

戦後、教科書にも載った「山月記」や「文字禍」は、今日では岩波文庫にも入る名作だが、この二作について触れた選評は概して厳しい。小島政二郎が、「「古譚」も読んだ。これはなかなか面白い。しかし、芥川賞に推薦する程の「小説」ではない」としたのはましな方で、瀧井孝作は、「衒学的なくさ味があってどうも好きにはなれなかった。この意味で、この作者も尚工夫すべきではないかと思われた」と注文をつけた。宇野浩二は辛辣だった。「光と風と夢」を「題材は変っているけれど、明らかに、冗漫であり、散漫であり、書き方も、安易で、粗雑である」と否定した宇野は、「「古潭」は、反対に、細工があり過ぎる。そうして、これも、題材は変っているけれど、書き方は、凝っているようで、下手である」と決めつけたのだ。

「文字禍」は、情報化社会が一気に進んだ今日読むと、とても味わい深い。言葉をもったために人間は狩りが下手になったこと、言葉に頼ることで記憶力が低下したことなど、現代の脳科学などで実証されつつあることが、七十五年以上も前に、古代のおとぎ話の風合いで簡潔に描かれているからだ。実体よりも文字に書かれたものを本当のように錯覚し、それに右往左往する文字の禍も、ソーシャル・ネットワーキング・サービス（SNS）などが発達した情報化社会の縮図といえよう。

戦前・戦中の文学というと、言論弾圧で委縮し、疲弊していたという印象が強い。事実、用紙不足で雑誌が統廃合され、若者の多くは戦地にとられ、発表作品も大幅に減少、昭和十年代後半の芥川賞作品への評価は、今日あまり芳しくない。だが、本書を読めば、若い新人作家たちが、厳しい統制や、「時局」という名の空気などの影響で、自尊心を揺さぶられ、賞に落とされてもだえながらも言葉を吟味し、新しい世界を想像しようとしていたことがわかるはずだ。

選考委員一覧［第一回～第二〇回］

宇野浩二　うの・こうじ　一八九一（明治二四）～一九六一（昭和三六）年。福岡県生まれ。早稲田大学英文科中退。独特の饒舌な語りの「蔵の中」で注目され、「苦の世界」で文壇の地位を確立。一時、精神に変調をきたし、療養生活を送ったが、「枯木のある風景」で文壇に復帰。戦後は「思い川」を執筆。辛口批評でも知られ、著書に『独断的作家論』がある。「文学の鬼」と呼ばれた。

川端康成　かわばた・やすなり　一八九九（明治三二）～一九七二（昭和四七）年。大阪市生まれ。幼少時に父母と死別。東京帝国大学国文科卒。在学中に「招魂祭一景」を発表。横光利一とともに新感覚派の旗手となる。「伊豆の踊子」「雪国」「山の音」「眠れる美女」などで日本の美意識を追求した。一九五八年国際ペンクラブ副会長。六八年にノーベル文学賞。七二年、仕事部屋で自死した。

菊池寛　きくち・かん　一八八八（明治二一）～一九四八（昭和二三）年。高松市生まれ。一高中退後、京都帝国大学英文科に。芥川龍之介、久米正雄らと第三次、第四次「新思潮」に参加。「父帰る」「忠直卿行状記」「恩讐の彼方に」など戯曲、小説を発表。新聞連載「真珠夫人」は人気を博した。一九二三年に『文藝春秋』創刊。芥川賞の創設など、文学者の社会的地位向上にも尽力した。

久米正雄　くめ・まさお　一八九一（明治二四）～一九五二（昭和二七）年。長野県生まれ。東京帝国大学英文科卒。菊池寛らと第三次、第四次「新思潮」に参加、漱石の門下生になった。「受験生の手記」や、漱石の長女筆子への失恋を題材にした「蛍草」や「破船」により流行作家になる。戦後は、川端康成らと鎌倉文庫をはじめた。〝微苦笑〟という日本語の造語者としても知られる。

小島政二郎　こじま・まさじろう　一八九四（明治二七）～一九九四（平成六）年。東京都生まれ。慶應義塾大学文学科在学中から創作を始め、短編「一枚看板」で認められる。「緑の騎士」など大衆小説でも人気を博した。芥川龍之介、菊池寛らとの交流を描く「眼中の人」や、評伝「円朝」、食味随筆「食いしん坊」などでも知られ、没後の二〇〇七年、『小説家　永井荷風』が出版された。

佐佐木茂索　ささき・もさく　一八九四（明治二七）～一九六六（昭和四一）年。京都市生まれ。時事新報社在社中の一九一九年、「おぢいさんとおばあさんの話」が芥川龍之介に手紙で激賞され、出世作に。短編集『春の外套』などを出版。一九二九年、菊池寛に請われ、文藝春秋社に総編集長として入社。その後、創作から離れ、戦後の四六年、文藝春秋新社の社長となった。

佐藤春夫　さとう・はるお　一八九二（明治二五）～一九六四（昭和三九）年。和歌山県新宮生まれ。慶應義塾大学文学部中退。「抒情詩集」や詩作「秋刀魚の歌」でも知られる小説家。作品に「田園の憂鬱」「都会の憂欝」「西班牙犬の家」「わんぱく時代」など多数。一九三〇年には、谷崎潤一郎の千代夫人と結婚し、細君譲渡事件として騒がれた。著書に「退屈読本」など。

瀧井孝作　たきい・こうさく　一八九四（明治二七）～一九八四（昭和五九）年。岐阜県生まれ。河東碧梧桐に俳句を学び、芥川龍之介、志賀直哉に師事。吉原の娼妓との恋愛、結婚、死を描いた「無限抱擁」（一九二七年）で川端康成の絶賛を浴びる。「父」「松島秋色」「野趣」など短編で知られ、折柴の俳号の俳人としても活躍した。著書に「俳人仲間」など。

室生犀星　むろう・さいせい　一八八九（明治二二）～一九六二（昭和三七）年。金沢市出身。私生児として生まれ、僧侶の養子として育つ。高等小学校中退後、金沢地方裁判所の給仕をしながら俳句、詩をつくる。一九一八年、「愛の詩集」、「抒情小曲集」を刊行、詩壇で認められる。「幼年時代」「性に眼覚める頃」など小説家としても一地位を確立した。主な作品に「杏っこ」など。

山本有三　やまもと・ゆうぞう　一八八七（明治二〇）～一九七四（昭和四九）年。栃木県生まれ。東京帝国大学独文科卒。一九二〇年、戯曲「生命の冠」でデビュー。「波」「女の一生」や「真実一路」で知られ、「路傍の石」「心に太陽を持て」などで国民的な作家となった。戯曲「米百俵」は二〇〇二年、小泉純一郎首相の所信表明演説で、再脚光を浴びた。

横光利一　よこみつ・りいち　一八九八（明治三一）～一九四七（昭和二二）年。福島県生まれ。早稲田大学高等予科文科中退。菊池寛に師事。「日輪」「蝿」「頭ならびに腹」などで注目され、川端康成とともに新感覚派の代表と目された。「機械」「春は馬車に乗って」「上海」「紋章」などの話題作を発表、「純粋小説論」を提唱した。一九三六年にヨーロッパを旅し、「旅愁」を執筆したが未完に終わる。

第11回　1940年(昭和15年)上半期
■ 該当作なし(高木卓が授賞辞退)
高木卓「歌と門の盾」
● **木山捷平「河骨」**
吉田十四雄「墾地」
● **元木國雄「分教場の冬」**
中井信「病院」
池田みち子「上海」
第12回　1940年(昭和15年)下半期
■ 櫻田常久「平賀源内」
● **牛島春子「祝という男」**
柳井統子「父」
井上孝「ある市井人の一生」
● **村田孝太郎「鶏」**
白川渥「崖」
儀府成一「動物園」
埴原一亟「店員」
森荘已池「氷柱」
第13回　1941年(昭和16年)上半期
■ 多田裕計「長江デルタ」
石原文雄「断崖の村」
三木澄子「手巾の歌」
阿部光子「猫柳」
藤島まき「あめつち」
譲原昌子「抒情歌」
相野田敏之「山彦」
● **埴原一亟「下職人」**
日向伸吉「第八転轍器」
第14回　1941年(昭和16年)下半期
■ 芝木好子「青果の市」
水原吉郎「火渦」
野川隆「狗宝」
第15回　1942年(昭和17年)上半期
■ 該当作なし
石塚友二「松風」
中島敦「光と風と夢」
波良健「コンドラチエンコ将軍」
藤島まき「つながり」
森田素夫「冬の神」
中野武彦「訪問看護」
第16回　1942年(昭和17年)下半期
■ 倉光俊夫「連絡員」
金原健児「愛情」
稲葉真吾「炎と倶に」
橋本英吉「柿の木と毛虫」
埴原一亟「翌檜」
第17回　1943年(昭和18年)上半期
■ 石塚喜久三「纒足の頃」
小泉譲「桑園地帯」
檀一雄「吉野の花」
劉寒吉「翁」
譲原昌子「故郷の岸」
相原とく子「椎の実」
辻勝三郎「雁わたる」
第18回　1943年(昭和18年)下半期
■ 東野邊薫「和紙」
若杉慧「淡墨」
柳町健郎「伝染病院」
黒木清次「棉花記」
第19回　1944年(昭和19年)上半期
■ 八木義徳「劉広福」
■ 小尾十三「登攀」
林柾木「昔の人」
妻木新平「名医録」
猪股勝人「父道」
若杉慧「青色青光」
濱野健三郎「梅白し」
清水基吉「雨絃記」
第20回　1944年(昭和19年)下半期
■ 清水基吉「雁立」
国枝治「技術史」
川村公人「盆栽記」
木暮亮「おらがいのち」
金原健児「春」

芥川賞授賞作・候補作一覧 ［第１回 ～ 第20回］

※ ■は授賞作、■の無いものは候補作を指す。
●は本書掲載作品。

第1回　1935年(昭和10年)上半期
- ■ 石川達三「蒼氓」
- 外村繁「草筏」
- 高見順「故旧忘れ得べき」
- 衣巻省三「けしかけられた男」
- ● **太宰治「逆行」**

第2回　1935年(昭和10年)下半期
- ■ 該当作なし
- 伊藤佐喜雄「花宴」「面影」
- 檀一雄「夕張胡亭塾景観」
- 小山祐士「瀬戸内海の子供ら」(戯曲)
- 丸岡明「生きものの記録」
- 川崎長太郎「余熱」その他
- ● **宮内寒彌「中央高地」**

第3回　1936年(昭和11年)上半期
- ■ 鶴田知也「コシャマイン記」
- ■ 小田嶽夫「城外」
- 打木村治「部落史」
- 高木卓「遣唐船」
- 北條民雄「いのちの初夜」
- ● **矢田津世子「神楽坂」**
- 緒方隆士「虹と鎖」
- 横田文子「白日の書」

第4回　1936年(昭和11年)下半期
- ■ 石川淳「普賢」
- ■ 冨澤有爲男「地中海」
- ● **伊藤永之介「梟」**
- 川上喜久子「滅亡の門」「歳月」

第5回　1937年(昭和12年)上半期
- ■ 尾崎一雄『暢気眼鏡』その他
- 中村地平「土龍どんもぽつくり」
- 逸見廣「悪童」

第6回　1937年(昭和12年)下半期
- ■ 火野葦平「糞尿譚」
- 中本たか子「白衣作業」
- 大鹿卓「探鉱日記」その他
- 間宮茂輔「あらがね」
- 和田傳「沃土」
- ● **中谷孝雄「春の絵巻」**
- 伊藤永之介「梟」

第7回　1938年(昭和13年)上半期
- ■ 中山義秀「厚物咲」
- 田畑修一郎「鳥羽家の子供」
- 渋川驍「龍源寺」
- 伊藤永之介「鴉」「鶯」
- 丸山義二「田植酒」
- ● **中村地平「南方郵信」**
- ● **一瀬直行「隣家の人々」**
- 秋山正香「般若」

第8回　1938年(昭和13年)下半期
- ■ 中里恒子「乗合馬車」「日光室」
- 北原武夫「妻」
- 吉川江子「お帳場日誌」

第9回　1939年(昭和14年)上半期
- ■ 長谷健「あさくさの子供」
- ■ 半田義之「鶏騒動」
- 岩倉政治「稲熱病」
- 長見義三「姫鱒」
- 木山捷平「抑制の日」
- 左近義親「落城日記」

第10回　1939年(昭和14年)下半期
- ■ 寒川光太郎「密猟者」
- 金史良「光の中に」
- 矢野朗「肉体の秋」
- 鈴木清次郎「日本橋」
- 藤口透吉「老骨の座」
- ● **織田作之助「俗臭」**
- 佐藤虎男「潮霧」

編者略歴

鵜飼哲夫　うかい・てつお

1959年、名古屋市生まれ。中央大学法学部法律学科卒業。

1983年、読売新聞社に入社。

1991年から文化部記者として文芸を主に担当する。

書評面デスクを経て、2013年から編集委員。

主な著書に、『芥川賞の謎を解く 全選評完全読破』(文春新書、2015年)、

『三つの空白　太宰治の誕生』(白水社、2018年)がある。

芥川賞候補傑作選《あくたがわしょうこうほけっさくせん》

戦前《せんぜん》・戦中編《せんちゅうへん》　1935-1944

2020年4月10日　初版第一刷

2020年7月30日　初版第二刷

編　　者　鵜飼哲夫

発 行 者　伊藤良則

発 行 所　株式会社春陽堂書店

〒104-0061

東京都中央区銀座3-10-9

電話　03-6264-0855(代)

装　　丁　寄藤文平＋古屋郁美(文平銀座)

編集協力　エディトリアルK

印刷・製本　シナノパブリッシングプレス

ISBN978-4-394-19005-9 C0393